文化生态与唐代诗歌

戴伟华 著

中华书局

图书在版编目(CIP)数据

文化生态与唐代诗歌/戴伟华著. —北京:中华书局,2023.11
ISBN 978-7-101-16396-4

Ⅰ.文⋯ Ⅱ.戴⋯ Ⅲ.唐诗–诗歌研究 Ⅳ.I207.22

中国国家版本馆 CIP 数据核字(2023)第 200507 号

书　　名	文化生态与唐代诗歌
著　　者	戴伟华
责任编辑	余　瑾
责任印制	管　斌
出版发行	中华书局
	(北京市丰台区太平桥西里 38 号　100073)
	http://www.zhbc.com.cn
	E-mail:zhbc@zhbc.com.cn
印　　刷	河北新华第一印刷有限责任公司
版　　次	2023 年 11 月第 1 版
	2023 年 11 月第 1 次印刷
规　　格	开本/920×1250 毫米　1/32
	印张 14⅞　插页 2　字数 350 千字
印　　数	1-2000 册
国际书号	ISBN 978-7-101-16396-4
定　　价	98.00 元

小雨新春梦半成，曙星明灭远山横。

虹桥是处桃依柳，谁许云霓赋此生。

初聽粵謳聲調迴經冬草
木綠無休重戀南北不相望
且閱珠江日夜流

地域由来存小異文章原道誦詩騒杏花春雨轉頭過鐵馬秋風壮我曹

地域由来存小异，文章原道诵诗骚。

杏花春雨转头过，铁马秋风壮我曹。

李杜双星胜巨公，当时无意别雌雄。
一篇天姥梦游曲，何若秋风茅屋中。

不问东西南北人，山青雨后却
呼邻。高吟低讽皆唐韵，一抹
清阳拂网尘

不问东西南北人，山青雨后却呼邻。

高吟低讽皆唐韵，一抹清阳拂网尘。

生态新知自不疑，探梅寻柳问从谁。

风光未必在奇险，天地万形皆可师。

文化生态与唐代诗歌书成
用杜工部戏为六绝句韵以
诗代序

戴伟华于平斋西窗

《文化生态与唐代诗歌》书成

用杜工部戏为六绝句韵以诗代序

目　录

第一章　文化生态与诗歌

一、文化生态释义

　　文化生态与文化生态学是有差别的,当生态学部分属性被应用于人文学科时,文化生态和文化生态学才不断被关注和使用。事实上,人文学科中使用生态或生态学是有条件、有限制的。这个被运用的动态过程显示,所谓人文学科中的文化生态学并没有建立起来时,人们已经在使用"文化生态"一词,人文学者借用并改造了本属于自然科学的概念。文化生态学是文化人类学家从生物学家那里借用生态学的术语而创建的。生态学是德国动物学家赫克尔 1866 年在《有机体普通形态学》中首先提出的,它表示生物同有机或无机环境之间的关系。生态学即生物生态学,后来发展形成许多分支学科,如动物生态学、植物生态学、微生物生态学、水生物生态学等等。人们借用生态学的原则和概念,研究人文学科,也形成了各种学科,如教育生态学、人类生态学、社会生态学、文化生态学等。人文学科中运用生态学也会不断调适和补充阐释,比如人文地理学意义上的文化生态学是研究特定人类文化群体在特定地理环境中的发展特征,并注意文化与环境的动态和谐的学科。生态学意义上的文化生态学是研究文化体制适应其总体环境的方法和某一文化的各项制度相互适应的方法,并阐明不同文化图式是如何出现、持续和转化的一门边缘学科,生态与制度的关联性,在一定程度上可以成为理解文化生态的关键事项。文化生态学(cultural ecology)是一门将生态学的方法运用于文化学研究的新兴交叉学科,是研究文化的存在和发展的资源、环境、状态及规律的科学。

其实,文学研究者通常使用的是文化生态,而不是文化生态学,这意味着二者之间的联系和区别是明显的,大致上是借用了"文化生态学"一词的表述,而不是使用文化生态学概念的本质内涵,这恰恰表达了文学研究者企图在宏大的文化视野下解释文学生成、发展和演变过程的需求,其"文化生态"就是文化的形成和存在的状态,而完全不同于原初的生态含义:生态就是指一切生物的生存状态,以及它们之间和它们与环境之间环环相扣的关系。也意味着,文学研究中的文化生态还是一个在探索和待完善的概念,也正是因为处于动态之中,"文化生态"一词在文学研究中可以"唯我所用"。"文化与文学"关系的研究和"文化生态与文学"关系的研究,无论内涵还是外延都有高度的契合之点,而逐渐为人们认同,甚至在学理上"文化生态"的移用也得到合法的存在和身份,并且不断赋予其新的内容。文化生态学是研究环境和人类文化的关系、相互影响,从而说明文化特征及其产生、发展规律的科学。文学研究者提出的"文化生态与文学"的命题,其内涵与外延是不确定的,通常与研究主体的研究对象及其学术经验有关联,因不同的目的就有了对"文化生态"的不同理解,在运用中因阐释的程度和经验的支配更无法作统一的带有规定性的界定。如果抛开"生态"一词的学术史梳理,搁置赫克尔原初的概念提出以及理论设定,"文化生态"可以理解为文化生成形式、存在方式和发展态势等,因为我们明白"生态"和"生态学"的差异,所以慎用"生态学",选用"生态"一词。在文学与文化生态关系的论述中,文化生态就是对文化的外延诉求和动态描述。在这一点上,它和

"在文化背景下探求和阐释文学"的努力相当接近,甚至是一致的。丹纳《艺术哲学》说:"要了解一件艺术品,一个艺术家,一群艺术家,必须正确地设想他们所属的时代的精神和风俗概况。这是艺术品最后的解释,也是决定一切的基本原因。"① 他一再强调的"作品的产生取决于时代精神和周围的风俗"②,和我们理解的文学研究的文化生态方法有内在的一致性。而他论希腊雕塑时所用的"种族""时代""制度"的切入点正是我们研究文化生态与文学所关注的几个重要视角。

　　丹纳重视对时代风气的研究,揭示艺术家生存的环境,以及由此产生的艺术家行为特征。1500 年左右的欧洲,时间大约是明弘治、正德年间。"当时的人动武成了习惯,不仅平民,连一般地位很高或很有修养的人,也做出了榜样来影响大众。琪契阿提尼说,有一天,法国国王委派的米兰总督德利维斯,在菜市上亲手杀了几个屠夫,因为'他们那种人素来强横,竟敢抗缴不曾免除的捐税'。——现在你们看惯艺术家安分守己,晚上穿着黑衣服,打着白领带,斯斯文文出去交际。但在彻里尼的回忆录中,艺术家同闯江湖的军人一样好勇斗狠,动不动杀人。有一天,拉斐尔的一般学生决意要杀死罗梭,因为他嘴皮刻薄,说拉斐尔的坏话;罗梭只得离开罗马,一个人受到这种威胁,不能不赶快上路。那时只要一点儿极小的借口就可以杀人。彻里尼还讲到华萨利喜欢留长指甲,有一天和徒弟玛诺同睡,'把他的腿抓伤了,睡梦中以为给自己搔痒,玛诺为此非要杀华萨利不可'。这真是小题大做了。但那个时代的人脾气那么激烈,打架那么随便,

---

① ［法］丹纳著,傅雷译:《艺术哲学》,生活·读书·新知三联书店,2016 年,第15 页。
② 《艺术哲学》,第 42 页。

一下子会眼睛发红,扑到你身上来。斗兽场中的牛总是先用角触,当时的意大利人总是先动刀子。"[①]将艺术家还原到那个文化生态中是非常形象生动的,可以触摸。

在试图还原艺术家生活和创作的文化生态的同时,丹纳也没有放弃经验和想象,而是充分发挥对艺术品产生的过程及其艺术感染力的丰富联想来描写艺术的本质,甚至对艺术品细节的想象性描述也令人神往。"他凭着清醒而可靠的感觉,自然而然能辨别和抓住种种细微的层次和关系:倘是一组声音,他能辨出气息是哀怨还是雄壮;倘是一个姿态,他能辨出是英俊还是萎靡;倘若是两种互相补充或连接的色调,他能辨出是华丽还是朴素。他靠了这个能力深入事物内心,显得比别人敏锐。而这个鲜明的,为个人所独有的感觉并不是静止的;影响所及,全部的思想机能和神经机能都受到震动。"[②]文化生态的视野,不仅对重大事件的研究追问其宏大背景,而且对细部的分析总是追求立体的表达,追求生动场景的呈现,展开事物的层次和关系。

在文化生态与文学关系研究中,常常提及丹纳的《艺术哲学》,正在于丹纳对艺术产生的文化分析和理论上的概括,与那些高谈阔论追求深刻的理论讨论相区分,丹纳的学术实践更便于人们去理解,去效仿。丹纳对学术非常敬重,理论素养极深,但他不喜欢过分渲染形而上的深刻性,他的成功之处在于向大众传播艺术,让艺术走向社会。然而,丹纳的《艺术哲学》在中国20世纪最后二十年的影响,是这位19世纪的法兰西科学院院士未曾料及的。

傅璇琮先生在《唐代诗人丛考》前言中写的第一句话就是:"若

[①]《艺术哲学》,第126页。

[②]《艺术哲学》,第36页。

干年前,我读丹纳的《艺术哲学》,印象很深刻。"①在引述丹纳关于一个时代有艺术家四周齐声合唱、比艺术家更广大的同时同地的艺术宗派或艺术家家族的两段经典概括后,又说:"由丹纳的书,使我想到唐诗的研究。唐代的诗歌,在我国古代文学上,是一个重大的发展。在唐代的诗坛上,往往会有这样的情况,即每隔几十年,就会像雨后春笋一般出现一批成就卓越的作家。"②对于文学史的理解,傅先生也特别重视作家所在的时代和环境,正如其在《江湖诗派研究序》中所说的那样:"我之所谓对文学史的理解至如此成熟的程度,是近于陈寅恪先生所说的'其对于古人之学说,应具了解之同情'。也就是说,要对于'其所处之环境,所受之背景',须'完全明了',这样'始能批评其学说之是非得失,而无隔阂肤廓之论'(见《冯友兰中国哲学史上册审查报告》)。陈寅恪先生这里说的是对中国古代哲学史研究的态度,我觉得对中国古代文学史,也应有此种'通识'。"③也就是不要孤立看待文学和文学的发展,而是要在文化存在方式和存在形态中统观文学。

　　文化生态中的时代和制度两项在傅先生学术体系中占有重要位置。傅先生的唐代科举与文学、唐代翰林学士与文学关系的研究,在文化生态与文学关系研究方面有引导之功。在傅先生那里,文化生态是由"历史——文化"来呈现的,它既指向研究内容,又提出了综合的研究方法。傅璇琮在《日暮文库总序》中有意识提出"历史——文化"的综合研究思路和解决问题的方法:"80年代以来,中国古典文学研究确实进入了一个崭新的转型时期。……转型期的另一表

---

① 傅璇琮:《唐代诗人丛考》前言,《唐代诗人丛考》,中华书局,2003年,第1页。
②《唐代诗人丛考》,第2页。
③ 傅璇琮:《江湖诗派研究序》,张宏生:《江湖诗派研究》,中华书局,1995年,第1页。

现,就是重视'历史——文化'的综合研究。古代文学研究要向深度发掘,当然要着力于文学内部发展规律的探求,但这种探求是不能孤立进行的。这些年来,文学与哲学思想、政治制度,以及与宗教、教育、艺术、民俗等关系,已被人们逐渐重视。人们认识到,不能孤立地研究文学,也不能像过去那样把社会概况仅仅作为外部附加物贴在作家作品背上,而是应当研究一个时期的文化背景及由此而产生的一个时代的总的精神状态,研究在这样一种综合的'历史——文化'趋向中,怎样形成作家、士人的生活情趣和心理境界,从而产生出一个时代以及一个群体、个人特有的审美体验和艺术心态。……当然,我们这样做,不仅要考虑文学与其它社会意识形态的亲缘关系,更要探索文学在总的'历史——文化'环境中怎样显示其特色。它不是使文学隐没,而应是使文学作为主体更加突出。"① 其后在《唐翰林学士传论(盛中唐卷)》的《前言》中仍然关注"文化环境",认为从事唐翰林学士研究,即"以此为中介环节,把它与文学沟通起来,以便进一步研究唐代文学进展的文化环境"②。

更为重要的是,傅先生的学术追求和学术方法的自觉运用和倡导,正是为了解决文学史问题,比如一般认为白居易创作《新乐府》是本着立足现实、反映民间疾苦的文学观念而产生的创作实践。但从翰林学士这一角度切入,可以得到全新的结论,考虑到《新乐府》的写作是白居易在翰林学士任内,从翰林学士的职能出发而创作的奏议性诗篇,正因为如此,白居易离职后即辍笔不写。这完全是从文化生态与文学关系中做出的全新解析。

---

① 傅璇琮:《日晷文库总序》,杜晓勤:《初盛唐诗歌的文化阐释》,东方出版社,1997年,第1—2页。
② 傅璇琮:《唐翰林学士传论(盛中唐卷)》前言,《唐翰林学士传论(盛中唐卷)》,辽海出版社,2005年,第2页。

"文化"概念,有各种解释,而"文化生态"一词的内涵也会有不同的解释,最简单的解释可能是最有说服力并易为人们认同的解释。因此,文化生态和文化环境简单联系起来,其实用功能和生命力是强大的,具体到诗歌领域的研究,就是还原诗歌的文化环境,在文化背景中阐释文学,使历史和逻辑融汇。如此,诗歌兴衰、嬗变的前因后果可能会得到明晰的说明。更重要的是,有些就文学论文学、在文学体制内解决不了或解决不彻底的问题,有希望也有可能得到解决。

文化生态指文化存在的方式和存在的条件,在文化生态中研究诗歌,是和文学发生、发展的实际相关联的。《诗三百》的最初呈现形态是和乐、舞构成三位一体的,从系统论看,它是三者相互制约而又紧密结合的艺术形态,是艺术品种。文学是指以语言文字为工具形象化地反映客观现实的艺术,包括戏剧、诗歌、小说、散文等,是文化的重要表现形式,以不同的形式(称作体裁)表现内心情感和再现一定时期及一定地域的社会生活;音乐是以有组织的乐音来表达人们思想感情、反映现实生活的一种艺术;舞蹈是在三度空间中以身体为语言作"心智交流"现象的人体运动表达艺术。正确解读和阐释《诗三百》,应将其置放在诗、乐、舞三位一体的文化生态中,虽然早期文献无法用今天的曲谱、舞谱来记录和《诗三百》一体的歌舞状况,但这种文化统观的学术意识应该存在。

而传统的文、史、哲不分是在先秦就确立了的,可以说先秦诸子和历史散文,是在文化生态系统中的学术形态。和《诗三百》不同的是,《诗三百》在诗、乐、舞系统中分别以不同的形式来表现一种统一协调的关系,而先秦文、史、哲不分都是以语言文字为工具的,文学重在形象,史学重在真实,哲学重在思考和抽象概括。文、史、哲相联系的文化形态,使人们更易在真实和抽象中去认识诸子散文和历史散文的文学性。

我们不能说没有纯文学的存在形态，但文学形态多与文化生态存在着千丝万缕的联系。文化生态置于文学之上，使文学的本质得到更适当的表述和阐释。上述诗的传统和文的传统，皆可归纳为文化生态中的文学活动。

从方法论考虑，无论文学文本的艺术分析，还是文学活动的"回到历史现场"，都需要在文学活动和文学文本生产的文化生态中去叙述或阐释。最显著的例子就是文人的空间位移使文人的文化生态发生改变。如果我们承认不同的地域有不同的文化表征，就很容易认同这一看法。如诗人李白最早是生活在蜀文化圈中，他曾跟赵蕤学习纵横术，这对他一生行事有很大影响。李白在诗歌创作中也直接描写了蜀中山水，《唐诗纪事》卷一八引《彰明逸事》："（白）隐居戴天大匡山，往来旁郡，依潼江赵征君蕤。蕤亦节士，任侠有气，善为纵横学，著书号《长短经》。太白从学岁余，去游成都。"①李白《上安州裴长史书》云："前礼部尚书苏公出为益州长史，白于路中投刺，待以布衣之礼。因谓群寮曰：'此子天才英丽，下笔不休。虽风力未成，且见专车之骨。若广之以学，可以相如比肩也。'"②李白游成都，写有《登锦城散花楼》："日照锦城头，朝光散花楼。金窗夹绣户，珠箔悬银钩。飞梯绿云中，极目散我忧。暮雨向三峡，春江绕双流。今来一登望，如上九天游。"③这样的诗写得并不算好，古诗和律诗形式杂糅，"日照锦城头，朝光散花楼"起笔柔弱，而且不凝练，"日照"和"朝光"意思重复，"金窗夹绣户，珠箔悬银钩"修饰过度，和下面

---

① （宋）计有功撰，王仲镛校笺：《唐诗纪事校笺》卷一八，中华书局，2007年，第600页。

② （唐）李白撰，安旗等笺注：《李白全集编年笺注》卷二六，中华书局，2015年，第1764页。

③ 《李白全集编年笺注》卷一，第10页。

的诗句在风格上也不协调。因为李白访成都的诗流传太少,这首诗对研究李白在成都的创作以及早期诗风就有了认识价值。成都在作者心中应留下了深刻印象,事隔三十多年,李白在写《上皇西巡南京歌十首》中还有"北地休夸上林苑,南京还有散花楼"句①。南京,指成都,《新唐书·肃宗纪》至德二载十二月,"以蜀郡为南京,凤翔郡为西京,西京为中京"②。而李白出川后,就和楚文化和鲁文化发生了关系③。

　　另一位大诗人杜甫,晚年曾入川,巴蜀文化对杜甫的影响不能忽视。杜甫的七律诗在整体上成为唐诗最优秀的作品,而他的许多七律名篇都写于巴蜀。施闰章《蜀道诗序》:"杜子美以羁旅转徙之客,作为诗歌,顾使巴蜀川岩形见势出。后之好事者磨岩镌石,照耀无垠,殆自蚕丛开国以来所仅有。昔人以湘江为三闾汤沐邑;由此言之,则蜀之锦江、巫峡所在皆杜氏汤沐地也。向使工部安居朝省,即坐致卿相,奚以致是?"④这里以屈原之于湘江来比杜甫之于巴蜀,可见杜甫巴蜀诗在杜诗中的地位。杜甫创作了一批七律组诗,历来为人们所推崇,如《秋兴八首》《诸将五首》《咏怀古迹五首》等。《秋兴八首》雄浑丰丽,哀伤无限,体现了老杜"沉郁顿挫"的风格。"规模弘远,气骨苍丽,脉络贯通,精神凝聚。痛真是痛,痒真是痒,笑真是笑,哭真是哭,无一假借,不可动摇。论才情,真正是才情;论手笔,真正是手笔。七字之内,八句之中,现出如是奇观、大观,直使唐

①《李白全集编年笺注》卷一三,第1353页。

②(宋)欧阳修、宋祁:《新唐书》卷二,中华书局,1975年,第159页。

③戴伟华:《地域文化与唐代诗歌》,中华书局,2006年,第109—130页。

④(清)施闰章撰,何庆善、杨应芹点校:《施愚山集》文集卷五,黄山书社,2018年,第85页。

代人空,千秋罢唱。寄语世间才人,勿再和《秋兴》诗也。"① "怀乡恋阙,吊古伤今,杜老生平,具见于此。其才气之大,笔力之高,天风海涛,金钟大镛,莫能拟其所到。"② 引其一、其二以见一斑:"玉露凋伤枫树林,巫山巫峡气萧森。江间波浪兼天涌,塞上风云接地阴。丛菊两开他日泪,孤舟一系故园心。寒衣处处催刀尺,白帝城高急暮砧。""夔府孤城落日斜,每依北斗望京华。听猿实下三声泪,奉使虚随八月槎。画省香炉违伏枕,山楼粉堞隐悲笳。请看石上藤萝月,已映洲前芦荻花。"③ 杜诗风貌变化是丹纳有关风俗、时代观点论述的有力佐证。

　　如果说李白没有出川就有可能只是唐代的一般诗人;那么,如果杜甫没有入川的经历也就没有最能代表其"沉郁顿挫"风格的七律组诗。归结起来还是文化生态影响了作家的文学活动和文学创作。

　　综上所述,与文化结合研究作家及其创作,在大文化背景中认识重要文学现象,在方法上的努力,可视为一种进入文学的角度。而"文化"或"文化生态"在研究中屡有提及,其和任何一个角度进入文学一样,在客观上都是去解决文学史问题。如果没有学术创新,就失去视角进入的意义。换言之,在审查文学研究成果时,若抽去带入概念,放置在文学史研究中,仍然是具有创新意义的发现才是有价值的。文学研究者通常使用的是文化生态,而不是文化生态学,这意味着二者之间的联系和区别是明显的,大致上是借用了"文化生态学"一词的表述,而不是使用文化生态学概念的本质内涵,这恰恰表达了

---

① (清)徐增著,樊维纲校注:《说唐诗》,中州古籍出版社,1990年,第407页。
② (清)沈德潜编:《杜诗偶评》,(清)沈德潜选编:《唐诗别裁集》卷一四,河北人民出版社,1997年,第213页。
③ (唐)杜甫著,(清)仇兆鳌注:《杜诗详注》卷一七,中华书局,1979年,第1484、1485—1486页。

文学研究者企图在宏大的文化视野下解释文学生成、发展和演变过程的需求，其"文化生态"就是文化的形成和存在的状态，而完全不同于原初的生态含义：生态就是指一切生物的生存状态，以及它们之间和它们与环境之间环环相扣的关系。也意味着，文学研究中的文化生态还是一个在探索和待完善的概念，也正因此而处于动态之中。文学研究的文化生态方法有内在的一致性。而丹纳论希腊雕塑的"种族""时代""制度"正是我们在研究文化生态与文学所关注的几个重要视角。

文化生态的视野，不仅对重大事件的研究追问其宏大背景，而且对细部的分析总是追求立体的表达，追求生动场景的呈现，展开事物的层次和关系。

二、文化生态圈及其划分

不同的文化生态构成不同的文化生态圈，或称文化圈。关于文化圈或文化地域的讨论，如江南、岭南等区域文化研究，确实给诗歌分层研究许多启发。唐代诗歌创作也是在一定的文化圈中展开的，如淮南使府、剑南使府中的文士群在一定时间内就是很好的文化生态圈。

文化生态圈有如生物学的生态圈，有各自的区域特征、群类特征。一定区域或一定范围内的人群或人类社会形成相对的文化共同体，有共同的思想、信仰、社会习俗、价值理念。这一文化共同体有鲜明的时代性和地域性，时间和空间的因素贯穿在人们认识文化生态圈的过程之中。而文学研究者使用文化生态有自己的话语结构。

文化生态既然可以理解为文化生成形式、存在方式和发展态势等，那么在文化生态中必然会存在文化不平衡的对立关系，通常表现为强势文化和弱势文化的对立关系。

福柯在《话语的秩序》(肖涛译,袁伟校)中论述了话语和话语权力,"在言语对象的禁忌、言语环境的仪规以及言语主体的特权或独享的权利上,我们看到三种禁律的运作,它们相互交叉、加强或互补,构成一不断变化的复杂网络"。福柯以"疯人"言语为例,展开他的"区别和歧视"的排斥原则,"不是禁律,而是区别和歧视。我所指的是理性和疯狂的对立"。疯人言语的无效到不再是无效的过程,可以被理解为弱势言语到强势言语的转变,"自中世纪中期以来,疯人的言语既已不能像其他人的那样流通。他的言语会被视为无效,不具备任何可信性和重要性,不能作为法律证据,也不能用以认证合同和契约"。尽管疯人的言语有时能够隐藏真理或预知未来,但在18世纪末以前,"疯人众多的话语仅被视为纯粹的噪音"。"你会告诉我此种情况今天已经或即将结束;疯人的言语已不再是在区别的另一边,不再是无效的;相反,它让我们警觉,我们现在已开始探寻其意义。"所谓疯人的话在福柯看来,"无论如何,不管是被排斥或是被秘密地赋予理性,严格地讲,疯人的言语是不存在的"。这种前后对疯人言语的态度不同而做出的评价,借用福柯的话语体系,就是其言词是区别理性和疯狂的场所,而这场所的背后隐含疯人"角色"的变化,由弱势角色转变为强势角色,存在于"一种历史的、可修正的和制度性的限制系统"之内。

而真理意志依靠制度的支持,才获得权威,"真理意志,如同其它排斥系统,得依靠制度的支持:它由各层次的实践同时加强和更新。教育自不必说,还有图书系统、出版、图书馆;过去的学术社团和现在的实验室。但它无疑亦在更深的层次上被二个社会里运用知识、评估知识、分配知识,以及在某种意义上归属定性的方式所更新"。"我们相信这种如此依赖于制度的支持和分配的真理意志往往会向其它话语施加某种压力和某种制约性的力量（我仍然谈的是我们所处的社会）。""在我们的社会里，好像连法律都只能从真理话语处获得权威性。""更准确地说：不是所有话语领域都是同样开放和可进入的。"因此，真理意志可以具有制约性的力量。在福柯话语权力理论中，仪规言语是一限制性的话语系统，最表面和明显的是由可以被称为仪规的东西建构起来的，仪规界定言语个体所必备的资格，仪规把言语主体的具体特征和约定的角色都给确定下来。教育制度使言语仪规程序化，"说到底，教育制度究竟是什么呢？它无非是对言语仪规程序化，无非是赋予言语主体以资格并固定其角色，无非是在形成具有某种信条的群体（无论如何扩散），无非是在分配和占有蕴含知识和力量的话语"①。

　　福柯话语理论中对主体进行控制的"话语社团"原则和"信条"原则使类群之间保持了独立性而有了区别。"话语社团"原则，"保存或制造话语，但其目的是令话语在一封闭的空间流传，且根据严格的规则来分配它们，言语主体却不会因此种分配而被剥夺了权力"。"信条"原则，"信条总是作为忠于某一阶级、社会阶层、民族、利益、反叛、抵抗或接受的标志、表现和手段。信条原则使个人囿于某一类型的表达从而禁止其他类型的表达；但它也反过来用一定类型的表达把个体之间连接起来，并藉此把他们和其他人区别开来。信条原则带来的是双重服从：言语主体服从话语，话语又服从于（至少是事实上）言语个体群"。

　　在社会学中，社会分层理论也为强、弱势文化的分析提供了方法。韦伯在《阶级、身份和政党》一文中，提出三种分层的秩序：法

①　许宝强、袁伟选编：《语言与翻译的政治》，中央编译出版社，2001年，第1—31页。

律秩序、经济秩序和社会秩序。三者依次表现为权力分层、经济分层和声望分层。这些秩序肯定了人在社会中居处的位置,从而有了等级。韦伯的分析基于多元论的方法,即使是阶级划分也持有多元标准的观点;而其明晰的概念和对概念的描述,使人在认识韦伯理论的同时也有了运用其理论的可操作性。比如韦伯认为,身份是根据受社会价值评估所影响的生活方式来划分的,因此,身份群体是由那些分享着共同的生活方式和行为模式而且具有类似声望地位的人所组成,身份群体逐渐发展成为某些共同体的习惯和传统[①]。韦伯逝世(1920)后七年福柯才出世(1926),他们共同关注过权力(权威)。韦伯对权威做过分析,他认为合法性权威有三种,即和正式规则相联系的理性合法权威、和传统神圣性信念相联系的传统权威以及和崇拜象征相联系的卡里斯玛权威。在这三种权威中,传统权威指向历史,卡里斯玛权威是暂时的,合法权威对现代社会是最为有效的。和分层秩序不同,权威的分析都是寻找强势文化的存在和效用[②]。和福柯出生相近的另一位社会学家布迪厄(1930—),提出文化资本理论,并以"惯习"和"场域"解释了"阶级"的概念。惯习,是一系列社会性地建构起来的"性情倾向","场域"是具有性情倾向个体赖以活动的社会空间。"阶级"就是在社会空间中一群有着相似位置、被置于相似条件,并受到相似约束的行动者主体的结合,具有相似的性情倾向[③]。

从韦伯到福柯、布迪厄,在社会分层理论中,涉及对权力(权威)的探讨、群类基本结构的状态分析、文化社会性功能的描述等,这些

---

① 李春玲、吕鹏:《社会分层理论》,中国社会科学出版社,2008年,第38页。
② 《社会分层理论》,第43—44页。
③ 《社会分层理论》,第196页。

理论虽然不能导致强、弱势文化的分类,但都体现了强、弱势文化的结构和分布。特别是在方法上以及概念的使用上,给人们以极大的启示。

新领域的进入,新理论的尝试,不断吸引人们去面对新的问题。有时给自己预设的理论范畴已不太重要,重要的是解决问题的难度以及新发现的过程。在其发现问题和解决问题的过程中,方法论显示出工具理性的价值和力量。当人们意识到分层的角度成了认识事物运行规律的重要手段时,就不会满足于平面结构的分析;当人们意识到二元乃至多元论的灵活而不是刻板面对事物的优势,就会在事物的相互关系中去考察事物运动的规律,就会找到事物运行的动力在于事物之间的矛盾对立。文化生态中的强、弱势文化与文学创作之间的关系,是视野、视角,也是解决问题的方法。在两种力量的对立和统一,在大与小、强和弱、高和低、主和次、常与奇、新和旧、显性和隐性等范畴内,去关注共性与个性、历时性与共时性;关注运动与静止以及势能转变;思考事物运动的内在动力和外在轨迹。

因此,在文化生态与诗歌关系研究中,应注意文化生态圈的多元性、层次性、动态性。文化生态圈划分也是有标准和单位的,如按地域划分,即有两京、江南、巴蜀等区分;如以阶层划分,则有强势阶层和弱势阶层的区别。白居易、刘禹锡《春深》唱和诗中关于长安人物的划分,涉及面广,白居易和刘禹锡共同咏唱的富贵家、执政家、方镇家、刺史家、隐士家,除隐士难确定强、弱势外,其他都应属于强势阶层。白居易诗中明显为弱势阶层的有贫贱家、迁客家、妓女家,刘禹锡诗中明显为弱势阶层的有种蒿家;而刘诗中的万乘家、贵戚家、恩泽家、京兆家则明显为强势阶层。从阶层划分角度看,这一组四十首唱和诗,其史料价值十分珍贵。

文化生态概念运用到文学研究中,不仅仅是将原来视为文学产生背景、人文环境、作家活动场所等要素纳入文化生态中,而且要对文化生态中的场域、场势予以关注。文化生态中的不同个体、群体在其中的位置和格局对创作的影响是不同的,故对文化生态中因主体的强势和弱势而区分出文化的强势和弱势成了考察文化生态的重要观察点。

文学研究越想进入深处,对研究对象的处理越要精细。文化圈或文化生态圈的不断细化,体现了这一要求。

文化生态圈有如生物学的生态圈,有各自的区域特征、群类特征。一定区域或一定范围内的人群或人类社会形成相对的文化共同体,有共同的思想、信仰、社会习俗、价值理念。这一文化共同体有鲜明的时代性和地域性,时间和空间的因素贯穿在人们认识文化生态圈的过程之中。而文学研究者使用文化生态有自己的话语结构。

文化生态与诗歌关系研究中,应注意文化生态圈的多元性、层次性、动态性。文化生态圈划分也是有标准和单位的,如按地域划分,即有两京、江南、巴蜀等区分;如以阶层划分,则有强势阶层和弱势阶层的区别。白居易、刘禹锡《春深》唱和诗中关于长安人物的划分,涉及面广,从阶层划分角度看,这一组四十首唱和诗,其史料价值十分珍贵。

因此,材料的阅读和使用向研究者提出更高的要求。

三、文化生态多元与诗歌主题的选择

文化生态的多元组合,与诗歌创作的主观意志,或同或异,表现出彼此关系研究的复杂性。同一文化生态,每个诗人有自己的认识。这意味着文化生态构成的多面性,个体只是与文化生态某个面的结合。

　　比如巴蜀文化在唐代诗歌中的影响,由于李白的出川和杜甫的入川,具有极其重要的认识价值。但李商隐在东川对陈子昂的接受却不同于杜甫,这是分析文化生态与诗人关系的较好例证,说明同一文化圈中的诗人对区域文化的表现只是对文化生态中某一文化截面的选择。

　　李商隐大中九年前曾任东川节度判官①,节度使治所在梓州,梓州是初唐诗人陈子昂的家乡。李商隐在梓州留下不少诗作,如《夜雨寄北》:"君问归期未有期,巴山夜雨涨秋池。何当共剪西窗烛,却话巴山夜雨时。"② 有在诗题中出现"梓州"的作品,如《梓州罢吟寄同舍》:"不拣花朝与雪朝,五年从事霍嫖姚。君缘接座交珠履,我为分行近翠翘。楚雨含情皆有托,漳滨卧病竟无憀。长吟远下燕台去,惟有衣香染未销。"③ 李商隐并非短暂停留,而是在东川幕做幕僚。在这一特定的地理空间,李商隐理应有悼念陈子昂的诗,或与陈子昂相关的诗作。可是没有发现。当然,不排除李商隐有相关诗作,可能亡佚,这一设想虽然比较智慧和缜密,但文学史研究通常面对的是既存文献,否则无法展开研究。

　　正好盛唐诗人杜甫也在梓州生活过一段时间,可以做比较。有共同生活空间或相近的文化生态,其比较更具价值。

　　杜甫曾至东川梓州,作诗多首,其有《九日登梓州城》,《杜诗详注》注:"鹤注:宝应元年及广德元年,公皆在梓州。"④ 他在绵州时,送李某赴任梓州刺史时自然想到陈子昂。其《送梓州李使君之任》

---

① 戴伟华:《唐方镇文职僚佐考(修订本)》,广西师范大学出版社,2007 年,第393 页。

② 刘学锴、余恕诚:《李商隐诗歌集解》,中华书局,1998 年,第 1230 页。

③《李商隐诗歌集解》,第 1309 页。

④《杜诗详注》卷一一,第 933 页。

诗题原注云："故陈拾遗，射洪人也。篇末有云。"《杜诗详注》注云：
"鹤注：李梓州赴任，在宝应元年之夏，故诗云：'火云挥汗日，山驿醒
心泉。'尔时公在绵州也。广德元年，有《陪李梓州泛江》《陪李梓州
使君登惠义寺》诗，乃次年事。《唐书》：梓州梓潼郡，属剑南道。乾
元后，蜀分东、西川，梓州恒为东川节度使治所。按：梓州，今四川潼
川州是也，地在绵州之南。"诗云："遇害陈公殒，于今蜀道怜。君行
射洪县，为我一潸然。"① 表达了对陈子昂的景仰和哀悼之情。而到
了梓州后，他瞻仰了陈子昂宅，作有《陈拾遗故宅》诗，《杜诗详注》
注云："杨德周曰：陈拾遗故宅，在射洪县东武山下，去县北里许。本
集云：子昂四世祖陈方庆，好道，隐于此。有唐朝道观址。而真谛
寺在其左。《碑目》云：陈拾遗故宅，有赵彦昭、郭元振题壁。"诗云：
"拾遗平昔居，大屋尚修椽。悠扬荒山日，惨澹故园烟。位下曷足
伤，所贵者圣贤。有才继骚雅，哲匠不比肩。公生扬马后，名与日月
悬。同游英俊人，多秉辅佐权。彦昭超玉价，郭振起通泉。到今素壁
滑，洒翰银钩连。盛事会一时，此堂岂千年。终古立忠义，感遇有遗
编。"② 表达出对陈子昂人格、诗作的赞美。

　　梓州有陈子昂读书处，杜甫参观其遗迹，作《冬到金华山观因得
故拾遗陈公学堂遗迹》诗，《杜诗详注》注云："鹤曰：宝应元年秋，公
自梓归成都迎家，再至梓州。十一月，往射洪，乃是时作。广德元年，
虽亦在梓，而冬已往阆州矣。《舆地纪胜》：陈拾遗书堂，在射洪县北
金华山。大历中，东川节度使李叔明，为立旌德碑于金华山读书堂，
今在玉京观之后。地志：金华山，上拂云霄，下瞰涪江。有玉京观在
本山上。东晋陈勋学道山中，白日仙去。梁天监中建观。《唐书》：陈

① 《杜诗详注》卷一一，第916页。
② 《杜诗详注》卷一一，第947页。

子昂,字伯玉,梓州射洪人,常读书于金华山。"诗云:"陈公读书堂,
石柱仄青苔。悲风为我起,激烈伤雄才。"① 称扬陈子昂为"雄才",并
作深深哀悼。

　　通常以"杏花春雨江南"来概括江南的秀美,但江南也有壮美的
一面出现在诗人笔下,如长江的雄阔、钱塘潮的威猛,甚至包括洞庭
湖的气势,都是南方景观,是南方文化不可缺少的组成部分。写长江
雄阔,如王湾《次北固山下》"潮平两岸阔,风正一帆悬"②;杜甫《旅
夜书怀》"星垂平野阔,月涌大江流"写景阔大,浦起龙谓之"开襟旷
远"③。写钱塘潮威猛,李白《横江词》云:"海神来过恶风回,浪打天
门石壁开。浙江八月何如此,涛似连山喷雪来。"④ 刘禹锡《浪淘沙
词》云:"八月涛声吼地来,头高数丈触山回。须臾却入海门去,卷起
沙堆似雪堆。"⑤ 写洞庭湖的气势,孟浩然《望洞庭湖赠张丞相》"气
蒸云梦泽,波撼岳阳城",杜甫《登岳阳楼》"吴楚东南坼,乾坤日夜
浮",《金玉诗话》云:"洞庭天下壮观,自昔骚人墨客,斗丽搜奇者尤
众。如'水涵天影阔,山拔地形高','四望疑无路,中流忽有山','鸟
飞应畏堕,帆远却如闲',皆见称于世。然莫若'气蒸云梦泽,波撼岳
阳城'。则洞庭空旷无际,雄张如在目前。至读杜子美诗,则又不然。
'吴楚东南坼,乾坤日夜浮',不知少陵胸中,吞几云梦也。"⑥

　　如用北方之雄、南方之秀来区分南、北艺术风格,显然还要有充

---

① 《杜诗详注》卷一一,第 946 页。
② (清)彭定求等编:《全唐诗》卷一一五,中华书局,1960 年,第 1170 页。
③ (清)浦起龙撰:《读杜心解》卷三,中华书局,1961 年,第 490 页。
④ (唐)李白著,(清)王琦注:《李太白全集》卷七,中华书局,1977 年,第 402 页。
⑤ (唐)刘禹锡撰,《刘禹锡集》整理组点校,卞孝萱校订:《刘禹锡集》卷二七,
　中华书局,1990 年,第 362 页。
⑥ 《杜诗详注》卷二二,第 1947—1948 页。

分的说明。这也是因文化生态品性的丰富性和复杂性所决定的。

在中国诗歌研究中,任何一种新理论的运用,任何一个论述视角的选取,目的仍然是要去发现诗歌史研究中的问题,并试图去解决。从这一意义说,尽管我们使用新方法或选取新角度,但我们追求的是,在现已完成的成果中,即便抽去新理论的内容,论文本身所论及的问题和取得的成果应该具有创新性的学术价值,古人谓"得鱼忘筌","筌"作为工具固然重要,而捕到的"鱼"是最为重要的。

文化生态的多元组合,与诗歌创作的主观意志,或同或异,表现出彼此关系研究的复杂性。对同一文化生态,每个诗人有自己的认识。意味着文化生态构成的多面性,个体只是与文化生态某个面的结合。

比如巴蜀文化在唐代诗歌中的影响,由于李白的出川和杜甫的入川,具有极其重要的认识价值。但李商隐在东川对陈子昂的接受却不同于杜甫,这是分析文化生态与诗人关系的较好例证,说明同一文化圈中的诗人对区域文化的表现只是对文化生态中某一文化截面的选择。

第二章　诗歌与时运、群体、传播、观念

用文化生态来解读唐诗,通常首先想到的是政治权力和文学的关系。这一思路是正确的。政治权力通常能保证文学拥有绝对的话语权力,反之,政治权力亦可以削弱或制止文学的话语权力。刘禹锡《唐故相国李公集纪》云:"故起文章为大臣者,魏文贞以谏诤显,马高唐以智略奋,岑江陵以润色闻,无草昧汗马之劳,而任遇在功臣上。唐之贵文至矣哉!后王纂承,多以国柄付文士。元和初,宪宗遵圣祖故事,视有宰相器者,贮之内庭,繇是释笔砚而操化权者十八九。"① 这里就有成就者论述政治与文学结合的时代典范。

政治权力和文学引领关系,有时会失衡,权德舆《唐故尚书兵部郎中杨君文集序》云:"自天宝已还,操文柄而爵位不称者,德舆先大夫之执曰赵郡李公遐叔、河南独孤公至之,狎主时盟,为词林龟龙,止于尚书郎、二千石。属者亡友安定梁肃宽中,平夷朗畅,杰迈间起;博陵崔鹏元翰,博厚周密,精醇不杂。二君者,虽尝司密命,裁赞书,而终不越于谏曹、计部。"②

---

① (唐)刘禹锡著,陶敏、陶红雨校注:《刘禹锡全集编年校注》卷一八,中华书局,2019年,第2009页。
② (唐)权德舆撰,蒋寅笺,唐元校,张静注:《权德舆诗文集编年校注》,辽海出版社,2013年,第450页。

刘禹锡的看法似分指两种情况，一种是"多以国柄付文士"，一种是"释笔砚而操化权"，其实本质上是一致的，即文士和权力之间是正面互动互助关系。而权德舆则说的是另一种情况，"操文柄而爵位不称"。刘、权二位所言反映的是：或强势的权力与强势的文化合一，构成强、强联合的关系；或弱势的权力与强势的文化的组合，构成了强、弱联合的关系。

这一现象让我们有兴趣去对文化生态与唐诗创作状态的关系进行深入思考。可以说，二者的联系和影响渗透到文士生活和诗歌创作的多个层面。

一、"盛唐气象"及文学时运

论唐诗时，会提及"盛唐气象"的概念，唐有初、盛、中、晚，为何独提盛唐？这就是结合文化生态的选择性表达。诗分四个时期来论述，多半是文学史所取的"史"（时间）的要素，是认识一个朝代文学走向最易操作、最易讲解，也最容易使人明白接受的方式。但其缺陷显而易见，文学史的时段线索和政治史的分期并不完全吻合，衡诸文学现象确实如此。政权的更替并不能使文学面貌发生本质性的改变，通常易代之际的文学往往带着旧朝代的色彩。而文学史上所谓"建安文学""正始文学"，分别表示了跨代文学特征。建安是汉末的年号，而建安文学则是指汉魏之际的文学；正始是魏末的年号，而正始文学则是指魏晋之际的文学。因此，所谓四唐诗的概念，把唐诗分为初、盛、中、晚的人为划分就一直受到质疑。王士禛《跋唐诗品汇》云："宋、元论唐诗，不甚分初盛中晚。故《三体》《鼓吹》等集，率详中晚而略初盛，揽之愦愦。杨士弘《唐音》始稍区别，有正音，有余响，然犹未畅其说，间有舛谬。迨高廷礼《品汇》出，而所谓正始、正音、大家、名家、羽翼、接武、正变、余响,皆井然矣。"① 这里肯定了高棣划分初、盛、中、晚说唐诗的做法,使原本以作家论为主体的方法,有了阶段性的区分,故具明晰有序的好处。但高棣四期划分时,又对各阶段诗有了质量的评估,导致后人有了以时段衡定诗歌的品质、重初盛而轻中晚的趋向。毛张健《唐体余编序》云:"近代之论唐者,类以初、盛、中、晚,厘为界分,以为诗之厚薄所由别。殊不知中、晚之诗即初、盛之诗。不宁惟是,更溯之汉、魏、六朝,其源流本自相接,可以时代之隔、体势之异论乎?"② 高士奇《唐三体诗序》云:"有唐三百余年,才人杰士驰骤于声律之学,体裁风格与时盛衰,其间正变杂出,莫不有法。后之选者,各从其性之所近,胶执己见,分别去取,以为诗必如是而后工。规初、盛者,薄中、晚为佻弱;效中、晚者,笑初、盛为肤庸。各持一说,而不相下。选者愈多,而诗法愈晦。"③《诗源辩体·初唐》云:"初、盛、中、晚唐之诗,虽各不同,然亦间有初而类盛、盛而类中、中而类晚者,亦间有晚而类中、中而类盛、盛而类初者,又间有中而类初、晚而类盛者,要当论其大概耳。"④ 灵活地对待初、盛、中、晚的分段及其与诗歌品质所做的对应分析,是可取的。事实上,盛唐集中了唐诗的众多大家,成为中国诗史的极盛期。

"诗必盛唐"论是明代前后七子为代表的复古派提出的,这一说法的依据是盛唐诗人的创作业绩,同样也是唐人自己的观念,殷璠《河岳英灵集序》云:"自萧氏以还,尤增矫饰。武德初,微波尚在。

---

① (清)王士祯撰,宫晓衡点校:《香祖笔记》卷六,齐鲁书社,2007 年,第 4576 页。

② (清)毛张健:《唐体余编序》,孙琴安著:《唐诗选本六百种提要》,陕西人民教育出版社,1980 年,第 338 页。

③ (清)高士奇:《唐三体诗序》,《唐诗选本六百种提要》,第 318 页。

④ (明)许学夷著,杜维沫校点:《诗源辩体》卷一,人民文学出版社,1987 年,第 154 页。

贞观末,标格渐高。景云中,颇通远调。开元十五年后,声律风骨始备矣。实由主上恶华好朴,去伪从真,使海内词场,翕然尊古,南风周雅,称阐今日。"① 其中"风骨"论也得到其他人的支持,以为盛唐有建安遗范。杜确《岑嘉州诗序》云:"开元之际,王纲复举,浅薄之风,兹焉渐革。其时作者,凡十数辈,颇能以雅参丽,以古杂今,彬彬然,灿灿然,近建安之遗范矣。"② 玄宗开元、天宝时期文学的风貌,于邵说是"格高体正",其《与裴谏议虬书》云:"齐梁陈隋,乃至流遁矣。国家受命,焕乎文明。开元天宝,于斯为盛。格高体正者,君臣之义,天人之际,毕备于斯矣。"③ 权德舆谓之"存乎风兴",其《左武卫胄曹许君集序》云:"建安之后,诗教日寝,重以齐梁之间,君臣相化,牵于景物,理不胜词。开元天宝以来,稍革颓靡,存乎风兴。然趋时逐进,此为橐钥,绅佩之徒,以不能言为耻。至于吟咏情性,取适章句者鲜焉。"④ 诗歌之"盛唐气象",突出了开元、天宝年的重要时代意义。

　　开元、天宝之盛,集中表现在如下几点:一是名家辈出。"开元、天宝间,则有李翰林之飘逸,杜工部之沉郁,孟襄阳之清雅,王右丞之精致,储光羲之真率,王昌龄之声俊,高适、岑参之悲壮,李颀、常建之超凡,此盛唐之盛者也。"⑤ 二是改变风气。"景云以前,诗人犹习齐梁之气,不除故态,率以纤巧为工。开元后,格律一变,遂超然越度前古,当时虽李杜独据关键,然一时辈流,亦非大历元和间诸人可跂

① 傅璇琮、陈尚君、徐俊编:《唐人选唐诗新编(增订本)》,中华书局,2014 年,第 156 页。
② (唐)杜确:《岑嘉州诗序》,(唐)岑参撰,廖立笺注:《岑参诗笺注》,中华书局,2018 年,第 1 页。
③ (清)董诰等:《全唐文》卷四二六,中华书局,1983 年,第 4343 页。
④ 《权德舆诗文集编年校注》,第 42 页。
⑤ (明)高棅编选:《唐诗品汇》,上海古籍出版社,2012 年,第 7 页。

望。"① 三是诗家典范。从风格看,格高境远、雄浑悲壮。严羽辨析"雄深雅健"与"雄浑悲壮",认为"健"可评文,不可以评盛唐诗,"雄浑悲壮"为得盛唐诗之体②。从诗歌写作看,律诗在初唐写作探索中,已在形式上完善成熟,而盛唐提升了律诗的境界,王世贞云:"盛唐之于诗也,其气完,其声铿以平,其色丽以雅,其力沉而雄,其意融而无迹,故曰:盛唐其则也。"③ 杨士奇云:"律诗始盛于开元、天宝之际,当时如王、孟、岑、韦诸作者,犹皆雍容萧散有余味可讽咏也。若雄深浑厚,有行云流水之势,冠冕佩玉之风,流出胸次,从容自然,而皆由夫性情之正,不局于法律,亦不越乎法律之外,所谓从心所欲不逾矩,为诗之圣者,其杜少陵乎。"④ 从影响看,示后世学诗楷式。严羽强调"以盛唐为法",以为开元、天宝诗为学诗之上品,指出"向上一路"。他在《沧浪诗话·诗辨》中说:"夫学诗者以识为主:入门须正,立志须高;以汉魏晋盛唐为师,不作开元、天宝以下人物。……博取盛唐名家,酝酿胸中,久之自然悟入。虽学之不至,亦不失正路。"⑤ 诗家之"盛唐气象"大致包括以上内涵。

时代不同,文学地位不同。治时则崇文,兵兴则尚武,刘禹锡《董氏武陵集纪》云:"自建安距永明已还,词人比肩,唱和相发。有以'朔风''零雨'高视天下,'蝉噪''鸟鸣'蔚在史策。国朝因之,

① (宋)蔡居厚:《蔡宽夫诗话》,郭绍虞辑:《宋诗话辑佚》卷下,中华书局,1980年,第384页。

② (宋)严羽:《答出继叔临安吴景仙书》,(宋)严羽著,郭绍虞校释:《沧浪诗话校释》,人民文学出版社,1983年,第252页。

③ (明)王世贞:《徐汝思诗集序》,(明)王世贞著,陈书录、郦波、刘勇刚选注评点:《王世贞文选》,苏州大学出版社,2001年,第29页。

④ (明)杨士奇:《东里续集》卷一四,《文渊阁四库全书》,上海古籍出版社,1987年,第1238册,第541—542页。

⑤ 《沧浪诗话校释》,第1页。

粲然复兴,由篇章以跻贵仕者相踵而起。兵兴已还,右武尚功,公卿大夫以忧济为任,不暇器人于文什之间,故其风寖息。乐府协律,不能足新词以度曲,夜讽之职,寂寥无纪。"①

时代不同,文风也不同。而文风之变在于华靡与筋骨之变。陆希声《唐太子校书李观文集序》云:"夫文兴于唐虞,而隆于周汉。自明帝后,文体寖弱,以至于魏晋宋齐梁隋,嫣然华媚,无复筋骨。唐兴,犹袭隋故态。至天后朝,陈伯玉始复古制,当世高之。虽博雅典实,犹未能全去谐靡。至退之乃大革流弊,落落有老成之风。而元宾则不古不今,卓然自作一体,激扬发越,若丝竹中有金石声。每篇得意处,如健马在御,蹀蹀不能止。其所长如此,得不谓之雄文哉?"②

时代不同,通常会被理解为国运不同,国运不同,则诗道不同。《诗源辩体·总论》云:"诗道兴衰,与国运相若。大抵国运初兴,政必宽大;变而为苛细,则衰;再变而为深刻,则亡矣。今人读史传必明于治乱,读古诗则昧于兴衰者,实以未尝讲究故也。故予编三百篇、楚骚、汉、魏、六朝、唐人诗,类温公《通鉴》;论三百篇、楚骚、汉、魏、六朝、唐人诗,类温公《历年图论》。学者苟能熟读而深究之,则诗道之兴衰见矣。"③所谓文风关乎气运者,气运,即强、弱势之转变。洪迈《黄御史集序》云:"词章关乎气运,于唐尤验云。唐兴三百年,气运升降其间,而诗文因之。自晋阳举义,开馆宫西以延文学,竟用词赋取士。士以操觚显者,无虑数百家。大都始沿江左颓习,竞于缔绘,耽披靡而乏气骨。伯玉奋然洗刷,沈、宋、燕、许辈出振响。以至贞元、长庆,经术大明,修古弥众,于时墨儒词匠所为诗若文,咸矩矱

---

① 《刘禹锡集》卷一九,第 238 页。
② 《全唐文》卷八一三,第 8550—8551 页。
③ 《诗源辩体》卷三四,第 328 页。

自然,不以雕饰为工,相与赞翊道真,赓扬鸿化,斯为锵锵尔雅。故文盛于韩、柳、皇甫,而其衰也,为孙樵,为刘蜕,为沈颜。诗盛于李、杜、刘、白。而其衰也,为郑谷,为罗隐,为杜荀鹤。"① 汪琬《唐诗正序》云:"有唐三百年间,能者相继。贞观、永徽诸诗,正之始也,然而雕刻组缋,殆不免陈、隋之遗焉。开元、天宝诸诗,正之盛也,然而李、杜两家并起角立,或出于豪俊不羁,或趋于沉着感愤,正矣有变者存。降而大历以讫元和、贞元之际,典型具在,犹不失承平故风,庶几乎变而不失正者与(欤)。自是之后,其辞渐繁,其声渐细,而唐遂陵夸(夷)以底于亡,说者盖比诸《郐》《曹》无讥焉。凡此皆时为之也。当其盛也,人主励精于上,宰臣百执趋事尽言于下,政清刑简,人气和平,故其发之于诗,率皆冲融而尔雅,读者以为正,作者不自知其正也。及其既衰,在朝则朋党之相讦,在野则戎马之交讧,政烦刑苛,人气愁苦,故其所发,又皆哀思促节为多,最下则浮且靡矣。中间虽有贤者,亦尝博大其学,掀决其气,以求篇什之昌,而讫不能骤复乎古,读者以为变,作者亦不自知其变也。是故正变之所形,国家之治乱系焉,人才之消长,风俗之污隆系焉。"② 这一认识同于以初、盛、中、晚来分别诗之优劣的观点。

　　以复变观说唐诗,其根在古,其意在新。复变的周期,因所论事

----

① (宋)杨万里撰,辛更儒笺校:《杨万里集笺校》卷七九《黄御史集序》笺注附录,中华书局,2007年,第3213页。按,作"沈颜"是,沈颜,晚唐五代人,《新唐书·艺文志》"沈颜《聱书》十卷";《郡斋读书志》:"沈颜《聱书》十卷,右伪吴沈颜,字可铸,传师之孙,天复初进士,为校书郎。"曾枣庄、刘琳主编:《全宋文》卷四九一七,上海辞书出版社、安徽教育出版社,2006年,第222册,第51页。曾枣庄主编:《宋代序跋全编》卷三二,齐鲁书社,2015年,第846页。吴文治编:《韩愈资料汇编》二,中华书局,1983年,第370页。诸书作"沈、颜",以为二人,均误。

② (清)汪琬:《唐诗正序》,《文渊阁四库全书》,第1315册,第464页。

物性质不同而有长有短,卢藏用《陈伯玉文集序》云:"道丧五百岁
而得陈君。"① 顾况《礼部员外郎陶氏集序》云:"大抵文体十年一
更。"② 文坛风气转变快速,新陈代谢,生气所在。十年一变的说法
有夸张之处,也体现文人对变革的焦虑和期待,甚至有点"冒进";
而五百年的周期又显保守。独孤及《检校尚书吏部员外郎赵郡李
公中集序》云:"于时文士驰骛,飙扇波委,二十年间,学者稍厌《折
杨》《皇荂》,而窥《咸池》之音者什五六。识者谓之文章中兴,公实
启之。"③ "二十年间"的提法比较谨慎,但也未必符合文学演进的
事实。

　　诗歌之变不仅关乎时代,亦关乎风俗。《唐国史补》卷下云:
"大抵天宝之风尚党,大历之风尚浮,贞元之风尚荡,元和之风尚怪
也。"④ 应是描述的不同时期风气、风俗与文学的关系,并形成不同时
期的文风。风俗和文风相关,但后者之变难于前者,欧阳修《集古录
跋尾·唐元次山铭》云:"唐自太宗致治之盛,几乎三代之隆,而惟文
章独不能革五国之弊。既久而后,韩、柳之徒出,盖习俗难变,而文变
体又难也。"⑤

　　风俗或与节序关联,文士常于节序作诗,所谓"纪赏年华,概入
歌咏"。《唐音癸签·谈丛三》云:"唐时风习豪奢,如上元山棚,诞节
舞马,赐酺纵观,万众同乐。更民间爱重节序,好修故事,彩缕达于王
公,粆粔不废俚贱。文人纪赏年华,概入歌咏。又其待臣下法禁颇

---

① 《全唐文》卷二三八,第 2402 页。
② 《全唐文》卷五二八,第 5367 页。
③ 《全唐文》卷三八八,第 3946 页。
④ (唐)李肇:《唐国史补》卷下,(唐)李肇、赵璘:《唐国史补 因话录》,上海古
　 籍出版社,1979 年,第 57 页。
⑤ (宋)欧阳修:《集古录跋尾》卷八,光绪丁亥校刊,行素竹堂藏版,第 3 页。

宽,恩礼从厚,凡曹司休假,例得寻胜地宴乐,谓之旬假,每月有之。遇逢诸节,尤以晦日、上巳、重阳为重。后改晦日,立二月朔为中和节,并称三大节。所游地推曲江最胜。本秦之隑洲,开元中疏凿,开成、太和间更加淘治。南有紫云楼、芙蓉苑,西有杏园、慈恩寺。环池烟水明媚,中有彩舟;夹岸柳阴四合,入夏则红蕖弥望。凡此三节,百官游宴,多是长安、万年两县有司供设,或径赐金钱给费,选妓携觞,幄幕云合,绮罗杂沓,车马骈阗,飘香堕翠,盈满于路。朝士词人有赋,翼日即留传京师。当时倡酬之多,诗篇之盛,此亦其一助也。"①

　　时运与文运通,文与时高下。刘禹锡《唐故尚书礼部员外郎柳君集纪》云:"八音与政通,而文章与时高下。三代之文,至战国而病,涉秦、汉复起。汉之文,至列国而病,唐兴复起。夫政庞而土裂,三光五岳之气分,大音不完,故必混一而后大振。初,贞元中,上方向文章,昭回之光,下饰万物。天下文士,争执所长,与时而奋,粲焉如繁星丽天,而芒寒色正,人望而敬者,五行而已。"②时运可以理解为时间和国运,在时间序列中考察强、弱势文化与文学的关系,必然会关注唐代诗歌在初、盛、中、晚不同时段所呈现的文学状态,对于四唐诗的描述、对盛唐气象的阐释,都承认了强势文化的主导作用;而在国运中考察诗歌的格调,也自然会去关注风俗、习俗,这也是丹纳在《艺术哲学》中强调时代因素的意义所在。

小　结

　　时运可以理解为时间和国运,在时间序列中考察强、弱势文化与文学的关系,必然会关注唐代诗歌在初、盛、中、晚不同时段所呈现的

---

① (明)胡震亨:《唐音癸签》卷二七,上海古籍出版社,1981年,第284—285页。
② 《刘禹锡全集编年校注》卷一六,第1805页。

文学状态,对于四唐诗的描述、对盛唐气象的阐释,都承认了强势文化的主导作用。"诗必盛唐"论是明代前后七子为代表的复古派提出的,这一说法的依据是盛唐诗人的创作业绩,同样也是唐人自己的观念。开元、天宝之盛,集中表现在名家辈出、改变风气、诗家典范等各方面。从风格看,格高境远、雄浑悲壮。从诗歌写作看,律诗在初唐写作探索中,已在形式上完善成熟,而盛唐则提升了律诗的境界。

二、群体组成及其身份结构

对于文人群体的形成的描述,一方面参照文学编年史的成果,寻找有影响力的主流或强势群体的文人活动,来展示一个朝代以及各个阶段的文学主潮;另一方面参照文人集会而汇编的文人唱和集,从这一自觉的文学编集行为中展示文人的时代诉求和引领的欲望。

文人个体存在既有生存困难,也不足以体现群体的力量。而当他们汇集在一起,并成为核心政治权力的组成部分时,会显示出强势文化的优势。故在考察文化或文学地位时,联系文化生态及文士的生存环境,联系文士由个体变为群体是必要的。换句话说,文士附着在强势文化的载体上才能充分实现人生的价值。从阶层划分来看,士阶层一端向下,联系着下层,故能为弱者呼号,或表现文人的情趣和对个人命运的感叹;其另一端联系着上层,故能使治国平天下的理想不再是空想和空谈,在诗歌中常常能反映国家的气象。

唐初的知识分子群的组合体现出过渡期的特色,太子、秦王、齐王广揽天下才俊,为未来的政治活动储备人才。《新唐书·袁朗传》载:"武德初,隐太子与秦王、齐王相倾,争致名臣以自助。太子有詹事李纲窦轨、庶子裴矩郑善果、友贺德仁、洗马魏徵、中舍人王珪、舍人徐师谟、率更令欧阳询、典膳监任璨、直典书坊唐临、陇西公府祭酒韦挺、记室参军事庾抱、左领大都督府长史唐宪；秦王有友于志宁，记室参军事房玄龄虞世南颜思鲁、咨议参军事窦纶萧景、兵曹杜如晦、铠曹褚遂良、士曹戴胄阎立德、参军事薛元敬、蔡允恭、主簿薛收李道玄、典签苏勖、文学姚思廉褚亮、燉煌公府文学颜师古、右元帅府司马萧瑀、行军元帅府长史屈突通、司马窦诞、天策府长史唐俭、司马封伦、军咨祭酒苏世长、兵曹参军事杜淹、仓曹李守素、参军事颜相时；齐王有记室参军事荣九思、户曹武士逸、典签裴宣俨，朗为文学。从父弟承序亦有名，王召为文学馆学士。"①

应该说这些士人都可以从事文学创作，但由于作品在流传过程中散佚了，已无法知道他们的作品面貌。他们都在《袁朗传》中被提及，这一归类可以说明这一群体具有文学创作的才能。比如在文学史上无法提及的贺德仁，原有文集二十卷，《旧唐书·文苑传》贺德仁本传云其与从兄贺德基"咸以词学见称"②，可惜作品散佚了。不过从过渡期的特点看，诸王府文士并不以创作为要务，而主要工作是以知识为主人谋划争取地位、争夺天下。

这一以储备政治人才而招揽文士的模式在政权稳定期会发生变化，以帝王为中心的高层次文士组合，以诗歌唱和发出群体（阶层）的声音。太宗朝的君臣诗歌活动，以《翰林学士集》为成果，反映了太宗朝宫廷诗人的诗歌写作活动。而中宗朝的文馆学士的创作与太宗朝宫廷诗人唱和在背景上大致相同，而群体性质又十分相近。

贾晋华所选数部唐代集会总集以及与之相联系的群体活动，分别是《翰林学士集》与太宗朝宫廷诗人群、《景龙文馆记》与中宗朝文馆学士群、《大历年浙东联唱集》与浙东诗人群、《吴兴集》与大历

---

① 《新唐书》卷二〇一，第 5727 页。
② （后晋）刘昫：《旧唐书》卷一九〇，中华书局，1975 年，第 4987 页。

浙西诗人群、《汉洛集》和《洛中集》及《洛下游赏宴集》与大和至会昌东都闲适诗人群、《汉上题襟集》与襄阳诗人群、《松陵集》与咸通苏州诗人群,在时间上大致反映了唐代不同时期的集会创作的面貌,特别是参与人员的阶层和活动的地点不断变化,直观地勾勒出文学群体的活动因主持者不同、地点不同而呈现出由中央到地方的下移轨迹①。

唐人选唐诗也和总集一样,呼应了由一元(朝廷)向多元的走势。玄宗朝的唐诗选本,如殷璠《丹阳集》和《河岳英灵集》正代表了地方性和下层文士的创作要求,而与《河岳英灵集》时间相对应的朝廷唱和一直存在,进入《河岳英灵集》的诗人很少有机会参与朝廷有组织的集体诗歌活动,朝廷诗人与《河岳英灵集》诗人有了明显的阶层分野。

尽管有了创作群下移的描述,但朝廷文人或文化中心的文人活动从未间断,这是事实。当方镇幕府文人以节帅为中心的诗歌活动在全国各地展开时,也不可能改变这一现状。但非中心地区的文人创作,更具活力。

文学群体之所以能形成,往往得力于有地位或有影响力的人物。颜真卿《尚书刑部侍郎赠尚书右仆射孙逖文公集序》云:"故燕国深赏公才,俾与张九龄、许景先、韦述同游门庭。"② 由于张说的赏识,孙逖、张九龄、许景先、韦述等人围绕张说构成一组关系;顾况《礼部员外郎陶氏集序》云:"唐词臣姓陶氏……綦毋著作潜、王龙标昌龄则

---

① 贾晋华:《唐代集会总集与诗人研究》,北京大学出版社,2001年,贾晋华编有《太宗朝宫廷诗人群文学活动及唱和作品编年表》,第13—29页;《唐中宗景龙中修文馆活动及作品编年表》,第49—63页。

② (唐)颜真卿著,(清)黄本骥编订,凌家民点校、简注、重订:《颜真卿集》,黑龙江人民出版社,1993年,第64页。

其勋敌。登公之门，李膺之门也，鲍、马二京兆，中书谢舍人良弼、良辅，侍御史李封，殿中刘全诚，名自公出。"①鲍防、谢良弼、谢良辅、李封、刘全诚等因陶翰赏识而构成一组关系。

据《诗薮·外编·唐下》云："唐人每同赋一题，必推擅场，如钱起《送刘相公》、李端《与郭都尉》之类。今同赋多不传，即擅场者未必佳也。若高适、岑参、杜甫同赋《慈恩寺》三古诗，贾至、王维、杜甫、岑参同赋《早朝》四七言律，宋之问、沈佺期、苏颋同赋《昆明池》三排律，沈佺期、皇甫冉、李端、王无竞题《巫山高》四五言律，皆才格相当，足可凌跨百代。就中更杰出者，则《慈恩》，当推杜作；《早朝》，必首王维；《昆明》，之问为最；《巫山》，皇甫尤工。"②推为擅场者，是众人唱和中的优秀作品，也为以后的诗歌唱和活动树立了典型。

应该看到，在文士集团形成的过程中，领袖作用不可忽视。宋范俊《寄上李丞相书》云："唐世人物，视秦、汉而下为最盛。盖其始也，隋王通以儒术兴于河汾，学者戴经抱籍以从之游，如房玄龄、杜如晦、魏徵、薛收、李靖、温大雅等，举出其门，而皆为王佐，勋名卓然。其后韩愈起文弊于乖微，为诸儒标的。有从愈者，号称韩门弟子。于是唐之文章，郁然西汉余风。学古之士，肩摩迹接，继愈而作，争以所长，焜耀于时。此唐世人物，所以视秦、汉而下为最盛，实通、愈之力也。"③王士禛《李容斋相国千首诗序》云："一代文章之柄，一二人持之，此非爵位名势之谓也。其人既有轶伦绝群之才，足以笼挫古今，使一世能言之流，咸摧敛锋锷，而退处其下。而又能主张后进，弘奖善类，士之归之，如百川之赴海。如是者，代不数人焉。唐兴百余年，

---

① 《全唐文》卷五二八，第 5366—5367 页。

② （明）胡应麟：《诗薮》外编卷四，上海古籍出版社，1979 年，第 188 页。

③ （宋）范浚：《香溪集》，《文渊阁四库全书》，第 1140 册，第 146 页。

至元和而后,有南阳韩氏……一时雄骏非常之士……咸凑其门,此岂以爵位名势为哉?盖必有故矣。"① 王士禛在此基本上界定了能成为领袖的要素:一是才能超群,二能奖掖后进。

文风迁移,除个人的倡导外,尚需群体的努力,独孤及《检校尚书吏部员外郎赵郡李公中集序》云:"天宝中,公与兰陵萧茂挺、长乐贾幼几勃焉复起,振中古之风,以宏文德,公之作本乎王道,大抵以五经为泉源,抒情性以托讽,然后有歌咏。美教化,献箴谏,然后有赋颂。悬权衡以辩天下公是非,然后有论议;至若记序、编录、铭鼎、刻石之作,必采其行事以正褒贬,非夫子之旨不书。故《风》《雅》之指归,刑政之本根,忠孝之大伦,皆见于词。于时文士驰骛,飙扇波委,二十年间,学者稍厌《折杨》《皇荂》,而窥《咸池》之音者什五六。识者谓之文章中兴,公实启之。公名华,字遐叔,赵郡人。"② 定标准以权衡天下文章和文士呼应奔走都重要。这一时期散文复古思潮的代表人物是李华、萧颖士、贾至、独孤及。据李舟《独孤常州集序》云:"先大夫尝因讲文谓小子曰:'吾友兰陵萧茂挺、赵郡李遐叔、长乐贾幼几,洎所知河南独孤至之,皆宪章六艺,能探古人述作之旨。贾为玄宗巡蜀分命之诏,历历如西汉时文,若使三贤继司王言,或载史笔,则典谟训诰誓命之书,可仿佛于将来矣。'"③ 这四人的名字和文章功业不断得到重视而重复。梁肃《补阙李君前集序》云:"天宝已还,则李员外、萧功曹、贾常侍、独孤常州比肩而出,故其道益炽。"④ 当这一群体由多位杰出人才组成时,就更有宣传力度和行动效果。

① (清)王士禛著:《蚕尾续文集》卷一,见《王士禛全集》,齐鲁书社,2007年,第三册,第1987页。
② 《全唐文》卷三八八,第3946页。
③ (宋)李昉:《文苑英华》卷七〇二,中华书局,1966年,第3621—3622页。
④ 《文苑英华》卷七〇三,第3626页。

　　从非物质文化形态看,文学集团或群体,打破阶层、地域等分层标准,而以风格、品质论,张为《诗人主客图序》即是,唐代诗人的等级区分未必合理,但其中以风格、品质、内涵来给诗人排序,也给人们认识唐代诗坛提供了新的路径,"若主人门下处其客者,以法度一则也。以白居易为广大教化主,上入室杨乘,入室张祜、羊士谔、元稹,升堂庐(卢)仝、顾况、沈亚之,及门费冠卿、皇甫松、殷尧藩、施肩吾、周元范、况元膺、徐凝、朱可名、陈标、童翰卿。以孟云卿为高古奥逸主,上入室韦应物,入室李贺、杜牧、李馀、刘猛、李涉、胡幽正,升堂李观、贾驰、李宣古、曹邺、刘驾、孟迟,及门陈润、韦楚老。以李益为清奇雅正主,上入室苏郁,入室刘畋、僧清塞、卢休、于鹄、杨洄美、张籍、杨巨源、杨敬之、僧无可、姚合,升堂方干、马戴、任蕃、贾岛、厉元、项斯、薛寿,及门僧良乂、潘诚、于武陵、詹雄、卫准、僧志定、喻凫、朱庆馀。以孟郊为清奇僻苦主,上入室陈陶、周朴,及门刘得仁、李溟。以鲍溶为博解宏拔主,上入室李群玉,入室司马退之、张为。以武元衡为瑰奇美丽主,上入室刘禹锡,入室赵嘏、长孙佐辅、曹唐,升堂卢频、陈羽、许浑、张萧远,及门张陵、章孝标、雍陶、周祚、袁不约"①。诗人以"广大教化""高古奥逸""清奇雅正""清奇僻苦""博解宏拔""瑰奇美丽"为单元而形成虚拟的组织结构。吴融《禅月集序》云:"国朝为能歌诗者不少,独李太白为称首。盖气骨高举,不失颂咏风刺之道。厥后白乐天为讽谏五十篇,亦一时之奇逸极言。昔张为作《诗图》五层,以白氏为广大教化主,不错矣。至于李长吉以降,皆以刻削峭拔飞动文彩为第一流,而下笔不在洞房蛾眉、神仙诡怪之间,则掷之不顾。迩来相教学者,靡漫浸淫,困不知变。"②吴融肯定

---

①《全唐文》卷八一七,第 8604—8605 页。
②《全唐文》卷八二〇,第 8643 页。

了张为的虚拟组织结构,但也有所批评。后世的学案体也承传了这一叙述结构和方法。

文人集会并无明显的集团性质,但集会形式是形成集团性质的基础,蕴含着集团诞生的因素。《鉴诫录·四公会》云:"长庆中,元微之、刘梦得、韦楚客同会白乐天之居,论南朝兴废之事。乐天曰:'古者言之不足,故嗟叹之,嗟叹之不足,故咏歌之。今群公毕集,不可徒然,请各赋《金陵怀古》一篇,韵则任意择用。'时梦得方在郎署,元公已在翰林。刘骋其俊才,略无逊让,满斟一巨杯,请为首唱。饮讫,不劳思忖,一笔而成。白公览诗曰:'四人探骊,吾子先获其珠,所余鳞甲何用。'三公于是罢唱,但取刘诗吟味竟日,沉醉而散。刘诗曰:'王浚楼船下益州,金陵王气黯然收。千寻铁锁沉江底,一片降幡出石头。荒苑至今生茂草,古城依旧枕寒流。而今四海归皇化,两岸萧萧芦荻秋。'长安慈恩寺浮图起开元,至大和之岁,举子前名登游题纪者众矣。文宗朝,元稹、白居易、刘禹锡唱和千百首,传于京师,诵者称美。凡所至寺观台阁林亭或歌或咏之处,向来名公诗板潜自撤之,盖有愧于数公之咏也。会元、白因传香于慈恩寺塔下,忽睹章先辈所留之句,命僧拂去埃尘。二公移时吟味,尽日不厌,悉令除去诸家之诗,唯留章公一首而已。乐天曰:'不谓严维出此弟子。'由是二公竟不为之。诗流自此慈恩息笔矣。章公诗曰:'十层突兀在虚空,四十门开面面风。却怪鸟飞平地上,自惊人语半天中。回梯暗踏如穿洞,绝顶初攀似出笼。落日凤城佳气合,满城春树雨濛濛。'"①章公,章八元。这样的集会已具有群团性质。

文士的齐名和联称也是理解群体的一个富有意味的视角。《石

---

① (后蜀)何光远撰,邓星亮等校注:《鉴诫录校注》卷七,巴蜀书社,2011年,第178—181页。

园诗话》卷二："唐诗人齐名者：武后、中宗时，王勃、杨炯、卢照邻、骆宾王号为'唐初四杰'。李峤、崔融、苏味道、杜审言为'文章四友'。陈子昂、赵贞固、卢藏用、杜审言、宋之问、毕隆泽、郭袭徽、司马承祯、释怀一、余庆号'方外十友'。韦承庆兄弟俱有诗名。玄宗时，张说、苏颋世称'燕许大手笔'。王维与弟缙齐名，与孟浩然齐名，时称'王孟'。贺知章、刘昚虚、包融、张旭号'吴中四友'。萧颖士、李华号'萧李'。李白、孔巢父、裴政、张叔明、韩准、陶沔号'竹溪六逸'。贺知章、李白、汝阳王琎、李适之、崔宗之、苏晋、张旭、焦遂称'饮中八仙'。皇甫冉、弟曾踵登进士，时比之张孟阳、景阳。肃宗时，秦系与刘长卿齐名。代宗时，大历十才子齐名。包何、包佶齐名。德宗时，鲍防与谢良弼友善，时号'鲍谢'。宋廷棻生五女若莘、若昭、若伦、若宪、若荀，皆善属文，号'五宋'，德宗召试，呼为学士，自贞元七年秘禁图籍，诏若莘总领。顺宗时，孟郊、贾岛、张籍、王建、李贺、卢仝、欧阳詹、刘叉俱从韩愈游，谓之韩门诗派。李翱，皇甫湜学古文于韩公，俱不能诗。穆宗时，元稹、李绅、李德裕，号'元和三俊'。元稹在越，与副使窦巩酬唱最多，世称'兰亭绝唱'。东汉有'李杜'之称，唐之诗人称'李杜'者三：景云、神龙中李峤、杜审言；开元中李白、杜甫；开成、会昌中李商隐、杜牧之。懿宗、僖宗时，许棠、张乔诸人号'咸通十哲'。哀帝时，罗隐自号江东生，与族人虬、邺齐名，号'三罗'。"[①]

文人齐名或联称以及门派，反映了当时文士组合的情况。这些文士组合并非都和文学紧密关联，而且部分组合是后人所做出的归类，这对认识当时的文士群体性质仍有重要参考价值，无论实体的，还是虚拟的；无论当时形成的名号，还是后人归类的结果，都已成为

---

① （清）余成教撰：《石园诗话（清刻本）》，蔡镇楚编：《中国诗话珍本丛书》，北京图书馆出版社，2004 年，第十八册，第 258—261 页。

后人阅读他们的视角。

　　名号,有相当重要的意义,有些是当事人所热衷或认可的,有的是后人归类而成的。实际上将数人排列在一起,必然引起内部的争斗,如"四杰",《旧唐书·杨炯传》云:"炯与王勃、卢照邻、骆宾王以文词齐名,海内称为王杨卢骆,亦号为'四杰'。炯闻之,谓人曰:'吾愧在卢前,耻居王后。'当时议者,亦以为然。其后崔融、李峤、张说俱重四杰之文。崔融曰:'王勃文章宏逸,有绝尘之迹,固非常流所及。炯与照邻可以企之,盈川之言信矣!'说曰:'杨盈川文思如悬河注水,酌之不竭,既优于卢,亦不减王。"耻居王后",信然;"愧在卢前",谦也。'"① 但在一组名单中,必然有弱者,弱者因强者而获益。创作层面上,彼此的认同度很重要;从传播层面上看,比较其同异很重要,更重要的是去探讨其名号生成的原因。

　　集团、群类以及名号的出现,事实上又隐含了文士的角色和身份。比如,张说的身份是朝中重臣,而在文坛则承担了领袖的责任,在他周围有一批文士。从文坛领袖这一角色看,他不断奖掖后进,推出典型,如他推崇王湾的"海日生残夜,江春入旧年",将其手题政事堂,"每示能文,令为楷式"②。他留心文坛走向和各家风格,意在引导文坛前行,《大唐新语》载:"张说、徐坚同为集贤学士十余年,好尚颇同,情契相得。时诸学士凋落者众,唯说、坚二人存焉。说手疏诸人名,与坚同观之。坚谓说曰:'诸公昔年皆擅一时之美,敢问孰为先后?'说曰:'李峤、崔融、薛稷、宋之问,皆如良金美玉,无施不可。富嘉谟之文,如孤峰绝岸,壁立万仞,丛云郁兴,震雷俱发,诚可畏乎!若施之于廊庙,则为骏矣。阎朝隐之文,则如丽色靓妆,衣之绮绣,燕

①《旧唐书》卷一九〇,第5003—5004页。
②(唐)殷璠编:《河岳英灵集》卷下,《唐人选唐诗新编(增订本)》,第257页。

歌赵舞,观者忘忧。然类之风雅,则为俳矣。'坚又曰:'今之后进,文词孰贤?'说曰:'韩休之文,有如太羹玄酒,虽雅有典则,而薄于滋味。许景先之文,有如丰肌腻体,虽秾华可爱,而乏风骨。张九龄之文,有如轻缣素练,虽济时适用,而窘于边幅。王翰之文,有如琼林玉斝,虽烂然可珍,而多有玷缺。若能箴其所阙,济其所长,亦一时之秀也。'"① 张说之评的立足点在朝,故偏重文学的功用、实用方面。前辈如李峤、崔融、薛稷、宋之问等皆为典型,而前辈中的富嘉谟、阎朝隐则优劣并存,后进中诸人亦优劣并在。这种二元法的评论,于文坛走向实在有重要指示作用。张说评论是感性的,多用喻体,这也是最智慧的做法。应该看到,张说在评论中充分运用了当时诗坛术语,如"风雅""典则""滋味""秾华""风骨"。可见张说的认真严肃,而又准确内行。多位才俊放在一起来评论,又要说出他们的不同,更要说出富嘉谟以下诸人的不同缺点,其眼力和学养实在是高明。其中意味深长,值得探究。依照当时张说在文坛上的活动,应存在"燕公弟子"的文学流派,《旧唐书·韦述传》载:"中书令张说专集贤院事,引述为直学士,迁起居舍人。说重词学之士,述与张九龄、许景先、袁晖、赵冬曦、孙逖、王翰常游其门。"② 这一文学流派中以张说为领袖,成员为韦述、张九龄、许景先、袁晖、赵冬曦、孙逖、王翰等。

　　如果说"燕公弟子"是强势文化引导下的文士集团,而晚唐皇甫松、李群玉等文人就是弱势群体,韦庄《乞追赐李贺皇甫松等进士及第奏》云:"词人才子,时有遗贤。不沾一命于圣明,没作千年之恨骨。据臣所知,则有李贺、皇甫松、李群玉、陆龟蒙、赵光远、温庭筠、

---

① (唐)刘肃撰,许德楠、李鼎霞点校:《大唐新语》卷八,中华书局,1984年,第130页。

②《旧唐书》卷一〇二,第3183—3184页。

刘德仁、陆逵、傅锡、平曾、贾岛、刘稚珪、罗邺、方干,俱无显遇,皆有
奇才。丽句清词,遍在词人之口;衔冤抱恨,竟为冥路之尘。伏望追
赐进士及第,各赠补阙、拾遗。见存惟罗隐一人,亦乞特赐科名,录升
三级,便以特敕,显示优恩。俾使已升冤人,皆沾圣泽。后来学者,更
励文风。"①这些人据韦庄所言,皆无显遇,亦无科名。由于他们身份
大致相同,经韦庄一归类,也就作为一个阶层以共同身份呈现在诗歌
史上。

　　还有处于诗坛边缘的僧道者流、女性之辈,都是弱势阶层,这也
是因身份被归类的。孙光宪《白莲集序》云:"议者以唐末诗僧,惟
贯休禅师骨气混成,境意卓异,殆难俦敌。至于皎然、灵一,将与禅者
并驱于风骚之途,不近不远也。江之南,汉之北,缁侣业缘情者,靡
不希其声彩,自非雅道昭著,安能享兹大名!"②既是弱势群体,很难
出名,故"自非雅道昭著,安能享兹大名"。《诗筏》云:"唐释子以诗
传者数十家,然自皎然外,应推无可、清塞、齐己、贯休数人为最,以
此数人诗无钵盂气也。僧家不独忌钵盂语,尤忌禅语。近有禅师作
诗者,余谓此禅也,非诗也。禅家诗家,皆忌说理,以禅作诗,即落道
理,不独非诗,并非禅矣。诗中情艳语皆可参禅,独禅语必不可入诗
也。尝见刘梦得云:'释子诗因定得境,故清,由悟遣言,故慧。'余谓
不然。僧诗清者每露清痕,慧者即有慧迹。诗以兴趣为主,兴到故能
豪,趣到故能宕。释子兴趣索然,尺幅易窘,枯木寒岩,全无暖气,求
所谓纵横不羁,潇洒自如者,百无二一,宜其不能与才人匹敌也。每
爱唐僧怀素草书,兴趣豪宕,有'椎碎黄鹤楼,踢翻鹦鹉洲'之概。使

①(五代)韦庄著,聂安福笺注:《韦庄集笺注·韦庄遗文》,上海古籍出版社,
　2002年,第462—463页。
②(五代)孙光宪:《白莲集序》,(明)毛晋编:《禅门逸书》初编卷一〇六,台北
　明文书局,1981年,第1—2页。

僧诗皆如怀素草书,斯可游戏三昧,夺李、杜、王、孟之席,惜吾未见其人也。"① 诗僧作品有角色烙印。但这里将僧怀素之字和僧人之诗类比,恐有不妥。狂草与角色无关,只是自身特殊才能和修养的体现。故怀素狂草与僧人角色无关,如使天下僧诗皆如怀素狂草,既是对角色的否定,更使僧诗整齐而一。

汪琬给僧人之诗另做了一种分类,其《洞庭诗稿序》云:"释氏之为诗也,有诗人之诗焉,有禅人之诗焉。唐皎然、灵彻,诗人之诗也。贯休、齐己,禅人之诗也。诗人之诗,所长尽于诗,而其诗皆工。禅人之诗,不必其皆工也,而所长亦不尽于诗。所长尽于诗者,以其诗传。不尽于诗者,则以其道与其诗并传。故皎然、灵彻、贯休、齐己之作,声闻相颉颃于后世,莫之能优劣也……吾谓诗与禅,非有二也。昔之言诗者,贵乎妙悟,且举大历以后作者,比诸曹洞一宗,信斯言也。"② 这一分类可能受诗人之诗与学人之诗分类的影响,僧诗分为诗人之诗和禅人之诗对研究这一群体的写作是有帮助的。总体说,人们对僧诗评价不高,《石洲诗话》卷二云:"唐诗僧多卑卑之格,惟皎然、灵一差胜。"③ 僧人是弱势阶层,其诗被评为格卑,与其身份是有关系的。

唐诗人中女性比例很少,也是处在边缘地带,《诗筏》云:"唐诗大振,妇女奴仆,无不知诗,远及外域,亦喜吟咏。妇女则李季兰有诗豪之誉,薛涛有校书之称,鱼玄机、徐月英各著诗集,非烟、崔仲容并骈俪词,然桑、濮之音耳。至于诗人妻女以诗名者,则元微之夫人裴

---

① (清)贺贻孙:《诗筏》,《丛书集成续编》,台北新文丰出版公司,1989 年,第 201 册,第 386 页。
② (清)汪琬:《尧峰文钞》,《文渊阁四库全书》,第 1315 册,第 515 页。
③ (清)翁方纲著,赵迤冬校点:《石洲诗话》卷二,(清)赵执信、翁方纲著,赵迤冬校点:《谈龙录 石洲诗话》,人民文学出版社,1981 年,第 78 页。

柔之,有《赠夫之武昌》之篇,吉中孚妻张夫人,有《拜新月》之作,杨盈川侄女名容华者,《新妆》诗有'自怜终不已,欲去复徘徊'之句,杜羔妻刘氏《寄羔下第》诗,有'如今妾面羞君面,君到来时近夜来'之语。"① 她们的诗坛贡献引起越来越多的学者关注,进入了批评家的理论视野 ②。

群体的分层类别取决于分层单位,以人群为单位可以分为文化人和非文化人;以阶层为单位可以分为贵族与寒素、官僚与布衣,官僚中又可分为上层、中层和下层,或可分为九品;以入仕方式为标准又分为门荫和登科,登科中又有常举和制举之分,常举中又主要分为明经与进士。任何一种分类或多或少都含有强势文化与弱势文化运动方式,这一方式决定了文士所在的文化位置和生存环境以及写作背景。群体类型化对应的是诗歌写作的单一化和一元化。群体外的作家特别值得去关注,他们的生存状态处于弱势,写作模式有别于时流,但独特的风格却丰富了某一时间或某一空间的创作,尤其有可能和流行文化、流行诗风保持距离。初唐的王绩就是这样一位离群的孤独者,"尝又葛巾驱牛,躬耕东皋,每著书自称'东皋子'。晚岁,醉饮无节,乡人或谏止之,则笑曰:'汝辈不解,理正当然。'或乘牛驾驴,出入郊郭,止宿酒店,动经数月。往往题咏作诗。好事者录之讽咏,并传于代"③。《四友斋丛说·诗二》云:"唐时隐逸诗人,当推王无功、陆鲁望为第一。盖当武德之初,犹有陈、隋之遗习,而无功能尽洗铅华,独存体质。且嗜酒诞放,脱落世事,故于情性最近。今观

---

① 《诗筏》,《丛书集成续编》,第 201 册,第 387 页。

② 赵小华:《性别:唐代文学研究的新视野》,《华南师范大学学报》2011 年第 6 期。

③ (唐)吕才:《东皋子后序》,(唐)王绩著,韩理洲点校:《王无功文集(五卷本会校)》附录一,上海古籍出版社,1987 年,第 221 页。

其诗,近而不浅,质而不俗,殊有魏、晋之风。"①《石洲诗话》卷一云:
"王无功以真率疏浅之格,入初唐诸家中,如鸾凤群飞,忽逢野鹿,正
是不可多得也。然非入唐之正脉。"②他们都肯定了王绩独立于群体
之外,而存魏晋诗风的诗学贡献,"非入唐之正脉"就有了正反两个
方面的认识价值。

小 结

对于文人群体的形成的描述,一方面参照文学编年史的成果,寻
找有影响力的主流或强势群体的文人活动,来展示一个朝代以及各
个阶段的文学主潮;另一方面参照文人集会而汇编的文人唱和集,从
这一自觉的文学编集行为中展示文人的时代诉求和引领的欲望。

文学群体之所以能形成,往往得力于有地位或有影响力的人物。
颜真卿《尚书刑部侍郎赠尚书右仆射孙逖文公集序》记载,鲍防、谢
良弼、谢良辅、李封、刘全诚等因陶翰赏识而构成一组关系。王士禛
界定了能成为领袖的要素:一是才能超群,二能奖掖后进。文人集会
并无明显的集团性质,但集会形式是形成集团性质的基础,蕴含着集
团诞生的因素。

可以注意到,从非物质文化形态看,文学集团或群体,打破阶层、
地域等分层标准,而以风格论,张为《诗人主客图序》即是,唐代诗人
的等级区分未必合理,但其中以风格、内涵来给诗人排序,也给人们
认识唐代诗坛提供了新的路径。文人齐名或联称以及门派,反映了
当时文士组合的情况。这些文士组合并非都和文学紧密关联,而且
部分组合是后人所做出的归类,这对认识当时的文士群体性质仍有

① (明)何良俊:《四友斋丛说》卷二五,中华书局,1959年,第225页。
②《石洲诗话》卷一,《谈龙录 石洲诗话》,第23页。

重要参考价值,无论实体的,还是虚拟的;无论当时形成的名号,还是后人归类的结果,都已成为后人阅读他们的视角。

三、传播类型、层次及其功能

诗歌传播有多种途径,而依靠选本传播是有优势的。一是选本当对诗歌有所选择,存优汰劣。二是选本以集体的方式去传播作品,易成声势。三是选本相对于别集,数量适中,特别是写本或抄本时代,选本比别集的传播优势突出。问题是受限于技术层面,受限于抄本时代的传播形式,编辑选本存在很多困难。即使编成,选本自身的传播也有不方便之处,如由甲地传至乙地,空间距离会造成阻隔。

从选本编辑开始,首先要收集诗歌。《文镜秘府论·南卷》引元兢《古今诗人秀句序》云:"王家书既多缺,私室集更难求,所以遂历十年,未终两卷。"①公家图书缺少,不可窥其全貌;私家书籍因其珍贵,更难得到,故经十年,尚未能编成两卷。此种情形是指初唐。就是承平日久,要想编辑一本诗歌选集也不容易,殷璠应该是经过认真考虑才首先编地方集,而且是相对较小范围的地方诗集,那就是《丹阳集》。《丹阳集》的编辑相对是顺利的,毕竟有地利的优势。但要编成全国性的诗歌选集真不会容易,原先编成的《丹阳集》诗人中只有同乡储光羲进入了《河岳英灵集》,也就是说收集储光羲的作品最容易,《河岳英灵集》标准甚严,没有把《丹阳集》中其他作家及作品放入,以滥竽充数。编辑《河岳英灵集》,恐怕十年未必能完成,事实也证明编辑过程有三个阶段,费时甚久②。

---

① [日]遍照金刚:《文镜秘府论》南卷,人民文学出版社,1975年,第164页。
② 戴伟华:《论〈河岳英灵集〉的成书过程》,《文学遗产》2013年第4期。

其次是编辑体例的确定和作品的筛选。顾陶《唐诗类选序》云：
"国朝以来，人多反古，德泽广被。诗之作者继出，则有杜、李挺生于
时，群才莫得而并。其亚则昌龄、伯玉、云卿、千运、应物、益、适、建、
况、鹄、当、光羲、郊、愈、籍合十数子，挺然颓波间。得苏、李、刘、谢之
风骨，多为清德之所讽览，乃能抑退浮伪流艳之辞宜矣。爰有律体，
祖尚清巧，以切语对为工，以绝声病为能。则有沈、宋、燕公、九龄、
严、刘、钱、孟、司空曙、李端、二皇甫之流，实繁其数，皆妙于新韵，播
名当时，亦可谓守章句之范，不失其正者矣。"① 所谓类选，即分类编
排。这里分为古体和律体两类。而对作品的筛选在理论上可行，在
具体操作中很难实现，因为要筛选必须以大量的作品为前提，但常常
不能做到，顾陶《唐诗类选后序》云："若须待见全本，则撰集必无成
功，若但泛取传闻，则篇章不得其美。"② 所谓"须待见全本，则撰集
必无成功"，是说全集很难见到，故想从诗人的全集中选择作品是不
可能的。如遇战乱，诗人文集保存下来只能是偶然的，故很稀少。陆
希声《唐太子校书李观文集序》云："自广明丧乱，天下文集略尽。"③
所谓"但泛取传闻，则篇章不得其美"，是说在没有办法的时候，还只
能靠单篇传闻的作品，这样的结果是不能选择作家最优秀的作品。
确实，唐人选唐诗中，有些选本并不能反映出选本的特点和期待，所
选入作品不能反映选本所要求的优秀作家的优秀作品。除编辑者的
眼光和学养受限外，还有一大原因是受客观条件的限制，缺少可资比
较而供选择的大量作品。

　　抄本时代，作品的传播范围受限，唐代人已经意识到了。元结编

---

① 《全唐文》卷七六五，第 7959 页。
② 《全唐文》卷七六五，第 7960 页。
③ 《全唐文》卷八一三，第 8551 页。

成《箧中集》，在序中说"且欲传之亲故"① 而已，并没有向大众传播的要求。《新唐书·艺文志四》虽然载录《箧中集》一卷，但在唐代还真没有见到此集传播的痕迹。当然大多数选本还是承载和完成了传播的职责，韦庄的《又元（玄）集》就是在《极元（玄）集》的基础上，又采集诗作编成的，其《又元（玄）集序》云："自国朝大手名人，以至今之作者，或百篇之内，时纪一章。或全集之中，微征数首。但掇其清词丽句，录在西斋，莫穷其巨派洪澜，任归东海。总其记得者才子一百五十人，诵得者名诗三百首。……昔姚合所撰《极元（玄）集》一卷，传于当代，已尽精微。今更采其元者，勒成《又元（玄）集》三卷，记方流而目眩，阅丽水而神疲。鱼兔虽存，筌蹄是弃。所以金盘饮露，惟采沆瀣之精；花界食珍，但享醍醐之味。非独资于短见，亦可贻于后昆。采实去华，俟诸来者。"② 此处提到《极元（玄）集》已传播于当代了。

高仲武作《中兴间气集序》时提到《英华》《玉台》《珠英》《丹阳》四集，但未提到《河岳英灵集》，是否在《丹阳集》传播时，《河岳英灵集》尚未能传播？而到晚唐《河岳英灵集》才被提及，如吴融《过丹阳》"藻鉴难逢耻后生"注"殷文学于此集《英灵》"③；郑谷《读前集二首》其一："殷璠裁鉴《英灵集》，颇觉同才得旨深。何事后来高仲武，品题《间气》未公心。"④ 孙光宪《白莲集序》云："有唐御宇，诗律尤精，列姓字，掇英秀，不啻十数家，惟丹阳殷璠，优劣升黜，咸当其分，世之深于诗者，谓其不诬。"⑤ 此指《河岳英灵集》。若干首

① 《全唐文》卷三八一，第 3873 页。
② 《全唐文》卷八八九，第 9288 页。
③ 《全唐诗》卷六八四，第 7858 页。
④ 《全唐诗》卷六七五，第 7736 页。
⑤ 《全唐文》卷九〇〇，第 9391 页。

作品或诗人集传播不及选本传播的覆盖面和传播速度。但选本的传播也有局限，《河岳英灵集》编成后在很长时间内才得到广泛传播，甚至局部传播，应是事实。

在传播学的分类上，人们都着眼于"传"，能由此而达彼。和"传"相对立的概念应该是"不传"，"不传"只不过是"传"的静止状态，也是"传"的特殊状态的呈现方式。柳宗元《杨评事文集后序》云："文有二道：辞令褒贬，本乎著述者也；道扬讽谕，本乎比兴者也。著述者流，盖出于《书》之谟、训，《易》之象、系，《春秋》之笔削，其要在于高壮广厚，词正而理备，谓宜藏于简册也。比兴者流，盖出乎虞、夏之咏歌，殷、周之《风》《雅》，其要在于丽则清越，言畅而意美，谓宜流于谣诵也。"[1] 柳宗元对文有二道的见解较为特别，一宜藏于简册，一宜流于谣诵。前者重在"藏"而不"流"，后者重在"流"而不"藏"。或流或藏，都是指文学的存留状态，具有传播学的意义。"流"和"藏"是相对的，"流"是传播的常态，"藏"是传播的异态。

先说"流"。柳宗元认为，可"流"的作品应是丽则清越、言畅意美，方式是付之管弦，托于谣诵。可以理解为和音乐结合的传播方式[2]。相对于集体单元或个人全集单元的传播，单篇作品或数首作品的传播和音乐结缘后传播距离和速度都会得到相应的改善。这里有几个问题要加以说明：第一，通常记载某作品被"吟"被"诵"，能否被看作"徒歌"或是"歌唱"与传播关联，具体情况要具体分析。因为有一种吟诵只是朗读诗歌的特殊形式，如唐文宗"尝吟杜甫《曲江篇》"[3]，杜甫《夜听许十一诵诗爱而有作》云："诵诗浑游衍，四座皆

---

[1]（唐）柳宗元：《柳宗元集》卷二一，中华书局，1979年，第579页。

[2] 王立增：《论唐诗的音乐传播与文本传播》，《南昌大学学报》2010年第1期。

[3]（宋）尤袤：《全唐诗话》卷一，（清）何文焕辑：《历代诗话》，中华书局，1981年，第59页。

辟易。"①白居易《江头夜吟元九律诗成三十韵》云："昨夜江楼上,吟君数十篇。"②这里的"吟"与"诵"可视为是阅读的方式,与传播关系不大;第二,传播应发生在二人或二人以上的关系当中,一人自吟自唱不是传播。常常在群体行为中,传播才得到实现;第三,对传播范围的认识,即对传播有效性以及时间性和空间性的评估,会有助于对诗歌传播有效性做出判断。

唐代以齐言诗(以七言绝句为多)入乐,加快单篇诗作的传播。段安节《乐府杂录》记载:"《杨柳枝》,白傅闲居洛邑时作,后入教坊。"③《杨柳枝》形式上就是绝句。这与卢贞《和白尚书赋永丰柳序》云"白尚书曾赋诗,传入乐府,遍流京都"④意同。而白居易接触到的《杨柳枝》原是有辞的,白居易《杨柳枝二十韵》小序云:"《杨柳枝》,洛下新声也。洛之小妓有善歌之者,词章音韵,听可动人,故赋之。"⑤白序所谓"词章音韵",当指歌辞和音乐。从白居易所作《杨柳枝》看,原辞也应是七言四句。作为原曲子的《杨柳枝》是什么样子,因无乐谱在,已不能知晓,但从《杨柳枝二十韵》涉及音乐的内容,还是能了解《杨柳枝》曲子的基本格调:"嗅鹤晴呼侣,哀猿夜叫儿。玉敲音历历,珠贯字累累。袖为收声点,钗因赴节遗。重重遍头别,一一拍心知。塞北愁攀折,江南苦别离。"⑥于此可以用"哀怨愁苦"来概括。有关音乐方面值得注意的是,"音""字"的配合;收声

①《杜诗详注》卷三,第247页。
②(唐)白居易著,朱金城笺校:《白居易集笺校》卷一七,上海古籍出版社,1988年,第1058页。
③(唐)段安节:《乐府杂录》,古典文学出版社,1957年,第41页。
④《全唐诗》卷四六三,第5270页。
⑤《白居易集笺校》卷三二,第2200页。
⑥《白居易集笺校》卷三二,第2200页。

和节拍的恰到好处。从"取来歌里唱,胜向笛中吹"①句可知,《杨柳枝》在当时有器乐和声乐两种形式并存,器乐多用"丝竹"之管乐,如笛、芦管、胡筛等,有关《杨柳枝》研究,可参看沈冬《小妓携桃叶,新歌踏柳枝——〈杨柳枝〉考》②。器乐无辞,声乐有辞。换言之,器乐按曲谱吹奏,而声乐是按曲谱唱歌辞。"乐童翻怨调,才子与妍词"③,前者指曲调,后者指曲辞。

歌唱者在选择七绝入曲时,看重内容。《云溪友议》卷下:"湖州崔郎中刍言,初为越副戎,宴席中有周德华。德华者,乃刘采春女也。虽啰唝之歌,不及其母;而'杨柳枝'词,采春难及。崔副车宠爱之异,将至京洛。后豪门女弟子从其学者众矣。温裴所称歌曲,请德华一陈音韵,以为浮艳之美,德华终不取焉。二君深有愧色。所唱者七八篇,乃近日名流之咏也。滕迈郎中一首:'三条陌上拂金羁,万里桥边映酒旗。此日令人肠欲断,不堪将入笛中吹。'贺知章秘监一首:'碧玉装成一树高,万条垂下绿丝绦。不知细叶谁裁出,二月春风是剪刀。'杨巨源员外一首:'江边杨柳曲尘丝,立马凭君折一枝。唯有春风最应惜,殷勤更向手中吹。'刘禹锡尚书一首:'春江一曲柳千条,二十年前旧板桥。曾与美人桥上别,恨无消息至今朝。'韩琮舍人二首:'枝斗芳腰叶斗眉,春来无处不如丝。灞陵原上多离别,少有长条拂地垂。'又曰:'梁苑隋堤事已空,万条犹舞旧春风。那堪更想千年后,谁见杨花入汉宫。'"④诸家之诗篇不都是为《杨柳枝》曲而作,而周德华擅长唱《杨柳枝》歌曲,所选之唱辞只是在内容上和《杨柳枝》相关。于此亦可见,诸家七绝皆入《杨柳枝》调,说明音乐和文

---

①《白居易集笺校》卷三二,第 2200 页。
② 沈冬:《唐代乐舞新论》,北京大学出版社,2004 年,第 92—141 页。
③《白居易集笺校》卷三二《杨柳枝二十韵》,第 2200 页。
④（唐）范摅:《云溪友议》卷下,古典文学出版社,1957 年,第 66 页。

辞关系比较松散,进一步说,音乐的曲调并不能制约文辞的格式。

文人作词更重内容情感,曲调称名有时为内容代替,正体现了文人词的文体特征,与音乐渐行渐远。王灼《碧鸡漫志》云:"《乐府杂录》云李卫公为亡妓谢秋娘撰。《望江南》亦云《梦江南》,白乐天作《忆江南》三首,第一江南好,第二第三江南忆,自注云'此曲亦名《谢秋娘》',每首五句,予考此曲自唐至今,皆南吕宫,字句亦同,止是今曲两段,盖近世曲子无单遍者。然卫公为秋娘作此曲,已出两名,乐天又名以《忆江南》,又名以《谢秋娘》,近世又取乐天首句名以《江南好》。"[①] 这里的一调多名,称《谢秋娘》《忆江南》《江南好》,说明曲子辞名已有了由明曲调到重内容的分别[②]。

"旗亭画壁"的故事正是借助强势工具传播诗作的印证。《集异记》载:"开元中,诗人王昌龄、高适、王涣之齐名。时风尘未偶,而游处略同。一日天寒微雪,三诗人共诣旗亭,贳酒小饮。有梨园伶官十数人,登楼会宴。三诗人因避席隈映,拥炉火以观焉。俄有妙妓四辈,寻续而至,奢华艳曳,都冶颇极。旋则奏乐,皆当时之名部也。昌龄等私相约曰:'我辈各擅诗名,每不自定其甲乙,今者可以密观诸伶所讴,若诗入歌词之多者,则为优矣。'俄而,一伶拊节而唱曰:'寒雨连江夜入吴,平明送客楚山孤。洛阳亲友如相问,一片冰心在玉壶。'昌龄则引手画壁曰:'一绝句。'寻又一伶讴之曰:'开箧泪沾臆,见君前日书。夜台何寂寞,犹是子云居。'适则引手画壁曰:'一绝句。'寻又一伶讴曰:'奉帚平明金殿开,强将团扇共徘徊。玉颜不及寒鸦色,犹带昭阳日影来。'昌龄则又引手画壁曰:'二绝句。'涣之自以得名已久,因谓诸人曰:'此辈皆潦倒乐官,所唱皆《巴人》《下俚》之

① (南宋)王灼:《碧鸡漫志》,(唐)南卓、段安节、(南宋)王灼:《羯鼓录 乐府杂录 碧鸡漫志》,古典文学出版社,1957年,第90—91页。
② 戴伟华、张之为:《唐宋词曲关系新探》,《音乐研究》2013年第2期。

词耳！岂《阳春》《白雪》之曲，俗物敢近哉！'因指诸妓之中最佳者曰：'待此子所唱，如非我诗，吾即终身不敢与子争衡矣。脱是吾诗，子等当须列拜床下，奉吾为师。'因欢笑而俟之。须臾，次至双鬟发声，则曰：'黄河远上白云间，一片孤城万仞山。羌笛何须怨杨柳，春风不度玉门关。'涣之即撇歙二子，曰：'田舍奴，我岂妄哉？'因大谐笑。诸伶不喻其故，皆起诣曰：'不知诸郎君何此欢噱？'昌龄等因话其事。诸伶竞拜曰：'俗眼不识神仙，乞降清重，俯就筵席。'三子从之，饮醉竟日。"① 诸伶演唱不可能同调，而其演唱内容则都是绝句，同样说明音乐与曲调互为制约的有限性。

此事由白居易写入墓志，似成事实，又由辛文房写入《唐才子传》而流传至今。白居易《故滁州刺史赠刑部尚书荥阳郑公墓志铭并序》记载："公尤善五言诗，与王昌龄、王之涣、崔国辅辈联唱迭和，名动一时。逮今著乐词，播人口非一。"② 所谓与王昌龄、王之涣等人联唱也应包括"旗亭画壁"的传闻。郑公，郑旷。明人胡应麟《少室山房笔丛》卷四一《庄岳委谈》辨其非实。傅璇琮先生认为："按《集异记》所写之具体情事或非实有，但唐人之绝句用之于歌唱者乃当时风习。"③ 陈寅恪《唐代政治史述论稿》认为小说反映的情况可以"通性之真实"来解释和利用，其云："《剧谈录》所记多所疏误，自不待论。但据此故事之造成，可推见当时社会重进士轻明经之情状，故以通性之真实言之，仍不失为珍贵之社会史料也。"④ 因此，以"通

---

① （唐）薛用弱：《集异记》，（唐）谷神子、薛用弱：《博异志 集异记》，中华书局，1980 年，第 11—12 页。

② 《白居易集笺校》卷四二，第 2712 页。

③ 傅璇琮：《唐才子传校笺》卷三，中华书局，1987 年，第一册，第 450 页。

④ 陈寅恪：《唐代政治史述论稿》中篇《政治革命及党派分野》，上海古籍出版社，1982 年，第 84 页。

性之真实"看待旗亭画壁,可以看到唐代诗人作品和音乐传播的关联。王之涣(688—742)、王昌龄(690?—756?)、高适(700?—765)生卒年如此,高适晚二王十岁左右。王之涣在王昌龄和高适面前,竟说王昌龄和高适之作为"《巴人》《下里》之词",又要求他们拜己为师于床下,正好和靳能《唐故文安郡文安县太原王府君墓志铭并序》中王之涣"慷慨""倜傥"①的个性一致。"旗亭画壁"故事,有如下意义:第一,以音乐传播诗歌的高度认同;第二,入乐作品多为绝句,凡绝句者皆可入乐歌唱,选择作品与声律无关,而与内容相关;第三,同时期的作者必有比较高下的要求。作品之高下有两个裁判标准,一是以演唱作品多少区别,一是以演唱者的容貌气度来区别;第四,著名诗人作品与名妓演唱相配合,四位演唱者皆为"名部""妙妓"②;第五,四首被演唱的作品,三首为七绝,一首为五绝,绝句适宜入歌,而七言绝句的长短篇制可能更适宜用来演唱和表达情感。

　　音乐传播诗歌在写本时代是便捷的,这在作品传播中当属于强势的文化传播手段,诗人也以自己的辞章能入乐传播而感到荣幸。靳能《序》所谓"传乎乐章,布在人口"③,可以被载入史册。

　　再说"藏"。与"流"正相反,"藏"是不传播。而诗中的独白体正是属于所"藏"之体④。独白诗的创作常在人生中的低潮期,高潮期的作品是面对大众的写作,需要被传播,也是最容易被传播的。比如岭南诗人张九龄,其高潮期当在朝中为官之时。和大臣同僚唱和,奉和御制,语饶佳丽,得台阁气象。其《奉和圣制喜雨》云:"艰我稼穑,载育载亭。随物应之,曷圣与灵。谓我何凭,惟德之馨。谁云天

① 吴钢主编:《全唐文补遗》第一辑,三秦出版社,1994年,第145页。
②《集异记》,《博异记　集异记》,第12页。
③《全唐文补遗》第一辑,第145页。
④ 戴伟华:《独白:中国诗歌的一种表现形态》,《中国社会科学》2003年第3期。

远,以诚必至。太清无云,羲和顿辔。于斯烝人,瞻彼非觊。阴冥倏
忽,沛泽咸洎。何以致之。我后之感。无皋无隰,黍稷黯黯。无卉无
木,敷芬黮黮。黄龙勿来,鸣鸟不思。人和年丰,皇心则怡。岂与周
宣,云汉徒诗。"① 这是庙堂体。《奉和圣制次成皋先圣擒建德之所》
云:"天命诚有集,王业初惟艰。翦商自文祖,夷项在兹山。地识斩
蛇处,河临饮马间。威加昔运往,泽流今圣还。尊祖颂先烈,赓歌安
用攀。绍成即我后,封岱出天关。"② 以天命王业为内容,以歌颂为主
旋律,以典重为格调。就是从这类诗中可以读到所谓"曲江风度"③。
《山满楼笺注唐诗七言律》卷一评张九龄《奉和圣制早发三乡山行》
云:"首句写'发',只'森森'二字,何等严整。次句写'早',只'历
历'二字,何等清华。三、四句承'在清晨'来。'晴云''凤雨''稍
卷''微收',描写情景,皆是轻轻着笔,秀媚异常,非可几而及也。
五、六句,一低一昂,赞颂有体,不落色相。七、八句,一顿一宕,规讽
自然,不露痕迹。亦是轻轻着笔,秀媚异常,非可几而及也。只此一
诗,可以想见'曲江风度'。"④ 这类诗歌展现的是人生一面。

　　展示张九龄人生另一面的是独白之作。和朝中唱和之作不同的
是那些独白之作仅表现内心世界的沉重情感和千回百转的折磨。独
白之作不以传播为目的,甚至拒绝当下传播。因此,此类诗歌历来受
到重视。独白诗在传播上处于弱势文化的末端,在传播中属于特殊

---

① 《全唐诗》卷四七,第 563—564 页。

② 《全唐诗》卷四七,第 564 页。

③ 《旧唐书》卷九九,第 3099 页。《旧唐书》载:"二十四年,迁尚书右丞相,罢
　知政事。后宰执每荐引公卿,上必问:'风度得如九龄否?'"因而,"曲江风
　度"成为美谈。

④ (清)赵臣瑗选注:《山满楼笺注唐诗七言律》卷一,清康熙山满楼刻本(此刻
　本极为少见,广东省立中山图书馆藏有此书)。

状态,即静止的状态。故真正能做到放言无忌。诗歌和诗歌写作过程中充满张力,个性最为张扬,见解最为深刻。

　　钱谦益《唐诗英华序》云:"曲江自荆州已后,同调讽咏,尤多暮年之作。"[①]《诗比兴笺》卷三:"曲江以姚、宋之相业,兼燕、许之文章,诗人遭遇,于斯为盛。所谓不平之鸣,有托之作,宜若无有焉。此杂诗感遇诸篇,所以楘重千秋,珠还合浦也。今观集中自应制酬酢诸什外,类皆去国以后,泽畔之行吟,湘累之忠爱。特以象超声色之表,神出古异之余,有德之言,知昧者希焉。故知《金鉴》之录,夤赓明良,《羽扇》之赋,晚托骚怨。螳蛄十里之声,鸱鸮三年之诉,《诗》三百篇,洵仁圣贤人发愤之所为作矣。要之,射洪嗣响阮公,振李、杜之先声;曲江渊源彭泽,启王、韦之雅操。先正明清,端推二妙。至于意匠心声,导情辅性,则必以尚论逆志为其归。"[②]陈子昂、张九龄源出何处?陈沆以为张曲江出于陶渊明,推其风格意蕴当出于阮籍,王闿运《湘绮楼论唐诗》案语云:"陈、张《感遇》诸作,用单笔而运以理境,乃学嗣宗《咏怀》。"[③]是矣。前人评阮籍诗旨遥深,也可以用来评

---

① (清)钱谦益著,(清)钱曾笺校,钱仲联标校:《牧斋有学集》卷一五,上海古籍出版社,1996 年,第 707 页。

② (清)陈沆撰:《诗比兴笺》卷三,岳麓书社,2004 年,第 523 页。

③ (清)王闿运撰:《王志》卷二,见《湘绮楼诗文集》,岳麓书社,2008 年,第二册,第 37 页。王闿运《论唐诗诸家源流　答陈完夫问》云:"陈子昂,张九龄以公干之体,自抒怀抱,李白所宗也。"奎案:"公干诗气特苍郁,貌似学子建,而实出老瞒,故灵运极称之。陈、张《感遇》诸作,用单笔而运以理境,乃学嗣宗《咏怀》。所不及者,彼灵光,此凡骨也。极劲处颇似公干'泛泛东流水'三诗耳。"页下注:"奎",陈兆奎,《王志》之整理者,作者弟子。按,兆奎,字完夫,桂阳人,光绪丁未年(1907)《王湘绮先生文集八卷》为陈兆奎、陈兆璇校刊本。见《续修四库全书》第 1568 册《集部》之《湘绮楼全集》。兆奎仿《论语》辑录恩师平日言行,纂为《王志》一集两卷(参见甘建华:《晚清衡阳船山书院人物略述》,《文史拾遗》2012 年第 4 期)。王闿运《致夏观察》[《湘(转下页)

价陈子昂和张九龄的《感遇》诸作。

张九龄独白诗作以《杂诗》和《感遇》为代表。从独白诗的性质以及张九龄生平看,这批诗应写于人生成熟期、经验丰富期,最重要的是在人生低潮期。若不成熟独白诗会天真,若经验不丰富则会浅薄,若人生不是低潮则会故作姿态,毫无真情。这样看来,张九龄的《感遇》和《杂诗》当写于荆州,徐浩《唐尚书右丞相中书令张公神道碑》云:"同侪见嫉,内宠潜构,罢公为尚书右丞相。初不介意,居之坦然。执宪者素公所用,劾奏权臣,豸冠得罪,借以为累,贬荆州长史。三岁为相,万邦底宁,而善恶太分,背憎者众,虞机密发,投杼生疑,百犬吠声,众狙皆怒,每读韩非《孤愤》,涕泣沾襟。"[1] 可见《感遇》等诗,是和《孤愤》相伴的精神产品。张九龄《感遇》十二首,诗式不同,篇制长短不一,有八句、十句、十二句、十六句。一般都认为

_____

(接上页)绮楼全集》笺启卷六,《续修四库全书》,第 1569 册,第 298 页]云:"如其拟题,敝门徒程载传,陈完夫均可代拟。"程载传,名崇信,陈兆奎外甥。王闿运赏识陈兆奎的文词,有"经史词章得替人,方期光大名门"的期许。闿运又有《报完夫》(《续修四库全书》,第 1568 册,第 308 页)。《湘绮楼论唐诗》一文最初发表在《国粹学报》1906 年第 18 期,署名为"王壬秋",壬秋,绌绮老人之字。"陈,张《感遇》诸作,用单笔而运以理境,乃学嗣宗《咏怀》"为双行小字注,但不见"奎案"二字。见《国粹学报·文篇》,国粹学报馆,1906年,第 18 期,第 7 面。舒芜等编选《中国历代文论选(上册)》(人民文学出版社,1959 年,第 336 页),引自《国粹学报》,"陈,张《感遇》诸作"一段以小字注出之,《中华大典》径以王闿运《湘绮楼论唐诗》之论视之(《隋唐五代文学分典》,第一册,第 794 页)。《湘绮楼论唐诗》篇幅虽短而影响极大,如评张若虚《春江花月夜》为"孤篇横绝,竟为大家"。"陈,张《感遇》诸作,用单笔而运以理境,乃学嗣宗《咏怀》"当为陈兆奎案语。当日王闿运回答得意门生陈兆奎就唐诗所问,皆提纲挈领,言简而意赅。兆奎揣摩师训,作批注案语于后,疏注师旨,并间出己意。世人不察,误以兆奎案语为王闿运语,或为王氏自注,而引用之。于此,明辨体例,详述之矣。

[1]《全唐文》卷四四〇,第 4491 页。

《感遇》《杂诗》非一时一地之作,应无问题,如结合徐浩的"每读韩非《孤愤》,涕泣沾襟"的话,这些组诗写作地点应该在荆州,而写作时间也是在荆州的这段时间。诗中表现出经历重大起落而心有余悸的沉痛。其思考转深,内心独白成为主要写作形态。《史记·老子韩非列传》云:"悲廉直不容于邪枉之臣,观往者得失之变,故作《孤愤》《五蠹》《内外储》《说林》《说难》十余万言。"① 司马贞《索隐》云:"孤愤,愤孤直不容于时也。"②

　　《感遇》诗作,被评为"托兴婉切"③"蕴藉"④。其一:"兰叶春葳蕤,桂华秋皎洁。欣欣此生意,自尔为佳节。谁知林栖者,闻风坐相悦。草木有本心,何求美人折。"⑤ 兰叶、桂花,以南国为盛,曲江寄意幽栖,乃歇用世之心,故林栖自乐自悦,不求美人采折。看似平和,内蕴孤独。故其他数诗,多有孤独感愤之语:"幽林归独卧,滞虑洗孤清"⑥ 之"独""孤";"浩叹杨朱子,徒然泣路岐"⑦ 之"叹""泣"。"可以荐嘉客,奈何阻重深"⑧ "抱影吟中夜,谁闻此叹息"⑨ "至精无感遇,悲惋填心胸"⑩,感叹不遇于时也。《感遇》其十二:"闭门迹群化,凭林结所思。啸叹此寒木,畴昔乃芳蕤。朝阳凤安在,日暮蝉独悲。浩思极中夜,深嗟欲待谁。所怀诚已矣,既往不可追。鼎食非

① (汉)司马迁:《史记》卷六三,中华书局,1982年,第2147页。
②《史记》卷六三,第2148页。
③《批选唐诗》卷一,陈伯海:《唐诗汇评》上,浙江教育出版社,1995年,第58页。
④《唐诗别裁集》卷一,第10页。
⑤《全唐诗》卷四七,第571页。
⑥《全唐诗》卷四七,第571页。
⑦《全唐诗》卷四七,第571页。
⑧《全唐诗》卷四七,第572页。
⑨《全唐诗》卷四七,第572页。
⑩《全唐诗》卷四七,第572页。

吾事,云仙尝我期。胡越方杳杳,车马何迟迟。天壤一何异,幽嘿卧
帘帷。"① 《诗比兴笺》卷三云:"末乃绝望而自宽之词。昔曰芳蕤,曾
栖朝凤。今兹寒木,徒悲暮蝉。运谢既然,人事亦尔。言念及此,尚
望桑榆之收,其可待乎? 已矣往矣,非吾事矣。可以赴吾遐举之凤
期矣。不然,何以渺渺天涯,迟迟轩车,至今曾不我顾哉?"② 陈沆的
分析入木三分,击中肯綮。起句"闭门"明已不与他人往还,孤独而
深思。"啸叹"四句,今昔对比,今日寒木,昔日芳蕤,明已凋谢,繁华
已尽;今日寒蝉独悲,昔日朝阳凤鸣不在,明已时过境迁,归朝无望。
"浩思极中夜,深嗟欲待谁",此阮籍《咏怀》"夜中不能寐,起坐弹鸣
琴"③ 之意。此诗沉思悲叹,自宽之词无力,绝望之情转深,一篇《孤
愤》,笼盖全章。

　　独白诗是从表现手法对诗歌的分类,这是诗歌的重要类别,对研
究中国古代士大夫的思想有其他诗歌无法替代的作用。独白诗特殊
的表达方式,展示出作家个体心灵经过撕裂的痛苦,并在诗中得到释
放的过程。张九龄的《感遇》不仅表现了诗人复杂的情感,也表现了
政治家的孤独和深沉,在独白诗中具有代表性。

　　有策略的诗歌传播展现出个人或群体的智慧。有效的策略传播,
能改变原来状态,由弱势而变为强势。诗人个体方面的努力可以从陈
子昂毁琴事件中得到启示。陈子昂初到京都,人地生疏,据《独异记》
载录:"子昂初入京,不为人知。有卖胡琴者,价百万,豪贵传视,无
辨者。子昂突出,谓左右曰:'辇千缗市之。'众惊问,答曰:'余善此
乐。'皆曰:'可得闻乎? '曰:'明日可集宣阳里。'如期偕往。则酒

---

① 《全唐诗》卷四七,第 572 页。
② 《诗比兴笺》卷三,第 526 页。
③ (魏)阮籍著,陈伯君校注:《阮籍集校注》卷下,中华书局,2012 年,第 210 页。

肴毕具,置胡琴于前。食毕,捧琴语曰:'蜀人陈子昂有文百轴,驰走
京毂,碌碌尘土,不为人知。此乐贱工之役,岂宜留心。'举而碎之,
以其文轴遍赠会者。一日之内,声华溢郡。"① 这一传闻是否属实不
重要,它为传播学留下一例证。制造惊人事件以达到轰动效应,实现
其营销目的。陈子昂"初入京,不为人知",处于劣势,无疑是弱势群
体中的一员。但经其深思熟虑,以捧价值百万的胡琴,而达到文名惊
动京师的效果。如果核算成本,此捧琴之举,代价太大,但是值得的。
因为陈子昂出生于川中豪富世家,有能力捧琴;而陈子昂素性豪侠使
气,胆量过人,有可能捧琴。陈子昂以奇行异举改变了自己的生存状
态,由弱势群体而进入强势群体,其成本不是一般文士所能承受的。

　　改变现状的方法与策略是多途径的,比如在称谓和名号上可
以设计出优选方案,有时也能起到意想不到的效果。这样的名号
必须简洁明白、上口好记。其方法之一,是以诗篇名而得名。《鉴诫
录·卓绝篇》载:"陈羽秀才题破吴王夫差庙,汪遵先辈咏绝万里长
城。程贺员外因《咏君山》得名,时人呼为'程君山',刘象郎中因
《咏仙掌》得名,时人呼为'刘仙掌'。已上名公称为卓绝。千百集中
无以加此。陈秀才《题夫差庙》云:'姑苏台上千年木,刻作夫差庙里
神。幢盖寂寥尘土满,不知箫鼓乐何人。'汪先辈《咏史诗》曰:'秦
筑长城比铁牢,蕃戎不敢过临洮。虽然万里连云际,不及尧阶三尺
高。'程员外《咏君山》曰:'曾游方外见麻姑,说到君山此本无。云
是昆仑山顶石,海风飘落洞庭湖。'刘郎中《咏仙掌》曰:'万古亭亭
倚碧霄,不成奇克不成招。何如掬取莲池水,洒向人间救旱苗。'"②
君山,山名;仙掌,承露之用,物名。程君山、刘仙掌,形象易记。二人

---

①《唐诗纪事校笺》卷八,第234页。
②《鉴诫录校注》卷九,第224页。

诗史名声不大,但两首诗写得各有特色,别出心裁。《咏君山》诗想象奇特,用字灵动,"海风飘落洞庭湖",内容丰满,多层意思尽在其中,"海风"是移来君山的动力,"飘落"意即移动,但用飘落二字,使君山之重化为轻灵之物,举重若轻。此诗放在李白集中亦难以辨识。《咏仙掌》一诗思想深刻,立意奇妙而又自然,不让杜甫。《古今诗话》载:"梅圣俞《河豚诗》曰:'春洲生荻芽,春岸飞杨花。河豚于此时,贵不数鱼虾。'刘原甫戏曰:'郑都官有《鹧鸪诗》谓之郑鹧鸪,圣俞有《河豚诗》当呼为梅河豚也。'"① 郑谷《鹧鸪》诗云:"暖戏烟芜锦翼齐,品流应得近山鸡。雨昏青草湖边过,花落黄陵庙里啼。游子乍闻征袖湿,佳人才唱翠眉低。相呼相应湘江阔,苦竹丛深春日西。"② 此诗将自己的落寞情绪和鹧鸪鸟的特性融合一起,也算是一首上乘之作。可知名、实相符方能为人接受。世之欺人者众矣,好其名而无其实,根基浅而徒言新,甚者金玉其外败絮其中,尤不堪入耳目以污视听。于此不可不深察,以断其是非、辨其良莠。

因诗中一词而得名,和因诗题而得名在方法上是一致的。《唐摭言》卷七:"杜紫微览赵渭南卷《早秋诗》云:'残星几点雁横塞,长笛一声人倚楼。'吟味不已,因目斆为'赵倚楼'。复有《赠斆诗》曰:'命代风骚将,谁登李杜坛。灞陵鲸海动,翰苑鹤天寒。''今日访君还有意,三条冰雪借予看。'紫微《更寄张祜》略曰:'睫在眼前长不见,道非身外更何求;谁人得似张公子,千首诗轻万户侯!'"③ 本可以"赵早秋"得名,但"早秋"二字太平常,不足以概括和展示诗歌的艺术,而"赵倚楼"则不同,它的命名会引起人们美好的想象。

---

① (宋)阮阅编,周本淳校点:《诗话总龟》前集卷四一,人民文学出版社,1987年,第401页。

② 《全唐诗》卷六七五,第7737页。

③ (五代)王定保:《唐摭言》卷七,上海古籍出版社,1978年,第80页。

　　其方法之二,是以名句而得名。这和摘句批评的传统相关联。《韵语阳秋》卷四:"唐朝人士,以诗名者甚众,往往因一篇之善,一句之工,名公先达,为之游谈延誉,遂至声问四驰。'曲终人不见,江上数峰青',钱起以是得名。'故国三千里,深宫二十年',张祜以是得名。'微云淡河汉,疏雨滴梧桐',孟浩然以是得名。'兵卫森画戟,宴寝凝清香',韦应物以是得名。'野火烧不尽,东风吹又生',白居易以是得名。'敲门风动竹,疑是故人来',李益以是得名。'鸟宿池边树,僧敲月下门',贾岛以是得名。'画栋朝飞南浦云,珠帘暮卷西山雨',王勃以是得名。'华裾织翠青如葱,入门下马气如虹',李贺以是得名。然观各人诗集,平平处甚多,岂皆如此句哉。古人所谓尝鼎一脔,可以尽知其味,恐未必然尔。"①

　　诗歌传播的强、弱势文化之分,也可以说是传播手段的强、弱功能之分。选本传播优于总集(含别集),在于选本是由多个个体组成的,多个个体组成的单位,其传播合力肯定会超过单一个体的能力。在写本时代,和音乐结合的诗歌传播有了相当大的优势,但和音乐结合的诗歌传播往往是单篇或几篇作品,大规模作品的传播会受到限制。单个诗篇的传播借助名号(绰号)不失为一种富有智慧的传播方式,有超越时空的魅力和能量。有两点要特别指出,其一,作为传播中的静止状态的产物,即独白体的诗歌,有重要的认识价值和美学价值,它的传播需要时间和空间的条件;其二,传播也有朝野之别,《唐音癸签·谈丛三》云:"朝士词人有赋,异日即留传京师。当时倡酬之多,诗篇之盛,此亦其一助也。"② 创作者所处的阶层地位和活动空间影响传播质量,朝士诗歌得传播之利,这是古今文化传播的通

---

① (宋)葛立方:《韵语阳秋》卷四,《历代诗话》,第516—517页。
② 《唐音癸签》卷二七,第285页。

则。这也许会令人进一步考虑诗人们的生存空间,诗人们如何努力去享有京城的文化资源,而处于弱势的创作主体又如何去充分发挥才智争取更为强势的传播手段。

小 结

诗歌传播有多种途径,而依靠选本传播是有优势的。一是选本当对诗歌有所选择,存优汰劣。二是选本以集体的方式去传播作品,易成声势。三是选本相对于别集,数量适中,特别是写本或抄本时代,选本比别集的传播优势突出。问题是受限于技术层面,受限于抄本时代的传播形式,编辑选本存在很多困难。即使编成,选本自身的传播也有不方便之处,如由甲地传至乙地,空间距离会造成阻隔。

在传播学的分类上,人们都着眼于"传",能由此而达彼。和"传"相对立的概念应该是"不传","不传"只不过是"传"的静止状态,也是"传"的特殊状态的呈现方式。可"流"的作品应是丽则清越、言畅意美,方式是付之管弦,托于谣诵。可以理解为和音乐结合的传播方式。相对于集体单元或个人全集单元的传播,单篇作品或数首作品的传播和音乐结缘后传播距离和速度都会得到相应的改善。

与"流"正相反,"藏"是不传播。而诗中的独白体正是属于所"藏"之体。独白诗的创作常在人生中的低潮期,高潮期的作品是面对大众的写作,需要被传播,也是最容易被传播的。独白诗是从表现手法对诗歌的分类,这是诗歌的重要类别,对研究中国古代士大夫的思想有其他诗歌无法替代的作用。独白诗特殊的表达方式,展示出作家个体心灵经过撕裂的痛苦,并在诗中得到释放的过程。张九龄的《感遇》不仅表现了诗人复杂的情感,也表现了政治家的孤独和深沉,在独白诗中具有代表性。

有策略的诗歌传播展现出个人或群体的智慧。有效的策略传播,能改变原来状态,由弱势而变为强势。诗人个体方面的努力可以从陈子昂毁琴事件中得到启示。改变现状的方法与策略是多途径的,比如在称谓和名号上可以设计出优选方案,有时也能起到意想不到的效果。这样的名号必须简洁明白、上口好记。

四、"道""技"之别观念

先秦的文学观念,与后世有所不同。文在先秦是一个广义的范畴,包括天象地理、社会人伦,《文心雕龙·原道》云:"傍及万品,动植皆文。"① 文在先秦既是形式又是内容,具有本体论高度。在先秦广义之文观念观照下的文学形态,则体现为多样化。先秦的文学创作,散文和百家争鸣结合成了诸子散文,散文成了哲学或思想的载体;散文和史学家结合成了历史散文,散文成了历史的载体。诗歌则相对独立,《诗三百》和楚骚都是抒情的产物或仪式的诗。"道"和"文"在先秦典籍中都已分别存在,但在文学角度上来讨论文和道的关系会受到文学创作实践的限制,也许可以用"滥觞"这个词来描述事物发生前的状态。在先秦时期,文学尚未自觉,但先秦时人已意识到文学乃"言说"行为,言说的目的在于使意义显明,即"道"的呈现。有关"言"与"道"的不多的议论已说明人们开始有意识地去讨论这一问题,比如说:"言近而指远者,善言也;守约而施博者,善道也。君子之言也,不下带而道存焉。"② 又云:"圣人也者,道之

---

① (南朝梁)刘勰著,(清)黄叔琳注,李详补注,杨明照校注拾遗:《增订文心雕龙校注》卷一,中华书局,2012年,第1页。
② 杨伯峻译注:《孟子译注》卷一四,中华书局,1981年,第338页。

管也。天下之道管是矣,百王之道一是矣,故《诗》《书》《礼》《乐》
之归是矣。《诗》言是,其志也;《书》言是,其事也;《礼》言是,其行
也;《乐》言是,其和也;《春秋》言是,其微也。故风之所以为不逐
者,取是以节之也;《小雅》之所以为《小雅》者,取是而文之也;《大
雅》之所以为《大雅》者,取是而光之也;《颂》之所以为至者,取是
而通之也:天下之道毕是矣。"① 道原义是天地运行的根本规律,进入
儒家视野后,道与治国为政思想结合,成为"政道",因此文学为政教
服务的功能开始彰显。《诗经》中亦有为讽喻而作的,如《魏风·葛
屦》云:"维是褊心,是以为刺。"《小雅·节南山》云:"家父作诵,以
究王讻。"《小雅·巷伯》云:"寺人孟子,作为此诗。凡百君子,敬而
听之。"孔子将诗的社会功能归结为四点,《论语·阳货》云:"诗可
以兴,可以观,可以群,可以怨。"② 这些都可以归结为探讨"文""道"
关系的初步表述。

　　"文""道"之关系,取决于讨论的范围和对象。文若指文章,则
"道"必须以文来表述,无论思想,还是哲学,有文才能存在。文若指
文学,则文学可以独立在"道"之外,也可以和"道"合一。这里讨论
的当然是文学和道的关系。文学的主体指诗、赋、散文等文学创作。

　　如果从文学主潮出发,文、道关系首先在阐释学中得到确立。孔
子开其端,《诗大序》做了较为系统的阐释。《诗大序》作者不能确
考,但就其内容而言,当为西汉"独尊儒术"的产物。其说诗从作诗
的政治背景和政治功用两方面来发挥,所谓:"情发于声,声成文谓之
音。治世之音,安以乐,其政和;乱世之音,怨以怒,其政乖;亡国之

---

① （清）王先谦撰,沈啸寰、王星贤点校:《荀子集解》卷四,中华书局,1988 年,
　　第 133—134 页。
② 杨伯峻译注:《论语译注》,中华书局,1980 年,第 185 页。

音,哀以思,其民困。故正得失,动天地,感鬼神,莫近于诗。先王以是经夫妇,成孝敬,厚人伦,美教化,移风俗。"① 因为将诗的功能、地位定得太高,西汉文人基本没有去创作独立于音乐之外的诗歌,盛行的是配合音乐的"歌诗"②。《汉书·艺文志·诗赋略》中著录的只有"歌诗",而无一首文人的诗歌。

其次,在创作中实现"文""道"的联系。汉赋需要尽"讽"之职,"劝百讽一",毕竟有"讽"。汉代文章则充分体现文章与政治、与道统密切联系的功用。汉代政论文是"文""道"结合的典型。

但"文""道"关系或结合或分离,一直存在于文学史的叙述中。比如南朝重文,而诗歌写作多在文学范围内寻求创新,这一时期文学多受唐人诟病。卢藏用《右拾遗陈子昂文集序》云:"汉兴二百年,贾谊、马迁为之杰,宪章礼乐,有老成人之风。长卿、子云之俦,瑰诡万变,亦奇特之士也,惜其王公大人之言,溺其流辞而不显。其后班、张、崔、蔡、曹、刘、潘、陆,随波而作,虽大雅不足,然其遗风余烈,尚有典刑。宋齐已来,盖憔悴矣。逶迤陵颓,流靡忘返,至于徐庾,天之将丧斯文也,后进之士若上官仪者继踵而生,于是风雅之道扫地尽矣。《易》曰:'物不可以终否,故受之以泰。'道丧五百岁而得陈君。君名子昂,字伯玉,蜀人也。崛起江汉,虎视函夏,卓立千古,横制颓波,天下翕然,质文一变。"③ 李阳冰《唐李翰林草堂集序》云:"卢黄门云:陈拾遗横制颓波,天下质文,翕然一变。至今朝诗体,尚有梁陈宫掖之风,至公大变,扫地并尽。"④ 南朝文章之弊在于溺于流辞,在于

---

① 《毛诗正义》卷一,(清)阮元刻:《十三经注疏》,中华书局,2009 年,第 563—564 页。

② 戴伟华:《论两汉的"歌诗"与"诗"》,《学术研究》2008 年第 2 期。

③ 《文苑英华》卷七〇〇,第 3611 页。

④ 《全唐文》卷四三七,第 4460 页。

"道丧";在于大雅不存,在于颓波流靡。实质上是只用功于"文"而不留心于"道"。

卢藏用和李阳冰的评论代表了唐代文学的主流意见,陈子昂的诗学贡献在于提出复兴汉魏文学"比兴""寄托"而继承有"风骨"的诗文传统,这见之于他的《修竹篇序》:"文章道弊,五百年矣。汉、魏风骨,晋、宋莫传,然而文献有可征者。仆尝暇时观齐、梁间诗,彩丽竞繁,而兴寄都绝,每以永叹。思古人常恐逦逶颓靡,风雅不作,以耿耿也。一昨于解三处,见明公《咏孤桐篇》,骨气端翔,音情顿挫,光英朗练,有金石声。遂用洗心饰视,发挥幽郁。不图正始之音,复睹于兹,可使建安作者相视而笑。"[①] 卢藏用是认同"道弊五百年"的提法的。

因此,否定南朝齐梁之诗的"彩丽竞繁",遥接汉魏风骨成了强势文化的理性诉求。复两汉之古,建立新的文以述道的文风成了时代最强音。独孤及《左补阙安定皇甫公集序》云:"五言诗之源……沈宋既殁,而崔司勋颢、王右丞维复崛起于开元、天宝之间。"[②] 而《赵郡李公中集序》云:"至则天太后时,陈子昂以雅易郑,学者浸而响方。天宝中,公与兰陵萧茂挺、长乐贾幼几,勃焉复起,用三代文章律度当世。公之作本乎王道,大抵以五经为泉源,抒情性以托讽,然后有歌咏。美教化,献箴谏,然后有赋颂。"[③] 本乎王道、源自五经,方为有"道"之文。

西汉文章倍受重视,学习汉代文章成了品评文章的重要内涵之一。李舟《独孤常州集序》云:"历历如西汉时文。"[④] 梁肃《常州刺

---

① 《全唐诗》卷八三,第 895—896 页。
② 《文苑英华》卷七一二,第 3677 页。
③ 《文苑英华》卷七〇二,第 3618 页。
④ 《文苑英华》卷七〇二,第 3622 页。

史独孤及集后序》云："天宝中作者数人,颇节之以礼。洎公为之,于是操道德为根本,总经籍为冠带。以《易》之精义,《诗》之雅兴,《春秋》之褒贬,属之于辞。故其文宽而简,直而婉,辩而不华,博厚而高明。论人无虚美,比事为实录。天下凛然,复睹两汉之遗风。"①刘禹锡《唐故中书侍郎平章事韦公集纪》有"皇唐文物与汉同风"②之说。《新唐书·韩愈传赞》云:"唐兴,承五代剖分,王政不纲,文弊质穷……至贞元、元和间,愈遂以《六经》之文为诸儒倡,障堤末流,反刓以朴,划伪以真。然愈之才,自视司马迁、扬雄,至班固以下不论也。当其所得,粹然一出于正,刊落陈言,横骛别驱,汪洋大肆,要之无抵牾圣人者。其道盖自比孟轲,以荀况、扬雄为未淳,宁不信然?至进谏陈谋,排难恤孤,矫拂偷末,皇皇于仁义,可谓笃道君子矣。自晋汔隋,老佛显行,圣道不断如带。诸儒倚天下正议,助为怪神。愈独喟然引圣,争四海之惑,虽蒙讪笑,跲而复奋,始若未之信,卒大显于时。昔孟轲拒杨、墨,去孔子才二百年。愈排二家,乃去千余岁,拨衰反正,功与齐而力倍之,所以过况、雄为不少矣。自愈没,其言大行,学者仰之如泰山、北斗云。"③《文史通义》引《新唐书》"自晋汔隋"作"自晋迄隋"④,韩愈的功业在于复兴汉儒文风,力排佛老,功不在荀子、扬雄之下。《新唐书·文艺传序》云:"大历、贞元间,美才辈出,擩哜道真,涵泳圣涯,于是韩愈倡之,柳宗元、李翱、皇甫湜等和之,排逐百家,法度森严,抵轹晋、魏,上轧汉、周,唐之文完然为一王法,此其极也。"⑤认为经韩愈力行,唐文则"完然为一王法"。

①《文苑英华》卷七〇三,第3625页。

②《刘禹锡集》卷一九,第226页。

③《新唐书》卷一七六,第5269页。

④(清)章学诚著,叶瑛校注:《文史通义校注》卷三,中华书局,1985年,第314页。

⑤《新唐书》卷二〇一,第5725—5726页。

宋人也认同唐人的观点,不过他们在汉至宋中间加上了王通、韩愈,孙复《答张洞书》云:"自西汉至李唐,其间鸿生硕儒,齐肩而起,以文章垂世者众矣。然多以杨、墨、佛、老虚无报应之事,沈、谢、徐、庾妖艳邪侈之言,杂乎其中。至有盈箱满集,发而视之,无一言及于教化者。此非无用赘言,徒污简策者乎? 至于终始仁义,不叛不杂者,惟董仲舒、扬雄、王通、韩愈而已。"[①] 承认王通是这一链条上的可与韩愈比肩的说法不多,但肯定韩愈的观点是不会动摇的。欧阳修《书梅圣俞稿后》也推崇汉魏:"盖诗者,乐之苗裔与! 汉之苏、李,魏之曹、刘,得其正始。宋、齐而下,得其浮淫流侠。唐之时,子昂、李、杜、沈、宋、王维之徒,或得其淳古淡泊之声,或得其舒和高畅之节,而孟郊、贾岛之徒,又得其悲愁郁埋之气。由是而下,得者时有,而不纯焉。"[②] 但苏辙补充了欧阳修的说法,其《欧阳文忠公神道碑》云:"惟韩退之一变复古,闳其颓波,东注之海,遂复西汉之旧。"[③]

复兴汉魏仍为好古者不能满意,又可以继续上推,推到颜、孟,姚铉《唐文粹序》云:"惟韩吏部超卓群流,独高邃古,以二帝三王为根本,以六经四教为宗师,凭陵辐轹,首倡古文,遏横流于昏垫,辟正道于夷坦,于是柳子厚、李元宾、李翱、皇甫湜又从而和之,则我先圣孔子之道炳焉悬诸日月。故论者以退之之文可继颜、孟,斯得之矣。"[④] 这一评论的标准是,文章"以二帝三王为根本,以六经四教为宗师"。

---

① (宋)吕祖谦编,齐治平点校:《宋文鉴》卷一一四,中华书局,1992 年,第1594 页。

② (宋)欧阳修著,洪本健校笺:《欧阳修诗文集校笺》卷二三,上海古籍出版社,2009 年,第 1906—1907 页。

③ (宋)苏辙著,高秀芳、陈宏天点校:《苏辙集》卷二三,中华书局,1990 年,第1136 页。

④ (宋)姚铉:《唐文粹》,四部丛刊本,1937 年,第 7—8 页。

看来复古是有层次的,鲁九皋《诗学源流考》云:"唐承六代之余,崇尚诗学,特命词臣定律诗体式,制科以此取士。贞观之际,王、杨、卢、骆号称四杰,其诗多沿旧习。陈、杜、沈、宋继之,格律渐高。而陈拾遗尤为复古之冠,其五言古诗,原本阮公,直追建安作者。……太白天才绝世,而古风乐府,循循守古人规矩;子美学穷奥窔,而感时触事,忧伤念乱之作,极力独开生面。盖太白得力于《国风》,而子美得力于大、小《雅》,要自子建、渊明而后,二家特不祧之祖……而元结又有《箧中集》一选,集沈千运、王季友、于逖、孟云卿、张彪、赵微明、元融七人之作,都为一卷,其诗直接汉人。"①而层次与诗体相关。古诗优于律诗,陈子昂则优于四杰和沈佺期、宋之问、杜审言。古风乐府中,李、杜学《风》《雅》,元结则直追汉人。

明人复古,甚至故意贬低唐人诗。《诗镜总论》云:"晋人五言绝,愈俚愈趣,愈浅愈深。齐梁人得之,愈藻愈真,愈华愈洁。此皆神情妙会,行乎其间。唐人苦意索之,去之愈远。"②"观五言古于唐,此犹求二代之瑚琏于汉世也。古人情深,而唐以意索之,一不得也。古人象远,而唐以景逼之,二不得也。古人法变,而唐以格律之,三不得也。古人色真,而唐以巧绘之,四不得也。古人貌厚,而唐以姣饰之,五不得也。古人气凝,而唐以佻乘之,六不得也。古人言简,而唐以好尽之,七不得也。古人作用盘礴,而唐以径出之,八不得也。"③《唐诗镜》卷一:"唐之胜于六朝者,以七古之纵,七律之整,七绝之调,此其故在气局声调之间,而精神材力未能驾胜,以五律视昔相去远矣。声不逮韶,色不逮丽,神不逮晔,情不逮深,虽沈、宋绮思,仅足当梁、

① 郭绍虞编选,富寿荪校点:《清诗话续编》,上海古籍出版社,1983年,第1355页。
② 王存信、肖今、徐志伟编纂:《陆时雍诗话》,吴文治主编:《明诗话全编》,江苏古籍出版社,1997年,第10651页。
③ 《陆时雍诗话》,《明诗话全编》,第10657页。

陈之中驷耳。至五言古诗，其道在神情之妙，不可以力雄，不可以材骋，不可以思得，不可以意致，虽李、杜力挽古风，而李病于浮，杜苦于刻，以追陶、谢之未能，况汉、魏乎。韦苏州得六朝之藻而无其实，柳子厚得六朝之干而无其华，亦足并李、杜，而称一代之雄矣。五言绝句，古道尽亡，间有作者，存十一于千百矣，然唐之有可称者，以其能洗妖淫之气而归平正之音也。代不如古，亦以见风气之所趋矣。"① 这里将唐诗和晋诗比较，或将唐诗和六朝诗比较，得出"代不如古"的结论，只是一家之言了。

在诗坛上，标举创新者有两途，一是"陈言务去"，求奇求险；一是以复古为革新。黄淳耀《董圣褒房稿序》云："世之论文者恒曰：某某能开宗，某某能复古。余以为不然。夫文未有不复古而能开宗者也。诗至于李、杜，文至于韩、柳，天下之所称开宗者也。然李、杜以前，卢、骆、沈、宋虽称作者，而不无尚沿齐、梁之余波。至少陵，一则曰《风》《骚》，再则曰陶、谢，太白亦慨然'大雅不作'为己任，是李、杜之于诗，不过能复古而已。前乎韩、柳者，燕许称大手笔，然其体制骈偶，去古甚远。至昌黎始能本原三代、两汉，追孟、荀、迁、固之文。而子厚亦云，参之《谷梁》，参之孟、荀，参之庄、老，《国语》《离骚》、太史诸书，而后为文。是韩、柳之于文，亦不过能复古而已。复古以为诗文，而诗文之能事尽，天下后世之言诗文者，皆范围焉。吾固曰：文未有不复古而能开宗者也。"② 这里说"未有不复古而能开宗者"，其实会有例外，但复古为新既有典范可依，又具号召力，故易于成功。

在诗歌写作中，白居易明确提出诗歌的现实功能，"文章合为时

① （明）陆时雍：《唐诗镜》卷一，《文渊阁四库全书》，第 1411 册，第 303 页。
② （明）黄淳耀：《陶菴全集》卷二，《文渊阁四库全书》，第 1297 册，第 655 页。

而著,歌诗合为事而作"①。诗要成为承载"道"的工具,在写法上是
"首句标其目,卒章显其志"。他自认为其《新乐府五十首》是"为君、
为臣、为民、为物、为事而作,不为文而作也"②。

　　另有一种声音虽然微小,但曾存在过。即文章之道"别是一
技",此观点没有引起重视。柳冕《谢杜相公论房杜二相书》云:"且
今之文章,与古之文章,立意异矣。何则? 古之作者,因治乱而感哀
乐,因哀乐而为咏歌,因咏歌而成比兴。故《大雅》作,则王道盛矣;
《小雅》作,则王道缺矣;《雅》变《风》,则王道衰矣;诗不作,则王泽
竭矣。至于屈宋,哀而以思,流而不反,皆亡国之音也。至于西汉,
扬、马以降,置其盛明之代,而习亡国之音,所失岂不大哉? 然而武
帝闻《子虚》之赋,叹曰:'嗟乎! 朕不得与此人同时。'故武帝好神
仙,相如为《大人赋》以讽,上读之飘飘然,反有凌云之志。子云非之
曰:'讽则讽矣,吾恐不免于劝也。'子云知之,不能行之,于是风雅之
文,变为形似;比兴之体,变为飞动;礼义之情,变为物色,诗之六义
尽矣。何则? 屈宋唱之,两汉扇之,魏晋江左,随波而不反矣。故萧
曹虽贤,不能变淫丽之体;二荀虽盛,不能变声色之词;房杜虽明,不
能变齐梁之弊。是则风俗好尚,系在时王,不在人臣明矣。故文章之
道,不根教化,别是一技耳。当时君子,耻为文人。《语》曰:'德成而
上,艺成而下。'文章技艺之流也,故夫子末之。"③ 柳冕是主张文道
合一的理论家,他提到文章之道如不根基于教化,则只是一技。此文
有特殊的写作背景,有人批评房玄龄、杜如晦不能利用相位使文章归
于质、复于古:"去年又续奉相公手疏,以国家承文弊之后,房杜为相,

① (唐)白居易著,谢思炜校注:《白居易文集校注》卷八《与元九书》,中华书
　　局,2011年,第324页。
②《白居易诗集校注》卷三《新乐府序》,第267页。
③《唐文粹》,第125—126页。

不能反之于质,诚如高论。又以文章承徐庾之弊,不能反之于古。愚以为不然。故追而论之,以献左右。"① 柳冕不以批评房、杜二相为然,以为"是则风俗好尚,系在时王,不在人臣明矣"。而柳冕批评的"文章之道,不根教化,别是一技"的观点,则意味着文章"别是一技"的观点和创作是客观存在的,它启发人们在文艺复古思潮和文道合一创作期待的强势文化背景中仍然可以借用文章"别是一技"的看法去寻找另一种创作模式。"别是一技"之文可以理解为与文道合一之文相区别的纯文学写作形态;可以理解为与恢复古代写作传统相区别的当下表达方式;可以理解为与诗歌为君、为臣、为民、为物、为事而作相区别的为抒情而作的写作目的。总之是文学自身属性的回归。

这一诗文"别是一技"的呈现没有得到理论的支持和阐释,似为潜流,但依其主张去创作的实绩相当可观,足以让人们去描述"别是一技"的存在状态。

其一,唐诗中存在大量抒情作品,并获得赞赏。那些播入乐章、传诸人口的佳作也多为抒情诗。又唐人选唐诗之《国秀集》《中兴间气集》等,其被选入的诗歌大多为抒情诗,无关教化。《河岳英灵集》所选大多为写景抒情之作,其所推崇的王维、王昌龄、储光羲三大家序中摘句亦多写景抒情佳句,评王维:"维诗词秀调雅,意新理惬,在泉为珠,著壁成绘,一句一字,皆出常境。至如'落日山水好,漾舟信归风',又'涧芳袭人衣,山月映石壁','天寒远山净,日暮长河急','日暮沙漠陲,战声烟尘里'。"② 评王昌龄:"至如'明堂坐天子,月朔朝诸侯。清乐动千门,皇风被九州。庆云从东来,泱漭抱日流',又

---

① 《唐文粹》,第 125 页。
② 《河岳英灵集》卷上,《唐人选唐诗新编(增订本)》,第 181 页。

'云起太华山,云山互明灭。东峰始含景,了了见松雪',又'楮楠无冬春,柯叶连峰稠。阴壁下苍黑,烟含清江楼。叠沙积为冈,崩剥雨露幽。石脉尽横亘,潜潭何时流',又'京门望西岳,百里见郊树。飞雨祠上来,霭然关中暮',又'奸雄乃得志,遂使群心摇。赤风荡中原,烈火无遗巢。一人计不用,万里空萧条',又'百泉势相荡,巨石皆却立。昏为蛟龙怒,清见云雨人',又'去时三十万,独自还长安。不信沙场苦,君看刀箭瘢',又'芦荻寒苍江,石头岸边饮',又'长亭酒未酣,千里风动地。天仗森森练雪拟,身骑铁骢白鹰臂',斯并惊耳骇目。今略其数十句,则中兴高作可知矣。"① 评储光羲:"储公诗,格高调逸,趣远情深,削尽常言,挟风雅之道,得浩然之气。《述华清宫》诗云:'山开鸿蒙色,天转招摇星。'又《游茅山》诗云:'山门入松柏,天路涵虚空。'此例数百句,已略见《荆杨集》,不复广引。"② 可见,唐人写作中没有考虑和"道"的结合,而评论具体诗作,也没有和政治内容牵合在一起。唐人选唐诗的序中,一般不会提出诗要明"道"和载"道"的要求,或有只言片语,也是幌子,与所选诗歌内容无关。

　　其二,唐代现存的大量诗格,基本可以归入"技"的范围③。张伯伟《诗格论(代前言)》从《文镜秘府论》讨论初、盛唐的诗格基本内容有声韵、病犯、对偶和体势四方面。这四方面都是关于诗歌写作技法的。例如对偶、对仗,这是写律诗的基于要求,故各种诗格都要讲对偶。如佚名《文笔式》中"属对"中有的名对、隔句对、双拟对、联绵对、互成对、异类对、赋体对、双声对、迭韵对、回文对、意对、头尾不对、总不对对等十三种对偶方法,如"互成对":"互成对者,'天'与

---

① 《河岳英灵集》卷下,《唐人选唐诗新编(增订本)》,第 245 页。
② 《河岳英灵集》卷下,《唐人选唐诗新编(增订本)》,第 239 页。
③ 张伯伟:《全唐五代诗格汇考》,江苏古籍出版社,2002 年,第 7—11 页。

'地'对；'日'与'月'对；'麟'与'凤'对；'金'与'银'对；'台'与'殿'对；'楼'与'榭'对。两字若上下句安,名的名对。若两字一处用之,是名互成对。言互相成也。诗曰:'天地心间静,日月眼中明。麟凤千年贵,金银一代荣。'"① 可见唐代律诗写作在格式上的要求相当成熟深细,而诗格对作诗形式要求的讲解也非常细致而通俗。修习诗格,不断完善诗歌写作,这才是推动唐诗创作走向高峰的大众基础。

任何一个时代都有主流理论形态,它是握有本行业话语权的发言,具有强势文化特征。唐代的文学理论中有关文学复古的体系因不断被阐释而完整周密,具有号召力。文以明道、文以载道的诗歌叙事功能,因有传统的承传和现实的支撑而在中唐得到充分的发挥。而维持诗歌原有抒情功能的理论常常被淹没在对南朝诗风的批判之中,理论的声音微弱,不能代表创作的声音微弱,唐代诗人在诗歌写作中有追求艺术至上的倾向,只要对诗歌写作技艺和境界提升有益的,唐人都会学习参用,表现出宽广的胸怀和远大的诗歌理想。这在大诗人那里也留下学习南朝诗歌的深深印记,岑参即是一例②。李白学习南朝诗歌并有所得,杜甫深知此中奥秘,在《与李十二白同寻范十隐居》诗中赞扬李白诗得南朝诗人之助:"李侯有佳句,往往似阴铿。"③《诗源辩体》卷一八云:"《乌夜啼》《乌栖曲》《长相思》《前有樽酒行》《阳春歌》《杨叛儿》等,出自齐梁《捣衣篇》,亦似初唐。"④ 李白的《春思》《秋思》等也是学南朝民歌的,《春思》云:

---

① 《全唐五代诗格汇考》,第73—77页。

② 戴伟华:《唐代使府与文学研究(修订本)》,广西师范大学出版社,2007年,第162—166页。

③ 《杜诗详注》卷一,第45页。

④ 《诗源辩体》卷一八,第200页。

"燕草如碧丝,秦桑低绿枝。当君怀归日,是妾断肠时。春风不相识,何事入罗帏?"① 《秋思》云:"春阳如昨日,碧树鸣黄鹂。芜然蕙草暮,飒尔凉风吹。天秋木叶下,月冷莎鸡悲。坐愁群芳歇,白露凋华滋。"② 也都是学习齐梁的佳作。《剑溪说诗·又编》云:"太白古诗往往音调似律,盖体源齐、梁,兴酣落笔而不自觉。"③ 杜甫《戏为六绝句》"转益多师"④ 不仅反映了杜甫学诗的态度,也是唐代许多诗人学诗的态度。

文化生态与诗歌写作的关系,在大的生态格局外,与个人的认知和经验相关联。其实从创作个体看,人生不同阶段势能分布不会是一条直线,而是高低起伏的曲线,如果高点为正数,低点为负数,而直线为零,一个人的命运可以在这一曲线中直观呈现出来。正数多于负数,则表示命运尚可;负数大于正数则命运不佳。正数所呈现的就是人生的强势阶段,也可以说是处在强势文化区段,反之则是处在弱势文化区段。命运会影响诗歌的风格,白居易《与元九书》云:"况诗人多蹇,如陈子昂、杜甫,各授一拾遗,而迍剥至死。李白、孟浩然辈不及一命,穷悴终身。近日孟郊六十,终试协律。张籍五十,未离一太祝。"⑤ 范仲淹《唐异诗序》云:"而诗家者流,厥情非一。失志之人其辞苦,得意之人其辞逸,乐天之人其辞达,觏闵之人其辞怒。如孟东野之清苦,薛许昌之英逸,白乐天之明达,罗江东之愤怒,此皆与时

---

① (唐)李白著,瞿蜕园、朱金城校注:《李白集校注》卷六,上海古籍出版社,1980年,第448页。
② 《李白集校注》卷六,第447页。
③ 《清诗话续编》,第1117页。
④ 《杜诗详注》卷一一,第901页。
⑤ 《白居易文集校注》卷八,第326页。

消息,不失其正者也。"① 欧阳修《薛简肃公文集序》云:"至于失志之人,穷居隐约,苦心危虑而极于精思,与其有所感激发愤惟无所施于世者,皆一寓于文辞。故曰穷者之言易工也。"② 诗人多舛,诗穷而后工,有一定道理。一旦绝对化了也会出问题,故有人认为诗人穷达与诗歌工拙无关,王炎《懒翁诗序》云:"诗文当论工拙,不当论穷达,达者未必皆工,穷者未必不工也。唐人尚诗,士以能诗取高科、登达宦者接踵,然王昌龄、孟浩然、孟郊、贾岛之徒其身至穷,而言语之妙有不可掩没者。文章天下公器,其品级高下当定于公论,非私意所能翕张。富贵利达则其言语常重,贫贱隐约则其言语常轻,乃区区世俗之论,识者顾安取此?"③ 其实,不管如何解释二者关系,都不可能成为通则,毕竟诗歌写作是精神产品,精神、情绪有阶段性,但人在低潮,也不一定没有欢乐的瞬间。从总体风貌考察,如果"工"指写作技艺层面的因素,那么诗歌工拙确实与人之穷达关系不紧密。但穷和达的个人所处环境必然影响个人生活质量和个人情绪,而情绪投射在作品上,肯定反映出作品的风貌、风格。

又如题材是诗歌分类的一种方式,如边塞诗、贬谪诗。如果从文化生态的角度去审视这些原以题材划分的题材类诗歌就能获得重新认识,被重新分类。若从诗人活动的地点来考察,边塞诗人和贬谪诗人都是活动在弱势文化区;若从地域文化角度去考察,原本是弱势文化的区域,其诗歌创作数量是零或极少,因为文士以特殊方式进入,使这一区域诗歌创作得到突变,无论数量还是质量。岑参的西域诗

---

① (宋)范仲淹著,李勇先、王蓉贵校点:《范仲淹全集》卷八,中华书局,2020年,第156—157页。
② 《欧阳修诗文集校笺》卷四四,第1129页。
③ 曾枣庄、刘琳主编:《全宋文》卷六一〇九,上海辞书出版社、安徽教育出版社,2006年,第270册,第286页。

歌写作、沈佺期等人的岭南诗歌写作是最为突出的例证。这样的研究视角必然会深化唐诗的研究。

空间也是可切入讨论的角度,公共空间和私人空间有各自的表述话语体系,从某种含义看,公共空间和私人空间分属强势文化和弱势文化两个场阈。当人们将诗人在公共空间和私人空间的诗歌写作状态进行比较,就发现抒发情感的方式有了差别,在私人空间完成的作品因有其独特性和私密性而具有魅力,如李白《静夜思》云:"床前看月光,疑是地上霜。举头望山月,低头思故乡。"①《独坐敬亭山》云:"众鸟高飞尽,孤云独去闲。相看两不厌,只有敬亭山。"②《月下独酌》云:"花间一壶酒,独酌无相亲。举杯邀明月,对影成三人。月既不解饮,影徒随我身。暂伴月将影,行乐须及春。我歌月徘徊,我舞影零乱。醒时同交欢,醉后各分散。永结无情游,相期邈云汉。"③这些诗由于是真性情的表现,倍受人们的喜爱。杜甫的两首诗可用来对比其在公共空间和私人空间表述的不同,《奉和贾至舍人早朝大明宫》云:"五夜漏声催晓箭,九重春色醉仙桃。旌旗日暖龙蛇动,宫殿风微燕雀高。朝罢香烟携满袖,诗成珠玉在挥毫。欲知世掌丝纶美,池上于今有凤毛。"④《月夜》云:"今夜鄜州月,闺中只独看。遥怜小儿女,未解忆长安。香雾云鬟湿,清辉玉臂寒。何时倚虚幌,双照泪痕干?"⑤前者是杜甫在公共空间的写作,"殊亦见窘",《诗辨坻》评其"音节过厉,'仙桃''珠玉'近俚,结使事亦黏带,自

---

① 《李白集校注》卷六,第 443 页。
② 《李白集校注》卷二三,第 1354 页。
③ 《李白集校注》卷二三,第 1331 页。
④ 《杜诗详注》卷五,第 427—428 页。
⑤ 《杜诗详注》卷四,第 209 页。

下驷耳"①。公共空间写作必须依循公共秩序进行,符合公共审美标准。同时,在公共空间写作,自身的地位也影响写作的格局。杜诗之不足大概是个体意识与集体意识调和而未达到完美和谐的结果。而《月夜》写作没有了公共标准的制约,可以真正发挥自己的长处,这是私人空间写作以表现个体意识所产生的优势,诗中陈述的纯为私情,人物是至亲骨肉:小儿女、云鬟湿玉臂寒的妻子;对方活动地点和状态是"闺中""独看"以及小儿女未解忆长安。《读杜心解》卷三云:"心已驰神到彼,诗从对面飞来。悲婉微至,精丽绝伦,又妙在无一字不从月色照出也。"②

可见,运用新的理论,转换观察角度,前面会有许多崭新的课题出现。无论工具是新是旧,解决问题才是最为重要的,而能解决问题还是靠材料的发现和解读。余英时说:"历史本身诚然是客观的,但史学家的剪裁取舍却无法绝对客观,故不同的史学家对同一历史事件的解释可以有程度各异的客观性。最后我们必须根据'证据'来裁决哪一种解释最近真,或综合各家之说以获得一种更具贯通性的说明。总之,无论法门是'顿'是'渐','证据'永远是史学的最后一道防线。"③缘此,我们希望自己的解读最近真,并获得一种更具贯通性的说明;也希望自己选取解决问题的角度能对唐诗写作研究提供新的认识。

诗歌创作与文化生态有许多问题值得去探讨。本课题中的作品论、作家论、选集论都着眼于文化生态与文学创作的关系。

---

① 《清诗话续编》,第 55 页。
② 《读杜心解》卷三,第 360 页。
③ 余英时:《中国思想传统及其现代变迁》,广西师范大学出版社,2004 年,第 346 页。

小　结

"文""道"之关系,取决于讨论的范围和对象。文若指文章,则"道"必须以文来表述,无论思想,还是哲学,有文才能存。文若指文学,则文学可以独立在"道"之外,也可以和"道"合一。如果从文学主潮出发,文、道关系首先在阐释学中得到确立。但"文""道"关系或结合或分离,一直存在于文学史的叙述中。

柳冕批评的"文章之道,不根教化,别是一技"的观点,则意味着文章"别是一技"的观点和创作是客观存在的,它启发人们在文艺复古思潮和文道合一创作期待的强势文化背景中仍然可以借用文章"别是一技"的看法去寻找另一种创作模式。"别是一技"之文可以理解为与文道合一之文相区别的纯文学写作形态;可以理解为与恢复古代写作传统相区别的当下表达方式;可以理解为与诗歌为君、为臣、为民、为物、为事而作相区别的为抒情而作的写作目的。总之是文学自身属性的回归。

第三章 政治与文学 "才" "性" 论

一、引论

如果将才性理解为才能和质性,而关于才性的讨论,应该是与人的社会功能划分相伴而来的。孔子能因材施教,已含有对个体性格才具的考察和分别,而《论语·先进》中学生的性格也得到充分的展示,"子路率尔而对曰:'千乘之国,摄乎大国之间,加之以师旅,因之以饥馑;由也为之,比及三年,可使有勇,且知方也。'夫子哂之"①。子路"率尔而对"的直率、自信跃然纸上。"性"被认识,表明人对自身属性的探索。《论语·阳货》总结"性"的存在状态为:"性相近也,习相远也。""性",孔颖达谓之"人之本性"(《易·系辞上》"一阴一阳之谓道。继之者善也,成之者性也"②)。"性相近也二章,是言习也,非言性也。因见世间穷凶极恶之人,其初亦未必如此,故曰性相近。因所习殊途,后遂流极而不知返,故曰习相远。习而相远,谓非生来便如此也。"③

① 程树德撰,程俊英、蒋见元点校:《论语集释》卷二三,中华书局,1990年,第799页。
② 《周易正义》卷七,《十三经注疏》,第161页。
③ (清)胡煦著,程林点校:《周易函书·论语》别集卷一〇,中华书局,2008年,第1021页。

　　既然是人之本性,便有了"性"之本然的讨论。荀子认为,性是天生的属性,"性者,天之就也;情者,性之质也"①。人的本性是恶的,"人之性恶,其善者伪也"②。"材性知能,君子小人一也。好荣恶辱,好利恶害,是君子小人之所同也。"③

　　而孟子则认为人的本性是善的,《孟子·告子上》:"恻隐之心,人皆有之;羞恶之心,人皆有之;恭敬之心,人皆有之;是非之心,人皆有之。恻隐之心,仁也;羞恶之心,义也;恭敬之心,礼也;是非之心,智也。仁义礼智,非由外铄我也,我固有之也,弗思耳矣。"④ 所谓恻隐之心、羞恶之心、恭敬之心、是非之心都是与生俱来的。

　　钱大昕《荀卿子书》跋云:"宋儒所訾议者,惟性恶一篇。愚谓孟言性善,欲人之尽性而乐于善;荀言性恶,欲人之化性而勉于善:立言虽殊,其教人以善则一也。宋儒言性,虽主孟氏,然必分义理与气质而二之,则已兼取孟、荀二义,至其教人以变化气质为先,实暗用荀子'化性'之说。"⑤

　　韩愈《原性》云:"性也者,与生俱生也。情也者,接于物而生也。"⑥ 韩愈将荀子"情者,性之质"作了修正。在荀子那里,情由质自然而生;而韩愈认为"情"和与生俱来的"性"不一样,是因"性"与外物接触而产生的。

　　才和性有被混用的可能,这并非不明"才""性"之别,而是因为

---

① 《荀子集解》卷一六,第428页。
② 《荀子集解》卷一七,第434页。
③ 《荀子集解》卷二,第61页。
④ (宋)朱熹:《四书章句集注·孟子集注》卷一一,中华书局,1983年,第328页。
⑤ 《荀子集解》,第15页。
⑥ (唐)韩愈著,刘真伦、岳珍校注:《韩愈文集汇校笺注》卷一,中华书局,2010年,第47页。

"才""性"确有互为包含的性质。苏轼《扬雄论》对"才""性"之异有所辨别："昔之为性论者多矣,而不能定于一。始孟子以为善,而荀子以为恶,扬子以为善恶混。而韩愈者又取夫三子之说,而折之以孔子之论,离性以为三品,曰:'中人可以上下,而上智与下愚不移。'以为三子者,皆出乎其中,而遗其上下。而天下之所是者,于愈之说为多焉。嗟夫,是未知乎所谓性者,而以夫才者言之。夫性与才相近而不同,其别不啻若白黑之异也。圣人之所与小人共之,而皆不能逃焉,是真所谓性也。而其才固将有所不同。今夫木,得土而后生,雨露风气之所养,畅然而遂茂者,是木之所同也,性也。而至于坚者为毂,柔者为轮,大者为楹,小者为桷。桷之不可以为楹,轮之不可以为毂,是岂其性之罪耶? 天下之言性者,皆杂乎才而言之,是以纷纷而不能一也。"①

孔子、荀子、孟子等提出人之本性,但他们囿于认识的局限,并没有意识到"性"的形成和遗传的关系,"习"可以使人之"性"有不同,但"本性难移"至少说明后天对"性"的改造是有难度的,也是有限度的。

（一）和用人制度并行的"才性"研究

东汉以地方察举和朝廷征辟的方式选取官吏,重视对人物的品鉴,"性"成了品评人物的重要方面。东汉末年品评标准有了变化,这主要表现为曹操选人主张"唯才是举"。"性"和"才"的两种标准出现引起对人才标准问题的讨论,"性""才"还是有差别的,袁准《才性论》云:"君子以此得曲直者,木之性也。曲者中钩,直者中绳,

---

① (宋)苏轼著,李之亮笺注:《苏轼文集编年笺注》卷四,巴蜀书社,2011 年,第 281 页。

轮桷之材也。贤不肖者,人之性也。贤者为师,不肖者为资,师资之材也。然则性言其质,才名其用。明矣。"① "性言其质,才名其用","性""才"不同。

刘劭著有《人物志》,提出才性问题,而关于"才""性"之间关系问题也就随之被提出来。《世说新语·文学》云:"钟会撰《四本论》始毕,甚欲使嵇公一见。置怀中,既定,畏其难,怀不敢出,于户外遥掷,便回急走。"注引《魏志》曰:"会论才性同异,传于世。四本者:言才性同,才性异,才性合,才性离也。尚书傅嘏论同,中书令李丰论异,侍郎钟会论合,屯骑校尉王羽论离。文多不载。"②

(二)文学才性论

从孔子到刘劭,在论"性"或"性"与"才"时,都是偏重于政治才能,其中论及与文学关系的言论不多,如《人物志》云:"能属文著述,是谓文章,司马迁、班固是也","文章之材,国史之任也"③。可见,这里的"属文著述"是指国史之才,如司马迁、班固。曹丕《典论·论文》云:"盖文章经国之大业,不朽之盛事。年寿有时而尽,荣乐止乎其身,二者必至之常期,未若文章之无穷。"④ 曹丕重视文章,提到"经国之大业"的高度;另一方面也说明,此前文章并不被政治家所重视。客观地说,即使在曹丕之后,文人仍然充当秘书、校书的角色以及颇为政治家重视的修史之职。

---

① (清)严可均:《全上古三代秦汉三国六朝文·全晋文》卷五四,中华书局,1958年,第3538页。
② (南朝宋)刘义庆著,徐震堮校笺:《世说新语校笺》卷上,中华书局,1984年,第106页。
③ (三国魏)刘邵撰,王晓毅译注:《人物志注译》卷上,中华书局,2019年,第65、67页。
④ 《全上古三代秦汉三国六朝文·全三国文》卷八,第2195页。

《文心雕龙》从文学角度讨论过"性""才"关系。譬如在《体性》中，刘勰从性格对于创作风格的影响进行了分析：

> 若夫八体屡迁，功以学成，才力居中，肇自血气；气以实志，志以定言，吐纳英华，莫非情性。是以贾生俊发，故文洁而体清；长卿傲诞，故理侈而辞溢；子云沉寂，故志隐而味深；子政简易，故趣昭而事博；孟坚雅懿，故裁密而思靡；平子淹通，故虑周而藻密；仲宣躁锐，故颖出而才果；公干气褊，故言壮而情骇；嗣宗俶傥，故响逸而调远；叔夜俊侠，故兴高而采烈；安仁轻敏，故锋发而韵流；士衡矜重，故情繁而辞隐：触类以推，表里必符，岂非自然之恒资，才气之大略哉！夫才有天资，学慎始习，斫梓染丝，功在初化，器成彩定，难可翻移。故童子雕琢，必先雅制，沿根讨叶，思转自圆，八体虽殊，会通合数，得其环中，则辐辏相成。故宜摹体以定习，因性以练才，文之司南，用此道也。赞曰：才性异区，文辞繁诡。辞为肤根，志实骨髓。雅丽黼黻，淫巧朱紫。习亦凝真，功沿渐靡。①

就是说，作家外在的文辞风格的表现，都是他内在性格的一种自然而然的反映。刘勰云"才性异区"，应是指作家的"才性"是不同的；在列举中，将"情""性"视为一体，有同于荀子"性者，天之就也；情者，性之质也"，而"才"是通过作品呈现表现出来的，如"嗣宗俶傥，故响逸而调远；叔夜俊侠，故兴高而采烈"，阮籍性情"俶傥"，故作品表现出"响逸而调远"；嵇康性情"俊侠"，故作品表现出"兴高而采烈"。但"才"者为何？是先天还是后天呢？"岂非自然之恒资，才气之大

---

① 《增订文心雕龙校注》卷六，第376—377页。

略哉！夫才有天资,学慎始习,斫梓染丝,功在初化,器成彩定,难可翻移。"可见"性"是"自然之恒资",而"才气"应非"自然之恒资",接着说"才有天资",似乎也是天生的,但从可"染"可"化"看,又是后天的。故"因性以练才","才"是可以训练的。

(三)政治与文学才性的同异

第一,自孔子提出后,"性"便不断被人们重视与阐释,荀子的"性恶"与孟子的"性善","立言虽殊,其教人以善则一也"①。第二,刘劭《人物志》主要是在政治层面提出品评及使用人才,而才性四本论又启示人们去认识性与才的关系,所谓"才性同、才性异、才性合、才性离"的讨论,深化了"才""性"本质属性的探讨,在复杂关系中认识人性、人才的共性与个性,在用人理论上得到极大提升。第三,《人物志》和《文心雕龙》分属两个系统,即政治与文学的不同品评标准。萧纲《诫当阳公大心书》云:"立身之道,与文章异。立身先须谨重,文章且须放荡。"②放荡,犹放纵,没有拘束。"立身"与"文章"有不同的才性要求。其共同点为:由"性"用"才",也可以说"性言其质,才名其用"。第四,仍然没有在理论上分清政治之"才性"与文学之"才性"的自觉意识,比较模糊,没有人厘清政治"才性"与文学"才性"的差异,而形成共识和理论体系;在后世是混淆的,总会出现政治"才性"与文学"才性"的混用,导致文人对"才""遇"的错误判断。

唐人对才性的理解是建立在前人认识的基础之上的,天宝年间杜镇撰《故济南郡禹城县令李府君墓志铭并序》云:"夫识者性之表,

---

① 《荀子集解·考证上》,第 15 页。
② 《全上古三代秦汉三国六朝文·全梁文》卷一一,第 6019 页。

才者性之征,干者才之用,寿者命之分。"①唐人总结的性、识、才、干关系,非常精辟。才能和识见都是人"性"的外在表征,才、性构成的表里关系说明彼此的联系和区别。"干者才之用","干"应指行为能力,即通常所说处理事情的能力,《后汉书·公孙述传》云:"程乌、李育以有才干,皆擢用之。于是西土咸悦,莫不归心焉。"②韩愈《与郑余庆相公书》云:"先与相识,亦甚循善,所虑才干不足任事。"③才干,犹干才,干,办事,才,才能,才干即指办事的能力。"性"—"才(识)"—"干"这一组关系,比较能解释人类分工的必要性和意义。"性"偏重先天性,后天性的作用也会对"性"予以改造;"才"偏重于后天性,由后天养成,但"性"仍然决定"才"的选择和生成,当然也可以强制性予以改造。理想的状态是顺其"性"而育其"才"。尽管如此,对不同类型"才性"的人分类考察是完全必要,也是可行的。举例来说,考察一位诗人与一位官员,得使用不同的标准。如考察诗人,就需要分析其本根上有无诗人之"性",有无创作诗歌的"才";而考察官员,则需要分析其本根上有无从政之"性",有无治国安邦理政的"才",最后再来判断其成功与否。如评论李白"怀才不遇",先看他怀何"才",再看他希望何"遇"。他自己可能会以所怀诗人之才,而要求达到仕途之遇。两者相背时,会感叹怀才不遇。当我们以理性的态度去检讨时,可能首先追问,李白之"性"者何,适宜去做什么或最适宜去做什么,如果由其"性"不断追问,大概不能轻易得出"怀才不遇"的结论。对很多诗人都不能轻易下这样的判断。这就是分类讨论士人"才性"的意义之一。

---

① 周绍良:《唐代墓志汇编》,上海古籍出版社,1992年,第1648页。
② (南朝宋)范晔撰,(唐)李贤注,中华书局编辑部点校:《后汉书》卷一三,中华书局,1965年,第544页。
③ 《韩愈文集汇校笺注》卷九,第925页。

小　结

东汉以地方察举和朝廷征辟的方式选取官吏,重视对人物的品鉴,"性"成了品评人物的重要方面。东汉末年品评标准有了变化,这主要表现为曹操选人主张"唯才是举"。"性"和"才"的两种标准出现引起对人才标准问题的讨论,"性""才"还是有差别的。从孔子到刘劭,在论"性"或"性"与"才"时,都是偏重于政治才能,其中论及与文学关系的言论不多,如《人物志》。曹丕重视文章,提到"经国之大业"的高度;另一方面也说明,曹丕之前文章并不被政治家所重视。客观地说,即使在曹丕之后,文人仍然充当秘书、校书的角色以及颇为政治家重视的修史之职。《文心雕龙》从文学角度讨论过"性""才"关系。刘勰云"才性异区",应是指作家的"才性"是不同的;在列举中,将"情""性"视为一体,有同于荀子"性者,天之就也;情者,性之质也",而"才"是通过作品呈现表现出来的,"因性以练才","才"是可以训练的。关于政治与文学才性的同异。第一,自孔子提出后,"性"便不断被人们重视与阐释。第二,刘劭《人物志》主要是在政治层面提出品评及使用人才,而才性四本论又启示人们去认识性与才的关系。第三,《人物志》和《文心雕龙》分属两个系统,即政治与文学的不同品评标准。第四,仍然没有在理论上分清政治之"才性"与文学之"才性"的自觉意识,比较模糊,没有人厘清政治"才性"与文学"才性"的差异,而形成共识和理论体系;在后世是混淆的,总会出现政治"才性"与文学"才性"的混用,导致文人对"才""遇"的错误判断。

唐人对才性的理解是建立在前人认识的基础之上的,天宝年间杜镇撰《故济南郡禹城县令李府君墓志铭并序》云:"夫识者性之表,才者性之征,干者才之用,寿者命之分。"唐人总结的性、识、才、干关系,非常精辟。才能和识见都是人"性"的外在表征,才、性构成的表里关系说明彼此的联系和区别。"干者才之用","干"应指行为能力,即通常所说处理事情的能力。

二、李敬玄、裴行俭的"才性"之争

在文学史上,"初唐四杰"确实开辟了一个诗歌时代。而围绕他们发生了一场争论,争论的核心是关于"四杰"的"才性"①。

《册府元龟》卷八四三载:"裴行俭为吏部侍郎时,赏拔苏味道、王剧,谓曰:'二公后当相次掌知钧衡之任。'时李敬玄盛称王勃、杨炯、卢照邻、骆宾王等,以示行俭。行俭曰:'士之致远,先器识而后文艺也。勃等虽有才名,而浮躁炫露,岂享爵禄者哉? 杨稍似沉静,应

---

① "初唐四杰",唐无此名,而"四杰"之名,仅郗云卿《骆宾王文集序》有云:"高宗朝,与卢照邻,杨炯,王勃文词齐名,海内称焉,号四杰,亦云卢骆杨王四才子。"按郗序附清陈熙晋笺注《骆临海集笺注》(上海古籍出版社,1985年)后,一般引用作《骆宾王文集原序》,误,"原序"由编者加,而引用不应有"原"字。王杨卢骆四人并称,应在高宗咸亨时,而郗序所云"四杰""四才子"之称时间应较短,此后新旧《唐书》亦有"四杰"之称,《郡斋读书志》载:"《杨炯盈川集》二十卷。……炯博学,善属文,与王勃,卢照邻,骆宾王以文词齐名,海内称王杨卢骆四才子,亦曰四杰。"此当本于郗序。可以理解为唐人慎用"四杰",而以四人名并称。"初唐四杰"或"唐初四杰"的称谓更晚,"唐初四杰"一名,明人偶有数例,如明严惟中《答司空刘南坦》云:"况复才华不让唐初四杰。"〔(清)陈仁锡:《国朝诗余》卷四长调,明万历四十二年刻本〕"初唐四杰"一词大约也是在明朝出现,并有《初唐四杰集》八卷问世,丁仁《八千卷楼书目》卷一九集部载录:"《初唐四杰集》八卷,不著编辑者名氏。盖王勃,杨炯,卢照邻,骆宾王诗也。明刊本。"〔(清)丁仁:《八千卷楼书目》,民国本〕《初唐四杰集》对"初唐四杰"一名的固定起到关键作用,在中国文学史著作中成为固定名词。由四人并称到"四杰"的一时之称,又到"初唐四杰"作为一个长时段标志性人物群体的确立,这一过程对理解文学史的动态叙写是有意义的。

至令长。余并鲜能令视。'其后皆如其言。"① "咸亨二年。有杨炯、
王勃、卢照邻、骆宾王。并以文章见称。吏部侍郎李敬玄咸为延誉。
引以示裴行俭。行俭曰：'才名有之。爵禄盖寡。杨应至令长。余并
鲜能令终。'是时苏味道、王勮未知名。因调选。遂为行俭深礼异。
仍谓曰：'有晚生子息。恨不见其成长。二公十数年当居衡石。愿识
此辈。'其后果如其言。"②

　　大致可见，第一，裴、李之争事发生在高宗咸亨年间，《太平广记》
云"咸亨二年"，咸亨计五年；第二，裴行俭、李敬玄二人时为吏部侍
郎。"侍郎二人，正四品上；郎中二人，正五品上；员外郎二人，从六品
上。掌文选、勋封、考课之政。以三铨之法官天下之材，以身、言、书、
判，德行、才用、劳效较其优劣而定其留放，为之注拟。五品以上，以
名上而听制授；六品以下，量资而任之。"③《旧唐书·裴行俭传》云：
"兼有人伦之鉴，自掌选及为大总管，凡遇贤俊，无不甄采。"④ 第三，
四人"以文章见称"，李敬玄应以"文艺""才名"盛称王勃等人，而裴
行俭则看重人的"器识"；第四，所谓"器识"，主要指人的性格，并由
性格而生的认知水平和情绪，裴行俭认为王勃等四人"浮躁炫露"，只
是杨炯"稍似沉静"。四人"器识"不及"文艺"，而选材任人必须以
"器识"为重，提出"士之致远，先器识而后文艺"的标准。这个标准
适合官员的选拔任用。但落实到王杨卢骆身上，便有了不同意见。

　　对四人的评价，真正触及选官标准时，便关涉到很多人的命运和
利益，这在当时的关注度较高。《大唐新语·知微》记载："时李敬玄

---

① （宋）王钦若编纂，周勋初校订：《册府元龟》卷八四三，凤凰出版社，2006
　　年，第9804页。
② （宋）李昉编：《太平广记》卷一八五，中华书局，1961年，第1385页。
③ 《新唐书》卷四六，第1186页。
④ 《旧唐书》卷八四，第2805页。

盛称王勃、杨炯等四人,以示行俭,曰:'士之致远,先器识而后文艺也。勃等虽有才名,而浮躁浅露,岂享爵禄者! 杨稍似沉静,应至令长,并鲜克令终。'卒如其言。"[1] 这和《册府元龟》所载大致相同。张说撰《赠太尉裴公神道碑》云:"官复旧号,为吏部侍郎,加银青光禄大夫。自居铨管,大设纲综,辨职差才,审官序爵,法著新格,言成故事……在选曹,见骆宾王、卢照邻、王勃、杨炯,评曰:'炯虽有才名,不过令长,其余华而不实,鲜克令终。'见苏味道、王勮,叹曰:十数年外,当居衡石。后各如其言。"[2]

从史源学的角度看,裴、李之争的材料似乎难以梳理清楚,但事情就是如此。有些异文则帮助我们接近真相。

以上四则材料,一致处有:1. 皆有"才名"二字;2. 杨炯"应至令长",张说云"不过令长"意同;3. "鲜克令终",《册府元龟》稍异,作"令视",疑误。不一致之处有:1. 裴行俭的评语,没有完全相同的;2. "才名"的领属不同,有"勃等虽有才名""炯虽有才名""才名有之"三种不同表述。

四则材料中,《册府元龟》和《大唐新语》最近。应为同源,而又稍异。而张说所记与其他三则材料相异最大。

这说明,裴、李之争和裴之评语是流传当时或见于记载的一件事,无需怀疑。

姜宸英《士先器识而后文艺论》:"士先器识而后文艺是已。以四子之不遇早死验其器识之浅薄,此为不可。夫器识岂可以贵贱寿夭论哉! 审如此言,则屈原为浮华之祖,《离骚》为导淫之篇,而子兰

---

① 《大唐新语》卷七,第110页。
② (唐)张说著,熊飞校注:《张说集校注》卷一四,中华书局,2013年,第721—723页。

子上得先几之识,蒙老成之誉矣……王杨卢骆,杜子美至比其体为江河万古之流。自唐及今,如四子者,代不几见,虽其淹郁于一时,终炳烁于后世。以视彼名德不昌,而坐享期颐者,其器识为何如也?"①

傅璇琮先生比较认同姚大荣的意见,并附《跋骆宾王〈上吏部裴侍郎书〉》全文,姚文云:"是行俭本不为知人。自张说徇裴氏子之请为作佳碑,妄许前知,新旧二书更增饰其词,滥加称誉,尤为失当。……反复推求,牴牾实多。吾以为燕公谀墓之词,非独诬四子,实并诬行俭。"②

姜宸英和姚大荣的意见代表了一批人的观点。这种思路不清、政文混一的表述一直影响到今天的文学史编写。所谓"新旧二书更增饰其词,滥加称誉,尤为失当",也有偏颇。

《旧唐书·王勃传》虽然是综括史料,对此事叙述颇为透彻,而一字之易,甚有见识,其云:"初,吏部侍郎裴行俭典选,有知人之鉴,见勔与苏味道,谓人曰:'二子亦当掌铨衡之任。'李敬玄尤重杨炯、卢照邻、骆宾王与勃等四人,必当显贵。行俭曰:'士之致远,先器识而后文艺。勃等虽有文才,而浮躁浅露,岂享爵禄之器耶!杨子沉静,应至令长,余得令终为幸。'果如其言。"③《旧传》易"有才名"为"有文才",体现修史者的细心严谨。"才"有不同,有文才、吏才之分,言四杰"有文才"是准确的定义,从为官之道看,性格"浮躁浅露"实不能"享爵禄之器"。裴行俭作为吏部侍郎,选人任官,提出"士之致远,先器识而后文艺"的用人观无疑是正确的,而在特定语境中使用和"器识"相对的概念"文艺",正说明裴行俭所谓"才"是"文艺"之

---

① (清)姜宸英撰,雍琦整理:《姜宸英全集》卷一一,浙江古籍出版社,2016年,第262页。
② 《唐代诗人丛考》,第19—21页。
③ 《旧唐书》卷一九○,第5006页。

才。《新唐书·裴行俭传》云："行俭曰：'士之致远，先器识，后文艺。如勃等，虽有才，而浮躁衒露，岂享爵禄者哉？炯颇沉嘿，可至令长，余皆不得其死。'"①从"才"到"文才"，其实有一潜在的观点，那就是才有"文学之才""政治之才"的区分。

　　四杰之才在于文学才能，而不在于政治才具或才干。从杜甫诗中看出，在咸亨以后的相当长时间，人们对王杨卢骆的评价可以概括为"轻薄为文"，"轻薄"指个性，"为文"指其声名。杜甫《戏为六绝句》其二："杨王（一云王杨）卢骆当时体，轻薄为文哂未休。尔曹身与名俱灭，不废江河万古流。"注云："此表章杨王四子也。四公之文，当时杰出，今乃轻薄其为文而哂笑之。岂知尔辈不久销亡，前人则万古长垂，如江河不废乎。洙曰：杨炯、王勃、卢照邻、骆宾王，以文词齐名武后初，海内呼为四杰。卢注谓后生自为轻薄之文，而反讥哂前辈。今从《杜臆》。《容斋续笔》：身名俱灭，以责轻薄子。万古不废，谓四子之文。"②三注的意思稍有不同，仇注以"轻薄"为动词，"为文"为宾语；卢注谓"轻薄为文"是指后生自为轻薄之文讥笑前辈"四杰"；《容斋续笔》云轻薄，指轻薄子。与仇注大意同，但有区别。裴行俭对四杰评价是"浮躁浅露""浮躁炫露""华而不实"，这才是"轻薄"的内容。杜甫诗意应是：王杨卢骆的创作在当时形成一体，但长期以来被人们讥讽为"轻薄为文"，你们身名俱灭，但王杨卢骆因其文名而可以如江河万古流淌。因是"戏为"，评价或有夸大，《韵语阳秋》卷三云："而王杨卢骆亦诗人之小巧者尔。至有'不废江河万古流'之句，褒之岂不太甚乎？"③

―――――――――――

① 《新唐书》卷一〇八，第4088—4089页。
② 《杜诗详注》卷一一，第899页。
③ 《韵语阳秋》卷三，《历代诗话》，第503页。

　　从流传已久的故事也可以印证四杰有些"轻薄",即"浮躁浅露"。《朝野佥载》卷六:"卢照邻字升之,范阳人。弱冠拜邓王府典签,王府书记一以委之。王有书十二车,照邻总披览,略能记忆。后为益州新都县尉,秩满,婆娑于蜀中,放旷诗酒,故世称'王杨卢骆'。照邻闻之曰:'喜居王后,耻在骆前。'时杨之为文,好以古人姓名连用,如张平子之略谈,陆士衡之所记,潘安仁宜其陋矣,仲长统何足知之。号为'点鬼簿'。骆宾王文好以数对,如'秦地重关一百二,汉家离宫三十六'。时人号为'算博士'。如卢生之文,时人莫能评其得失矣。"① 另一记录是说杨炯不满四人的排序,"炯与王勃、卢照邻、骆宾王以文词齐名,海内称为王杨卢骆,亦号为'四杰'。炯闻之,谓人曰:'吾愧在卢前,耻居王后。'当时议者,亦以为然。其后崔融、李峤、张说俱重四杰之文。崔融曰:'王勃文章宏逸,有绝尘之迹,固非常流所及。炯与照邻可以企之,盈川之言信矣。'说曰:'杨盈川文思如悬河注水,酌之不竭,既优于卢,亦不减王。"耻居王后",信然;"愧在卢前",谦也。'"②

　　杨炯和卢照邻对"王杨卢骆"的"四杰"排名持有异议,卢说"喜居王后,耻在骆前";杨说"愧在卢前,耻居王后"。裴行俭说"杨子沉静",大概说这种话的可能性会低。无论杨炯,还是卢照邻,斤斤计较于排序,也说明裴行俭评价其"浮躁浅露",并非出于一时感情用事的片面认识吧。

　　才性之争,因四杰而发生,四杰在文学史上的影响,便有了较大关注度。其实,在咸亨之前的贞观年间就已经发生过类似的争论:"贞观二十年,王师旦为员外郎,冀州进士张昌龄、王公瑾并文词俊

① (唐)张鷟撰,赵守俨点校:《朝野佥载》卷六,中华书局,1979 年,第 141 页。
②《旧唐书》卷一九〇,第 5003—5004 页。

楚,声振京邑。师旦考其文策为下等,举朝不知所以。及奏等第,太
宗怪无昌龄等名,问师旦。师旦曰:'此辈诚有词华;然其体轻薄,文
章浮艳,必不成令器。臣擢之,恐后生仿效,有变陛下风俗。'上深然
之。后昌龄为长安尉,坐赃罪解官;而王公瑾亦无所成。"① 王师旦将
"文词俊楚,声振京邑"的张、王定为下等,面对两方面压力,"举朝"
官员和太宗皇帝。理由是:"此辈诚有词华;然其体轻薄,文章浮艳,
必不成令器。"令器者何? 指具有治国理政能力的优秀人才。而张、
王只是文词华美动人,只能成为文学家,而不能成为行政管理人才。
所谓"其体轻薄",疑指其禀性轻佻浅薄,《世说新语》云:"简文问孙
兴公:'袁羊何似?'答曰:'不知者不负其才,知之者无取其体。'"②
刘孝标注云:"言其有才而无德也。"体,禀性。杜甫使用"轻薄"二
字亦当为此意。

　　不管怎么说,人们对王杨卢骆四人的文学才能都大加赞赏,如
崔融、张说之评具有代表性。裴、李之争和崔、张之议,虽有分歧,而
评论的逻辑起点不同。前者在于人的政治才能,后者则在于人的文
艺才能。四杰排序之争也是文艺成就之争。所谓"器识""文艺"之
争,是传统"才性论"的发展和深化,其讨论的意义在于:

　　第一,"先器识后文艺"是官吏铨选的要求。这一定位也将士人
在社会中的活动做了区分,士有两途:文学和仕官。而文学和仕官之
途应具有不同的"才"与"性"。

　　阮元《嘉庆四年己未科会试录后序》云:"伏思校数千人之文艺,
必当求士之正者,以收国家得人之效。欲求正士,惟以正求之而已。
唐裴行俭曰:'士先器识而后文艺。器识之远大不易见,观其文略可

———————

① 《封氏闻见记校注》卷三,第 15 页。
② 《世说新语校笺》卷中,第 293 页。

见之。文之浅薄庸俗不能发圣贤之意旨者,其学行未必能自立。若
夫深于学行者,萃其精而遗其粗,举其全而弃其偏,简牍之间,或多
流露矣。'故臣愚以为得文者未必皆得士,而求士者惟在乎求有学之
文。"①阮元之说,明确了三层关系:第一层关系,文、仕有不同的才
性要求;第二层关系,求士、求文有不同的选取方式和标准;第三层
关系,文(文学之人)、士(治国之才)非同一性,"士"可以"文","文"
未必是"士",但"文"可观"士"。故阮元的结论是:"得文者未必皆得
士,而求士者惟在乎求有学之文。"而"文"是有限制、有条件的,应是
"有学之文"。何谓"有学之文"? 为文能"发圣贤之意旨"。什么样的
文章方能谓之"发圣贤之意旨"? 要分清楚很不容易。尤侗在论"燕
许大手笔"时的意见可供参考,其《大冢宰甘公逊斋集序》云:"唐代
以文章名者,推张燕公说、苏许公颋为大手笔。后如崔文贞祐甫、陆
宣公贽、权文公德舆、李卫公德裕诸公,并以著述显名,当代不知之。
数人之见重于文苑者,由盛德大业,发而为文,故其文足以光昭日月,
人无异辞。若第曰文焉而已,彼王杨卢骆之徒,谁非能文? 而其文不
得与燕许以下诸公并垺,知文之所重,惟其人,而不惟其辞也。"②

尤侗的"由盛德大业,发而为文"到阮元的"文之浅薄庸俗不能
发圣贤之意旨者,其学行未必能自立",虽然分属两个角度,尤站在儒
家文学职能的角度审视文学的功能,要求文为大业立论;阮站在儒家
文学学行的角度审视文学的功能,要求文为圣贤立论。尤侗、阮元的
功利的社会文学观是一致的。

其实,论人品人的标准是一回事,取谁用谁又是一回事。有好

① (清)阮元撰,邓经元点校:《擘经室集》二集卷八,中华书局,1993 年,第 572 页。
② 程千帆、卞孝萱主编:《中华大典·隋唐五代文学分典(一)》,江苏古籍出版
社,2000 年,第 451 页。

的标准,不一定有好的判断。前人常常纠缠具体的人和事,而忽视了裴、李之争事情本身的拓展意义和实际价值。《艺苑卮言》卷四云:"裴行俭弗取四杰,悬断终始,然亦臆中耳。彼所重王剧、王勔、苏味道者,一以钩党取族,一以模棱贬窜,区区相位,何益人毛发事,千古肉食不识丁,人举以谈柄,良可笑也。"① 四杰与王、苏之事尚不宜并论。裴行俭以"性"取人,故遗四杰;王、苏的钩党、贬窜,则是仕途风险,那是不测风云。

第二,文学史意义。如果从"才性"角度探讨四杰,能够更好地解释四杰的命运。

文学史与此相关的内容大致相似:"四杰是王勃、杨炯、卢照邻和骆宾王。他们都是七世纪下半期很有才华的作家。王勃因溺水惊悸而死,年二十八;卢照邻因苦于病投水而死,年五十余岁;骆宾王因政治运动失败而逃亡,也只有四十多岁;杨炯境遇较好,得以善终,但为时所忌,亦不过四十余岁。可知四杰诸人,都为生活环境所困,遭受着悲惨的命运,享年都不很高。"② "'四杰'大都生于唐贞观年间,卢、骆生年较早,其年辈比王、杨为长。四人的创作个性是不同的,所长亦异,其中卢、骆长于歌行,王、杨长于五律。但他们都属于一般士人中确有文才而自负很高的诗人,官小而才大,名高而位卑,心中充满了博取功名的幻想和激情,郁积着不甘居人下的雄杰之气。"③

"官小而才大,名高而位卑。"这确实也代表了文学史的通行观

① (明)王世贞:《艺苑卮言》卷四,丁福保辑:《历代诗话续编》,中华书局,2006年,第1004页。
② 刘大杰:《中国文学发展史》中卷,复旦大学出版社,2006年,第41页。
③ 袁行霈主编,袁行霈、罗宗强本卷主编:《中国文学史》卷二,高等教育出版社,2003年,第239页。

点,也成了文学史常识。这里有几点需要澄清,官小,指任官职小;才大,应指四人的文学才具大;名高,是指文学的名声大;位卑,是指政治地位低下。如果将这两对关系做排列,就会发现有逻辑错误。其本意为四人的遭遇表示同情而鸣不平,其实是在追问:为什么"才大"而"官小"呢? 为什么"名高"却"位卑"呢?

这样的审视存在认识误区。所谓"才大"之"才",应指四人的文学或诗歌才能;"名高"之"名"也是指由于文学或诗歌成就所得到的文名。简言之,会写诗,会写好诗,并不一定能当官;文学有名声,甚至有大名,未必地位就崇高。古今之理,社会共识。蔡世远《有高才能文章三不幸论》云:"才名过盛,而矜己傲物,非大成之器也。恃其所有,而攀缘趋附,轻于一试,尤丧检辱身之士也。"① 这里仍然没有理解和分析"才性"关系,"才名过盛"缘其文意当是指文学的"才名"。

当人们注意到裴、李之争的实质,就会放弃对裴行俭品评是否得当、是否具有前知的追问。裴、李之争在于提出了一个命题,而这一命题对以后能否发生影响,这是最应该关注的。

小　结

在文学史上,"初唐四杰"确实开辟了一个诗歌时代。而围绕他们发生了一场争论,争论的核心是关于"四杰"的"才性"。其意义在于:从"才"到"文才",其实有一潜在的观点,那就是才有"文学之才""政治之才"的区分。四杰之才在于文学才能,而不在于政治才具或才干。从杜甫诗中看出,在咸亨以后的相当长时间内,人们对王杨卢骆的评价可以概括为"轻薄为文","轻薄"指个性,"为文"指其

---

① 徐世昌等编纂,沈芝盈、梁运华点校:《清儒学案》卷六〇,中华书局,2008 年,第 2344 页。

声名。杜甫诗意应是:王杨卢骆的创作在当时形成一体,但长期以来被人们讥讽为"轻薄为文",你们身名俱灭,但王杨卢骆因其文名而可以如江河万古流淌。因是"戏为",评价或有夸大。

才性之争,因四杰而发生,四杰在文学史上的影响,便有了较大关注度。其实,在咸亨之前的贞观年间就已经发生过类似的争论,人们对王杨卢骆四人的文学才能都大加赞赏,如崔融、张说之评具有代表性。裴、李之争和崔、张之议,虽有分歧,然评论的逻辑起点不同。前者在于人的政治才能,后者则在于人的文艺才能。四杰排序之争也是文艺成就之争。所谓"器识""文艺"之争,是传统"才性论"的发展和深化。

"官小而才大,名高而位卑。"这确实也代表了文学史的通行观点,也成了文学史常识。这里有几点需要澄清,官小,指任官职小;才大,应指四人的文学才具大;名高,是指文学的名声大;位卑,是指政治地位低下。如果将这两对关系做排列,就会发现有逻辑错误。

三、"高才而无贵仕"的"才性"观

咸亨间,裴行俭与李敬玄关于四杰之争的七八十年以后,杜甫作《戏为六绝句》,以诗人的身份重新审视王杨卢骆。裴行俭以"浮躁浅露"评四人,并谓其"爵禄盖寡"。当回顾这段历史时,杜甫感慨万分。至德二年(757)杜甫写下《天末怀李白》:"鸿雁几时到,江湖秋水多。文章憎命达,魑魅喜人过。"[1] 把文章和命运的关系归结为一对冤家对头:"文章憎命达。"换句话说,文章和"命途多舛"是一对孪生姐妹。《旧唐书·陆据传》云:"开元、天宝间,文士知名者,汴州

––––––––––––––––

[1]《杜诗详注》卷七,第590页。

崔颢、京兆王昌龄、高适、襄阳孟浩然,皆名位不振,唯高适官达,自有传。"① 大概刘昫在修《唐书》时,查阅了大量的材料,得出如此结论。但要注意"开元、天宝"的时间节点,否则会误读。杜甫诗表达的思想,还意味着另一事实,裴、李关于才性之争的事情虽成为历史,但意识形态中的争论并未结束,文人的"才性"和政治家的"才性"的正确区分和认识并没有形成。文人的才情高、作品好就必然要官位高、地位高,否则即是文人的悲剧,这仍然是主流的意识。

开元、天宝间的文人生存状况,可以从《河岳英灵集》做考察。

《河岳英灵集》选本的重要观点是"高才而无贵仕"。"高才而无贵仕"是谁之宿命? 如果文学家有文学的天赋才能,而没有创作出优秀的作品并能流传,这是遗憾;如果政治家有政治的天赋才能,而没有创造出理想的业绩,这是遗憾。然而长期以来人们在评论文学家的成功与否时,总是看其有没有做高官得高位。换句话说,这种观点要求文学家博取行政高位,否则就是悲剧。这一观点由来已久。如果放弃文学家的立场,"高才而无贵仕"确实是士人的悲剧。

开元一五三《大唐故宣义郎行邢州柏仁县丞太原郭君墓志铭并序》云墓主郭承亨制举贤良,又制举奇才,享年六十七,而终县丞,故有"君才高位卑,未尝得志"之叹②。

开元三四一《唐故括州遂昌县令张府君墓志铭并序》云墓主"皇考善,缵承丕业,惇德允(阙二字)有高才而无贵仕,官止陵州贵平令,非其所也"③。

天宝二二六《大唐故河南元府君墓志铭并序》起首即云:"古人

---

① 《旧唐书》卷一九〇,第 5049 页。
② 《唐代墓志汇编》,第 1262 页。
③ 《唐代墓志汇编》,第 1392 页。

有言:才高者位必薄,德厚者寿不永。"①

　　显然,这里的才与位的关系,虽然有些模糊,但肯定不是文学本位的阐述,而是一般意义上的才、位对应的判断。另外,"才高者位必薄"("高才而无贵仕"的另一种表述)是古语,是对社会某一现象的总结和归纳。《河岳英灵集》云"高才而无贵仕"后,以"诚哉是言"表示认同,正说明这一古语、俗语的存在。但人们对其理解的立场会有不同。

　　"高才而无贵仕"见于评论常建。常建置于《河岳英灵集》卷上之首,其序评曰:"高才而无贵仕,诚哉是言。曩刘桢死于文学,左思终于记室,鲍照卒于参军,今常建亦沦于一尉。悲夫! ……属思既苦,词亦警绝。潘岳虽云能叙悲怨,未见如此章。"②位置突出,可谓统领全篇。

　　这里与才性有关的表述具有几点:第一,"高才而无贵仕";第二,因之而"悲";第三,属词"苦";第四,和历史上能叙悲怨的作者潘岳相比较,常建叙悲怨并不逊色。如此阐述,具有因果关系,也具有逻辑性。

　　这看似合理的逻辑结构,其实隐含了不对称性。"高才而无贵仕"可谓是《河岳英灵集》的核心观点,却没有写进总叙总论中。但从常建以及这句话在《河岳英灵集》的位置来看,可视为《河岳英灵集》叙论的重要补充。之所以这样分析,还有一个证明,即在评常建时,在"高才而无贵仕"下,引刘桢、左思和鲍照,意味着这一观点是在历史叙述中提出的,有普遍意义。

　　所谓"高才"是称赞作者的文学之才,如历史上的刘桢、左思、

---

① 《唐代墓志汇编》,第 1688 页。
② 《河岳英灵集》卷上,《唐人选唐诗新编(增订本)》,第 165 页。

鲍照都以文学著称,如依照"盖文章经国之大业,不朽之盛事"① 来解释,文章足可自成"大业""盛事",但这里所谓"贵仕"是指仕途的升迁和官位的崇高。如按照曹丕《典论·论文》提出的观点,文章足可立大业,文人和官僚本可分途而实现自己的目标。但这一因果关系一直受到挑战,文人自己也不能满足于这一人生结构,而是不断寻找和接续"学而优则仕"的传统。事实上,这样理解的"学而优则仕"和《论语》原意并不完全相同。"子夏曰:'仕而优则学,学而优则仕。'"朱熹注云:"优,有余力也。仕与学理同而事异,故当其事者,必先有以尽其事,而后可及其余。然仕而学,则所以资其仕者益深;学而仕,则所以验其学者益广。"② 今天看来,"学而优则仕"之"优""学",确为后世所误解。"优"是指有余力,"学"并非单一指向,而是人通过"学"完成综合的知识体系并构成完整的知识结构。"学"更非后世所理解的"学习优秀"之"学"。

　　《河岳英灵集》的序评中,其人物生平介绍的关键词就是"高才而无贵仕"。如李白"志不拘检,常林栖十数载"③。王维,没有涉及"仕"。刘昚虚,"惜其不永,天碎国宝"④。按,刘昚虚曾任洛阳尉、夏县令。王季友,"白首短褐,良可悲夫!"⑤ 李颀,"惜其伟才,只到黄绶"⑥。

　　从"高才而无贵仕"作为人物品评的第一句话看,本身是有问题的。"才"是文学之才,"用"是政治之用;"才"是诗歌才能,"仕"则

①《全上古三代秦汉三国六朝文·全三国文》卷八,第 2195 页。
②《四书章句集注·论语集注》卷一〇,第 190 页。
③《河岳英灵集》卷上,《唐人选唐诗新编(增订本)》,第 171 页。
④《河岳英灵集》卷上,《唐人选唐诗新编(增订本)》,第 186—187 页。
⑤《河岳英灵集》卷上,《唐人选唐诗新编(增订本)》,第 193 页。
⑥《河岳英灵集》卷上,《唐人选唐诗新编(增订本)》,第 202 页。

为政治作为。这两者之间是不同的,朱熹云"仕与学理同而事异",他说的"学"是多方面的,不专指文学,甚至文学只是其中很少的部分。那么,平时所言"诗才"与"仕途"之间当是"理不同而事亦异"了。

《河岳英灵集序》评常建云：

> 今常建亦沦于一尉。悲夫！建诗似初发通庄,却寻野径,百里之外,方归大道。所以其旨远,其兴僻,佳句辄来,唯论意表。至如"松际露微月,清光犹为君",又"山光悦鸟性,潭影空人心",此例十数句,并可称警策。然一篇尽善者,"战余落日黄,军败鼓声死","今与山鬼邻,残兵哭辽水",属思既苦,词亦警绝。潘岳虽云能叙悲怨,未见如此章。①

常建诗,"其旨远,其兴僻,佳句辄来,唯论意表",有可称"警策""警绝"者,这都是诗才的表现,与"沦于一尉"在逻辑上没有关系。又如李颀：

> 颀诗发调既清,修辞亦秀,杂歌咸善,玄理最长。至如《送暨道士》云："大道本无我,青春长与君。"又《听弹胡笳声》云："幽音变调忽飘洒,长风吹林雨堕瓦。迸泉飒飒飞木末,野鹿呦呦走堂下。"足可歔欷,震荡心神。惜其伟才,只到黄绶,故其论家,往往高于众作。②

所谓"发调既清,修辞亦秀,杂歌咸善,玄理最长"是诗的特点,而"足

---

① 《河岳英灵集》卷上,《唐人选唐诗新编（增订本）》,第 165 页。
② 《河岳英灵集》卷上,《唐人选唐诗新编（增订本）》,第 202 页。

可歔欷,震荡心神"者,当然是诗的感染力。这与"只到黄绶"亦无关系,所谓"伟才"是指诗才。又如高适:

> 适性拓落,不拘小节,耻预常科,隐迹博徒,才名自远……至如《燕歌行》等篇,甚有奇句,且余所爱者,"未知肝胆向谁是,令人却忆平原君",吟讽不厌矣。①

所谓"才名",不可能指"性拓落,不拘小节,耻预常科,隐迹博徒",而是指"吟讽不厌"的诗歌才能。

其实,《河岳英灵集》虽然说"高才而无贵仕",才,往往是指诗歌写作能力和达到的高度,但不经意间却将诗歌才能和政治才能做了区别,这一点常为人疏忽。在评储光羲时已分为两个层面,一是诗歌才能,一是政治才能:

> 储公诗,格高调逸,趣远情深,削尽常言,挟风雅之道,得浩然之气。《述华清宫》诗云:"山开鸿蒙色,天转招摇星。"又《游茅山》诗云:"山门入松柏,天路涵虚空。"此例数百句,已略见《荆扬集》,不复广引。璠尝睹储公《正论》十五卷,《九经分义疏》二十卷,言博理当,实可谓经国之大才。②

显然,这里提出了文学与行政的分别,储光羲之诗与其"经国之大才"的区分以及两种才能在储光羲身上的统一。殷璠在《河岳英灵集》中给储光羲以特殊位置,将之与王维、王昌龄并列,在殷璠编辑的三本选集中都有储的作品,而且是《丹阳集》中唯一进入《河岳英灵集》

---

① 《河岳英灵集》卷上,《唐人选唐诗新编(增订本)》,第 209 页。
② 《河岳英灵集》卷下,《唐人选唐诗新编(增订本)》,第 239 页。

的作家。这一现象一定有内在联系，但一直未为人提及。其实，只要在现存资料基础上做一常情的理解和推测，还是有痕迹在的。第一，储光羲和殷璠是同乡，都是丹阳人，储光羲是《丹阳集》中的作家；第二，《河岳英灵集》是以储光羲开元十四年、十五年同门进士为基础而不断增补扩大而成的；第三，在《河岳英灵集》《丹阳集》以及《荆杨集》中，储光羲是唯一一位三集都入选的诗人；第四，储光羲是唯一一位在《河岳英灵集》中被称为"实可谓经国之大才"的作者；第五，在传世记载中，殷璠是唯一读过储光羲《正论》十五卷、《九经分义疏》二十卷的同时代人。如此，可以推断，殷璠编《丹阳集》《河岳英灵集》得到同乡知己储光羲的助力，并得到储光羲的指导，《河岳英灵集序》也必然得到了储光羲的指导和修改，《河岳英灵集序》也体现了储光羲的诗学思想。有关殷璠评储光羲"实可谓经国之大才"值得重视，至少在评论储光羲时，是有意识地区别了诗歌之才能和治国之才能的。另外，在评论王昌龄时，也有这种意识，只不过没有评论储光羲时明晰。评王昌龄云：

> 余尝睹王公《长平伏冤》文、《吊枳道赋》，仁有余也。奈何晚节不矜细行，谤议沸腾，再历遐荒，使知音叹惜。[1]

从文意上看出，"仁有余"本可以在仕途上走得更好，"奈何晚节不矜细行"而"再历遐荒"，故"使知音叹惜"。这几句侧重对王昌龄政治角度的考察。

《河岳英灵集》在叙及诗人成就，感叹诗人不遇时，并没有忽视诗人的个性。如李白"性嗜酒，志不拘检"，高适"性拓落，不拘小

---

[1]《河岳英灵集》卷下，《唐人选唐诗新编（增订本）》，第 245 页。

节",薛据"为人骨鲠,有气魄",孟浩然"馨折谦退",贺兰进明、阎防"好古博雅"。值得注意的是,还涉及"才""性"的关系,"性"影响"才",文学家的"性"会影响文学风格,如评薛据云:"据为人骨鲠,有气魄,其文亦尔。"①但并没有将文学的"才性"和治国理政的"才性"分开来表述。

在《河岳英灵集》中孟浩然、李白可以算"怀'才'不'遇'"的代表。

孟浩然在《河岳英灵集》诗人中是终生未仕的代表。他对仕途有过向往,曾游京师。陶翰《送孟大人蜀序》云:

> 襄阳孟浩然,精朗奇素,幼高为文。天宝年始游西秦,京师词人,皆叹其旷绝也。观其匠思幽妙,振言孤杰,信诗伯矣。不然者,何以有声于江楚间?嗟乎!夫子有如是才、如是志,且流落未遇,风尘所巳,然谓天下无否泰,无时命,岂不谬哉。②

王士源《孟浩然集序》云:

> 孟浩然字浩然,襄阳人也。骨貌淑清,风神散朗,救患释纷,以立义表,灌蔬艺竹,以全高尚。交游之中,通脱倾盖,机警无匿。学不为儒,务掇菁藻,文不按古,匠心独妙,五言诗天下称其尽美矣。间游秘省,秋月新霁,诸英华赋诗作会,浩然句曰:"微云淡河汉,疏雨滴梧桐。"举坐嗟其清绝,咸阁笔不复为继。丞相范阳张九龄、侍御史京兆王维、尚书侍郎河东裴朏、范阳卢僎,

---

① 《河岳英灵集》卷下,《唐人选唐诗新编(增订本)》,第225页。
② 《全唐文》卷三三四,第3381页。

大理评事河东裴总、华阴太守郑倩之、守河南独孤策,率与浩然
为忘形之交。山南采访使本郡守昌黎韩朝宗,谓浩然间代清律,
置诸周行,必咏穆如之颂。因入奏,与偕行。先扬于朝,与期约
日引谒。及期,浩然会寮友,文酒讲好甚适。或曰:"子与韩公
豫诺而忘之,无乃不可乎。"浩然叱曰:"仆已饮矣,身行乐耳,遑
恤其它。"遂毕席不赴,由是闲罢。既而浩然亦不之悔也,其好
乐忘名如此。①

陶翰序云其"天宝年始游西秦,京师词人,皆叹其旷绝也"。王序云其
"间游秘省,秋月新霁,诸英华赋诗作会,浩然句曰:'微云淡河汉,疏
雨滴梧桐。'举坐嗟其清绝,咸阁笔不复为继"。孟浩然游京师并赢
得诗名,为京师词人所赞赏。不仅如此,也有达官贵人如张九龄等想
引其入朝。为何不能成功?王序云,韩朝宗曾与他相约,但孟浩然因
饮酒失约,故"闲罢"。古人喜欢以故事说事,从故事的演说中,诗人
的个性也生动地被揭示出来。孟浩然之"才"在于诗歌写作,其"性"
萧散简约,并不是走仕途的材料。而《河岳英灵集》对孟浩然诗才推
崇备至,对其命运则非常叹惜:

> 余尝谓祢衡不遇,赵壹无禄,其过在人也。及观襄阳孟浩然
> 馨折谦退,才名日高,天下籍甚,竟沦落明代,终于布衣,悲夫!

评其诗甚高:

> 半遵雅调,全削凡体。至如"众山遥对酒,孤屿共题诗",无

---

① 《全唐文》卷三七八,第 3837 页。

论兴象，兼复故实。又"气蒸云梦泽，波动岳阳城"，亦为高唱。《建德江宿》云："移舟泊烟渚，日暮客愁新。野旷天低树，江清月近人。"①

晚唐五代时，一个关于孟浩然以布衣终了的新传说又在流行，据五代孙光宪《北梦琐言》卷七记载：

> 唐襄阳孟浩然，与李太白交游。玄宗征李入翰林，孟以故人之分，有弹冠之望。久无消息，乃入京谒之。一日，玄宗召李入对，因从容说及孟浩然。李奏曰："臣故人也，见在臣私第。"上令急召赐对，俾口进佳句。孟浩然诵诗曰："北阙休上书，南山归敝庐。不才明主弃，多病故人疏。"上意不悦，乃曰："未曾见浩然进书，朝廷退黜。何不云'气蒸云梦泽，波动岳阳城'？"缘是不降恩泽，终于布衣而已。②

这一传说由于《新唐书》的采入，影响深远。《新唐书·王维传》云：

> 孟浩然字浩然，襄州襄阳人。少好节义，喜振人患难，隐鹿门山。年四十，乃游京师。尝于太学赋诗，一座嗟伏，无敢抗。张九龄、王维雅称道之。维私邀入内署，俄而玄宗至，浩然匿床下，维以实对，帝喜曰："朕闻其人而未见也，何惧而匿？"诏浩然出。帝问其诗，浩然再拜，自诵所为，至"不才明主弃"之句，

---

① 《河岳英灵集》卷下，《唐人选唐诗新编（增订本）》，第 232 页。
② （宋）孙光宪撰，贾二强校点：《北梦琐言》卷七，中华书局，2002 年，第 148 页。

帝曰:"卿不求仕,而朕未尝弃卿,奈何诬我?"因放还。①

这一故事虽更为直观形象,但可信度也极低,显然是后人的附会。但故事中的人物行为没有溢出其行为轨迹,仍延续了韩朝宗邀约的逻辑性。唐人陶翰、王士源都没有言及此事,而韦绦《孟浩然集重序》云:

> 余久在集贤,尝与诸学士命此子,不可得见。天宝中,忽获浩然文集,乃士源为之序传。②

久在集贤的韦绦似不闻此事,故亦未在《重序》中提及。宋人将这一传说写入诗中,如黄庭坚《题浩然画像诗》:"故人私邀伴禁直,诵诗不顾龙鳞逆。"有评云:"山谷《题浩然画像诗》:浩然平生出处事迹,悉能道尽,乃诗中传也。"③故事关于玄宗不降恩泽,孟浩然以布衣而终,其实也是同情孟浩然不以诗才见用,讲述者将孟浩然终于布衣做了偶然性的解释。

李白是唐代最伟大的诗人之一,但在《河岳英灵集》中不是最被推崇的诗人,被隆重推介的是王维、王昌龄和储光羲。这里所论李白的悲剧,已超出了《河岳英灵集》的时空范围。《河岳英灵集》载:"白性嗜酒,志不拘检,常林栖十数载,故其为文章,率皆纵逸。"④天宝元年以后李白有诗被收入,而入长安待诏翰林事未有丝毫痕迹。

---

① 《新唐书》卷二○三,第 5779 页。
② 《全唐文》卷三○七,第 3124 页。
③ (宋)魏庆之著,王仲闻点校:《诗人玉屑》卷一五,中华书局,2007 年,第 463—464 页。
④ 《河岳英灵集》卷上,《唐人选唐诗新编(增订本)》,第 171 页。

这只能说明,作品流传不附有本事,如《梦游天姥山别东鲁诸公》诗,一般都认为是李白天宝三载被赐还山后之作,但诗本身没有写作原因和背景的透露。作品可以收入,而本事因不知而无法载入。也可以这样说,李白其人的行事在开元末已离开了编者的视野,故没有信息能被增入补充。

李白的诗歌成就、地位和影响历来评价很高,胡适写《白话文学史》时,未给李白列专节,而是放在"歌唱自然的诗人"中有所提及,他说:

> 李白的诗也很多歌咏自然的。他是个山林隐士,爱自由自适,足迹游遍许多名山,故有许多吟咏山水之作。他的天才高,见解也高,真能欣赏自然的美,而文笔又恣肆自由,不受骈偶体的束缚,故他的成绩往往比那一班有意做山水诗的人更好。①

从胡适在专节"杜甫"中的论述即可知其缘由,他说:

> 时代换了,文学也变了。八世纪下半的文学与八世纪上半截然不同了。最不同之点就是那严肃的态度与深沉的见解。文学不仅是应试与应制的玩意儿了,也不仅是仿作乐府歌词供教坊乐工歌妓的歌唱或贵人公主的娱乐了,也不仅是勉强作壮语或勉强说大话,想象从军的辛苦或神仙的境界了。八世纪下半以后,伟大作家的文学要能表现人生——不是那想象的人生,是那实在的人生:民间的实在痛苦,社会的实在问题,国家的实在状况,人生的实在希望与恐惧。向来论唐诗的人都不曾明白这

---

① 胡适著:《白话文学史》,中国和平出版社,2014年,第238页。

个重要的区别。他们只会笼统地夸说"盛唐",却不知道开元、天宝的诗人与天宝以后的诗人,有根本上的大不同。开元、天宝是盛世,是太平世;故这个时代的文学只是歌舞升平的文学,内容是浪漫的,意境是做作的。八世纪中叶以后的社会是个乱离的社会;故这个时代的文学是呼号愁苦的文学,是痛定思痛的文学,内容是写实的,意境是真实的。这个时代已不是乐府歌词的时代了。乐府歌词只是一种训练,一种引诱,一种解放。天宝以后的诗人从这种训练里出来,不再做这种仅仅仿作的文学了。他们要创作文学了,要创作"新乐府"了,要作新诗表现一个新时代的实在的生活了。这个时代的创始人与最伟大的代表是杜甫。①

　　杜甫的作品严肃深沉和李白的恣肆自由有了区别。依其"性"论,杜甫性格应严肃深沉,李白任性自适,实无城府;二人"才"之所长皆为文学,在政治才能上,杜甫虽然稍胜李白,如经历练或有可为,但杜甫名声初成时国家已进入动乱期,漂泊西南,与政治大致无缘了。《旧唐书》载杜甫与严武关系时,云:"甫性褊躁,无器度,恃恩放恣。"② 这一性格在文学创作上或无大碍,但在仕途上不能不算是一大忌。

　　李白的性格决定了他诗歌写作的"天马行空",以及在政治上的天真幼稚。李白诗歌的想落天外,为人所称颂,《昭昧詹言》云:

　　　太白当希其发想超旷,落笔天纵,章法承接,变化无端,不可

---

① 《白话文学史》,第246—247页。
② 《旧唐书》卷一九〇,第5054页。

以寻常胸臆摸测；如列子御风而行，如龙跳天门，虎卧凤阁，威凤九苞，祥麟独角，日五彩，月重华，瑶台绛阙，有非寻常地上凡民所能梦想及者。至其词貌，则万不容袭，蹈袭则凡儿矣。

大约太白诗与庄子文同妙：意接而词不接，发想无端，如天上白云，卷舒灭现，无有定形。①

李调元《重刻李太白全集序》：

李杜意非子美不足以并李白。而吾谓太白不借子美而后尊也。太白诗根柢风骚，驰驱汉魏，以遗世独立之才，汗漫自适，志气宏放，故其言纵恣傲岸，飘飘然有凌云驭风之意。以视乎循规蹈矩含宫咀商者，真尘饭土羹矣。②

李白的为人和个性也为人们所议论。苏辙《诗病五事》云：

李白诗类其为人，骏发豪放，华而不实，好事喜名，不知义理之所在也。语用兵，则先登陷阵不以为难，语游侠，则白昼杀人不以为非，此岂其诚能也哉？白始以诗酒奉事明皇，遇谗而去，所至不改其旧。永王将窃据江淮，白起而从之不疑，遂以放死。今观其诗固然。唐诗人李杜称首，今其诗皆在。杜甫有好义之心，白所不及也。汉高帝归丰沛，作歌曰："大风起兮云飞扬，威加海内兮归故乡，安得猛士兮守四方？"高帝岂以文字高世者

---

① （清）方东树著，汪绍楹校点：《昭昧詹言》卷一二，人民文学出版社，1961年，第249页。
② （清）李调元著：《童山文集》卷五，中华书局，1985年，第58页。

哉？帝王之度固然，发于其中而不自知也。白诗反之曰："但歌大风云飞扬，安用猛士守四方？"其不识理如此。老杜赠白诗有"细论文"之句，谓此类也哉。①

《蔡宽夫诗话》云：

太白之从永王璘，世颇疑之。唐书载其事甚略，亦不为明辨其是否。独其诗自序云："半夜水军来，浔阳满旌旆。空名适自误，迫胁上楼船。从赐五百金，弃之若浮烟。辞官不受赏，翻谪夜郎天。"然太白岂从人为乱者哉。盖其学本出纵横，以气侠自任。当中原扰攘时，欲藉之以立奇功耳。故其《东巡歌》有"但用东山谢安石，为君谈笑静胡沙"。至其卒章乃云："南风一扫胡尘静，西入长安到日边。"亦可见其志矣。大抵才高意广如孔北海之徒，固未必有成功。而知人料事，尤其所难。议者或责以璘之猖獗，而欲仰以立事，不能如孔巢父、萧颖士察于未萌，斯可矣。若其志亦可哀已。②

《唐音癸签》云：

太白永王璘一事，论者不失之刻，即曲为讳，失之诬。惟蔡宽夫之说为衷……斯言也，起太白九原，傥亦心服。③

————————

① 《苏辙集》卷八，第1228页。
② 《诗人玉屑》卷一四，第425—426页。
③ 《唐音癸签》卷二五，第265页。

无论做何种解释,李白从永王璘一事,成了后人考察其政治水平的为数不多的材料。白居易《李白墓》云:

> 采石江边李白坟,绕田无限草连云。可怜荒陇穷泉骨,曾有惊天动地文。但是诗人多薄命,就中沦落不过君。①

由李白沦落遭遇,感叹"诗人多薄命",这仍然混合了文学和政治的"才性"。

赵昌平《李白性格及其历史文化内涵——李白新探之一》论及盛唐士人的命运时说:

> 与后来经历了一个半世纪磨炼的中唐才士不一样,盛唐才士,绝无韩柳那种诗人兼子兼大政治家的例子,甚至见不到诗才正盛而同时以吏才见称者。他们面临的出路只有两条,要么是放弃其才士的偏执狂傲,脚踏实地在从政的过程中磨炼治国经邦的才干,而与此同时却闷杀了自己诗人的个性;要么是偏执地发扬其诗人的狂傲个性,而自断了仕进之路,却在诗国扩展并提高了自己的地位。盛中唐诗人群体的这种分别,是一种动态的历史现象。②

这里提出"诗才""吏才"的概念及其"治国经邦的才干"与"诗人个性"的相互关系。

中国古代文人遇与不遇是以政治上的穷通为标准的,这造成了

---

① 《白居易诗集校注》卷一七,第 1383 页。
② 赵昌平:《李白性格及其历史文化内涵——李白新探之一》,《文学遗产》1999 年第 2 期。

历史上文人自我评估和价值实现的错位现象,其本质是想以文学之才得政治之遇。文学和政治才性是不一样的,比如当人们欣赏文学家的孤独感会产生伟大的作品,但不能忽视政治家的孤独感会使自己面对纷繁的社会人际关系时丧失协调的能力。在通常理解的文士的政治理想和现实政治的冲突而形成的矛盾之外,还有因所怀为文学之才而不能实现政治抱负的矛盾,所学和所用之间的矛盾,这样可以比较接近历史原貌,同样也丰富了对文学家的认识①。

初、盛唐时期文人以理想的姿态进入社会,但没有反思自己的性格是否适合从事行政工作,自己的才学是否为治国的迫切需要。"天宝中,刘希夷、王昌龄、祖咏、张若虚、孟浩然、常建、李白、杜甫,虽有文名,俱流落不偶,恃才浮诞而然也。"②《明皇杂录》"天宝中"的时间并不确当,所云文人"流落不偶"的原因是"恃才浮诞",有认识价值。

胡适在《白话文学史》中说,8世纪下半的文学与8世纪上半截然不同了,8世纪中叶以后的乱离的社会,是呼号愁苦的文学,是痛定思痛的文学,内容是写实的,意境是真实的。胡适这一描述未必完全准确,但启发人们去审视,社会背景的不同,对文人的"才性"要求是不同的。如果说,从裴、李对初唐四杰的"才性"之争,到盛唐文人"高才而无贵仕"的叹息,是对文人才性标准认识模糊或认识偏误,那么,中唐确实开启了文人的文学与政治"才性"走向统一的新时代。

小 结

《旧唐书·陆据传》云"开元、天宝间,文士知名者……皆名位不

① 戴伟华:《李白待诏翰林及其影响考述》,《文学遗产》2003年第3期。
② (唐)郑处海撰,田廷柱点校:《明皇杂录·辑佚》,中华书局,1994年,第64页。

振"，说明文人的"才性"和政治家的"才性"的正确区分和认识并没有形成。

"才高者位必薄"（"高才而无贵仕"的另一种表述）是古语，是对社会某一现象的总结和归纳。《河岳英灵集》云"高才而无贵仕"后，以"诚哉是言"表示认同，正说明这一古语、俗语的存在。但人们对其理解的立场会有不同。

《河岳英灵集》在叙及诗人成就，感叹诗人不遇时，并没有忽视诗人的个性。如李白"性嗜酒，志不拘检"，高适"性拓落，不拘小节"，薛据"为人骨鲠，有气魄"，孟浩然"馨折谦退"，贺兰进明、阎防"好古博雅"。值得注意的是，还涉及"才""性"的关系，"性"影响"才"，文学家的"性"会影响文学风格，如评薛据云："据为人骨鲠，有气魄，其文亦尔。"但并没有将文学的"才性"和治国理政的"才性"分开来表述。

四、儒学复兴的"才性"复合品格：永贞革新与刘、柳"才性"

这种文学与政治"才性"渐趋统一的文人类型，可以称之为"才性"复合品格。

中唐社会的变化缘于一系列政治和文化危机的化解。意识形态中的变化，反映在方方面面，其中儒学的复兴成为核心内容。查屏球《中唐解经别派与儒学的新变》从三个方面论述了中唐经学的文化走向，首先阐述了新儒学出现的文化生态，其次是中唐经学的自振与变异，最后论述了中唐经学的学术走向与文化追求。"中唐经学的新变既带有明显的政治性，但又不甘心于工具化的角色。因此，经学的重心则由礼制经文的解读转向对道统的推崇，进而将之落实到人心人性之中,将人格主体作为道统的现实体现,所追求的人格形象是道统承传者与现实政治批判者的结合。学风的演变、学术视野的转换都是这一文化追求的表现。"① 因此,文人的政治化势在必然。

政治与文学合一的才性,加快了文人官僚化进程。由初唐有识之士的"先器识而后文艺"② 的理论,发展到中唐"欲其职得宜而才适用"渐成共识用人观,这在国家行政管理和运作中有了相当大的理论意义和实践价值。白居易《授王建秘书郎制》中说:"太府丞王建,太府丞与秘书郎,品秩同而禄廪壹。今所转移者,欲其职得宜而才适用也。诗人之作丽以则,建为文近之矣。故其所著章句,往往在人口中。求之辈流,亦不易得。帑藏之吏,非尔官也。而翱翔书府,吟咏秘阁。改命是职,不亦可乎? 可秘书省秘书郎。"③

这篇制文有如下意思:理清"职""才"关系,职官要与才能相称,要人尽其才;在品秩、禄廪、职官三者当中,职官最为重要;区分诗人之才与帑藏之吏的关系,王建之"才性"如此:"诗人之作丽以则,建为文近之矣。故其所著章句,往往在人口中。求之辈流,亦不易得。"故适宜"翱翔书府,吟咏秘阁"的秘书郎之职,而不适宜"帑藏之吏"。因此将王建从太府丞的岗位调到秘书丞的岗位。

白居易制文有助于认识文学与政治才性的关系,具文学之才者,做秘书郎是"才""职"相称的,也可以说是"才""性"相宜。尽管在实际操作中,很难使每个人以自己的才性去做自己适合的工作,但白居易在此明确提出的"欲其职得宜而才适用也"的理念是有意义的。特别是对王建从太府丞移为秘书丞的具体分析中,理据充分,为

---

① 查屏球:《从游士到儒士——汉唐士风与文风论稿》,复旦大学出版社,2005年,第508—527页。
② 《旧唐书》卷一九〇,第5006页。
③ 《白居易文集校注》补遗,第2052页。

分析文学家才性合一提供了一经典案例。

这种才性论使士人对人物的评价更趋向理性,甚至有一潜在的人才政治标准。韩愈评好友李观,也表述了人之"才""性"的客观存在,并力图准确评价其人,其《答李图南秀才书》云:"元宾行峻洁清,其中狭隘不能包容,于寻常人不肯苟有论说。因究其所以,于是知吾子非庸庸众人。"① 《李元宾墓铭》:"已乎元宾!文高乎当世,而行出乎古人。"② 评价平实而直陈其短,李观文行虽高,但"狭隘不能包容,于寻常人不肯苟有论说",只是"非庸庸众人"。

当然,中唐人心目中会有政治与文学"才""性"统一的典型。比如刘禹锡《唐故相国赠司空令狐公集纪》云:"咫尺之管,文敏者执而运之,所如皆合。在藩耸万夫之观望,立朝贲群寮之颊舌,居内成大政之风霆。导畎浍于章奏,鼓洪澜于训诰。笔端肤寸,膏润天下。文章之用,极其至矣。而又余力工于篇什,古文士所难兼焉。"③ "古文士所难兼"的人才,可以理解为具有政治与文学"才性"复合品格。

能否在一般意义上讨论文、仕标准的同一性呢? 应该可以。那就是"崇儒尚德"。韩愈《举荐张籍状·登仕郎守秘书省校书郎张籍》云:"右件官学有师法,文多古风。沉默静退,介然自守。声华行实,光映儒林。臣当司见阙国子监博士一员,生徒藉其训导。伏乞天恩特授此官,以彰圣朝崇儒尚德之道。"④ 既然要崇儒尚德,那就要尚古,诗文要有古风,元稹《授张籍秘书郎制》云:"以尔籍雅尚古文,不从流俗,切磨讽兴,有助政经。"⑤ 关于张籍的才性有较多记载存留下

---

① 《韩愈文集汇校笺注》卷六,第 725 页。
② 《韩愈文集汇校笺注》卷一四,第 1515 页。
③ 《刘禹锡集》卷一九,第 232 页。
④ 《韩愈文集汇校笺注》卷二九,第 2965 页。
⑤ (唐)元稹撰,冀勤点校:《元稹集》卷四,中华书局,2010 年,第 765 页。

来。白居易《读张籍古乐府》："张君何为者,业文三十春。尤工乐府诗,举代少其伦。为诗意如何,六义互铺陈。风雅比兴外,未尝著空文。"[1] 白居易《张籍可水部员外郎制》云："敕:登仕郎、守国子博士张籍,文教兴则儒行显,王泽流则歌诗作。若上以张教流泽为意,则服儒业诗者宜稍进之。顷籍自校秘文而训国胄。"[2] 这应是当时文士的基本态度。即写诗作文要雅尚古文,铺陈风雅,不尚浮靡;从环境看,皇上应以张教流泽为意,优先录用服儒业诗者。凡此种种,都要"有助政经"。

刘禹锡和柳宗元的"才性"达到复合型人才的标准。可以称刘禹锡、柳宗元是诗人或文学家、政治家,加上思想家亦可。但盛唐著名诗人中能被称为政治家或思想家的是谁?孟浩然、王维、李白、杜甫、高适、岑参,好像都不是。

政治才性在史书记载中相对文学才性会多些,这是因为政治运动中的人物"才性"更易呈现在众人面前,也格外被人关注。而人们对文学"才性"的认识常从作品的风格、风貌中得到印象。文学之才表现在文学创作上,"才"与"性"互为表里,《文心雕龙》中说"吐纳英华,莫非情性"[3],"情性"即"才性"关系中的"性"。在《文心雕龙》中对作家才性的归纳,有些是根据记载的作家性格来描述其作品受"性"影响的呈现状态,有些应是根据作家作品的风格来反推作者的情性。在对刘、柳二人的文学"才性"的研究中,要归纳其"情性"应该侧重于对其作品的研究,而反推其性格。

---

[1]《白居易诗集校注》卷一,第 8 页。
[2]《全唐文》卷六六二,第 6733 页。
[3]《增订文心雕龙校注》,第 376 页。

　　因为很少有对文学家个性的详细记载,刘、柳性格却多因为他们的政治表现而被人记录,如韩愈《顺宗实录》将刘、柳归入"名欲侥幸而速进者"①。而刘、柳在对政治活动的反思中,也会涉及自己的性格。从作品来反推人物性格,不仅有局限性,而且也比较困难。比如,文学史在分析刘禹锡性格时,往往会以游玄都观诗为例。刘禹锡从贬所征还,游玄都观,作诗一首。据说此诗被人解读后,告诉当政,刘又遭外贬。"紫陌红尘拂面来"②以及"百亩中庭半是苔"③两首诗到底反映了刘禹锡怎样的性格?是否如通行文学史所说的"倔强"呢?问题并不那么简单。关于刘禹锡两题玄都观诗事,流传甚广。中间尚有令人疑惑不解处。以记载时间先后将材料罗列如下:

　　1.刘禹锡自说。《再游玄都观绝句》:"百亩中庭半是苔,桃花净尽菜花开。种桃道士归何处?前度刘郎今独来!"诗《引》云:"余贞元二十一年为屯田员外郎,时此观未有花木。是岁,出牧连州,寻贬朗州司马。居十年,召至京师,人人皆言有道士手植仙桃,满观如红霞,遂有前篇以志一时之事。旋又出牧,于今十有四年,复为主客郎中。重游玄都,荡然无复一树,唯兔葵燕麦动摇于春风耳。因再题二十八字,以俟后游。时大和二年三月。"④

　　2.《本事诗》说。"刘禹锡自屯田员外左迁朗州司马,凡十年,始征还。方春,作《赠看花诸君子诗》曰:'紫陌红尘拂面来,无人不道看花回。玄都观里桃千树,尽是刘郎去后栽。'其诗当日传于都下,有嫉其名者,白于执政,又诬其有怨愤。他见日,时宰与坐,慰甚厚。既辞,即曰:'近者新诗,未免其累,奈何?'不数日,出为连州刺史。

---

① 《全唐文》卷五六〇,第 5672 页。
② 《刘禹锡集》卷二四,第 308 页。
③ 《刘禹锡集》卷二四,第 308 页。
④ 《刘禹锡集》卷二四,第 308 页。

禹锡自叙云:'贞元二十一年春,予为屯田员外时,此观未有花。是岁出牧连州,至荆南,又贬朗州司马。居十年,诏至京师,人人皆言,有道士手植仙桃,满观盛如红霞,遂有前篇,以志一时之事耳。旋又出牧,于连州至十四年,始为主客郎中。重游玄都,荡然无复一树,唯兔葵燕麦,动摇于春风耳。因再题二十八字,以俟后游。时太和二年三月也。'诗曰:'百亩庭中半是苔,桃花静尽菜花开。种桃道士今何在,前度刘郎今独来。'"① 文中"太和"乃"大和"之误。

3.《旧唐书》说。"元和十年,自武陵召还,宰相复欲置之郎署。时禹锡作游玄都观咏看花君子诗,语涉讥刺,执政不悦,复出为播州刺史……大和二年,自和州刺史征还,拜主客郎中。禹锡衔前事未已,复作游玄都观诗序曰:'予贞元二十一年为尚书屯田员外郎,时此观中未有花木,是岁出牧连州,寻贬朗州司马。居十年,召还京师,人人皆言有道士手植红桃满观,如烁晨霞,遂有诗以志一时之事。旋又出牧,于今十有四年,得为主客郎中。重游兹观,荡然无复一树,唯兔葵燕麦,动摇于春风,因再题二十八字,以俟后游。'其前篇有'玄都观里桃千树,总是刘郎去后栽'之句,后篇有'种桃道士今何在,前度刘郎又到来'之句,人嘉其才而薄其行。禹锡甚怒武元衡、李逢吉,而裴度稍知之。大和中,度在中书,欲令知制诰,执政又闻诗序,滋不悦,累转礼部郎中、集贤院学士。"②

按,刘禹锡自说,未涉及他人及自己仕途。如依刘《引》所述写作本事,则二诗仍触景生情,寄托感慨。诗《引》交代作诗缘由,以记时记事为主。《本事诗》说,除刘自序内容外,添加了"紫陌红尘拂面来"诗传播及其严重的政治后果。《旧唐书》说大致承《本事诗》,但

---

① 《太平广记》卷四九八,第 4086 页。
② 《旧唐书》卷一六○,第 4211—4212 页。

稍有不同,不仅保留《本事诗》有关第一首诗"紫陌红尘拂面来"的后果的记载,又增添了第二首"百亩中庭半是苔"诗引起的后果,以及"人嘉其才而薄其行"的直接评价。

　　为了比较准确地分析刘禹锡的性格,这里对三则材料做了比较。材料1,以诗《引》交代作诗原因;材料2,添加了第一首诗在传播中产生的影响;材料3,在《本事诗》的基础上,保留了第一首的影响的记载,又添加了第二首在传播中的影响,而且两次提到"执政不悦"。《旧唐书》的最大改动是增加了社会舆论表示修史者对此事的评价,所谓"人嘉其才而薄其行",其实这是很重的一句话。对历史事件的记载,常处在一种不断递补的过程中,有时会让人们更加明白事情的始末和真相,有时也因添加不妥做了错误的引导让人们陷于迷惑之中。

　　就材料探讨刘禹锡性格有两条线索,结论是有差异的。一是如刘自述,他就事论事,只关注诗歌写作。先后两次都是即景叙事抒情,有寄托。至于二诗所产生的影响,他并不知情。这样可以归纳刘之性格:自信中稍有自负。二是综合《本事诗》和《旧唐书》的记载,二诗均被人过度阐释,产生不良后果。这样即可归纳刘之性格:自信而且固执,甚至不明智。但这里有一问题需要解释:刘是想入朝做官的人,他如果明知第一首诗已惹下麻烦,为何又写第二首再去找麻烦?这样岂不是自找麻烦,自寻烦恼,有意在做事与愿违的事?此于情于理难通。

　　两题玄都观诗确实给我们解读古代作家性格以许多启发。三则材料其实有两种传播路径:一是刘《引》,《本事诗》和《旧唐书》也是尊重这一材料的,都如实引用,个别地方文字稍有异;二是《本事诗》和《旧唐书》新增内容,虽是传闻,也一定有真实的成分。这样,对写作者而言,他并不一定知道诗歌写作引起的后果,也就是说他并没有将诗与自己被贬联系起来,故"紫陌红尘拂面来"诗记一时之事,后因再题"百亩庭中半是苔"诗,以俟后游再有题作,如此而已。至于《本事诗》和《旧唐书》所记反映了另一事实:有人利用刘禹锡诗做了文章,有意把诗中的描写和情绪上纲上线,对刘陷害并得手。记录者则将传闻尽量和刘两度作诗、两度被贬作了因果联系。这样推理的情理容易被人接受,将刘之两次被贬的结果附着在两次题诗的原因上。如果说如《本事诗》所载,第一首诗已产生严重后果,那刘禹锡是明知故犯了。这样是否低估了刘禹锡的政治智慧? 毕竟,他跟随杜佑多年,又经历了永贞革新的浮沉。

一般情况下,文学史著作都会引这两首诗来说明刘禹锡的性格,如何解释,还可以讨论。如果刘禹锡不知第一首诗的传播影响,事隔十多年又写下第二首诗,只能就诗歌内容和刘之自述来推论其性格,那可以说刘诗表现出感伤(第一首)、自信(第二首)。如说二诗表现出倔强的性格,似为不妥。

尽管以诗去推论作者性格存在认识的差异,尽管诗歌情绪所反映出的人物个性是有特定的时空制约的,人们仍然可以在作品中寻找到性格存在的表征。如从刘禹锡和柳宗元的内容、题材或表现手法比较接近的诗歌创作中就可以反推其性格。刘禹锡《秋词二首》其一:"自古逢秋悲寂寥,我言秋日胜春朝。晴空一鹤排云上,便引诗情到碧霄。"[1]这首咏秋诗,一反悲秋的传统,写出秋天积极向上的一面。而柳宗元也有一首以季节特征入诗的《江雪》:"千山鸟飞绝,万径人踪灭。孤舟蓑笠翁,独钓寒江雪。"[2]描写了奇特的江雪独钓的情景。这两首诗都写出主体与他物的关系,刘诗中人和鹤是同一关

---

[1]《刘禹锡集》卷二六,第 349 页。
[2]《柳宗元集》卷四三,第 1221 页。

系,"鹤"以积极的姿态,飞上云天。人亦如此,诗情随鹤飞而进入云霄,人和物之间构成相辅相成的关系。柳诗中人和自然处于对立状态,万物沉寂,而人独钓于寒江之上。人和自然并不协调,构成相反相成的关系。二人在诗中表现出不同的性格和格调:刘禹锡热情而乐观;柳宗元冷峻而孤独。

寄赠诗的写作语境和上述写景抒情诗不同,如《秋词》《江雪》涉及人与自然物的关系,而寄赠诗涉及作者与接受者之间的关系。刘禹锡《酬乐天扬州初逢席上见赠》和柳宗元《登柳州城楼寄漳汀封连四州》应算是寄赠诗的代表作。刘禹锡诗云:"巴山楚水凄凉地,二十三年弃置身。怀旧空吟闻笛赋,到郡翻似烂柯人。沉舟侧畔千帆过,病树前头万木春。今日听君歌一曲,暂凭杯酒长精神。"[1] 柳宗元诗云:"城上高楼接大荒,海天愁思正茫茫。惊风乱飐芙蓉水,密雨斜侵薜荔墙。岭树重遮千里目,江流曲似九回肠。共来百越文身地,犹自音书滞一乡。"[2] 这两首诗情感表达都比较沉重,因为皆与贬谪相关。但刘禹锡能从"巴山楚水凄凉地"中走出来,最后以"暂凭杯酒长精神"作结。柳宗元从"海天愁思正茫茫"一直沉浸在悲痛之中,以"犹自音书滞一乡"作结。由二诗也可以看到二人性格的差异,刘比较乐观,而柳则比较悲观。

在作品和创作过程中,刘、柳的基本性格会有流露,关键是如何去分析和利用。刘、柳政治才性中有敢于所为、敢于求新的一面,这与其文学才性也是相通的。刘禹锡《竹枝词》中直接说明他写作竹枝词的缘由,敢于承认这是向"里中儿"学习,至少说是受其影响,序云:"四方之歌,异音而同乐。岁正月,余来建平,里中儿联歌竹枝,吹

---

① 《刘禹锡集》卷三一,第 421 页。
② 《柳宗元集》卷四二,第 1164—1165 页。

短笛,击鼓以赴节。歌者扬袂睢舞,以曲多为贤。聆其音,中黄钟之羽。其卒章激讦如吴声,虽伦儜不可分,而含思宛转,有淇、濮之艳。昔屈原居沅、湘间,其民迎神,词多鄙陋,乃为作九歌,到于今,荆、楚鼓舞之。故余亦作竹枝词九篇,俾善歌者扬之,附于末。后之聆巴歈,知变风之自焉。"[1] 歌词也是尽力贴近生活,贴近俚俗,"山桃红花满上头,蜀江春水拍山流。花红易衰似郎意,水流无限似侬愁"[2]。刘禹锡之前也有向民歌学习的诗人,那是向文本民歌学习,向南朝民歌学习,如李白。而刘禹锡是向活生生的民歌学习,婉转自然,"花红易衰似郎意"承"山桃红花满上头";"水流无限似侬愁"承"蜀江春水拍山流"。不避重复,正得回环往复之妙。柳宗元也是善学民歌的,他有《渔翁》诗一首,诗云:"渔翁夜傍西岩宿,晓汲清湘燃楚竹。烟销日出不见人,欸乃一声山水渌。回看天际下中流,岩上无心云相逐。"[3] "欸乃"是民间棹船之声。元结有《欸乃曲》。"欸乃一声山水渌",声色并茂。对此有不同意见,王士禛《分甘馀话》云:"余尝谓柳子厚'渔翁夜傍西岩宿'一首,末二句蛇足,删作绝句乃佳。东坡论此诗亦云:'末二句可不必。'"[4] 这种意见有合理性,前四句确实可以独立为一首绝句,如独立出来,显然又不符合绝句格律,"烟销日出不见人"句失粘了,且平仄不协,它与"欸乃一声山水渌"句又不能在声律上协调。这一意见的立足点是从诗体角度出发来批评末二句是蛇足的。但作者没有以绝句体来写诗,而且作者是有意写了六句,有意不守绝句格律要求。此首写渔翁,自由舒展,十足民歌味。

以文学作品反推作家的"性",前提是"文如其人"。假如文并

---

[1]《刘禹锡集》卷二七,第 359 页。

[2]《刘禹锡集》卷二七,第 359 页。

[3]《柳宗元集》卷四三,第 1252 页。

[4](清)王士禛撰,乔岳点校:《分甘馀话》卷一,齐鲁书社,2007 年,第 4966 页。

不如其人,推论是危险的。《旧唐书·吕温传》云其"性多险诈,好于近利",假使没有这样的记载存留,怎么去据其文推其"性"呢? 吕温《道州感兴》云:"当代知文字,先皇记姓名。七年天下立,万里海西行。苦节终难辨,劳生竟自轻。今朝流落处,啸水绕孤城。"又《和李使君三郎早秋城北亭宴崔司士因寄关中张评事》云:"黄花古城路,上尽见青山。桑柘晴川口,牛羊落照间。野情随卷幔,尘事隔重关。道合偏重赏,官微独不闲。鹤分琴久罢,书到雁应还。为谢登临客,琼林(一作枝)寄一攀。"① 吕诗与其人并不相同。从作品来推考作家性格,因人而施,因人而异。即使有记载,作品与人也未必能在性格呈现上构成因果关系。以文论"性"只是相对的做法,不能绝对。

刘、柳作为政治家的"才性",可从几个方面来认识:

第一,学有师法,有政治家的理论基础。

政治家的才性和文学家及艺术家的才性不一样。政治家可以兼有文学家气质,但必须具备政治家素质方可进入行政领域。之所以强调这一点,是因为刘、柳二人参与了政治革新重大活动。对二人而言,不仅要有政治热情和勇气,还应有政治理论修养,并形成政治行动中的政治理论基础。而新变的《春秋》学,正为其政治行动提供了求变的理论。

1. 柳宗元从陆质研习《春秋》。陆质的《春秋》学,和传统的章句之学有了明显的区别,面对现实,学为时用,析微言大义,图变革生新。胡可先于此有详细论述,指出陆质《春秋》学的意义,"他的理论成为王叔文集团政治改革的理论基础"②。

---

① 《全唐诗》卷三七一,第 4176 页。
② 胡可先:《中唐政治与文学——以永贞革新为研究中心》,安徽大学出版社,2000 年,第 72 页。

柳宗元和陆质的学缘见之于两篇重要的文章,一篇是《唐故给事中皇太子侍读陆文通先生墓表》,高度评价了陆质的品格,能知圣人之旨,其云:"能知圣人之旨。故《春秋》之言,及是而光明。使庸人小童,皆可积学以入圣人之道,传圣人之教,是其德岂不侈大矣哉……既读书,得制作之本,而获其师友。于是合古今,散同异,联之以言,累之以文。盖讲道者二十年,书而志之者又十余年,其事大备,为《春秋集注》十篇,《辩疑》七篇,《微旨》二篇。明章大中,发露公器。其道以圣人为主,以尧、舜为的,苞罗旁魄,胶轕下上,而不出于正。其法以文、武为首,以周公为翼,揖让升降,好恶喜怒,而不过乎物。既成,以授世之聪明之士,使陈而明之,故其书出焉,而先生为巨儒。……永贞年,侍东宫,言其所学,为古君臣图以献,而道达乎上……先生道之存也以书,不及施于政;道之行也以言,不及睹其理。门人世儒,是以增恸。"[1] 陆质能知圣人之旨,而又能传圣人之道;师友切磋,积学有年;治学能合古今,辨异同,明章大中,发露公器;学为世用,道达其上。其遗憾是"道之存也以书,不及施于政;道之行也以言,不及睹其理"。陆质在经学上的贡献是巨大的,柳宗元称之为"巨儒"并非私言。

另一篇《答元饶州论春秋书》,具体讨论了陆质《春秋》学的贡献,以见陆质《春秋》学的造诣以及柳宗元与陆质的关系,表达了自己对《春秋》的深透理解。其云:"辱复书,教以报张生书及答衢州书言春秋,此诚世所希闻,兄之学为不负孔氏矣。往年曾记裴封叔宅,闻兄与裴太常言晋人及姜戎败秦师于殽一义,尝讽习之。又闻韩宣英及亡友吕和叔辈言他义,知春秋之道久隐,而近乃出焉。京中于韩安平处始得微指,和叔处始见集注,恒愿扫于陆先生之门。及先生为

---

[1]《柳宗元集》卷九,第209—210页。

给事中,与宗元入尚书同日,居又与先生同巷,始得执弟子礼。未及讲讨,会先生病,时闻要论,常以易教诲见宠。不幸先生疾弥甚,宗元又出邵州,乃大乖谬,不克卒业。复于亡友凌生处尽得《宗指》《辨疑》《集注》等一通。伏而读之,于'纪侯大去其国',见圣人之道与尧、舜合,不惟文王、周公之志独取其法耳;于'夫人姜氏会齐侯于禚',见圣人立孝经之大端,所以明其分也;于'楚人杀陈夏征舒,丁亥,楚子入陈,纳公孙宁、仪行父于陈',见圣人褒贬与夺,唯当之所在,所谓瑕瑜不掩也。反复甚喜。若吾生前距此数十年。则不得是学矣。今适后之。不为不遇也。兄书中所陈,皆孔氏大趣,无得逾焉。其言书荀息,贬立卓之意也。顷尝怪荀息奉君之邪心以立奚子,不务正义,弃重耳于外而专其宠,孔子同于仇牧、孔父为之辞。今兄言贬息,大善。息固当贬也,然则春秋与仇、孔辞不异,仇、孔亦有贬欤?宗元尝著《非国语》六十余篇,其一篇为《息发》也,今录以往,可如愚之所谓者乎?《微指》中明'郑人来渝平',量力而退,告而后绝,固先同后异者也。今检此前无与郑同之文,后无与郑异之据,独疑此一义,理甚精而事有不合,兄亦当指而教焉。往年又闻和叔言兄论楚商臣一义,虽啖、赵、陆氏,皆所未及,请具录,当疏《微指》下以传末学。萧、张前书,亦请见及。至之日,勒为一卷,以垂将来。宗元始至是州,作《陆先生墓表》,今以奉献,与宣英读之。春秋之道,如日月不可赞也。若赞焉,必同于孔、跖优劣之说,故举其一二,不宣。宗元再拜。"① 这是一篇很值得分析的文章。

　　首先,叙述了柳宗元从陆质学习的大致情况,"及先生为给事中,与宗元入尚书同日,居又与先生同巷,始得执弟子礼"。因同日同巷之缘,而能执弟子礼。其次,赞扬陆质经学出现的背景和意义,"春

---

① 《全唐文》卷五七四,第 5800 页。

秋之道久隐,而近乃出焉"。复次,以举例提要钩玄总结了陆氏学术大义,"于'纪侯大去其国',见圣人之道与尧、舜合,不惟文王、周公之志独取其法耳;于'夫人姜氏会齐侯于禚',见圣人立孝经之大端,所以明其分也;于'楚人杀陈夏征舒,丁亥,楚子入陈,纳公孙宁、仪行父于陈',见圣人褒贬与夺,唯当之所在,所谓瑕瑜不掩也。反复甚喜"。柳宗元非常赞赏老师的解读,一曰"独取其法耳",二曰"见圣人立孝经之大端,所以明其分也",三曰"见圣人褒贬与夺,唯当之所在,所谓瑕瑜不掩也",以至柳宗元"反复甚喜"。

2. 刘禹锡从杜佑学典章制度及其沿革。《通典》成于贞元十七年(801),时杜佑在淮南节度任上,据刘禹锡《为杜司徒让淮南立去思碑表》云:"顷镇江都,十有四载。"[①] 即贞元六年(790)至贞元十九年(803),在杜佑《通典》写作的最后阶段以及定稿阶段,刘禹锡基本在杜佑身边。《旧唐书·刘禹锡传》云:"世以儒学称。禹锡贞元九年擢进士第,又登宏辞科。禹锡精于古文,善五言诗,今体文章复多才丽。从事淮南节度使杜佑幕,典记室,尤加礼异。从佑入朝,为监察御史。与吏部郎中韦执谊相善。"[②] 刘禹锡《刘氏集略说》云:"俄被召为记室参军。会出师淮上,恒磨墨于楯鼻,或寝止群书中。居一二岁,由甸服升诸朝。"[③] 刘禹锡《子刘子自传》:"既免丧,相国扬州节度使杜公领徐、泗,素相知,遂请为掌书记。捧檄入告,太夫人曰:'吾不乐江、淮间,汝宜谋之于始。'因白丞相以请,曰:'诺。'居数月而罢徐、泗,而河路犹艰,遂改为扬州掌书记。涉二年,而道无虞,前约乃行,调补京兆渭南主簿。明年冬,擢为监察

---

① 《刘禹锡集》卷一三,第 153 页。
② 《旧唐书》卷一六〇,第 4210 页。
③ 《刘禹锡集》卷二〇,第 251 页。

御史。"① 按，徐泗本不归淮南节度使管辖，只是杜佑任淮南节度使时，朝廷诏杜佑代管，刘禹锡《谢濠泗两州割属淮南表》："伏奉十一月二十九日诏书，其濠、泗两州令臣依前收管。臣谬承宠光，作镇淮、海。位均九伯，权总十连。"② 杜佑先请刘入徐泗幕掌书记，后请入淮南幕。

由上述材料可知：一是刘禹锡为杜佑掌书记，时间不确，但应有相当长时间；二是杜佑非常器重刘禹锡，《旧唐书》谓"尤加礼异"。刘禹锡能得杜佑如此欣赏，实谓殊荣；三是刘禹锡精于古文，今体文章复多才丽，应是杜佑最为赏识的地方。因为军中文书多为今体。刘禹锡在淮南幕中为杜佑所修文书即是今体。如《谢冬衣表》云："臣谬承委寄，获守藩条。灰琯屡移，尘露无补。陛下至仁天覆，玄化风熏。颁以兼衣，贲兹琐质。降自天府，光于辕门。缄縢既开，睹彩章之盛饰；蹈舞而服，发温燠于祁寒。愧尘补衮之名，更荷解衣之赐。恩波下浃，将校同沾。共戴殊荣，咸思竭节。生成是荷，雨露难酬。"③ 四是在淮南军中，刘禹锡"恒磨墨于楯鼻，或寝止群书中"，所谓"寝止群书"绝不是修辞的虚语，而意味着刘禹锡终日与群书相伴；五是杜佑不仅优礼，而且优容刘禹锡，刘因母要求离开徐泗，杜佑则安排刘来扬州。

可以说，从杜佑对刘禹锡"尤加礼异"到刘禹锡"寝止群书中"，正暗示了刘禹锡和杜佑修《通典》的联系。如果说，刘禹锡和杜佑修《通典》没有关系，反而不正常。杜佑《通典》的各篇之序亦当为后期之作。序虽在篇首，但序是对编辑意图和结构的说明，即使始有初

① 《刘禹锡集》卷三九，第591页。
② 《刘禹锡集》卷一二，第144页。
③ 《刘禹锡集》卷一二，第143页。

稿,定稿亦为后期之改定。刘禹锡在自己的各种文字中均未及《通典》,而他又是杜佑完成《通典》的见证人。掌书记又是军中的秘书长,韩愈《徐泗豪三州节度掌书记厅壁记》云:"书记之任亦难矣! 元戎总齐三军之事,统理所部之甿,以镇定邦国,赞天子施教化。而又外与宾客四邻交,其朝觐聘问,慰荐祭祀祈祝之文,与所部之政,三军之号令升黜,凡文辞之事,皆出书记。非宏辩通敏兼人之才,莫宜居之。"[1] 可以设想,正因为刘禹锡为掌书记任,有机会参与《通典》编撰,或做了部分的文字润饰工作,也是分内之事,而刘后来回避此事,正是情理中事。即使刘禹锡未参与具体工作,但《通典》修撰和完稿是在刘禹锡为杜佑掌书记之时,对刘禹锡思想和知识结构有重要影响是存在的。

那么,刘禹锡做杜佑的掌书记与其参加永贞革新意义何在? 这一意义是和《通典》其书的思想紧密联系的。杜佑《进通典表》云:"臣佑言:……仕非游艺,才不逮人,徒怀自强,颇玩坟籍。虽履历叨幸,或职剧务殷,窃惜光阴,未尝辍废。……然率多记言,罕存法制,愚管窥测,岂达精深,辄肆荒唐,试为臆度。每念懵学,冀探政经,略观历代众贤高论,多陈籴失之弊,或阙匡拯之方。臣既庸浅,宁详损益,未原其始,莫畅其终。尚赖周氏典礼,秦皇荡灭不尽,或有繁杂,且用准凭。至于往昔是非,可为今来龟鉴,布在方策,亦粗研寻。自顷纂修,年涉三纪,识寡思拙,心昧词芜。图籍实多,事目非少,将谓功毕,有愧乖疏,固不足发挥大猷,但微臣竭愚尽虑。凡二百卷,不敢不具上献,庶明鄙志所之。"[2]《食货序》云:"佑少尝读书,而性且蒙

---

① 《韩愈文集汇校笺注》卷三,第 348 页。

② (唐)杜佑撰,王文锦、王永兴、刘俊文、徐庭云、谢方点校:《通典》卷一,中华书局,1988 年,第 1 页。

固,不达术数之艺,不好章句之学。所纂《通典》,实采群言,征诸人事,将施有政。夫理道之先在乎行教化,教化之本在乎足衣食。《易》称聚人曰财。《洪范》八政,一曰食,二曰货。管子曰:'仓廪实知礼节,衣食足知荣辱。'夫子曰:'既富而教。'斯之谓矣。夫行教化在乎设职官,设职官在乎审官才,审官才在乎精选举,制礼以端其俗,立乐以和其心,此先哲王致治之大方也。故职官设然后兴礼乐焉,教化隳然后用刑罚焉,列州郡俾分领焉,置边防遏戎敌焉。是以《食货》为之首,《选举》次之,《职官》又次之,《礼》又次之,《乐》又次之,《刑》又次之,《州郡》又次之,《边防》末之。或览之者庶知篇第之旨也。"① 又《礼序》云:"吁戏! 百代之损益,三变而著明,酌乎文质,悬诸日月,可谓盛矣。《通典》之所纂集,或泛存沿革,或博采异同,将以振端末、备顾问者也,乌礼意之能建乎! 但前古以来,凡执礼者,必以吉凶军宾嘉为次;今则以嘉宾次吉,军凶后宾,庶乎义类相从,终始无黩云尔。"② 又《乐序》云:"而人间胡戎之乐,久习未革。古者因乐以著教,其感人深,乃移风俗。将欲闲其邪,正其颓,唯乐而已矣。"③杜佑在《通典》中多处阐述了治国理政的指导思想、方针大略和轻重缓急。

　　《通典》的编辑过程及其思想应深深影响了刘禹锡,具体有如下几点:其一,刘禹锡有机会深入全面了解历代兴亡、制度沿革;其二,杜佑的治国理念;其三,求新的变革观念;其四,务实的态度;其五,杜佑将《通典》进呈朝廷后,又撰《理道要诀》,杜佑《进理道要诀表》云:"窃思理道,不录空言。由是累记修纂《通典》,包罗数千年

---

① 《通典》卷一,第 1 页。
② 《通典》卷四一,第 1122 页。
③ 《通典》卷一四一,第 3588 页。

事,探讨礼法刑政,遂成二百卷,先已奉进。从去年春末,更于二百卷中,纂成十卷,目曰理道要诀。凡三十三篇,详古今之要,酌时宜可行。贞元十九年二月十八日上。"① 其体例采用问答式,陈振孙《直斋书录解题》卷一〇云:"《理道要诀》十卷。唐宰相杜佑撰,凡三十三篇,皆设问答之辞,末二卷记古今异制,盖于《通典》中撮要以便人主观览。"② 《朱子语类》卷一三六云:"杜佑可谓有意于世务者。问《理道要诀》,曰是一个非古是今之书。"③ 朱熹对杜佑的评价是"有意于世务者"。《理道要诀》则是使人主观览的理道安邦的实用工具书。

不仅如此,杜佑的理政实践应影响了刘禹锡。从刘禹锡代杜佑拟的章表可知一二,如《论废楚州营田表》云:"中使曹进玉至,奉宣圣旨存问,兼赐臣墨诏,以楚州营田废置事令臣商量奏来者。跪捧天书,恭承叡旨。道存致用,义在随时,云云。伏以本置营田,是求足食。今则徒有糜费,鲜逢顺成。刈获所收,无裨于国用;种粮每阙,常假于供司。较其利害,宜废已久。比来循守旧制,不敢轻有上陈。皇明鉴微,特革斯弊。取其田蓄,授彼黎蒸。仍俾薄租,诚为至当。但以田数虽广,地力各殊。须量沃塉,用立程度。臣已追里正,臣与商量利便,谨具别状奏闻。"④ 此讨论营田之事。刘禹锡虽是秘书,草拟章表,但必深察此中的国与民、利与弊之大要。

他们的好友吕温的思想和理论见于刘禹锡《唐故衡州刺史吕君集纪》,其云:"每与其徒讲疑考要,王霸富强之术,臣子忠孝之道,出

---

① 陈尚君辑校:《全唐文补编》卷六一,中华书局,2005 年,第 743 页。

② (宋)陈振孙撰:《直斋书录解题》卷一〇,中华书局,1985 年,第 296 页。

③ (宋)黎靖德编,王星贤点校:《朱子语类》卷一三六,中华书局,1986 年,第 3250 页。

④ 《刘禹锡集》卷一二,第 146 页。

入上下百千年间,诋诃角逐,迭发连注。"①所谓"王霸富强之术,臣子忠孝之道"是很好的概括。

第二,仁孝之心。

尽管历来意识形态强调以孝治天下,但文人将其视为日常并贯彻在行动中,似乎也没有得到应有的关注。特别是在仪式、礼仪规定之外的孝道在文人日常中的体现甚少。柳宗元贬谪以后的苦难悲伤以"孝"为主要内容。主要有两件事,一是母亲在永州去世,柳宗元认为自己有逃脱不了的责任,如果不是随己赴贬所,母亲则不会过早辞世,这是一大不孝;二是被贬后,没有能结婚生子,这也是一大不孝②。仁孝并非为政治家所专有,但政治家的仁孝品质会成为其行动的指导思想,在实践上也具有特殊的号召力。

柳宗元《先太夫人河东县太君归祔志》云:"汝宗大家也,既事舅姑,周睦姻族,柳氏之孝仁益闻","既至永州,又奉教曰:'汝唯不恭宪度,既获戾矣,今将大儆于后,以盖前恶,敬惧而已。苟能是,吾何恨哉!明者不悼往事,吾未尝有戚戚也。'而卒以无孝道,不能有报焉"③。文中严肃提出"柳氏之孝仁"的话题,也自责"无孝道"。

在柳宗元被贬期间,发生了一件看似平常的事情。刘禹锡被贬播州,柳宗元希望能和刘禹锡调换贬地。理由是,播州比柳州远,不适宜刘禹锡母亲养老。此事见于韩愈《柳子厚墓志铭》,其云:"其召至京师而复为刺史也,中山刘梦得禹锡亦在遣中,当诣播州。子厚泣曰:'播州非人所居,而梦得亲在堂。吾不忍梦得之穷,无词以白其大人,且万无母子俱往理。'请于朝,将拜疏,愿以柳易播,虽重得罪死

①《刘禹锡集》卷一九,第235页。
②戴伟华:《唐代文学综论》,商务印书馆,2006年,第189—193页。
③《柳宗元集》卷一三,第326—327页。

不恨。遇有以梦得事白上者,梦得于是改刺连州。呜呼!士穷乃见节义。"①《资治通鉴》元和十年载此事稍异,其云:"宗元曰:'播非人所居,而梦得亲在堂,万无母子俱往理。'欲请于朝,愿以柳易播。会中丞裴度亦为禹锡言曰:'禹锡诚有罪,然母老,与其子为死别,良可伤!'上曰:'为人子尤当自谨,勿贻亲忧,此则禹锡重可责也。'度曰:'陛下方侍太后,恐禹锡在所宜矜。'上良久乃曰:'朕所言,以责为人子者耳;然不欲伤其亲心。'退,谓左右曰:'裴度爱我终切。'明日,禹锡改连州刺史。"② 此当本于韩《志》,韩《志》中"士穷乃见节义"一语虽然评价甚高,但结合柳宗元母亡自责之事,"不欲伤其亲心"一语,才是对刘禹锡孝道的解释。

刘禹锡也很讲孝道,其《子刘子自传》特别记载了这样一件事:"既免丧,相国扬州节度使杜公领徐、泗,素相知,遂请为掌书记。捧檄入告,太夫人曰:'吾不乐江、淮间,汝宜谋之于始。'因白丞相以请,曰:'诺。'居数月而罢徐、泗,而河路犹艰,遂改为扬州掌书记。涉二年,而道无虞,前约乃行,调补京兆渭南主簿。明年冬,擢为监察御史。"③ 在自传中写入此事,本意应是感谢杜佑的知遇之恩,客观上却留下一段尚孝的故事。

仁孝是高贵的品质,皇帝亦不欲伤害其亲。古代重仁孝是普遍的,也是社会对每个人的基本要求。而刘禹锡如此仁孝,可视为政治家的素质之一,至少以仁孝为示范可以维系人伦秩序,有利于安邦治国。作为诗人,这一点和盛唐大多数诗人有区别。

第三,政治兴趣和热情。

---

① 《韩愈文集汇校笺注》卷二二,第 2408 页。
② (宋)司马光编著,(元)胡三省音注标点,资治通鉴小组点校:《资治通鉴》卷二三九,中华书局,1956 年,第 7709 页。
③ 《刘禹锡集》卷三九,第 591 页。

　　中唐文士和初盛唐文士都有政治热情,初唐四杰、陈子昂等人求取功名之心、报国效力之志,见诸其诗文。盛唐王维、孟浩然、高适、岑参、李白、杜甫亦复如此。中唐文士的政治兴趣和热情有何独特性? 以刘、柳为例,有如下特点:一是有理论基础,学以致用。因此,其政治兴趣和热情更具理性色彩。二是有心存大志、志同道合的政治性朋友圈。刘禹锡《子刘子自传》云:"贞元二十一年春,德宗新弃天下,东宫即位。时有寒隽王叔文,以善弈棋得通籍博望。因间隙得言及时事,上大奇之。如是者积久,众未之知。至是起苏州掾,超拜起居舍人,充翰林学士,遂阴荐丞相杜公为度支盐铁等使。翌日,叔文以本官及内职兼充副使。未几,特迁户部侍郎,赐紫,贵振一时。愚前已为杜丞相奏署崇陵使判官,居月余日,至是改屯田员外郎,判度支盐铁等案。初,叔文北海人,自言猛之后,有远祖风,惟东平吕温、陇西李景俭、河东柳宗元以为信然。三子者皆与予厚善,日夕过,言其能。叔文实工言治道,能以口辩移人。既得用,自春至秋,其所施为,人不以为当非。时上素被疾,至是尤剧。诏下内禅,自称太上皇,后谥曰顺宗。东宫即皇帝位。是时,太上久寝疾,宰臣及用事者都不得召对。宫掖事秘,而建桓立顺,功归贵臣。于是,叔文首贬渝州,后命终死。宰相贬崖州。予出为连州。途至荆南,又贬朗州司马。"① 王叔文的"工言治道,能以口辩移人",与柳宗元"隽杰廉悍,议论证据今古,出入经史百子,踔厉风发,率常屈其座人",才性如此接近。王叔文与吕温、李景俭、柳宗元四人,皆与刘禹锡厚善。而且这一朋友圈借助既有关系不断扩大,如杜佑,并非集团中人,表面上看,他在永贞中为度支盐铁等使,出于王叔文的"阴荐",但王叔文是刘禹锡的朋友,而刘禹锡多年跟从杜佑,交情极为深厚,杜佑能为

①《刘禹锡集》卷三九,第 591 页。

度支盐铁等使,被"阴荐",一定是刘禹锡运作的结果。三是在政治上积极进取。韩愈《柳子厚墓志铭》:"子厚少精敏,无不通达。逮其父时,虽少年,已自成人,能取进士第,崭然见头角,众谓柳氏有子矣。其后以博学宏词授集贤殿正字。隽杰廉悍,议论证据今古,出入经史百子,踔厉风发,率常屈其座人。名声大振,一时皆慕与之交,诸公要人争欲令出我门下,交口荐誉之。贞元十九年,由蓝田尉拜监察御史。顺宗即位,拜尚书礼部员外郎,且将大用。遇用事者得罪,例出为刺史。未至,又例贬州司马。"① "子厚前时少年,勇于为人,不自贵重顾藉,谓功业可立就,故坐废退。既退,又无相知有气力得位者推挽,故卒死于穷裔。材不为世用,而道不行于时也。使子厚在台省时自持其身,已能如司马、刺史时,亦自不斥;斥时有人力能举之,且必复用不穷。然子厚斥不久,穷不极,虽有出于人,其文学辞章,必不能自力以致必传于后如今无疑也。虽使子厚得所愿,为将相于一时。以彼易此,孰得孰失,必有能辨之者"② 韩愈用了"崭然见头角""踔厉风发""勇于为人""谓功业可立就"来描述柳宗元的奋进精神。四是刘、柳积极参与政治治理,将革新求变的理论运用于永贞革新当中。

　　不过,这种精神也会被人从另一面来诠释。人们对吕温的评价可以代表这一观点。《四库全书总目·吕衡州集十卷》:"温亦八司马之党。当王叔文败时,以使吐蕃幸免。其人品本不纯粹。而学《春秋》于陆淳,学文章于梁肃,则授受颇有渊源。集中如《与族兄皋书》深有得于六经之旨。《送薛天信归临晋序》洞见文字之源。《裴氏海昏集序》论诗亦殊精邃。《古东周城铭》能明君臣之义,以纠左氏之

---

① 《韩愈文集汇校笺注》卷二二,第 2407 页。
② 《韩愈文集汇校笺注》卷二二,第 2408—2409 页。

失。其《思子台铭序》谓遇一物可以正训于世者,秉笔之士未尝阙焉。其文章之本可见矣。惟《代尹仆射度女为尼表》可以不存。而《诸葛侯庙记》以为有才而无识,尤好为高论,失之谬妄。分别观之可矣。"① 《旧唐书·吕温传》云:"时柳宗元等九人坐叔文贬逐,唯温以奉使免。温天才俊拔,文彩赡逸,为时流柳宗元、刘禹锡所称。然性多险诈,好奇近利,与窦群、羊士谔趣尚相狎。"② 这些记载和评论应是可信的。

吕温被人指责的"险诈""近利""不纯粹"在刘、柳那里是被这样解释的,刘禹锡《唐故衡州刺史吕君集纪》云:"勇于艺能,咸有所祖。年益壮,志益大。遂拨去文学,与隽贤交,重气概,核名实,歆然以致君及物为大欲。每与其徒讲疑考要,王霸富强之术,臣子忠孝之道,出入上下百千年间,诋诃角逐,迭发连注。"③ 柳宗元《唐故衡州刺史东平吕君诔》云:"君有智勇孝仁,惟其能,可用康天下;惟其志,可用经百世……君之志与能不施于生人,知之者又不过十人,世徒读君之文章,歌君之理行,不知二者之于君其末也。"④

"年益壮,志益大""与隽贤交,重气概""智勇孝仁""王霸富强之术,臣子忠孝之道",关于对吕温貌似正反两面的评价,如透过表面,其实质相类相近,只是一体两面而已。

参加永贞革新时,刘禹锡三十四岁,柳宗元三十三岁,热血青年,迅速进入中央高层参与变革,故被人讥之为躁进,韩愈撰《顺宗实录》谓之"并有当时名欲侥幸而速进者陆质、吕温、李景俭、韩华、韩泰、陈

---

① (清)永瑢等撰:《四库全书总目》卷一五〇,中华书局,1965年,第1290页。
② 《旧唐书》卷一三七,第3769页。
③ 《刘禹锡集》卷一九,第235页。
④ 《柳宗元集》卷九,第217页。

谏、刘禹锡、柳宗元等十数人。定为死交"①。刘、柳精力旺盛,工作勤勉,据《云仙散录》载:"《宣武盛事》曰:顺宗时,刘禹锡干预大权,门吏接书尺日数千,禹锡一一报谢,绿珠盆中日用面一斗为糊,以供缄封。"② 这和韩愈《柳子厚墓志铭》的记载可互证:"名声大振,一时皆慕与之交,诸公要人争欲令出我门下,交口荐誉之。"韩愈所记为永贞以前事,而《宣武盛事》云为顺宗时事,这一状况的出现应指同一回事。门吏日接书数千,而刘禹锡都一一回复。其用心良苦,令人敬佩。《旧唐书·刘禹锡传》对刘、柳得势时的盛气凌人是有批评的,其云:"禹锡尤为叔文知奖,以宰相器待之。顺宗即位,久疾不任政事,禁中文诰,皆出于叔文,引禹锡及柳宗元入禁中,与之图议,言无不从。……既任喜怒凌人,京师人士不敢指名,道路以目,时号二王、刘、柳。"③ 时号"二王、刘、柳",说明刘、柳的核心地位。

年轻气盛,又在中央上层,难免急功近利,柳宗元《寄许京兆孟容书》讲过一段话:"年少气锐,不识几微,不知当否,但欲一心直遂,果陷刑法,皆自所求取得之,又何怪也?宗元于众党人中,罪状最甚。"④ 这也是在反思,"一心直遂",大概也是"速进"的意思吧。

苏轼《刘禹锡文过不悛》云:"刘禹锡既败,为书自解,言:'王叔文实工言治道,能以口辩移人,既得用,所施为,人不以为当。太上久疾,宰相及用事者不得对。宫掖事秘,建桓立顺,功归贵臣,由是及贬。'《后汉·宦者传论》云:'孙程定立顺之功,曹腾参建桓之策。'腾与梁冀比舍清河而立蠹吾,此汉之所以亡也,与广陵王监国事,岂

① 《全唐文》卷五六〇,第5672页。
② (后唐)冯贽编,张力伟点校:《云仙散录》卷二二九,中华书局,2008年,第113页。
③ 《旧唐书》卷一六〇,第4210页。
④ 《柳宗元集校注》卷三〇,第1956页。

可同日而语哉？禹锡乃敢以为比，以此知小人为奸，虽已败，犹不悛也，其可复置之要地乎？因读《禹锡传》，有所感，书此。"① 苏轼这段话似可商榷。其一，"刘禹锡既败，为书自解"句，似为被贬初期作，其实是晚年作。据《新唐书·刘禹锡传》载："始疾病，自为《子刘子传》，称：'……叔文实工言治道，能以口辩移人，既得用，所施为人不以为当。……'其自辩解大略如此。"② 其二，"所施为，人不以为当"句，为《子刘子自传》中语，《新唐书》亦如此。按，《子刘子传》原文是"叔文实工言治道，能以口辩移人。既得用，自春至秋，其所施为，人不以为当非"③。《全唐文》亦作"人不以为当非"④。"人不以为当非"与"人不以为当"，意思完全不同。持批评态度的都引作"人不以为当"，洪迈《柳子厚党叔文》云："柳子厚、刘梦得皆坐王叔文党废黜。刘颇饰非解谤，而柳独不然。其《答许孟容书》云：'早岁与负罪者亲善，始奇其能，谓可以共立仁义，裨教化。暴起领事，人所不信，射利求进者，百不一得，一旦快意，更恣怨蠹，诋诃万状，尽为敌雠。'及为叔文母刘夫人墓铭，极其称诵，谓：'叔文坚明直亮，有文武之用。待诏禁中，道合储后。献可替否，有康弼调护之勤。吁谟定命，有扶翼经纬之绩。将明出纳，有弥纶通变之劳。内赞谟画，不废其位。利安之道，将施于人。而夫人终于堂，知道之士，为苍生惜焉。'其语如此。梦得自作传，云：'顺宗即位，时有寒俊王叔文以善弈棋得通籍博望，因间隙得言及时事，上大奇之。叔文自言猛之后，有远祖风，唯吕温、李景俭、柳宗元以为信。然三子皆与予厚善，日夕过，言其能。叔文实工言治道，能以口辩移人。既得用，其所施

① 《苏轼文集编年笺注》卷六五，第 749—750 页。
② 《新唐书》卷一六八，第 5131—5132 页。
③ 《刘禹锡集》卷三九，第 591 页。
④ 《全唐文》卷六一〇，第 6167 页。

为,人不以为当。上素被疾,诏下内禅,宫掖事秘,功归贵臣,于是叔文贬死。'韩退之于两人为执友,至修《顺宗实录》,直书其事,云:'叔文密结有当时名欲侥幸而速进者刘禹锡、柳宗元等十数人,定为死交,踪迹诡秘。既得志,刘、柳主谋议唱和,采听外事,及败,其党皆斥逐。'此论切当,虽朋友之义,不能以少蔽也。"[①] 其三,苏轼"以此知小人为奸,虽已败,犹不悛也"句,斥刘禹锡为"小人为奸",虽败"不悛",也是有失稳当。当然,这是作者认识永贞革新性质的立场问题。

士人才性比较复杂,与时间空间也是相联系的。由永贞革新为特定的时空来认识刘、柳的才性,一定是相对的。人的性格之于才能还是比较稳定的,才能相对于职业或工作领域的业绩也是较为稳定的。另外,人的才性区分为文学、政治,只是研究某一类群体的技术手段,并非指人的才性只有这两方面。

刘禹锡和柳宗元的才性具有复合型特点。既有文学的才性,又有政治的才性,而文学与政治才性既有差别,又有联系。无论作为文学家的刘、柳,还是作为政治家的刘、柳,其才性貌离神合。正是出于这一认识,我们更多注意到他们才性的共同点,如求新求变,表现在政治上,则参与革新;用之于文学,则敢于向活生生的民歌学习,而不同于他们的前辈在南朝民歌文本中濡染。在论述刘、柳文学与政治才性时,还有另一考虑,即在选取材料和阐释材料时,对现有研究比较多的方面则略言之,相对薄弱之处则详言之,尽可能在吸收现有成果的基础上赋予材料以新的内涵和认识角度,或对现有成果做必要的补充和修正。例如,在对刘禹锡两题玄都观诗的分析,采用以可信

----

① (宋)洪迈撰,孔凡礼点校:《容斋随笔》续笔卷四,中华书局,2005年,第267—268页。

之材料做合理之推断方法,否定了二诗表现出刘禹锡"倔强"性格的传统说法。

小　结

刘禹锡和柳宗元的"才性"达到复合型人才的标准。刘、柳作为政治家的"才性",可从几个方面来认识:第一,学有师法,有政治家的理论基础。柳宗元从陆质研习《春秋》。陆质的《春秋》学,和传统的章句之学有了明显的区别,面对现实,学为时用,析微言大义,图变革生新。胡可先于此有详细论述,指出陆质《春秋》学的意义,"他的理论成为王叔文集团政治改革的理论基础"。从杜佑对刘禹锡"尤加礼异"到刘禹锡"寝止群书中",正暗示了刘禹锡和杜佑修《通典》的联系。即使刘禹锡未参与具体工作,但《通典》修撰和完稿是在刘禹锡为杜佑掌书记之时,对刘禹锡思想和知识结构有重要影响是存在的。《通典》的编辑过程及其思想应深深影响了刘禹锡,具体有如下几点:其一,刘禹锡有机会深入全面了解历代兴亡、制度沿革;其二,杜佑的治国理念;其三,求新的变革观念;其四,务实的态度;其五,杜佑将《通典》进呈朝廷后,又撰《理道要诀》。朱熹对杜佑评价是"有意于世务者"。《理道要诀》则是使人主观览的理道安邦的实用工具书。不仅如此,杜佑的理政实践应影响了刘禹锡。

第二,仁孝之心。尽管历来意识形态强调以孝治天下,但文人将其视为日常并贯彻在行动中,似乎也没有得到应有的关注。古代重仁孝是普遍的,也是社会对每个人的基本要求。刘禹锡极重仁孝,可视为政治家的素质之一,至少以仁孝为示范可以维系人伦秩序,有利于安邦治国。作为诗人,这一点和盛唐大多数诗人有了区别。

第三,政治兴趣和热情。中唐文士和初盛唐文士都有政治热情,初唐四杰、陈子昂等人求取功名之心、报国效力之志,见诸其诗文。

盛唐王维、孟浩然、高适、岑参、李白、杜甫亦复如此。中唐文士的政治兴趣和热情有何独特性？以刘、柳为例，有如下特点：一是有理论基础，学以致用。因此，其政治兴趣和热情更具理性色彩；二是有心存大志、志同道合的政治性朋友圈；三是在政治上积极进取。韩愈用了"崭然见头角""踔厉风发""勇于为人""谓功业可立就"来描述柳宗元的奋进精神；四是刘、柳积极参与政治治理，将革新求变的理论运用于永贞革新当中。刘禹锡和柳宗元的才性具有复合型特点。既有文学的才性，又有政治的才性，而文学与政治才性既有差别，又有联系。无论作为文学家的刘、柳，还是作为政治家的刘、柳，其才性貌离神合。

第四章　南北文化分野与帝京、江南表达

　　大历年间,中国江南越州,浙东节度使府治所,以鲍防为领袖集聚了一批诗人;大历年间,太湖西南的湖州,以颜真卿为领袖集聚了一批文人。他们以江南为生活背景,以唱和为创作形式之一,形成浙江东道和浙江西道两个诗人活动中心,并有《大历年浙东联唱集》和大历浙西诗人唱和集《吴兴集》。江南诗人群体唱和,改变了以往以个体为单位的江南咏唱格局,具有划时代意义。江南唱和在大众传播层面以张志和等人的《渔歌》最著名,在认识层面以鲍防等人的《状江南》《忆长安》最有价值。前者以江南水乡渔民生活的文人表达而传诸人口,雅俗融合,成为文学史经典;后者则在特定的时间和空间描写了文人对现场江南、忆中长安的情感纠葛和心灵动荡,反映了一个时期的文人心理状态,同样折射出时代风貌。值得关注的是,在《状江南》《忆长安》中,提出一组相对的地域概念,由此可以分析大历之前及其后长安、江南的诗歌关切。以长安、江南为代表,只是通过这一视角,观察唐代地域文化与诗歌的关系,试图探讨文人的分布及其文学创作的意义[1],而非谓长安与江南是唯一对应的地域概念。在诗歌写作史上,独白诗的写作意义在于思想的自由表达和精

---

[1] 戴伟华:《唐代文学研究中的文人空间排序及其意义》,《扬州大学学报》1999年第 1 期。

神的自我张扬①,而唱和诗的写作意义在于技艺交流和内容的聚焦,
更能切实反映时代面貌和精神气息。或者说,唱和诗更能体现一时
一地的文人共识和社会认同。选择《状江南》《忆长安》,并由此分析
不同区域文化的差异与诗歌写作的影响,更多是研究技术的要求,以
举例方式来认识地域上的江南和长安与诗歌创作的关系。

　　江南是与长安并列的主文化圈。张伟然《唐人心目中的文化区
域及地理意象》言及唐代南方,"还不止是在经济上富甲天下,当时
江南在文化上也隐隐然已成为天下的轴心"。"这样的文化地域结
构,使当时的全国形成明显的两极。其一是首都,这是政治中心所
在;另一极是吴地,这是经济和文化的核心。"② 这里的"吴地"指江
南的核心区域。张伟然、周鹏在《唐代的南北地理分界线及相关问
题》中又进一步做了简单明确的表述:"唐初实行以关中为本位的重
内轻外政策,全国的地域格局呈单极状态,只有首都一个中心,分南
北自不能不以位置适中且渊源有自的秦岭淮河线为准,观上述贞观
十道的分划及命名可以得其仿佛。安史之乱以后,江南得到极大的
发展,全国的地域格局一变而为江南与首都双峰并峙。""正因为气
候变冷、生物分布界线南移,长江具备了相当于以前淮河的环境意
义,兼之江南北下垫面、经济活动以及随之而来的生活方式、文化发
展诸多因子存在差异,唐人才会将南北地理分界由淮河一线南移至
长江。"③ 张伟然提出唐人以长江为南北地理分界、江南与首都地域
格局成双峰对峙之势的观点,非常有建设性。如果只是对区域做地

---

① 戴伟华:《独白:中国诗歌的一种表现形态》,《中国社会科学》2003 年第 3 期。
② 张伟然:《唐人心目中的文化区域及地理意象》,见李孝聪主编:《唐代地域结
　　构与运作空间》,上海辞书出版社,2003 年,第 379、385 页。
③ 张伟然、周鹏:《唐代的南北地理分界线及相关问题》,《中国历史地理论丛》
　　2005 年第 2 辑。

理学划分,那是约定俗成的,有一套成熟的知识结构,如江南,以长江为界;岭南,以五岭为界。但通常对区域的界定会有不同的指向和特定的含义,不再仅以地标为分界的依据。如江南、江北,若从文化上去区分,时常会超出地标为界的划分。如方言,在苏南有吴语区,但江北也有吴语区。长江以南的南京,在历史上应是吴语区,但东晋迁都建康,洛阳音几乎覆盖了整个建康和周边地区[①]。语言上的飞地现象更是大大超越了自然地理学的地域划分。可见,文化地域问题的研究更为多元、复杂。

　　这里主要想讨论江南何以成为与京都相并列的主文化圈。这只是一种相对性的概括。其含义应包括:京都文化是绝对优势,而江南文化在发展中渐次展现其重要性;江南文化和其他区域文化相比较,处于重要位置。即江南文化与巴蜀文化、河西文化、齐鲁文化、岭南文化等比较占绝对优势。

　　在唐代文化圈中,唯一可与长安相提并举的文人圈是江南,而河西、东北、巴蜀、岭南等是次文化圈。唐代地域文化圈的划分是以行政区划为基础的。道在唐朝成为地方政区单位,经历了一个由自然地理区划经临时监察区、正式监察区到行政区的转变过程。公元627年,唐太宗开始依据山川自然地理形势,划全国为十道。"贞观元年,悉令并省。始于山河形便,分为十道:一曰关内道,二曰河南道,三曰河东道,四曰河北道,五曰山南道,六曰陇右道,七曰淮南道,八曰江南道,九曰剑南道,十曰岭南道。"[②]"始于山河形便"的地理划分,也对应着文化的差异。江南道的行政划分与"江南"文化划分,有同有异,"江南"文化则着眼于和京城文化形成对话,实际上还包括经济,

---

① 参见戴伟华:《四声与南北音》,《学术研究》2013 年第 10 期。
② 《旧唐书》卷三八,第 1384 页。

物产丰富,风景秀美。从经济、文化等方面综合考察,一定程度上,可以和"长安"相提并论者应是"江南"。

将长安、江南置于比较的这一视角,可以解决相关联的学术难点,如唐代江南是否包括江北扬州?初盛唐长篇咏帝京诗的意义?《春江花月夜》江南风韵的深切含义?等等。这都有了新的剖析和论述。其中,还会涉及一些具体问题,如敦煌写本《咏廿四气诗》与《大衍历》的关联,可以考证《咏廿四气诗》产生时间应在开元十六年至宝应元年,而不是中和四年(884)。《状江南》"每句须一物形状"的唱和要求,无论对江南景物表现的具体性,还是在咏物题材中有限形式如何使内容得到丰富拓展上,都具有开创意义。现在《渔歌》中张志和五首作品中只有一首为张志和的作品,其他四首是颜真卿等人的和作。白居易《忆江南》三首,刘禹锡却和其二首,其实刘所和是白居易二首"春词"之一,只是一首,并非是刘禹锡和诗有遗佚。这些具体问题同样试图通过考证,给出信而有征的答案。

一、杜牧诗中的"扬州"不在"江南"

长安与江南,在诗歌中概念所指是明确的,毋庸辨析。这里所要补充说明的是,"长安",除指京城所在,还指包括东都洛阳在内的京师地区,当和"江南"概念对比时,长安还指以京师文化为代表的北方地区。而江南即指长江以南地区,但有时却是指包括浙江东、西道在内的长江下游江南区域。在唐诗中使用长安、江南时,有一问题必须解决,扬州是否在江南之内?

"江南"作为地理区域,其内涵大致具有共识,但其外延因不同时代有不同的范围。而唐代的"江南"是否包括扬州,人们在理解上存在疑问,这主要是因为杜牧的两首诗。其一《寄扬州韩绰判官》:

"青山隐隐水遥遥,秋尽江南草木凋。二十四桥明月夜,玉人何处教吹箫。""扬州",原作"杨州",作"扬州"是①。人们普遍认为,诗是寄给扬州韩绰的,诗中又有"二十四桥",显然诗中的"江南"就是指扬州,而扬州所处之地就在江南。其二《遣怀》:"落魄江南载酒行,楚腰肠断掌中轻。十年一觉扬州梦,占得青楼薄幸名。"②这一首之所以确定扬州地处江南,和《寄扬州韩绰判官》互为印证。《寄扬州韩绰判官》"扬州"在题目中,《遣怀》"扬州"在诗句中。

　　有这两首诗为证,要想提出不同看法是很难的,但扬州在地理上确实在长江以北,谓之江北,如言扬州地处江南,有违常识。如何解释杜牧诗中扬州是江南并不容易,客观上无法论证,那只能从主观着眼,为杜牧的扬州是江南寻找理由,认为江南扬州是诗人文化认同的结果,即诗人在文化上认同扬州的江南特质,并辅以历史沿革的证明。

　　其实杜牧诗文中不止在上述二诗中用了"江南"一词。那么,除此二诗外,杜牧诗文中的"江南"是否包括扬州?

(一)杜牧诗中江南不包括扬州之例

　　杜牧《许七侍御弃官东归潇洒江南颇闻自适高秋企望题诗寄赠十韵》:"天子绣衣吏,东吴美退居。有园同庾信,避事学相如。兰畹晴香嫩,筠溪翠影疏。江山九秋后,风月六朝余。锦肆开诗轴,青囊结道书。霜岩红薜荔,露沼白芙蕖。睡雨高梧密,棋灯小阁虚。冻醪元亮秫,寒鲙季鹰鱼。尘意迷今古,云情识卷舒。他年雪中棹,阳羡

---

① (唐)杜牧撰,吴在庆校注:《杜牧集系年校注》卷四,中华书局,2008年,第545页。

② 《杜牧集系年校注》外集,第1214页。

访吾庐。"① 诗题言许浑归故里,"潇洒江南"。诗中之地"东吴",江南之地。"阳羡访吾庐"原注:"于义兴县,近有水榭。"② 阳羡,古县名,隋朝改阳羡县为义兴县,今江苏宜兴市。杜牧言自己有庐在义兴,另有《李侍郎于阳羡里富有泉石牧亦于阳羡粗有薄产叙旧述怀因献长句四韵》为证。许浑故里润州和杜牧庐居义兴均为江南之地。诗中多用江南的典故。如"冻醪元亮秫,寒鲙季鹰鱼",陶渊明以秫酿酒,其故居为柴桑在长江中游南麓;张季鹰思故乡吴中鲈鱼鲙。由于六朝定都江南建康,诗中有"风月六朝余"句。

《念昔游三首》其一:"十载飘然绳检外,樽前自献自为酬。秋山春雨闲吟处,倚遍江南寺寺楼。"③ 其二:"云门寺外逢猛雨,林黑山高雨脚长。曾奉郊宫为近侍,分明攫攫羽林枪。"④ 云门寺下注"越州"。其三:"李白题诗水西寺,古木回岩楼阁风。半醒半醉游三日,红白花开山雨中。"⑤ 水西寺注"宣州泾县"。

这几首诗可和《江南春绝句》合观:"千里莺啼绿映红,水村山郭酒旗风。南朝四百八十寺,多少楼台烟雨中。"⑥ 四诗均写江南,以南朝僧寺为背景,言"江南"无疑。

《江南怀古》:"车书混一业无穷,井邑山川今古同。戊辰年向金陵过,惆怅闲吟忆庾公。"⑦ 诗中有"金陵"二字,"江南怀古"之"江南"指长江以南。《新定途中》:"无端偶效张文纪,下杜乡园别五秋。

①《杜牧集系年校注》卷二,第186页。
②《杜牧集系年校注》卷二,第186页。
③《杜牧集系年校注》卷二,第212页。
④《杜牧集系年校注》卷二,第213页。
⑤《杜牧集系年校注》卷二,第214页。
⑥《杜牧集系年校注》卷三,第349页。
⑦《杜牧集系年校注》卷三,第348页。

重过江南更千里,万山深处一孤舟。"①新定,今浙江建德。《初春雨中舟次和州横江裴使君见迎李赵二秀才同来因书四韵兼寄江南许浑先辈》:"芳草渡头微雨时,万株杨柳拂波垂。蒲根水暖雁初浴,梅径香寒蜂未知。辞客倚风吟暗淡,使君回马湿旌旗。江南仲蔚多情调,怅望春阴几首诗。"②题中江南与诗中江南,均指长江以南。

文中江南所指是长江以南,就更为明确了。《唐故平卢军节度巡官陇西李府君墓志铭》:"因集国朝已来类于古诗得若干首,编为三卷,目为《唐诗》,为序以道其志。居江南,秀人张知实、萧寘、韩乂、崔寿、宋祁、杨发、王广,皆趋君交之,后皆得进士第,有名声官职,君尚为布衣,然于君不敢稍息。"③

杜牧在扬州生活久,"十年一觉扬州梦"之"十年",一说"三年一觉",虽为约数,言其生活若干年应无问题,他熟悉扬州,在扬州时又去过江南,故其深明长江南北的分界。如他在《将赴宣州留题扬州禅智寺》诗中云:"故里溪头松柏双,来时尽日倚松窗。杜陵隋苑已绝国,秋晚南游更渡江。"④《念昔游》写江南生活,其中"水西寺"注"宣州泾县",宣州在江南。从扬州赴宣州,是要渡过长江的,长江之北谓之江北,长江之南谓之江南。在杜牧诗中明晰而不相混。

在上引诸诗中,江南、江北分明,扬州在江北,不能视为江南。那么《寄扬州韩绰判官》和《遣怀》中为何把扬州视为江南呢?问题出在作品本身,还是出在后人对作品的理解上?

---

① 《杜牧集系年校注》卷三,第 465 页。
② 《杜牧集系年校注》卷四,第 532 页。
③ 《杜牧集系年校注》卷九,第 744—745 页。
④ 《杜牧集系年校注》卷三,第 351 页。

（二）《遣怀》诗中"江南"与"扬州"

杜牧诗"落魄江南载酒行"句，因版本不同，而有"江湖""江南"之别。《杜牧集》和《万首唐人绝句》作"江南"，余皆作"江湖"。

《唐阙史》："唐中书舍人杜牧少有逸才，下笔成咏，弱冠擢进士第，复捷制科。牧少隽，性疏野放荡，虽为检刻，而不能自禁。会丞相牛僧孺出镇扬州，辟节度掌书记。牧供职之外，唯以宴游为事。扬州胜地也。……牧又自以年渐迟暮，常追赋感旧诗曰：'落魄江湖载酒行，楚腰纤细掌中情。三年一觉扬州梦，赢得青楼薄幸名。'又曰：'舴船一棹百分空，十载青春不负公。今日鬓丝禅榻伴，茶烟轻扬落花风。'"① 这应该是最早记录此诗的材料。

陈应行《吟窗杂录》卷二三："登科后狎游有诗曰：'落魄江湖载酒行，楚腰纤细掌中情。三年一觉扬州梦，赢得青楼薄幸名。'"② 所引"落魄江湖载酒行"诗应为同一版本系统，但《吟窗杂录》似未抄自《唐阙史》，所述作诗因由不同，《唐阙史》为"牧又自以年渐迟暮，常追赋感旧诗曰"，《吟窗杂录》为"登科后狎游有诗曰"。晚唐和北宋流传的是"落魄江湖载酒行""三年一觉扬州梦"。

大约和《吟窗杂录》同时，阮阅《诗话总龟》和胡仔《苕溪渔隐丛话》后集也有记载。《诗话总龟》载："杜牧之登科后，三年纵放，为诗曰：'落魄江湖载酒行，楚腰纤细掌中情。十年一觉扬州梦，赢得青楼薄幸名。'"③ 仍然作"落魄江湖载酒行"，但"三年一觉"改为"十年一觉"。这一变化当来自《唐阙史》。"三年"改为"十年"当受《唐阙史》下文"十载青春不负公"影响所致。而原有的"三年一觉"却放

---

① 《太平广记》卷二七三，第 2151 页。
② （宋）陈应行编，王秀梅整理：《吟窗杂录》卷二三，中华书局，1997 年，第 693 页。
③ 《诗话总龟》前集卷三，第 32 页。

在作诗之由"杜牧之登科后,三年纵放,为诗曰"里面了。

《苕溪渔隐丛话》后集卷一五载:"苕溪渔隐曰:《遣怀诗》:'落魄江湖载酒行,楚腰肠断掌中轻,十年一觉扬州梦,赢得青楼薄幸名。'余尝疑此诗必有谓焉,因阅《芝田录》云:'牛奇章帅维扬,牧之在幕中,多微服逸游,公闻之,以街子数辈潜随牧之,以防不虞。后牧之以拾遗召,临别,公以纵逸为戒,牧之始犹讳之,公命取一箧,皆是街子辈报帖,云杜书记平善,乃大感服。'方知牧之此诗,言当日逸游之事耳。"①《芝田录》为唐末五代人丁用诲创作的笔记小说。胡仔对此诗本事的解释,似未参阅《唐阙史》,而是参用《芝田录》。有一点值得注意,"落魄江湖载酒行"诗自此有了诗题《遣怀》。而"楚腰纤细掌中情"又有了"楚腰肠断掌中轻"的不同版本。

《诗人玉屑》卷一六:"遣怀诗:'落魄江湖载酒行,楚腰纤细掌中轻。十年一觉杨州梦,占得青楼薄幸名。'"②这应该是后来流行最广的版本。

但到洪迈编《万首唐人绝句》才有了"落魄江南"之说,其卷二六:"《遣怀》:落魄江南载酒行,楚腰肠断掌中轻。十年一觉扬州梦,占得青楼薄幸名。"③后来王士禛编《唐人万首绝句选》又改回为"落魄江湖",其卷六:"《遣怀》:'落魄江湖载酒行,楚腰纤细掌中情。十年一觉扬州梦,赢得青楼薄幸名。'"④

① (宋)胡仔纂集,廖德明校点:《苕溪渔隐丛话》后集卷一五,人民文学出版社,1962年,第109页。
②《诗人玉屑》卷一六,第510页。
③ (宋)洪迈编:《万首唐人绝句》卷二六,《文渊阁四库全书》,第1349册,第199页。
④ (清)王士禛选:《唐人万首绝句选》卷六,《文渊阁四库全书》,第1459册,第148页。

另外,《锦绣万花谷》后集卷一五:"诗:落魄江湖载酒行,楚腰纤细掌中情。十年一觉扬州梦,赢得青楼薄幸名。(杜牧之)"[1] 蔡正孙《诗林广记》前集卷六载《遣怀》:"落魄江湖载酒行,楚腰肠断掌中轻。十年一觉扬州梦,赢得青楼薄幸名。"[2]

诸家载录,有"落魄江南"和"落魄江湖"两个版本。杜牧外集和《万首唐人绝句》作"江南",余皆作"江湖"。"楚腰肠断掌中轻""楚腰纤细掌中情""楚腰纤细掌中轻",一直并世流传。另外,唐孟棨《本事诗》:"落拓江湖载酒行,楚腰纤细掌中情。三年一觉扬州梦,赢得青楼薄幸名。"[3] 南宋曾慥《类说》:"落拓江湖载酒行,楚腰纤细掌中擎。十年一觉扬州梦,赢得青楼薄幸名。"[4] 也都是"江湖"而非"江南"。

结合杜牧其他诗中的"江南"使用的范围,结合"落魄江湖""落魄江南"流传的梳理,应作"落魄江湖",而非"落魄江南",至于《万首唐人绝句》和杜牧外集作"落魄江南"所本,还需要进一步探讨。"十年一觉扬州梦"当为"三年一觉扬州梦"。

(三)《寄扬州韩绰判官》诗题"扬州"与"江南"

杜牧《寄扬州韩绰判官》:"青山隐隐水遥遥,秋尽江南草木凋。二十四桥明月夜,玉人何处教吹箫?"[5] 诗题"扬州"和诗句"二十四桥",说明扬州在杜牧眼中属江南。但疑问仍然存在:第一,从杜牧诗

---

① (宋)佚名著:《锦绣万花谷》后集卷一五,明嘉靖十五年绣石书堂刊本,第12页。
② (宋)蔡正孙撰,常振国、降云点校:《诗林广记》前集卷六,中华书局,1982年,第116页。
③ (唐)孟启撰,董希平等评注:《本事诗》,中华书局,2014年,第122页。
④ (宋)曾慥编:《类说》,《文渊阁四库全书》,第873册,第886页。
⑤ 《杜牧集系年校注》卷四,第545页。

文中可以看出，江南指长江以南。如将扬州视为江南，与杜牧习惯用法相悖；第二，从扬州地形看，"青山隐隐"并不符合扬州实际状况。"青山隐隐"非扬州之景，扬州无山，只有土冈，人谓之蜀冈。

而这首诗的载录情况说明，"江南"二字未有异文：《才调集》题为《寄人》："青山隐隐水迢迢，秋尽江南草木雕。二十四桥明月夜，玉人何处教吹箫。"①《文苑英华》卷二六一《寄扬州韩绰判官》："青山隐隐水遥遥，秋尽江南岸草（集作草木）凋。二十四桥明月夜，美（集作玉）人何处坐（集作教）吹箫。"②《唐诗纪事》卷五六有题《寄扬州韩绰判官》："青山隐隐水迢迢（原作摇摇），秋尽江南草木凋。二十四桥明月夜，玉人何处学吹箫。"③《樊川诗集注》诗集卷四有两处重要异文，"青山隐隐水遥遥"，"遥遥"一云"迢迢"；"秋尽江南草木雕""草木"一云"岸草"，"木"一作"未"④。冯集梧注出的异文，当有所本。从流传看，最初版本和改定版本应是"秋尽江南草木凋"。

这首诗的写作背景一般被描述为：杜牧和韩绰是淮南幕同僚，杜牧被召回京城，分司东都，而作此诗怀念韩绰，也就是写作地点在洛阳。

如果换一角度考察，写作地点是在江南，可在宣州，或江南另一地方。杜牧《将赴宣州留题扬州禅智寺》诗中云："故里溪头松柏双，来时尽日倚松窗。杜陵隋苑已绝国，秋晚南游更渡江。"⑤杜牧有从

① （五代后蜀）韦縠编：《才调集》卷四，引自《唐人选唐诗新编（增订本）》，第1029页。
② 《文苑英华》卷二六一，第1312—1313页。
③ 《唐诗纪事校笺》卷五六，第1897页。
④ （唐）杜牧著，（清）冯集梧注：《樊川诗集注》卷四，上海古籍出版社，1978年，第282页。
⑤ 《杜牧集系年校注》卷三，第351页。

扬州去宣州的经历。又，杜牧《题宣州开元寺水阁阁下宛溪夹溪居人
宣州送裴坦判官往舒州时牧欲赴官归京》《自宣州赴官入京路逢裴
坦判官归宣州因题赠》《自宣城赴官上京》，说明他是从宣州入京的。
亦可在义兴，杜牧在义兴是有"薄产"有"庐"的。

    杜牧曾入幕江南。沈传师大和二年（828）至大和四年（830）在
江西观察使任上，大和四年至大和七年（833）在宣歙观察使任上，而
杜牧在沈传师幕中。牛僧孺大和六年（832）至开成二年（837）在淮
南节度使任上，杜牧在其幕中。此见杜牧《自撰墓志铭》："牧进士及
第，制策登科，弘文馆校书郎，试左武卫兵曹参军、江西团练巡官，转
监察御史里行、御史，淮南节度掌书记，拜真监察，分司东都。以弟病
去官，授宣州团练判官、殿中侍御史、内供奉，迁左补阙、史馆修撰，转
膳部、比部员外郎，皆兼史职。"①

    结合《牧陪昭应卢郎中在江西宣州佐今吏部沈公幕罢府周岁公
宰昭应牧在淮南縻职叙旧成二十韵用以投寄》杜牧此间生平应是：
江西幕—宣州幕—淮南幕。这和沈传师为江西及宣歙观察使、牛僧
孺为淮南节度使时间相符，但与《自撰墓志铭》所述的江西、淮南、宣
州的顺序有异。总之，他和韩绰应始识于淮南幕，淮南节度使兼扬州
刺史，其府治扬州。后杜牧在江南某地，或在宣州幕，或在义兴旧庐，
作诗寄扬州韩绰判官。如此，"青山隐隐水迢迢，秋尽江南草木凋"
写杜牧自己在江南的环境。由此想到故人韩绰，"二十四桥明月夜，
玉人何处教吹箫"遥想韩绰在扬州的情景。"秋尽江南草木凋"，据
"秋尽"二字大致可以判断是写暮秋之景，此时江南宣州"草木凋"也
是符合当地季节的特征。

    给这首诗最早做解释的应是宋元之际的谢枋得，《章泉涧泉二先

---

① 《杜牧集系年校注》卷一〇，第 812 页。

生选唐诗》卷三谢枋得注解云："唐诸道郡国之富贵人物之众多,城市之和乐声色之繁华,扬州为冠,益州次之,号曰'扬一益二'。牧之仕淮南,寄扬州韩判官诗,其实厌江南之寂寞,思扬州之欢娱,情虽切而辞不露。"[①] 谢枋得注解此诗是正确的,但其中"仕淮南,寄扬州韩判官"云云,确实有误,仕淮南,当指杜牧为牛僧孺幕僚,即在扬州,如何又写诗寄扬州呢? 疑谢氏原解当不误,可能在刻印时有增损不当之处。这句话应为:"牧之曾仕淮南,后寄扬州韩判官诗。"

当人们无法解释"扬州""江南"关系时,并未注意到谢枋得的意见。通常依据杜牧《自撰墓志铭》"淮南节度掌书记,拜真监察,分司东都",系此诗为离开扬州后在洛阳寄扬州故人之作。我在写《唐方镇文职僚佐考》时,也是这样判断的,其后的修订版也未能深思而修正[②]。

杜牧在宣州作诗寄韩绰,宣州乃"江南"地域,一直令人迷惑的问题当一朝廓清。如果用以往的解释,杜牧在东都作诗寄韩绰,那《寄扬州韩绰判官》一诗中把"扬州"视为"江南",这几乎是一个孤证。

如此,方可给唐代"江南"概念下一准确定义,"江南"即指长江以南,毫无疑问。唐代扬州为何被视为江南,确实给人们界定"江南"带来不便。如,景遐东认为:"扬州的行政与地理所属是非常明确的。不过因为扬州在唐初曾经辖江南部分地区的原因,唐人有时也往往从广义范畴上称扬州为江南或江东。其中最有名的当属杜牧的《寄扬州韩绰判官》'青山隐隐水迢迢,秋尽江南草未凋'之句。……更

---

① (宋)赵蕃、韩淲精选,(宋)谢枋得注解:《章泉涧泉二先生选唐诗》卷三,宛委别藏本,江苏古籍出版社,1988 年,第 43 页。
② 《唐方镇文职僚佐考(修订本)》,第 266 页。

需注意的是,六朝时期扬州是一个大的行政区划,治在江南建业,隋唐以来的扬州乃六朝的广陵,两者不能混淆。只有到明清以后,扬州才在广义上被接纳为江南区域范畴。"①这里也认为杜牧诗让人无法定义江南。

　　其实,张伟然在《唐人心目中的文化区域及地理意象》中也遇到类似的问题,他在论述"江淮"时,提出:"但在唐人的感觉中,江淮这一地域内部又可以进一步划分为淮南、江西与江南三个地域。"②显然,回避了最让人为难的杜牧诗。至于江淮能否包括江西和江南两个区域,应做进一步检讨。杜牧在扬州生活时间很长,当不会误用"江南"的概念。江南之名是地域自然分界的结果,不能滥用,如扬州人张若虚,可称为吴越之士,但不能称为江南之士,《旧唐书·文苑传中》:"先是神龙中,知章与越州贺朝、万齐融,扬州张若虚、邢巨,湖州包融,俱以吴、越之士,文词俊秀,名扬于上京。朝万止山阴尉,齐融昆山令,若虚兖州兵曹,巨监察御史。融遇张九龄,引为怀州司户、集贤直学士。数子人间往往传其文,独知章最贵。"③扬州地区在春秋时为一方国,国名邗,后为吴所灭,成为吴国之地。称扬州张若虚为吴越之士,是可以理解的。

　　小　结

　　长安与江南,在诗歌中概念所指是明确的,毋庸辨析。这里所要补充说明的是,"长安",除指京城所在,还指包括东都洛阳在内的京

① 景遐东著:《江南文化与唐代文学研究》,人民文学出版社,2005年,第30—31页。
② 张伟然:《唐人心目中的文化区域及地理意象》,见李孝聪主编:《唐代地域结构与运作空间》,第367页。
③ 《旧唐书》卷一九〇中,第5035页。

师地区,当和"江南"概念对比时,长安还指以京师文化为代表的北方地区。而江南即指长江以南地区,但有时却是指包括浙江东、西道在内的长江下游江南区域。

"江南"作为地理区域,其内涵大致具有共识,但其外延因不同时代有不同的范围。而唐代的"江南"是否包括扬州,人们在理解上存在疑问,这主要是因为杜牧的两首诗。

(一)杜牧诗中江南不包括扬州之例。在杜牧《寄扬州韩绰判官》《遣怀》两首诗外,其他诗文中均表明,江南、江北分明,扬州在江北,不能视为江南。

(二)《遣怀》诗中"江南"与"扬州"。杜牧诗"落魄江南载酒行"句,因版本不同,而有"江湖""江南"之别。《杜牧集》和《万首唐人绝句》作"江南",余皆作"江湖"。《唐阙史》"落魄江湖载酒行"应该是最早记录此诗的材料。结合杜牧其他诗中的"江南"使用的范围及"落魄江湖""落魄江南"流传的梳理,应作"落魄江湖",而非"落魄江南"。至于《万首唐人绝句》和杜牧外集作"落魄江南"所本,还需要进一步探讨。"十年一觉扬州梦"当为"三年一觉扬州梦"。

(三)《寄扬州韩绰判官》诗题"扬州"与"江南"。与题和诗歌内容相符的实际是,杜牧在江南某地,或在宣州幕,或在义兴旧庐,作诗寄扬州韩绰判官。如此,"青山隐隐水迢迢,秋尽江南草木凋"写杜牧自己在江南的环境。由此想到故人韩绰,"二十四桥明月夜,玉人何处教吹箫"遥想韩绰在扬州的情景。"秋尽江南草木凋",据"秋尽"二字大致可以判断是写暮秋之景,此时江南宣州"草木凋"也是符合当地季节的特征。给这首诗最早做解释也是正确解释的是宋元之际的谢枋得。通常理解杜牧此诗写于洛阳是不对的。

二、大制作《帝京篇》

初唐诗人写长安,集大成的长篇巨制当数《帝京篇》。以《帝京篇》命名的作品留传下来的除唐太宗和骆宾王的两部外,另有佚名的一篇。"太宗尝制《帝京篇》,命百药并作,上叹其工,手诏曰:'卿何身之老而才之壮,何齿之宿而意之新乎!'"①史书提到的李百药之作已佚。唐太宗《帝京篇十首并序》云其作诗缘起:"予以万几之暇,游息艺文。观列代之皇王,考当时之行事。轩昊舜禹之上,信无间然矣。至于秦皇周穆,汉武魏明,峻宇雕墙,穷侈极丽,征税殚于宇宙,辙迹遍于天下,九州无以称其求,江海不能赡其欲,覆亡颠沛,不亦宜乎。予追踪百王之末,驰心千载之下,慷慨怀古,想彼哲人。庶以尧舜之风,荡秦汉之弊,用咸英之曲,变烂熳之音。求之人情,不为难矣。故观文教于六经,阅武功于七德,台榭取其避燥湿,金石尚其谐神人,皆节之于中和,不系之于淫放。故沟洫可悦,何必江海之滨乎;麟阁可玩,何必两陵之间乎;忠良可接,何必海上神仙乎;丰镐可游,何必瑶池之上乎。释实求华,以人从欲,乱于大道,君子耻之。故述帝京篇以明雅志云尔。"②此序似有贾谊《过秦论》的历史反思意识,但诗中着力展现的却是帝京的壮丽奇伟。如第一首云:"秦川雄帝宅,函谷壮皇居。绮殿千寻起,离宫百雉余。连甍遥接汉,飞观迥凌虚。云日隐层阙,风烟出绮疏。"③以秦川、函谷的地形烘托帝宅皇居的雄壮;千寻、百雉以数字形容殿宫之广,以接汉、凌虚描写建

---

① 《旧唐书》卷七二,第 2577 页。
② 《全唐诗》卷一,第 1 页。
③ 《全唐诗》卷一,第 1 页。

筑之高；而云日、风烟则以自然的广远写皇城气象。黄佐《唐诗类选序》云："唐诗以音名久矣，音由心起，与政通者也。史臣称：'太宗除隋之乱，比迹汤武'，嗟乎！谅哉！夫变六朝之体，成一代之音，骈偶为律，错杂古体，实肇于太宗，观《帝京篇》则可见已。其始言之也，惟叙'秦川''函谷'之胜，'笳管''烟月'之景焉尔，言之不足，辄及于'妖妍''罗绮'，然后'崇文驻辇''淹留坟典'而篇章成焉。"①

敦煌卷子有一首佚名《帝京篇》被收入《珠英集》，诗云："神皋唯帝里，壮丽拟仙居。珠阙临清渭，银台人（入）翠虚。新丰乔树蜜（密），长乐远钟疏。三市年华泛，千门丽日初。浮云骢〔骥〕马，流水凤皇车。薄晚章台路，缤纷轩冕度。缇绮（骑）〔阙一字〕鸣銮，仙管吟芳树。花鸟曲江前，风光昭绮筵。回〔阙一字〕冶神袖，飞鹤绕骄弦。独有扬雄宅，箫（萧）然草太玄。"②值得注意的是，佚名《帝京篇》和唐太宗《帝京篇》存在唱和关系，这种关系体现在用韵上，可分为两种类型。

第一类是佚名《帝京篇》首十句"神皋……凤皇车"。唐太宗第一首八句，诗韵字为"居""余""虚""疏"，佚名诗韵字为"居""虚""疏""初""车"，诗韵用字在《平水韵》中属"鱼"部。且韵字"居""虚""疏"三字同。诗歌章法也是相似的，句句对仗。唐太宗诗首句"秦川雄帝宅，函谷壮皇居"，佚名作"神皋唯帝里，壮丽拟仙居"，起句意思也是相似的。二诗用数字对，但有刻意呼应而又巧妙回避之法，唐太宗诗："绮殿千寻起，离宫百雉余。"佚名诗："三市年华泛，千门丽日初。"

---

① 陈伯海、李定广编著：《唐诗总集纂要》上，上海古籍出版社，2016年，第355页。
② （唐）崔融编：《珠英集》卷四，《唐人选唐诗新编（增订本）》，第59页。

　　第二类是佚名《帝京篇》"薄暮……芳树"四句"路""度""树"韵字,对应太宗《帝京篇》"落日双阙昏,回舆九重暮。长烟散初碧,皎月澄轻素。塞幌玩琴书,开轩引云雾。斜汉耿层阁,清风摇玉树"中"暮""素""雾""树"用韵。佚名诗"花鸟……太玄"六句"前""筵""弦""玄"韵字,对应太宗《帝京篇》"建章欢赏夕,二八尽妖妍。罗绮昭阳殿,芬芳玳瑁筵。佩移星正动,扇掩月初圆。无劳上悬圃,即此对神仙"中"妍""筵""圆""仙"用韵。唐太宗《帝京篇》,"这三首诗分别写白昼、黄昏、月夜的帝京,与《珠英集》之《帝京篇》分别写清早('丽日初')和傍晚('薄晚')的帝京,存在相似之处。此外,这三首诗分别押鱼、暮树、先仙韵,押韵次序与通韵形制与《珠英集》之《帝京篇》完全相同。这些自然不是巧合,而应是《珠英集·帝京篇》的作者有意为之"①。

　　可以肯定,佚名《帝京篇》是和唐太宗《帝京篇》的,但和者为谁难以考实。王素做了努力,考证佚名《帝京篇》是李羲仲和其曾祖李百药所作,但仍有疑问。除缺少资料支持外,从体制看,李百药《帝京篇》和唐太宗并作,有君臣唱和之意,即李百药诗为应制而作。这类应制作品发生在同一时代君臣之间,可否有后人隔代相和,与制度有无抵牾,还需深考。在两种说法当中,与其说是李百药曾孙李羲仲和作,还不如说有可能是李百药应制诗因抄写而被误植为其后人之作。《珠英集》据伯三七七一和斯二七一七录,核《敦煌宝藏》图版②,伯三七七一背面《珠英学士集》,残损,不见《帝京篇》。斯二七一七背面,接镇宅文,有空,以《帝京篇》一首起始,无作者名。佚名《帝京篇》与下面"沈佺期"从行气和笔迹看,当为一人同时所抄。但《帝

---

① 王素:《敦煌本〈珠英集·帝京篇〉作者考实》,《敦煌研究》2017 年第 1 期。
② 黄永武主编:《敦煌宝藏》,台北新文丰出版公司,1983 年。

京篇》与镇宅文之间的空白是残损所致。所谓《珠英集》首篇《帝京篇》也许不是《珠英集》的作品，而是属于残损部分的另一组诗。这只能存疑了。

尽管如此，现录入《珠英集》的《帝京篇》仍有重要的认识价值。如果佚名诗是李百药和唐太宗同时并作之诗，从二诗形式上应如此判断，那在敦煌文献中找到李百药诗，可与史载互证。李百药和唐太宗并作《帝京篇》，且太宗评李百药"卿何身之老而才之壮，何齿之宿而意之新乎"，才壮、意新正可移来评佚名诗；如果是武后时珠英学士所作，那说明受到唐太宗《帝京篇》的影响。

对帝京歌颂，是朝野的共识。骆宾王《帝京篇》可以视为文士对帝京关注和歌颂的作品。如唐太宗《帝京篇》一样，骆宾王《帝京篇》因投献而有了写作背景。骆宾王《上吏部侍郎帝京篇启》云："诗人五际，比兴存乎国风，故体物成章，必寓情于小雅。"[1] 吏部侍郎为裴行俭，骆诗似乎得到裴的赞赏，《旧唐书》云："少善属文，尤妙于五言诗，尝作帝京篇，当时以为绝唱。"[2] 骆宾王此诗因唐太宗《帝京篇》而起兴："山河千里国，城阙九重门。不睹皇居壮，安知天子尊。皇居帝里崤函谷，鹑野龙山侯甸服。五纬连影集星躔，八水分流横地轴。"真是唐太宗诗之解人，太宗作《帝京篇》应为"天子尊"而写"皇居壮"。除太宗《帝京篇》，骆宾王和佚名《帝京篇》都有个人失落的感叹，只是程度不同而已。骆诗云："秦塞重关一百二，汉家离宫三十六。……桂枝芳气已销亡，柏梁高宴今何在。春去春来苦自驰，争名争利徒尔为。久留郎署终难遇，空扫相门谁见知。……已矣哉，归去来。马卿辞蜀多文藻，扬雄仕汉乏良媒。三冬自矜诚足用，

---

① 《全唐文》卷一九八，第 2009 页。
② 《旧唐书》卷一九〇上，第 5006 页。

十年不调几遭回。汲黯薪逾积,孙弘阁未开。谁惜长沙傅,独负洛阳才。"① 佚名诗云:"独有扬雄宅,箫(萧)然草太玄。"结尾句露出萧然孤寂的感伤。骆诗以《帝京篇》为名,而以七言为主。在结构上也应受唐太宗《帝京篇》影响,据王闿运分析,太宗《帝京篇》本为长篇,"长篇分为十首,即各自为咏,非古昔数篇相连只咏一事之体也。此体少有作者,亦取巧之法"②。

卢照邻《长安古意》,虽未以《帝京篇》命题,却可与《帝京篇》同观,且格局宏大,描写全面。"长安大道连狭斜,青牛白马七香车。玉辇纵横过主第,金鞭络绎向侯家。龙衔宝盖承朝日,凤吐流苏带晚霞。百丈游丝争绕树,一群娇鸟共啼花。啼花戏蝶千门侧,碧树银台万种色。复道交窗作合欢,双阙连甍垂凤翼。梁家画阁天中起,汉帝金茎云外直。楼前相望不相知,陌上相逢讵相识。借问吹箫向紫烟,曾经学舞度芳年。得成比目何辞死,愿作鸳鸯不羡仙。比目鸳鸯真可羡,双去双来君不见。生憎帐额绣孤鸾,好取门帘帖双燕。双燕双飞绕画梁,罗帏翠被郁金香。片片行云着蝉鬓,纤纤初月上鸦黄。鸦黄粉白车中出,含娇含态情非一。妖童宝马铁连钱,娼妇盘龙金屈膝。御史府中乌夜啼,廷尉门前雀欲栖。隐隐朱城临玉道,遥遥翠幰没金堤。挟弹飞鹰杜陵北,探丸借客渭桥西。俱邀侠客芙蓉剑,共宿娼家桃李蹊。娼家日暮紫罗裙,清歌一啭口氛氲。北堂夜夜人如月,南陌朝朝骑似云。南陌北堂连北里,五剧三条控三市。弱柳青槐拂地垂,佳气红尘暗天起。汉代金吾千骑来,翡翠屠苏鹦鹉杯。罗襦宝带为君解,燕歌赵舞为君开。别有豪华称将相,转日回天不相让。意气由来排灌夫,专权判不容萧相。专权意气

①《全唐诗》卷七七,第 834—835 页。
②《唐诗汇评》上《王闿运手批唐诗选》,第 3 页。

本豪雄,青虬紫燕坐春风。自言歌舞长千载,自谓骄奢凌五公。节物风光不相待,桑田碧海须臾改。昔时金阶白玉堂,即今唯见青松在。寂寂寥寥扬子居,年年岁岁一床书。独有南山桂花发,飞来飞去袭人裾。"[①] 除了结句的失落情感抒发外,有了对帝京权势的清醒认识,并有批判性。在写京城人情世态上,笔触细微,表现出帝京市井气。

小　结

初唐诗人写长安,集大成的长篇巨制当数《帝京篇》。以《帝京篇》命名的作品留传下来的除唐太宗和骆宾王的两部外,另有佚名的一篇。佚名《帝京篇》和唐太宗《帝京篇》存在唱和关系,这种关系体现在用韵上。现录入《珠英集》的《帝京篇》仍有重要的认识价值。如果佚名诗是李百药和唐太宗同时并作之诗,从二诗形式上应如此判断,那在敦煌文献中找到李百药诗,可与史载互证。李百药和唐太宗并作《帝京篇》,且太宗评李百药"卿何身之老而才之壮,何齿之宿而意之新乎",才壮、意新正可移来评佚名诗;如果是武后时珠英学士所作,那说明唐太宗《帝京篇》的影响。

对帝京歌颂,是朝野的共识。骆宾王《帝京篇》可以视为文士对帝京关注和歌颂的作品。如唐太宗《帝京篇》一样,骆宾王《帝京篇》因投献而有了写作背景。卢照邻《长安古意》,虽未以《帝京篇》命题,却可与《帝京篇》同观,且格局宏大,扫描全面。除了结句的失落情感抒发外,有了对帝京权势的清醒认识,并有批判性。在写京城人情世态上,笔触细微,表现出帝京市井气。

[①]《全唐诗》卷四一,第 518—519 页。

三、与帝京对视的《春江花月夜》

　　如果从南北分论角度看，与帝京系列大制作相对应的可推《春江花月夜》。张若虚写江南风物、婉丽情感，承六朝吴声西曲而来。《春江花月夜》属南朝旧乐。"《清乐》者，南朝旧乐也。永嘉之乱，五都沦覆，遗声旧制，散落江左。宋、梁之间，南朝文物，号为最盛；人谣国俗，亦世有新声。后魏孝文、宣武，用师淮、汉，收其所获南音，谓之《清商乐》。隋平陈，因置清商署，总谓之《清乐》，遭梁、陈亡乱，所存盖鲜。隋室已来，日益沦缺。武太后之时，犹有六十三曲，今其辞存者，惟有《白雪》《公莫舞》《巴渝》《明君》《凤将雏》《明之君》《铎舞》《白鸠》《白纻》《子夜》《吴声四时歌》《前溪》《阿子》及《欢闻》《团扇》《懊侬》《长史》《督护》《读曲》《乌夜啼》《石城》《莫愁》《襄阳》《栖乌夜飞》《估客》《杨伴》《雅歌》《骁壶》《常林欢》《三洲》《采桑》《春江花月夜》《玉树后庭花》《堂堂》《泛龙舟》等三十二曲。《明之君》《雅歌》各二首，《四时歌》四首，合三十七首。又七曲有声无辞，《上林》《凤雏》《平调》《清调》《瑟调》《平折》《命啸》，通前为四十四曲存焉。"[1] 从《旧唐书》的记载可以全面系统认识《春江花月夜》的相关背景及音乐结构。

　　春江，江谓长江。诗的格调和风物皆指南方。分别从春、江、花、月、夜写南方景物及人物活动。与其说是宫体诗的自赎，不如说是以南方民歌的底色，以婉转的声情，再现南方的美丽灵动，在以帝京为代表的北方文化之外，展现南方文化的魅力。

---

[1]《旧唐书》卷二九，第 1062—1063 页。

春江花月夜

　　春江潮水连海平,海上明月共潮生。滟滟随波千万里,何处春江无月明。江流宛转绕芳甸,月照花林皆似霰。空里流霜不觉飞,汀上白沙看不见。江天一色无纤尘,皎皎空中孤月轮。江畔何人初见月,江月何年初照人。人生代代无穷已,江月年年只相似。不知江月待何人,但见长江送流水。白云一片去悠悠,青枫浦上不胜愁。谁家今夜扁舟子,何处相思明月楼。可怜楼上月裴回,应照离人妆镜台。玉户帘中卷不去,捣衣砧上拂还来。此时相望不相闻,愿逐月华流照君。鸿雁长飞光不度,鱼龙潜跃水成文。昨夜闲潭梦落花,可怜春半不还家。江水流春去欲尽,江潭落月复西斜。斜月沉沉藏海雾,碣石潇湘无限路。不知乘月几人归,落月摇情满江树。①

　　这里没有帝京的庄严,却有水性的温婉;没有帝京的秦川雄宅、函谷壮居、千寻绮殿、百雉离宫,却是江水连海、江流宛转、花林芳甸、落月摇情;没有权力之争、权势逼人,只是月华流照、千里怀人。

　　江南高唱,未有和声。《春江花月夜》在唐代如何被传播不得而知,但其声低迹淡,几近无痕。

　　李白《把酒问月》:"今人不见古时月,今月曾经照古人。古人今人若流水,共看明月皆如此。"②与《春江花月夜》"江畔何人初见月,江月何年初照人。人生代代无穷已,江月年年只相似。不知江月待何人,但见长江送流水"放置在一处做比较,可见其有十分相似的地方。核心内容和思路是一致的:过去和现在、古月和今月、古人

①《全唐诗》卷一一七,第 1183—1184 页。
②《李太白全集》卷二〇,第 941 页。

和今人,古今如流水,古今共看明月。月是永恒的,人是过客。这里取意取境极其雷同,是张若虚和李白面对水月的各见感悟,还是李白喜欢张若虚哲理思考和表达而化用? 另一则材料说明在李白生活的时代,张若虚的《春江花月夜》应在世上流传,皎然《诗式》引张若虚《秋月》诗句云"遮户帘中卷不去,捣衣砧上拂还来",张伯伟据《全唐诗》径改诗句题《秋月》为《春江花月夜》①。毫无疑问,"遮户"句应是《春江花月夜》"玉户帘中卷不去。捣衣砧上拂还来",只是"遮户"与"玉户"有一字之差。唐诗流传中,不少异文的出现,多因修改而致。为何皎然所引题为《秋月》,是误写,还是有所本,已无法考证。但全诗都在书写"春江花月夜"五字,而"捣衣砧"只是写春天月光下洗衣捣汰,不一定指秋月下的行为。更何况通篇写春天江月,何必在此夹着这样一句秋景。皎然《诗式》初稿完成于贞元初(786 年前后)②,这说明至少在此前,《春江花月夜》已在流传。李白《把酒问月》应是在立意用词上模仿了张若虚《春江花月夜》。

将《春江花月夜》置于江南文化书写角度去认识,不仅是对诗歌文本的分析,也和传统的承《西洲》格调并有所改造的理解相一致。况且对诗歌解读,取决于观察角度,故诗无达诂。如骆宾王《帝京篇》,《朝野佥载》卷一云:"明堂主簿骆宾王《帝京篇》曰:'倏忽搏风生羽翼,须臾失浪委泥沙。'宾王后与敬业兴兵扬州,大败,投江而死,此其谶也。"③ 这里的解释方法是用诗与命运互证,让诗成谶语。《汇编唐诗十集》:"唐云:钟伯敬作《诗归》,极诋宾王,谓不当与

---

①《全唐五代诗格汇考》,第 339 页。
②《全唐五代诗格汇考》,第 220 页。
③《朝野佥载》卷一,第 11 页。

子安列,此特一偏之论耳。宾王《帝京篇》虽用学问填塞,然其铺叙有法,抑扬有韵,借古文辞写己胸臆,而首尾照应,脉络无爽,非妙笔不能。譬之朝阳殿中众宝杂陈,必布置得宜,乃能眩目,苟非班倕,畴能作此? 彼竹篱茅舍手。恐不当轻议之。"① 此处则辩论铺叙一法得失。可见,对文本的解读只是选择了某一视角而得出的结论。正如一个橘子,作为食物,会有甜酸苦涩的评价;对于画家,会关注形状和色彩;作为中医,会关注其性味,其寒热温凉,而中医之味,辛甘酸苦咸五味,也不能等同于饮食之味觉。张若虚《春江花月夜》为何而作,在缺少写作背景时,要说清楚并非易事。如果从南北文化的差异及其冲突中解读,并没有疏离文本。

　　扬州张若虚为"吴越之士",为江南发声,亦人之常情。《旧唐书·文苑传中》云张若虚等"俱以吴、越之士,文词俊秀,名扬于上京"②,贺知章是这群文士的代表。贺知章存诗不多,且有作品归属争议,如《回乡偶书》。他的著名作品也是写江南风物的,如《咏柳》《采莲曲》等。《唐诗纪事》记载:"知章《采莲诗》云:'稽山罢雾郁嵯峨,镜水无风也自波。莫言春度芳菲尽,别有中流采芰荷。'朝士以知章吴越人,戏云:'南金复生中土。'知章赋诗云:'钑镂银盘盛蛤蜊,镜湖莼菜乱如丝。乡曲近来佳此味,遮渠不道是吴儿。'"③《采莲诗》即《采莲曲》。吴越人的尴尬处境于此可见一斑。联系贺知章"少小离家老大回,乡音无改鬓毛衰",可知其在朝中任官,仍操吴越方音。《旧唐书·文苑传中》载:"贺知章,会稽永兴人,太子洗马德仁之族孙也。少以文词知名,举进士。初授国子四门博士,又迁太常

---

①《唐诗汇评》上,第 150 页。

②《旧唐书》卷一九〇中,第 5035 页。

③《唐诗纪事校笺》卷一七,第 550 页。

博士,皆陆象先在中书引荐也。开元十年,兵部尚书张说为丽正殿修书使,奏请知章及秘书员外监徐坚、监察御史赵冬曦皆入书院,同撰六典及文纂等,累年,书竟不就。……俄属惠文太子薨,有诏礼部选挽郎,知章取舍非允,为门荫子弟喧诉盈庭。知章于是以梯登墙,首出决事,时人咸嗤之……时有吴郡张旭,亦与知章相善。旭善草书,而好酒,每醉后号呼狂走,索笔挥洒,变化无穷,若有神助,时人号为张颠。天宝三载,知章因病恍惚,请度为道士,求还乡里,仍舍本乡宅为观。上许之。"① 江南人贺知章梯墙决事和张旭狂颠有异于北方人的从容,而为人所取笑。

像贺知章这样的吴越人,一生不免因南人身份而受人奚落,一生也离不开南方。初入仕途,靠南人引荐,史书载"皆陆象先在中书引荐",陆象先,苏州人。和吴郡张旭相善,狂呼走笔,明示南人助力南人的乡邦人缘;他是一位从家乡出发又归老于乡土的南人。史载其撰书累年无成,实暗含讽刺。取舍未允,致使喧诉于庭,无奈"以梯登墙,首出决事",吴越文士的代表,给北人留下滑稽可笑的印象。

对南人的嘲弄一直存在,宪宗时吴人陆畅在宫中被人嘲讽,《云溪友议》卷中吴门秀:"陆郎中畅早耀才名,辇毂不改于乡音……及登兰省,遇云阳公主下降刘都尉,百僚举为傧相。诗题之者,顷刻而成,其诗亦丽……诏作催妆诗一首……内人以陆君吴音,才思敏捷,凡所调戏,应对如流,复以诗嘲之。陆亦酬和,六宫大咍。凡十余篇,嫔娥皆讽诵之。"②《酉阳杂俎》:"予门吏陆畅,江东人,语多差误,轻薄者加诸以为剧语。予为儿时,常听人说,陆畅初娶董溪女,每旦,群婢捧匜,以银棄盛澡豆,陆不识,辄沃水服之。其友生问:'君为贵门

---

① 《旧唐书》卷一九〇中,第 5033—5034 页。
② 《云溪友议》卷中,第 29 页。

女婿,几多乐事?'陆云:'贵门礼法,甚有苦者,日俾予食辣䴵,殆不可过。'"①

如果从南北文化的存在状况看,南人受到一定歧视是不必回避的事实。在这一背景下讨论《春江花月夜》的写作,除了为宫体诗自赎这一认识角度外,为南方文化发声恐怕是写作的最初动因之一。王闿运评《春江花月夜》"用《西洲》格调,孤篇横绝"②,《西洲》格调,正是江南文化的体现。这正说明从南方文化力图自尊的角度来解释符合诗义,用南方传统、南方的风格、南方的声情证明南方特色,以及表述南方的诗歌依然可以新面貌呈现自己的风姿。

这种自觉不独《春江花月夜》。当《丹阳集》以第一部地方诗人总集出现时,其意义正是在这一时代背景中彰显出南方文化的气息,以唤起世人对旧吴越的关注。在现存唐人选唐诗中,其前面有《翰林学士集》《珠英集》,其后有《国秀集》《箧中集》《中兴间气集》等,而由《丹阳集》编辑殷璠所编辑的《河岳英灵集》,实际上也是乡土意识的产物,或者说是相对于《丹阳集》乡土意识的重构。《丹阳集》诗人中的储光羲成了唯一进入《河岳英灵集》的诗人,有意识地将丹阳人储光羲与大诗人王维、王昌龄放在同一序列。当然,更多情况下是南人借助北人壮大声势,《河岳英灵集》就是如此。

《春江花月夜》以其艺术感染力独步初盛唐,王尧衢曰:"此篇是逐解转韵法。凡九解:前二解是起,后二解是收。起则渐渐吐题,收则渐渐结束。中五解是腹。虽其词有连有不连,而意则相生。至于题目五字,环转交错,各自生趣。春字四见,江字十二见,花字只二见,

---

① (唐)段成式撰,许逸民校笺:《酉阳杂俎校笺》续集卷四,中华书局,2015年,第1665页。

② (清)王闿运撰,马积高主编:《湖湘文库·湘绮楼诗文集》二,岳麓书社,2008年,第37页。

月字十五见,夜字亦只二见。于江则用海、潮、波、流、汀、沙、浦、潭、潇湘、碣石等以为陪;于月则用天、空、霰、霜、云、楼、妆台、帘、砧、鱼、雁、海雾等以为映;于代代无穷,乘月望月之人之内,摘出扁舟游子、楼上离人两种,以描情事。楼上宜月,扁舟在江。此两种人于春江花月夜最独关情。故知情文相生,各各呈艳,光怪陆离,不可端倪,真奇制也。"① 王闿运谓"用《西洲》格调",可以理解为江南风情诗韵,"楼上宜月,扁舟在江",这正是江南艺术的经典图像,彰显出江南艺术魅力。

小　结

如果从南北分论角度看,与帝京系列大制作相对应的可推《春江花月夜》。张若虚写江南风物、婉丽情感,承六朝吴声西曲而来。春江,江谓长江。诗的格调和风物皆指南方。分别从春、江、花、月、夜写南方景物及人物活动。与其说是宫体诗的自赎,不如说是以南方民歌的底色,以婉转的声情,再现南方的美丽灵动,在以帝京为代表的北方文化之外,展现南方文化的魅力。

如果从南北文化的存在状况看,南人受到一定歧视是不必回避的事实。在这一背景下讨论《春江花月夜》的写作,除了为宫体诗自赎这一认识角度外,为南方文化发声恐怕是写作的最初动因之一。王闿运评《春江花月夜》"用《西洲》格调,孤篇横绝",《西洲》格调,正是江南文化的体现。这正说明从南方文化力图自尊的角度来解释符合诗义,用南方传统、南方的风格、南方的声情证明南方特色,以及表述南方的诗歌依然可以新面貌呈现自己的风姿。

这种自觉不独《春江花月夜》。当《丹阳集》以第一部地方诗人

---

①（清）王尧衢选注,黄熙年等点校:《古唐诗合解》,岳麓书社,1989 年,第 162—163 页。

总集出现时,其意义正是在这一时代背景中彰显出南方文化的气息,以唤起世人对旧吴越的关注。

四、盛唐帝京咏唱

　　王维是描写京城的代表诗人。除贬济州司仓参军和短期出使外,他一生大致活动在帝京。王缙《进王维集表》:"臣兄文词立身,行之余力。常持坚正,秉操孤贞。纵居要剧,不忘清静。实见时辈,许以高流。至于晚年,弥加进道。端坐虚室,念兹无生。乘兴为文,未尝废笔。或散朋友之上,或留箧笥之中。臣近搜求,尚虑零落。诗笔共成十卷。"①可见王维和一般官僚有异。他能做到动静有致,收放自如。"纵居要剧,不忘清静",故能于公事之余,寄情辋川,吟啸终日。他也是缺少地方历练的官员,有浓厚的文学兴趣,"乘兴为文,未尝废笔",但又没有文学传世自恋情结,"或散朋友之上,或留箧笥之中",作品散佚不少。十卷中应有很大部分是写长安的。

　　王维确为写京都的高手,《震泽长语》云:"及其铺张国家之盛,如'九天阊阖开宫殿,万国衣冠拜冕旒','云里帝城双凤阙,雨中春树万人家',又何其伟丽也。"②"云里帝城"是王维《奉和圣制从蓬莱向兴庆阁道中留春雨中春望之作应制》中的诗句。沈德潜曰:"应制诗应以此篇为第一。"③但"云里帝城双凤阙,雨中春树万人家"不及"九天阊阖开宫殿,万国衣冠拜冕旒"有名而被广泛传诵。这都在说明王维是唐朝应制诗的巨擘。方世举《兰丛诗话》云:"施诸廊庙之

①《全唐文》卷三七〇,第3756—3757页。
②(明)王鏊撰,(明)王永熙汇辑,楼志伟、韩锡铎点校:《震泽长语》卷下,中华书局,2014年,第45—46页。
③(清)沈潜德选注:《唐诗别裁集》卷一三,上海古籍出版社,1979年,第436页。

诗,尤宜平易。如《早朝大明宫》,杜之'九重春色醉仙桃',仙语也,却不如贾至、王维之稳。《敕赐百官樱桃》,亦惟王维合局。"①王维应制诗不仅工稳、合局,而且气象不凡,气势恢宏。

应制诗的气象和王维以淋漓大笔写大景一脉相承。王维以写山水田园名,其境界深婉、禅味内蕴,但王维确实是写壮景的大手笔,如《终南山》《观猎》《使至塞上》充满阳刚之气,展现雄壮之美。

这三首诗有代表性,《终南山》写山水壮观,笔力劲举。"太乙近天都,连山到海隅。白云回望合,青霭入看无。分野中峰变,阴晴众壑殊。欲投人处宿,隔水问樵夫。"②沈德潜曰:"'近天都'言其高,'到海隅'言其远,'分野'二句言其大,四十字中,无所不包,手笔不在杜陵下。或谓末二句似与通体不配,今玩其语意,见山远而人寡也,非寻常写景可比。"③

《观猎》写将军出猎,令人惊叹。"风劲角弓鸣,将军猎渭城。草枯鹰眼疾,雪尽马蹄轻。忽过新丰市,还归细柳营。回看射雕处,千里暮云平。"④王士禛曰:"为诗结处总要健举,如王维'回看射雕处,千里暮云平',何等气概!"⑤沈德潜曰:"起手贵突兀,王右丞'风劲角弓鸣',杜工部'莽莽万重山'、'带甲满天地',岑嘉州'送客飞鸟外'等篇,直疑高山坠石,不知其来,令人惊绝。"⑥又曰:"唐玄宗'剑阁横云峻'一篇,王右丞'风劲角弓鸣'一篇,神完气足,章法句法字

---

① 陈伯海主编,张寅彭、黄刚编撰:《唐诗论评类编(增订本)》上,上海古籍出版社,2015年,第639页。
② 《王维集校注》卷二,第193页。
③ 《唐诗别裁集》卷九,第312页。
④ 《王维集校注》卷七,第609页。
⑤ 《王维集校注》卷七,第611页。
⑥ (清)沈潜德著,霍松林校注:《说诗晬语》卷上,《原诗　一瓢诗话　说诗晬语》,人民文学出版社,1979年,第213页。

法,俱臻绝顶,此律诗正体。"①

《使至塞上》写边塞壮观,苍茫高远。"单车欲问边,属国过居延。
征蓬出汉塞,归雁入胡天。大漠孤烟直,长河落日圆。萧关逢候骑,
都护在燕然。"② 王夫之曰:"右丞每于后四句入妙,前以平语养之,
遂成完作。一结平好蕴藉,遂已迥异,盖用景写意,景显意微,作者之
极致也。"③ "大漠孤烟直,长河落日圆"成为千古名句,在于以极简
之笔写出边地雄浑辽阔的景象。

那么王维用大笔写长安更得京城气象之助。长安城的雄阔有助
诗人表达与帝京相配的情感,城市的建制取决于城市的地位,包括城
市规划及建筑。康震多年来一直在研究长安地理位置、城市格局与
诗歌关系。唐长安城由宫城、皇城、外郭城自上而下逐层推移的立体
布局,赋予初盛唐诗歌高蹈雍容的气度、博大宽广的胸襟。而层层递
进、循环往复的方形平面建筑模式营造出刚劲稳健、明净朗练的美感
氛围④。长安的宏伟壮丽关键在于是帝王之所居,皇权决定了城市格
局和结构。官僚贵族的生活才是京城文化的主体构成,否则如何去
触摸盛世长安文化。王维长安诗题材、体裁、风格多样。无论应制、
应教诗,还是奉和、应酬诗都赋予了都城高昂气息,在送别诗、闺怨
诗、游侠诗中同样反映了长安人日常生活的时代精神与盛唐活力⑤。
王维长安诗具有唐人咏帝京的代表性。

当然,京城万象,集聚各阶层、各类别的人群。它既是上层社会

---

① 《说诗晬语》卷上,《原诗　一瓢诗话　说诗晬语》,第 215 页。
② 《王维集校注》卷二,第 133 页。
③ (明)王夫之著,船山全书编辑委员会编校:《唐诗评选》卷三,《船山全书》,岳麓
　书社,1996 年,第 14 册,第 1003 页。
④ 康震:《唐长安城宏观布局与初盛唐诗歌》,《陕西师范大学学报》2002 年第
　3 期。
⑤ 魏耕源:《王维长安诗与盛唐气象》,《唐都学刊》2012 年第 3 期。

的竞技场,也是下层社会的挣扎场。除王维等朝官对皇城权力和威严的歌颂外,一般知识分子的辛酸奋斗,也在诗中有描写与表述。长安之于文士的重要性不言而喻,科举考试登科与落第的心态巨变,由此产生了大量的诗歌,小户人家子弟,在京城停留,承受长安的高物价,生活艰辛,还要奔走干谒,"居大不易",何止米贵。所谓杜甫困守长安十年,即备尝人情冷暖、世态炎凉。

杜甫《奉赠韦左丞丈二十二韵》:"此意竟萧条,行歌非隐沦。骑驴十三载,旅食京华春。朝扣富儿门,暮随肥马尘。残杯与冷炙,到处潜悲辛。主上顷见征,欻然欲求伸。青冥却垂翅,蹭蹬无纵鳞。"仇注云:"此慨历年不遇,申明误身之故。萧条八句,前因贡举不第。见征四句,后以应诏退下。黄生曰:骑驴六句,极言困厄之状,略不自讳,隐然见抱负如彼,而阨穷乃如此,俗眼无一知己矣。"①

不过,贾至、王维、岑参、杜甫《早朝大明宫》唱和是在乾元元年(758),四人都是朝官了。王维从伪官被赦的阴影中走出来,在唱和中仍然保持了诗中的豪情,写出"九天阊阖开宫殿,万国衣冠拜冕旒",真是难能可贵。

小　结

王维是描写京城的代表诗人。除贬济州司仓参军和短期出使外,他一生大致活动在帝京。王维确为写京都的高手,《震泽长语》云:"及其铺张国家之盛,如'九天阊阖开宫殿,万国衣冠拜冕旒','云里帝城双凤阙,雨中春树万人家',又何其伟丽也。"应制诗的气象和王维以淋漓大笔写大景一脉相承。王维以写山水田园名,其境界深婉、禅味内蕴,但王维确实是写壮景的大手笔,如《终南山》《观猎》《使至塞上》充满阳刚之气,展现雄壮之美。

---

① 《杜诗详注》卷一,第75—76页。

第五章　江南文化的诗意书写：
以《状江南》为中心

一、《状江南》唱和诗的核心人物及其
咏物创新形式

　　望题生义,《状江南》可以理解为是描写江南。一般论者都将《状江南》作为描绘江南的一类诗歌来分析,"状"就是描绘、描写的意思。这样的理解,初看未必有误。但将《状江南》和大历诗人浙东联唱的其他诗作放在一起比较,就会发现《状江南》之"状"有具体而特别的含义,其义见之于同时的《柏梁体状云门山物》唱和,诗题中亦有"状"字。这次唱和有秦瑀之序,序中对"状"字做了解释,其云:"状,比也。"① 可见,"状江南"者,比江南也,即用比喻写江南之物象。大历浙东文士的《状江南》唱和诗的价值可从不同角度去认识,比如将之置于月令诗写作中来考察,它改写了月令诗的传统模式,开创了月令诗比喻体叙事的新途径。

　　浙东联唱是唐代大历中成规模并持续了相当一段时间的地方文人活动,有能保障活动顺利展开的领袖人物;而《状江南》对江南的

---

① 《全唐文》卷九四七,第9838页。

描写则以"状"（"比"）的表现手法全方位展示江南自然物产,在江南诗歌史上有极其重要的意义;"睹物临事""每句须一物形状"的唱和要求,改变了传统咏物诗的结构,其创新意义和探索精神在中国咏物诗史上要给以充分肯定。因此,应该重新认识诗歌唱和的组织者、领导者的诗史贡献。

(一)组诗《状江南》唱和核心成员

历史上发生的事件,往往与时段、地域和人事三项关联,通常表述为天、地、人的相互影响。天,这里指可推动事情发生、发展的时间;地,这里指事情发生的适当地点;人,指可促成事情发生并推动事情发展的人物,特别是重要人物。大历《状江南》等文人唱和所产生的原因具有相当大的偶然性。

其一,时间因素。从初盛唐诗歌发展史看,长安的书写一直处于中心位置未被动摇,但安史之乱发生后,文士避乱江南,所谓文化中心暂时南移。

其二,地域因素。因文人生活在江南,故有集体歌咏江南之作《状江南》,与之相对应的则是长安叙写方式有了转变,同时期的《忆长安》之"忆"道尽长安繁盛远去,成为回忆中的光景。大历前对江南的描写是个体情绪抒写,不可能成为集体行为;大历中《状江南》集体唱和产生在以越州为中心且物产富饶的江南地区,写作地点的转换导致创作内容和方式的改变。

其三,人物因素。即能形成文士唱和的领袖人物,这是天、地、人三者之中的重点。由于一批文人的响应,并且在核心人物的推动下,产生文人集体唱和,无论是现实中的江南,还是追忆中的长安,都是有意识的集体行为。只有在这一点上,集体状比江南的认识价值才体现出来。贾晋华对大历两浙诗人群做了认真梳理①，成了研究大历诗人唱和的基础材料。

　　作为咏物组诗《状江南》在咏物史发展中又具有特殊的诗学史意义。《唐诗纪事》谢良辅条载："自良辅至沈仲昌，有相会作忆长安十二咏，因载他诗于其后。《忆长安》十二咏云：'忆长安，正月时，和风喜气相随。献寿彤庭万国，烧灯青玉五枝。终南往往残雪，渭水处处流澌。'又云：'忆长安，腊月时，温泉彩仗新移。瑞气遥迎凤辇，日光先暖龙池。取酒虾蟆陵下，家家守岁传卮。'《状江南》十二咏云：'江南仲春天，细雨色如烟。丝为武昌柳，布作石门泉。'又云：'江南孟冬天，荻穗软如绵。绿绢芭蕉裂，黄金橘柚悬。'"② 这是"相会"而"作"的文士集体唱和。尹占华《大历浙东和湖州文人集团的形成和诗歌创作》对大历浙东诗坛做了集中探讨，指出浙东文人集团形成与地方文人、自然环境的关系，并述及鲍防、严维的重要作用③。没有核心人物，很难形成有一定规模的唱和群体，更难维持。但有关鲍防等人在浙东的活动和事迹，仍可补充考述。比如行军司马在幕府中的职掌和功能，何以能凝聚一批文人进行唱和？鲍防何以会成为文人领袖？有些细节尚需要研究，这样才能对包括《状江南》唱和在内的文人活动有更明晰的解读。大历越州唱和诗人群体中有三人发挥

---

① 贾晋华：《唐代集会总集与诗人群研究》，北京大学出版社，2001年。其中上编第三章《〈大历年浙东联唱集〉与浙东诗人群》分作《〈大历年浙东联唱集〉钩沉》《大历浙东诗人群存作评述》两部分，第74—85页；第四章《〈吴兴集〉与大历浙西诗人群》分作《〈吴兴集〉钩沉》《浙西联唱评述》两部分，第86—101页。下编对《大历年浙东联唱集》《吴兴集》做辑校，第279—327页。本文所引大历年文献资料皆为上述成果。
② 《唐诗纪事校笺》卷四七，第1585—1586页。
③ 尹占华：《大历浙东和湖州文人集团的形成和诗歌创作》，《文学遗产》2000年第4期。

了重要作用,即鲍防、谢良辅以及严维。

第一,唱和核心人物鲍防,时在浙东幕任行军司马。穆员《鲍防碑》载:"举进士高第,调太子正字。中州兵兴,全德违难,辞永王,去来璵,为李光弼所致。光弼上将薛兼训授专征之命于越,辍公介之。始兼训之奉光弼也,以顺命为忠,不及于义,公知光弼之不终也,谕而绝焉。东越仍师旅饥馑之后,三分其人,兵盗半之。公之佐兼训也,令必公口,事必公手,兵兼于农,盗复于人。自中原多故,贤士大夫以三江五湖为家,登会稽者如鳞介之集渊薮,以公故也。"① 鲍防在浙东幕,谓带宪衔"殿中侍御史",误;或谓鲍防为"侍御",亦误。《唐诗纪事》载《中元日鲍端公宅遇吴天师联句》,"鲍防代宗时以御史大夫历福建、江西观察使,吕渭大历间为浙西支使,大历末,贬歙州司马,观十二月诗与中元联句,皆在江南时事也。咏江南而忆长安,其意可见矣"②。从诗题"鲍端公宅"知此次联句活动在鲍防宅中,且大历唱和中的绝大多数诗人都参加了。诗题中称鲍防为"端公"。端公,《唐国史补》卷下:"唯侍御史相呼为端公。"③《通典》卷二四职官六侍御史:"侍御史之职有四,谓推(推者,掌推鞫也)、弹(掌弹举)、公廨(知公廨事)、杂事(台事悉总判之),定殿中、监察以下职事及进名、改转,台内之事悉主之,号为'台端',他人称之曰'端公'。"④《因话录》:"御史台三院:一曰台院,其僚曰侍御史,众呼为'端公'。……二曰殿院,其僚曰殿中侍御史,众呼为'侍御'。……三曰察院,其僚曰监察御史,众呼亦曰'侍御'。"⑤

---

①《全唐文》卷七八三,第 8190 页。

②《唐诗纪事校笺》卷四七,第 1590 页。

③《唐国史补》卷下,第 49 页。

④《通典》卷二四,第 672 页。

⑤(唐)赵璘:《因话录》卷五,《丛书集成初编》,中华书局,1985 年,第 31—32 页。

可见，鲍防在幕中任职带"侍御史"宪衔，而不是"殿中侍御史""侍御"，侍御指殿中侍御史，也可指监察御史。方镇使府中，有行军司马带侍御史例，如《全唐文》卷四二七于邵《送赵评事之东都序》："大理评事天水赵侯，当交辟之下，膺至公之选，罢戎西府，受诏东周，虚舟出不系之外，景钟为待叩之用……凤翔尹兼御史大夫高公，勤于客礼，迫此王命，曾是公器，与时共之，追锋告行，惜别而已。行军司马侍御史李公，玉帐居左，金樽叙离，群公当筵，相顾不足。"①文中行军司马李公即带侍御史宪衔。至于在幕中任何职，没有明确记载，被称为"参军""行军""将军"。时浙东设节度使，大历五年方改置观察等使，鲍防当先后以侍御、员外充浙东节度行军司马，故自云"司浙南之武"②。"参军""行军""将军"之间关系如何，尚没有交代。朱湾《送李司直归浙东幕兼寄鲍行军持节大夫初拜东平郡王（行一作参）》，一作朱长文诗。"翩翩书记早曾闻，二十年来愿见君。今日相逢悲白发，同时几许在青云。人从北固山边（一作前）去，水到西陵（一作溪）渡口分。会（一作曾）作王门曳裾客，为余前谢鲍参军。"③朱长文《送李司直归浙东幕兼寄鲍将军》，一作朱湾诗。结句"会作王门曳裾客，为余前谢鲍将军"自注"时节度大夫初封东平郡王"④。诗为朱湾作，《全唐诗》朱长文小传当据其诗内容而概括。疑《送李司直归浙东幕》二诗为一人所作，两种版本似为原作与改作关系，作者应是朱放，而非朱湾。朱放，字长通。"长文"是误写，还是朱放又一字，待考。综合《送李司直归浙东幕》《余姚祗役奉简鲍参军》诗，"行军"即行军司马。一般诗中"一作"，有时可视为是前

①《全唐文》卷四二七，第4350页。
②陶敏：《全唐诗人名汇考》卷二六三，辽海出版社，2006年，第485页。
③《全唐诗》卷三〇六，第3478页。
④《全唐诗》卷二七二，第3064页。

后修改之异,作"将军"和"参军"应无不妥。作"参军"正和姓氏呼应,杜甫有"俊逸鲍参军"诗句,鲍照曾任前军参军。行军司马为文职僚佐,暗合"参军"之义。作"将军"大概和职掌呼应,节度使上佐有副使、行军司马,都是文职僚佐,协助主帅处理军政事务①。这一称谓应是对行军司马职掌偏重"掌武事"的称呼,不具有普遍性。

　　行军司马性质有点特殊,能文能武。"军出于内谓之将,镇于外谓之使,佐其职者谓之行军司马。行军司马之职,弼戎政,掌武事,居常习搜狩之礼,有役申战阵之法。凡军之攻,战之备,列于器械者,辨其贤良;凡军之材,食之用,颁于卒乘者,均其赐予。合其军书契之要,比其军符籍之伍,赏罚得议,号令得闻,三军以之,声气行之哉。虽主武,盖文之职也。……扬州本大都督府,亲王居中,长史理人,有府号而无兵甲。至德初,羯胡难作,始以长史为节度,而有行军司马。古者敬其事,则命以始,乃自初置,列叙之于壁云。大历五祀夏五月丁丑记。"② 这里记录行军司马职责较为全面。行军司马虽主武,但是文职。依淮南节度使例,行军司马乃至德初随长史为节度而设置。李翰《淮南节度行军司马厅壁记》写于大历五月,其行军司马设置正与鲍防为幕僚时间合。故"为余前谢鲍将军"之"将军"称谓,与行军司马之职掌大致相合。而作"行军",乃直称其职。

　　能担当大历唱和主持人的鲍防,本身也是诗人,《鲍防碑》曰:"天宝中,天下尚文,其曰闻人,则重伻有德,贵齿高位。公赋《感遇》十七章,以古之正法,刺讥时病。丽而有则,属诗者宗而诵之……《铭》曰:'逢时尚文,高唱寡和。'"③ 鲍防作为诗人,名声很大,"德宗

---

① 《唐代使府与文学研究(修订本)》,第 293 页。
② (唐)李翰:《淮南节度行军司马厅壁记》,《全唐文》卷四三〇,第 4380—4381 页。
③ 《全唐文》卷七八三,第 8190—8191 页。

以天下平,贞元四年九月,诏群臣宴曲江,自为诗,敕宰相择文人赓和。李泌等请群臣皆和,帝自第之,以太真、李纾等为上,鲍防、于邵等次之,张濛等为下。与择者四十一人,惟泌、李晟、马燧三宰相无所差次"①。鲍防虽不是上等,却仅次于上等。白居易在《与元九书》中对鲍防评价很高:"唐兴二百年,其间诗人不可胜数。所可举者,陈子昂有《感遇诗》二十首,鲍防有《感兴诗》十五首。"②

由此可见,幕府中行军司马性质特殊,文武兼备,地位亦崇,而鲍防又有诗才,故大历唱和中成为领袖,势在必然。

第二,谢良辅。《唐诗纪事》载:"自良辅至沈仲昌,有相会作《忆长安》十二咏,因载他诗于其后。"③计有功所录当有所本,将谢良辅放在突出位置。《忆长安》,谢良辅首唱,作"忆长安,正月时",而鲍防作"忆长安,二月时";《状江南》,鲍防作"江南孟春天",而谢良辅作"江南仲春天"。《中元日鲍端公宅遇吴天师联句》谢良辅云"游方依地僻,卜室喜墙连",说明鲍防居宅与谢良辅相连,即邻居。

武元衡《唐故兰陵郡夫人萧氏(鲍宣妻)墓志铭》载:"(夫人)父中和……娶于博陵崔氏,即博州安固令讳缛之女……是生夫人。洎商州刺史谢良辅妻,即夫人之伯姊也。"④墓题名称"鲍宣妻",稍误,鲍防谥宣,萧氏乃鲍防妻,由墓志铭知鲍防乃谢良辅连襟。良辅存诗四首,为《忆长安》之《正月》《十二月》二首及《状江南》之《仲春》《孟冬》二首,乃大历浙东唱和之作。按,同时联唱诸人,两组均各作一首,亦有仅作两组中之一诗者,无各作两首者,独良辅各作二首,故极可疑。按《全唐诗》卷七八九严维等《中元日鲍端公宅遇吴

①《新唐书》卷二〇三,第5781页。
②《白居易文集校注》卷八,第323页。
③《唐诗纪事校笺》卷四七,第1585页。
④ 吴钢主编:《全唐文补遗·千唐志斋新藏专辑》,三秦出版社,2006年,第289页。

天师联句》有谢良弼,《会稽掇英总集》卷一四《云门寺小溪茶宴怀院中诸公》《征镜湖故事》联句均有谢良弼,知良辅兄良弼亦曾参与浙东联唱,故疑此二组诗中各有一首为谢良弼所作,《唐诗纪事》编者不察,误将其均收入谢良辅名下[①]。陶先生疑问有道理,《中元日鲍端公宅遇吴天师联句》"游方依地僻,卜室喜墙连"应为谢良辅作,而"养形奔二景,练骨度千年"应为谢良弼作,良弼联句云"二景",原指日月,这里隐指鲍防和谢良辅。鲍防和谢良辅既是连襟,又是邻舍,关系异于他人,相互接触的机会亦多于他人。"养形""练骨"呼应题中"遇吴天师"。

第三,严维。越州地方诗人代表。姚合《极玄集》卷下严维名下云:"字正文,山阴人。"[②]在大历唱和诗人中,严维不仅是地方诗人,而且也是年长者。《唐才子传》云:"以家贫亲老,不能远离,授诸暨尉,时已四十余。"严维《留别邹绍刘长卿》:"中年从一尉,自笑此身非。道在甘微禄,时难耻息机。晨趋本郡府,昼掩故山扉。待见干戈毕,何妨更采薇。"[③]"中年从一尉",和"授诸暨尉,时已四十余"一致。《唐才子传校笺》云:"当是登第后受诸暨尉之职(至德二、三载刘长卿任苏州长洲尉,在江南)。按严维此后十余年间皆在越中。"[④]《宋高僧传》卷一七《唐越州焦山大历寺神邕传》云:"倏遇禄山兵乱,东归江湖。……旋居故乡法华寺,殿中侍御史皇甫曾、大理评事张河、金吾卫长史严维、兵曹吕渭、诸暨长丘丹、校书陈允初赋诗往

---

① 陶敏:《全唐诗作者小传补正》卷三〇七《谢良辅》,辽海出版社,2010年,第563—564页。

② (唐)姚合编:《极玄集》卷下,《唐人选唐诗新编(增订本)》,第698页。

③《全唐诗》卷二六三,第2917页。

④《唐才子传校笺》卷三,第一册,第605—606页。

复,卢士式为之序,引以继支许之游,为邑中故事。"[1]法华寺亦在会稽。《嘉泰会稽志》卷一四《人物·文章》云:"(维)为秘书郎。大历中与郑概、裴冕、徐嶷、王纲等宴其园宅,联句赋诗,世传浙东唱和。维诗一卷,及剡隐居朱放、越僧灵澈诗集,皆藏秘府。"[2]其时或在严维宅园联句赋诗。《严氏园林》《秋日宴严长史宅》二诗中之严氏、严长史,即严维,《神邕传》云"金吾卫长史严维、兵曹吕渭",严、吕二人时或在幕中任职,严带金吾卫长史之衔;吕为巡官,带金吾卫兵曹参军衔,故称兵曹吕渭。除越州寺院、兰亭等活动地点外,私家住宅也是重要的日常诗歌唱和活动中心,这也意味着这一诗人群体的私人化倾向。

严维作为地方年长诗人扮演着特殊的角色,而大历越州诗人群体实际上的核心人物应是鲍防、谢良弼和良辅兄弟,因《唐诗纪事》记载或有混淆,而无法理清楚兄弟二人各自的创作。顾况《礼部员外郎陶氏集序》云:"唐词臣姓陶氏……登公之门,李膺之门也,鲍、马二京兆,中书谢舍人良弼、良辅,侍御史李封,殿中刘全诚,名自公出。"[3]鲍防、谢良弼、谢良辅皆因陶翰赏识知名,"鲍防与谢良弼友善,时号'鲍谢'"[4]。

(二)"状"为"比"义

大历年间的唱和,得"天时""地利""人和",鲍防等人有重要贡献。《状江南》是浙东唱和诗的代表作品,要把握其诗体特征,必须准确解题。"状"为何义?从字义上解释,"状"是形容、描绘及

---

[1]（宋）赞宁撰,范祥雍点校:《宋高僧传》卷一七,中华书局,1987年,第422页。
[2]（宋）施宿撰:《嘉泰会稽志》卷一四,《文渊阁四库全书》,第486册,307页。
[3]《全唐文》卷五二八,第5366—5367页。
[4]《石园诗话（清刻本）》,《中国诗话珍本丛书》,第十八册,第258—261页。

陈述的意思。如结合大历越州诗人写作实际，"状"并非一般意义上的形容描绘，而是和"比"同义。秦瑀参加大历诗人《柏梁体状云门山物》唱和活动，并作序特别解释诗题中使用"状"字的意思："状，比也。比与释氏有药草喻品，诗家则六义之一焉，义取睹物临事。君子早辨，不当有似是而非，采诗之官，可得而补缺矣。无以小言黜，无以细言弃。相尚佳句，题于层阁。古者称会必赋，其能阙乎。星郎主文，宾赋所以中隽也。"① 鲍防参与了《柏梁体状云门山物》《状江南》唱和，也是唱和的组织者、核心人物，时鲍防在幕带员外郎朝衔，故称"星郎"。柏梁体，在此是指联句的要求，一句七字，句句押韵；"状"即比，比喻。释氏有药草喻品，指佛教譬喻，《妙法莲花经》有《药草喻品》。诗家则为六义之一，指风、雅、颂、赋、比、兴有"比"一项，以一物比喻另一物。义取睹物临事，指佛、诗皆以临时睹物时用"比"来状物。《柏梁体状云门山物》唱和诗如下：

> 幡竿映水出蒲槛（秦瑀）。榴花向阳临镜妆（鲍防）。子规一声猿断肠（李苈）。残云入户起炉香（李清）。晴虹夭矫架危梁（杜奕）。轻萝缥缈挂霓裳（袁邕）。月临影殿玉毫光（吕渭）。粉带新篁白简霜（崔泌）。玲珑珠缀鱼网张（陈允初）。高枝反舌巧如簧（郑概）。风摇宝铎佩锵锵（秦瑀）。古松拥肿悬如囊（杜倚）。雨垂珠箔映回廊（李苈）。蔷薇绿刺半针长（鲍防）。五粒松英大麦芒（李清）。古藤蚴蟉毒龙骧（杜奕）。深林怪石猛虎藏（袁邕）。石碑勒字棋局方（吕渭）。山僧行道鸿雁行（崔泌）。亭亭孤笋绿沉枪（郑概）。蜂窠倒挂枯莲房（陈允初）。燃

---

① 《全唐文》卷九四七，第 9838 页。

灯幽殿星煌煌（杜倚）。①

　　这一组唱和诗,基本遵循了"状"的要求。依《序》中之义,诗作不仅要符合"状"的"比"义,还要能"睹物临事",以利"采诗之官""补缺"。即唱和之句要写眼前云门山物象,即比喻中的本体,不能想象和杜撰,而且要比喻,将眼前物比喻为另一物象,另一物象即比喻中的喻体,否则就不符合写诗规则。为了进一步理解这一"状""比"手法,在此对联句加以分析,如秦瑀"幡竿映水出蒲樯"句,幡竿映水,是眼前物象,而出蒲樯,就是比喻之物象,即幡樯映在水中,有如长出的蒲草樯竿;鲍防"榴花向阳临镜妆"句,即榴花向阳有如美人临镜梳妆;李聿"子规一声猿断肠"句,子规鸟叫声有如猿的哀鸣;李清"残云入户起炉香"句,残云进入门户有如炉烟升起;杜奕"晴虹夭矫架危梁"句,晴天彩虹屈曲伸展有如架在山谷上的桥梁;袁邕"轻萝缥缈挂霓裳"句,轻轻飘动的草萝有如挂着的霓裳;吕渭"月临影殿玉毫光"句,月临影殿有如佛眉间白毫;崔泌"粉带新篁白简霜"句,新竹上的白粉有如白霜。

　　同样,《状江南》之"状"就是"比"的意思,结合《柏梁体状云门山物》唱和联句可以说,"状"除"比"义外,尚含有"睹物临事"的取物咏唱的要求。《柏梁体状云门山物》的序文,有助于去分析《状江南》的咏物,甚至可以说,序文所定下的写诗要求一样适用于《状江南》的写作。《状江南》也有类似序的文字,只是省略了《柏梁体状云门山物》序文内容而补充了"每句须一物形状",以往研究者忽视了这些作诗规则,不可能对《状江南》分析准确到位。

　　《状江南十二咏》首先是作为岁时诗被《岁时杂咏》(《古今岁时

————————
① 《唐代集会总集与诗人群研究》,第286—287页。

杂咏》)载录,故其在岁时月令诗中应被重新认识。《古今岁时杂咏》
虽然是南宋蒲积中编撰,但其中唐代部分都由北宋宋绶所编,蒲积中
看到宋绶所编,谓"前世以诗雄者,俱在选中",遂在宋绶所立的卷目
下补充宋人诗作[①]。故《古今岁时杂咏》唐代部分早于南宋计有功所
撰《唐诗纪事》。在《古今岁时杂咏》中,《唐诗纪事》诗题《状江南
十二咏》均作《状江南十二月每句须一物形状》[②]。而《全唐诗》收录
时,题为《状江南》,并为每首诗拟题,如谢良辅"江南仲春天"一诗,
拟题为《仲春》[③]。

　　"每句须一物形状"被保留在北宋文献中,对理解《状江南》写
作至为重要。《状江南》与《柏梁体状云门山物》诗体不同,一为柏
梁体,一为五言四句诗,而补充写作规定"每句须一物形状",比《柏
梁体状云门山物》多了一项具体要求,和《柏梁体状云门山物》联句
不同,《状江南》则要求每首诗都要能在"睹物临事"规定下,每一句
都要将目见之物,用比喻形式表现出来。当然,对"睹物临事"的理
解要灵活,因为是分咏十二个月,不可能每到一月才写作,而是每人
根据在浙东的生活经验,熟悉浙东风物的月令特征,如同每个月都
有"临物睹事"的可能。"状"的"比"义,和"每句须一物形状"的补
充规定是一致的。如刘蕃《季秋》:"江南季秋天,栗熟(一作实)大
如拳。枫叶红霞举,苍芦(一作芦花)白浪川(一作穿)。"[④]除首句交
代月份外,其余三句都按照"状"和"每句须一物形状"的唱和要求。
"栗熟大如拳",以拳来比喻栗熟时的形状;"枫叶红霞举",以红霞比
喻江南秋枫的颜色;"苍芦白浪川",用水浪起伏比喻芦花随风起伏的

---

① 徐敏霞校点:《古今岁时杂咏》本书说明,辽宁教育出版社,1998 年。
②《古今岁时杂咏》卷四三,第 491 页。
③《全唐诗》卷三七〇,第 3484 页。
④《全唐诗》卷三七〇,第 3490 页。

形状。可见诗后三句中，每句都有一物，分别为"栗实""枫叶""芦花"；都有一物形状，栗实如拳，枫叶如红霞，芦花如白浪。三句都用了"状"法，即比喻。当然，《状江南十二咏》中，水平有高低，守则有宽严，不是每一位唱和者都能像刘蕃诗一样与要求丝毫不差，比喻也未必都能精准。诗歌一句一物一形，有如《柏梁体状云门山物》唱和诗中的每人一句。有些诗人《状江南》中"状"尚不及《柏梁体状云门山物》"状"得恰当。可能《状江南》一人一诗中，需要写三物，而《柏梁体状云门山物》是一句"状"一物。诗人写好一句与写好三句比较，《状江南》三句用"比"稍有难度，毕竟要选择三物，还要找到与之配对的喻体。

大历唱和中，"状，比也"应是鲍防等人集体赋予的写作手法，可视为唱和群体中的约定，只是由秦瑀《序》以文字形式做了记录。"状"字的这一义项，尽管较接近于《荀子·礼论》"状乎无形影，然而成文"之"状"，杨倞注云"状，类也"[1]，但有很大区别，通行字典也应补上"状，比也"义项。

（三）"睹物临事""每句须一物形状"

比体，应包含本体和喻体。《状江南》在形式上力求依"状"（"比"）的要求，且一诗"每句须一物形状"。为什么研究者忽视了"状"字在诗中的具体含义呢？推究起来，可能是贾晋华《大历年浙东联唱集》整理中，目录和内容两处都误写为"状江南十二月每月须一物形状"[2]。这一字之误，会影响他人研究时的选择。"状江南十二月每月须一物形状"，"每月"之误可能是因前面"十二月"之"月"

---

① 梁启雄著：《荀子简释》第十九篇，中华书局，1983年，第276页。
② 《唐代集会总集与诗人群研究》，第282—290页。

误植,如研究者据此,细心者会对照诗歌发现"每月须一物形状"与诗歌文本不符,《状江南》是每月一诗,一诗不止"一物形状",而是"三物形状",因未去核查《古今岁时杂咏》,虽生疑而未深究,故弃而不用;粗心者未必生疑,去核《古今岁时杂咏》原文,照常引用而不阐释。

《状江南》的写作模式是每诗四句,首句入题,其余三句每句一物,加上喻体,应是六物。如鲍防诗:"江南孟春天,荇叶大如钱。白雪装梅树,青袍似荠田。"[1]诗中六物是:荇叶、钱、白雪、梅树、青袍、荠田。《状江南》诗应有两个要求,一是《柏梁体状云门山物》之"状"即"比",二是《状江南》"每句须一物形状"。《状江南》唱和中非人人能做到严格遵守写作规定。严格说,作为唱和领袖的鲍防在写作中就破了规矩。"荇叶大如钱""青袍似荠田"有本体、喻体及喻词,而"白雪装梅树"就不很严格,本体是"白雪",喻体不明显,不能说"梅树"是喻体,这一句不是比喻句,而是主谓宾结构,白雪装点梅树,"白雪"和"梅树"二者不是"状"的关系。

"睹物临事""每句须一物形状"的写作要求回避了泛写,诗歌创作要落实到具体事物的描摹和表现上,而且作者会认真观察当月物候,寻找最恰当的名物写出当月的自然特点。以"每句须一物形状",即每句须赋一物,因月份物候不同,不仅所赋之物不会重复,而且每首诗除首句"江南××天"外,另三句分别赋写当月的三种事物。

《状江南》的唱和,不仅有"每句须一物形状"的要求,还有同韵分赋的要求。在形式上以同韵限制,虽有了一定难度,但却是一场智力竞赛,同时同性质的唱和,可以在比较中决出高低。每诗皆以"江南××天"起,首句"天"字入韵,其用韵在《平水韵》中属"一先",

---

[1]《唐代集会总集与诗人群研究》,第 290 页。

无一字出韵。天、钱、田／天、烟、泉／天、弦、船／天、编、弦／天、川、莲／天、泉、田／天、毡、莲／天、船、钱／天、拳、川／天、绵、悬／天、鞭、田，十一首依次押"先"韵。需要说明的是《季冬》首句为"江南季冬月"起句未入韵，疑贾书抄录有误，应作"江南季冬天"，《唐诗纪事》载丘丹《状江南十二咏》云："江南季冬天，红蟹大如瓠。湖水龙为镜，炉峰气作烟。"①

"睹物临事"，必然写眼前物象，或曾见此地之物象。这就使《状江南》唱和组诗在表述上有了咏物的直观性，对江南物象进行视觉与触觉上的描摹，如"荻穗软如绵"。其中视觉描写细分为颜色、形状、大小，如"稻花白如毡""栗实大如拳"皆如此。《状江南》多为客观物象比喻，少有对人精神活动的描写，其刻画江南地区景物时，有选择地描绘应季景色和物产，如孟春的荇叶、未消融的雪、仲春的细雨、仲夏卢橘、季秋成熟的栗子、季冬的红蟹等。季节和景物的固定搭配把江南地区的季节特征鲜活地表现出来，让读者若置身在对应季节的江南，入诗的植物、动物、自然气象都体现出江南的季节灵魂。

由于一首诗有三句状物，唱和组诗又具咏物的丰富性。《状江南》除首句交代月份外，后三句均状一物。由于各种物产生长成熟具有时间先后性，即使在同一时节中也有孟、仲、季三个时段不同的所状之物。诗人围绕自己生活的江南之地选取出每个时节最具代表性的地方风物，《状江南》实际上是越州地区一年中可见代表物候的集合。如《状江南》之《孟春》《仲春》《季春》三篇，分别状写了初春的荇菜、梅树、青田，仲春的细雨、丝柳、布泉，晚春的莼菜、池草、湖叶。大量的月令物候描写使得《状江南》具有丰富的色彩感，其中冷色系表现为以紫、青为主色调的冬蔗、莼、荇、苔、草、田；暖色系则是

①《唐诗纪事校笺》卷四七，第1588—1589页。

金黄的橘柚、火红的枫叶与红蟹；中性色系有白色的稻花、新藕、苍芦、荻穗、海盐等。

　　《状江南》也涵盖了多种各具特色的生活画面，如写江南仲春与仲夏的雨季之别：一个是梅雨时节的氤氲烟雨，一个是瓢泼阵雨。如写湖泊水边的四季变化：孟春时水中是初生大如钱的荇菜，季春时湖中的绿叶已如船只般连绵，孟夏时水边开始出现蜃气楼宇，响起阵阵蛙鸣，到闷热季夏时则蚊蚋成群，孟秋时水里长满了待采的白嫩新藕，晚莲依稀但红颜依旧，到季冬时水边多有肥美诱人的鱼蟹。《状江南》的创作紧扣状物的写作要求，每一首诗都是经诗人挑选打磨，为我们呈现出鲜明且独特的江南风物图①。

　　需要说明的是，尽管《状江南》是"睹物临事"，但集体唱和只能在一个时间点上去完成十二个月份的作品，而不可能是每逢一月作一首。这和《忆长安》不同，长安存在于唐代文人的集体记忆中，他们中绝大多数都有长安生活经历，如参加科举、铨选、做官任职；但具体到浙东这样的地方，不可能所有人都有此地的生活经历、节候经历和记忆。故参与唱和者不能都有每月风物、"每句须一物形状"的记忆能力和表达可能，但唱和者中必须有人熟悉江南十二个月，至少有每月三种物象的准确记忆，才能完成这次有关十二个月的组诗写作。

　　事实上，《状江南十二咏》的参与者中，有像严维这样的本土作家，也有像鲍防这样在浙东生活一年以上的幕僚，还有像谢良辅兄弟这样具有江南经历的作家。陶敏先生认为，陶翰《送谢氏昆季下第归南阳序》之谢氏昆季即指谢良弼兄弟，文云："吾常游江表，得二谢焉。青青子衿，始在童丱，时已辨其梢云喷浪之兆。"② 则谢氏兄弟

①《唐代集会总集与诗人群研究》，第81页。
②《全唐诗作者小传补正》卷三〇七，第563页。

二人儿童时代就在江南。吕温既是浙东幕僚，又是本地诗人。《唐故通议大夫使持节都督潭州诸军事守潭州刺史兼御史中丞充湖南都团练观察处置等使（下阙）鱼袋赠陕州大都督东平吕府君（渭）墓志铭并序》："公弱冠举进士高第，归宁浙上，遇越州府君以家故去职。杜相公鸿渐代领其镇，表授公左金吾卫兵曹参军，充节度掌书记……兵部尚书薛（阙一字）训平山越，镇浙东，又辟公为节度巡官。"[1] 兵部尚书当为薛兼训。由此可见，吕渭因父任而家居浙东，故云"归宁浙上"。丘丹，嘉兴人；范傪，钱塘人。二人也是江南文士。

故浙东《状江南》唱和群体中有本地人和在当地生活过一段时间的人，由此构成他们对江南一年十二个月风物的集体认知和记忆，使十二首月令诗如同在当月完成。一句一物，一物一形，不仅要对应当月节令的特点，准确选取一首诗中所咏三物，而且对物候的形状描写也必须准确到位，最大程度还原景物真实的样貌。实际上的"义取睹物临事"，以待"采诗之官，可得而补缺矣"，赋物的真实性和准确性，因此得到保证。

（四）咏物诗创新形式

《状江南》组诗在咏物诗史上具有特殊意义。以往的咏物诗往往是一篇咏一物，从《橘颂》至李峤咏物大致如此。

咏物诗有自己的传统，《状江南》改变了以往一般一首咏一物的模式，变为一首诗咏三物。传统咏物诗大致分为两类，一是咏物以抒情兴寄，一是重在体物而淡化抒情。但基本上是一诗咏一物。如《文苑英华》赋类中有"鸟兽""虫鱼""草木"，诗类中"花木""禽兽"，有不少可视为咏物诗。而李峤有一百二十首咏物诗，一篇咏一

---

[1] 吴钢主编：《全唐文补遗》第四辑，三秦出版社，1997年，第81页。

物,可谓代表。唐代始有人为之作注,"《李峤杂咏注》是唯一保存
至今的唐人注本唐人诗集。敦煌遗书中已发现三个写本,即法藏伯
三七三八号、英藏斯五五五号和俄藏 Д x.一〇二九八号"①。可以
说以一百二十首来咏物,成了咏物诗的集大成,对诗歌写作用典有普
及作用。这里列举二例:1.《纸》:"妙迹蔡侯施,芳名左伯驰。云飞
锦绮落,花发缥红披。舒卷随幽显,廉方合轨仪。莫惊反掌字,当取
葛洪规。"2.《砚》:"左思裁赋日,王充作论年。光随锦文发,形带石
岩圆。积润循毫里,开池小学前。君苗徒见爇,谁咏士衡篇。"② 由此
可知纸、砚的物性及其文化。《状江南》因"每句须一物形状",确实
可以在李峤等人咏物诗外找到一种新的咏物诗形式。在一句中,不
仅要咏一物,而且要描写一物的形状。这就提出对物的选取要求,选
取物只能是当月最具时令特征的事物;此物只用于当月,而不能用于
其前月或后月;提出了事物"形状"描写的要求。

　　在咏物诗的发展过程中,《状江南》唱和组诗咏物形式独特新
颖,因"状"的要求,必须用比喻;而"须一物形状",必须要咏物;"每
句须一物形状",一首诗必须有三句分咏不同物象。

　　同一时期的《忆长安十二咏》《状江南十二咏》,都是分咏十二个
月的,"忆长安而状江南,这正是当时南渡文士的典型心理,盛世回忆
使他们产生了绵绵不尽的感伤情绪,北方中原的动乱和破坏令他们
厌倦失望,唯有眼前宁静富饶的江南美景使他们获得一定的安慰和
怡悦。而《忆长安》与《状江南》二组诗的并置,则形成一种潜在的
主题张力:通过描绘赞美江南风物,含蓄地感伤叹惜北方中原的衰微

① 徐俊纂辑:《敦煌诗集残卷辑考》卷中(法藏部分下),中华书局,2000 年,第
　345 页。
②《全唐诗》卷五九,第 706—707 页。

动乱,大唐盛世的一去不复返"①。后来论述这两组诗的内容和情绪都沿承其说,但如"厌倦失望"之类情绪描述稍有夸张,甚至说不太恰当。事实上,在以鲍防为核心的文士群已经习惯并喜欢上江南环境,以文会友,乐在其中,何况像严维这样的诗坛年长者早借口"家贫亲老,不能远离"回到江南了。无论《忆长安》还是《状江南》,都没有很重的感伤痕迹,尽管长安和江南在形势和地域方面处于客观对比状态中。

　　若从艺术手法看,二者写作绝不相同,最大差别,《状江南》是以"状"为手法的咏物诗,而《忆长安》不是。《忆长安十二咏》没有"状"及其"每句须一物形状"的要求,侧重京城景象和人物活动描写,如同写三月,杜奕《三月》:"忆长安,三月时,上苑遍是花枝。青门几场送客?曲水竟日题诗。骏马金鞭无数,良辰美景追随。"②诗中有"送客""题诗"以及骑马挥鞭、追逐美景的场面。《状江南》完全没有人物活动,严维《季春》:"江南季春天,莼菜细如弦。池边草作径,湖上叶如船。"③只有江南风物:莼菜、池草、湖中植物的肥硕之叶。《状江南》偶有涉及人物的,也是为了表现江南节候特征,如"身热汗如泉",并非写人物活动。长安回忆,由于距离感,往往用典型概括写景和情、人和事;而江南描写是临场写生法,故真切、生动、鲜活,这就是《状江南》能在咏物诗上突破传统、独创一格的原因。

　　《状江南》在物候选取和形状描写上真切生动。如樊珣《状江南》,其云:"江南仲夏天,时雨下如川。卢橘垂金弹,甘蕉吐白莲。"樊珣选取"时雨""卢橘""甘蕉"三个意象,展现江南仲夏雨水充

――――――

① 《唐代集会总集与诗人群研究》,第 82 页。

② 《唐代集会总集与诗人群研究》,第 288 页。

③ 《唐代集会总集与诗人群研究》,第 290 页。

沛,瓜果成熟的景象。枇杷和甘蕉作为夏天成熟的南方佳果,其取物可谓确切。"卢橘垂金弹"一句将枇杷、金橘比对刻画,在形状描写上十分贴切。"甘蕉吐白莲"一句描写芭蕉夏天抽出众多乳白色的花蕊,形似白莲。比照谢良辅《状江南》孟冬"绿绢芭蕉裂"一句,虽取用同一物种,但前者写夏季芭蕉抽花穗,后者写初冬江南芭蕉叶仍绿如绢,可见《状江南》形状描写之细腻。即使面对同一物,月令不同描写也大不相同。如郑概《状江南》,其云:"江南孟秋天,稻花白如毡。素腕惭新藕,残妆妒晚莲。"所选"稻花""新藕""晚莲"三物均是江南农历七月才有的物候,取物贴合江南孟秋的节令;诗歌后两句新出的嫩藕与衰败的残莲对比鲜明,"新""晚"二字对仗工整,描写精到而生动。

　　一次唱和活动,全方位对江南景物的比喻描写,呈现十二个月物候和物象。《状江南》十二个月,一月有三物,至少有江南三十六个物象的展示,以时间为纬线,以江南一年间不同时节各具代表的景象为经线,形成系统的江南图景。《状江南》唱和诗的十二个月刻画,按孟春、仲春、季春,孟夏、仲夏、季夏,孟秋、仲秋、季秋,孟冬、仲冬、季冬排列来看,渐变而又各具特点。春天的乍暖还寒、从细雨抽芽到新叶嫩绿,夏天的暴雨与酷热,秋天的成熟与衰变,冬天的寒冷,一一列叙。每首诗均写一月之景,主要以植物来体现,并且景物不重复。如春天之莼叶、柳丝,夏天之卢橘、甘蕉,秋天的稻花、新藕、枫叶、芦花,冬天的橘柚、紫蔗。

　　在咏物诗中对江南集中的咏物描写,此前文人作品中没有,甚至南朝民歌都没有显示出具有如此强大生命力的地方性。如南朝民歌有春夏秋冬《子夜四时歌》,这里仅引《春歌》二十首中的六首以见一斑。"春风动春心,流目瞩山林。山林多奇采,阳鸟吐清音。""绿荑带长路,丹椒重紫茎。流吹出郊外,共欢弄春英。""光风流月初,新林锦花舒。情人戏春月，窈窕曳罗裾。""妖冶颜荡骀，景色复多媚。温风入南牖，织妇怀春意。""碧楼冥初月，罗绮垂新风。含春未及歌，桂酒发清容。""杜鹃竹里鸣，梅花落满道。燕女游春月，罗裳曳芳草。"[①] 这里所说的南朝民歌都没有《状江南》有泥土气息，是指南朝民歌主要活动中心虽在吴、楚之地，并未展现越地民风民俗，其市井气息大多在情爱之间。而《状江南》虽无人物活动描写，但江南风物的描绘，四季十二个月的图景真实到可以触摸。虽然南朝民歌中的主观情爱描写也生动可感，但这种情感并非江南独有，北方也可以表现这类感情。

　　文学的"地方性"或"地域性"是指由于作家对自己所出生、所生存、所生活的特定地方的地理敏感，以地理感知的方式对地方的自然景观与人文景观进行表现，从而保留在作品里的一种品质与特性，其实是作家主观与客观相遇、相生、相合与相激而发生的结果。诗人所吟咏的月令物候，最能表现江南浙东地区的自然生态。荇叶、莼叶、莲花、白藕、苍芦等；有农业植栽作物，如稻花、柳树、枫叶、芭蕉、橘柚、紫蔗、栗实等，乃至蚊蚋、蛙声、红蟹等多样性生态环境与农渔物产，共同形塑出江南丰富多元的十二个月物候。鲍防、吕渭等诗人或为本地人，或在当地幕中任职，他们诗歌中对江南的描绘出于唱和的要求，虽无对个体行为的描写，但诗歌中同样包含了作者主观上对生活环境的喜爱以及对景物的观察筛选。诗人从个体经验和个人认知出发，根据每个月令的特征选取他们心中所认为最能体现当月特色的当地物候，从而使《状江南》十二个月刻画更具地方色彩。

　　大历会稽诗人《状江南》唱和在咏物上有贡献，在咏物诗史上有价值和地位。他们在《柏梁体状云门山物》《状江南十二咏》等唱和

———————

① （宋）郭茂倩编：《乐府诗集》卷四四，中华书局，1979 年，第 644 页。

中不断加强诗歌咏物写作训练,唱和的写作相比较个体写作态度应有不同,唱和是集体行为,是在相互启发、相互切磋中完成的,有助于写作技能的完善。这样的咏物联句整体提升了诗人们辨析事物的能力,和以恰当的词汇、语法去组织诗句的水平。

总之,《状江南十二咏》在咏物诗歌中具有开拓性,在咏物诗中自创一体。大历诗人《状江南》集体唱和,具有深广的时代内涵和地域文化书写的价值。《状江南》写作的"睹物临事",使其与传统咏物诗有了区分。首先,其感物途径不同,是直感型的观照方法;其次,物象中心的构建方式不同,以实物为限,而不像传统咏物那样,物象结构中知识和经验占有重要比例;再次,"物""事"是描写对象,而非传统咏物诗所具有的咏物抒情倾向。《状江南》每月一题、"每句须一物形状"的写作要求,有别于传统咏物诗的一首一物。而一诗三物的短处在于所咏物为本体和喻体的结合,未免单薄;但作为月令组诗的咏物诗,其长处显而易见,其咏物组诗形式决定了取象的丰富性、系统性。因此,从艺术效果看,《状江南》咏物组诗具有强烈的时序感与地域性,真实而准确、具体而鲜活地描绘了江南物产丰饶而风物明丽的图景。

小　结

浙东联唱是唐代大历前有规模的有持续时间的地方文人活动,似是同仁自然自发行为,其实活动中是有坚强而有能力的领袖人物,否则是无法完成的;而对江南描写的诗歌以"状"("比")的表现手法全方位展示江南自然物产,在江南诗歌史上有极其重要的意义;"每句须一物形状"的唱和要求,改变了传统咏物诗的结构,其创新意义和探索精神在中国咏物诗歌史上要给以充分肯定。因此,应该重新认识诗歌唱和的组织者、领导者的诗史贡献。

历史上发生的事件,总与天、地、人三项关联,大历《忆长安》与《状江南》的唱和即存在天、地、人的关系。天时,这里指可推动事情发生、发展的时间;地利,这里指事情发生的适当地点;人和,指可促成事物产生并可推动事物进展的人物,特别是重要人物。唱和产生的"天时",指时间因素。安史之乱发生,文士避乱江南,所谓文化中心暂时南移。

大历浙东诗人是"相会"而"作",是一批文士的集体唱和。没有核心人物,一定规模的唱和群体很难形成,更难维持。大历越州唱和诗人群体中有三人发挥了重要作用,即鲍防、谢良辅以及严维。大历唱和中鲍防借助行军司马的地位,成为领袖,势在必然。

"状"一般理解为形容和描绘,状江南就是对江南风物的描写。如结合大历越州诗人的写作实际,"状"并非一般意义上的形容描绘,而是和"比"同义。《状江南》即"比江南"。《状江南十二咏》最早应为《岁时杂咏》(《古今岁时杂咏》)载录,《古今岁时杂咏》虽由南宋蒲积中编撰,但其中唐代部分都由北宋宋绶所编,在《古今岁时杂咏》中,《唐诗纪事》诗题《状江南十二咏》均作《状江南十二月每句须一物形状》。"每句须一物形状"被保留在北宋文献中,对理解《状江南》写作至为重要。而通行的《唐诗纪事》《全唐诗》载录为一般学者论述时所常用,这自然影响了研究《状江南》的文体性质和写作性质。《状江南》补充写作规定"每句须一物形状",这比《柏梁体状云门山物》又多了一项具体要求,和《柏梁体状云门山物》联句不同,《状江南》则要求要能在"睹物临事"规定下,每一句都要将目见之物,用比喻形式表现出来。

《状江南》写作是一诗三句三物,加上喻体,应是六物,不过喻体三物未必全是江南风物。用江南应季物产或景色入诗,《状江南十二咏》刻画江南地区的景物时擅长描绘应季的景色。《状江南》,除首句交代月份外,后三句均状一物。诗人围绕自己所居住生活的江南之地选取出每个时节最具代表性的地方风物,由于各色物候兴盛成熟具有时间的先后性,即使在同一时节中也有孟、仲、季三个时段的不同所状之物。从写作内容的角度看,《状江南》实际上是越州地区一年中可见代表物候的集合,具有丰富性。事实上《状江南十二咏》不可能是每逢一月作一首,而是一时一地之作,但由于作者对风物的熟悉,每首诗都如同在当月完成,这更说明《状江南》以"状"("比")手法去写实,使诗歌更具直观性、鲜活性和丰富性。

咏物诗有自己的传统,《状江南》改变了以往一般一首咏一物的模式,而是一首诗咏三物。在咏物诗的发展过程中,《状江南》唱和组诗咏物形式独特新颖,因"状"的要求,必须用比喻;而"须一物形状",必须要咏物;"每句须一物形状",必须一首诗有三句分咏不同物象。另外,实际上的"义取睹物临事",以待"采诗之官,可得而补缺矣",则要求赋物的真实性和准确性。《状江南》十二个月,一月有三物,至少有江南三十六物象的展示,因此,对江南风物的艺术展示有了系统性。以时间为纬度,以江南一年间不同时节各具代表的景象为经线,形成系统的江南图景。

大历会稽唱和诗人,在咏物上有贡献。他们在《柏梁体状云门山物》《状江南十二咏》等唱和中不断加强咏物诗写作训练,唱和的写作相比较个体写作态度应有不同,唱和是集体行为,是在相互启发、相互切磋中完成的,有助于写作技能的完善。这样的咏物联句整体提升诗人们辨析事物的能力,并以恰当的词汇和语法去组织诗句的水平。无论如何,《状江南十二咏》在咏物诗歌中具有开拓性,在咏物诗中自创一体。大历诗人的《状江南》集体唱和,具有深广的时代内涵和地域文化书写的价值。

二、《状江南》月令组诗叙事喻物特征：兼论敦煌 《咏廿四气诗》的写作性质与时间

大历年鲍防、严维等人创作的《状江南》，是长篇《春江花月夜》后有关江南的集体发声。如果基于文本判断，《春江花月夜》的出现客观上反映了江南文化的诗歌叙述，呈现出与《帝京篇》《长安古意》不同的文化圈的精神气息；而《状江南》则是弘扬南方文化的自觉行为和艺术实践。唐代月令节气诗，《状江南十二咏》之前主要有李峤《十二月奉教作》十首、敦煌《咏廿四气诗》，和李峤、敦煌诗比较，《状江南》以比喻体叙事，呈现出崭新的风貌和写作方法，在月令诗写作中独树一帜，在诗歌发展史上也具有特别意义。

关于敦煌月令诗研究，任中敏先生在 1980 年 10 月曾组织词曲研究团队，团队中封桂荣和季国平专门研究了敦煌月令诗，写成专文《试论唐代民间时序文艺"十二月"的发展》，分上下两篇发表。"于探讨'十二月歌辞'之后，继续研讨了'十二月书仪'。因此创立了'时序文艺'这一名目，追求其发展步骤。歌辞已循齐言声诗的渠道流入《敦煌歌辞总集》。"[①] 论文贯彻任先生重民间文艺的观点，论证敦煌"十二月"是民间文艺，是在民间文艺发展中形成的，在传统文人创作外，另开一途。

廖美玉《唐代〈月令〉组诗的物候感知与地志书写》论及《状江南》《忆长安》："由于是'状'眼前景物，十一位诗人所吟咏的月令物候，最能映现江南浙东地区的自然生态。江南的春天，东风送暖，水

---

① 封桂荣、季国平：《试论唐代民间时序文艺"十二月"的发展》，《扬州师院学报》1981 年第 1 期。

资源丰沛,大地一片生意盎然,显然大不同于北方色彩浓厚的《月令》知识体系。"① "相对于《忆长安》的盛世记忆,《状江南》乃以近距离捕捉江南的物色,有湖泊江浦的野生植物,如荇叶、莼叶、莲花、白藕、苍芦等;有农业植栽作物,如稻花、柳树、枫叶、芭蕉、橘柚、紫蔗、栗实等,乃至蚊蚋、蛙声、红蟹等多样性生态环境与农渔物产,共同形塑出江南丰富多元的十二个月物候。诚如贾晋华所指出:'这一组词在文学史上的另外一个重要意义是引出了大批专咏南方风物的诗词。'更重要的,浙东诗人群体以相互唱和而激发出一年四季十二个月的不同物候,留下了极为珍贵的第一手江南物候资料,可与《月令》的物候知识体系相互对照,有助于厘清南、北的物候差异,并可更细微观察由汉至唐的物候变迁。"②

《状江南》月令诗创作为群体组诗创作提供了全新的写作方法和写作角度,具有非常重要的诗歌写作意义,对了解江南社会也具有独一无二的认识价值,但长期为人们所忽视。《状江南》在写作上的特点和价值应从两个方面去认识,一方面是其咏物的价值,因《状江南》的"状"在以往研究中没有落实,或有误读。"状"即"比",状江南就是用比喻来写江南,故出题有附加条件"每句须一物形状"③。《状江南》一首四句,首句点明月份,其余三句皆用比喻写物。这一手法在咏物诗史中具有独特性和创造性,改变了之前咏物诗一首只咏一物的写作传统;另一方面《状江南》唱和分咏十二个月,属于月令诗。封桂荣和季国平对月令诗的关注,贾晋华、廖美玉等从月令诗角

① 李浩主编:《唐代文学研究》第16辑,广西师范大学出版社,2016年,第15页。
② 《唐代文学研究》第16辑,第17页。
③ 《古今岁时杂咏》作"状江南十二月每句须一物形状",第547页。《唐代集会总集与诗人群研究》,作"状江南十二月每月须一物形状","每月"误,第290页。文中所引《状江南》据贾著。

度,指出《状江南》在描写岁时和江南风物方面的贡献,这些为《状江南》研究深度推进都有助益。

（一）《状江南》之前的月令和节气组诗

1. 李峤《十二月奉教作》①

在唐代大历《状江南》前,月令或节气组诗写作一般以李峤《十二月奉教作》十首为代表,诗中写岁时景物都是大手笔,概括某月时令物候,包括北方和南方,尽量写出当月的物候景致及人物活动。结合李峤咏物之作,可以说其在区分相邻月份特点和体物上是下了功夫的。

如《二月奉教作》诗:"柳陌莺初啭,梅梁燕始归。和风泛紫若,柔露濯青薇。日艳临花影,霞翻入浪晖。乘春重游豫,淹赏玩芳菲。"《三月奉教作》:"银井桐花发,金堂草色齐。韶光爱日宇,淑气满风蹊。蝶影将花乱,虹文向水低。芳春随意晚,佳赏日无暌。"诗歌大致为散点透视,多泛写一月景物,写作目标是能在更大范围内反映月份的气象物候。两首诗中柳莺、梅燕、和风、柔露、日影、霞晖、井桐、堂草、韶光、淑气、蝶影、虹文等,都具有较强的概括力和表现力,全方位展现二月、三月景象。

历来对李峤诗歌评价总体不高,其诗"整齐"有余而"生意"不足,王夫之云:"咏物诗齐梁始多有之。其标格高下,犹画之有匠作,有士气。征故实,写色泽,广比譬,虽极镂绘之工,皆匠气也。又其卑者,饾凑成篇,谜也,非诗也。李峤称'大手笔',咏物尤其属意之作,裁剪整齐,而生意索然,亦匠笔耳。至盛唐以后,始有即物达情之

---

① 《全唐诗》卷五八,第696—698页。有李峤二月至六月、八月至十二月奉教作诗,缺一月、七月奉教作二首,十首现拟题为《十二月奉教作》。文中所引李峤《十二月奉教作》据《全唐诗》。

作。"①古人的批评也会注入情感,对李峤诗评价兼及其人品,《后村诗话续集》卷三云:"李峤有三戾:性好荣迁,憎人升进;性好肥鲜绮罗,断人食肉衣锦;性好行房,憎人畜声色。"②刘克庄所载当有依据,李峤人品如此低劣,诗歌却非面目可憎。单就作品而论,李峤擅咏物,对物的摹写心手相应,这在月令诗中也有表现。

　　像咏物诗、月令诗都以写物、物候为要,工整是第一位的,工整又能出新更好。李峤这类诗中有些作品还是生意盎然的,如《八月奉教作》:"黄叶秋风起,苍葭晓露团。鹤鸣初警候,雁上欲凌寒。月镜如开匣,云缨似缀冠。清尊对旻序,高宴有余欢。"前六句不仅平仄调和,对仗工稳,而且能抓住八月物候特征,果断落笔,不乏生意。写物候有层次感,先平视,后仰观,再远看。黄叶、苍葭皆平视之物,鹤鸣、雁上为仰视之物,月、云为远视之物。"鹤鸣初警候,雁上欲凌寒",动态感强,生动而切时令。"月镜如开匣,云缨似缀冠"二句,句式奇幻,富有意味,为押韵之需,将"月如开匣镜,云似缀冠缨"句式变为"月镜如开匣,云缨似缀冠"句式。缨,此当作"颈毛"解,八月云如鸟颈之羽毛;"缨"又谐声系冠之"缨"。《状江南》"每句须一物形状"和李峤诗中"月镜如开匣,云缨似缀冠"两句分咏"月""云"二物手法正相对应,这有可能为大历诗人所借鉴。只是结句"清尊对旻序,高宴有余欢"露出富贵之态,减损了前六句中的遒劲之气。

　　2. 敦煌《咏廿四气诗》当为开元、天宝间作品

　　只有确定敦煌《咏廿四气诗》的写作时间,才能和《状江南》做

① (清)王夫之著,戴鸿森笺注:《姜斋诗话笺注》卷二,上海古籍出版社,2012年,第157页。
② 《后村诗话续集》卷三,(宋)刘克庄著,辛更儒笺校:《刘克庄集笺校》卷一七九,中华书局,2011年,第6922页。

有效比较,辨析各自特色,以彰显《状江南》的艺术个性,准确判断其价值。敦煌卷子中的二十四节气诗,作者存疑,但反映了人们对节气的认识,用诗歌形式表述,应为了方便人们记忆,有实用功能。徐俊《敦煌诗集残卷辑考》卷上云:"《咏廿四气诗》今存两个写卷,伯二六二四卷首尾完整,题'卢相公咏廿四气诗'。斯三八八〇卷首残,存诗二十首。卷末题:'甲辰年夏月上旬写记,元相公撰,李庆君书。'陈尚君先生《全唐诗续拾》卷二五附收于元稹诗末,并加按语云:'至其作者,二书有异。元相公可确定为元稹,卢相公不详为谁。究为谁作,今已难甄辨。亦有可能元、卢二人皆为依托之名。''元相公''卢相公'与'白侍郎'等一样,应都出于流传过程中的托名,真实作者的姓名却佚失难考了。"① 不管作者为谁,敦煌《咏廿四气诗》的民间立场是明显的,这和李峤《十二月奉教作》比照可知。《咏廿四气诗》也有类似于李峤诗中的物候描写,但李峤诗写十二个月的不同物候,是提供给皇帝和大臣生活作参考的,而敦煌《咏廿四气诗》是提供给一般人,甚至是农民生活参用的。当然,二十四节气本是与农耕社会相关联的,是指导农事的补充。说直白一点,李峤诗是给权贵享用生活的指南,而敦煌《咏廿四气诗》是给下层劳动者提供的生活和农事活动安排指南。

　　像这样承袭传统题材、敷衍历法的诗作,应该在民间一直流传,在一特定的时间写成定本。一般情况下,因作者难考,写作时间也不能确定。《咏廿四气诗》清新明丽,有盛唐气息。如从风格上判断,可归入盛唐,事实也是如此。《资治通鉴》开元十六年载:"八月,乙巳,特进张说上《开元大衍历》,行之。僧一行推大衍数立术以应气

---

① 《敦煌诗集残卷辑考》卷上(法藏部分上)伯二六二四、斯三八八〇《咏廿四气诗》,第99页。文中所引《咏廿四气诗》据徐著。

朔及日食,以造新历,故曰《大衍历》。”① 至宝应元年改用《五纪历》,
“宝应元年,代宗以至德历不与天合,诏司天台官属郭献之等复用麟
德元纪,更立岁差,增损迟疾交会及五星差数,以写大衍术,曰《五纪
历》”②。从诗歌的清丽格调和明朗气息看,当为配合开元历而作,为
开元、天宝之间的诗歌。比照《开元大衍历经》和敦煌《咏廿四气诗》
的相关内容,可知《咏廿四气诗》约产生于开元、天宝间,上限为开元
十六年,下限为宝应元年,而不是中和四年(884)③。应该说明的是,
《旧唐书》载:“前史取傅仁均、李淳风、南宫说、一行四家历经,为《历
志》四卷。近代精数者,皆以淳风、一行之法,历千古而无差,后人更
之,要立异耳,无逾其精密也。《景龙历》不经行用,世以为非,今略
而不载。但取《戊寅》、《麟德》、《大衍》三历法,以备此志,示于畴官
尔。”④ 其二十四节气物候则用《开元大衍历》,《新唐书》亦承袭之。
而《新唐书》云:“唐终始二百九十余年,而历八改。初曰戊寅元历,
曰麟德甲子元历,曰开元大衍历,曰宝应五纪历,曰建中正元历,曰元
和观象历,曰长庆宣明历,曰景福崇玄历而止矣。”⑤ 可见唐代历法屡
经改易,其中二十四节气物候亦当有异。因此,在现有文献基础上,
只能将详见于记载的《魏书·律历志》和《开元大衍历经》做比较来
确定敦煌《咏廿四气诗》的写作时间。

　　从《开元大衍历经》推行,到更换为《五纪历》,其原因应与政治
相关,但主要还是人们对天象认识的结果。僧一行考察气朔、日食,

---

① 《资治通鉴》卷二一三,第 6782 页。
② 《资治通鉴》卷二二七,第 7337 页。
③ 《敦煌诗集残卷辑考》卷上(法藏部分上)伯二六二四、斯三八八〇《咏廿四
　气诗》,第 99—100 页。
④ 《旧唐书》卷三二,第 1152—1153 页。
⑤ 《新唐书》卷二五,第 534 页。

而修订历法；唐代宗则认为至德仍在使用的《开元大衍历》"不与天合"（"天"，指天象，自然现象）。故令郭献之等人在高宗麟德历法基础上，"更立岁差，增损迟疾交会及五星差数"，制成新的历法，名为《五纪历》，便施行。这也含有复古改制的意味，麟德历是开元前一直采用的《魏书》所载律历系统。

　　古人很重历法，所以对自然现象的观察极其认真。掌握节气月令气候特征，主要用于农耕，《礼记·月令》讲得很清楚，后世大致据此略有改动。如《开元大衍历经》云："惊蛰二月节，坎上六。桃始华，仓庚鸣，鹰化为鸠。""春分二月中，震初九。玄鸟至，雷乃发声，始电。""清明三月节，震六二。桐始华，鼠化为鴽，虹始见。""谷雨三月中，震六三。萍始生，鸣鸠拂羽，戴胜降桑。""立夏四月节，震九四。蝼蝈鸣，蚯蚓出，王瓜生。"①可见，历法对节气呈现的自然现象记载详细，并尽可能精准。

　　《大衍历》之前二十四节气物候应采用《魏书》所记载的《律历志》，《开元大衍历经》与《魏书·律历志》所记系统似乎彼此相似，实有差别。《魏书》所载历法云："惊蛰，始雨水，桃始华，仓庚鸣。春分，鹰化为鸠，玄鸟至，雷始发声。清明，电始见，蛰虫咸动，蛰虫启户。谷雨，桐始华，田鼠化为鴽，虹始见。立夏，萍始生，戴胜降桑，蝼蝈鸣。"②而从敦煌《咏廿四气诗》内容看，它不是来自《魏书·律历志》，而是来自《开元大衍历经》。这说明《咏廿四气诗》敷衍传统月令节气的律历，其核心内容皆出于《开元大衍历经》。《开元大衍历经》修改了前代历法，而成唐代首创新历，一行等人观察天文、

――――――――――

① （清）惠栋撰，郑万耕点校：《易汉学》卷二，中华书局，2007年，第549—550页。文中《开元大衍历经》引文据此。

② （北齐）魏收撰，中华书局编辑部点校：《魏书》卷一〇七下，中华书局，1974年，第2717页。

核实地理,力求精准,功不可没。敦煌《咏廿四气诗》配合新历,普及社会,亦当给予恰当而充分的肯定。这里引敦煌二十四节气歌中的惊蛰、春分、清明、谷雨、立夏①和开元大衍历相应内容对比如下,说明敦煌《咏廿四气诗》与《魏书·律历志》异,而与《开元大衍历经》同。

《咏惊蛰二月节》云:"阳气初惊蛰,韶光大地周。桃花开蜀锦,鹰老化春鸠。时候争催迫,萌芽护矩修。人间务生事,耕种满田畴。"②《开元大衍历经》云:"惊蛰二月节,坎上六。桃始华,仓庚鸣,鹰化为鸠。"此处所写为"惊蛰"之"桃始华"在诗中对应的是"桃花开蜀锦";"鹰化为鸠"在诗中为"鹰老化春鸠"。可见诗中所写惊蛰和《大衍历经》所写惊蛰在物象上是对应的,但《魏书·律历志》将"鹰化为鸠"放置在"春分"中,而不在"惊蛰"里,说明敦煌诗中惊蛰描写和《魏历》不对应。敦煌诗是敷衍《大衍历经》的,故诗、历严格对应,可以证明敦煌诗产生的时间只能是《大衍历》使用的开元十六年到宝应元年之间,所谓"元相公"者,只是抄写人把长期流传于民间的无名氏作品借托于名人而已。

《咏春分二月中》:"二气莫交争,春分两处行。雨来看电影,云过听雷声。山色连天碧,林花向日明。梁间玄鸟语,欲似解人情。"③《开元大衍历经》:"春分二月中,震初九。玄鸟至,雷乃发声,始电。""玄鸟至"在诗中为"梁间玄鸟语","雷乃发声,始电"在诗中为"雨来看电影,云过听雷声"。在《魏书·律历志》中,"雷始发声"置

---

① 《敦煌诗集残卷辑考》卷上(法藏部分上)伯二六二四、斯三八八〇《咏廿四气诗》,第101—103页。

② 陈尚君辑校:《全唐诗补编》续拾卷二五,中华书局,1992年,第1038页。

③ 《敦煌诗集残卷辑考》卷上(法藏部分上)伯二六二四、斯三八八〇《咏廿四气诗·卢相公咏廿四气诗》,第102页。

于"春分"中；"电始见"置于"清明"中。而《开元大衍历经》将"雷乃发声，始电"同置于"春分"中，这和《咏春分二月中》"雨来看电影，云过听雷声"一致。

《咏清明三月节》："清明来向晚，山渌正光华。杨柳先飞絮，梧桐续放花。鸳声知化鼠，虹影指天涯。已识风云意，宁愁谷雨赊。"①《开元大衍历经》："清明三月节，震六二。桐始华，鼠化为鴽，虹始见。""桐始华"在诗中为"梧桐续放花"，"鼠化为鴽，虹始见"在诗中为"鸳声知化鼠，虹影指天涯"。《魏书·律历志》则云："谷雨，桐始华，田鼠化为鴽，虹始见。"② 其将《咏清明三月节》《开元大衍历经》中的清明物候现象放在谷雨节气中。

《咏谷雨三月中》："谷雨春光晓，山川黛色青。桑间鸣戴胜，泽水长浮萍。暖屋生蚕蚁，喧风引麦葶。鸣鸠徒拂羽，信矣不堪听。"③《开元大衍历经》："谷雨三月中，震六三。萍始生，鸣鸠拂羽，戴胜降桑。""萍始生"在诗中为"泽水长浮萍"，"鸣鸠拂羽"在诗中为"鸣鸠徒拂羽"，"戴胜降桑"在诗中为"桑间鸣戴胜"。而《魏书·律历志》则将"萍始生，戴胜降桑，蝼蝈鸣"放在立夏中。

《咏立夏四月节》："欲知春与夏，仲吕启朱明。蚯蚓谁教出，王芯自合生。簇蚕呈茧样，林鸟哺雏声。渐觉云峰好，徐徐带雨行。"④《开元大衍历经》："立夏四月节，震九四。蝼蝈鸣，蚯蚓出，王瓜

---

① 《敦煌诗集残卷辑考》卷上（法藏部分上）伯二六二四、斯三八八〇《咏廿四气诗·卢相公咏廿四气诗》，第102页。

② 《魏书》卷一〇七下，第2717页。

③ 《敦煌诗集残卷辑考》卷上（法藏部分上）伯二六二四、斯三八八〇《咏廿四气诗·卢相公咏廿四气诗》，第103页。

④ 《敦煌诗集残卷辑考》卷上（法藏部分上）伯二六二四、斯三八八〇《咏廿四气诗·卢相公咏廿四气诗》，第103页。

生。""蚯蚓出"在诗中为"蚯蚓谁教出";"王瓜生"在诗中为"王莼
自合生","莼"即"瓜"。

从上引诸例比对可以看出,敦煌诗与《大衍历经》内容吻合,产
生于同一时代。具体说,敦煌诗为开元十六年至宝应元年时段的作
品,早于大历年间写作的《状江南》。

《魏志·律历志》和《大衍历经》对节气所呈现物象记载有差异
并不奇怪,这应与编撰者所处环境有关系,与人们对自然天象观察结
果有关系。当然,节气月令物候因气候变化、因观察侧重点或在东与
西、或在南与北不同,而发生偏差,应能理解。作为关乎农事的节气
月令,即使是耕种方式都有不同要求,《咏惊蛰二月节》云"人间务生
事,耕种满田畴",耕种之事在全国也未必都在惊蛰。《齐民要术》所
特别重视的旱耕,也因地域不同而时间有异:"慎无旱耕!须艸生。
至可种时,有雨,即种土相亲,苗独生,艸秽烂,皆成良田。此一耕而
当五也。不如此而旱耕,块硬,苗秽同孔出,不可锄治,反为败田。"①
据石汉声注释:"旱耕"一词,从字面上说,是可以解释的。但《氾书》
所记耕种方法,专就西北干旱地区的情形立论,和《齐民要术》中的
耕种方法,背景相同。《齐民要术》极反对湿耕:"宁燥不湿:燥耕虽
块,一经得雨,地则粉解;湿耕坚垎,数年不佳。谚云'湿耕泽锄,不
如归去!'言无益而有损。"②可见在黄河流域,并不反对旱耕。问题
在于该在什么时候耕:过了清明,天气日暖,风又很干,大气相对湿度
低;耕翻土地,增加蒸发,只会"跑墒"(损失水分),这时根本不该耕。
立春之后惊蛰以前,"春气未通",耕翻后,原来地面未化的冰翻到地

———————

① (北魏)贾思勰著,石声汉校释:《齐民要术今释》卷一,中华书局,2009年,第
　　15—16页。
② 《齐民要术今释》卷一,第7页。

里,土壤温度不会增高;原来地面下翻上来的土块中,所含水分,到夜间却可能结冰,于是土壤温度上升较迟,对作物不利,对微生物的活动也不利,因此"非粪不解",这时便不宜过早耕翻。"须艸生",艸,草也。把草耕翻到地里,这时,"有雨,即种土相亲,苗独生,艸秽烂,皆成良田"。如果耕得太早,杂草还没有发芽,耕翻的结果,把一部分杂草种子翻到可以发芽的环境中,播种作物后,便会"苗秽同孔出,不可锄治"。因此,现在关中的习惯,在播种之前十天左右翻一次,目的在于除草,只能是十天左右,太早没有用①。石汉声结合对现实生活的了解去探求古人文字的意思,切实而精到。但某一时期的律历当适用于同一时期,而不可以诸历并用。

　　物候因地域不同,而产生差异是正常的。上面《咏清明三月节》有"梧桐续放花",这符合《开元大衍历经》"清明三月节,震六二。桐始华"节候。韩愈《寒食日出游夜归张十一院长见示病中忆花九篇因此投赠》云:"桐花最晚今已繁,君不强起时难更。"②寒食在清明前一两日。韩愈寒食出行,已见桐花繁盛,这和《开元大衍历经》"桐始华"虽有异而大致相近。清明"桐始华"应是常态。白居易《感伤三·桐花》云:"春令有常候,清明桐始发。何此巴峡中,桐花开十月?岂伊物理变,信是土宜别。地气反寒暄,天时倒生杀。草木坚强物,所禀固难夺。风候一参差,荣枯遂乖刺。况吾北人性,不耐南方热。强羸寿夭间,安得依时节?"③这里不仅告诉人们"春令有常候,清明桐始发"的常态,也描写了异态"何此巴峡中,桐花开十月",更重要的是解释常态与异态的关系是"土宜别",是"地气"造成的。

---

① 《齐民要术今释》卷一,第15页。
② (唐)韩愈撰,(宋)魏仲举集注,郝润华、王东峰整理:《五百家注韩昌黎集》卷三,中华书局,2019年,第208页。
③ 《白居易诗集校注》卷一一,第861页。

韦应物《观田家》是一首写惊蛰的农家诗,和开元历法惊蛰比较,没有"桃始华,仓庚鸣,鹰化为鸠"词句的化用,"微雨众卉新,一雷惊蛰始。田家几日闲,耕种从此起。丁壮俱在野,场圃亦就理。归来景常晏,饮犊西涧水。饥劬不自苦,膏泽且为喜。仓廪无宿储,徭役犹未已。方惭不耕者,禄食出闾里"[①]。由此可以观察文人悯农之作和敦煌承继传统节令诗的实用性不同。

(二)《状江南》异于《十二月奉教作》《咏廿四气诗》

从月令诗景物描写的角度看,《状江南》改变了月令诗泛写当月景物的模式。据现存作品可知,一月写三物,集中而又典型地在诗中以物象展示当月当地的物候特征。

《状江南》分赋十二个月,在这里和传统的月令诗是相同的,而和传统发生密切联系;但《状江南》诗题云"每句须一物形状",以"状"("比")为手法描写十二个月,这又和传统月令诗有了区别。事实上,参与唱和者在规定下写作已经给自己出了难题,因为"每句须一物形状"的要求和前提,使写作有了更高更具体的标准。就全诗而言,每句必须写一物;就每一物而言,必须写出此物的形状。《状江南》十二月岁时组诗的地位应被重新认识,其价值不容低估。

无论是李峤十二月奉教诗,还是敦煌廿四节气诗,大致兼顾了东西南北中各地各类人群的生活需求,有日常生活教科书的意义。但其主要还是写黄河以及长江流域的物候,缺少地域差异,求同而少异。中国地大物博,东与西、南与北的物候差异较大。

而《状江南》则不同,相对于全方位呈现,它是锁定目标,缩小范

---

① (唐)韦应物撰,孙望编著:《韦应物诗集系年校笺》卷三,中华书局,2002年,第165页。

围的,只是对江南景象的描写,甚至是对越州景物的描写,一定是群体写作者的智慧和策略。面对着前面的历书内容和诗歌,选择"每句须一物形状",实在令人佩服,就此开出一条新路。如谢良辅《状江南》:"江南仲春天,细雨色如烟。丝为武昌柳,布作石门泉。"①严维《状江南》:"江南季春天,莼叶细如弦。池边草作径,湖上叶如船。"②同样是写二月和三月,与李峤就有区别。根据"每句须一物形状"的要求,除首句写月份外,其他三句中,每一句必须写一物。仲春三物:细雨、柳丝、布泉,季春三物:莼菜、池草、湖叶。这些物象都是江南风物。

从月令诗的结构看,因"每句须一物形状"的硬性规定,诗中不再直接写人物活动和人物情绪。李峤诗的结尾常常是写人的情绪和活动。如《四月奉教作》:"暄钥三春谢,炎钟九夏初。润浮梅雨夕,凉散麦风余。叶暗庭帏满,花残院锦疏。胜情多赏托,尊酒狎林樊。"③诗的结构大致为前六句写景状物,七、八句以主观感情写人物活动。现存李峤《十二月奉教作》诗十首,其结构大致相同。《二月奉教作》诗尾联:"乘春重游豫,淹赏玩芳菲。"④《三月奉教作》尾联:"芳春随意晚,佳赏日无暌。"⑤另《五月奉教作》"欲逃三伏暑,还泛十旬觞"⑥;《六月奉教作》"劳饵(阙一字)飞雪,自可(阙三字)"⑦;《八月奉教作》"清尊对旻序,高宴有余欢"⑧;《九月奉教作》"还当明

①《全唐诗》卷三〇七,第3484页。
②《全唐诗》卷二六三,第2925页。
③《全唐诗》卷五八,第697页。
④《全唐诗》卷五八,第696页。
⑤《全唐诗》卷五八,第697页。
⑥《全唐诗》卷五八,第697页。
⑦《全唐诗》卷五八,第697页。
⑧《全唐诗》卷五八,第697页。

月夜,飞盖远相从"①;《十月奉教作》"别有欢娱地,歌舞应丝桐"②;
《十一月奉教作》"平原已从猎,日暮整还镳"③;《十二月奉教作》
"裴回临岁晚,顾步伫春光"④。当然这些人物感情及活动是和月份物
候相配合的,是月令诗的有机部分。而且《奉教作》有人物活动的加
入,可直接表现人物的欢乐情感,歌功颂德在尾联中起了画龙点睛的
作用。《状江南》不涉及人物活动,如《状江南十二咏》云:"江南仲
春天,细雨色如烟。丝为武昌柳,布作石门泉。""江南孟冬天,获穗
软如绵。绿绢芭蕉裂,黄金橘柚悬。"⑤两首诗中,没有像李峤作品
中的人物活动描写,其他十首亦复如此。其原因有三:一是创作时
有"每句须一物形状"的规定,如此,写或不写人物活动,都未违背写
作规则;二是一首诗四句,虽只有三句"每句须一物形状",但首句都
是"江南××天",交代月份,四句中没有可供写人物活动的诗句了;
三是《状江南》没有必要如"奉教"必须加入歌颂的成分,参与《状江
南》组诗写作的越州文人只是在写居住或生活之地的物候,一句中
写出当地"一物形状",即完成写作任务。

　　李峤诗中人物活动是游冶居多:"裴回临岁晚,顾步伫春光""平
原已从猎,日暮整还镳""别有欢娱地,歌舞应丝桐""胜情多赏托,
尊酒狎林箊""欲逃三伏暑,还泛十旬觞""清尊对旻序,高宴有余
欢""还当明月夜,飞盖远相从"⑥。诗中人物活动没有农事,基本上
是文人贵族官僚的娱乐生活,侧重精神享受。而《咏廿四气诗》中人

---

① 《全唐诗》卷五八,第 697 页。
② 《全唐诗》卷五八,第 698 页。
③ 《全唐诗》卷五八,第 698 页。
④ 《全唐诗》卷五八,第 698 页。
⑤ 《全唐诗》卷三〇七,第 3484—3485 页。
⑥ 《全唐诗》卷五八,第 698 页。

物活动不一样，以关心农事为写作出发点。农事之时间节点在春夏秋冬各有其事，侧重不同。晁错《论贵粟疏》："春耕夏耘，秋获冬臧，伐薪樵，治官府，给繇役。春不得避风尘，夏不得避暑热，秋不得避阴雨，冬不得避寒冻，四时之间亡日休息。"[①] 农耕是四时之事，劳作各不相同。

《咏廿四气诗》涉农事者甚多，如"人间务生事，耕种满田畴"（惊蛰）、"已识风云意，宁愁谷雨赊"（清明）、"相逢问蚕麦，幸得称人情"（芒种）、"气收禾黍熟，风静草虫吟"（处暑）、"火急收田种，晨昏莫告劳"（白露）、"化蛤悲群鸟，收田畏早霜"（寒露）、"田种收藏了，衣裘制造看"（立冬）等等。除农事外，也有农民式的祈盼生活、享受生活的意愿和体现，如《咏立春正月节》"万物含新意，同欢圣日长"，作为第一首诗，为组诗染色，甚为得体。"漫酌樽中酒，容调膝上琴"（处暑）、"横琴对渌醑，犹自敛愁眉"（小雪）写出随节气更换的农家乐趣。

可贵的是，个别诗中也反映了农人的不满，尽管非常含蓄。如"田家私黍稷，方伯问蚕丝"，方伯，泛指地方长官。这里应该不是互文，而是田家和方伯对举，有鲜明的对比。为何"方伯问蚕丝"？据《唐六典》："凡金银、宝货、绫罗之属，皆折庸、调以造焉。"[②] 以金银、宝货、绫罗等折庸调，"凡赋役之制有四：一曰租，二曰调，三曰役，四曰杂徭。课户每丁租粟二石。其调，随乡土所产绫绢绝各二丈，布加五分之一。输绫绢绝者，绵三两。输布者，麻三斤"[③]。蚕乡当随乡土所产输绫绢，"方伯问蚕丝"，应指地方长官向养蚕之乡征税之事。

---

① （汉）班固著，（唐）颜师古注：《汉书》卷二四上，中华书局，1962年，第1132页。
② （唐）李林甫等撰，陈仲夫点校：《唐六典》卷三，中华书局，1992年，第80页。
③ 《旧唐书》卷四三，第1826页。

　　从月令诗咏物角度看,《状江南》将无意识的咏物变为有意识的咏物,规定一句一物,且构成"物－形"固定关系。月令诗离不开写景写物,故李峤诗中包括了景和物两个方面。如《四月奉教作》:"暄钥三春谢,炎钟九夏初。润浮梅雨夕,凉散麦风余。叶暗庭帏满,花残院锦疏。胜情多赏托,尊酒狎林�。"《五月奉教作》:"绿树炎氛满,朱楼夏景长。池含冻雨气,山映火云光。果院新樱熟,花庭曙槿芳。欲逃三伏暑,还泛十旬觞。"不仅有物,如暄钥、炎钟、梅雨、绿树、朱楼、冻雨、火云、新樱等物,而且物含景中、物融景中,如炎钟九夏初、润浮梅雨夕、花残院锦疏、朱楼夏景长、花庭曙槿芳等。李峤诗的景物之间是有关联的,如"暄钥三春谢,炎钟九夏初。润浮梅雨夕,凉散麦风余。叶暗庭帏满,花残院锦疏。胜情多赏托,尊酒狎林榝","三春谢"对"九月初","润浮"对"凉散","叶暗"对"花残"。又如"绿树炎氛满,朱楼夏景长。池含冻雨气,山映火云光。果院新樱熟,花庭曙槿芳","绿树"对"朱楼","池含雨"对应"山映云","果院"对"花庭",在对仗中使上下句有了形式联系。而《状江南》中直接咏物,不要求与景相融合,如贾弇《状江南》:"江南孟夏天,慈竹笋如编。蜃气为楼阁,蛙声作管弦。"樊珣《状江南》:"江南仲夏天,时雨下如川。卢橘垂金弹,甘蕉吐白莲。"一句一物,没有追求像李峤诗那样需要彼此事物的关联和协调。但也很讲究,基本诗式第一句"江南××天",第二句"×××如×",第三句和第四句相对自由,多数以"作""为"及其他动词连接主语和宾语,以"如""似"为比喻,连接主体和喻体。"慈竹笋如编。蜃气为楼阁,蛙声作管弦"之慈竹、蜃气、蛙声,"时雨下如川。卢橘垂金弹,甘蕉吐白莲"之时雨、卢橘、甘蕉,景物之间关联性不强。但都遵守诗体的模式要求,"江南孟春天"一首用"如""为""作","江南仲夏天"一首用"如"及动词"垂""吐"或连接主语、宾语,或连接主体和喻体。

（三）敦煌诗与孟浩然诗之地气

按时间顺序排列，李峤《十二月奉教作》、敦煌《咏廿四气诗》《状江南》构成先后关系。其中可以准确判断作时的是《状江南》，李峤诗作时亦可判断为李峤生活的初唐，而《咏廿四气诗》对应《开元大衍历经》，也可以确定产生的大致时间，但其毕竟是民间文艺，从流传到写定应有一过程。从风格上可以判断，《咏廿四气诗》大约为盛唐开元、天宝年的作品，在文人作家中，孟浩然与之有近似处，这在《咏廿四气诗》"儒客"形象中露出痕迹。

《咏廿四气诗》写到大暑农休时，表现农人在农事之余的读书期待，其情感也是一位"田家"人淳朴真切的表现。《咏大暑六月中》云："大暑三秋近，林钟九夏移。桂轮开子夜，萤火照空时。芡果邀儒客，菰蒲长墨池。绛纱浑卷上，经史待风吹。"[①] 以瓜果待客，表现对"儒客"的尊敬。这自然让人联想起孟浩然《过故人庄》，故人即为富足的农人："故人具鸡黍，邀我至田家。绿树村边合，青山郭外斜。开筵面场圃，把酒话桑麻。待到重阳日，还来就菊花。"[②] 要理解孟浩然诗歌的人物关系，《咏大暑六月中》中儒客与农人的关系是情境最好的注释，孟诗尾联亦同《咏霜降九月中》"仙菊遇重阳"。而《咏芒种五月节》"相逢问蚕麦，幸得称人情"，可与"开筵面场圃，把酒话桑麻"对读。因孟浩然《过故人庄》和《咏廿四气诗》都是盛唐时代的作品，写作的具体时间还是无法确定，二者的先后也无法确定。既然《咏廿四气诗》被确定为盛唐作品，其意义不可忽视。至少可以说，《咏廿四气诗》是较为稀罕的民间作品，是盛唐呈现的和文人不同的

---

① 《敦煌诗集残卷辑考》卷上（法藏部分上）伯二六二四、斯三八八〇《咏廿四气诗》，第 105 页。

② 《全唐诗》卷一六〇，第 1651 页。

风貌。那么,文人与民间如何互动,彼此处于何种互动状态中,值得借助《咏廿四气诗》做深入思考。

孟浩然《过故人庄》一诗"故人具鸡黍,邀我至田家",写文人与农人的交往,这在"芯果邀儒客,菰蒲长墨池"中找到了解释。其一,孟浩然诗的情感表现接近敦煌《咏廿四气诗》,而与李峤诗的姿态不同。其二,真切把握孟浩然诗的情感,除诗歌本身所提供的信息外,还应结合敦煌《咏廿四气诗》来解读。其三,农事诗的保存具有重要的社会认识价值,尤其对了解社会的底层活动,以及阐述文学创作中的文人和民间互动形态有帮助。其四,孟浩然诗中清新自然一面和民间文学的联系,正说明文人向民间学习,汲取民间文艺的滋养,能创作出优秀的作品,这不是空洞的说教,而是由创作实绩所证明的道理。所谓接地气,也是文学创作的一条途径,并能形成独特的风格。

《状江南》十二首是月令诗和咏物诗的综合体,是咏物的月令诗,也是月令的咏物诗。大历诗人《状江南》唱和似乎有意规避了此前文人如李峤诗、民间如《咏廿四气诗》的写作模式和写作侧重点。合观三者,客观上有了区别,李峤《十二月奉教作》比较文人化、贵族化,侧重描写上层人士的游赏和在游赏中的体验;敦煌《咏廿四气诗》比较民间化,有农事诗的色彩,侧重描写农人生活和农事安排;《状江南》则处于二者之间,兼文人化和民间化。在手法上用"状"("比")突出"每句须一物形状",在内容上专写江南风物、物象,全时段、全方位展示江南风采。

《状江南》"每句须一物形状"的规定,无疑限制了传统咏物诗中的抒情表现,诗中无我,不写个体的活动,不是借物抒情。无论是李峤《十二月奉教作》诗,还是敦煌《咏廿四气诗》,都直接写人物活动,而《状江南》十二首几乎没有写个体的行为；"每句须一物形状"，关键在"物"，咏物是写作要求，这就回避了一诗一物的传统咏物模式；而《状江南》一首咏三物的模式，使之与以前的十二月令诗、二十四节气诗有了重要区别。在月令、节气诗歌发展过程中，《状江南》以其别样风采和表现手法以及鲜明的地域特征，具有了特别重要的开拓精神和创新价值。现在各地都在做地方文化梳理、挖掘，《状江南》唱和组诗艺术的特殊性和创新性，在江南文化研究中应被充分重视。

小　结

《状江南》以"状"（"比"）法，在"每句须一物形状"的限定下，开创了月令诗比喻体叙事的新途径。敦煌《咏廿四气诗》是配合《开元大衍历》推广普及的民间创作，产生于开元、天宝间。李峤《十二月奉教作》比较贵族化，侧重描写上层人士的游赏和在游赏中的体验；敦煌《咏廿四气诗》比较民间化，有农事诗的色彩，侧重描写农人生活和农事安排；《状江南》则处于二者之间，兼文人化和民间化，在内容上专写江南风物、物象，全时段、全方位展示江南风采。孟浩然诗的地气与《咏廿四气诗》风格、用语以及人物类型的偶合，为探索盛唐文人创作与民间创作相互影响提供了可行性案例分析。

三、回忆转换：从《忆长安》到《状江南》

《状江南》《忆长安》未必写于同时同地，但都应在一段时间内。两组诗歌唱和都是月令诗一类，同韵分咏十二个月。在写作方法上相异，《状江南》五言四句，首句重复，只改为当月季令；而《忆长安》是六言六句，起首"忆长安，×月时"可以不断句，成"忆长安　×

月时",视为一句。六言诗在大历诗人唱和中也使用过,如《严氏园林》:

策杖山横绿野,乘舟水入衡门。严维。

客来多从业县,僧去还指烟村。郑概。

春韭青青耐剪,香粳日日宜飧。王纲。

自愧薄沾冠冕,何如乐在丘园。□仲昌。

鸟散纷纷花落,人行处处苔痕。贾全。

水池偏多白鹭,畦隔半是芳荪。段格。

柳径共知归郭,暮云谁使当轩。刘题。①

《忆长安》咏写景物没有如《状江南》"每句须一物形状"等写作规定。《忆长安十二咏》没有模仿传统月令节气诗的痕迹。和《状江南十二咏》最大的不同是,有距离感,包括时间和空间两方面,而不是《状江南》的在场写作,具有现场感和现实感。《忆长安十二咏》云:

忆长安,正月时,和风喜气相随。献寿彤庭万国,烧灯青玉五枝。终南往往残雪,渭水处处流澌。②

忆长安,二月时,玄鸟初至祺祠。百啭宫莺绣羽,千条御柳黄丝。更有曲江胜地,此来寒食佳期。③

忆长安,三月时,上苑遍是花枝。青门几场送客? 曲水竟日

---

① 《全唐诗补编》续拾卷一七,第 907 页。

② 《唐诗纪事校笺》卷四七《谢良辅》,第 1585 页。

③ 《唐诗纪事校笺》卷四七《鲍防》,第 1586 页。

题诗。骏马金鞭无数，良辰美景追随。①

忆长安，四月时，南郊万乘旌旗。尝酌玉卮更献，含桃丝笼交驰。芳草落花无限，金张许史相随。②

忆长安，五月时，君王避暑华池。进膳甘瓜朱李，续命芳兰彩丝。竞处高明台榭，槐阴柳色通逵。③

忆长安，六月时，风台水榭逶迤。朱果雕笼香透，分明紫禁寒随。尘惊九衢客散，赭汗滴沥青骊。④

忆长安，七月时，槐花点散罘罳。七夕针楼竞出，中元香供初移。绣毂金鞍无限，游人处处归随。⑤

忆长安，八月时，阙下天高旧仪。衣冠共颁金镜，犀象对舞丹墀。更爱终南灞上，可怜秋草碧滋。⑥

忆长安，九月时，登高望见昆池。上苑初开露菊，芳林正献霜梨。更想千门万户，月明砧杵参差。⑦

忆长安，十月时，华清士马相驰。万国来朝汉阙，五陵共腊秦祠。昼夜歌钟不歇，山河四塞京师。⑧

忆长安，子月时，千官贺至丹墀。御苑雪开琼树，龙堂冰作瑶池。兽炭毡炉正好，貂裘狐白相宜。⑨

---

① 《唐诗纪事校笺》卷四七《杜弈》，第 1588 页。
② 《唐诗纪事校笺》卷四七《丘丹》，第 1588—1589 页。
③ 《唐诗纪事校笺》卷四七《严维》，第 1592 页。
④ 《唐诗纪事校笺》卷四七《郑概》，第 1597 页。
⑤ 《唐诗纪事校笺》卷四七《陈允初》，第 1598 页。
⑥ 《唐诗纪事校笺》卷四七《吕渭》，第 1599 页。
⑦ 《唐诗纪事校笺》卷四七《范灯》，诸书误作为"灯"，应作"燈"，第 1600—1601 页。
⑧ 《唐诗纪事校笺》卷四七《樊珣》，第 1601 页。
⑨ 《唐诗纪事校笺》卷四七《刘蕃》，第 1602 页。

忆长安，腊月时，温泉彩仗新移。瑞气遥迎凤辇，日光先暖龙池。取酒虾蟆陵下，家家守岁传卮。①

《忆长安》以六言为主诗式，首句不点断，也可以算是六言诗。从内容上看，《忆长安》大致沿用了应制诗的意象，但形式有创新，集体唱和以六言六句为诗式；而《状江南》五言四句，形式大致为五言绝句，后两句一般对仗。但内容因"每句须一物形状"，创新出彩。从某种角度讲，《忆长安》形式意义大于内容表达；《状江南》内容意义大于形式使用。

"江南""长安"的文人书写，和时局密切相关，而时局造成了文人活动中心的产生。那些文人圈中心的形成，同时也形成了文人创作和文人集体唱和的中心。在 7 世纪后半期至 9 世纪前半期以长安为中心的文人分布格局发生改变，唐代方镇幕府中的文职僚佐在这一过程中发挥了极其重要的作用。

如果说 7 世纪前半期以前，唐代以宏大叙事完成了对长安的歌颂，那么，《状江南》就是继《春江花月夜》江南主题长篇独唱后集体为江南的发声。江南的魅力为大历诗人群体发现后，形成了群体合唱，中唐诗人因为官南方，享受到南方的轻盈和温润，写下歌咏江南的诗篇，离开江南后又不能忘怀，而去忆江南。

小　结

《忆长安》是很值得关注的一次集体唱和，其意义在于文士共同回忆作为京都的长安，诗的内容丰富，色彩艳丽。如果与同时唱和的《状江南》比较，可以进一步认识其特色。《状江南》以状物为主，具

---

① 《唐诗纪事校笺》卷四七《谢良辅》，第 1585 页。

现实性和当下性,而《忆长安》则在写景状物中不断穿插人物活动,且人物活动中心是帝王,如四月、五月中"万乘旌旗""君王避暑"即是。人物活动的背景充溢祥瑞之气,正月的"献寿彤庭万国"以"和风喜气"烘托;三月的"青门送客""曲水题诗"以"上苑遍是花枝"渲染。

《忆长安》之"忆"是有选择性的,"反思"缺席。这一批唱和诗人应有长安生活经历,他们应该追问:为何发生动乱？ 为何栖身江南？

杜甫《丽人行》写"三月三日天气新,长安水边多丽人",为"刺诸杨游宴曲江之事","炙手可热势绝伦,慎莫近前丞相瞋"含讽刺之意,"乃指言国忠,形容其烜赫声势也。秦、虢前行,国忠殿后,鞍马逡巡,见拥护填街,按辔徐行之象。当轩下马,见意气洋洋,旁若无人之状。杨花青鸟,点暮春景物。见唯花鸟相亲,游人不敢仰视也,一时气焰可畏如此"①。而《忆长安》不见丝毫相关描写。

又安史之乱发生在十一月,而"忆长安,子月时"向人们展示的是"千官贺至丹墀","忆长安,腊月时"则是"温泉彩仗新移"。

安史之乱前后有关长安的诗歌描写确有进一步讨论的必要,杜甫在乾元元年参与的《早朝大明宫》唱和,其实和江南诗人一样,也没有反思。

---

①《杜诗详注》卷二,第 156—160 页。

第六章　京师文化主调与江南文化消长：
以刘、白《春深》唱和为例

刘禹锡和白居易两位诗人，早期在北方，以长安为活动中心，后为官南方，或正常赴任或非正常被贬。

一、刘禹锡"深春"诗中"江南"缺位

刘禹锡和白居易大和二年（828）在长安有"深春"（白诗题作"春深"，文中"春深""深春"同义）诗唱和，开成三年（838）在洛阳有《忆江南》唱和。元和十年（815）白居易贬江州司马。此前白居易的活动大致以长安为中心，此后白居易任职杭州、苏州。大和二年（828）任刑部侍郎，在长安与刘禹锡唱和，有《和春深二十首》。

刘禹锡永贞元年（805）贬为朗州司马，元和九年承诏还京，后又贬任连州刺史，长庆元年任夔州刺史，长庆四年改和州刺史，大和元年授主客郎中分司东都，二年授主客郎中、集贤直学士。大和五年出为苏州刺史，八年授汝州刺史，又代白居易为同州刺史，开成二年（837）为太子宾客分司东都，此时和白居易《忆江南》，白居易以太子宾客分司东都。除了其任职江南，其实刘禹锡曾在江南度过少年时代，并对江南有清晰的记忆，其《送裴处士应制举》诗中云："忆得童

年识君处,嘉禾驿后联墙住。垂钓斗得王余鱼,蹋芳共登苏小墓。"①
另据刘禹锡《澈上人文集纪》云:"初,上人在吴兴,居何山,与昼公为
侣(皎然字昼,时以字行)。时予方以两髦执笔砚,陪其吟咏,皆曰孺
子可教。"②

《春深》和《忆江南》唱和,后者显然与江南有关,而前者虽以时
间为限,但比较二人的写作,有一点却为人忽视,即地域因素,白居易
二十首,其中有写江南春深之景的,而刘禹锡二十首却无江南之景的
专题写作。刘、白二人《春深》唱和诗计四十首,创作地点是在洛阳。
固然写作地点限制了诗歌的表述,作者审视范围当以写作地为中心。
但刘禹锡完全排斥对江南的书写,应有原因。

为何选《春深》为例呢? 首先,春深题旨所指是暮春季节,固理
应无江南、江北地域之限,应包括江南、江北。其次,《春深》为组诗,
有二十首之多,而且出于一人之手。只要不离开春深季节,任何一个
角度都可以切入。如以地域切入,春深长安好、春深洛阳好、春深杭
州好、春深越州好、春深扬州好;也可以人物类型切入,刘、白唱和诗
即如此。写诗是有构思的,角度应是构思的重要内容。因唱和数量
达二十首,如切入地域,也会兼人物;如切入人物,亦当兼地域。一
旦涉地域,就不能以所处之地为唯一对象,应写入东西南北中各地风
物,白居易诗就是如此,江南成为《春深》诗的一个部分。

《春深》这类诗多写风物、物候、风俗,故朱金城云:"刘、白诗中
故实,深可考见唐代中叶长安风俗之一斑,凡治唐史者均不可忽视。"
事实上,《春深》唱和诗可包括两个方面:一类是唐代中叶长安风俗;
另一方面不容忽视,刘、白的江南记忆,就超出"长安风俗"。

---

① 《刘禹锡集》卷二八,第 379 页。
② 《刘禹锡集》卷一九,第 239 页。

一类是写长安，应融入江南记忆。这一类诗中，其江南痕迹并不容易寻找。另一类是刘、白诗中直接描写江南的，可视为完全的江南记忆。其中关于渔父、潮等的描写应是明显的江南形象。

刘、白《春深》唱和诗四十首，除春深为唱和诗的时间限制外，似无其他限制。但首唱者元稹诗已不存，可以根据白居易和刘禹锡诗，知道唱和的实际规则。唱和诗式起句为"何处春深好，春深××家"；内容由第二句"××家"确定，如"春深刺史家"，全诗就写春深时节刺史家的情况；诗式为五律，如"何处春深好，春深贫贱家。荒凉三径草，冷落四邻花。奴困归佣力，妻愁出赁车。途穷平路险，举足剧褒斜"，押韵、对仗、粘合都符合五律要求。

最为重要的是除"春深"限制外，吟咏对象并无限制，即可以与首唱者是同一对象，也可以不同。因元稹诗不存，故无法知道元稹诗的吟咏对象。现在只能将白居易和刘禹锡诗在咏唱对象上做一归纳。

白、刘《春深》唱和诗对比表①

类型	白居易《和春深二十首》	刘禹锡《同乐天和微之深春二十首，同用家、花、车、斜四韵》
相同	何处春深好，春深富贵家。马为中路鸟，妓作后庭花。罗绮驱论队，金银用断车。眼前何所苦，唯苦日西斜。（其一） 何处春深好，春深执政家。凤池添砚水，鸡树落衣花。诏借当衢宅，恩容上殿车。延英开对久，门与日西斜。（其三）	何处深春好，春深富室家。唯多贮金帛，不拟负莺花。国乐呼联辔，行厨载满车。归来看理曲，灯下宝钗斜。（其十一） 何处深春好，春深执政家。恩光贪捧日，贵重不看花。玉馔堂交印，沙堤柱碍车。多门一已闭，直道更无斜。（其三）

---

① 《白居易诗集校注》卷二六，第 2072—2086 页。《刘禹锡集》卷三二，第 434—437 页。

类型	白居易《和春深二十首》	刘禹锡《同乐天和微之深春二十首,同用家、花、车、斜四韵》
相同	何处春深好,春深方镇家。通犀排带胯,瑞鹘勘袍花。飞絮冲球马,垂杨拂妓车。戎装拜春设,左握宝刀斜。(其四)	何处深春好,春深大镇家。前旌光照日,后骑蹙成花。节院收衙队,球场簇看车。广筵歌舞散,书号夕阳斜。(其四)
相同	何处春深好,春深刺史家。阴繁棠布叶,歧秀麦分花。五疋鸣珂马,双轮画轵车。和风引行乐,叶叶隼旟斜。(其五)	何处深春好,春深刺史家。夜阑犹宴乐,雨甚亦寻花。傲客多凭酒,新姬苦上车。公门吏散后,风摆戟衣斜。(其八)
相同	何处春深好,春深隐士家。野衣裁薜叶,山饭晒松花。兰索纫幽佩,蒲轮驻软车。林间箕踞坐,白眼向人斜。(其十一)	何处深春好,春深小隐家。芟庭留野菜,撼树去狂花。醉酒一千日,贮书三十车。裈衣从露体,不敢有余斜。(其十)
对应互补	何处春深好,春深贫贱家。荒凉三径草,冷落四邻花。奴困归佣力,妻愁出赁车。途穷平路险,举足剧褒斜。(其二)	何处深春好,春深贵戚家。栉嘶无价马,庭发有名花。欲进宫人食,先薰命妇车。晚归长带酒,冠盖甚倾斜。(其五)
对应互补		何处深春好,春深恩泽家。炉添龙脑炷,绶结虎头花。宾客珠成履,婴孩锦缚车。画堂帘幕外,来去燕飞斜。(其六)
对应互补		何处深春好,春深豪士家。多沽味浓酒,贵买色深花。已臂鹰随马,连催妓上车。城南踏青处,村落逐原斜。(其十二)
对应互补		何处深春好,春深贵胄家。迎呼偏熟客,拣选最多花。饮馔开华幄,笙歌出钿车。兴酣尊易罄,连泻酒瓶斜。(其十三)

续表

类型	白居易《和春深二十首》	刘禹锡《同乐天和微之深春二十首,同用家、花、车、斜四韵》
劳者	何处春深好,春深潮户家。涛翻三月雪,浪喷四时花。曳练驰千马,惊雷走万车。余波落何处,江转富阳斜。（其十三） 何处春深好,春深渔父家。松湾随棹月,桃浦落船花。投饵移轻楫,牵轮转小车。萧萧芦叶里,风起钓丝斜。（其十二）	何处深春好,春深种莳家。分畦十字水,接树两般花。栉比栽篱槿,咿哑转井车。可怜高处望,棋布不曾斜。（其十九）
节气	何处春深好,春深上巳家。兰亭席上酒,曲洛岸边花。弄水游童棹,湔裙小妇车。齐桡争渡处,一匹锦标斜。（其十五） 何处春深好,春深寒食家。玲珑镂鸡子,宛转彩球花。碧草追游骑,红尘拜扫车。秋千细腰女,摇曳逐风斜。（其十六）	
士人生活	何处春深好,春深痛饮家。十分杯里物,五色眼前花。铺歠眠糟瓮,流涎见曲车。中山一沉醉,千度日西斜。（其十四） 何处春深好,春深博弈家。一先争破眼,六聚斗成花。鼓应投壶马,兵冲象戏车。弹棋局上事,最妙是长斜。（其十七）	
科举	何处春深好,春深经业家。唯求太常第,不管江花,折桂名惭郄,收萤志慕车。官场泥铺处,最怕寸阴斜。（其十）	何处深春好,春深唱第家。名传一纸榜,兴管九衢花。荐听诸侯乐,来随计吏车。杏园抛曲处,挥袖向风斜。（其十四）

类型	白居易《和春深二十首》	刘禹锡《同乐天和微之深春二十首,同用家、花、车、斜四韵》
帝王 百官	何处春深好,春深学士家。凤书裁五色,马鬣剪三花。蜡炬开明火,银台赐物车。相逢不敢揖,彼此帽低斜。(其六) 何处春深好,春深女学家。惯看温室树,饱识浴堂花。御印提随仗,香笺把下车。宋家宫样髻,一片绿云斜。(其七) 何处春深好,春深御史家。絮萦骢马尾,蝶绕绣衣花。破柱行持斧,埋轮立驻车。入班遥认得,鱼贯一行斜。(其八) 何处春深好,春深迁客家。一杯寒食酒,万里故园花。炎瘴蒸如火,光阴走似车。为忧鹏鸟至,只恐日光斜。(其九)	何处深春好,春深万乘家。宫门皆映柳,辇路尽穿花。池色连天汉,城形象帝车。旌旗暖风里,猎猎向西斜。(其一)
神仙		何处深春好,春深阿母家。瑶池长不夜,珠树正开花。桥峻通星渚,楼暄近日车。层城十二阙,相对玉梯斜。(其二) 何处深春好,春深羽客家。芝田绕舍色,杏树满山花。云是淮王宅,风为列子车。古坛操简处,一径入林斜。(其九)

类型	白居易《和春深二十首》	刘禹锡《同乐天和微之深春二十首，同用家、花、车、斜四韵》
写日常人及其行为	何处春深好，春深嫁女家。紫排襦上雉，黄贴鬓边花。转烛初移障，鸣环欲上车。青衣传毡褥，锦绣一条斜。（其十八） 何处春深好，春深娶妇家。两行笼里烛，一树扇间花。宾拜登华席，亲迎障幰车。催妆诗未了，星斗渐倾斜。（其十九） 何处春深好，春深妓女家。眉欺杨柳叶，裙妒石榴花。兰麝熏行被，金铜钉坐车。扬州苏小小，人道最夭斜。（其二十）	何处深春好，春深少妇家。能偷新禁曲，自剪入时花。追逐同游伴，平章贵价车。从来不堕马，故遣髻鬟斜。（其十五） 何处深春好，春深京兆家。人眉新柳叶，马色醉桃花。盗息无鸣鼓，朝回自走车。能令帝城外，不敢径由斜。（其七） 何处深春好，春深稚女家。双鬟梳顶髻，两面绣裙花。妆坏频临镜，身轻不占车。秋千争次第，牵拽彩绳斜。（其十六） 何处深春好，春深幼子家。争骑一竿竹，偷折四邻花。笑击羊皮鼓，行牵犊领车。中庭贪夜戏，不觉玉绳斜。（其二十）
释道		何处深春好，春深兰若家。当香收柏叶，养蜜近梨花。野径宜行乐，游人尽驻车。菜园篱落短，遥见桔槔斜。（其十七） 何处深春好，春深老宿家。小栏围蕙草，高架引藤花，四字香书印，三乘壁画车。迟回听句偈，双树晚阴斜。（其十八）

　　此表需要补充说明:一、刘诗"富室家"亦作"富贵家";二、刘诗"大镇家"视同"方镇家","小隐"视同"隐士",细言有别;三、白、刘诗均写"富贵家",而白诗有"贫贱家",刘无;刘诗中"富贵家"外尚有"贵戚家""恩泽家""豪士家""贵胄家",形成补充,又与白诗"贫贱家"形成对比,列入一类;四、"女学"似指女学士。学士,应指翰林学士。"迁客"指贬官;五、京兆家,当指京城人家。

　　可见,吟咏对象完全相同的只有几首,相类的有几首,大多吟咏对象并不相同。这里有一疑问,现存白居易、刘禹锡《春深》唱和诗各二十首,合计四十首。如此数量的唱和在二人同题唱和诗中并不多见。元稹为首唱,也应有二十首,但在流传中被遗佚了,实在令人不解。按照常识去推想,三人唱和,首唱诗稿应保存在唱和者手中,相对于个体创作,特别那些写出来只有自己看的独白诗歌存留下来的可能性更大。试想三人唱和诗歌都抄在几张纸上,或一卷之中,稍不留心,作品和作者就会混杂而混乱,现存四十首《春深》唱和诗中,是否有元稹的作品,不能妄断。但白居易《和微之诗二十三首序》云:"微之又以近作四十三首寄来,命余继和。其间淤絮四百字、车斜二十篇者流,皆韵剧辞殚,瑰奇怪谲。"[1] 刘禹锡诗题为《同乐天和微之深春二十首,同用家、花、车、斜四韵》,似乎正符白、刘各二十首之数。这里的文字似有误,"其间淤絮四百字、车斜二十篇者流,皆韵剧辞殚,瑰奇怪谲"[2] 几句,确有费解处。先不论"淤絮四百字""车斜二十篇"显然不是"韵剧",韵剧,即剧韵,险韵,刘禹锡《牛相公见示新什谨以韵次用以抒下情》诗中也提到"剧韵":"剧韵新篇至,因难始见能。""车斜"肯定不属险韵,更不是"瑰奇怪谲"。从赋咏对象

---

[1]《白居易诗集校注》卷二二,第 1721 页。
[2]《白居易诗集校注》卷二二,第 1721 页。

而言,同者少异者多,也是唱和中不符常规的做法。唐人诗歌有张冠李戴的现象,唱和诗的署名也是造成作者与作品不一或混乱的原因之一。至于序题中数字"廿""十"书写也极易相混。现在只能就存留作品的署名来论刘、白《春深》唱和四十首了。

比较白居易和刘禹锡的唱和诗,从江南和长安书写看,确有差异。其明显的是,白居易诗中有江南描写,而刘禹锡则无。白居易《春深》诗二十首中,江南描写与诗歌歌咏对象相关联,如"春深潮户家"的"潮户"是写钱江潮中的潮户,这是江南的劳动行业。

第一,白居易《春深》诗作中写江南之作,无疑义者有:

(一)"何处春深好,春深潮户家。涛翻三月雪,浪喷四时花。曳练驰千马,惊雷走万车。余波落何处,江转富阳斜。"[①] 诗写钱江潮,"涛翻三月雪,浪喷四时花。曳练驰千马,惊雷走万车。"这四句写潮水来时的壮观。而富阳河流属钱塘江水系,潮水余波可经富阳而缓流,故云"余波落何处,江转富阳斜"。元稹《去杭州》:"杭州潮水霜雪屯,潮户迎潮击潮鼓。"[②] 潮户,处江濒海的船夫。也是写钱塘江潮水,并有"潮户迎潮击潮鼓"的风俗。以雪状潮,北宋柳永亦沿袭此法,其《望海潮》云:"怒涛卷霜雪,天堑无涯。"[③]

(二)"何处春深好,春深妓女家。眉欺杨柳叶,裙妒石榴花。兰麝熏行被,金铜钉坐车。扬州苏小小,人道最夭斜。"[④] 这也是一首江南诗歌。"扬州"当为"杭州"之误。周婴《卮林》卷二:"苏小实钱塘人。白乐天《杨柳枝词》:'苏州杨柳任君夸,更有钱塘胜馆娃。若解多情寻小小,绿杨深处是苏家。'则亦以为武林人,知'扬'字

---

① 《白居易诗集校注》卷二六,第 2080 页。
② 《元稹集》卷二六,第 353 页。
③ (宋)柳永著,薛瑞生校注:《乐章集校注》中编,中华书局,2012 年,第 322 页。
④ 《白居易诗集校注》卷二六,第 2086 页。

为'杭'字之误。宋陈子兼《窗间纪闻》:嘉兴县西南六十步,《地记》云:晋歌妓苏小小墓,今有片石在通判厅,曰苏小小墓。徐凝《寒食》诗:'嘉兴郭里逢寒食,落日家家拜扫归。只有县前苏小小,无人送与纸钱灰。'则小小墓又在嘉禾。岂丽媛妖姬两地争以为重乎?刘禹锡《送裴处士》诗云:'忆得当年识君处,嘉禾驿后联墙住。垂钩钓得王余鱼,踏芳共登苏小墓。'梦得咏已及此,《纪闻》又非诬耳。"沈涛《瓟庐诗话》卷中:"唐人诗言钱唐苏小小不一而足,古诗亦言'何处结同心,西陵松柏下'。西陵即今西兴,六朝时为钱唐地,嘉兴苏小或别是一人耳。白乐天诗:'扬州苏小小,人道最夭斜。'是扬州有苏小,古女子名不嫌相同,未可据以为疑也。"① 苏小小,应为杭州人氏。

(三)"何处春深好,春深渔父家。松湾随棹月,桃浦落船花。投饵移轻楫,牵轮转小车。萧萧芦叶里,风起钓丝斜。"② 这首诗应是写江南渔父的。渔父,屈原有《渔父》,张志和等人唱和有《渔歌》。"桃浦落船花",与"桃花流水鳜鱼肥"相类。张志和等人唱和有"江上雪,浦边风"。浦,濒水、临水之地,往往为南方所用地名或地方,何逊《夜梦故人》"浦口望斜月"、王昌龄《采莲曲》"来时浦口花迎入"。南方称水名为溆浦,《楚辞·九章·涉江》:"入溆浦余儃徊兮,迷不知吾所如。"王逸注:"溆浦,水名。"③ 后有地方名溆浦,在湖南省境内。溆水亦在湖南境内。"移轻楫",江南水乡人行路工具是船,张志和《渔歌》唱和有"能纵棹,惯乘流"。"萧萧芦叶里,风起钓丝斜"也是南方景物,张志和唱和有"荻花干",荻,似芦苇,生长在水边,秋天开紫花,这里是写春深,故言"萧萧芦叶"。故此首"春深渔父家",具

---

① 《白居易诗集校注》卷二六,第 2086 页。
② 《白居易诗集校注》卷二六,第 2080 页。
③ (汉)王逸章句,(宋)洪兴祖补注,夏剑钦、吴广平校点:《楚辞章句补注》卷四,岳麓书社,2013 年,第 127 页。

有鲜明的江南特征。

第二，有疑而可定者。

"何处春深好，春深上巳家。兰亭席上酒，曲洛岸边花。弄水游童棹，湔裾小妇车。齐桡争渡处，一匹锦标斜。"① 这一首诗应为写江南上巳。"兰亭席上酒，曲洛岸边花"，指王羲之所记《兰亭集序》曲水流觞事。谢思炜注云："'兰亭席上酒，曲洛岸边花'，兰亭见卷十四《上巳日恩赐曲江宴会即事》出注。"② "上巳日恩赐曲江宴会"谢注引《唐会要》卷二九节日："元和二年正月诏停中和重阳二节赐宴，其上巳日仍旧。"《剧谈录》卷下曲江："上巳即赐宴臣僚，京兆府大陈筵席，长安、万年两县以雄盛相较，锦绣珍玩无所不施，百辟会于山亭，恩赐太常及教坊声乐，池中彩舟数只，唯宰相、三使、北省官与翰林学士登焉。每岁倾动皇州，以为盛观。"③ 这里笺注意味着"兰亭席上酒，曲洛岸边花"指上巳曲江宴，但"池中彩舟数只"并非竞渡之舟。从全诗看，"兰亭""曲洛"当指吴越之事，而非长安之事。曲洛，所指不明，但不是指曲江。洛，并非指京洛。从"兰亭"看，"曲洛"应和"兰亭"相应，是兰亭附近的水名。或者"洛"是某字的误写，最有可能是"水"的误写，行草之"洛""水"字形颇为相似，"水"为仄声字，"曲水"不仅符合平仄要求，因是用典，亦称雅驯，且正和"兰亭"相对，王羲之《兰亭集序》："又有清流激湍，映带左右，引以为流觞曲水，列坐其次。"故"兰亭"句是用兰亭典写江南文事，而非指曲江赐宴。

"弄水游童棹，湔裾小妇车"朱笺谢注引《荆楚岁时记》注云：

---

① 《白居易诗集校注》卷二六，第 2081 页。
② 《白居易诗集校注》卷二六，第 2081 页。
③ 《白居易诗集校注》卷一四，第 1095 页。

"《玉烛宝典》曰：元日至晦日，人并酺食渡水，士悉湔裳酹酒于水湄，以为度厄，今世人惟晦日临河解除，妇人或湔裾。"[1]可见这两句也是写荆楚风俗。

"齐桡争渡处，一匹锦标斜"也是写南方的竞渡活动。竞渡起因一说是：民间为了纪念屈原，时间为五月五日。《荆楚岁时记》载："是日，竞渡……俗为屈原投汨罗日，人伤其死，故并命舟楫以拯之。"[2]但唐代竞渡变为游戏，与屈原似无关涉。《唐语林》卷五："杜亚在淮南竞渡采莲，龙舟锦缆之戏，费金千万。"[3]《新唐书·杜亚传》："方春，南民为竞度戏。"[4]《元氏长庆集》卷三《竞舟》："楚俗不爱力，费力为竞舟。……画鹢四来合，大竞长江流。……一时欢呼罢，三月农事休。"[5]且时间也不在五月五日，而是在"方春""三月"，对应三月三日上巳节的时间。

这首春深上巳诗，除"曲洛"二字易被认为是长安曲江之景外，其他都是江南景观，故于"曲洛"二字细辨，"曲洛"当为"曲水"之误写，"兰亭席上酒，曲水岸边花"正符合兰亭曲水流觞的用典。

第三，不是专写江南，但诗中有写南方的诗句。如"何处春深好，春深迁客家。一杯寒食酒，万里故园花。炎瘴蒸如火，光阴走似车。为忧鹏鸟至，只恐日光斜。"唐代被贬者，一般是贬往岭南。故诗中"炎瘴蒸如火"，即指岭南之地的瘴气和炎热。其中"鹏鸟"用贾谊典，"汉贾谊为长沙王傅，三年，有鹏飞入谊舍，止于坐隅（鹏似鸮，《异

---

① 《白居易诗集校注》卷二六，第 2082 页。

② （梁）宗懔撰，（隋）杜公瞻注，姜彦稚辑校：《荆楚岁时记》，中华书局，2018 年，第 47 页。

③ （宋）王谠撰，周勋初校证：《唐语林校证》卷五，中华书局，2008 年，第 496 页。

④ 《新唐书》卷一七二，第 5207 页。

⑤ 《元稹集》卷三，第 34 页。

物志》曰：'有鸟似小鸡，体有文色，土俗因形名之曰鹏，不能远飞，行不出城也。'），不祥鸟也。谊既以谪居，长沙卑湿，谊自伤悼，以为寿不得长，乃为赋以自广" [1]。梅陶《鹏鸟赋序》："余既遭王敦之难，遂见忌录居于武昌。其秋有野鸟入室，感贾谊《鹏鸟》，依而作焉。" [2] 至少说诗中写到南方风物。

"何处春深好，春深寒食家。玲珑镂鸡子，宛转彩球花。碧草追游骑，红尘拜扫车。秋千细腰女，摇曳逐风斜。" [3] 此首或忆江南寒食节事，"玲珑镂鸡子"，《荆楚岁时记》："去冬至节一百五日，即有疾风甚雨，谓之寒食。禁火三日，造饧大麦粥。""斗鸡，镂鸡子，斗鸡子。" [4] 注："《玉烛宝典》曰：此节，城市尤多斗鸡卵之戏。《左传》有季郈斗鸡。其来远矣。古之豪家，食称画卵，今代酒尤染蓝茜杂色，仍如雕镂。" [5] "镂鸡子"是荆楚寒食游戏，但无法确定全诗写江南风物，最多只能说有江南影像。

衡定事物性质，需要完全符合，有一点突破都有可能改变事物原有的属性。白居易诗中写江南笔墨不多，但从创作实际看，《春深》唱和并不限于长安，可以写江南。元稹诗已佚，无从知其面貌，从白居易和诗可知，元稹诗当有江南之咏。刘禹锡是和元、白二人《春深》诗的，也就是说他作为最后一位和诗者，应该更明白和诗规则，而且刘禹锡是有江南经历和生活经验的，他青少年时期就是在江南度过的，也写过不少江南或南方诗歌，如在武陵写过《竞渡曲》《采菱行》《桃源行》。白居易诗有"春深潮户家"，刘禹锡诗也写过大潮，如《浪

---

① 《册府元龟》卷八九五《达命》，第 10390 页。
② 《全上古三代秦汉三国六朝文·全晋文》卷一二八，第 4390 页。
③ 《白居易诗集校注》卷二六，第 2082 页。
④ 《荆楚岁时记》，第 29、32 页。
⑤ 《荆楚岁时记》，第 32 页。

淘沙》"八月涛声吼地来,头高数丈触山回。须臾却入海门去,卷起沙堆似雪堆"①。按理说,白诗有咏"潮户"诗,刘禹锡当自然相和。刘禹锡和诗中的江南缺席,无疑是有意为之。

小　结

《春深》和《忆江南》唱和,后者显然与江南有关,而前者虽以时间为限,但比较二人的写作,有一点却为人忽视,即地域因素,白居易二十首,其中有写江南春深之景的,而刘禹锡二十首却无江南之景的专题写作。刘、白二人《春深》唱和计四十首,创作地点是在洛阳。固然写作地点限制了诗歌的表述,作者审视范围当以写作地为中心,但刘禹锡完全排斥了对江南的书写。

比较白居易和刘禹锡的唱和诗,从江南和长安书写看,确有差异。其明显的是,白居易诗中有江南描写,而刘禹锡则无。白居易《春深》诗二十首中,江南描写与诗歌歌咏对象相关联,如"春深潮户家"的"潮户"是写钱江潮中的潮户,这是江南的劳动行业。

二、长安是《春深》唱和的主要书写对象

朱金城在《和春深二十首》笺注中称:"作于大和三年(八二九),五十八岁,长安,刑部侍郎。……刘、白两诗中故实,深可考见唐代中叶长安风俗之一斑,凡治唐史者均不可忽视。"② 瞿蜕园在《刘禹锡集笺证》中附有白居易《和春深二十首》,诗后有其按语:"白诗有富阳及杭州、苏州故实,则所咏不专限于长安。疑元诗体例如此,故

①《刘禹锡集》卷二七,第 362 页。
②《白居易集笺校》卷二六,第 1833 页。

白亦随意涉及，然'宋家宫样髻'一语足见其切合长安时事。"①

可见二位都关注到白、刘《春深》唱和诗中的长安风俗。这四十首唱和诗内容丰富，层次丰富，人物丰富，可以说合起来就是一部《长安春深风物录》，甚至可与后来宋代孟元老《东京梦华录》合观，一写唐，一记宋，有同样的史料价值和认识价值。

白居易和刘禹锡唱和对象基本相同的几首，都是写长安的，见《白、刘〈春深〉唱和诗对比表》。他们是富贵家、执政家、方镇家、刺史家、隐士家，稍有不同的是，白诗中"富贵家"，刘诗为"富室家"；白诗中"方镇家"，刘诗为"大镇家"；白诗中"隐士家"，刘诗为"小隐家"，方镇和大镇、隐士和小隐，细言有别，方镇有大小之分，而隐士亦有大小之分。

除此而外，还有需讨论的，富贵家等五类中，可确定居住在长安的只有执政家，其办公之所和住处应均在长安。但其他如"富贵家"如何说是写长安呢？还有方镇家、刺史家呢？可否理解为是写居住在长安或家在长安的方镇家、刺史家？隐士家更有疑问，隐士不一定在长安，江南也有，如何判别？标准应是除活动地点外，那就看诗所写的内容。

所谓"某某家"，家，应指居住之家。达官贵人、方镇刺史，在京都应有房产居住。如裴度住宅在洛阳，"立第于集贤里，筑山穿池，竹木丛萃，有风亭水榭，梯桥架阁，岛屿回环，极都城之胜概。又于午桥创别墅，花木万株，中起凉台暑馆，名曰绿野堂。引甘水贯其中，酾引脉分，映带左右。度视事之，与诗人白居易、刘禹锡酣宴终日，高歌放言，以诗酒琴书自乐，当时名士，皆从之游"②。

①《刘禹锡集笺证》外集卷二，第 1103 页。
②《旧唐书》卷一七〇，第 4432 页。

　　杜佑说他自己在长安经营一园林住宅,其《杜城郊居王处士凿山引泉记》云:"佑此庄,贞元中置。杜曲之右,朱陂之阳。路无崎岖,地复密迩。开池水积川流,其草树蒙茏,冈阜拥抱,在形胜信美,而跻攀莫由。爰有处士。琅邪王易简,字高德,经术探于捆秘,文章擅于风雅。精识穷于洽理,奥学究于天人。栖迟衡茅,秕糠爵禄。旁治他艺,尤精术数。短褐或弊,箪笥屡空。守道安贫,不求不竞。素多山水,乘兴游衍。逾月方归,诚士林之逸人,衣冠之良士。佑景行仰止,邀屈再三。惠然肯来,披榛周览。因发叹曰:懿兹佳景,未成具美。棠泉可导,绝顶宜临。而面势小差,朝晡难审。庸费不广,日月非延。舆识无不为疑,佑独固请卒事。"①

　　贞元中杜佑大致或在朝或在镇,园林修建非短期能成,园成之后,又或领镇地方,"贞元三年,征为尚书左丞,又出为陕州观察使,迁检校礼部尚书、扬州大都督府长史,充淮南节度使。丁母忧,特诏起复,累转刑部尚书、检校右仆射。十六年,徐州节度使张建封卒,其子愔为三军所立,诏佑以淮南节制检校左仆射、同平章事,兼徐泗节度使,委以讨伐。佑乃大具舟舰,遣将孟准先当之。准渡淮而败,佑杖之,固境不敢进。及诏以徐州授愔,而加佑兼濠、泗等州观察使。在扬州开设营垒三十余所,士马修葺,然于宾僚间依阿无制,判官南宫傅、李亚、郑元均争权,颇紊军政,德宗知之,并窜于岭外。十九年入朝,拜检校司空、同平章事,充太清宫使。"②杜佑的长安居所,有助于对《春深》唱和诗中方镇家、大镇家、刺史家的理解和把握。

　　注家对《春深》唱和诗可以了解长安风俗的史料价值充分关注,但诗歌语言描写风俗毕竟不同于史书和笔记的载录,不易弄明白。

---

①《全唐文》卷四七七,第4878页。
②《旧唐书》卷一四七,第3978—3979页。

比如白居易诗："何处春深好，春深方镇家。通犀排带胯，瑞鹘勘袍花。飞絮冲球马，垂杨拂妓车。戎装拜春设，左握宝刀斜。"这首诗的解释有如下难点：1．"通犀排带胯"，通犀，犀角，宝物。带胯，佩带上衔蹀躞之环，用以挂弓矢刀剑。以通犀为蹀躞之环，排列在腰带上。2．"瑞鹘勘袍花"，"瑞鹘"或作"瑞鹤"，作"瑞鹘"是。《旧唐书·德宗纪》："诏：'顷来赐衣，文彩不常，非制也。朕今思之，宜有定制，节度使宜以鹘衔绶带，观察使宜以雁衔威仪。'威仪，瑞草也。"[①]方镇包括节度使和观察使，白诗此处以"瑞鹘"兼指，亦可。勘，核验，"瑞鹘勘袍花"，即以袍花上的瑞鹘确定其节度使身份。3．"戎装拜春设，左握宝刀斜。"春设，一般词典释为"唐时民间的迎春仪式"，并以白居易《和春深》"戎装拜春设，左握宝刀斜"为例，用《太平广记》卷一八二引唐无名氏《玉泉子·赵琮》的释义："一日，军中高会，州郡谓之春设者，大将家相率列棚以观之。"这里有疑，诗写春深，应是暮春时节，如迎春当在冬末春初，或立春日。白居易诗有"何处春深好，春深上巳家""何处春深好，春深寒食家"，上巳在三月三；寒食在去冬至一百五日，清明前一日，可见春深指暮春三月。另一解释见任半塘《唐戏弄》六"设备"："设之古谊，本包含宴，曰'宴设'，初无设戏之意。至隋唐称'宴设'之义渐变，有'宴'指饮食，而'设'指伎艺者。"[②]如指饮食伎艺，为何要"戎装""左握宝刀"？

有关"握刀"，韩愈《送幽州李端公序》《送郑尚书序》二文可助理解。《送幽州李端公序》："愈尝与偕朝，道语幽州司徒公之贤。曰：某前年被诏告礼幽州。入其地，迓劳之使累至，每进益恭。及郊，司徒公红帕首，靴袴握刀，左右杂佩，弓鞬服，矢插房，俯立迎道左。某

---

① 《旧唐书》卷一三，第 371 页。
② 任半塘著：《唐戏弄》，上海古籍出版社，1984 年，第 969 页。

礼辞曰:'公天子之宰,礼不可如是。'""靴袴握刀,左右杂佩"校云:苑本"左"上注:"杭本有'在'字。"《举正》增"在"字作"握刀在左,右杂佩",《举正》:"杭本有'在'字,谢本校作'在右',然刀不佩右也,合有'左'字。"朱熹从监本,《考异》:"方从杭本'刀'下有'在'字,而读连下文'左'字为句。谢本又校作'在右'。今按:若如方意,则当云'左握刀,右杂佩'矣,不应云'握刀在左',亦不应唯右有佩也。'在'为衍字无疑,杭本误也。《礼》疏云:'带剑之法在左,右手抽之为便。'则刀不当在右,谢本亦非矣。'左右杂佩'当自为一句,《内则》所谓'左右佩用'者也。"①

　　据校注,《文苑英华》本"握刀左右杂佩","刀"下注:"杭本有在字。"②这一注释不易轻忽。是"握刀在左,右杂佩",还是"握刀,左右杂佩",可以结合上下文来解读,此节写司徒贤恭礼备,故文中细节,至为琐碎,但都为了突出"礼","弓铍服,矢插房","弓铍服",即纳弓于服,服,弓衣也。"矢插房",即收箭于房,房,箭舍也。服、房,盛装弓箭的工具。纳弓于服、收箭于房,即弓箭皆收纳不用,以示尊敬。故"握刀在左"者,如"弓铍服,矢插房"一样,用左手握刀,以示不用,亦示尊敬,相反者则是剑欲拔弩欲张。如握刀在右,则便于抽取,随时可战,此即"《礼》疏云:'带剑之法在左,右手抽之为便。'"朱熹《考异》知其一,而不知其二。实际上,方崧卿《韩集举正》是正确的,韩文此处文字不能省"在",断句亦当如此:"司徒公红帕首,靴袴,握刀在左,右杂佩,弓铍服,矢插房,俯立迎道左。"方崧卿后,姚鼐亦云:"此当从杭本作'握刀在左',盖'握刀'者,其佩刀之名,

①《韩愈文集汇校笺注》卷一〇,中华书局,2010年,第1128—1130页。此从马其昶校注,马茂元整理:《韩昌黎文集校注》,上海古籍出版社,1998年,第264—265页。
②《文苑英华》卷七三〇,第3794页。

若不连'在左'二字,则真为手执刀而见,无是理也。"① 仅 "握刀" 则为执刀相见,欲战矣。《送郑尚书序》云："大府帅或道过其府,府帅必戎服,左握刀,右属弓矢,帕首袴靴迎郊。"《送幽州李端公序》云："司徒公红帕首,靴袴,握刀在左,右杂佩,弓铗服,矢插房,俯立迎道左。"② 二文于此正可互为解读。"左握刀,右属弓矢" 即 "握刀在左,右杂佩,弓铗服,矢插房",右杂佩的是铗服之弓、插房之矢,即 "右属弓矢"。佩刀剑与握刀剑是两回事,刀剑佩左,是为常式,出土墓葬壁画大致如此;握刀剑为左、为右的动作,却呈现出完全相反的意思。长乐公主墓壁画《仪卫图》中右边将军以左手握剑,笑容灿烂,右手动作亲和,众人亦面容慈和(见下图)。

陕西昭陵博物馆长乐公主墓壁画《仪卫图》,右边的将军形象
正是 "戎装""左握宝刀斜"

① 《韩昌黎文集校注》卷四,第 264—265 页。
② 《韩昌黎文集校注》卷四,第 283 页。

着戎装而设拜,春,泛言春天而非指立春或初春。宝刀,常佩于身左,用于使用则右握,便于抽取;用于礼仪则左握,以示不会抽取。这样,"戎装拜春设,左握宝刀斜"似可解释为,春天的某种仪式中,方镇着戎装而行拜礼,左手握着宝刀。

刘禹锡诗中写的应是方镇日常工作。"方镇家"却难定义,其诗中已有对节镇的描写,如果说白居易诗中"飞絮冲球马",可以理解为在园中打马球而自己训练,刘禹锡诗"前旌光照日,后骑蹙成花。节院收衙队,球场簇看车"应不是在"家"中的事。"前旌",旌,旌旗。《新唐书·车服志》:"大将出,赐旌以专赏,节以专杀。"① "节院",节度使官署。节度使有节楼、节堂,设节院使,见《新唐书·百官志四下》②。"看车",看球者所乘车。《封氏见闻记》卷六:"打球,古之蹴鞠也。……开元、天宝中,玄宗数御楼观打球为事。……马或奔逸,时致伤毙。然打球乃军中常戏,虽不能废,时复为尔。"③至少诗中提到"节院""衙队",不是大镇居处的长安之家,而是指任上之事。

从白居易和刘禹锡的"方镇家""大镇家"《春深》诗看,实写与虚写结合,既有长安居家的描写,又有方镇镇守的想象。白居易、刘禹锡在《春深》唱和中那些咏唱共同对象的作品,各有侧重,互为补充。

《春深》唱和诗内容丰富取决于咏唱对象的丰富。除白居易和刘禹锡共同咏唱的富贵家、执政家、方镇家、刺史家、隐士家外,还有白居易、刘禹锡写长安的不同阶层和不同的职业。依次序分别为白居易诗中贫贱家、学士家、女学家、御史家、迁客家、经业家、痛饮家、

---

① 《新唐书》卷二四,第526页。
② 《新唐书》卷四九下,第1310页。
③ 《封氏闻见记校注》卷六,第53—54页。

博弈家、嫁女家、娶妇家、妓女家；刘禹锡诗中万乘家、阿母家、贵戚家、恩泽家、京兆家、羽客家、豪士家、贵胄家、唱第家、少妇家、稚女家、兰若家、老宿家、种莳家、幼子家。另白居易有咏时节的，上巳家、寒食家。每一对象都在深春季节中表现出不同的风貌，诗歌描写出不同对象的特点。

　　因花、车为韵字，又是颔联、颈联中的对仗句，和花相对、和车相对的也是相类名词，这就造成相类似的众多名物汇集，反映了长安风俗人情。如白居易和刘禹锡所咏对象相同或相似者罗列于此，可见涉及方面广泛，刻画名物纷纭：

　　如白居易所咏"富贵家"，与"花"对的为"鸟"，与"车"对的为"队"，"马为中路鸟，妓作后庭花。罗绮驱论队，金银用断车"①。而刘禹锡则为"唯多贮金帛，不拟负莺花。国乐呼联辔，行厨载满车"②（富室家）。其他例子为"执政家"："凤池添砚水，鸡树落衣花。诏借当衢宅，恩容上殿车。"（白居易）"恩光贪捧日，贵重不看花。玉馔堂交印，沙堤柱碍车。"（刘禹锡）"方镇家"："通犀排带胯，瑞鹘勘袍花。飞絮冲球马，垂杨拂妓车。"（白居易）"前旌光照日，后骑蹙成花。节院收衙队，球场簇看车。"（刘禹锡"大镇家"）"刺史家"："阴繁棠布叶，歧秀麦分花。五疋鸣珂马，双轮画轼车。"（白居易）"夜阑犹命乐，雨甚亦寻花。傲客多凭酒，新姬苦上车。"（刘禹锡）"隐士家"："野衣裁薜叶，山饭晒松花。兰索纫幽佩，蒲轮驻软车。"（白居易）"芰庭留野菜，撼树去狂花。醉酒一千日，贮书三十车。"（刘禹锡"小隐家"）诗中的花和车不一定指具体的花、车式样品种，而多数是写和花、车相关的形态。

---

① 《白居易诗集校注》卷二六，第 2072 页。
② 《刘禹锡集》卷三二，第 435 页。

《春深》唱和诗反映了长安民间习俗。

白居易诗中嫁娶,对了解嫁女娶妇风俗很有帮助。"何处春深好,春深嫁女家。紫排襦上雉,黄贴鬓边花。转烛初移障,鸣环欲上车。青衣传毡褥,锦绣一条斜。"

如"青衣传毡褥",龚颐正《芥隐笔记》云:"今新妇转席,唐人已尔。乐天《春深娶妇家》诗云:'青衣转毡褥,锦绣一条斜。'"陶宗仪《南村辍耕录》卷一七载:"今人家娶妇,舆轿迎至大门,则传席以入,弗令履地。然唐人已尔。乐天《春深娶妇家》诗云:'青衣转毡褥,锦绣一条斜。'"二人所引白诗均作"转毡褥",白诗"传"注去声,义同①。风俗应代代相沿,但为何弗令履地,不见记载,后世附会其义甚多。《战国策》载:"左师公曰:父母之爱子,则为之计深远。媪之送燕后也,持其踵为之泣,念悲其远也,亦哀之矣。已行,非弗思也,祭祀必祝之,(祝)曰:'必勿使反。'岂非计久长,有子孙相继为王也哉!"②踵,足跟,代指足,足以行走。持其踵,故悲其足行遥远。如被"使反",遣回娘家,亦以足行。疑古来女子出嫁"弗令履地",于此认识相关,即不留足痕,不可循原迹而归。"何处春深好,春深娶妇家。两行笼里烛,一树扇间花。宾拜登华席,亲迎障幰车。催妆诗未了,星斗渐倾斜。"此首和上首相应,前写嫁女,此写娶妇。其中写到"障幰车""催妆诗"等风俗,和史载互证。

因为是写长安风俗,诗中没有去描写少妇的神情姿态,这和李白诗有了区别。李白《长干行》:"十四为君妇,羞颜未尝开。低头向暗壁,千唤不一回。"③对比可知《春深》诗还是在写市民生活,而李白

---

① 《白居易诗集校注》卷二六,第 2084 页。
② 何建章注释:《战国策注释》卷二一,中华书局,1990 年,第 801 页。
③ 《李太白全集》卷四,第 256 页。

重在写新妇羞态。李白写人，而白居易诗写事，各有侧重。以白居易《长恨歌》《琵琶行》写人的技巧，将人物做生动刻画应无问题。

《春深》诗中也有重在写人物的，如刘禹锡对少妇童稚的描写，生动活泼，值得关注。

"何处深春好，春深少妇家。能偷新禁曲，自剪入时花。追逐同游伴，平章贵价车。从来不堕马，故遣髻鬟斜。"这首诗特别注重总体把握，细部刻画。"偷""剪""追逐""平章"，此类动词丰满立体。偷，偷学，即暗中模仿；平章，议论，少妇们一起议论贵价豪车，形象逼真，韵味十足。"何处深春好，春深稚女家。双鬟梳顶髻，两面绣裙花。妆坏频临镜，身轻不占车。秋千争次第，牵拽彩绳斜。""何处深春好，春深幼子家。争骑一竿竹，偷折四邻花。笑击羊皮鼓，行牵犊额车。中庭贪夜戏，不觉玉绳斜。"稚女、幼子，同类而性别不同，诗人很好地表现出各自特点。稚女，以形象描写为主；幼子，以动作描写为主。统观二诗，大致可以了解唐代儿童娱乐形式和嬉戏工具。

《春深》唱和诗，以写实手法描给各类人群的活动情感，同样留下了许多珍贵的资料。举例来说，如礼仪制度，"左握宝刀斜"反映的是唐代军中礼仪，但不见于记载，握刀剑于左，则示恭敬之意。此与韩愈文互为印证，由此也纠正了韩愈文集整理中的错误。又如风俗习俗，"青衣传毡褥，锦绣一条斜"记录了女子出嫁时足不着地的风俗，这也是宋代人论女子出嫁"弗令履地"风俗时，所引的唐人唯一用例，以说明宋代以前此风俗即已存在。《春深》诗涉及方面多，故无意中有一条材料填补了唐代花木栽培史的空白。"接树两般花"指两种花色植物经嫁接成双色花种。俞樾《茶香室四抄》卷二八《接花》："宋高似孙纬略云：山谷接花诗'雍也本犁子，仲由元鄙人，升堂与入室，只在一挥斤。'接花之法，惟见刘禹锡诗：'分畦十字水，接树两般花。'"①

　　白居易、刘禹锡《春深》诗、《忆江南》词唱和中的回忆是有选择的,而这样的选择回忆应缘于诗人的整体生活经验,偶然性的经历也会给诗人带来记忆的选择和对过去生活及其意义的否定。白居易和刘禹锡对长安的书写有共同性,而在回忆中对江南生活的认定则不同,刘禹锡回避了江南书写,其为必然,还是偶然,还是因为刘禹锡和白居易诗时,由于某一情绪支配而回避,这都难以简单判断。

　　事实上,从诗歌写作层面审视,刘禹锡与白居易对江南的书写存在差异。

　　第一,白居易、刘禹锡对江南生活的认知不同。尽管刘禹锡青少年时期在江南度过,但白居易和刘禹锡对江南的感知不同,白居易《钱塘湖春行》最为大家熟知,是江南代表诗作:"孤山寺北贾亭西,水面初平云脚低。几处早莺争暖树,谁家新燕啄春泥?乱花渐欲迷人眼,浅草才能没马蹄。最爱湖东行不足,绿杨阴里白沙堤。"②而刘禹锡在苏州刺史任上也写过一些诗,很难有白居易诗歌中江南那样的阳光和从内心流溢出的喜欢。刘禹锡在苏州任上也常和白居易交流,好像并不太喜欢江南生活,其《秋日书怀寄白宾客》云:"州远雄无益,年高健亦衰。兴情逢酒在,筋力上楼知。蝉噪芳意尽,雁来愁望时。商山紫芝客,应不向秋悲。"③将苏州视为"远州",苏州虽为天下雄州,亦以为"雄无益"。"年高健亦衰",说明心情不好与年岁大有关系。还有两首在苏州玩月诗,也是和白居易交流的。《酬乐天七月一日夜即事见寄》:"夜树风韵清,天河云彩轻。故苑多露草,隔城

① (清)俞樾撰,卓凡、顾馨、徐敏霞点校:《茶香室四钞》卷二八,中华书局,1995
　　年,第1929页。
② 《白居易诗集校注》卷二○,第1614页。
③ 《刘禹锡集》卷三二,第451页。

闻鹤鸣。摇落从此始，别离含远情。闻君当是夕，倚瑟吟商声。外物
岂不足，中怀向谁倾？ 秋来念归去，同听嵩阳笙。"① 见月"念归"是
诗的主题。又《八月十五日夜半云开然后玩月因书一时之景寄呈乐
天》："半夜碧云收，中天素月流。开城邀好客，置酒赏清秋。影透衣
香润，光凝歌黛愁。斜辉犹可玩，移宴上西楼。"② 刘禹锡说"斜辉犹
可玩，移宴上西楼"，白居易《答梦得八月十五日夜玩月见寄》诗却
云："南国碧云客，东京白首翁。松江初有月，伊水正无风。远思两乡
断，清光千里同。不知娃馆上，何似石楼中？" 诗注云："其夜，余在
龙门石楼上望月。"③ 白虽为答诗，其旨趣与刘大异，将赏月和赏吴娃
联系，忘不了"江南忆，其次忆吴宫。吴酒一杯春竹叶，吴娃双舞醉
芙蓉。早晚复相逢"。在白居易的眼中，吴娃是苏州的标配。白居
易诗词中"吴娃"可爱，"吴娃双舞醉芙蓉"。刘禹锡也写吴娃，《馆娃
宫》云："宫馆贮娇娃，当时意大夸。艳倾吴国尽，笑入楚王家。月殿
移椒壁，天花代藜华。唯余采香径，一带绕山斜。"④ 又有《姑苏台》
诗："故国荒台在，前临震泽波。绮罗随世尽，麋鹿占时多。筑用金锤
力，摧因石鼠窠。昔年雕辇路，唯有采樵歌。"⑤ 原题似为注，云："馆
娃宫在郡西南砚石山上，前瞰姑苏台，傍有采香径，梁天监中置佛寺
曰灵岩，即故宫也，信为绝境，因赋二章。"显然，刘禹锡对吴娃现象
的反思批判，与白居易对吴娃娇好风姿的由衷欣赏迥然不同。

　　第二，对长安的向往和眷恋，这是唐代士人的共同情结。因刘禹
锡参加永贞革新，曾是京都叱咤风云的政治人物，内心有解不脱的京

---

① 《刘禹锡集》卷三二，第 450 页。
② 《刘禹锡集》卷三二，第 451 页。
③ 《白居易诗集校注》卷三一，第 2388 页。
④ 《刘禹锡集》卷三八，第 561 页。
⑤ 《刘禹锡集》卷三八，第 561 页。

师情结。在长安与江南的视野中,长安更为重要,而江南则是无足轻重的。刘禹锡有两首玄都观桃花诗,借景抒情,含有讽刺。《元和十年自朗州承召至京戏赠看花诸君子》:"紫陌红尘拂面来,无人不道看花回。玄都观里桃千树,尽是刘郎去后栽。"①《再游玄都观绝句并引》:"余贞元二十一年为屯田员外郎,时此观未有花木。是岁,出牧连州,寻贬朗州司马。居十年,召至京师,人人皆言有道士手植仙桃,满观如红霞,遂有前篇以志一时之事。旋又出牧,于今十有四年,复为主客郎中。重游玄都,荡然无复一树,唯兔葵燕麦动摇于春风耳。因再题二十八字,以俟后游。时大和二年三月。'百亩中庭半是苔,桃花净尽菜花开。种桃道士归何处? 前度刘郎今独来!'"②对二诗的解读有不同角度,但刘禹锡对长安强烈关切,心系长安之情应是诗中之义。也可以理解为是一位三十出头进入权力中心,而又被迫离开权力中心的政治家对长安关切的诗意表达。这种快捷上升的官员心态恐怕是其他人难以透彻理解的。

　　第三,刘、白二人都有被贬经历,但对南方的印象是不同的。刘禹锡因参与永贞革新,三十三岁时被贬往远州,由朝中得志的青年新贵突然变为负罪被贬的远州官员。刘禹锡在中央实际以监察御史身份进入核心层,握有重权,突然的角色转变,产生了刻骨铭心的记忆,对南方的记忆应是负面的;而白居易被贬江州时三十九岁,此前已在中央工作十多年,行政能力得到锻炼,故被贬江州不同于刘禹锡被贬远州的心态。白居易"同是天涯沦落人,相逢何必曾相识"③,刘禹锡"犹念天涯未归客,瘴云深处守孤城"④,两个"天涯",相去甚远。刘

---

① 《刘禹锡集》卷二四,第 308 页。
② 《刘禹锡集》卷二四,第 308 页。
③ 《白居易诗集校注》卷一二《琵琶行》,第 962 页。
④ 《刘禹锡集》卷三五《酬马大夫登洭口戍见寄》,第 522 页。

禹锡被贬无回朝希望，白居易明白被贬是有机会回朝的。无论从年龄、地点，还是被贬性质来看，二人有很大差异。而这种差异在共同咏唱时的选择对象中表现出来。

刘禹锡、白居易《忆江南》《春深》唱和，存在刘诗回避江南书写的事实，尽管在作品对比分析中寻找到其原因，但未必中的，毕竟选择对象是主观性产物，是心理活动的结果。

小　结

刘、白《春深》唱和诗中写长安风俗，内容丰富，层次丰富，人物丰富，可以说合起来就是一部《长安春深风物录》。其中涉及未解之礼俗，"戎装拜春设，左握宝刀斜"指春天的某种仪式中，方镇着戎装而行拜礼，左手握着宝刀，这在韩愈散文中有描写，后人不解其含义，或省字以求文从字顺，或误解将文句点断。又如"青衣传毡褥，锦绣一条斜"，实古来女子出嫁"弗令履地"的遗存。

其中，对"左握宝刀斜"的解释，似简单而实难。韩愈《送幽州李端公序》"司徒公红帕首，靴袴握刀，左右杂佩"应是"司徒公红帕首，靴袴，握刀在左，右杂佩"，表恭敬意。长乐公主墓壁画《仪卫图》中右边将军以左手握剑，笑容灿烂，右手动作亲和，众人亦面容慈和，即为例证。

第七章 《河岳英灵集》论

唐人选唐诗在诗歌史和文学批评史上的地位非常重要,而《河岳英灵集》因其编选者眼光独到、标准甚严、宗旨健康鲜明,倍受研究者的关注。如果从强、弱势文化视角进入,有一些问题会被重新提出。当人们进一步追问,《河岳英灵集》是如何编选的? 代表哪一类诗人群体? 是否代表了诗坛主流诗人的创作业绩? 储光羲为何能成为其中的主角? 他竟然能和王昌龄、王维构成了《河岳英灵集》中最前列的代表诗人。我们会尝试着去回答这些问题,并寻找其因由。大致说来,《河岳英灵集》所选诗人多为下层文士,从诗人所属阶层及其命运来划分当归入弱势诗人群。而从诗史看,这些诗人又代表了盛唐最有成就和最有影响力的诗人。

一、背景:开元及天宝初诗坛主流

《河岳英灵集》所收诗人基本上包括了盛唐主要代表性作家,但从其所收作品看,以开元时期作品居多,这缘于初编时间在开元末。开元末这批作家中除年岁稍长的孟浩然、王昌龄等人外,绝大多数还处在写作的成长期,如大诗人李白在天宝三载成书的《国秀集》中尚未有其名。未入选《河岳英灵集》的杜甫也是如此,《国秀集》中也未见其名。

　　活动在开元时期的这批诗人,在当时社会政治层面上还属于下层,只有极个别人才跃上中层。联系《河岳英灵集》品藻中常将人物遭际,特别是仕履看得十分重要,他们的阶层属性还是非常明显的。他们尚未为主流社会所接纳,或完全接纳,处于社会中心的边缘,像王湾诗句被张说手题政事堂令文人仰羡的传闻只是极个别的现象。那么,开元、天宝之际的诗坛主流是什么呢? 以京城为主的上流社会在诗歌写作上的面貌又是什么? 当我们对开元、天宝诗坛作简单考察后会惊异地发现,《河岳英灵集》诗人差不多都没有机会参与朝廷诗人的诗歌写作活动。

　　《河岳英灵集》有四次编纂修订过程,有三个时间节点,即开元末、天宝四载和天宝十二载;而开元末的编纂是基础,也是主体。因此,考察开、天之际诗坛是以开元为主,又兼及天宝四载至天宝十二载。

开元元年至天宝四载朝廷及京城诗歌创作简表①

作诗时间	作诗事由	诗人及相关人物
开元元年十月	饯送赵彦昭为朔方道大总管	苏颋、张说
开元元年十一月	讽玄宗渭川畋猎	玄宗、魏知古
开元二年闰二月	褚无量归觐	苏颋、褚无量
开元二年六月	龙池诗乐章	姚崇、沈佺期、卢怀慎、姜皎、崔日用、苏颋、李乂、姜晞、裴漼、蔡孚
开元二年八月	高安公主挽歌	苏颋、李乂
开元二年秋	唱和	苏颋、李乂、崔日用、张九龄、卢怀慎
开元三年正月	观灯	李乂、苏颋
开元三年十月	扈从凤泉	苏颋、崔泰之

---

① 有关诗人活动和作品系年均参陶敏,傅璇琮:《唐五代文学编年史(初盛唐卷)》,辽海出版社,1998年。

作诗时间	作诗事由	诗人及相关人物
开元三年十一月	扈从骊山汤泉	苏颋、李乂、崔泰之、马怀素
开元三年十一月	从幸骊山汤泉	卢怀慎、张九龄
开元四年二月	扈从骊山温汤喜雪应制	姚崇、苏颋、苏绾、张九龄
开元四年二月	扈从	李乂、苏颋
开元四年六月	听蝉	崔泰之、张九龄
开元四年十二月	温汤旧馆怀卢怀慎	姚崇、苏颋
开元八年正月	褚无量挽歌	苏颋、褚无量
开元八年三月	春台望应制	玄宗、苏颋、贺知章、许景先
开元九年二月	送苏颋赴益州大都督府长史任	苏颋、宋璟、郑惟忠
开元十年闰五月	送张说往朔方巡边	玄宗、张说、源干曜、张九龄、贺知章、王翰、张嘉贞、宋璟、卢从愿、许景光（先）、韩休、徐知仁、崔禹锡、苏晋、王光庭、袁晖、席豫、徐坚、崔日用、贾曾
开元十一年正月	玄宗登太行山等	玄宗、张说、苏颋、张九龄、苗晋卿、张嘉贞
开元十一年二月	玄宗出汾州雀鼠谷	玄宗、张说、苏颋、王丘、袁晖、崔翘、张九龄、王光庭、席豫、梁升卿、赵冬曦、徐安贞
开元十一年二月	祭后土于汾阴	韩思复、卢从愿、刘晃、韩休、王晙、崔玄昰、贾曾、苏颋、何鸾、蒋挺、源光俗
开元十一年三月	玄宗登道遥楼等	玄宗、张说、张九龄、苏颋、徐安贞
开元十一年六月	送王晙赴朔方巡边	玄宗、张说
开元十一年十二月	丽正殿学士进诗玄宗赐赞	玄宗、张说、徐坚、贺知章、赵冬曦、康子元、侯行果、韦述、敬会真、赵玄默、东方颢、李子钊、吕向、毋煚、陆元泰、咸廙业、余钦、孙季良、
开元十二年二月	乐游园宴	玄宗、张说、宋璟、张九龄、赵冬曦、崔沔、崔尚、胡皓、王翰
开元十二年十一月	玄宗幸东都	玄宗、张说、苏颋、张九龄
开元十三年二月	玄宗饯送自择十一刺史	玄宗、张说、张九龄、苏颋

续表

作诗时间	作诗事由	诗人及相关人物
开元十三年三月	玄宗赐学士宴于集仙殿	玄宗、源干曜、张说、徐坚、贺知章、康子元、赵冬曦、侯行果、敬会真、赵玄默、韦述、李子钊、陆元秦（泰）、吕向、咸廙业、毋煚、余钦、孙季良、冯朝隐
开元十三年四月	张说充使集贤殿	玄宗、苏颋、张说、赵冬曦、源干曜、徐坚、李元纮、裴漼、刘升、萧嵩、韦抗、李昌、韦述、陆坚、程行谌、褚琇、贺知章、王湾**
开元十三年十月至十二月	玄宗东封泰山及归东都	玄宗、张说、苏颋、张九龄
开元十三年	频赐集贤学士酒宴	集贤学士（中书令张说充学士、知院事，散骑常侍徐坚为副，礼部侍郎贺知章、中书舍人陆坚并为学士，国子博士康子元为侍讲学士，考功员外郎赵冬曦、监察御史咸廙业、左补阙韦述、李钊、陆元泰、吕向、拾遗毋煚、太学助教余钦、四门博士赵玄默、校书郎孙季良并直学士，太学博士侯行果、四门博士敬会直、右补阙冯骘并侍讲学士）
开元十四年十月	玄宗幸汝州赋雪	玄宗、张说
开元十四年十一月	玄宗幸宁王李宪宅	玄宗、张说
开元十四年冬	送赵颐真赴安西副大都督任	张说、张九龄、孙逖、卢象**
开元十六年五月	喜雨赋	玄宗、张说、韩休、徐安贞、贾登、徐浩、李宙
开元十七年五月	徐坚挽歌	徐坚、张说
开元十七年八月	玄宗生日宴百官	玄宗、张说（开元十七至十八年张说和玄宗诗次数甚多，不具录）
开元十七年九月	玄宗赋三杰	玄宗、张说、宋璟、源干曜、萧嵩、裴光庭、宇文融
开元十七年	送崔日知赴潞州大都督府长史任	玄宗、崔日知、张说
开元十八年三月	宰相及百官定昆池之宴	裴光庭、萧嵩、孙逖

续表

作诗时间	作诗事由	诗人及相关人物
开元二十年四月	玄宗宴百官于上阳宫	玄宗、张九龄、孙逖
开元二十年秋	唱和	李林甫、张九龄、韩朝宗、席豫
开元二十三年正月	喜雪	玄宗、张九龄、刘庭琦、陈希烈、李林甫
开元二十三年	送李尚隐赴益州长史任	玄宗、张九龄
开元二十四年十月	玄宗自东都归长安	玄宗、张九龄、李林甫、韦济
开元二十五年三月	游韦嗣立旧居	张九龄、韩休、王维**
天宝三载正月	送贺知章	玄宗、李适之、李林甫、襄信郡王璬、席豫、宋鼎、郭虚己、李岩、韦斌、李慎微、韦坚、齐澣、崔璘、梁涉、王浚、王瑀、康瑝、韩宗、郭慎微、于休烈、齐光乂、韦述、韩倩、杜昆吾、张绰、陆善经、胡嘉鄢、魏盈、李彦和、张博望、辛替否
天宝三载冬	玄宗幸温泉宫	玄宗、席豫等百官
天宝三载	送夫蒙灵詧归安西	玄宗、王维**

** 为《河岳英灵集》入选诗人

开元末天宝初的重要文人集体活动中,高官居多,不少是应制诗。这些诗歌创作大致围绕国家发生的大事、要事展开,诗歌唱和的主角以帝王和重臣为主。

（一）以帝王活动为中心

其一,玄宗赏赐,出于政治的协调与平衡。一类为荣宠重臣。如开元十七年九月,张说、宋璟、源干曜同日上官,玄宗赋三杰诗以赐之,张说等三人及萧嵩、裴光庭、宇文融三宰相有应制和作,苏晋为之序;说又奉三宰相酒,并作诗。《全唐诗》卷三玄宗《左丞相说右丞相璟太子少傅干曜同日上官命宴东堂赐诗》云:"赤帝收三杰,黄轩举二臣。"①卷六四宋璟有《奉和御制璟与张说源干曜同日上官命宴都堂赐诗应制》,卷八八张说有《奉和御制与宋璟源干曜同日上官命宴东堂赐诗应制》,卷一〇七源干曜有《奉和御制干曜与张说宋璟同日上官命宴都堂赐诗》,卷一〇八萧嵩、裴光庭、宇文融各有《奉和御制左丞相说右丞相璟太子少傅干曜同日上官命宴都堂赐诗》。《张燕公集》卷四附录苏晋《丞相少傅拜职天子作三杰之诗以命宴序》云:"咨日于朔,择时于秋,俾对命王庭,受职公府。"②知其上官实在九月朔日。《全唐诗》卷八九张说有《奉萧令嵩酒并诗》《奉宇文黄门融酒》《奉裴中书光庭酒》三诗,首诗云:"杯来秋兴高。"题下注:"已下三首,俱赐宴东堂作。"③知三诗与前应制诗作于同时④。

一类为宠行。例如1.开元十年闰五月张说兼朔方军节度使,往朔方巡边,玄宗作诗送行,张说有应制诗,源干曜、张九龄、贺知章、王翰等二十人和作,贾曾奉制作序。《新唐书·玄宗纪上》:开元十年"四月己亥,张说持节朔方军节度大使"⑤。《旧唐书·玄宗纪上》:开元十年"闰五月壬申,兵部尚书张说往朔方军巡边"⑥。《张燕公集》卷四附贾曾《饯张尚书赴朔方奉敕撰序》云:"乃命元宰兵部尚书燕公,专节朔方。……阉茂次年,仲夏贞闰,拜手东洛,驰轺北阙。……有诏具僚,爰开祖宴,且申后命,宠以藩锡。天章赋别,御札题笺。……天子有念,式叙清风。请编《出车》之什,以继《蒸人》

---

①《全唐诗》卷三,第 38 页。

②(唐)张说:《张燕公集》卷四,上海古籍出版社,1992 年,第 30 页。

③《全唐诗》卷八九,第 977 页。

④以下均引自《唐五代文学编年史(初盛唐卷)》,有疑处,则订补之。吾友陶敏先生 2013 年 1 月去世,其于唐代文学文献资料整理考订贡献巨大,本节多采用其成果。

⑤《新唐书》卷五,第 129 页。

⑥《旧唐书》卷八,第 183 页。

(按,即《诗·大雅·烝民》)之雅。"① 同卷张说有《将赴朔方军应制》诗。玄宗《送张说巡边》,源干曜、张嘉贞、宋璟、卢从愿、许景光(先)、韩休、徐知仁、崔禹锡、王翰、苏晋、王光庭、袁晖、席豫、张九龄、徐坚、崔日用、贺知章等均作《奉和圣制送张尚书巡边》诗,见《张燕公集》卷四。崔泰之、胡皓、王丘亦有送诗,分见《全唐诗》卷九一、卷一〇八、卷一一〇。《新唐书·艺文志四》云:"《朝英集》三卷。开元中张孝嵩出塞,张九龄、韩休、崔沔、王翰、胡皓、贺知章所撰送行歌诗。"② 张孝嵩开元七年曾为安西副都护,但其时王翰尚在太原。其后孝嵩为太原尹,似未曾再出塞。故傅璇琮先生《唐代诗人丛考》疑此集实即送张说巡边诗集。

例如 2. 开元十三年二月玄宗自择十一人为刺史,命百官饯送,自书十韵诗以赐之;张说、张九龄、苏颋均有和作。《资治通鉴》卷二一二云:开元十三年二月,"上自选诸司长官有声望者大理卿源光裕(俗)、尚书左丞杨承令、兵部侍郎寇泚等十一人为刺史,命宰相、诸王及诸司长官、台郎、御史饯于洛滨,供张甚盛。赐以御膳,太常具乐,内坊歌妓;上自书十韵诗赐之"③。《新唐书·许景先传》云:"十三年,帝自择刺史,景先由吏部侍郎为刺史治虢州。……祖道洛滨,盛具,奏太常乐,帛舫水嬉,命高力士赐诗,帝亲书,且给笔纸令自赋,赍绢三千遣之。"④ 时许景先虢州,源光俗郑州,寇泚宋州,郑温琦邠州,袁仁敬杭州,崔志廉襄州,李升期邢州,郑放定州,蒋挺湖州,裴观沧州,崔诚遂州,详见《册府元龟》卷六七一。《全唐诗》卷三玄宗有《赐诸州刺史以题座右》诗。张九龄、张说各有《奉和圣制赐诸州

① 《张燕公集》卷四,第 23—24 页。
② 《新唐书》卷六〇,第 1622 页。
③ 《资治通鉴》卷二一二,第 6763 页。
④ 《新唐书》卷一二八,第 4465 页。

刺史以题座右》诗,分见同书卷四七、卷八六。

　　例如 3. 天宝三载正月五日,贺知章因病请度为道士,求归越,玄宗许之,作诗及序送行,又命百官饯送于长乐坡,皇太子以下咸就执别,各有诗作。《旧唐书·玄宗纪下》载,天宝三载正月"庚子,遣左右相已下祖别贺知章于长乐坡,上赋诗赠之"①。《全唐诗》卷三玄宗《送贺知章归四明序》云:"天宝三年,太子宾客贺知章,鉴止足之分,抗归老之疏,解组辞荣,志期入道。朕以其年在迟暮,用循挂冠之事,俾遂赤松之游。正月五日,将归会稽,遂饯东路,乃命六卿庶尹大夫,供帐青门,宠行迈也。……乃赋诗赠行。"②《会稽掇英总集》卷二载李适之、李林甫、褒信郡王璆、席豫、宋鼎、郭虚己、李岩、韦斌、李慎微、韦坚、齐澣、崔璘、梁涉、王浚、王琚、康瓘、韩宗、郭慎微、于休烈、齐光义、韦述、韩倩、杜昆吾、张绰、陆善经、胡嘉鄢、魏盈、李彦和、张博望、辛替否等应制诗,与玄宗诗同为五言诗③。

　　一类为赐宴。如开元十二年二月赐宰相群臣宴于乐游园,玄宗有诗,张说、宋璟、张九龄、赵冬曦、崔沔、崔尚、胡皓、王翰等有和作。《全唐诗》卷三玄宗有《同二相已下群官乐游园宴》诗。张九龄《恩赐乐游园宴应制》云:"朝庆千龄始,年华二月中。"④知事在二月。宋璟、张说、赵冬曦、崔沔、崔尚、胡皓、王翰等均有和作,分见《全唐诗》卷六四、卷八八、卷九八、卷一〇八、卷一五六。苏颋亦有和作,见同书卷七四。张说、王翰九年始入朝,苏颋开元十五年七月卒,诗作于此时。乐游园在长安,玄宗开元十年、十三年、十四年、十五年春均在洛阳,十一年春幸并州,唯本年春在长安,但苏颋本年春又在

---

① 《旧唐书》卷九,第 217 页。

② 《全唐诗》卷三,第 31 页。

③ 邹志方校注:《〈会稽掇英总集〉点校》,人民出版社,2006 年,第 27—35 页。

④ (唐)张九龄撰,熊飞校注:《张九龄集校注》卷四,中华书局,2008 年,第 291 页。

益州。

又开元十三年十二月（庚戌朔）己巳，玄宗自泰山归至东都，酺宴，有诗，苏颋、张九龄和作。《旧唐书·玄宗纪上》：开元十三年"十二月己巳，至东都"①。《全唐诗》卷四九张九龄有《奉和圣制登封礼毕洛城酺宴》诗。卷七三苏颋《广达楼下夜侍酺宴应制》云："东岳封回宴洛京，西墉通晚会公卿。"②亦同时作。

其二，玄宗出行。这占有重要比例。例如1.开元三年十月苏颋扈从凤泉，途中与崔泰之有诗唱和。《全唐诗》卷七三苏颋《扈从凤泉和崔黄门喜恩旨解严罢围之作》。崔黄门，崔泰之，时为黄门侍郎。《唐代墓志汇编》开元一七四《崔泰之墓志》云："迁黄门侍郎。"③泰之四年二月在黄门侍郎任，见《全唐文》卷二五八苏颋《李乂神道碑》。《旧唐书·玄宗纪上》载，开元三年十月甲子，幸鄠县之凤泉汤。十一月乙卯，至自凤泉汤。十一月苏颋扈从骊山汤泉，有诗呈李乂、崔泰之、马怀素。《全唐诗》卷七三《扈从鄠杜间奉呈刑部尚书舅崔黄门马常侍》。刑部尚书舅，李乂。崔黄门，崔泰之。马常侍，马怀素，时为散骑常侍。卢怀慎从幸骊山温汤，望秦始皇陵，作诗，张九龄有和作。《全唐诗》卷四七张九龄《和黄门卢监望秦始皇陵》。卢监，卢怀慎。《旧唐书》本传："开元三年，迁黄门监。"④

例如2.开元九年玄宗游兴庆宫，作诗，张说和之。《全唐诗》卷三玄宗《游兴庆宫作序》云："暇日，与兄弟同游兴庆宫，登勤政务本及花萼相辉之楼……率题此什。"⑤《张燕公集》卷二《奉和暇日游兴

①《旧唐书》卷八，第189页。
②《全唐诗》卷七三，第805页。
③《唐代墓志汇编》，第1276—1277页。
④《旧唐书》卷九八，第3068页。
⑤《全唐诗》卷三，第39页。

庆宫作应制》云："巢凤新成阁,飞龙旧跃泉。"① 《类编长安志》卷三引《唐实录》云："勤政楼在兴庆宫南,开元八年造。"② 本年九月张说入朝,十二年玄宗兄弟中李㧑卒。此云"新成阁",当作于八年后不久。

例如 3. 开元十一年正月(丁卯朔)己巳,玄宗自洛阳北巡潞州、并州,登太行山,有诗言志;过王浚墓,至上党旧宫,均有诗作;时张说、苏颋、张九龄、苗晋卿、张嘉贞等扈从,均有和作。《资治通鉴》卷二一二载,开元十一年"春,正月,己巳,车驾自东都北巡,庚辰,至潞州,给复五年"③。《张燕公集》卷三《奉和太行山中言志应制》云:"羽仪映松雪,戈甲带春寒。……扈跸参天老,承荣忝夏官。"④ 说时以兵部尚书为相。同卷附玄宗《早登太行山中言志》诗。《全唐诗》卷四九张九龄《奉和圣制早登太行山率尔言志》,卷七四苏颋《奉和圣制登太行山中言志应制》,卷一一一张嘉贞《奉和早登太行山中言志应制》,卷二五八苗晋卿《奉和圣制早登太行山中言志》,均为应制和作。《张燕公集》卷三有玄宗《过王浚墓》及张说《应制奉和》诗,《全唐诗》卷四九张九龄有《奉和圣制过王浚墓》诗。《晋书·王浚传》云:"葬柏谷山。"⑤ 《大明一统志》卷二一潞州:"柏谷山在州城东北一十三里。"⑥ 诸诗潞州作。《张燕公集》卷三载玄宗《爱因巡省途次旧居》诗及张说《奉和爱因巡省途次旧居应制》诗。玄宗诗《全

① 《张燕公集》卷二,第 8 页。

② (元)骆天骧撰,黄永年点校:《类编长安志》卷三,中华书局,1990 年,第 98 页。

③ 《资治通鉴》卷二一二,第 6755 页。

④ 《张燕公集》卷三,第 14 页。

⑤ (唐)房玄龄等撰,中华书局编辑部点校:《晋书》卷四二,中华书局,1974 年,第 1216 页。

⑥ (明)李贤:《大明一统志》卷二一,三秦出版社,1990 年,第 1425 页。

唐诗》卷三题作《巡省途次上党旧宫赋》，序云："朕昔在初九，佐贰此州。……爰因巡省，途次旧居……空想大风，题兹短什。"① 《全唐诗》卷七四苏颋有《奉和圣制途次旧居应制》诗。辛卯，玄宗至并州，作《过晋阳宫》诗，张说、苏颋、张九龄均有和作；玄宗又作《起义堂颂》，刻石太原。《资治通鉴》卷二一二载，开元十一年正月"辛卯，至并州"②。《旧唐书·玄宗纪上》开元十一年正月，"辛卯，改并州为太原府。……上亲制《起义堂颂》及书，刻石纪功于太原府之南街"③。《全唐诗》卷三玄宗有《过晋阳宫》诗，张九龄、张说、苏颋和诗分见同书卷四七、卷八六、卷七三。晋阳宫在太原西北，贞观十一年筑，见《新唐书·地理志三》。

例如 4. 开元十一年二月玄宗自太原南行，出汾州雀鼠谷，张说献诗，玄宗和答，从行群臣苏颋、王丘、袁晖、崔翘、张九龄、王光庭、席豫、梁升卿、赵冬曦、徐安贞等皆和，宋璟亦有和作。《张燕公集》卷四《扈从南出雀鼠谷》云："硖关凌曙出，平路半春归。霍镇迎云罕，汾河送羽旗。……上林千里近，应见百花飞。"④ 玄宗《答张说南出雀鼠谷》，宋璟、苏颋、王丘、袁晖、崔翘、张九龄、王光庭、席豫、梁升卿《奉和圣制答张说南出雀鼠谷》诗，均见《张燕公集》卷四。赵冬曦、徐安贞和诗分见《全唐诗》卷九八、卷一二四。《太平寰宇记》卷四一汾州孝义县："雀鼠谷。《冀州图》云：'在县南二十里。长一百十里，南至临汾郡霍邑县界。汾水出于谷内，南流入河。'"⑤ 三月玄宗自河

---

① 《全唐诗》卷三，第 40 页。
② 《资治通鉴》卷二一二，第 6755 页。
③ 《旧唐书》卷八，第 185 页。
④ 《张燕公集》卷四，第 21 页。
⑤ （宋）乐史撰，王文楚等点校：《太平寰宇记》卷四一，中华书局，2007 年，第 868 页。

东归秦,途中经蒲州,登逍遥楼,经河上公庙,度蒲津关,入潼关,均有诗作,张说、张九龄、苏颋、徐安贞等有和作。《资治通鉴》卷二一二开元十一年,"三月庚午,车驾至京师"①。《全唐诗》卷三玄宗有《登蒲州逍遥楼》诗,卷七三苏颋有《奉和圣制登蒲州逍遥楼应制》诗。《全唐诗》卷三玄宗有《经河上公庙》诗,张九龄、苏颋、张说应制和作分见同书卷四九、卷七四、卷八八。《全唐诗》卷三玄宗《早度蒲津关》云:"鸣銮下蒲坂,飞旆入秦中。"②张九龄、张说、徐安贞应制和作分见《全唐诗》卷四九、卷八八、卷一二四。蒲津关在蒲州河东县西二里,见《太平寰宇记》卷四六。《全唐诗》卷三玄宗《初入秦川路逢寒食》云:"去年余闰今春早。"③盖开元十年闰五月。《全唐诗》卷三玄宗有《潼关口号》诗。卷七四苏颋《奉和圣制过潼津关》云:"在德何夷险,观风复往还。"④知诗作于回长安途中。张九龄、张说和诗分见同书卷四九、卷八九。

例如 5. 开元十二年十一月玄宗幸东都,经华阴,制岳庙文,勒石;又经华岳,次陕州,均有诗,张说、苏颋、张九龄有应制和作。《全唐文》卷四一玄宗《西岳太华山碑序》云:"十有一载,孟冬之月,步自京邑,幸于洛师。停銮庙下……迟回刻石,梗概铭山。"⑤《旧唐书·玄宗纪上》开元十二年,"十一月庚申,幸东都,至华阴,上制岳庙文,勒之于石,立于祠南之道周"⑥。云"十一月",与碑稍异。《宝刻丛编》卷一〇:"《唐华岳庙碑》,唐玄宗御制御书(《诸道石刻录》)。

---

① 《资治通鉴》卷二一二,第 6755 页。
② 《全唐诗》卷三,第 35—36 页。
③ 《全唐诗》卷三,第 29 页。
④ 《全唐诗》卷七四,第 814 页。
⑤ 《全唐文》卷四一,第 448 页。
⑥ 《旧唐书》卷八,第 187 页。

《唐御制华岳碑述圣颂》,唐京兆府富城(平)尉达奚珣撰序,右补阙、集贤殿学士吕向撰颂并书。玄宗御制御书华岳庙碑,建于庙中,珣等遂作此颂,以开元中立(《集古录目》)。"①《全唐诗》卷三玄宗《途经华岳》云:"饬驾去京邑,鸣鸾指洛川。"②张九龄《奉和圣制途经华山》云:"会应陪检玉,来此告成功。"③《全唐诗》卷八八张说同题诗:"霁日悬高掌,寒空类削成。……群臣愿封岱,还驾勒鸿名。"④卷七四苏颋《奉和圣制途经华岳应制》云:"偃树枝封雪,残碑石冒苔。圣皇惟道契,文字勒岩隈。"⑤诗中所述即指玄宗作碑勒石事。诸诗均冬日景象,即作于此次东巡时。《全唐诗》卷三玄宗《途次陕州》云:"鸣笳从此去,行见洛阳宫。"⑥张说、张九龄奉制之作分见同书卷八七、卷四八。

　　例如6.开元十三年十月玄宗东封泰山,行至成皋太宗破窦建德处,作诗,张说、苏颋、张九龄有和作;途中遇雪,玄宗有诗,张说和作。《旧唐书·玄宗纪上》开元十三年十月,"辛酉,东封泰山,发自东都"⑦。《全唐诗》卷三玄宗有《行次成皋途经先圣擒建德之所缅思功业感而赋诗》诗。卷七三苏颋《奉和圣制行次成皋途经先圣擒建德之所感而成诗应制》云:"即此巡于岱,曾孙受命封。"⑧张九龄《奉和圣制次成皋先圣擒建德之所》云:"绍成即我后,封岱出天关。"⑨知

---

① (宋)陈思:《宝刻丛编》,丛书集成初编本,商务印书馆,1937年,第309页。
② 《全唐诗》卷三,第36页。
③ 《张九龄集校注》卷一,第47页。
④ 《全唐诗》卷八八,第964页。
⑤ 《全唐诗》卷七四,第808页。
⑥ 《全唐诗》卷三,第31页。
⑦ 《旧唐书》卷八,第188页。
⑧ 《全唐诗》卷七三,第795页。
⑨ 《张九龄集校注》卷一,第10页。

诗于东封途中作。《全唐诗》卷八六张说《奉和圣制行次成皋应制》，亦同时作。十一月庚申，玄宗自泰山归经孔子宅，致祭，作诗；张说、张九龄有和作。《资治通鉴》卷二一二开元十三年十一月，"甲午，车驾发泰山。庚申，幸孔子宅致祭"①。《全唐诗》卷三玄宗有《经邹鲁祭孔子而叹之》诗。卷四八张九龄《奉和圣制经孔子旧宅》、卷八七张说《奉和圣制经邹鲁祭孔子应制》，均为和作。

　　例如 7. 开元二十四年十月玄宗自东都归长安，发洛阳，经华山，有诗作，张九龄、李林甫、韦济应制和作。张九龄《奉和圣制初出洛城》云："东土淹龙驾，西人望翠华。……十月回星斗，千官捧日车。"②又《奉和圣制次琼岳顿》云："咸京天上近，清渭日边临。"③《全唐诗》卷一二一李林甫同题诗："东幸从人望，西巡顺物回。……十月农初罢，三驱礼复开。"④卷二五五韦济亦有同题诗。

　　值得一提的是，开元元年十一月魏知古从猎渭川，献十韵诗以讽，玄宗手制褒之。知古时为侍中，秩正三品。《全唐诗》卷九一魏知古《从猎渭川献诗》云："尝闻夏太康，五弟训禽荒。我后来冬狩，三驱盛礼张。顺时鹰隼击，讲事武功扬。奔走未及去，翾飞岂暇翔。非熊从渭水，瑞翟想陈仓。此欲诚难纵，兹游不可常。子云陈羽猎，倕伯谏渔棠。得失鉴齐楚，仁思念禹汤。雍熙亮在宥，亭毒匪多伤。辛甲今为史，虞箴遂孔彰。"⑤《旧唐书》本传："擢拜侍中。先天元年冬，从上畋猎于渭川，因献诗讽曰……手制褒之曰……"⑥《唐会要》

①《资治通鉴》卷二一二，第 6767 页。
②《张九龄集校注》卷一，第 35 页。
③《张九龄集校注》卷一，第 32 页。
④《全唐诗》卷一二一，第 1212 页。
⑤《全唐诗》卷九一，第 992 页。
⑥《旧唐书》卷九八，第 3063 页。

卷二八:"先天元年十月七日,幸新丰,猎于骊山之下。至十一月三日,侍中魏知古上诗谏曰……"①《旧唐书·玄宗纪上》:开元元年,"冬十一月甲申,幸新丰之温汤。……甲辰,畋猎于渭川"②。其事当在本年。《全唐文》卷二〇玄宗《褒魏知古进诗手制》云:"卿所进《猎渭滨》十韵,三复研精,良增叹美。夫诗者志之,所以写其心怀,实可讽谕君主……今赐卿物五十段,用申劝奖。"③

其三,玄宗参与的学士活动。玄宗重文,重视学士,成为开元年间一大特色,故特为标出。开元十一年,丽正殿学士张说、徐坚、贺知章、赵冬曦、韦述、孙季良等进诗,玄宗作赐十八学士赞以褒之。《玉海》卷三一:"开元十一年,丽正学士进诗,上嘉赏之。自燕公以下十八人,各赐赞以褒美之。"④《职官分纪》卷一五:"张燕公等因献赋诗,上各赐赞以褒美之。敕曰:'得所进诗,甚有佳妙。风雅之道,斯焉可观。并据才能,略为赞述。具如别纸,宜各领之。'上自以五色笺八分书之,赍付院,散付学士。张说:'德重和鼎,功逾济川。词林魁首,翰苑光鲜。'徐坚:'校史天禄,论经上庠。华词婉丽,诗赋抑扬。'贺知章:'礼乐之司,文章之苑。学优艺博,才高思远。'赵冬曦:'白简端严,青史良直。清词雅韵,博览强识。'康子元:'才识清远,言谈幽秘。四科文学,六书仁义。'侯行果:'洪钟仵扣,明镜不疲。搜象系象,动中威仪。'韦述:'职参山甫,业纂玄成。六艺述作,四始飞英。'敬会真:'名乃会真,迹惟契道。枢衣讲习,临筵振藻。'赵玄默:'才比丘明,学兼儒墨。叙述微婉,讲论道德。'东方颢:'地游天禄,门嗣滑稽。三冬足用,六艺斯齐。'李子钊:'干木流度,指树贻

---

① (宋)王溥:《唐会要》卷二八,中华书局,1955年,第528页。
②《旧唐书》卷八,第171页。
③《全唐文》卷二〇,第235页。
④《唐五代文学编年史(初盛唐卷)》,第584页。

芳。讽谏遗阙,启发篇章。'吕向:'族茂飞熊,才方班马。考理篇籍,
抑扬风雅。'毋煚:'轩辕之任,谏诤之职。闻诗闻礼,有才有识。'陆
去秦(泰):'才光于晋,价重于张。州县斯屈,文翰尤长。'戚(咸)廙
业:'郁郁高文,英英博识。持我行宪,式是谅直。'余钦:'文章两赡,
才术兼美。思在穷经,专学旧史。'孙季良:'蓬山之秀,芸阁之英。
雄词卓杰,雅思纵横。'寻敕善写真人貌学士等,欲画像书赞于含象
亭。属车驾东行,竟不果。"①

　　开元十三年三月二十七日,玄宗赐学士宴于集仙殿,作诗及序,
张说及诸学士均和;玄宗于座上口诏改集仙殿为集贤殿。《全唐诗》
卷三玄宗《春晚宴两相及礼官丽正殿学士探得风字序》云:"朕以薄
德,祗膺历数。……乃命学者,缮落简,缉遗编,纂鲁壁之文章,缀秦
坑之煨烬,所以修文教也。……既家六合,时巡两京。……阴阳代
谢,日月相推,岂可使春色虚捐,韶华并歇。乃置旨酒,命英贤,有文
苑之高才,有掖垣之良佐……同吟湛露之篇,宜振凌云之藻。于时岁
在乙丑,开元十三年三月二十七日。"②《职官分纪》卷一五:"十三年
三月,因奏封禅仪注,敕学士等赐宴于集仙殿。上制诗序,群臣赋诗。
上于座上口诏改为集贤殿。时预宴者,宰臣源侍中干曜、张燕公,学
士徐坚、贺知章、康子元、赵冬曦、侯行果、敬会真、赵玄默、韦述、李子
钊、陆去秦(泰)、吕向、咸廙业、毋煚、余钦、孙季良、冯朝隐等。……
酒酣,内出彩笺,令燕公赋宫韵,群臣赋诗。"③《全唐诗》卷八八张说
《春晚侍宴丽正殿探得开字》云:"坊因购书立,殿为集贤开。……庭
柳余春驻,宫莺早夏催。喜承芸阁宴,幸奉柏梁杯。"④ 即应制之作。

---

①《唐五代文学编年史(初盛唐卷)》,第584—585页。

②《全唐诗》卷三,第34页。

③《唐五代文学编年史(初盛唐卷)》,第596页。

④《全唐诗》卷八八,第964页。

五日,诏改集仙殿为集贤殿,以张说充使,徐坚为副,贺知章、陆坚为学士,赵冬曦、韦述、吕向、孙季良等为直学士,共十八人;张说赴集贤殿上任,复赐宴赋诗,苏颋、张说、王翰等十七人均和,张九龄为之序。《唐会要》卷六四:"十三年四月五日……下诏曰:'仙者捕影之流,朕所不取;贤者济治之具,当务其实。院内五品已上为学士,六品已下为直学士。中书令张说充学士、知院事,散骑常侍徐坚为副,礼部侍郎贺知章、中书舍人陆坚并为学士,国子博士康子元为侍讲学士,考功员外郎赵冬曦、监察御史咸廙业、左补阙韦述、李钊、陆元泰、吕向、拾遗毋煚、太学助教余钦、四门博士赵元默、校书郎孙季良并直学士,太学博士侯行果、四门博士敬会直、右补阙冯鸶并侍讲学士。'"①《全唐文》卷二九〇张九龄《集贤殿书院奉敕送学士张说上赐燕序》云:"中书令燕国公……拜命之日,荷宠有加。降圣酒之醽,颁御厨之膳。食以乐侑,人斯德饱。时有侍中安阳公等承恩预焉。学士右散骑常侍东海公等摄职在焉。……咸可赋诗,以光鸿烈。"②《全唐诗》卷三玄宗《集贤书院成送张说上集贤学士赐宴得珍字》云:"节变云初夏,时移气尚春。"③即四月作。同作诗有卷七四苏颋得兹字,卷八八张说得辉字,卷九八赵冬曦得莲字,卷一〇七源干曜得迎字、徐坚得虚字,卷一〇李元纮得私字、裴漼得升字、刘升得宾字、萧嵩得登字、韦抗得西字、李暠得催字、韦述得华字、陆坚得今字、程行谌得迥字、褚琇得风字,卷一一二贺知章得谟字,卷一五六王湾得筵字。

开元十三年前后,频赐集贤学士酒宴,学士赋诗,奏上凡数百首,编成卷轴以进。

---

① 《唐会要》卷六四,第1119页。
② 《全唐文》卷二九〇,第2945—2946页。
③ 《全唐诗》卷三,第35页。

　　《全唐诗》卷八七张说《恩制赐食于丽正殿书院宴赋得林字》云：
"东壁图书府,西园翰墨林。"① 又有《皇帝降诞日集贤殿赐宴》诗。
卷一一五王湾有《丽正殿赐宴同勒天前烟年四韵应制》,卷一二四
徐安贞有《书殿赐宴应制》,亦以天、前、烟、年为韵。《职官分纪》
卷一五："时又频赐酒馔学士等,宴饮为乐。前后赋诗奏上凡数百
首。……燕公诗曰：'东壁图书府,西园翰墨林。诵诗闻国政,讲易
见天心。'当时词人称为尤美。前后令赵冬曦、张九龄、咸廙业、韦述
为诗序,学士等赋诗编成卷轴以进上。"②《新唐书·艺文志四》云：
"《集贤院壁记诗》二卷。"③ 所编当即集贤学士所赋诗。

　　开元十三年中书令张说专集贤院事,甚重文学之士,韦述、张九
龄、许景先、袁晖、赵冬曦、孙逖、王翰等常游其门。《旧唐书·韦述
传》云："转右补阙,中书令张说专集贤院事,引述为直学士,迁起居
舍人。说重词学之士,述与张九龄、许景先、袁晖、赵冬曦、孙逖、王翰
常游其门。"④

　　其四,一般性的娱兴唱和。开元八年三月玄宗作《春台望》诗,
苏颋、贺知章、许景先均有和作;起居舍人蔡孚奏请编国史。《全唐
诗》卷三玄宗《春台望》云："暇景属三春,高台聊四望。"⑤ 卷七三苏
颋有《奉和圣制春台望应制》诗,卷一○一许景先、卷一一二贺知章
各有《奉和御制春台望》诗。《册府元龟》卷四○："玄宗开元八年,
亲制春雪诗、《春台望》一章二十八句,起居舍人蔡孚奏曰：'……请

①《全唐诗》卷八七,第945页。
②《唐五代文学编年史(初盛唐卷)》,第604页。
③《新唐书》卷六○,第1623页。
④《旧唐书》卷一○二,第3183—3184页。
⑤《全唐诗》卷三,第29页。

宣示百僚,及编国史。'"① 本年九月许景先在给事中任,见《唐会要》
卷二六。

(二)为朝廷礼仪之需的乐章写作

开元二年六月,右拾遗蔡孚集龙池诗一百三十篇献之,太常寺考
其词合音律者为乐章,沈佺期、苏颋、李乂、崔日用等十人诗在选;张
九龄在朝为拾遗,亦有诗作。《唐会要》卷二二:"开元二年闰二月
诏,令祠龙池。六月四日,右拾遗蔡孚献《龙池篇》,集王公卿士以下
一百三十篇,太常寺考其词合音律者为《龙池篇乐章》,共录十首。"
注:"紫微令姚元之,右拾遗蔡孚,太府少卿沈佺期,黄门侍郎卢怀慎,
殿中监姜皎,吏部尚书崔日用,紫微侍郎苏颋,黄门侍郎李乂府(按,
当为李乂之衍讹),工部侍郎姜晞,兵部侍郎裴漼等,更为乐章。"②
诗均为七律。紫微令,即中书令,秩正三品。太府少卿,从四品上。
黄门侍郎,正四品上。殿中监,从三品。吏部尚书,正四品上。紫微
侍郎,正四品上。工部侍郎、兵部侍郎,正四品下。拾遗,从八品上。
《龙池篇》为右拾遗蔡孚所献,故太常考其词合音律者十首,蔡孚诗在
其中,其余皆为正四品高官的作品,当时张九龄亦有诗,其不入选疑
为官品太低,《龙池篇乐章》以官品取诗的倾向明显。

开元十一年壬子,祭后土于汾阴,韩思复、卢从愿、刘晃、韩休、王
晙、崔玄晔、贾曾、苏颋、何鸾、蒋挺、源光俗等十一人作《祭皇地祇于
汾阴乐章》。《资治通鉴》卷二一二开元十一年二月,"壬子,祭后土
于汾阴"③。《旧唐书·音乐志三》载,开元十一年《祭汾阴乐章》十一
首,作者有黄门侍郎韩思复、中书侍郎卢从愿、司勋郎中刘晃、礼部侍

① 《册府元龟》卷四〇,第430页。
② 《唐会要》卷二二,第433页。
③ 《资治通鉴》卷二一二,第6755页。

郎韩休、吏部尚书王晙、刑部侍郎崔玄晖、徐州刺史贾曾、礼部尚书苏颋、太常少卿何鸾、主爵郎中蒋挺、尚书右丞源光裕(俗)①。

（三）以重臣为中心的活动

其一，重大送行活动。

如开元元年十月赵彦昭为朔方道大总管，苏颋、张说各有诗送。苏颋时为工部侍郎，正四品下。张说为检校中书令，秩正三品。《资治通鉴》卷二一〇云：开元元年十月己酉，以刑部尚书赵彦昭为朔方道大总管②。《全唐诗》卷七四苏颋有《饯赵尚书摄御史大夫赴朔方军》诗。诗云："劲虏欲南窥，扬兵护朔陲。赵尧宁易印，邓禹即分麾。野饯回三杰，军谋用六奇。云边愁出塞，日下怆临岐。拔剑行人舞，挥戈战马驰。明年麟阁上，充国画于斯。"③《全唐诗》卷八八张说《送赵二尚书彦昭北伐》云："虏地河冰合，边城备此时。兵连紫塞路，将举白云司。提剑荣中贵，衔珠盛出师。日华光组练，风色焰旌旗。投笔尊前起，横戈马上辞。梅花吹别引，杨柳赋归诗。"④

开元二年闰二月苏颋作诗及序送褚无量归觐。《全唐诗》卷七三苏颋《送常侍舒公归觐》，又卷七四《重送舒公》。舒公，褚无量。《旧唐书》本传："玄宗即位……寻以师傅恩迁左散骑常侍……封舒国公。"⑤《全唐文》卷二五六苏颋《饯常侍舒公归觐序》云："是月惟闰，乘春载阳……于是丝庭华省之家，虎观鸿都之士……莫不捧袂黯

①《旧唐书》卷三〇，第1116—1117页。
②《资治通鉴》卷二一〇，第6691页。
③《全唐诗》卷七四，第810页。
④《全唐诗》卷八八，第971页。
⑤《旧唐书》卷一二〇，第3167页。

然,弹毫以赠。"① 本年春闰二月。散骑常侍,正三品。

开元九年二月苏颋出为益州大都督府长史,行前有诗,宋璟、郑惟忠有诗送行。

《旧唐书·苏瑰传附苏颋传》云:"八年,除礼部尚书,罢政事。俄知益州大都督府长史事。"②《全唐诗》卷七四苏颋《将赴益州题小园壁》云:"岁穷惟益老,春至却辞家。"又《慈恩寺二月半寓言》云:"稻麻欣所遇,蓬籓怆焉如。不驻秦京陌,还题蜀郡舆。爱离方自此,回望独踌躇。"③ 均作于赴益州前。颋于去年十月罢相,知其赴益州在本年二月。《全唐诗》卷六四宋璟《送苏尚书赴益州》云:"我望风烟接,君行霰雪飞。园亭若有送,杨柳最依依。"同书卷四五郑惟忠《送苏尚书赴益州》云:"离忧将岁尽,归望逐春来。"④ 苏颋除益州似在岁末,至二月方行。

开元十四年冬,赵颐真赴安西副大都督府任,张说、张九龄、孙逖、卢象均有诗送。《张燕公集》卷六有《送赵颐真郎中赴安西》诗。张九龄《送赵都护赴安西》云:"南至三冬晚,西驰万里寒。"⑤《全唐诗》卷一二二卢象《送赵都护赴安西》云:"下客候旌麾,元戎复在斯。"卷一一八孙逖《送赵大夫护边》(一作《送赵都护赴安西》)云:"外域分都护,中台命职方。欲传清庙略,先取剧曹郎。"⑥ 均送赵颐真之作。

其二,同朝官吏之间的诗歌活动。开元二年秋,苏颋、李乂、崔日

①《全唐文》卷二五六,第 2592 页。
②《旧唐书》卷八八,第 2881 页。
③《全唐诗》卷七四,第 814、812 页。
④《全唐诗》卷六四、卷四五,第 751、552 页。
⑤《张九龄集校注》卷三,第 189 页。
⑥《全唐诗》卷一二二、卷一一八,第 1220、1196 页。

用、张九龄、卢怀慎等同在朝,有诗唱和。张九龄《奉和吏部崔尚书雨后大明朝堂望南山》云:"夜雨尘初灭,秋空月正悬。"①《全唐诗》卷七四苏颋《敬和崔尚书大明朝堂雨后望终南山见示之作》,又《奉和崔尚书赠大理陆卿鸿胪刘卿见示之作》。崔尚书,崔日用。陆卿,陆馀庆,时为大理卿。刘卿,刘知柔,时为鸿胪卿。均见陶敏《全唐诗人名考证》。《全唐诗》卷七四苏颋《秋夜寓直中书呈黄门舅》。黄门舅,李乂,时在黄门侍郎任。《全唐文》卷二五八苏颋《唐紫微侍郎赠黄门监李乂神道碑》云:"乂以颋者公称知我,我谓之甥。固尝挥斥见期,必使刊石为事。"② 知乂为苏颋舅。《全唐诗》卷四八张九龄《和黄门卢侍御咏竹》。侍御非黄门省(即门下省)属官,当为侍郎之误。卢怀慎时为黄门侍郎。

　　开元二十五年三月张九龄、韩休等游于骊山韦嗣立旧居,各有诗作,王维为之序。《全唐诗》卷四七张九龄有《骊山下逍遥公旧居游集》诗。逍遥公,韦嗣立,见景龙三年十一月条。《王右丞集笺注》卷一九《暮春太师左右丞相诸公于韦氏逍遥谷宴集序》云:"时则太子太师徐国公、左丞相稷山公、右丞相始兴公、少师宜阳公、少保崔公、特进邓公、吏部尚书武都公、礼部尚书杜公、宾客王公……以诣夫逍遥焉。"③ 据赵殿成注,徐国公为萧嵩,稷山公为裴耀卿,始兴公为张九龄,少师韩休,杜公杜暹,王公王丘,集会在暮春三月。按序中其余数人,特进邓公为张嵩,武都公为李昈,崔公为崔琳。开元二十二至二十四年春,玄宗在东都,诸人当随驾在洛,张九龄本年四月出为荆州长史。

---

① 《张九龄集校注》卷一,第 55 页。
② 《全唐文》卷二五八,第 2610—2611 页。
③ (唐)王维著,(清)赵殿成笺注:《王右丞集笺注》卷一九,上海古籍出版社,1984 年,第 338 页。

小　结

基于上面简单的梳理,盛唐诗坛的上层文学活动可以启发我们思考如下问题:

其一,开元末天宝初参与重要诗歌活动的诗人基本未入《河岳英灵集》,除卢象外,王维开元中也未参与主流诗坛的写作。

朝廷高层诗人的活动和中层以及中下层诗人有排斥也有联系,主要表现为群体活动中下层诗人的个别参与,这种现象具有偶然性,如张九龄、王湾。

从全国的角度考察,诗人及诗作有朝、野之别;以朝廷、京城的角度考察,诗人及诗作有高层、中层、下层之别。这样的分别在研究诗人阶层和角色,尤其面对诗人群体行为时应引起关注。而相近品级官属之间的私下诗歌活动就显得自然,如开元二年袁晖擢左补阙,与蔡孚、张九龄同在谏垣,有诗唱和。《全唐诗》卷四九张九龄《与袁补阙寻蔡拾遗会此公出行后蔡有五韵见赠以此篇答焉》,蔡拾遗,蔡孚;袁补阙,袁晖。值得关注的王府文人活动,吸引了一些中、低层文人的参与。王维约在及第前活动在诸王之间,《旧唐书》卷一九〇《文苑传下》载:"维以诗名盛于开元、天宝间,昆仲宦游两都,凡诸王驸马豪右贵势之门,无不拂席迎之,宁王、薛王待之如师友。维尤长五言诗。书画特臻其妙,笔踪措思,参于造化,而创意经图,即有所缺,如山水平远,云峰石色,绝迹天机,非绘者之所及也。"[1]《旧唐书》卷九五《睿宗诸子传》云:"(岐王)范好学工书,雅爱文章之士,士无贵贱,皆尽礼接待。与阎朝隐、刘庭琦、张谔、郑繇篇题唱和,又多聚书画古迹,为时所称。"[2] 开元八年春,岐王李范在长安,与万年尉刘廷

---

[1]《旧唐书》卷一九〇下,第 5052 页。

[2]《旧唐书》卷九五,第 3016 页。

琦、太祝张谔等善,常饮酒赋诗,以相娱乐;丁仙芝亦曾陪宴饮,有诗作。《全唐诗》卷一一〇张谔有《三日岐王宅》("何时学健步,斗取落花轻")、《岐王山亭》("王家傍绿池,春色正相宜")、《岐王席上咏美人》《延平门高斋亭子应岐王教》等诗,作于春日 ①。延平门即唐长安城西面三门之南门,见《唐两京城坊考》卷二;张谔等于本年十月坐与岐王交游贬官,故诗本年春作于长安。《全唐诗逸》卷上丁仙芝有《陪岐王宅宴》残句,当亦本年作。

其二,每一次高层的群体诗歌活动,在物质形态上就相当于一卷诗歌集,而这些诗歌集为《河岳英灵集》的研究提供了重要的比较对象。

其三,文学的时段划分有助于人们认识当时文坛状况和发展,尽管这与我们今天的认识不完全或很不一致,但它真实地反映了文人在时间层上的更替。如开元四年左右,沈佺期卒,约年六十八,有集十卷;武后、中宗朝文士,至此凋零向尽,惟张说岿然独存。而这大约是《河岳英灵集》所收作品的起始时间。

二、储光羲与《河岳英灵集》

《河岳英灵集》在唐人选唐诗、唐代诗歌理论史等方面都有重要地位,研究也相当深入,其中以傅璇琮先生的《盛唐诗风和殷璠诗论》《唐人选唐诗与〈河岳英灵集〉》② 等文以及《河岳英灵集》的整理 ③ 最具代表性。在此基础上如要做进一步研究,有些问题还可以提出

---

① 《全唐诗》卷一九〇,第 1129—1131 页。
② 傅璇琮:《唐诗论学丛稿》,京华出版社,1999 年。
③ 《唐人选唐诗新编》。

来讨论,如从唐代诗歌传播的角度来考察,殷璠是如何获得入选诗歌的? 选诗的基础人数和诗歌数要比入选的人数和诗歌数大得多。又如殷璠《叙》提到"开元十五年"这样确定的年份,依据是什么? 任中敏认为"殷璠何以举开元十五年为限,犹未有说"①。同样《叙》中提到"起甲寅",甲寅是为开元二年,为何不从开元元年起算,而取开元二年作为起始之年? 因版本不同,《叙》一云"终乙酉",一云"终癸巳","乙酉"和"癸巳"在形体上不能相误,如何解释? 还可以进一步追问,从唐诗选编者的身份考察,殷璠交游不广、地位低下,但其选诗、评诗标准以及对诗歌的见解在当时可称是卓超时流,即使在今人看来仍然精当,实属不易,仅凭殷璠一人可能达不到如此之高的水平。那么,谁对殷璠选诗评诗有所帮助,并影响其坚守标准呢? 据初步的研究,参与并指导殷璠工作的人是储光羲,储是殷的同乡,也是殷璠编撰的《丹阳集》中唯一进入《河岳英灵集》的作者。

（一）从《河岳英灵集》所云"开元十五年后声律风骨始备矣"看储光羲在《河岳英灵集》中的位置安排

殷璠《叙》云:"自萧氏以还,尤增矫饰。武德初,微波尚在。贞观末,标格渐高。景云中,颇通远调。开元十五年后,声律风骨始备矣。"② 考察文学演变,时间断限很难,以一具体时间划线事实上是无法描述文学演进前后相续的关系。我们今天的文学史划线因其机械产生的弊病显而易见,如唐代文学中的初、盛、中、晚四期的划分,如将初、盛、中、晚作为认识唐诗发展的大致时间(或模糊时间)分期,是有益的;如果一定死守上、下限的那一具体时间,并作为一分界线,

---

① 任半塘:《唐声诗》,上海古籍出版社,1982年,第594页。
② 《河岳英灵集》卷上,《唐人选唐诗新编(增订本)》,第156页。

有许多问题就无法讲通,如杜甫的时代归宿就是一个问题,因为文学发展并不像政治上的改朝换代那么简单。因此文学史上出现的一些时间概念有其特殊内涵,如建安文学,建安虽为汉末年号,事实上是指汉魏之交的文学。正始文学,正始虽为魏末年号,事实上是指魏晋之际的文学。现在我们来看殷璠云"开元十五年后声律风骨始备",就很让人费解。编成于天宝三载的《国秀集序》云"自开元以来,维天宝三载"①,在起始时间上的表述就很有弹性,以后的文人、学者在谈到这一时期的文学,一般都放弃使用或不明确使用这一具体时间概念,如杜确《岑嘉州诗集序》云:"开元之际,王纲复举,浅薄之风,兹焉渐革。其时作者凡十数辈,颇能以雅参丽,以古杂今,彬彬然,烁烁然,近建安之遗范矣。"②以"开元之际"取代"开元十五年后"既符合实际,也比较策略。从殷璠编选《河岳英灵集》的期待和表现可以看出,殷璠是位坚持标准、认真严肃且具眼光的选家,那么,他为什么提出"开元十五年后"这一明确而易引起争论的分界时间呢?肯定有特定含义,不是一念之差的误写。

　　开元十五年在诗歌史上有何重要现象出现?而这一现象还可以在殷璠的知识和理论视野中得到解释。从殷璠所选诗人看,我们开始注意到决定文人命运的科举考试与他们的联系。开元十四、十五年进士及第可考者八人,其中六人入选《河岳英灵集》。开元十五年进士及第者十九人,可考者有李嶷、王昌龄、常建、杜颀③,其中入选《河岳英灵集》的三人,即李嶷、王昌龄和常建。十四年进士三十一人,可考者有严迪、储光羲、崔国辅、綦毋潜,其中入选《河岳英灵集》

① (唐)芮挺章编:《国秀集序》,《唐人选唐诗新编(增订本)》,第280页。
② 《岑参集校注》附录,第463页。
③ (清)徐松撰,赵守俨点校:《登科记考》卷七,中华书局,1984年,第250—252页。

的三人,即储光羲、崔国辅、綦毋潜,两榜进士及第者成了《河岳英灵集》作者的重要组成部分。据《旧唐书》卷九九《严挺之传》云:"开元中,为考功员外郎。典举二年,大称平允,登科者顿减二分之一。"① 选择严才有了质量的保证。《登科记考》载严挺之知贡举三年,开元十四年、十五年、十六年。这应该是殷璠以开元十五年断限的依据。

开元十四年和十五年进士及第的六人中,尤以储光羲和王昌龄最为重要,《河岳英灵集》巧妙安排给他们以特殊位置,在王昌龄条下,殷璠评曰:"元嘉以还,四百年内,曹、刘、陆、谢,风骨顿尽。顷有太原王昌龄、鲁国储光羲,颇从厥迹。且两贤气同体别,而王稍声峻。"② 首先,这一评语体例不同于他人,"元嘉以还"云云,应当为《叙》《论》中描述长时段文学演变之语,不应成为单个作家评语中的话,参其《叙》《论》即知。《丹阳集序》亦复如此。可见是在破例推介二人。其次,为突出储、王二人的地位,这里给二人的诗学史定位产生了偏激和不当,甚至和《叙》有些不吻合。"元嘉"当指南朝宋文帝元嘉年号,从元嘉元年(424)历数四百年,则到唐敬宗长庆四年(824),如历数三百年,则至开元十二年(724),这样和"开元十五年"的提法大略相近,疑"四百年"为"三百年"之误。意谓承曹、刘、陆、谢而有风骨者就要等到王昌龄和储光羲的出现。而殷《叙》则云:"自萧氏以还,尤增矫饰。武德初,微波尚在。贞观末,标格渐高。景云中,颇通远调。开元十五年后,声律风骨始备矣。"③ 为了提高王、储的历史地位而省去"贞观末,标格渐高。景云中,颇通远调"的进

---

① 《旧唐书》卷九九,第3104页。
② 《河岳英灵集》卷下,《唐人选唐诗新编(增订本)》,第244—245页。
③ 《河岳英灵集》卷上,《唐人选唐诗新编(增订本)》,第156页。

程描述。第三,储、王并列,对二人品评的体例亦有相似之处,以"公"相称,储光羲条云:"璠尝睹储公《正论》十五卷⋯⋯实可谓经国之大才。"① 王昌龄条云:"余尝睹王公《长平伏冤》文、《吊枳道赋》,仁有余也。"② 王、储二人在《河岳英灵集》品评中,地位相当,不易轩轾。但若细细品味也不难看出品评中实际在抬高储光羲,在诗歌方面,有"王稍声峻"在先;而在气象才干方面,王是"仁有余",储"实可谓经国之大才",结合殷璠"知人论世"的批评方式可知,王、储二公都是英灵之秀,但提高储的地位或平衡王、储二者关系的用意还是存在的。中泽希男在《河岳英灵集考》一文中曾注意到"开元十五年"和王昌龄进士及第之年的关系,文云:"又《序》云'开元十五年后,声律风骨始备矣',特别标举开元十五年。之所以这样,一定有特殊深意。现寻求其事理,自然就想到编纂者特别推崇的常建和王昌龄都在这一年登第的事实⋯⋯编纂者特别标记这一年可能就是为了纪念王昌龄和常建的登第。"③ 中泽希男的这一联系是有意义的,但其中的因果关系尚未能说透。如以进士及第年来考察以"开元十五年"为"声律风骨始备"的起点,为什么不从王维进士及第年开始? 也不以储光羲进士及第的开元十四年开始? 王维、王昌龄、储光羲在《河岳英灵集叙》文中都是备受推崇的诗人。

开元十四、十五年是有着特殊意义的两年,在以后顾况《监察御史储公集序》中也得到印证,序云:"圣人贤人,皆钟运而生,述圣贤之意,亦钟运盛衰矣。开元十四年,严黄门知考功,以鲁国储公进士高第,与崔国辅员外、綦毋潜著作同时;其明年,擢第常建少府、王龙

---

① 《河岳英灵集》卷下,《唐人选唐诗新编(增订本)》,第 239 页。
② 《河岳英灵集》卷下,《唐人选唐诗新编(增订本)》,第 245 页。
③ 《群马大学纪要(人文科学)》第 1 卷,1950 年。此段文字为据日文的汉译。

标昌龄,此数人皆当时之秀,而侍御声价隐隐,辐轹诸子。"① 这里提到的开元十四年和十五年进士及第的五人皆入选《河岳英灵集》,和殷璠《叙》表述的"皆河岳英灵"相近,称誉"此数人皆当时之秀"。值得注意的是顾况《序》将开元十四年和开元十五年放在"钟运盛衰"的高度来考虑,具有史识。从顾《序》知储光羲之子储溶携其父集请顾况作序,顾《序》中所述已隐含了《河岳英灵集》的主要观点:开元十四、十五年是一划时代的标志;《河岳英灵集》入选的主要诗人,除上述储光羲、王昌龄等五人外,尚有顾《序》所录储溶语提到的储光羲的至友王维。我们以为这样一些认识是储溶从其父储光羲那里接受下来而又传递给顾况的,当然顾况也是认同的。

　　《河岳英灵集》以王维、王昌龄、储光羲为代表诗人,其《叙》三人排序为:王维、王昌龄、储光羲。"粤若王维、昌龄、储光羲等二十四人,皆河岳英灵也,此集便以《河岳英灵集》为号。"② 王昌龄条下排序为:王昌龄、储光羲。"顷有太原王昌龄、鲁国储光羲,颇从厥迹。且两贤气同体别,而王稍声峻。"③ 这样的排序与"开元十五年"的提法有玄机,王昌龄开元十五年进士及第,因其诗名盛极一时。按,从"王江宁"或"诗家夫子王江宁"的称呼看,王昌龄称誉诗坛,当在开元二十八、二十九年为江宁丞之时。故叙云"开元十五年",正对应着王昌龄进士及第之年,储光羲开元十四年进士及第,如提"开元十四年"肯定会受到舆论指责,提开元十五年,抬出王昌龄,表示对王昌龄诗歌创作成就的肯定和推崇,一可以名正言顺,二可以顺势抬高储光羲,因为储光羲和王昌龄进士及第时间不同,相差一年,但知贡举

① 《全唐文》卷五二八,第 5368 页。
② 《河岳英灵集》卷上,《唐人选唐诗新编(增订本)》,第 156 页。
③ 《河岳英灵集》卷下,《唐人选唐诗新编(增订本)》,第 244—245 页。

都是严挺之。

　　无论是开元时期的文学现状,还是以后的文学史论述,王维、王昌龄都应该是一流的诗人,而储光羲肯定会低一个层次。成于天宝三载的《国秀集》选王维诗七首、王昌龄诗五首,储光羲未能入选。尽管《国秀集》编选受到批评,取舍失当,如四杰、陈子昂未收。四杰和陈子昂是前辈诗人,失选确实是不当,而储光羲就生活在《国秀集》编选的时期,没有被选入只能说明储在当时声名不彰。因此,可以肯定储光羲在《河岳英灵集》中地位崇高有其特殊背景。我们没有证据说《河岳英灵集》编选动机就是储光羲借助同乡之手为自己造势,但《河岳英灵集》的编纂客观上是在将储光羲推到开元诗坛的顶峰位置。换一个角度看,如果编纂者故意贬低储光羲,不提“开元十四年”而提“开元十五年”,那在《叙》中就不至于将王维、王昌龄、储光羲并举,也不会在品藻王昌龄时,将王昌龄和储光羲并举。王昌龄和储光羲的位置安排耐人寻味,尽管《叙》文中三人排序为王维、王昌龄、储光羲,在王昌龄条下排序为王昌龄、储光羲。但在现存《河岳英灵集》入选作家的目次上,王昌龄是置于储光羲之后的,依据一般编排规则,王昌龄条既云“有太原王昌龄、鲁国储光羲”,王昌龄之后排列储光羲就非常自然。而实际情况正相反,王昌龄位列储光羲之后。可见《河岳英灵集》的编选,一方面王、储并称,尊王昌龄;一方面又有私心不能委屈储光羲。作为唯一入选《河岳英灵集》的《丹阳集》诗人,保住储光羲的荣誉实在是非常重要的事情,而编选《河岳英灵集》的重要意图之一是将储光羲推至时代高位。

　　(二)殷璠选诗三集与储光羲

　　殷璠编有三集,《丹阳集》《河岳英灵集》《荆杨挺秀集》,储光羲皆有作品入选。

《丹阳集》为地方诗人诗歌选集。编纂时间约为开元末。殷璠编润州籍诗人包融、储光羲、丁仙芝、蔡隐丘、蔡希周、蔡希寂、张彦雄、张潮、张晕、周瑀、谈戭、殷遥、樊光、沈如筠、孙处玄、余延寿、马挺、申堂构十八人诗为《丹阳集》①。《新唐书·艺文志四》云："曲阿有余杭尉丁仙芝、緱氏主簿蔡隐丘、监察御史蔡希周、渭南尉蔡希寂、处士张彦雄张潮、校书郎张晕、吏部常选周瑀、长洲尉谈戭，句容有忠王府仓曹参军殷遥、硖石主簿樊光、横阳主簿沈如筠，江宁有右拾遗孙处玄、处士徐延寿，丹徒有江都主簿马挺、武进尉申堂构，十八人皆有诗名。殷璠汇次其诗，为《丹杨集》者。"②《丹杨集》即《丹阳集》，"徐延寿"，当作"余延寿"。《吟窗杂录》卷四一录殷璠《丹阳集序》残文："李都尉没后九百余载，其间词人，不可胜数。建安末，气骨弥高。大(案，当作太)康中，体调尤峻。元嘉筋骨仍在，永明规矩已失，梁、陈、周、隋，厥道全丧。盖时迁推变，俗异风革，信乎大文，化成天下。"③虽是残文，于此亦可见《丹阳集序》的理念和缺陷。《丹阳集》编纂注重在"时迁推变，俗异风革"中阐释文学的演变；注重在文学演变大势中审视地方文学现象。也就是说有宏观的视野。其缺点在《丹阳集》的编纂中已露端倪，乡土情结太重，主观情绪太明，对一地方文学的估价偏高，入选《丹阳集》的诗人和诗作在当时文坛并不十分重要。也就是说以《丹阳集序》残文的宏观概述为起点评价《丹阳集》诗人和诗作未免有头重脚轻之弊。

丹阳延陵二人中，其一为储光羲，而《丹阳集》"延陵二人""曲阿九人""句容三人""江宁二人""丹徒二人"中，只有储光羲入选

---

① 陈尚君：《殷璠〈丹阳集〉辑考》，《唐代文学丛考》，中国社会科学出版社，1997 年。

② 《新唐书》卷六〇，第 1609—1610 页。

③ 《吟窗杂录》卷四一，第 1107 页。

《河岳英灵集》,可见殷璠对储光羲的敬重。据《唐才子传校笺》,储光羲约于开元二十一年辞官归乡,《游茅山五首》则为乡居之作,天宝初储光羲由家乡延陵入秦①。这中间殷璠编乡人诗集《丹阳集》,而殷璠对储光羲如此推崇,又同在一地,当有可能相见,《丹阳集》编排以延陵首置,收包融和储光羲二人,包融驰名神龙中,是丹阳籍诗人的前辈,延陵以包融首置也是正常的。

　　储光羲与《丹阳集》所入选诗人的交往,全貌无从得见,储光羲现存诗中有与丁仙芝等五人诗。其一,赠丁仙芝,《贻丁主簿仙芝别》诗云:"赫赫明天子,翘翘群秀才。昭昭皇宇广,隐隐云门开。摇曳君初起,联翩予复来(丁侯前举,予次年举)。兹年不得意,相命游灵台(同为太学诸生)。骐骥多逸气,琳琅有清响。联行击水飞,独影凌虚上(同年举,而丁侯先第)。关河施芳听,江海徽新赏。敛衽归故山,敷言播天壤。云峰虽有异,楚越幸相亲。既别复游处,道深情更殷。下愚忝闻见(予后及第,又应制授官),上德犹遭迍。偃仰东城曲,楼迟依水滨。脱巾从会府,结绶归海裔。亲知送河门,邦族迎江澨。夫子安恬淡,他人怅迢递。飞艎既眇然,洲渚徒亏蔽。人谋固无准,天德谅难知。高名处下位,逸翩栖卑枝。去去水中汋,摇摇天一涯。蓬壶不可见,来泛跃龙池。"②诗中自注成了考证储生平的重要材料,于此,也可以看到储光羲和丁仙芝两位同乡的经历和友情。

　　其二,送周瑀,《送周十一》诗云:"秋风陨群木,众草下严霜。复问子何如,自言之帝乡。岂无亲所爱,将欲济时康。握手别征驾,返悲岐路长。"③诗是送周十一到长安的,岐,当作歧。陈尚君疑周十一

---

①《唐才子传校笺》卷一,第一册,第217页。

②《全唐诗》卷一三八,第1399—1400页。

③《全唐诗》卷一三八,第1406页。

即周瑀①。

其三,和殷遥相关的诗。在殷璠和储光羲的关系外,殷遥也是值得提及的重要人物。陈尚君在《殷璠〈丹阳集〉辑考》中曾提到:"《吟窗杂录》载殷遥作'殷瑶',《唐诗纪事》《唐才子传》又以遥为丹阳人,颇疑瑶、璠为从昆。"②尽管没有材料做进一步考论,但殷遥为丹阳句容人是可以肯定的,其诗入选殷璠《丹阳集》。在可考的殷遥交往中,有王维和储光羲,王维有《哭殷瑶》《送殷四葬》,储光羲有《新丰作贻殷四校书》《同王十三维哭殷遥》。储光羲哭殷遥诗收入《国秀集》,故四首诗皆作于天宝三载前。储《新丰作贻殷四校书》有"不见芸香阁,徒思文雅雄"③,表现出对同乡的思念和赞美,寻其诗意当作于储光羲天宝初结束乡隐入秦之初。而王维之所以哭殷遥,包含两方面内容,一是哀其早逝,又"慈母未及葬,一女才十龄";二是有内疚感,"忆昔君在时,问我学无生。劝君苦不早,令君无所成。故人各有赠,又不及平生。负尔非一途,痛哭返柴荆"④。细绎诗意,殷遥曾有意向王维学佛学无生之说,但并未成行,甚至连面都未见,故有"不及平生"之言,"劝君苦不早"者,谓劝勉殷遥学无生苦于没有早在其未死之前,王维于此不能释怀,"负尔非一途,痛哭返柴荆",遂又有送殷遥葬之举,作《送殷四葬》诗。储《同王十三维哭殷遥》诗云"故人王夫子,静念无生篇"⑤,谓老友王维现在只能默念无生之篇,静念犹默念。故人者,乃储光羲与王维关系之谓也。简单地说,储与殷遥是乡友,储曾想引荐殷遥向王维学无生,未果。而殷

---

① 《殷璠〈丹阳集〉辑考》,《唐代文学丛考》,第 236 页。
② 《殷璠〈丹阳集〉辑考》,《唐代文学丛考》,第 243 页。
③ 《全唐诗》卷一三八,第 1404 页。
④ 《王维集校注》卷三,第 234 页。
⑤ 《全唐诗》卷一三八,第 1399 页。

璠和殷遥即使不是从昆关系,也还是同乡关系,殷遥诗又入选《丹阳集》。在殷璠和储光羲的关系中,又有殷遥这层关系,这也进一步说明储光羲对殷璠编纂《河岳英灵集》会产生的有利影响。

其四,赠余延寿,《贻余处士》:"故园至新浦,遥复未百里。北望是他邦,纷吾即游士……吴王昔丧元,隋帝又灭祀……我行苦炎月,乃及清昊始。此地日逢迎,终思隐君子。莫言异舒卷,形音在心耳。"① 缘诗意当写于扬州,吴王,指吴王刘濞,吴楚七国之乱中被杀;隋帝,指隋炀帝,在江都(扬州)被部下所杀,葬郊外雷塘。诗中故园,即指储、余二人的家乡润州。"北望是他邦"者,正说明南望是故乡。

其五,赠马挺,《秋庭贻马九》,诗序云:"扶风马挺,余之元伯也,舍人诸昆,知己之目,挺充郑乡之赋,予乃贻此诗。"②

《丹阳集》收有曲阿丁仙芝诗《长宁公主旧山池》《剡溪馆闻笛》,周瑀诗《潘司马别业》《送潘三入京》,潘司马和潘三当为一人;句容殷遥诗《友人山亭》《山行》;江宁余延寿诗《折杨柳》。丹徒马挺诗不存。巧合的是《丹阳集》所收五地,除延陵有储光羲本人外,储光羲作诗赠予者曲阿有丁仙芝、周瑀,句容有殷遥,江宁有余延寿,丹徒有马挺,这些和储光羲相识者抑或作为一地代表代为沟通关系和搜集诗作,曲阿九人为收诗人最多的地区,故有二人。我们今天所见储光羲诗肯定不是储光羲的全部诗作,仅从储光羲现存与《丹阳集》诗人的交往中可以推断,殷璠编《丹阳集》时已与储光羲相交。

储光羲和殷璠年岁或相仿佛,陈尚君云,《丹阳集》"所收诸人,当以孙处玄为最年长,今仅知其开元初岁尚存,璠未必得与游。包

---

① 《全唐诗》卷一三八,第 1403 页。
② 《全唐诗》卷一三八,第 1390 页。

融、沈如筠、余延寿等,大约应为璠父执辈。储光羲、丁仙芝、蔡氏兄弟、殷遥等,年岁可能与璠仿佛。而谈戭、张晕、申堂构等,开元末始入仕途,年辈或比璠为低"①。

《丹阳集》中无官历载录的有二人,一是包融,陈尚君疑《新唐书·艺文志》所载大理司直原为《丹阳集》所载包融官职。此说甚是,成书于天宝三、四载的《国秀集》录包融诗二首,"大理司直包融"②。《丹阳集》录曲阿丁仙芝作品,"余杭尉丁仙芝"③,此与《国秀集》同。说《丹阳集》编订于开元末、天宝初大致不误。如此,则无官历载录者仅储光羲一人。因殷璠和储关系特别,曾亲自拜读过储光羲十五卷《正论》、二十卷《九经分义疏》。在抄本时代,"璠尝睹储公《正论》十五卷,《九经分义疏》二十卷"④,如此巨著当由储光羲出示给知音,而得到殷璠"言当理博"的评价。可以看出,储、殷二人关系密切,必联系不断,殷知储官职当有变动,待最后写定,故阙。

《河岳英灵集》和《荆杨(扬)挺秀集》,当亦相次在编,而《荆杨挺秀集》不传,只见于《河岳英灵集》储光羲条,云:"《述华清宫》诗云:'山开鸿蒙色,天转招摇星。'又《游茅山》诗云:'山门入松柏,天路涵虚空。'此例数百句,已略见《荆杨集》,不复广引。"⑤《荆杨集》即《荆杨挺秀集》,《日本国见在书目》有著录,但在古籍中几乎不留痕迹,可能并未编完而不行于世,或行世而失传。

殷璠所编《丹阳集》《荆杨挺秀集》和《河岳英灵集》都收有储光羲不同的作品,且储和《丹阳集》作者有诗歌交往,现存储光羲诗

---

① 《殷璠〈丹阳集〉辑考》,《唐代文学丛考》,第 241 页。
② 《国秀集》卷下,《唐人选唐诗新编(增订本)》,第 283 页。
③ 《河岳英灵集》卷上,《唐人选唐诗新编(增订本)》,第 136 页。
④ 《河岳英灵集》卷下,《唐人选唐诗新编(增订本)》,第 239 页。
⑤ 《河岳英灵集》卷下,《唐人选唐诗新编(增订本)》,第 239 页。

作中有写给其中五人的诗。《丹阳集》作家之外的诗人不见有赠与
《丹阳集》诗人的作品（上引王维与殷遥相关的两首诗以及他人赠送
储光羲的作品除外），《丹阳集》作家之间无其他交往记录（蔡希寂
《同家兄题渭南王公别业》以及储光羲赠送之作品除外），这更使我们
判断储光羲和殷璠有特殊关系，储光羲应助殷璠编纂《河岳英灵集》
增强了信心。储光羲和乡人的交往表明其有较重的乡土情结，而且
在乡人中起到代表性作用，联络乡人并协助和指导编辑乡人诗集非
常自然而被理解。三集编纂虽不是同时开始，但依次在编是可能的。
岑仲勉《唐集质疑·河岳英灵集》云："璠既辑河岳之诗，又哀其乡人
歌咏，别为一集。"① 我们认为次序正相反，是先编乡人之歌咏成《丹
阳集》，稍后再编《河岳英灵集》。还可以进一步推测：储光羲和丹阳
籍诗人多有交往，辞官归隐之时和殷璠讨论编同乡集，编成后出于储
光羲的建议，再编《河岳英灵集》。《丹阳集》诗人中只有储光羲一人
进入《河岳英灵集》，已经看出二集编选的意图和差异。从三集都入
选的储光羲诗看出，编集者是有意将储光羲的作品在不同集中错开
而不至于重复。

　　有关殷璠生平，陈尚君云："颇疑殷璠从进士试在开元中，因屡
试不中，遂绝意仕途，退归乡里，以铨评天下英髦为志。《嘉定镇江
志》卷一七谓璠为'处士'，当得其实。"② 殷璠作为落第者编纂《河岳
英灵集》，所选二十四人中有二十人为进士及第者，似有点反常。以
常情去猜想，他应多选未第而有诗作者，告诉人们未第者未必没有才
华，以抒写怀才不遇之情，编纂本身就成了发愤之有为作也。《河岳
英灵集》编纂之意确有"发愤"倾向，但不是因落第。这也证明了编

---

① 岑仲勉：《唐人行第录（外三种）》，中华书局，2004年，第481页。
② 《殷璠〈丹阳集〉辑考》，《唐代文学丛考》，第243页。

纂有储光羲的参与,部分代表了储光羲登科进士的身份和立场,即及第进士怀才不遇,如储光羲本人开元十四年进士及第,开元二十一年还乡归隐时只做过县尉一类的低层文官,但《河岳英灵集》品藻其"实可谓经国之大才"①,其才具和所任官职真有天壤之别。

（三）储光羲与《河岳英灵集》入选诗人之关系

作为唯一入选《河岳英灵集》的《丹阳集》诗人,储光羲成了丹阳（润州）地方诗人的代表。考察储光羲的交游有助于我们弄清楚《河岳英灵集》收诗的来源和采诗的渠道。

开元前十年中,储光羲尚在家乡读书,开元十二年应试未成入太学,有机会接触其他文人,如十二年秋,储光羲自长安赴洛阳,途中作《华阳作贻祖三咏》诗。诗云"夫君独轻举"②,祖咏本年进士及第,故云。储时年尚不到二十,诗风老成,有"旧识无高位,新知尽固穷"③之叹,显示出急于寻求帮助的焦虑,又有很无助的痛苦。

开元十四年储光羲进士及第为其日后诗坛交往打下良好的基础。仅十四、十五年进士及第的同门中就有崔国辅、綦毋潜、常建、王昌龄、李嶷。而五人的诗在《河岳英灵集》中都有收录,常建诗十五首:《梦太白西峰》《吊王将军墓》《昭君墓》《江上琴兴》《宿王昌龄隐处》《送李十一尉临溪》《闲斋卧疾行药至山馆稍次湖亭二首》《题破山寺后禅院》《鄂渚招王昌龄张偾》《春词二首》《古意张公子》《仙谷遇毛女意知是秦时宫人》《晦日马镫曲稍次中流作》;綦毋潜六首:《春泛若耶》《题招隐寺绚公房》《题鹤林寺》《题灵隐寺山顶院》《送储十二还庄城》《若耶溪逢孔九》;崔国辅十一首:《杂诗》

①《河岳英灵集》卷下,《唐人选唐诗新编（增订本）》,第239页。
②《全唐诗》卷一三八,第1405页。
③《全唐诗》卷一三八,第1405页。

《石头濑作》《魏宫词》《怨词》《少年行》《长信草》《香风词》《对酒吟》《漂母岸》《湖南曲》《秦中感兴寄远上人》;王昌龄十六首:《咏史》《观江淮名山图》《香积寺礼拜万回平等二圣僧塔》《斋心》《缑氏尉沈兴宗置酒南溪留赠》《江上闻笛》《东京府县诸公与綦毋潜李颀相送至白马寺宿》《赵十四见寻》《少年行》《听人流水调子》《长歌行》《城傍曲》《望临洮》《长信秋》《郑县陶大公馆中赠冯六元二》《从军行》;李嶷五首:《林园秋夜作》《淮南秋夜呈同僚》《少年行三首》。

据现存诗歌可考,储光羲和《河岳英灵集》诗人王维的交往在开元二十年三月,二人同在洛阳,这大概是王、储交往之始。王维作《待储光羲不至》,诗云:"重门朝已启,起坐听车声。要欲闻清佩,方将出户迎。晚钟鸣上苑,疏雨过春城。了自不相顾,临堂空复情。"① 储光羲有《答王十三维》,诗云:"门生故来往,知欲命浮筋。忽奉朝青阁,回车入上阳。落花满春水,疏柳映新塘。是日归来暮,劳君奏雅章。"② 王维与储光羲日后关系甚密,顾况《监察御史储公集序》载:"嗣息曰溶,亦凤毛骏骨。恐坠先志,溯洄千里,泣拜告余曰:'我先人与王右丞,伯仲之欢也。相国缙云,尝以序冠编次。会缙云之谪,亡焉。'"③

除上述王昌龄、王维等人外,储光羲也有和《河岳英灵集》的其他诗人交往,如开元二十一年春,阎防卜居终南,作《石门草堂诗序》,时储光羲南归润州,有诗赠之。储光羲《贻阎处士防卜居终南》云:"春风摇杂树,言别还江汜。坚冰生绿潭,又客三千里……秦城疑旧

---

① 《王维集校注》卷三,第 277 页。
② 《全唐诗》卷一三九,第 1412 页。
③ 《全唐文》卷五二八,第 5368 页。

庐,伫立问焉如。稚子跪而说,还山将隐居……石门动高韵,草堂新著书。"①原注:"时阎子有《石门草堂诗序》。"石门谷,在蓝田县西南四十里。

《河岳英灵集》诗人之间的交往也可以理解为储光羲能间接获得收集诗歌的渠道,比如王昌龄扮演着重要角色。王昌龄和储光羲是同门。开元二十八年冬,王昌龄出为江宁尉,自长安赴任,有诗留别岑参兄弟,参亦有诗送之。王昌龄《留别岑参兄弟》云:"江城建业楼,山尽沧海头。副职守兹县,东南棹孤舟。长安故人宅,秣马经前秋。便以风雪暮,还为纵饮留……岑家双琼树,腾光难为俦。谁言青门悲,俯期吴山幽。"②岑参《送王大昌龄赴江宁》云:"对酒寂不语,怅然悲送君。明时未得用,白首徒攻文……穷巷独闭门,寒灯静深屋。北风吹微雪,抱被肯同宿?君行到京口,正是桃花时。舟中饶孤兴,湖上多新诗。"③开元二十九年夏,王昌龄赴江宁任,经洛阳,李颀、綦毋潜等送昌龄至白马寺,以诗赠别,昌龄亦作诗留别。王昌龄《东京府县诸公与綦毋潜李颀相送至白马寺宿》诗云:"鞍马上东门,徘徊入孤舟。贤豪相追送,即棹千里流……南风开长廊,夏夜如凉秋。江月照吴县,西归梦中游。"④秋,王昌龄在润州,有诗期刘眘虚不至。王昌龄《宿京江口期刘眘虚不至》诗云:"霜天起长望,残月生海门。风静夜潮满,城高寒气昏。故人何寂寞,久已乖清言。明发不能寐,徒盈江上尊。"⑤京江口,即京口,今镇江,诗当任江宁尉时作。时刘眘虚当亦在江东。

①《全唐诗》卷一三八,第1404页。
②黄明:《王昌龄诗集》,江西人民出版社,1981年,第24页。
③《岑参集校注》卷一,第31页。
④《王昌龄诗集》,第21—22页。
⑤《王昌龄诗集》,第54页。

王昌龄在江宁,而储光羲也应在家乡延陵隐居,现存王、储二人存诗中不见二人诗歌酬唱,但并不能说明二人即无交往或诗歌唱和。

储光羲在编纂《河岳英灵集》中的作用,不仅能帮助收集作品,而且在编纂的指导思想和体例上都有助力。作品的收集有些是直接的,有些应该是间接的,直接的关系指储光羲有交往的诗人,间接关系指储交往的展开面,比如暂未发现储光羲和李白的关系,但李白和孟浩然有关系,孟浩然和储光羲有诗歌交往。但仍然有迹象推测李白和储光羲可能有交往,开元二十年正月李白和储光羲皆在洛阳,值信安王李祎将兵北讨奚、契丹,储光羲作《贻鼓吹李丞时信安王北伐李公王之所器者也》,"时信安王北伐,李公,王之所器者也"① 当为题下注释;李白作《送梁公昌从信安王北征》。又如,未见储光羲与李颀的关系,但李颀和綦毋潜有关系,綦毋潜和储光羲有诗歌交往,当然他俩还是同年进士及第。

除诗歌交往外,还有以另外形式呈现的特殊关系,如开元十四、十五年严挺之知贡举,开元十四年储光羲与崔国辅、綦毋潜同年进士及第,十五年常建、王昌龄、李嶷同年进士及第,六人皆为同门。像李嶷这样的诗人尽管是开元十五年进士状头及第,但在《河岳英灵集》诗人中算是较差的,其入选与储光羲应有关系。

以上的关系都为殷璠编纂时提供作品建立了通道。另外,储光羲本人的诗学修养和诗学见解、储光羲在诗人群体的交往中也不断提升自己的鉴赏力和判断力,这一切都融入了《河岳英灵集》选诗、评诗以及所作《叙》《论》之中。

如果我们以《河岳英灵集》为对象,以储光羲为中心对开元至天宝初的诗坛进行考察,《河岳英灵集》入选诗人确实形成了一种特殊

---

① 《全唐诗》卷一三八,第 1401 页。

的关系网,他们以群体的创作实绩和继往开来的预期推进盛唐诗歌向着具有建设性的健康方向发展。

（四）《河岳英灵集》初选似在开元末储光羲辞官归隐之时

殷璠《河岳英灵集叙》云："起甲寅,终癸巳。"[①]癸巳,指天宝十二载;《文苑英华》卷七一二收录殷璠《序》云："起甲寅,终乙酉。"[②]乙酉,指天宝四载。这两种说法都有文献依据,不能轻易否定。因此,推断《河岳英灵集》有两次编纂定稿,当无疑问。第一次定稿在天宝四载,并不是说开始编纂就在天宝四载。那么,《河岳英灵集》开始编纂,即初选时间在何时呢? 我们从《河岳英灵集叙》提出的"开元十五年"这一特殊的时间推断储光羲在其中的地位;从殷选三集皆入选储光羲的作品,储光羲又是《丹阳集》作家中唯一进入《河岳英灵集》的诗人,推断其和同乡殷璠的特殊关系;从储光羲与《河岳英灵集》其他诗人的交往以及《河岳英灵集》诗人之间的交往,推断储光羲帮助殷璠编纂的可能性和可行性。储光羲帮助殷璠的内容应包括诗人和诗作的选择、编纂理念和编纂体例的商定。考虑到时、地的因素,储光羲帮助殷璠开始编纂《河岳英灵集》的时间应在开元末。

其一,储光羲开元末辞官归隐是编纂《河岳英灵集》的最佳时间。储开元十四年进士及第,交游日广,对诗坛有了比较深入的了解,他也有机会接触当时的诗人和作品,而这一时间离《河岳英灵集》第一次定稿的时间又最靠近。有迹象表明,初编在开元末,如殷璠评李白云："白性嗜酒,志不拘检,常林栖十数载,故其为文章,率皆纵

① 《河岳英灵集》卷上,《唐人选唐诗新编（增订本）》,第 156 页。
② 《文苑英华》卷七一二,第 3676 页。

逸。至如《蜀道难》等篇,可谓奇之又奇。然自骚人以还,鲜有此体调也。"① 李白天宝元年入长安,在殷璠的评论中没有一点痕迹,如写于天宝四载或十二载,则与"常林栖十数载"不合,如写于开元末,则通。

其二,《河岳英灵集》入选的诗人作品绝大多数都是天宝以前开元时期的,只有极少数作品才是天宝元年以后的。

部分可以系年的作品,其创作时间在天宝以前。如《河岳英灵集》所收王维诗,《息夫人怨》原注"时年二十"②,则写于景云二年(711)。《送綦毋潜落第还乡》写于开元十四年之前,綦毋潜进士及第在开元十四年。《初出济州别城中故人》写于开元九年,开元九年至十二年出为济州司仓参军,诗云:"微官易得罪,谪去济川阴。执政方持法,明君无此心。闾阎河润上,井邑海云深。纵有归来日,多愁年鬓侵。"③ 缘诗意当为初贬之时,与一题作《被出济州》合。又如常建《鄂渚招王昌龄张偾》写于开元二十八年。陶翰《赠房侍御》,作于开元二十二年④,诗注"时房公在新安",睦州亦称新安。房侍御,房琯,《旧唐书》本传云:"(开元)二十二年,拜监察御史。其年坐鞫狱不当,贬睦州司户。"⑤《晚出伊阙寄河南裴中丞》,裴中丞,疑为裴宽,李邕《大照禅师塔铭》云:"二十七年秋七月,诲门人曰……八月二十四日有弥留,怡然坐灭于都兴唐寺,享寿八十九……河南尹裴公名宽,飞表上闻,皇情震悼。"⑥ 岑参《终南云际精舍寻法澄上人不遇

① 《河岳英灵集》卷上,《唐人选唐诗新编(增订本)》,第 171 页。
② 《王维集校注》卷一作《息夫人》,第 21 页。
③ 《王维集校注》卷一,第 37 页。
④ 《全唐诗人名汇考》,第 209 页。
⑤ 《旧唐书》卷一一一,第 3320 页。
⑥ 《全唐文》卷二六二,第 2659—2660 页。

归高冠东潭石淙望秦岭微雨作贻友人》写于开元二十六年前后,时
岑参卜居终南山高冠草堂,又有《终南双峰草堂作》。高适《哭单父
梁九少府》写于开元二十五年,《燕歌行》作于开元二十六年,诗序
云:"开元二十六年,客有从元戎出塞而还者,作《燕歌行》以示适,
感征戍之事,因而和焉。"① 王昌龄《从军行》"烽火城西百尺楼"②
应作于开元十三年,《缑氏尉沈兴宗置酒南溪留赠》写于开元二十六
年,《东京府县诸公与綦毋潜李颀相送至白马寺宿》写于开元二十
九年。

　　其三,几次作品续补情况。《河岳英灵集》开元末初编后,当不
断有续补,具体情况不详,但从入选诗作中可以做简单探索。第一,
天宝四载定稿补入的诗篇。如收入的崔署《登水门楼见亡友张贞期
题望黄河作因以感兴》,《国秀集》卷下载题作《登河阳斗门见张贞
期题黄河诗因以感寄》。二诗文字多有不同,《河岳英灵集》载:"吾
友东南美,昔闻登此楼。人随川上去,书在壁中留。严子好真隐,谢
公耽远游。清风初作颂,暇日复消忧。时与交友古,迹随山水幽。已
孤苍生望,坐见黄河流。流落年将晚,悲凉物已秋。天高不可问,淹
泣赴行舟。"③《国秀集》载:"吾友东南美,昔闻登此楼。人从川上
去,书在壁中留。严子好真隐,谢公耽远游。清风初作兴,夏日复销
愁。诗与文字古,迹随山水幽。已辜苍生望,空见黄河流。荣乐春将
晚,悲凉物似秋。天高不可问,掩泣赴行舟。"④ 诗中改动,除一般意
义上的修饰,还有针对张贞期已亡的修改。《国秀集》定稿时间在天
宝三载,此前张贞期在世,或已亡而崔署不知,故诗题为"见张贞期

① 《河岳英灵集》卷上,《唐人选唐诗新编(增订本)》,第156页。
② 《王昌龄诗集》,第63页。
③ 《河岳英灵集》卷下,《唐人选唐诗新编(增订本)》,第256—257页。
④ 《国秀集》卷下,《唐人选唐诗新编(增订本)》,第338页。

题黄河诗因以感寄"，即崔署目睹了张贞期题写的黄河一诗，有感而发，作诗寄朋友。从《河岳英灵集》所收诗看出，其后不久崔署就得知张贞期已亡的消息，诗题所示内容是张贞期已亡，见亡友题黄河诗，有感而发，因友已亡，故不再能"感寄"，而只能"感兴"了，诗的内容也随之做了调整和修改。可以简单地推断，《河岳英灵集》所收崔署《登水门楼见亡友张贞期题望黄河作因以感兴》当为天宝四载定稿收入的作品。这里需要说明的是有关崔署的卒年，现行说法是卒于开元二十七年，据《本事诗》，崔署作《明堂火珠》诗之"夜来双月满，曙后一星孤"，"当时以为警句，及来年曙卒，唯一女名星星，人始悟其自谶也"①。崔署开元二十六年进士及第，故云。事实上，《本事诗》的说法靠不住。《太平广记》卷一九八引《明皇杂录》云："其言深为工，文士推服。既夭殁，一女名星星而无男，当时咸异之。"②这里并没有说崔署去世的具体时间。编于开元末定稿于天宝四载的《河岳英灵集》品藻崔署时，没有提及此事，殷璠品藻人物有一特点，从"高才而无贵仕"出发，尽量揭示人物悲剧一面，殷璠未提此事，则大致可以断定崔署去世应在天宝四载以后，天宝四载以后事迹《河岳英灵集》续入极少；另外，崔署《登水门楼见亡友张贞期题望黄河作因以感兴》，《国秀集》卷下载题作《登河阳斗门见张贞期题黄河诗因以感寄》。崔署诗改作应在天宝三载后。还有，崔署进士及第后第二年即去世，在当时文人士子中应有震动，但无一诗一文议论及此。

王维《入山寄城中故人》云："中岁颇好道，晚家南山陲。兴来每独往，胜事空自知。行到水穷处，坐看云起时。偶然值林叟，谈笑

---

①《太平广记》卷一四三引，第 1029 页。
②《太平广记》卷一九八，第 1485 页。

滞还期。"何焯校于题下注云："一作终南别业。"①《国秀集》收入此诗，题为《初至山中》，"晚家南山陲"作"晚家南山倕"；"兴来每独往，胜事空自知"，"空"作"只"②，王维经营终南别业至迟在天宝三载，"入山""入山中"指入终南别业。此诗初题当为"初入山中"，山中胜事只有自己知道，故作"胜事只自知"。后因送朋友而改题"入山寄城中故人"，山中胜事尽管自己知道但不能和故人分享，故"胜事空自知"。从"初入山中"知王维此诗作于始营终南别业之初，约在天宝元年至三载之间，而此时储光羲也到终南山隐居，并曾访王维，作《蓝上茅茨期王维补阙》。储光羲应向殷璠推荐王维此诗的修改本《入山寄城中故人》一诗。王、储入山有先后之别，故人有可能就是储光羲，储在王初入山中时，或居城中。这和上述崔署诗收入情况相类似。

第二，天宝十二载定稿补入的作品。现在已无法考察天宝十二载定稿对入选诗人的增减和调整情况，但可以考察天宝十二载定稿时陆续补入的天宝四载以后的作品。这一方面已有学者做了认真的考辨工作，指出李白《梦游天姥山别东鲁诸公》《忆旧游寄谯郡元参军》，李颀《听董大弹胡笳声兼语弄寄房给事》，高适《封丘作》等为天宝四载后的作品。储光羲何时和殷璠不再联系，无从知晓，但收入《荆杨集》中的储光羲《述华清宫》诗，据《全唐诗》卷一三六《述华清宫五首》题下注"天宝六载冬十月，皇帝如骊山温泉宫，名其宫曰华清"③，则此诗当作于天宝六载冬以后。李白《梦游天姥山别东鲁诸公》《忆旧游寄谯郡元参军》作于天宝五载；李颀《听董大弹胡

---

① 《河岳英灵集》卷上，《唐人选唐诗新编（增订本）》，第182页。
② 《国秀集》卷中，《唐人选唐诗新编（增订本）》，第319—320页。
③ 《全唐诗》卷一三六，第1375页。

筋声兼寄语弄寄房给事》作于天宝五载;高适《封丘作》作于天宝十载。可能天宝元年以后储光羲与殷璠还有联系,只不过不像当年编纂《河岳英灵集》之始那么密切,应是偶有联系了。

其四,綦毋潜的作品当作于同时同地,由储光羲协助一次性收入。

《河岳英灵集》有储光羲《酬綦毋潜校书梦游耶溪见赠之作》,而綦毋潜集中无梦游耶溪之作,但《河岳英灵集》有綦毋潜《春泛若耶》和《若耶溪逢孔九》二诗,二诗所作应同时。綦早年曾游若耶溪,具体时间无考,《唐五代文学编年史》系于开元十七年春,云綦毋潜有杭、越之游,后游润州。《河岳英灵集》所收绝大多数为开元和天宝初的作品,天宝四载后补入作品极少。储光羲和綦毋潜为开元十四年同年进士及第,故二人相交时间较早。

收入《河岳英灵集》中的綦毋潜诗有六首,即《春泛若耶》《题招隐寺绚公房》《题鹤林寺》《题灵隐寺山顶院》《送储十二还庄城》《若耶溪逢孔九》。招隐寺,在今江苏镇江南郊招隐山腰,最初由南北朝著名艺术家戴颙的私宅改建而成。鹤林寺,在今江苏镇江南郊,始建于晋代,南朝宋武帝刘裕微时曾游于此。灵隐寺,在今浙江杭州,始建于东晋。若耶溪,著名的溪流,在今浙江绍兴境内。

耶溪,即若耶溪,孟浩然《题云门山寄越府包户曹徐起居》云"台岭践磴石,耶溪溯林湍"①。刘长卿《送李校书适越谒杜中丞》云"相见耶溪路,逶迤入薜萝"。又《上巳日越中与鲍侍郎泛舟耶溪》云:"兰桡缦转傍汀沙,应接云峰到若耶。"②

------

① (唐)孟浩然,佟培基笺注:《孟浩然诗集笺注》,上海古籍出版社,2000年,第181页。
② 储仲君:《刘长卿诗编年笺注》,中华书局,1996年,第201、310页。

綦毋潜《春泛若耶》《题招隐寺绚公房》《题鹤林寺》《题灵隐寺山顶院》《若耶溪逢孔九》五首当为同时之作,写于綦毋潜的一次江南之游,时间是在初春。《春泛若耶》云:"晚风吹行舟,花路入溪口。"《题招隐寺绚公房》云:"空山花雾深。"《题鹤林寺》云:"松覆山殿冷,花藏溪路遥。……迟日半空谷,春风连上潮。"《若耶溪逢孔九》云:"借问淹留日,春风满若耶。"[1]《题灵隐寺山顶院》虽无季节可寻,但从旨趣、格调看,与《题招隐寺绚公房》《题鹤林寺》当为同时之作。余下尚有《送储十二还庄城》,储十二为储光羲,丹阳延陵人,诗题"送储十二还庄城"之"庄城"即为储光羲延陵居所。诗云"青林问子家。天寒噪野雀,日晚度城鸦"[2],青林,苍翠的树木。鸦,亦有在春天活动的,岑参《感遇》诗有"凤凰城头日欲斜,门前高树鸣春鸦"[3]。因春初故曰"天寒"。綦毋潜《送储十二还庄城》也是冬春之交或初春的作品,故可视为同时之作。綦毋潜六首诗中有两首是可以确定写在储光羲的家乡,《题招隐寺绚公房》和《题鹤林寺》,二寺均在今镇江市南郊。而《送储十二还庄城》云"兹情不可说,长恨隐沦赊",可见储光羲正在家乡隐居,而自己只是一游客,"长恨隐沦赊"者,是说自己还不能像储光羲那样隐居,心中无限怅惘。长恨者,长久的遗憾;赊者,遥远。据《唐才子传校笺》,储光羲归隐在开元二十一年,綦毋潜弃官还江东在天宝初[4]。而收入《河岳英灵集》中的六首诗是否就是綦毋潜弃官还江东之作呢? 这还要做分析。《河岳英灵集》中收载储光羲《酬綦毋校书梦游耶溪见赠之作》,诗云:"校文在仙掖,每有沧洲心。况以北窗下,梦游清溪阴。春看湖口

---

①《河岳英灵集》卷下,《唐人选唐诗新编(增订本)》,第230—232页。
②《河岳英灵集》卷下,《唐人选唐诗新编(增订本)》,第231页。
③《岑参集校注》卷五,第391页。
④《唐才子传校笺》卷一,第一册,第217页。

漫,夜入回塘深。往往缆垂葛,出舟望前林。山人松下饭,钓客芦中吟。小隐何足贵,长年固可寻。还车首东道,惠然若南金。以我采薇意,传之天姥岑。"① 这是一首酬赠之作,綦毋潜《梦游耶溪》诗在先,储作在后。可以推测,綦毋潜曾有江南之行,游若耶溪,又游赏了储光羲家乡,江南之景时在念中,故有梦游若耶寄赠储光羲之诗作,这和储诗也相呼应,所谓"校文在仙掖,每有沧洲心。况以北窗下,梦游清溪阴"。綦毋潜梦游若耶诗已不存,但从储诗中大略可知其内容,储诗处处在作响应,綦毋潜诗当借梦游回忆往日江南之游的惬意,储诗亦做回应:"春看湖口漫,夜入回塘深。往往缆垂葛,出舟望前林。山人松下饭,钓客芦中吟。"这是对过去游江南之行的描写,"春看"云云正好证明上次江南之行是在春天;"往往缆垂葛,出舟望前林"和上次"舟行"相呼应。"小隐何足贵,长年固可寻。"小隐,指隐居山林,晋王康琚《反招隐》云:"小隐隐陵薮,大隐隐朝市。"② 意为小隐隐山林不值得称赞推崇,但江南山水宜人,养生长寿还是值得寻游的。"还车首东道,惠然若南金。"还车,回车,车掉转方向,"还车首东道"当为概括綦毋潜梦游若耶溪诗中的意思,可见綦毋潜已在诗中表露出弃官归隐的想法。"惠然若南金"一作"惠言若黄金",这是储对綦毋潜弃官归隐之意的认同和赞许。"以我采薇意,传之天姥岑。"采薇,言己隐居之心,意谓我以我的归隐之意将你的归隐之意传送到天姥山,可知綦毋潜梦游若耶诗中已提到将归隐天姥。天姥、若耶溪皆在越中。

因此,结合储光羲《酬綦毋潜校书梦游耶溪见赠之作》,大致可以推定收入《河岳英灵集》的六首綦毋潜的诗都是同期作品,写作时

①《河岳英灵集》卷上,《唐人选唐诗新编(增订本)》,第 244 页。
② 逯钦立辑校:《先秦汉魏晋南北朝诗·晋诗》卷一五,中华书局,1988 年,第953 页。

间应在綦毋潜任校书郎之前。如果这一推断能成立,同样有力地证明了《河岳英灵集》初次编纂应在开元末储光羲隐居乡里之时,綦毋潜六首诗当为储光羲传送给殷璠的。更为重要的是,由此可以进一步考察《河岳英灵集》收诗的偶然性和必然性、随机性和选择性的关系。

这里还传达了另一个重要信息,《河岳英灵集》的编纂起因极有可能是选集开元十四年和开元十五年及第进士的作品。开元十四、十五年进士及第可考者八人,其中六人入《河岳英灵集》,李嶷、王昌龄、常建、储光羲、崔国辅、綦毋潜,而两榜进士及第者成了《河岳英灵集》作者的重要组成部分。而现在所看到的《河岳英灵集》的规模是在这一基础上渐次汇集而成的。开元十四、十五年两年进士及第者六人入选,李嶷的诗作并不能和其他五人相比,李嶷存诗六首,五首皆入选《河岳英灵集》而得以流传,还有一首见《国秀集》。《国秀集》入选李嶷诗两首,一首题作《游侠》,同《河岳英灵集》之《少年行三首》之一;一首题为《读前汉外戚传》。《国秀集》所收作家较滥,《河岳英灵集》相对较严,李嶷诗能入选《河岳英灵集》肯定是因为储光羲的关系,这也有助于证明《河岳英灵集》确实是以开元十四、十五年及第进士为基础的判断。

虽然我们考察了《河岳英灵集》的编纂有储光羲的协助,比如綦毋潜和储光羲同年进士及第之特殊关系,将其一次江南行的作品收入选集中,但还要注意到殷璠选诗和评诗的独立性。如《河岳英灵集》收了储光羲《酬綦毋潜校书梦游耶溪见赠之作》,却未收綦毋潜《梦游耶溪》,这一现象可以有多种解释,有可能储未将《梦游耶溪》诗传送给殷璠,或者储虽传送而殷璠未收。

由此,也可以考察《河岳英灵集》的收诗与编纂过程,至少有部分诗人作品应如同綦毋潜作品被收录的情况,这是否可以说明殷璠

"删略群才"① 主要是对入选作者的选择,对某位诗人的作品拣选反而是次要的,同样由此证明作品收集的不易。

有一点必须强调,殷璠编《河岳英灵集》不像今人作唐诗选那样可以在全部唐诗中挑选,而受到诗歌传播中的一些偶然因素的影响,如王维等大多数诗人天宝四载以后的作品未见有续补,原因何在?很难分析。如果想推测,可以假想,天宝四、五载以后,储光羲由于主观和客观的因素不再和家乡旧友殷璠联系了,像王维和储光羲关系密切,而不见天宝四载后王维的诗续入《河岳英灵集》,甚至储光羲本人也没有天宝四载后的作品续入。从《河岳英灵集》有极少数诗续补的事实看,殷璠主观上应有续补的愿望,客观上受到极大限制。因此,这一情况也反证了储在初编和天宝四载第一次定稿给殷璠以很大的支持和指导。同样《河岳英灵集》的《叙》《论》、品藻修改也混杂着类似的情况,而没有明晰的线索和规律可循,换句话说,含有较大的偶然性。据考,品藻的内容绝大多数保留了原始面貌,如李白的品藻。傅璇琮先生云王昌龄和贺兰进明则续入了天宝四载以后的事迹。

另外,收入《河岳英灵集》中的作者,有诗作相混的情况,说明收录有前后,也从侧面反映《河岳英灵集》编纂的实际情况。

入选的诗人作品不少并没有作者相混的现象,储光羲是没有和他人作品相混的诗人之一。而部分有相混现象的作品,则说明编纂时不是从诸家诗集中直接采选,而是通过第三者的传抄汇集成的。

王维《赠刘蓝田》,何焯校于题下注云"或刻百家选,作卢象"。刘眘虚《送东林廉上人还庐山》,《文苑英华》作王昌龄诗。张谓《赠乔林》,《文苑英华》作刘眘虚诗。陶翰《古塞下曲》,《唐文粹》《唐诗

---

① 《河岳英灵集》卷上,《唐人选唐诗新编(增订本)》,第156页。

纪事》作王季友诗。高适《见薛大臂鹰作》，《全唐诗》作李白诗。岑参《茂葵花歌》，《文苑英华》一作刘眘虚诗。薛据《落第后口号》，《文苑英华》《唐诗纪事》作綦毋潜诗，题为《早发上东门》。薛据《冬夜寓居寄储太祝》，《唐诗纪事》作綦毋潜诗。綦毋潜《题鹤林寺》，《唐文粹》作薛据诗。孟浩然《过融上人兰若》，《唐诗纪事》作綦毋潜诗。孟浩然《夜渡湘江》《渡湘江问舟中人》，汲古阁本、毛扆校本作崔国辅诗。崔国辅《秦中感兴寄远上人》，《文苑英华》作孟浩然诗。贺兰进明《行路难五首》之"君不见芳树枝"，《文苑英华》作高适诗。祖咏《古意二首》之"楚王意何去"，又见宋临安本《常建诗集》卷下。

　　在认真考察储光羲与《河岳英灵集》的关系后，有一问题尚未能回答，即《河岳英灵集叙》和集论中皆未提及选诗与储之关系。其实这一问题还是可以解释的，首先，《叙》《论》、品藻应写在作品选辑之后，作品选辑过程中有储光羲的参与，对作家品评也有储光羲的意见，收作品时必然会口头交换选和不选的理由，这些意见可能会影响殷璠二稿或定稿时作叙和品评诗人的依据。其二，储和殷的身份毕竟不同，储是出仕的，殷大概终了家乡。殷可直言品评众人，而储则不能。储不愿将《河岳英灵集》的编选和自己联系起来，这一意见殷璠是明白的，故《河岳英灵集叙》中没有交代与储的联系，是可以理解的。如储敬重和攀援的丹阳人马怀素，不仅未入《河岳英灵集》，也未能入《丹阳集》，现在读《河岳英灵集叙》"如名不副实，才不合道，纵权厌梁、窦，终无取焉"[①]语，知其绝非泛泛而论、无的放矢。顾陶《唐诗类选后序》云其"行年七十有四，一名已成，一官已弃，不惧势逼，不为利迁"[②]，可以自由编纂。殷璠也可以做到"不惧势逼，不为

①《河岳英灵集》卷上，《唐人选唐诗新编（增订本）》，第156页。
②《全唐文》卷七六五，第7960页。

利迁"的。那么殷璠和储光羲有别就不难理解。

小　结

（一）储光羲在《河岳英灵集》中的位置安排。开元十四年和十五年进士及第的六人中，尤以储光羲和王昌龄最为重要，《河岳英灵集》巧妙安排给他们以特殊位置，作为唯一入选《河岳英灵集》的《丹阳集》诗人，保住储光羲的荣誉实在是非常重要的事情，而编选《河岳英灵集》的重要意图之一是将储光羲推至时代高位。

（二）丹阳殷璠选诗三集与丹阳储光羲。殷璠编有三集，《丹阳集》《河岳英灵集》《荆杨挺秀集》，储光羲皆有作品入选。《河岳英灵集》编纂之意确有"发愤"倾向，但不是因落第。这也证明了编纂有储光羲的参与，部分代表了储光羲登科进士的身份和立场，即及第进士怀才不遇，如储光羲本人开元十四年进士及第，开元二十一年还乡归隐时只做过县尉一类的低层文官，但《河岳英灵集》品藻其"实可谓经国之大才"，其才具和所任官职真有天壤之别。

（三）储光羲与《河岳英灵集》入选诗人之关系。如果我们以《河岳英灵集》为对象，以储光羲为中心对开元至天宝初的诗坛进行考察，《河岳英灵集》入选诗人确实形成了一种特殊的关系网，他们以群体的创作实绩和继往开来的预期推进盛唐诗歌向着具有建设性的健康方向发展。

（四）《河岳英灵集》初选似在开元末储光羲辞官归隐之时。结合储光羲《酬綦毋校书梦游耶溪见赠之作》，大致可以推定收入《河岳英灵集》的六首綦毋潜的诗都是同期作品，写作时间应在綦毋潜任校书郎之前，这也证明了《河岳英灵集》初次编纂应在开元末储光羲隐居乡里之时，綦毋潜的六首诗当为储光羲传送给殷璠的。

三、《河岳英灵集》载录之异及其编纂过程

很遗憾,由于没有文字材料和文献记载,无法知道《河岳英灵集》的编纂过程,也无从得知这一优秀选集在编纂过程中的甘苦。关于唐人选唐诗工作情况我们可以从顾陶《唐诗类选序》及《后序》二文中得知一二。

顾陶,会昌四年进士及第。大中时官校书郎。编有《唐诗类选》,已佚,但存《序》及《后序》。《唐诗类选》的编辑和《河岳英灵集》主要不同在于:一是《类选》规模较大,"凡一千二百三十二首,分为二十卷"。所收诗人在时间上亦长,"始自有唐,迄于近殁";二是《类选》应有许多可借助的参考资料,比如提到的"《英灵》《间气》《正声》《南熏》"①等唐诗选集以及四部以外的其他选集皆可参考,而且唐诗传播愈后愈广,且诸家文集已渐行于世,因此在收集上相对比较容易。《唐诗类选序》及《后序》对我们研究《河岳英灵集》的编纂过程有如下启发:

第一,编纂需要一定时间收集诗歌作品,历时较久。《唐诗类选序》写于大中丙子(景子)年,即大中十年。《后序》云:"余为类选三十年,神思耗竭,不觉老之将至。今大纲已定,勒成一家,庶及生存,免负平昔。"②三十年且神思耗竭,实在不易。而《河岳英灵集》始于开元末,终于天宝十二载,历时十余年。《河岳英灵集》收集各家作品,因各家多为同时代人,未有传世文集可供拣选,而多赖人与人单一传播渠道,收录也很不易。既有去世者,也有如《唐诗类选后

---

① 《全唐文》卷七六五,第 7959—7960 页。
② 《全唐文》卷七六五,第 7960 页。

序》所说的情况："以删定之初，如相国令狐楚……等十数公，诗犹在世，及稍沦谢，即文集未行。"① 孟浩然开元二十八年去世，据王士源《孟浩然集序》云："天宝四载徂夏，诏书征谒京邑……始知浩然物故……今集其诗二百一十八首，分为四卷。"② 即天宝四载《孟浩然集》编成，但未必立即流传。

第二，编纂有前后修改。《类选序》在大中十年，数年后又作《后序》。《序》云："始自有唐，迄于近殁，凡一千二百三十二首，分为二十卷，命曰《唐诗类选》。篇题属兴，类之为伍而条贯，不以名位卑崇、年代远近为意。"③ 说明大中十年已完成并作序。数年后之《后序》又云："今大纲已定，勒成一家。"④ 说明大中十年后仍在修改之中。修改最重要部分是在二十卷外又有补录："近则杜舍人牧、许鄂州浑，泪张祜、赵嘏、顾非熊数公，并有诗句，播在人口。身没才二三年，亦正集未得。绝笔之文，若有所得，别为卷轴，附于二十卷之外，冀无见恨。"⑤ 实际上在《唐诗类选》编纂的三十年中入选者当时有修改。《河岳英灵集》有多次修改，理属必然。不过殷璠只是不断修改《叙》的文字，特别是关键性的诗人数和诗篇数，而不像顾陶写出前后二序。

第三，唐人选唐诗要真正做到坚持标准选录甚难。《唐诗类选后序》云："行年七十有四，一名已成，一官已弃，不惧势逼，不为利迁。知我以《类选》起序者天也。取舍之法二十通在，故题之于后云

---

① 《全唐文》卷七六五，第 7960 页。
② 《孟浩然集校注》附录，第 2 页。
③ 《全唐文》卷七六五，第 7960 页。
④ 《全唐文》卷七六五，第 7960 页。
⑤ 《全唐文》卷七六五，第 7960 页。

尔。"①《河岳英灵集》云："如名不副实,才不合道,纵权压梁、窦,终无取焉。"② 当非门面语,而是有感而发。

唐人选唐诗经过修改,臻于至善,很容易理解。《河岳英灵集》编纂过程的部分面貌可以在相关载录中得到说明：

其一,《文苑英华》所载序当为天宝四载定本之序。

如上所述,关于《河岳英灵集》编选终止时间有两说,一是"终癸巳",即天宝十二载(753),此见现存各本《河岳英灵集》的《叙》以及《文镜秘府论》南卷;另一说法是"终乙酉",即天宝四载(745),此见《文苑英华》卷七一二殷璠《序》。这两种说法皆不能轻易否定而取其一说,其一,"起甲寅",二说中的任何一种都是如此记载,说明"起甲寅,终乙酉"和"起甲寅,终癸巳"不会有误;其二,"乙酉"与"癸巳"在字形上绝不能相混而误。因此,只能解释为第一次定稿在天宝四载,后因有修改才有了第二次定稿。即《文苑英华》所载殷璠《序》为第一次定稿的序。而他本所载"终癸巳"则为第二次定稿《叙》之语。这从以上二说中所记载的诗人和诗篇数也得到证明。《文苑英华》所载序,作三十五人,诗一百七十首。他本所载《叙》为二十四人,二百三十四首。二说所载明明白白,形体上也不可能相混而误。其实,二说表述尽管不同,甚至差异很大,但于情理上能得到解释。如果说《河岳英灵集》的编纂始于开元末,而最后定稿于天宝十二载,这是一个相当漫长的时间,因为考虑到唐代仍是抄本时代,诗歌的大量传播是比较困难的,相对于《丹阳集》地方性选本的编纂,《河岳英灵集》会需要更多的时间。从《文苑英华》所载序看,至天宝四载《河岳英灵集》所收诗人应为三十五人,诗作为一百七十

①《全唐文》卷七六五,第7960页。
②《河岳英灵集》卷上,《唐人选唐诗新编(增订本)》,第156页。

首,涉及的诗人较多,而所收作品较少,正说明收集诗歌的困难,也就是说入选诗人的个人作品数量少。现在虽无法知道天宝四载定稿所收诗人和诗作的详细情况,但从天宝十二载的定稿数字变化看,随着时间的推移,可以有充裕的时间去收集作品;随着收集作品条件的改变,编纂者可以在更大范围内去收集作品。因此编纂者也就有了在更多诗人和作品的比较中去练就更好的眼光、有了更大的空间去选择诗人和作品,修改幅度大成为必然。首先,殷璠是在入选诗人中挑选出更符合编纂者理念的诗人,在天宝四载至十二载的八九年间,编纂者所收集到诗人肯定不止天宝四载定稿的三十五人,也就是说天宝十二载定稿中的二十四人并不完全是从天宝四载定稿中的三十五人中选出的。其次,是在入选的作者中选取更理想的作品,由于收集的作品多了,特别是符合要求的作者诗歌数量多了,故单个人被选入诗歌的数量有了增加。可以推断,天宝十二载的修改主要在于严选作家,现在再来读殷璠《叙》不难理解其中的深意:“璠不揆,窃尝好事,愿删略群才,赞圣朝之美,爰因退迹,得遂宿心。粤若王维、昌龄、储光羲等二十四人,皆河岳英灵也,此集便以《河岳英灵》为号。诗二百三十四首,分为上下卷,起甲寅,终癸巳。伦次于叙,品藻各冠篇额。如名不副实,才不合道,纵权厌梁、窦,终无取焉。”① 天宝十二载叙当基本沿用了天宝四载叙,也可以看出,殷璠选诗人和诗作的大原则未变,即“如名不副实,才不合道,纵权厌梁、窦,终无取焉”。工作方法和程序也未变,即“删略群才,赞圣朝之美”。“伦次于叙”者当作“论次于叙”,即“论”在“叙”后。“伦次于叙,品藻各冠篇额”具有编纂凡例性质。

　　《文苑英华》本和他本的差别还在于多出开篇的一大段文字:

---

① 《河岳英灵集》卷上,《唐人选唐诗新编(增订本)》,第156页。

"梁昭明太子撰《文选》,后相效著述者十余家,咸自称尽善,高听之士,或未全许。且大同至于天宝,把笔者近千人,除势要及贿赂者,中间灼然可尚者,五分无二,岂得逢诗辄赞,往往盈帙。盖身后立节,当无诡随,其应诠拣不精,玉石相混,致令众口销铄,为知音所痛。"① 这一段文字为天宝十二载《叙》所删,究其原因,约略如下:一是文词太露,如"其应诠拣不精,玉石相混,致令众口销铄,为知音所痛";二是不准确,有过激之言,如"除势要及贿赂者,中间灼然可尚者,五分无二";三是有夸大之词,"逢诗辄赞,往往盈帙"。

更重要的一点是,这一段文字和《论》的语气相比,有了很大不同:"自汉魏至于晋宋,高唱者十有余人,然观其乐府,犹有小失。齐梁陈隋,下品实繁,专事拘忌,弥损厥道。夫能文者匪谓四声尽要流美,八病或须避之,纵不拈二,未为深缺。即'罗衣何飘飘,长裾随风还',雅调仍在,况其它句乎?故词有刚柔,调有高下,但令词与调合,首末相称,中间不败,便是知音。而沈生虽怪,曹王曾无先觉,隐侯言之更远。璠今所集,颇异诸家,既闲新声,复晓古体,文质半取,风骚两挟,言气骨则建安为传,论宫商则太康不逮。将来秀士,无致深憾。"② 从《叙》云"论次于叙"知道《论》和《叙》是同时完成的,天宝十二载《叙》做改动时,《论》肯定做了修改,而且做了较大修改。《论》重在批评齐梁陈隋,而对自己的选集评价较为平和:"璠今所集,颇异诸家,既闲新声,复晓古体,文质半取,风骚两挟。"实际上也暗含了对他人选本的评价,意为他人选本有的侧重新声,有的侧重古体;有的重文,有的重质;有的侧重风类,有的侧重骚类。而殷璠自己的《河岳英灵集》采取折中的办法,兼收并蓄。另外,《论》的语

---

① 《文苑英华》卷七一二,第 3676 页。
② 《河岳英灵集》卷上,《唐人选唐诗新编(增订本)》,第 157—158 页。

气委婉多了,《叙》中"玉石相混"的话没有了,"众口销铄,为知音所痛"也变成了"无致深憾",就是让"秀士"不要有太多的遗憾。于此也可以看出殷璠选诗的态度认真严肃,最为可贵的是他总是在不断修正自己,以求完美。

日本东方文化丛书影印古抄本《文镜秘府论》,其南卷录《河岳英灵集》叙、论,"终癸巳","卅五人""二百七十五首",前有"梁昭明太子……为知音所痛"一节文字①。这种抄录混杂了"终癸巳"和"终乙酉"两个系统,且有小异,如"二百七十五首"既不是《文苑英华》的"一百七十首",也不是他本所载的"二百三十四首"。古抄本《文镜秘府论》所录也不会因形近致误。我们怀疑《文镜秘府论》作者空海见到的《河岳英灵集》的《叙》《论》应是天宝十二载修改之本,也应是天宝十二载定本之前之本(天宝十二载的两次定稿时间应比较靠近)。它还未删去"昭明太子……为知音所痛"一节文字,但《论》应已做了修改,"卅五人"和"二百七十五首"之数也是定本之前的实际人数和篇数。

载录典籍	终止时间	诗人数	诗歌首数
《文苑英华》	终乙酉	35	170
《文镜秘府论》(古抄本)	终癸巳	35	275
《河岳英灵集》(通行本)	终癸巳	24	234

这样,可以将《河岳英灵集》的编纂分为四期。初选时在开元末,诗人数和诗篇数均不可知。第一次定稿(有终止时间载录的都应视为定稿)期在天宝四载(乙酉),诗人三十五,诗一百七十首。第二次修改定稿期在天宝十二载(癸巳),诗人三十五,诗作二百七十五首,此次在收入诗人数上未有调整,但诗人数未有变化,并不意味着

①《续修四库全书》,上海古籍出版社,2002年,第1694册,第90页。

入选诗人没有变化，而作品数量上有了明显增加，说明此时作品收集量有了大的增长。第三次定稿也在天宝十二载（癸巳），在诗人数上有了大的删减，从三十五人减到二十四人，作品由二百七十五首变为二百三十四首，少了四十一首，考虑到人数减少了十一人，而作品数仍维持在一个高位，删减去的诗人作品随之删减，留存的诗人作品应没有太大的变动。我们在讨论《河岳英灵集叙》各种传本的数字差异时与现存通行本诗人数和作品数无关，因为每次编订都有诗人和作品的重新选择、重新编排的可能，数字差异只是反映了三次定稿时当下的真实状态。

尽管无法比较天宝四载定稿和天宝十二载定稿的诗人和诗作，但后出转精，天宝十二载定稿更符合编选者的理念是无疑的。

其二，《唐诗纪事》所见当为定本。

《唐诗纪事》作者计有功生活的大致时间是北宋末南宋初，其所见《河岳英灵集》应为写定之本。略见如下诸例分析：

例一，綦毋潜。《河岳英灵集》云："潜诗屹崒峭蒨足佳句，善写方外之情。至如'松覆山殿冷'，不可多得，又'塔影挂清汉，钟声和白云'，历代未有。荆南分野，数百年来，独秀斯人。"[①]《唐诗纪事》云："拾遗诗举体清秀，萧萧跨俗，桑门之说，于己独能。至如'松覆山殿冷'，不可多得，又'钟声和白云'，历代少有。借使若人加气质，减雕饰，则高视三百年之外也。"[②]《唐诗纪事》所引应是改作，第一，称"拾遗"，綦毋潜为右拾遗的确切时间虽未能定，但大致在天宝十一载应可信；第二，"又'塔影挂清汉，钟声和白云'，历代未有"，"历代未有"改为"历代少有"，一字之改，体现殷璠表述的严谨；第三，"荆

① 《河岳英灵集》卷下，《唐人选唐诗新编（增订本）》，第230页。

② 《唐诗纪事校笺》卷二〇，第642页。

南分野,数百年来,独秀斯人",《唐诗纪事》作"借使若人加气质,减雕饰,则高视三百年之外也"。这一改动的好处在于一破地域之限,二提出更高要求。其原因在于随着时间推移,所收诗人和诗作越来越多,也不断拓宽了殷璠的视野,提高其品诗的水平。

　　例二,王维。《河岳英灵集》云:"维诗词秀调雅,意新理惬,在泉为珠,著壁成绘,一句一字,皆出常境。至如'落日山水好,漾舟信归风',又'涧芳袭人衣,山月映石壁','天寒远山净,日暮长河急','日暮沙漠陲,战声烟尘里'。"①《唐诗纪事》云:"至如落日山水好,漾舟信归风;又涧芳袭人衣,山月映石壁;又天寒远山净,日暮长河急;又贱日岂殊众,贵来方悟稀;又日暮沙漠陲,战声烟尘里,讵肯惭于古人也。"② 第一,摘句引例后应有品评语,《唐诗纪事》有"讵肯惭于古人也"方为完整。第二,循《河岳英灵集》体例,摘句引例后皆有品评语,故"讵肯惭于古人也"为修改后的添加语。孟浩然条,"亦为高唱"后有:"《建德江宿》云:'移舟泊烟渚,日暮客愁新。野旷天低树,江清月近人。'"③ 而《建德江宿》诗后无评,检四库本《唐诗纪事》,《建德江宿》诗和后面所引《裴司士见寻》等诗例同,应不在殷璠云云之列。故《唐诗纪事》本殷璠语至"亦为高唱"结束。第三,添入"贱日岂殊众,贵来方悟稀",也和"词秀调雅,意新理惬"呼应,"贱日岂殊众,贵来方悟稀"实为"意新理惬"类。第四,上引四库本《唐诗纪事》孟浩然条"亦为高唱"后有一"也"字,《河岳英灵集》多有此句式,李白条"然自骚人以还,鲜有此体调也",岑参条"宜称幽致也",崔颢条"可与鲍照、江淹并驱也",薛据条"可谓旷代之佳句

---

① 《河岳英灵集》卷上,《唐人选唐诗新编(增订本)》,第181页。
② 《唐诗纪事校笺》卷一六,第237—238页。
③ 《河岳英灵集》卷下,《唐人选唐诗新编(增订本)》,第232页。

也",崔国辅条"古人不能过也",祖咏条"亦可称为才子也",李嶷条
"翩翩然侠气在目也",阎防条"皎然可信也"①。故《唐诗纪事》本王
维条"讵肯惭于古人也"符合殷璠的表述方式。

其三,从《国秀集》看《河岳英灵集》入选诗人的"同声相求"。

和成书于天宝三载的《国秀集》比较,二书入选诗人差异很大。
因此,还有如下可继续讨论的问题:第一,《国秀集》入选诗人的遗漏
实由客观使然。《国秀集》编者选诗和选人,应是尽其所能,广收博
选。有人批评其滥,眼界不高;有人批评其漏收,搜罗不广。前者确
有编选者水平的问题,而后者当为客观受限。比如储光羲未入选《国
秀集》,他的同乡丁仙芝被收入,储光羲曾作《贻丁主簿仙芝别》,此诗
作于开元后期,在储光羲拟归隐之前,诗中云"敛衽归故山",而丁也
准备赴主簿任,"结绶归海裔",丁赴任主簿之地当在海边。储在诗中
也表明对丁的宽慰:"人谋固无准,天德谅难知。高名处下位,逸翮栖
卑枝。"②可以断定储在天宝三载以前尚未有诗名或较大诗名,甚至
不如他的同乡丁仙芝。但储被收入《河岳英灵集》,而且得到极高评
价,和当时的"诗家夫子"王昌龄并称。李白也未入选《国秀集》,其
实天宝元年李白已入长安待诏翰林,循之常理,应该很有影响,杜甫
《寄李十二白二十韵》云其入待诏翰林时得到贺知章的夸赞,才有大
的声名:"昔年有狂客,号尔谪仙人。笔落惊风雨,诗成泣鬼神。声名
从此大,汩没一朝伸。文彩承殊渥,流传必绝伦。"③杜甫未免有夸大
之意,但也隐含李白在天宝元年以前确实名气不大。

第二,《河岳英灵集》的编纂有"人以群分""同声相求"的特

---

① 《河岳英灵集》卷上、下,《唐人选唐诗新编(增订本)》,第 171、215、219、225、
236、262、267、268 页。
② 《全唐诗》卷一三八,第 1399—1400 页。
③ 《杜诗详注》卷八,第 660—661 页。

点,其所收作者之间有间接或直接的联系。由于殷璠受到储光羲等人的影响,其收诗人选及所收诗作具有较高的水平,即使在当时并不出名而有好的创作实绩或发展前途者都被收入。李白天宝三载前诗名不彰,但他和"诗家夫子"王昌龄相识,开元二十七年王昌龄在南贬途中写有《巴陵送李十二》诗。这一年孟浩然也写有《送王昌龄之岭南》诗。孟浩然开元二十八年卒,李白集中有多篇赠送孟浩然的诗,如《赠孟浩然》《春日归山寄孟浩然》《黄鹤楼送孟浩然之广陵》,李白对孟非常尊敬,其《赠孟浩然》诗云:"吾爱孟夫子,风流天下闻。红颜弃轩冕,白首卧松云。醉月频中圣,迷花不事君。高山安可仰,徒此揖清芬。"① 又如《国秀集》未收之綦毋潜而入选《河岳英灵集》,綦毋潜不仅和储光羲同年进士及第,而且和《河岳英灵集》诗人多有联系,仅据《河岳英灵集》所收诗即知綦毋潜与王维、李颀、储光羲、王昌龄、卢象有诗歌交往。当然,由于这批诗人的优秀写作水平和审美判断力,促成其也收集了群体之外诗人的作品。反之,像丁仙芝既是储光羲的同乡好友,也是殷璠的同乡,入选《丹阳集》,却被《河岳英灵集》拒收。由于《河岳英灵集》坚持自己的标准,具有了"颇异众家"的特色。

小　结

《河岳英灵集》的编纂分为四期。初选时在开元末,诗人数和诗篇数均不可知。第一次定稿(有终止时间载录的都应视为定稿)期在天宝四载(乙酉),诗人三十五,诗一百七十首。第二次修改定稿期在天宝十二载(癸巳),诗人三十五,诗作二百七十五首,此次在收入诗人数上未有调整,但诗人数未有变化,并不意味着入选诗人没有

---

① 《李太白全集》卷九,第 461 页。

变化,而作品数量上有了明显增加,说明此时作品收集量有了大的增长。第三次定稿也在天宝十二载(癸巳),在诗人数上有了大的删减,从三十五人减到二十四人,作品由二百七十五首变为二百三十四首,少了四十一首,考虑到人数减少了十一人,而作品数仍维持在一个高位,删减去的诗人作品随之删减,留存的诗人作品应没有太大的变动。我们在讨论《河岳英灵集叙》各种传本的数字差异时与现存通行本诗人数和作品数无关,因为每次编订都有诗人和作品的重新选择、重新编排的可能,数字差异只是反映了三次定稿时当下的真实状态。

四、"起甲寅"解

"起甲寅",甲寅,开元二年,"粤若王维、昌龄、储光羲等二十四人,皆河岳英灵也,此集便以《河岳英灵》为号。诗二百三十四首,分为上下卷,起甲寅,终癸巳。伦次于叙,品藻各冠篇额"[1]。终癸巳,易于理解,编集完成于癸巳年,其所选作品下限也当在此年。那么,"起甲寅"是说编集始于甲寅,还是所收作品始于甲寅,还是有一特殊人或事使甲寅成为起点,而不是癸丑(开元元年),依据是什么?

我们可以试着用几种思路去探寻殷璠以"甲寅"开始的理由:其一,从诗人进士及第这一角度来考虑。这和考察殷璠《叙》提出开元十五年的方法、思路相近。从《河岳英灵集》所收作家看,有进士及第出身可考的,王湾资历最深,玄宗先天二年进士及第[2],先天二年

[1]《河岳英灵集》卷上,《唐人选唐诗新编(增订本)》,第156页。
[2] 陈尚君:《〈登科记考〉正补》,《陈尚君自选集》,广西师范大学出版社,2000年,221页。

十二月改元开元,是为癸丑年,开元二年为甲寅年。癸丑、甲寅在形体上不会有因字形相混而误的可能,只有记忆相混而误的可能。唐人记时一般两种方式并用,即年号纪年和年号加天干地支纪年,亦有单用天干地支纪年的,《唐会要》所载,常以年号纪年为主,《唐代墓志汇编》中常常是年号纪年和年号加天干地支纪年混用。唐代以年号纪年的形式较为普遍。《河岳英灵集》可能将两个年份弄混了,一是王湾及第之年,将先天二年记忆为开元二年,在开元末回忆开元初的事,相隔一二年的事混淆起来,也比较正常;二是可能将先天二年的天干地支误记为甲寅,这一情况虽不易发生,但也不是不可能。因为先天二年十二月改元开元,很容易将王湾及第的开元元年的天干地支纪年记忆为甲寅年。关于王湾进士及第之年有不同记载,《唐才子传》王湾下:"湾,开元十一年常无名榜进士。"①徐松《登科记考》据常衮《叔父故礼部员外郎墓志铭》考定常无名先天元年进士及第。同榜有张子容,《唐诗纪事》云"子容乃先天二年进士",徐松考定为先天元年。《唐诗纪事》又云"湾,登先天进士第"②。如此说来,王湾登进士第有三种说法,误说为二种,即开元十一年、先天元年。这样的混乱当有一定的来源,或为殷璠误记王湾登进士第的时间找到原因。当然,还有一种假设,因先天二年十二月改元开元,殷璠遂将开元元年错算为或错记为甲寅年。这一可能性的几率甚小,因为《河岳英灵集》编纂时间较久,在这一段时间里不可能对开元元年的天干地支总是误记为甲寅,相反对王湾个人的及第时间天干地支误记为甲寅是很正常的。

其二,从《河岳英灵集》入选作品考虑,最早的作品是在甲寅年。

①《唐才子传校笺》卷一,第一册,第 189 页。
②《唐诗纪事校笺》卷二三、卷一五,第 761、494 页。

这一观点也得到《河岳英灵集》作品实际状况的证明。《河岳英灵集》所收作品有一首王湾的《江南意》值得注意。《河岳英灵集》云："湾词翰早著,为天下所称最者,不过一二。游吴中,作《江南意》诗云:'海日生残夜,江春入旧年。'诗人已来,少有此句。张燕公手题政事堂,每示能文,令为楷式。"① 作品有《江南意》一首入选。这首诗的影响在于张说曾手题其两句于政事堂,并作为写诗的楷式。有关此事的记载,唐代仅见于《河岳英灵集》,其可靠性如何,殷璠从何得知此事,不得而知。当然我们在讨论时,其事的真实性并不重要,重要的是见于殷璠的品藻。因此,这一首诗成为殷璠选诗的时间起点就具有可能性。

《河岳英灵集》题为《江南意》,诗云:"南国多新意,东行伺早天。潮平两岸阔,风正数帆悬。海日生残夜,江春入旧年。从来观气象,惟向此中偏。"② 而《国秀集》收王湾此诗,题作《次北固山下作》云:"客路青山外,行舟绿水前。潮平两岸阔,风正一帆悬。海日生残夜,江春入旧年。乡书何处达,归雁洛阳边。"③ 可见此诗被王湾做了修改,《国秀集》编成于天宝三、四载,入选诗为修改后的作品。其一,诗题由泛题改为有确定内容的题目,恢复写作具体地点,这对了解内容更有帮助,特别对中间四联的写景有了具体观察点的交代。其二,"客路青山外,行舟绿水前",由改题而来,首句点题,并交代旅行工具,是"行舟",故观察到"潮平两岸阔","风正一帆悬"之"一帆悬",是说自己所乘之舟的状况。原作"数帆",改作"一帆",于当时情景和乡思主题最合,可见改作之锤炼之功。而原作"南国多新意,东行

---

① 《唐人选唐诗新编(增订本)》,第 257 页。
② 《河岳英灵集》卷下,《唐人选唐诗新编(增订本)》,第 261 页。
③ 《国秀集》卷下,《唐人选唐诗新编(增订本)》,第 351 页。

伺早天"联,作为起句较平,"南国多新意"和下面的陈述联系松散。其三,"乡书何处达,归雁洛阳边"收束自然,逗人遐想,和"客路"呼应。而原作"从来观气象,惟向此中偏"联,比较直白,用字亦不稳。其四,原作和改作的主旨亦有变化,原作重在写景,改作则变为乡思主题了。改作呈"风华秀丽"风貌,正符合开元、天宝年间五律写作的趋势。

通过王湾诗作修改前后的比较,可以看出:《河岳英灵集》初稿约在开元末,此后虽有补充,有天宝四载二稿和天宝十二载终稿,但其所收作品存其原貌,原因是殷璠乡居,见闻不广,即使有作家修改了自己的作品,而初稿已收作品,也没有条件而随之变动。即使有储光羲的帮助,储也未注意到王湾作品有了修改,这也是正常的。天宝以后的作品收集或许还会得到别人的帮助,比如储光羲有可能继续传递一些作品,王维《入山寄城中故人》(一作《终南别业》)极有可能是储光羲传给殷璠的,天宝初储光羲隐终南山,与王维有诗歌往还,储作《蓝上茅次期王维补阙》,殷遥卒,王维和储光羲有诗哭之。而像王湾的改作也许储也未注意,或者就未见到。

《国秀集》为改作,题为"次北固山下作",和殷璠品藻词中的"游吴中作《江南意》"合,显然诗的写作地点在殷璠的家乡润州,润州有北固山。据考《江南意》当写于开元二年。本年王湾赴江南,行经润州,作《江南春》诗。诗云"入旧年",当作于岁末。王湾约开元三年春在苏州有诗赠武平一,题为《晚春诣苏州敬赠武员外》,武员外,即武平一,先天元年武平一被贬,《新唐书》卷一一九《武平一传》云:"迁考功员外郎……玄宗立,贬苏州参军。"[1] 张九龄有《武司功初有幽庭春暄见贻夏首获见以诗报焉》诗,知武平一被贬为苏州司功参

---

[1]《新唐书》卷一一九,第 4294—4295 页。

军。王湾诗云："苏台忆季常,飞棹历江乡。持此功曹掾,初离华省
郎。贵门生礼乐,明代秉文章。嘉郡位先进,鸿儒名重扬。爰从姻娅
贬,岂失忠信防。万里行骥足,十年睽凤翔。回迁翊元圣,入拜仵惟
良。别业对南浦,群书满北堂。意深投辖盛,才重接筵光。陋学叨铅
简,弱龄许翰场。神驰劳旧国,颜展别殊方。际晓杂氛散,残春众物
芳。烟和疏树满,雨续小溪长。旅拙感成慰,通贤顾不忘。从来琴曲
罢,开匣为君张。"① 云武"初离华省"当作于开元初,"初离华省郎"
《河岳英灵集》作"幼称华省郎"。湾先天二年进士,后为尉畿甸,故
其赴江南约在其后。

　　另王湾又有《晚夏马升卿池亭即事寄京都一二知己》诗入选,诗
当为开元二年王湾为畿县簿尉时作。诗云："忝职畿甸淹,滥陪时俊
后。才轻策疲劣,势薄常驱走。牵役劳风尘,秉心在岩薮。宗贤开别
业,形胜代稀偶。竹绕清渭滨,泉流白渠口……滞拙怀隐沦,书之寄
良友。"② 南白渠自泾阳县东南流入高陵县界,注入渭水,见《元和郡
县图志》卷二,高陵畿县,王湾诗自云"忝职畿甸淹",疑时即在高陵
为簿尉之属,且已有时日③。

　　现存《河岳英灵集》中开元初的作品可考者不多,而王湾《晚夏
马升卿池亭即事寄京都一二知己》《江南春》约作于开元二年,《晚
春诣苏州敬赠武员外》作于开元三年春,而《河岳英灵集》"起甲寅
(开元二年)",不可能是偶然和巧合,《河岳英灵集》起甲寅抑或是从
王湾《江南春》始,《江南春》诗题《国秀集》作《次北固山下作》,则
王湾此诗作于润州(丹阳)无疑,丹阳人殷璠(或有储光羲之助)编

────────────

① 《全唐诗》卷一一五,第 1170—1171 页。
② 《河岳英灵集》卷下,《唐人选唐诗新编(增订本)》,第 259 页。
③ 《唐五代文学编年史(初盛唐卷)》,第 511、516 页。

《河岳英灵集》收诗以王湾始,于情理亦合。

　　上述二说,以作品最早来解释"起甲寅"的不足之处在于,现在据《河岳英灵集》收录作品来考察有不完全覆盖的可能,如王维《息夫人怨》原注"时年二十",则写于景云二年(711),这部作品在《河岳英灵集》收录时有可能没有见到原注,就无法考知其创作的具体年代,《河岳英灵集》所收此类作品甚多。因此可以忽视景云二年的《息夫人怨》的写作系年。如以进士及第年来解释,于理可通,也和《叙》中以"开元十五年"的时间划线在方法和标准上有一致之处。不过无论以作品设限,还是以进士及第年设限,都和王湾相关,《河岳英灵集》对王湾的品藻是:"湾词翰早著,为天下所称最者,不过一二。游吴中,作《江南意》诗云:'海日生残夜,江春入旧年。'诗人已来,少有此句。张燕公手题政事堂,每示能文,令为楷式。又《捣衣篇》云:'月华照杵空随妾,风响传砧不到君。'所有众制,咸类若斯。非张、蔡之未曾见也,觉颜、谢之弥远乎!"① 其中有两点评价是超出诸人的,一是"词翰早著",王湾词翰早著既可以理解为其本人成名最早,也可以理解为在《河岳英灵集》诗人中成名最早,这一点其他诗人不具备,以王湾为起点最为合适;二是荣誉最高,他的诗句被张说题于政事堂,而且成为天下楷式。这一点也是其他诗人无法比拟的,故从《河岳英灵集》的分量和名誉计,也是必要的。那么,王湾如此重要,为何没有成为《河岳英灵集》的核心诗人?这在品藻词中有了交代:"为天下所称最者,不过一二。"

　　据初步考察,殷璠《叙》中"起甲寅"与王湾相联系,是根据王湾进士及第年设限的,只是这一重要时间被殷璠(含有储光羲)误记了,而不是误写。

---

① 《河岳英灵集》卷下,《唐人选唐诗新编(增订本)》,第257页。

小 结

现存《河岳英灵集》中开元初的作品可考者不多,而王湾《晚夏马升卿池亭即事寄京都一二知己》《江南春》约作于开元二年,《晚春诣苏州敬赠武员外》作于开元三年春,而《河岳英灵集》"起甲寅(开元二年)",不可能是偶然和巧合,《河岳英灵集》起甲寅抑或是从王湾《江南春》始,《江南春》诗题《国秀集》作《次北固山下作》,则王湾此诗作于润州(丹阳)无疑,丹阳人殷璠(或有储光羲之助)编《河岳英灵集》收诗以王湾始,于情理亦合。"海日生残夜,江春入旧年"被张说题于政事堂,而且成为天下楷式。这一点也是其他诗人无法比拟的,故从《河岳英灵集》的分量和名誉计,也是必要的。

五、《河岳英灵集》所收诗人的群体性质

据初步研究,《河岳英灵集》初编在开元末,而且初编部分的作品占了《河岳英灵集》的绝大部分,也是其后数次定稿的基础。因此,讨论《河岳英灵集》所收诗人群体性质主要是参照初编内容,即开元末及天宝初的时间范围,具体而言,指开元末至天宝初的一两年,同时也会兼顾到天宝十二载《河岳英灵集》最终定稿的这一时间点。《河岳英灵集》和《丹阳集》编纂性质不同,《丹阳集》是同乡集性质,而《河岳英灵集》的性质至今尚未做过深入的讨论。

(一)诗人身份

由于《河岳英灵集》经过多次修改、定稿,历经十余年,其间诗人身份不断改变。从实际出发,品藻中所涉及的作者生平事迹,也不是以某一时间划线的,如李白生平止于开元末;贺兰进明称"员外",

也是开元时的官任,不及天宝后事迹。因此,在分析诸家身份时,重在开元,兼及天宝初,而略于天宝四载后。《河岳英灵集》置常建为卷首,品藻云:"高才而无贵仕,诚哉是言。曩刘桢死于文学,左思终于记室,鲍照卒于参军,今常建亦沦于一尉。悲夫!"①常建卒年无考,据此"死""终""卒"皆同义,"常建亦沦于一尉"之"沦"疑亦与"死"等同义,"沦"亦有亡失义,则常建卒年至迟在天宝十二载。"高才而无贵仕"适用于《河岳英灵集》的诸多诗人。现简列诗人生平如下:

1. 常建,开元十五年进士,曾任盱眙尉,《河岳英灵集》云"沦于一尉"。

2. 李白,701年生,《河岳英灵集》云"常林栖十数载",未及天宝后事迹,《古意》诗约为天宝初的作品,《李太白集》题为《南陵别儿童入京》,一作《古意》。又有天宝四载后续收作品。

3. 王维,701年生,《初出济州别城中故人》为开元九年至二十三年之间作品,《送綦毋潜落第还乡》为开元十四年之前作品,綦毋潜,开元十四年进士及第。《入山寄城中故人》为天宝初作品,也是《河岳英灵集》收王诗最晚的作品。天宝以前王维官左补阙,从七品上。

4. 刘眘虚,曾官弘文馆校书郎,后流落不偶。

5. 张谓,天宝二年进士及第。

6. 王季友,天宝间,隐居滑州山中,家贫不仕。《河岳英灵集》云其"白首短褐"②。

7. 陶翰,事迹不详,开元十八年进士及第,明年登博学宏词科,天宝元年又登拔萃科,历太常博士、礼部员外郎。顾况《礼部员外郎陶

---

① 《河岳英灵集》卷上,《唐人选唐诗新编(增订本)》,第165页。
② 《河岳英灵集》卷上,《唐人选唐诗新编(增订本)》,第193页。

氏集序》云 : "开元十八年进士上第,天宝文明载登宏词拔萃两科,累除太常博士礼部员外郎。" ① 员外郎,从六品上。

8. 李颀,开元二十三年进士及第,曾任新乡尉,天宝十载仍未有新职,天宝十载六月撰《唐故广陵郡六合县丞赵公墓志铭并序》,其署衔为 "前汲郡新乡县尉" ②。《河岳英灵集》云其 "惜其伟才,只到黄绶" ③。

9. 高适,天宝八载睢阳太守张九皋荐举有道科,及第,授封丘县尉。天宝十二载,河西节度使哥舒翰辟为左骁卫兵曹、掌书记。《河岳英灵集》云其 "适性拓落,不拘小节,耻预常科,隐迹博徒,才名自远" ④。

10. 岑参,少孤,天宝三载进士及第,释褐授右内率府兵曹参军,八载,以右威卫录事参军入安西节度使高仙芝幕掌书记,十三载入安西北庭节度判官。未收入边幕诗作。

11. 崔颢,开元十一年进士及第,崔颢开元二十四年及其后在扶沟县尉任。《唐故居士钱府君夫人舒氏墓志铭并序》,题署 "左威卫胄曹参军广平程休撰序,许州扶沟县尉博陵崔颢撰铭"。舒氏以开元廿三年十二月一日卒,以开元廿四年正月壬寅葬 ⑤。崔颢开元后期以监察御史任职河东军幕,天宝初任太仆寺丞,后改司勋员外郎,十三载卒。员外郎,从六品上。

---

① 《全唐文》卷五二八,第 5366 页。
② 周绍良、赵超主编:《唐代墓志汇编续集》,上海古籍出版社,2001 年,第 633— 634 页。
③ 《河岳英灵集》卷上,《唐人选唐诗新编(增订本)》,第 202 页。
④ 《河岳英灵集》卷上,《唐人选唐诗新编(增订本)》,第 209 页。
⑤ 墓志拓片见《河洛文化论丛》第三辑,第 313 页。该志 2004 年 10 月出土于首阳山镇南蔡村北 500 米。志方形,边长 60.5 厘米,厚 13.5 厘米。楷书 27 行,行 30 字。

12. 薛据,少孤,开元十九年进士及第,授永乐主簿,迁涉县令,天宝六载又登风雅古调科,十一载任大理司直。大理司直,从六品上。《河岳英灵集》有"自伤不早达"[1]语。

13. 綦毋潜,开元十四年进士及第,开元中授宜寿尉,入为集贤院直学士,开元末任秘书省校书郎,天宝初,弃官还江东,十一载前后,在右拾遗任。拾遗,从八品上。

14. 孟浩然,689—740,开元二十八年卒,《河岳英灵集》云其"竟沦落明代,终于布衣"[2]。

15. 崔国辅,开元十四年进士及第,初授山阴尉,二十三年,登牧宰科制举,授许昌令,开元末、天宝初入为左补阙,起居舍人,天宝中转为礼部员外郎,十载加集贤院直学士,十一载,贬为竟陵郡司马。

16. 储光羲,润州延陵人,郡望兖州。开元十四年进士及第,有诏中书试文章,释褐为冯翊县佐官,其后又历任安宜、下邽、汜水等县尉,二十一年,辞官还乡,天宝之初,隐于终南山,天宝六、七年间任太祝,九载前后迁任监察御史,尝出使范阳。约宝应元年卒于贬所。

17. 王昌龄,开元十五年进士及第,补秘书省校书郎,二十二年登博学宏词科,授汜水尉。二十七年贬岭南,二十八年北归,出任江宁丞,天宝二、三年间因公至长安,不久回江宁,天宝中被贬为龙标尉。

18. 贺兰进明,开元十六年进士及第,曾任主客员外郎,天宝中任信安郡太守。《河岳英灵集》云:"员外好古博雅,经籍满腹,其所著述一百余家,颇究天人之际。"[3] 这是诸家品藻中唯一称官职的。据傅璇琮先生考证:"殷璠《河岳英灵集》卷中评语,称为'员外好古博

---

① 《河岳英灵集》卷下,《唐人选唐诗新编(增订本)》,第 225 页。
② 《河岳英灵集》卷下,《唐人选唐诗新编(增订本)》,第 232 页。
③ 《河岳英灵集》卷下,《唐人选唐诗新编(增订本)》,第 253 页。

达'。又劳格《唐郎官石柱题名考》卷二六主客员外郎有贺兰进明。
疑殷璠所称之员外即主客员外郎,为开元年间所授。"① 员外郎,从六
品上。此则材料亦可和李白材料一样,证明《河岳英灵集》初编于开
元末年。

19. 崔署,《送薛据之宋州》云:"我生早孤贱,沦落居此州。"②
开元二十六年进士及第,释褐为河内尉。其应试诗《明堂火珠》云:
"夜来双月满,曙后一星孤。"③ 署以此诗得名,得名之诗未入《河岳英
灵集》。

20. 王湾,先天二年(十二月改元开元)进士及第,开元初任荥阳
主簿,五年参与校理群书编录四部书目,九年出为洛阳尉,十七年曾
任朝官,后不知所终。

21. 祖咏,开元十二年进士及第,官历不详。

22. 卢象,开元中进士及第,任秘书省校书郎,转右卫仓曹掾,擢
左补阙,转河南府司录,天宝初,入为司勋员外郎,天宝四年前后,为
飞语所中,左迁齐州司马,又汾、郑二州司马。司马,一般都是安排冗
闲官员职位的。

23. 李嶷,开元十五年进士状头及第,官右武卫录事参军。

24. 阎防,开元二十二年进士及第,曾官大理评事,二十五年前
后,因事贬为长沙司户,开元末、天宝初,隐居自终。

这二十四人各有其经历,其共同性有如下几点:

其一,这批人中多数为开元中及第的进士,王湾进士及第时间
最早,先天二年即开元元年进士及第。王维开元九年进士及第,此从

---

① 《唐才子传校笺》卷二,第一册,第 270 页。
② 《河岳英灵集》卷下,《唐人选唐诗新编(增订本)》,第 256 页。
③ 《全唐诗》卷一五五,第 1600 页。

《极玄集》。崔颢开元十一年进士及第。祖咏开元十二年进士及第。储光羲、崔国辅、綦毋潜开元十四年进士及第。李嶷、王昌龄、常建开元十五年进士及第。贺兰进明开元十六年进士及第。陶翰开元十八年进士及第。薛据开元十九年进士及第。阎防开元二十二年进士及第。李颀开元二十三年进士及第。崔署（曙）开元二十六年进士及第。卢象约开元中进士及第，时间不详。张谓天宝二年进士及第。岑参天宝三载进士及第，是《河岳英灵集》最晚进士及第者。二十四人中有十九人进士及第，比例近百分之八十。另《唐才子传》谓刘眘虚为开元十一年进士及第，但不见于《登科记考》。

其二，开元年间他们的年岁约当十四五至五十岁之间，正当有为之时，也可以说是一批新生力量。《河岳英灵集》的大多数诗人生年不可考，但从进士及第的时间可以大致确定其生年。王维约 701 年生，开元九年进士及第时二十一岁。岑参约 715 年生，天宝三载进士及第时三十岁。薛据约 701 年生，开元十九年进士及第时三十一岁。储光羲约 706 年生，开元十四年进士及第时二十一岁。王昌龄约 690 年生，开元十五年进士及第时三十七岁。如以开元二十九年为线，年辈较长的，如开元元年进士及第的王湾，开元间约在二十至五十岁之间；孟浩然至去世的开元二十八年，约在二十四至五十一岁之间。李白、王维、薛据大约同年，高适约大一岁，四人开元间约十四五至四十岁。岑参年岁小，开元初出生，开元末也才近三十岁。储光羲开元间约八至三十六岁，开元末三十出头，正是精力旺盛、有所作为之时，乡居无用武之地，指导编纂《河岳英灵集》正是发挥己长、显示才智的有效行动。

其三，官位不高，多数为下层文官，或称为基层文官[1]。个别由基

---

① 赖瑞和：《唐代基层文官》，台北联经出版事业有限公司，2004 年。

层文官进为中层文官,也是中层文官中品位较低者。还有李白和孟浩然则为布衣之士。事实上,《河岳英灵集》在编纂时,对"才高而无贵仕"者充满同情和无奈,储光羲本人据品藻云"实可谓经国之大才",而编纂《河岳英灵集》之始储光羲辞去一尉而归隐乡里。卢燕新将《河岳英灵集》诗人在天宝十二载前的仕履和事迹列表分析,认为二十四人中,六品以下者二十三人,职官品阶最高者是王维,而其天宝十二年以前最高职官品阶也仅仅是从五品上①。如果考虑到《河岳英灵集》成书的过程,如果注意到其中的《叙》《论》及品藻基本反映了开元末的情况而以后只是做了个别修改,则二十四人的职官品级还要下降,王维天宝前为左补阙,从七品上。《旧唐书·崔颢传》云:"开元、天宝间,文士知名者,汴州崔颢,京兆王昌龄、高适,襄阳孟浩然,皆名位不振。"②我认为《旧唐书》这一段话有可能是从与《河岳英灵集》相关的材料中概括出来的,只是反映出开元、天宝年间的情况,因此这一段话容易使人产生误解,认为高适和王昌龄、孟浩然、崔颢一样,一生都不顺利:孟浩然以布衣终老;王昌龄官至县丞,数度被贬,最终为人所害;崔颢以员外郎终。事实上,《旧唐书·高适传》云:"而有唐已来,诗人之达者,唯适而已。"③适官至刑部侍郎转散骑常侍,秩正三品。所以上引《旧唐书·崔颢传》之文应改为:"汴州崔颢,京兆王昌龄、高适,襄阳孟浩然开元、天宝间,以文士知名,皆名位不振。后高适官达,自有传。"正是因为崔颢诸人开元、天宝年间皆名位不振而被选入为《河岳英灵集》诗人。

其四,多数诗人个性鲜明,有仕途不顺的经历,或曾被贬,或曾弃

---

① 卢燕新:《殷璠〈河岳英灵集〉的选诗心态》,《山西大学学报》2007 年第 6 期。
② 《旧唐书》卷一九〇下,第 5049 页。
③ 《旧唐书》卷一一一,第 3331 页。

官归隐。

《河岳英灵集》诗人基本上反映了开元至天宝初诗坛状况,他们是盛唐诗人的代表。

第一,个性鲜明。刘眘虚"情幽性远"①。崔颢"多陷轻薄"②。王昌龄"不矜细行"③。崔署"志况疏爽,择交于方外"④。王维"笃志奉佛,食不荤,衣不文采","丧妻不娶,孤居三十年"⑤。薛据"为人骨鲠,有气魄"⑥,"自恃才名"⑦。阎防"为人好古博雅"⑧。李颀"性疏简,厌薄世务,慕神仙,服饵丹砂,期轻举之道"⑨。李白"性嗜酒,志不拘检"⑩。高适"性拓落,不拘小节,耻预常科,隐迹博徒"⑪。王季友"爱奇务险"⑫。

第二,命运欠佳。祖咏仕途失意,"以渔樵自终"⑬,其《汝坟别业》诗云:"独愁常废卷,多病久离群。"⑭綦毋潜"明时久不达"⑮。常

---

① 《河岳英灵集》卷上,《唐人选唐诗新编(增订本)》,第 186 页。
② 《河岳英灵集》卷下,《唐人选唐诗新编(增订本)》,第 219 页。
③ 《河岳英灵集》卷下,《唐人选唐诗新编(增订本)》,第 245 页。
④ 《唐才子传校笺》卷二,第一册,第 277 页。
⑤ 《新唐书》卷二〇二,第 5765 页。
⑥ 《河岳英灵集》卷下,《唐人选唐诗新编(增订本)》,第 225 页。
⑦ 《封氏闻见记校注》卷三,第 23 页。
⑧ 《河岳英灵集》卷下,《唐人选唐诗新编(增订本)》,第 268 页。
⑨ 《唐才子传校笺》卷二,第一册,第 356 页。
⑩ 《河岳英灵集》卷上,《唐人选唐诗新编(增订本)》,第 171 页。
⑪ 《河岳英灵集》卷上,《唐人选唐诗新编(增订本)》,第 209 页。
⑫ 《河岳英灵集》卷上,《唐人选唐诗新编(增订本)》,第 193 页。
⑬ 《唐才子传校笺》卷一,第一册,第 209 页。
⑭ 《全唐诗》卷一三一,第 1334 页。
⑮ 《王维集校注》卷三,第 222 页。

建"沦于一尉"①。崔署"少孤贫"②,《送薛据之宋州》诗云"我生早孤贱"③。薛据"自伤不早达"④。李颀终生一尉,"惜其伟才,只到黄绶"⑤。孟浩然"沦落明代,终于布衣"⑥。李白"林栖十数载"⑦。王季友"白首短褐"⑧。

第三,隐居。储光羲约开元二十一年辞官归隐,其时年约二十八,肯定是仕途不顺所致。孟浩然隐居鹿门山,王维隐居蓝田。李白"林栖"实即隐居。

第四,贬谪。王维在《送綦毋校书弃官还江东》自叹"明时久不达,弃置与君同"⑨,又有"坐累为济州司仓参军"的经历⑩。卢象"为飞语所中,左迁齐、汾、郑三郡司马"⑪。王昌龄"两窜遐荒"⑫,曾被贬龙标尉,李白有《闻王昌龄左迁龙标尉遥有此寄》诗。

(二)相互关系

《河岳英灵集》的诗人关系和《丹阳集》相比呈现出以阶层为核心的特征,而不同于《丹阳集》以同乡为核心的单一属性。《河岳英灵集》以登科进士为基本成分,兼及孟浩然、李白、高适和王季友数

① 《河岳英灵集》卷上,《唐人选唐诗新编(增订本)》,第 165 页。
② 《唐才子传校笺》卷二,第一册,第 276 页。
③ 《河岳英灵集》卷下,《唐人选唐诗新编(增订本)》,第 256 页。
④ 《河岳英灵集》卷下,《唐人选唐诗新编(增订本)》,第 225 页。
⑤ 《河岳英灵集》卷下,《唐人选唐诗新编(增订本)》,第 202 页。
⑥ 《河岳英灵集》卷下,《唐人选唐诗新编(增订本)》,第 232 页。
⑦ 《河岳英灵集》卷上,《唐人选唐诗新编(增订本)》,第 171 页。
⑧ 《河岳英灵集》卷上,《唐人选唐诗新编(增订本)》,第 193 页。
⑨ 《王维集校注》卷三,第 222 页。
⑩ 《新唐书》卷二〇一,第 5764—5765 页。
⑪ 《刘禹锡全集编年校注》卷一九,第 1244 页。
⑫ 《唐才子传校笺》卷二,第一册,第 261 页。

人。不仅如此,他们之间还有直接和间接的联系。下面从《河岳英灵集》以及《全唐诗》相关诗歌梳理他们的关系:

第一,《河岳英灵集》。

从《河岳英灵集》以及入选诗人留存的诗歌分析,入选《河岳英灵集》的诗人大多数应有交往或文字往来。

常建与王昌龄有交往,《河岳英灵集》有《宿王昌龄隐处》《鄂渚招王昌龄张偾》。

王维与綦毋潜,《河岳英灵集》有《送綦毋潜落第还乡》。

刘眘虚与阎防,《河岳英灵集》有《寄阎防》。

刘眘虚与孟浩然,《河岳英灵集》有《暮秋扬子江寄孟浩然》《寄江滔求孟六遗文》。

李颀与綦毋潜,《河岳英灵集》有《题綦毋潜校书所居》"倏忽令人老,相思河水流"①。

薛据与储光羲,《河岳英灵集》有《冬夜寓居寄储太祝》。

綦毋潜与储光羲,《河岳英灵集》有《送储十二还庄城》。

储光羲与綦毋潜,《河岳英灵集》有《酬綦毋校书梦游耶溪见赠之作》。

王昌龄与綦毋潜、李颀,《河岳英灵集》有《东京府县诸公与綦毋潜李颀相送至白马寺宿》。

王昌龄与陶翰,《河岳英灵集》有《郑县陶大公馆中赠冯六元二》,陶大,陶翰。

崔署与薛据,《河岳英灵集》有《送薛据之宋州》。

卢象与綦毋潜、祖咏,《河岳英灵集》有《送綦毋潜》《送祖咏》。

第二,《全唐诗》。

---

① 《河岳英灵集》卷上,《唐人选唐诗新编(增订本)》,第205页。

除《河岳英灵集》所载诗篇外,《全唐诗》尚有诗篇证明他们的交往,而这些诗篇有的是写于天宝十二载以后。从《河岳英灵集》收诗人和诗作现状以及天宝十二载以后这些诗人的活动看,有理由确认这一群体的内在关系。

从实际出发,我们从孟浩然的诗歌交往中了解到开元时期《河岳英灵集》入选诗人的交往,孟开元二十八年卒,这和《河岳英灵集》初编时间大致同时。孟浩然有《留别王侍御维》《宿永嘉江寄山阴崔少府国辅》《同储十二洛阳道中作》《题李十四庄兼赠綦毋校书》《九日龙沙作寄刘大眘虚》《湖中旅泊寄阎九司户防》;他人有赠送之作,王维《乐城岁日赠孟浩然》《哭孟浩然》,李白《赠孟浩然》《春日归山寄孟浩然》《黄鹤楼送孟浩然之广陵》,刘眘虚《暮秋扬子江寄孟浩然》《寄江滔求孟六遗文》(此诗作于孟浩然去世后)。

王昌龄,《同王维集青龙寺昙壁上人兄院五韵》《留别岑参兄弟》《同从弟销南斋玩月忆山阴崔少府》(崔国辅)、《巴陵送李十二》(李白)、《东京府县诸公与綦毋潜李颀相送至白马寺宿》《淇上酬薛据兼寄郭微》《送刘眘虚归取宏词解》《宿京江口期刘眘虚不至》;他人有赠送之作,王维《青龙寺昙壁上人兄院集》、孟浩然《与王昌龄宴王道士房》《初出关旅亭夜坐怀王大校书》《送王大校书》《送王昌龄之岭南》、岑参《送许子擢第归江宁拜亲因寄王大昌龄》《送王大昌龄赴江宁》、李白《闻王昌龄左迁龙标遥有此寄》《同王昌龄送族弟襄归桂阳二首》、李颀《送王昌龄》、常建《宿王昌龄隐居》《鄂渚招王昌龄张偾》。

储光羲,《同诸公登慈恩寺塔》(高适、岑参、薛据、杜甫)、《同王十三维偶然作十首》《同王十三维哭殷遥》《答王十三维》《蓝上茅茨期王维补阙》《华阳作贻祖三咏》《酬綦毋校书梦耶溪见赠》《贻阎处士防卜居终南》;他人有赠送之作,王维《待储光羲不至》、孟浩然《同储十二洛阳道中作》、薛据《冬夜寓居寄储太祝》、綦毋潜《送储十二还庄城》。

　　这里有一个问题要提出来,《河岳英灵集》是一类诗人的作品选集,名为"河岳英灵",只是说他们在诗歌写作中超出常人,是杰出的人才,但选集中有另外一个指向,即所选之人在诗歌创作上是"英灵",但个人命运(主要指仕途)很一般,因有"高才而无贵仕"之叹。为什么会这样呢? 这是由储光羲的人生际遇决定的,《河岳英灵集》对其他的"高才而无贵仕"的感叹只是认为这些人本可以官位更大一点,不应是布衣或位至县尉、县丞。而对储光羲的评价则不一样,认为他"实可谓经国之大才"。换句话说,在《河岳英灵集》入选之诗人中,储光羲是最屈才的。以开元末论,储仅为县尉,现在乡居,这和"经国之大才"相距甚远。表面上看这是殷璠的判断,实际上这是储光羲个人的自我评价。我有这样的看法:"在通常理解的文士的政治理想和现实政治的冲突而形成的矛盾之外,还有因所怀为文学之才而不能实现政治抱负的矛盾,所学和所用之间的矛盾,这样可以比较接近历史原貌,同样也丰富了对文学家的认识。文学家通常是将这两者混在一起的,因为没有认识到自己并不具有政治才干而不是政治家,所以每以政治家自比,关心政治,这也是古代知识分子的可贵之点,'忧患意识''天将降大任于斯人',构成传统文人性格中亮丽的风景线。文士是以政治为自己的逻辑起点,也就易于将生活中的各种事件和政治联系起来,使文学作品具有了更广泛的社会意义。""如果没有文士的内心痛苦和矛盾,文学作品将失去最具感染力的部分,尽管我们认识到他们矛盾产生的错位现象,但我们却十分尊重他们在作品中表现的孤独情怀和无望的悲怆。我们尊重他们对现实的批评精神,他们以艺术手段反映的现实的黑暗和不合理性是真实的。个人的命运、悲痛总是和国家的命运交织在一起,切实而深沉。"① 储光羲在政治上的个人期许和实际上的官居下位又退隐还乡必然引起他内心的不平衡，所以借指导同乡殷璠编纂诗歌选集表达了这种情绪。司马迁《太史公自序》云："退而深惟曰：'夫《诗》《书》隐约者，欲遂其志之思也。'"②《河岳英灵集》正是这种"欲遂其志之思"的结果。

小　结

其一，这批人中多数为开元中及第的进士，王湾进士及第时间最早，先天二年即开元元年进士及第。王维开元九年进士及第，此从《极玄集》。崔颢开元十一年进士及第。祖咏开元十二年进士及第。储光羲、崔国辅、綦毋潜开元十四年进士及第。李颀、王昌龄、常建开元十五年进士及第。贺兰进明开元十六年进士及第。陶翰开元十八年进士及第。薛据开元十九年进士及第。阎防开元二十二年进士及第。李颀开元二十三年进士及第。崔署（曙）开元二十六年进士及第。卢象约开元中进士及第，时间不详。张谓天宝二年进士及第。岑参天宝三载进士及第，是《河岳英灵集》最晚进士及第者。二十四人中有十九人进士及第，比例近百分之八十。

其二，开元年间他们的年岁约当十四五至五十岁之间，正当有为之时，也可以说是一批新生力量。

其三，官位不高，多数为下层文官，或称为基层文官。个别由基层文官进为中层文官，也是中层文官中品位较低者。还有李白和孟浩然则为布衣之士。

其四，多数诗人个性鲜明，有仕途不顺的经历，或曾被贬，或曾弃官归隐。

---

①《唐代文学综论》，第 145—146 页。
②《史记》卷一三〇，第 3300 页。

第八章　作家论：生平与创作

　　作家个体的生平轨迹并非是一条直线，而是一条高低起伏的曲线，表现出人生不同阶段的位置。由于作者在人生不同阶段而处在强势文化区段或弱势文化区段，构成了自己的命运线。比如一个朝廷官员被贬往岭南，即意味着他从强势文化区段被动地走入弱势文化区段，其人生也是由强势阶段变为弱势阶段；如果以类群分，他由强势文化阶层被分配到弱势文化阶层，成了弱势群体中的一员。张九龄一系为岭南"土著姓"而无"门籍"，其出身必然归属于弱势群体，在张说未与张九龄通谱系前，张九龄上书无果、科举无成。考之张九龄所撰张说碑、徐浩所撰张九龄碑和萧昕所撰张九皋碑，二张所通谱系并不可信。二张通谱系帮助张九龄解决了身份和地域卑微的困扰，为其科举成功和仕途发展铺平了道路。张九龄出身寒微，正表明了个人命运的弱势起点，其一生是在强弱势文化之间不断转场的过程，即便在人生的强势阶段也不能完全摆脱"土著姓"的阴影。李白进入长安，从身份和活动区域看，都可视为是人生的强势阶段，一旦被玄宗赐金还山后，身份和地位都随之有了改变，而他自述待诏翰林事反映了自己从强势走到弱势时期的心理特征。李白出京后到他临终前曾三次自述过待诏翰林的相关情况，即天宝十三载（754）魏颢"江东访白"时，李白对他的谈论；至德二载（757）请宋中丞推荐的自述；宝应元年（762）十一月李白临终前对李阳冰的口述。由于时代不同、对象不同、目的不同、场景不同,所叙述内容存在较大差异,甚至分歧,比较其差异则能揭示其事实真相,并可描述当事者的心路历程。这一通过回忆的叙述又往往是有目的地选择过去而造成回忆缺陷,从本质上看,是弱势文化个体面对强势文化压力的被动选择。

一、张九龄为"土著姓"

《石洲诗话》卷一云:"曲江公委婉深秀,远出燕、许诸公之上,阮、陈而后,实推一人,不得以初唐论。"[1]"明顺德薛冈生序南海陈乔生诗,谓'粤中自孙典籍以降,代有哲匠,未改曲江流风,庶几才术化为情性,无愧作者'。然有明一代,岭南作者虽众,而性情才气,自成一格,谓其仰企曲江则可,谓曲江仅开粤中流风则不然也。曲江在唐初,浑然复古,不得以方隅论。"[2]翁方纲推崇张九龄的诗文,给以高度评价,以时间而言,曲江不专属于某一朝代;以空间而言,曲江不专属于某一地区,其深远影响有更大的覆盖面。"古今说者咸曰唐相张文献公岭南第一流人物也,嗟乎,公之人物岂但超出岭南而已哉……盖江以南第一人物也……乃有唐一代第一流人物也。"[3]张九龄跻身高位是一孤立的现象,杨万里《韶州州学两公祠堂记》云:"人物粤产,古不多见,见必奇杰也,故张文献一出,而曲江名天下。"[4]杨万里所述现象与事实相符,但他未阐释其中因由。岭南受地域之限,和

① 《石洲诗话》卷一,《谈龙录 石洲诗话》,第 27 页。
② 《清诗话续编》,第 1366 页。
③ (明)丘浚:《曲江集元序》,见《曲江张文献公集》,《丛书集成续编》,上海书店出版社,1994 年,第 99 册,第 232 页。
④ 《全宋文》卷五三五〇,第 239 册,第 293 页。

中州人物之盛相比较，所出人才占比例极少，因此岭南一旦有人才出现，并进入中原，那都是万中选一的优秀人才。所谓"奇杰"之"奇"，其中之一就是岭南人较少受主流传统束缚，易生新行为和新思想，和主流文化形成互补，甚至可以领风气之先。张九龄的出现其实际意义是重大的，"公之气节文章，治功相业，著在信史，百世共知。自公生后，五岭以南山川闪闪有光气，土生是邦，北仕于中州，不为海内士大夫所鄙夷者，以有公也"[①]。

张九龄作为岭南籍大家，与韶州（韶关）结缘一生：生于斯，长于斯，祉其民，思其土，归葬于斯。然而，韶关地处岭南，也给张九龄一生带来无法摆脱的烦恼和伤痛。

（一）"土著姓"来自徐《碑》的记载

张九龄一系为"土著姓"出于徐浩《唐故金紫光禄大夫中书令集贤院学士知院事修国史尚书右丞相荆州大都督府长史赠大都督上柱国始兴开国伯文献张公碑铭》。《碑》云："公讳九龄，字子寿，一名博物。其先范阳方城人。轩辕建国，弦弧受氏，良，位为帝师；华，才称王佐。或相韩五叶，或佐汉七貂，代有大贤，时称盛族。四代祖讳守礼，隋钟离郡涂山令。曾祖讳君政，皇朝韶州别驾，终于官舍，因为土著姓。"[②]"土著"一词，是指世世代代生于其地的人，一般是和"移民"相关联或相对应的。当然，"为土著姓"或可解释为"当地出名的大姓"，即便如此，也可以看出，张九龄家族自曾祖起已融入韶州本土，只是大姓人家而已。无论作何种表述，何种理解，在中原人眼中并无区别，张九龄就是岭南人。

---

① 《唐丞相张文献公开凿大庾岭碑阴记》，《曲江集考证》卷下，《曲江张文献公集》，《丛书集成续编》，第 99 册，第 467 页。
② 《曲江张文献公集》，《丛书集成续编》，第 99 册，第 258 页。

　　徐《碑》作于至德二年（757），撰碑人徐浩与墓主张九龄的关系，据《碑》称："浩义深知己，眷以文章，礼接同人，惠兼甥舅。"张九龄开元十九年三月自桂州刺史兼岭南道按察使入拜秘书少监兼集贤院学士副知院事，而徐浩仍在充集贤校理任，二人有交往。此前，张九龄恩人张说和徐浩同在朝中，开元十六年五月玄宗作《喜雨赋》，张说、徐安贞、徐浩等均有和作。《玉海》卷三一："唐玄宗《喜雨赋》……张说等和者五人。……十有六年。"①《张燕公集》卷一《喜雨赋应制》："是月也，朱明渐半，紫油未吐，恐降灾兮此下人，罄虔祈兮我仁主。"②玄宗原赋及徐安贞、贾登和作，分见《全唐文》卷二〇、卷三〇五、卷四〇〇。徐浩在集贤校理任，奉和御制诗赋，甚为张说赏重，谓为后进之英。《旧唐书·徐浩传》云："以文学为张说所器重，调授鲁山主簿。说荐为丽正殿校理，三迁右拾遗，仍为校理。"③《全唐文》卷四四五张式《国公赠太子少师东海徐公神道碑铭》云："始擢汝州鲁山主簿，□□□卑，时论称之。无何诏征，俾□□贤院。大学士燕国公张说，文之沧溟，间代宗师，尝览公应制《喜雨赋》及《五色鸽赋》兼和制等诗，曰：'后进之英，今知所在。'赏叹不足，□为上闻，赐帛出于中禁，依声播于乐府。"④张说、张九龄、徐浩三人关系非同一般。不仅如此，张九龄弟九皋于徐浩亦有推奖之功，张式《碑》云："迁金部员外郎，转都官郎中，充岭南（阙八字）求成俗，事多诈滥，吏（阙四字）公（阙二字）洁（阙四字）憎枉，信义必行于夷獠，廉平可动于鬼神，五岭百越，颂声四合，同诣方面，请建旌德碑。都督张九皋为之飞章，朝议以为主圣臣忠，（阙一字）建圣德颂，人到

① （宋）王应麟：《玉海》卷三一，江苏古籍出版社，1987年，第595页。
② 《张燕公集》卷一，第3页。
③ 《旧唐书》卷一三七，第3759页。
④ 《全唐文》卷四四五，第4542页。

于今歌之。"① 基于徐浩与张说、张九龄及张九皋的关系，其所作张九龄碑或有过誉之处，但所述平生诸端当与事实相符。换言之，徐作张碑，有可为之讳者则必为之讳。徐浩写《碑》时为何要交代张九龄之曾祖"皇朝韶州别驾，终于官舍，因为土著姓"？依通行撰碑体式，徐《碑》可写成"皇朝韶州别驾，终于官舍，因家于此"。《旧唐书·张九龄传》即云："张九龄，字子寿，一名博物。曾祖君政，韶州别驾，因家于始兴，今为曲江人。"②《新唐书·张九龄传》亦云："张九龄，字子寿，韶州曲江人。"③ 而徐安贞《唐故尚书右丞赠荆州大都督始兴公阴堂志铭并序》云："公姓张氏，讳九龄，其先范阳人，四代祖因官居此地。"④《张公九皋神道碑》云："公讳九皋，其先范阳人也……皇朝以因官乐土，家于曲江。"⑤

徐安贞《铭》、九皋碑、徐浩《碑》分别作于 741、769、757 年。如果说张九龄自忤旨见逐直至去世，即离开政治中心，那么，公元 755 年发生的安史之乱，才使玄宗想起张九龄生前的谏劝。安史之乱前，张九龄曾建议除去安禄山，徐《碑》云："平卢将安禄山入朝奏事，见于庙堂，以为必乱中原，固请诛戮。"可玄宗不纳，"及羯胡乱常，犬戎逆命，元宗追叹曰：'自公殁后，不复闻忠谠言。'发中使至韶州吊祭"⑥。此事经历史学者的描述，张九龄的政治才能和"先见之明"的智慧得到抬升，身经安史之乱的人倍感张九龄英明预见，而此时徐浩撰碑出于对张九龄的崇敬无论从公或私两方面来说都应美言才是，

①《全唐文》卷四四五，第 4542 页。

②《旧唐书》卷九九，第 3097 页。

③《新唐书》卷一二六，第 4424 页。

④《全唐文补遗》第一辑，第 145 页。

⑤《全唐文》卷三五五，第 3598 页。

⑥《曲江张文献公集》，《丛书集成续编》，第 99 册，第 259、260 页。

徐浩特别提到"因为土著姓"当是不得不书之事。

徐《碑》一直存世,嘉庆时温汝适见之。温汝适刻《曲江集》在乾隆五十七年,嘉庆丁丑春增入四十余条,"复访公神道碑于韶阳,则又半在土中,雨淋日炙,剥落愈甚。属友人拓寄两纸,其淡墨一纸尚清晰,晴窗展阅,十得五六,可正附刻公集……此碑存而公之年寿、官爵、事迹多可补史所未备,其裨于考古岂浅鲜哉!余故深幸以得见石本为幸也。汝适又识"①。所谓神道碑即徐浩《碑》,据温汝适批注,"高七尺余,连篆额宽四尺余,额云唐尚书右丞中书令张公碑"。"因为土著姓"处温批云:"因为土著姓,今字已缺,但只得四格,必有衍字。"撰人徐浩结衔:银青光禄大夫广州刺史兼御史大夫持节充岭南节度支度营(三字原作"度支盐",据原碑改)田五府经略观察处置等使上柱国会稽开国公②。碑中"因为土著姓"成缺字,铲去数字者应是被触痛处的张家后人,因其最明"土著姓"之底细和内涵。被铲去的时间约在张九龄后人立碑之时。

(二)二张未通谱系前的张九龄

张九龄为韶州土著姓,经张说与之通谱系被确认为张华之后。二张在未通谱系前,张九龄的生存状况实在不如人意,作为韶州"土著姓",他的个人奋斗并未停止过,甚至做过很大努力,徐《碑》载二事是其最突出者。

第一,上书王方庆。

徐浩《碑》云:"弱不好弄,七岁能文……王公方庆出牧广州,时年十三,上书路左。"③九龄年十三就上书广州都督王方庆。唐人上

---

① 《曲江集考证序》,见《曲江张文献公集》,《丛书集成续编》,第99册,第431页。
② 《曲江张文献公集》,《丛书集成续编》,第99册,第257—258页。
③ 《曲江张文献公集》,《丛书集成续编》,第99册,第258页。

书年龄在十五岁以下的并不多见。王勃早慧苦学,且为大儒王通之孙。其年十五上书刘祥道,时在麟德元年。《杨炯集》卷三《王勃集序》云:"年十有四,时誉斯归。太常伯刘公巡行风俗,见而异之,曰:'此神童也。'因加表荐。"① 《新唐书·王勃传》云:"麟德初,刘祥道巡行关内,勃上书自陈,祥道表于朝,对策高第。"② 《王子安集注》卷五有《上刘右相表》③。刘祥道麟德元年八月以司列太常伯兼右相,十二月罢,见《新唐书·宰相表上》④;本年八月为持节大使,见《旧唐书·高宗纪上》⑤。书当上于本年八月至十二月间⑥。罗联添以为:"王勃应幽素举及第,得力于刘祥道之引荐。唯据《旧唐书》本纪,刘祥道于麟德元年(664)八月至十二月任右相,而乾封元年(666)任右相者为刘仁轨,此书言及封禅事,当非麟德元年所作。所谓刘右相,应指刘仁轨。"此书言及封禅事云云,即《上刘右相表》(《全唐文》卷一七八作《上刘右相书》)有"张乐岱郊,腾勋社首"语⑦。九龄十三岁上书都督王方庆,应是非常之举。据徐《碑》上书并无结果,而《旧唐书·张九龄传》则云:"年十三,以书干广州刺史王方庆,大嗟赏之,曰:'此子必能致远。'"⑧ 以王方庆的学识,对十三岁的儿童讲这样的话,最多只能理解为是鼓励而已,再说《旧唐书》的记载来

---

① (唐)卢照邻、杨炯著,徐明霞点校:《卢照邻集　杨炯集》,中华书局,1980年,第25页。
② 《新唐书》卷二〇一,第5739页。
③ (唐)王勃,(清)蒋清翊注:《王子安集注》卷五,上海古籍出版社,1995年,第147页。
④ 《新唐书》卷六一,第1643页。
⑤ 《旧唐书》卷四,第85页。
⑥ 《唐五代文学编年史(初盛唐卷)》,第183页。
⑦ 罗联添:《唐代文学论集(上)》,台北学生书局,1989年,第49—50页。
⑧ 《旧唐书》卷九九,第3097页。

自徐《碑》,徐《碑》无"此子必能致远"语,此语或为《旧唐书》撰者据张九龄平生事业添加的。至于有一种说法认为九龄上书王方庆的地点应在广州,理由是九龄之父时为索卢县丞,知新州等州事,索卢县在今广东省新兴县南,邻近广州。其实,张九龄上书王方庆最有可能是在韶州曲江或始兴,因为南下之人过岭经过韶州,而王方庆为广州都督过岭经韶州时,张九龄上书,故徐《碑》云"上书路左",路左,即道旁。九龄登第之年,方庆卒。《旧唐书》卷八九本传:"是岁,正授太子左庶子。……长安二年五月卒。……方庆博学好著述,所撰杂书凡二百余卷。"①《新唐书》卷一一六《王綝传》:"方庆博学,练朝章,著书二百余篇,尤精《三礼》。学者有所咨质,酬复渊诣,故门人次为《杂礼答问》。家聚书多,不减秘府,图画皆异本。"② 王綝,字方庆,以字显。从万岁通天中(696、697)以年老乞身的记载看,方庆时年也当近七十,即十三岁的张九龄上书王方庆时,方庆年已六十余。方庆为儒学名家,年岁颇高,不至于对十三岁的岭南人有"必能致远"的期许,张九龄本人也不应对此次上书道左有太多的期待。

第二,参加科举考试。

徐《碑》云:"弱冠乡试进士,考功郎沈佺期尤所激扬,一举高第。时有下等,谤议上闻。"③ 关于张九龄科举事,顾建国《张九龄年谱》有辨析④。张九龄第一次参加科举考试的时间在长安二年(702),知贡举为考功郎沈佺期。这次考试虽然为沈佺期举为高第,但"时有下等,谤议上闻"。至于招致谤议的原因,有种种推测,其中之一是因沈佺期受贿,使本次考试作废。果真如此,张九龄可能就不会得到重

---

① 《旧唐书》卷八九,第 2901 页。
② 《新唐书》卷一一六,第 4225 页。
③ 《曲江张文献公集》,《丛书集成续编》,第 99 册,第 258 页。
④ 顾建国:《张九龄年谱》,中国社会科学出版社,2005 年,第 26—28 页。

试的机会。《唐律疏议》卷九贡举非其人条："诸贡举非其人及应贡举而不贡举者，一人徒一年，二人加一等，罪止徒三年。"[1] 所谓"非其人"就是"德行乖僻，不如举状者"，《疏议》曰："若使名实乖违，即是不如举状，纵使试得及第，亦退而获罪。"可知举子参加科举者皆有举状，举状似为举子身份品德之证明材料。因此可以有一假设，张九龄来自岭南，其举状或有"名实乖违"的地方，因被举为高第，而有人揭发。"名实乖违"处最有可能是张九龄在举状上写自己为张华一支，按法律应获罪，但此事也并不是很快能搞清楚的，故九龄虽"亦退"而未"获罪"返乡。这一次对张九龄的打击非常大，或许他对仕途已经绝望。颜真卿《朝议大夫赠梁州都督上柱国徐府君神道碑铭》云："（徐秀）年十五，为崇文生应举，考功员外郎沈佺期再试《东堂壁画赋》，公援翰立成，沈公骇异之，遂擢高第。调补幽都县尉，充相国尚书赵彦昭朔方节度判官。"[2] 长安二年，据《登科记考》，进士二十一人，知贡举：沈佺期。徐秀擢第后经吏部铨选任职，说明此次考试不是全部作废，张九龄只是个案。

至此还有二事需做探讨，其一是乡试。《通典》卷一五《选举三》："大唐贡士之法，多循隋制，上郡岁三人，中郡二人，下郡一人，有才能者无常数。其常贡之科有秀才、有明经、有进士、有明法、有书、有算，自京师郡县皆有学焉。每岁仲冬郡县馆监课试其成者，长吏会属僚设宾主，陈俎豆，备管弦，牲用少牢，行乡饮酒礼，歌鹿鸣之诗，征耆艾，叙少长而观焉。既饯，而与计偕。其不在馆学而举者谓之乡贡。旧令诸郡虽一二三人之限，而实无常数，到尚书省始由户部集阅，而关于考功课试可者为第。"[3] 举子中不在馆学而被举的称为

---

[1]（唐）长孙无忌：《唐律疏议》卷九，中华书局，1983 年，第 183 页。
[2]《全唐文》卷三四三，第 3481 页。
[3]《通典》卷一五，第 353 页。

乡贡。《唐会要》卷七六《贡举中》载："天宝十二载七月十三日诏：'天下举人,不得充乡赋,皆须补国子学士及郡县学生,然后听举。'至至德元年已后,依前乡贡。"① 《四库》本《册府元龟》卷六四八此条中"乡赋"作"乡试"②。下面有几则材料提及乡试:1. 高仲武《纪苏涣文》:"后自知非,乃变节从学,乡试擢第,累迁至御史,佐湖南使崔中丞权幕。"③ 2. 白居易《与元九书》云:"家贫多故,二十七方从乡试。既第之后,虽专于科试,亦不废诗。及授校书郎时,已盈三四百首。"④ 3. 白居易《唐故通议大夫和州刺史吴郡张公神道碑铭并序》云:"公讳择,字无择。未冠丁袁州府君忧,庐于墓,昼号而夜泣者三年矣,有灵芝醴泉出焉。既冠好学,能属文,从乡试登明经第,应制举中精通经史科。补宏文馆校书郎,调左金吾录事,换杭州录事参军。"⑤ 4. 符载《送袁校书归秘书省序》云:"袁生富有春秋,挺豪健之姿,心气刚明,端行美文。余始见于海昏,抵溢浦,西游长安,长安士大夫甚多之。日者昌黎韩公尹京兆,朗鉴之下应乡试,浩浩千辈,生为甲冠,繇是为闻秀才焉。天官侍郎以判铨调士,生涉高级,繇是授雠校之官焉。"⑥ 天官,吏部。《通典》明言"其不在馆学而举者谓之乡贡",1、2、3 则材料中又反映出"乡试"可直接登第,似乎"乡贡"者即为"乡试",第 4 则材料明显是说,乡试后即进入吏部铨选。结合以上材料,可否说乡试只是对通过乡贡途径直接进入礼部考试的一类人的特殊称呼。

---

① 《唐会要》卷七六,第 1639 页。
② 《册府元龟》卷六四八,第 7674 页。
③ 《全唐文》卷四五八,第 4685 页。
④ 《全唐文》卷六七五,第 6890 页。
⑤ 《全唐文》卷六七八,第 6933 页。
⑥ 《全唐文》卷六九〇,第 7070 页。

其二是九龄从叔张弘雅举明经及第。《广东通志》卷三〇四《列传三十七》云："高宗显庆四年岭南帅府举宏雅明经，填帖皆中，首得及第，粤俗自是彬彬多经学士矣。"[1] 宏雅即张弘雅，其明经及第疑问很多：《登科记考》未见载录；兄弟中弘矩任洪州参军，弘载为端州录事，弘显为戎城令，独弘雅无仕宦记录；"岭南帅府举明经"意思不明；"粤俗自是彬彬多经学士"亦与事实相违。可见此则材料是撰通志者出于乡恋情结，杂凑而成，故不足信。尽管张九龄初次尝试科举失败，但他后来科举成功，实属唐代科举登科的"岭南第一人"。

张九龄的第一次科举考试受阻，其中隐情难以言说，这也正是徐浩《碑》记载含混不清的原因。

（三）二张所通之谱系不可信

在张九龄的仕途发展上，张说扮演了最重要的角色，而且发挥了别人无法替代的作用。人们对此关注颇多，而尤有可述者在于二张通谱系之实际情况和意义。

在唐代无来由的通谱系叙昭穆极少见，据查《新唐书》有四例，依其性质也可概括为四类：第一类，出于当权者私利需要，如《新唐书·后妃传上》云："以浮屠薛怀义为使督作。怀义，鄂人，本冯氏，名小宝，伟岸淫毒，佯狂洛阳市，千金公主婢之。主上言：'小宝可入侍。'后召与私，悦之。欲掩迹，得通籍出入，使祝发为浮屠，拜白马寺主。诏与太平公主婿薛绍通昭穆，绍父事之。"[2] 这是唐代历史上最大丑闻之一；第二类，趋炎附势的需要，如马植攀附马元贽，"初，左军中尉马元贽最为帝宠信，赐通天犀带。而植素与元贽善，至通昭

① （清）阮元修：《广东通志》卷三〇四，《续修四库全书》，第 675 册，第 304 页。
② 《新唐书》卷七六，第 3479—3480 页。

穆,元赟以赐带遗之"①;第三类,出于仰慕之情,罗绍威与罗隐通谱系即是,"绍威多聚书,至万卷。江东罗隐工为诗,绍威厚币结之,通谱系昭穆,因目己所为诗为《偷江东集》云"②;张说与张九龄通谱系是强者对弱者的提携,此为第四类。

《新唐书》张九龄本传云:"会张说谪岭南,一见厚遇之。""改司勋员外郎。时张说为宰相,亲重之,与通谱系,常曰:'后出词人之冠也。'"③至于张说与九龄通谱系的时间有不同说法,当以长安三年(703)说为是④。即张说被贬岭南,过韶州,张九龄以文章为挚拜见张说,张说欣赏其文,并与之通谱系,即徐《碑》所云:"燕公过岭,一见文章,并深提拂,厚为礼敬。"⑤前列《新唐书》三例,皆为无中生有,同姓之间并无所谓传承有序的同宗共祖的关系,故《新唐书》特为标出。换言之,当时所谓通谱系叙昭穆实质上只是出于某种目的的造假手段。那么,张九龄和张说是何关系呢?事实证明张九龄和张说并非都是张华之后。

1. 比照张九龄所撰张说碑、徐浩所撰张九龄碑和萧昕所撰张九皋碑,可知所叙张九龄世系阙失而传承失序。

其一,张九龄《故开府仪同三司行尚书左丞相燕国公赠太师张公墓志铭并序》。《志》云:"公讳说,字道济,范阳方城人。晋司空壮武公之裔孙,周通道馆学士讳弌,府君之曾孙,庆州都督讳恪,府君之孙,赠丹州刺史刑部尚书讳骘,府君之季子:自上世积庆,及公而祥

---

①《新唐书》卷一八四,第 5391 页。

②《新唐书》卷二一〇,第 5943 页。

③《新唐书》卷一二六,第 4424、4427 页。

④《张九龄年谱》,第 29—30 页。

⑤《曲江张文献公集》,《丛书集成续编》,第 99 册,第 258 页。

发。"① 晋司空壮武公，即张华，《晋书·张华传》云："久之，论前后忠勋，进封壮武郡公。华十余让，中诏敦譬，乃受。数年，代下邳王晃为司空，领著作。"② 此墓志铭当写于开元十九年（731），墓志上推张说祖先为张华，张九龄也没有再上推，表现出非常谨慎的态度，张华之后由张弋续上。张九龄所述张说谱系当即二张通谱系之世系，《新唐书·宰相世系表》大致承此说。而徐浩《碑》尽管在张华前又上推，但张华与张守礼之间中断了。

其二，徐浩《唐尚书右丞相中书令张公神道碑》。徐《碑》云："其先范阳方城人。轩辕建国，弦弧受氏，良，位为帝师；华，才称王佐。或相韩五叶，或佐汉七貂，代有大贤，时称盛族。四代祖讳守礼，隋钟离郡涂山令。曾祖讳君政，皇朝韶州别驾，终于官舍，因为土著姓。"但徐浩又把谱系弄混了，"相韩五叶"对应的是"位为帝师"的张良，按文脉"佐汉七貂"应承"才称王佐"的张华，而张华不可能佐汉，"佐汉七貂"指张安世，即下引张九皋碑之"安世以七叶荣汉"之"安世"。张安世，张汤子，自张汤而后，张家世代显贵于中朝，《汉书·张汤传》载："安世长子千秋与霍光子禹俱为中郎将，将兵随度辽将军范明友击乌桓。还，谒大将军光，问千秋战斗方略，山川形势，千秋口对兵事，画地成图，无所忘失。光复问禹，禹不能记，曰：'皆有文书。'光由是贤千秋，以禹为不材，叹曰：'霍氏世衰，张氏兴矣！'及禹诛灭，而安世子孙相继，自宣、元以来为侍中、中常侍、诸曹散骑、列校尉者凡十余人。功臣之世，唯有金氏、张氏，亲近宠贵，比于外戚。"③ 而关于张良与张汤的关系，《汉书赞》曰："冯商称张汤之先与

---

① 《全唐文》卷二九二，第 2965 页。
② 《晋书》卷三六，第 1072 页。
③ 《汉书》卷五九，第 2656—2657 页。

留侯同祖,而司马迁不言,故阙焉。"①

其三,萧昕撰《唐银青光禄大夫岭南五府节度经略采访处置等使摄御史中丞赐紫金鱼袋殿中监南康县开国伯赠扬州大都督长史张公神道碑》。《碑》写于大历四年(769),云:"公讳九皋,其先范阳人也。昔轩辕少子,以弦弧受氏,别封于张。留侯以五代相韩,安世以七叶荣汉,特生闲气,钟美大贤。余庆遗芳,袭于令嗣矣。晋末以永嘉南渡,迁于江表;皇朝以因官乐土,家于曲江。"②墓主为张九龄之弟张九皋。张良和张汤的关系,司马迁阙如,故班固不书,而此处仍然书写,是为一误。值得注意的是,张九皋碑张安世下并未提到张华,由张安世直接到了张守礼。依照常理,墓志叙其远祖不断添枝加叶,踵事增华,但萧昕撰墓志略去了张家最为重要的所谓远祖张华,即张说碑之"晋司空壮武公"、张九龄碑之"才称王佐"之张华。张九皋碑晚出,显然在这里张说和张九龄同祖张华的说法得到实际的澄清,至于其后人又要追张华为远祖,那又是另一回事了。

2. 徐《碑》写于张九龄去世后十八年,其《碑》中谱系皆为张说和张九龄通谱系后梳理出来的,认定共同祖先为晋张华,由张华为中心上推下联完成的。而徐《碑》"因为土著姓"才是最为信实的。由此可以得知,张九龄一支早已被人们认作韶州"土著姓",至少在张说过岭之前如此。

3. 玄宗对张九龄的批评也佐证了徐浩"因为土著姓"的记载。《大唐新语》云:"牛仙客为凉州都督,节财省费,军储所积万计……玄宗大悦,将拜为尚书。张九龄谏曰:'不可……仙客本河湟一吏典耳,拔升清流,齿班常伯,此官邪也。又欲封之,良为不可……尤不

---

①《汉书》卷五九,第 2657 页。
②《全唐文》卷三五五,第 3598 页。

可列地封之。'玄宗怒曰：'卿以仙客寒士嫌之耶？若是，如卿岂有门籍！'九龄顿首曰：'荒陬贱类，陛下过听，以文学用臣。仙客起自胥吏，目不知书。韩信，淮阴一壮士耳，羞与绛灌同列。陛下必用仙客，臣亦耻之。'玄宗不悦。"① 门籍，门第和身份。《旧唐书·李林甫传》记载此事，文字稍异："玄宗欲行实封之命，兼为尚书，九龄执奏如初。帝变色曰：'事总由卿？'九龄顿首曰：'陛下使臣待罪宰相，事有未允，臣合尽言。违忤圣情，合当万死。'玄宗曰：'卿以仙客无门籍耶？卿有何门阀？'九龄对曰：'臣荒徼微贱，仙客中华之士。然陛下擢臣践台阁，掌纶诰；仙客本河湟一使典，目不识文字，若大任之，臣恐非宜。'林甫退而言曰：'但有材识，何必辞学；天子用人，何有不可？'玄宗滋不悦。"② 张九龄自称"荒徼微贱""荒陬贱类"，其涵义自明。而张说在朝中也有敌对势力，如和张九龄同为张华之后，为何没有人揭他的短处，称他"无门籍"？就是在张说死后加谥的争论中，阳伯诚《驳太常燕国公张说谥议》言辞很重，说到"玉之有瑕，尚可磨也；人之斯玷，焉可逭焉"的地步，但也丝毫没有提及张说"门籍"方面有问题的事情。对比之下，张说为张华后人，可信；张九龄为张华后人，可疑。

总之，徐《碑》云张九龄"为土著姓"和张九皋碑不再称张华为其先祖，都是为了回应舆论长期以来的猜测和批评，别无他解。

另外，徐《碑》说到张九龄母亲"乐在南国，不欲北辕，克勤奉养，深得妇礼"③，字面上是表扬她"深得妇礼"，实际上也透露出张母谭氏为本地土著，不习惯北方风土、言语习俗，而"乐在南土"。只语言

①《大唐新语》卷七，第104—105页。
②《旧唐书》卷一〇六，第3236—3237页。
③《曲江张文献公集》，《丛书集成续编》，第99册，第260页。

交流一项足以让谭氏乐在南国,中唐贬岭北永州的柳宗元,已感到南北语音的巨大差异,其《与萧翰林俛书》云:"楚、越间声音特异,鴃舌啁噪,今听之怡然不怪,已与为类矣。家生小童,皆自然哓哓,昼夜满耳,闻北人言,则啼呼走匿,虽病夫亦怛然骇之。"① 因居永州久,习惯了地方土语,小孩听北人言反觉大怪。习惯讲岭南土话的太夫人哪能去听北人言语?九龄的父亲和土著通婚一事也可以佐证张九龄"为土著姓"。

(四)张说与张九龄通谱系价值重估

张说对张九龄的帮助提携有目共睹,推究二张结缘之始,在张说过韶州之时,但对通谱系之事的认识很不充分。从《新唐书》所引通谱系叙昭穆诸例,不难体会张说与张九龄通谱系,可能会承担道德责任和舆论风险。

由此看来,张说能和张九龄通谱系,对张九龄参加科举进入仕途至关重要,可以设想,张说未和张九龄通谱系也许就见不到开元名相张九龄了,二张通谱系在当时具有如下意义:

1.身份确认。从《唐代墓志汇编》所载墓志来看,唐人重视谱牒,例如:"并凝华赵璧,湛量黄陂,茂范神襟,清通简要,既详于谱谍,今略言之。"② "高门令族,国史家谍详焉。"③ "国史之所具详,家谍于焉甄序。"④ "高门贵族,史谍详焉。"⑤ 撰墓志者叙述墓主谱系是要参照墓主家人提供的谱牒。而墓志中也以高门鼎族相标榜,

---

① 《全唐文》卷五七三,第 5794 页。
② 《唐代墓志汇编》,第 251 页。
③ 《唐代墓志汇编》,第 725 页。
④ 《唐代墓志汇编》,第 778 页。
⑤ 《唐代墓志汇编》,第 846 页。

"以此高门，爰归鼎族"①。"高门鼎盛，台辅继踵。"②"秦中著姓，河北高门。"③"高门鼎族，作嫔君子。"④"蝉联华族，崛嵲高门。"⑤"高门华族，可略而言矣。"⑥"六奇秘策，七叶高门。"⑦"舄弈高门，蝉联遐祉。"⑧"门传轩冕，代袭忠良。"⑨"作俪高门，教深中馈。"⑩"作俪高门，秦晋之配。"⑪"高门盛族，来适居子。"⑫"高门鼎胄，辉映一时。"⑬"乃毓庆高门，嫔嫒公族。"⑭"峨峨高门，英英茂族。"⑮从墓主谱系和仕履看，有些人并非高门鼎族，但撰墓志者为抬高墓主地位，也不顾事实，许为高门。这至少看出当时人们的价值取向。二张通谱系解决了困扰张九龄的身份问题。

　　2. 地域确认。唐代岭南和中原水土人情迥异，其落后程度透过一些文献记录可见一斑。李翱《唐故金紫光禄大夫检校礼部尚书使持节都督广州诸军事兼广州刺史兼御史大夫充岭南节度营田观察制置本管经略等使东海郡开国公食邑二千户徐公行状》云："四十

---

① 《唐代墓志汇编》，第 12 页。
② 《唐代墓志汇编》，第 7 页。
③ 《唐代墓志汇编》，第 18 页。
④ 《唐代墓志汇编》，第 29 页。
⑤ 《唐代墓志汇编》，第 133 页。
⑥ 《唐代墓志汇编》，第 244 页。
⑦ 《唐代墓志汇编》，第 268 页。
⑧ 《唐代墓志汇编》，第 283 页。
⑨ 《唐代墓志汇编》，第 285 页。
⑩ 《唐代墓志汇编》，第 289 页。
⑪ 《唐代墓志汇编》，第 308 页。
⑫ 《唐代墓志汇编》，第 315 页。
⑬ 《唐代墓志汇编》，第 355 页。
⑭ 《唐代墓志汇编》，第 449 页。
⑮ 《唐代墓志汇编》，第 483 页。

余年,刺史相循居于县城,州城与公田三百顷皆为墟,县令、丞、尉杂处民屋。"① 权德舆《金紫光禄大夫检校礼部尚书使持节都督广州诸军事兼广州刺史御史大夫充岭南节度支度营田观察处置本管经略等使东海郡开国公赠太子少保徐公墓志铭并序》:"江汉既清,拜韶州刺史。先是长史不任职,官曹弛废,刺史寓于理下,邑之令丞与编人杂处,比屋庸亡,公田为芜。"② 州府如此,何论其余。而生长于此地的土著,被人鄙视,不足为怪。二张通谱系后,张九龄不仅身份得到改变,而"范阳方城人"的地域确认也使他和当地人有了本质的区别。

3. 如果上述张九龄第一次科举失败的推测是正确的话,通谱系也为张九龄重入科场增添了信心和可能。如上所考,张九龄初次参加科举考试,因举状上冒认张华之后,而遭人揭发,遂被退还原地而险被定罪,故在张说过岭南赏九龄文章之时,叙谈中张九龄应提及其事,张说才与之通谱系。不然,二张初次见面迅即通谱系就失去了由头。

因此,张九龄本人对互通谱系的价值有深刻认识:一方面感激终生,《祭张燕公文》所述感人肺腑。其私心在公事中也难以掩饰,其《停张说中书令制》文可以看出张九龄下笔之难,费尽心机,文中极力张大表扬之处,对其缺点做了巧妙的掩护:"而不察细微之人,颇乖周慎之旨。"另一方面自卑自怜,史称张九龄行事谨慎,故时常提醒自己,屡言:"臣实单人,本无大用……臣独何人,谬居此地。""臣本单族,过蒙奖拔。""臣山薮陋材,岂堪国用。""微躯贱貌""生身蓬

---

① 《全唐文》卷六三九,第 6458 页。
② 《全唐文》卷五○二,第 5108—5109 页。

荤"①，对玄宗面称"荒徼微贱""荒陬贱类"。这些言辞固然在形式上有尊君之需要，也含有因家族卑微、地域荒僻的自卑。九龄为岭南"土著姓"在当时也有人注意到，玄宗的批评已是明证。徐浩撰碑既称其为张华之后，又云其"因为土著姓"；张九皋碑已在传承谱系中去掉张华为其先祖一节：这都在逐步回应舆论、回归事实。

徐《碑》乃大手笔大杰作，这些问题被处理得很有分寸感。例如："公讳九龄，字子寿，一名博物。其先范阳方城人。轩辕建国，弦弧受氏，良，位为帝师；华，才称王佐。或相韩五叶，或佐汉七貂，代有大贤，时称盛族。四代祖讳守礼，隋钟离郡涂山令。曾祖讳君政，皇朝韶州别驾，终于官舍，因为土著姓。"既承认张华为其祖先，也称其"土著姓"，前者对得起朋友兼恩人，后者对得起历史和舆论。于明白处讲得很明白，于含糊处讲得也很含糊。又如："燕公过岭，一见文章，并深提拂，厚为礼敬。""并深提拂"，大有深意，提拂之深之重无过于张说与之通谱系。其意义在张九龄《祭张燕公文》有所表示："追惟小子，夙荷深期。一顾增价，二纪及兹。非驽骀之足数，盖枝叶以见贻。""一顾增价"是有相当分量的话，"枝叶以见贻"句，重申通谱系之事，"枝叶"比喻同宗旁支，就是说张九龄是张华一系的旁支，因为张华和张守礼之间已无法续全谱系，而这同宗旁支的身份也是张说"见贻"的结果。张九龄一夜之间由无来历的岭南人因"通谱系"而成为张华之后，所增之价及其意义被张九龄后来的行迹所证明。

毋庸置疑，在张九龄的人生历程中，张说与张九龄通谱系的价值怎样高估都不过分。而揭开张九龄"为土著姓"之谜，对探讨其思想、行事和创作具有不同寻常的意义。

---

① 《张九龄集校注》卷一三，第 907 页。

二、王湾"海日生残夜,江春入旧年"
书于政事堂的意义

　　唐代诗人王湾因《次北固山下》一句"海日生残夜,江春入旧年"千古留名,晚唐郑谷《卷末偶题三首》其一赞叹曰:"何如海日生残夜,一句能令万古传?"[①]《颐山诗话》谓王湾为古人中"一句诗称振绝者"[②]。《次北固山下》被后世许多选本选入,明代胡应麟在《诗薮》内编谓"盛唐句如'海日生残夜,江春入旧年'"[③],以此概括盛唐诗歌风貌,并以之为区别初唐与盛唐诗界限的标志。那么《次北固山下》是如何被发现的? 它又是如何被奉为盛唐诗歌的精品佳作? 张说、殷璠对它的诗学史意义的构建起着决定性的作用。

　　历史上发生过的事,甚至重要的事件,有些只留下蛛丝马迹。当人们意识到事情的重要性而试图揭示其真相时,会困难重重。张说作为重臣,将"海日生残夜,江春入旧年"题于政事堂,政事堂为中书、门下两省长官议事之所,是宰相的总办公处。题诗的场所突出了诗句意义,虽然是"每示能文,令为楷式",但将诗句题于政事堂,就不能仅仅视为是"能文"之事。必然有政、文兼具的意义。那么,除《次北固山下》诗的诗学意义外,"海日生残夜,江春入旧年"题于政事堂的政治寓意也值得深入探讨。

(一)

　　要讨论《次北固山下》的诗学史意义,首先需要理清《次北固山

---

① 《全唐诗》卷六七五,第 7736 页。
② (明)安磐:《颐山诗话》,《文渊阁四库全书》,第 1482 册,第 462 页。
③ 《诗薮》内编卷四,第 57 页。

下》与《江南意》之间的关系。最早录入《次北固山下》的是《河岳英灵集》，集中题作《江南意》："南国多新意，东行伺早天。潮平两岸失，风正数帆悬。海日生残夜，江春入旧年。从来观气象，惟向此中偏。"[1] 而稍后成书的芮挺章《国秀集》，收录此诗，题作《次北固山下》，诗云："客路青山外，行舟绿水前。潮平两岸阔，风正一帆悬。海日生残夜，江春入旧年。乡书何处达，归雁洛阳边。"[2] 后世流传中，大多数诗歌选本和总集取《次北固山下》，如《众妙集》《三体唐诗》《瀛奎律髓》《唐诗品汇》《古今诗删》《唐诗选》《古诗镜》《全唐诗》《唐诗解》《唐诗别裁》《唐贤三昧集》《唐诗三百首》等，其中《唐诗别裁》作"潮平两岸失"；少数如《石仓历代诗选》《唐诗纪事》《全唐诗话》《唐诗评选》等取《江南意》。《唐音》则取《江南意》之名，而用《次北固山下》之内容。

　　关于《江南意》与《次北固山下》的关系争议颇多。王夫之《唐诗评选》认为《次北固山下》是被后人窜改的，不如原作《江南意》精妙："此诗见《全唐诗话》，其传旧矣。《品汇》据别本，作'客路青山外，行舟绿水前。潮平两岸阔，风正一帆悬。海日生残夜，江春入旧年。乡书何处达，归雁洛阳边'。不但塞拙失作者风旨，且路由青山，舟行绿水，是舟车两发，背道交驰矣。……此必俗笔妄为改窜……自当仍存原璧，捐其稂莠，庶使依永和声，群分类聚尔。"[3] 此说当误，因王湾生前《江南意》《次北固山下》就已并行流传，广为人知。如果后者为他人改作，会被人发觉并加以笺证说明。霍松林则认为《次北固山下》与《江南意》是各具特色的两首诗："在取材、命意上也各不相同。尽

①《河岳英灵集》卷下，《唐人选唐诗新编（增订本）》，第 261 页。
②《国秀集》卷下，《唐人选唐诗新编（增订本）》，第 351 页。
③《唐诗评选》卷三，《船山全书》，第 14 册，第 999 页。

管第三联一字不差,但仔细玩味,应该说这是各有特色的两首诗,不宜混为一谈。'东行伺早天'一句告诉我们:《江南意》所写的是作者东去吴中的情景;而'客路青山外'及尾联告诉我们:《次北固山下》所写的则是作者自吴中回洛阳,舟次京口时的感受。"① 此说似有道理,实际于理不通。唐人虽有将自己得意之诗句重复使用或化用的现象,但也不见有如此大篇幅的重复使用。且王湾是一个"词翰早著"的诗人,又新中进士,不至于如此才力不济,要将只有一字之差的四个句子,用在两首同样是描写江南舟行所见的诗中。以许学夷为代表的多数学者则认为,《次北固山下》是《江南意》的改作。《诗源辩体》卷一三云:"古人为诗不惮改削,故多可传。……尝观唐人诸选,字有不同,句有增损,正由前后窜削不一故耳。"② 这种观点得到广泛认同。施蛰存《唐诗百话》、刘学锴《唐诗选注评鉴》皆认为,芮挺章所见是改定本,殷璠所见是初稿本③。拙文《论〈河岳英灵集〉的成书过程》则较为全面地论证了这一观点,认为殷璠《河岳英灵集》初编是在开元末,"此后虽有补充,有天宝四载二稿和天宝十二载终稿,但其所收作品基本保存初编时的原貌,原因是殷璠乡居,见闻不广,即使有作家修改了自己的作品,而初稿已收作品,也没有条件而随之变动。即使有储光羲的帮助,储也未注意到王湾作品有了修改"④。

　　《次北固山下》是《江南意》的改定之作,从艺术上分析,比初稿更胜。其一,诗题由泛题改为确指性的题目,恢复了"北固山"这个写作地点,交代了中间四句写景的具体观察点。李白入选《河岳英灵

① 霍松林:《唐宋诗文鉴赏举隅》,人民文学出版社,1984年,第23页。
② 《诗源辩体》卷一三,第150页。
③ 施蛰存:《唐诗百话》,上海古籍出版社,1987年,第141—142页。刘学锴:《唐诗选注评鉴》,中州古籍出版社,2013年,第194页。
④ 戴伟华:《论〈河岳英灵集〉的成书过程》,《文学遗产》2013年第4期。

集》的作品中有一篇《古意》："白酒初熟山中归，黄鸡啄黍秋正肥。呼童烹鸡酌白酒，儿女嬉笑牵人衣。高歌取醉欲自慰，起舞落日争光辉。游说万乘苦不早，着鞭跨马涉远道。会稽愚妇轻买臣，余亦辞家西入秦。仰天大笑出门去，我辈岂是蓬蒿人。"① 此诗后来改题为《南陵别儿童入京》，也是由泛题改为具有确定性内容的题目。李白这首诗是写自己婚姻不幸的，批评对象是他在东鲁的妻子。初作此诗为了含糊其词，随意取了与内容不甚关联的《古意》，后当事过境迁，语境也有了变化，故改《南陵别儿童入京》，有了写作地点（南陵）和事件（别儿童入京）及时间（入京）②。因为有了诗题的帮助，对李白此诗的内容才有了较为确切的理解。

其二，题目《江南意》被改为《次北固山下》之后，诗的内容更易使人明白。"客路青山外，行舟绿水前"，这两句交代了旅行的交通工具，是陆路和水路的交替。而交替点应在北固山，因诗题首字"次"为停下之意。随后诗中写到"行舟"，所以才有下句的"潮平两岸阔，风正一帆悬"的视角与感受。"客路""行舟"又与末联"乡书""归雁"遥相呼应，整首诗形成了完整的结构。而原作的第一句"南国多新意，东行伺早天"就显得句意平平。

其三，颔联"潮平两岸失"之"失"改为"阔"，在气韵与格调上更显壮阔高朗。纪昀谓："'失'字有斧凿痕，唐人不甚用此种字。"③ 而和"潮平两岸阔"之"阔"用法和用意一致或相近的诗句较多，如刘希夷《江南曲八首》中"日悬沧海阔，水隔洞庭深"④；宋之问《自

---

① 《河岳英灵集》卷上，《唐人选唐诗新编（增订本）》，第 179 页。
② 《唐代文学综论》，第 127—129 页。
③ （元）方回选评，李庆甲集评校点：《瀛奎律髓汇评》卷一〇，上海古籍出版社，2008 年，第 321 页。
④ 《全唐诗》卷八二，第 884 页。

湘源至潭州衡山县》"渐见江势阔,行嗟水流漫"①;张说《岳州送李十从军归桂州》"风波万里阔,故旧十年来"②;孙逖《送张环摄御史监南选》"江带黔中阔,山连峡水长"③;李顾《寄镜湖朱处士》"澄霁晚流阔,微风吹绿苹"④。纪昀的说法是有依据的,也是有道理的。实际上,中间两联,初作与改作除"数帆"易为"一帆"外,其余皆相同。从写作角度看,"数帆"和"一帆"皆佳,但传达的意思略有不同。也许,作者在初稿时,写的是见到的真实情况,有多只船行驶在江面上。在修改时,为了突出物象所体现的力量以及孤舟前行的气概,将"数帆"改为"一帆",这样"潮平两岸阔,风正一帆悬"一联更好地配合"海日生残夜,江春入旧年"一联,"数帆"不如"一帆"凝聚点集中而更有力量。这里的修改,也许是直接受到张说的指导或建议,这一推测缘于张说对颈联的激赏和对政治阐释的要求。

其四,末联"乡书何处达,归雁洛阳边"点明主旨,将纯写景的诗变成一首表现乡情的诗。《唐诗解》云:"此泊舟北固而叙江中之景,因风气之异而起故园之思也。海上之日,未旦而生;江南之春,方冬而动,则与洛中异矣。故欲因归雁而附以书。"⑤末句改为乡思,属更合理。而原诗结句"从来观气象,惟向此中偏"则显得在起承转合的结构上比较松散,且欠精神。元代杨士弘《唐音》将王湾此首诗题作《江南意》,内容取《次北固山下》的诗句,当是有意混录了两个版本,也许杨士弘认为定稿《次北固山下》在内容上更佳,但《江南意》这

---

① 《沈佺期宋之问集校注》卷二,第 439 页。

② 《张说集校注》卷六,第 273 页。

③ 《全唐诗》卷一八七,第 1192 页。

④ 《全唐诗》卷一三四,第 1359 页。

⑤ (明)唐汝询选释,王振汉点校:《唐诗解》卷二六,河北大学出版社,2001 年,第 970 页。

个题目更好，故而保留原题。《次北固山下》相比原作改动较大，唯"海日生残夜，江春入旧年"一字不变地保留了原作样貌，很可能是因为张说题此联于政事堂，王湾感此殊荣，而又觉原作主旨不甚明确，结构不甚严密，故保留中间两联，将首尾重新结句，使之成为更完美浑融的诗歌。

（二）

张说最先发现了《次北固山下》的意义，并将王湾《次北固山下》引入文学史的视野。《河岳英灵集》王湾条下言："湾词翰早著，为天下所称最者，不过一二。游吴中，作《江南意》，诗云：'海日生残夜，江春入旧年。'诗人已来，少有此句。张燕公手题政事堂，每示能文，令为楷式。"[①] 王湾诗在《全唐诗》中仅存十首，诗作不多，或多已散佚，无论如何，在群星璀璨的唐代，王湾并不算是一流的诗人，《河岳英灵集》云王湾虽"词翰早著"，但其诗歌"所称最者，不过一二"。就"海日生残夜，江春入旧年"一联而言，在当时艺术上可与之媲美的诗句亦不在少数，为何张说专题此联于政事堂？政事堂是宰相议事之地，是协助皇帝行政的最高决策机构。张说的身份首先是一个政治家，他将一个士子的诗句题写于政事堂，应该说，这是一个政治性的举措。

第一，张说通过手题王湾"海日生残夜，江春入旧年"于政事堂之举，表达了政治理想与改革决心。

"海日生残夜，江春入旧年"本身应含有丰富的政治内涵。《资治通鉴》载，先天二年，"十二月，庚寅，赦天下，改元（注：改元开元）。尚书左、右仆射为左、右丞相；中书省为紫微省；门下省为黄门省，侍

---

① 《河岳英灵集》卷下，《唐人选唐诗新编（增订本）》，第 257 页。

中为监;雍州为京兆府,洛州为河南府,长史为尹,司马为少尹" ①。由此可知,先天二年十二月庚寅改元"开元",所谓开元元年实际上只有一个月的时间。如果结合《资治通鉴》的记载,不难看出"江春入旧年"的政治意味。可以说它是对玄宗政治的颂扬,也可以说是对改元开元的预期。"江春入旧年",即江春入于旧年,具有双关的意思,表面一层意思是:江上的春天在旧年尚未结束时已经来临;实际隐含的一层意思是:政治上的春天在先天二年岁末十二月"改元开元"时已经来临。"江春入旧年"在节气上也有可能是那一年立春在春节之前,如此则"江春入旧年"符合自然节气的事实。但公元713年和公元714的立春都在春节后 ②。因此,更有理由相信,"江春入旧年"应是政治含义的呈现,是对"开元"政治愿景的向往。

张说手题王湾"海日生残夜,江春入旧年"于政事堂大约在开元十一年,他首先看重的应是政治内涵,无论读出的,还是赋予的意义。开元十一年四月张说正除中书令,执掌朝政;四月至十一月间,张说奏改政事堂为中书门下,建立中书门下体制。《通典·职官三》宰相条云:"旧制,宰相常于门下省议事,谓之政事堂……开元十一年,张说奏改政事堂为'中书门下',其政事印亦改为'中书门下之印'。" ③《新唐书·百官志》载:"三省长官议事于门下省之政事堂,其后,裴炎自侍中迁中书令,乃徙政事堂于中书省。开元中,张说为相,又改政事堂号'中书门下',列五房于其后:一曰吏房,二曰枢机房,三曰

---

① 《资治通鉴》卷二一〇,第6692页。
② 据方诗铭《中国历史纪年表》,公元713年的立春在春节后,公元714年的立春也在春节后(上海辞书出版社,1980年)。立春有在春节前,如2019农历己亥年立春在春节前,此即"江春入旧年"。
③ 《通典》卷二一,第120页。

兵房,四曰户房,五曰刑礼房,分曹以主众务焉。"① 张说的改革是唐代重要的政治体制的改革,他将三省互相配合、互相牵制并共同构成为中书门下体制,其基本特征就是宰相有裁决政务的权力,中书门下成为最高决策兼行政机关。张说之题写王湾诗,应该在他开元十一年初之后、开元十一年末将政事堂改为中书门下之前。他所看中的,正是"海日生残夜,江春入旧年"所体现出来的蓬勃生机,并以此来表达自己的政治理想与改革的胆魄。诗句表面写残夜未消,红日已从海上升起,旧年尚未逝去,江上盎然春意已闯入。日夜轮换、时序交替的景象中包含了自然的理趣,让人在时序的交替中感受到一种喷薄欲出的激情与新生事物冲破一切阻碍的力量。在象征意义上,它是对一个时代的小结,预示旧时代的结束、新时代的开启。张说之题写应是基于对这样一种隐喻的解读。他对自然节候的转变和对时代的更迭是极为敏感的,其实早在被贬钦州时,他就写过一首《钦州守岁》,其中有"故岁今宵尽,新年明旦来"② 一句,诗意与王湾相似。经历了开元初的宫廷斗争和自身的宦海沉浮,目睹时代不断走向繁荣的张说,可以很敏锐地在王湾诗中嗅出郁勃壮丽、铿锵雄奇的盛唐气息,正如清人何焯云:"不惟名句,而亦治象。武、韦继乱,忽睹开元之政,四海皆目明气苏也。"③

第二,张说之题写"海日生残夜,江春入旧年",同时也是一个引领文学潮流的措施。

《河岳英灵集》谓张说将王湾句题于政事堂,并"每示能文,令为楷式"。政事堂里"能文"之人,皆宰相达官。"令",意为"命令",是

---

① 《新唐书》卷四六,第1183页。
② 《全唐诗》卷八九,第979页。
③ 《瀛奎律髓汇评》卷一〇,第321页。

一种上级对下级的指示。可见张说确是把"海日生残夜,江春入旧年"当成文化指导政策来上传下达,以之为盛唐诗风的标杆。"海日生残夜,江春入旧年"一句体现出盛唐气象,昭示了诗坛新风。从政治家的立场出发,张说更希望政文合一,文学能配合政治需求。

张说是极留心文坛走向的一个政治家,《大唐新语》载:"张说、徐坚同为集贤学士十余年,好尚颇同,情契相得。时诸学士凋落者众,唯说、坚二人存焉。说手疏诸人名,与坚同观之。坚谓说曰:'诸公昔年皆擅一时之美,敢问孰为先后?'说曰:'李峤、崔融、薛稷、宋之问,皆如良金美玉,无施不可。富嘉谟之文,如孤峰绝岸,壁立万仞,丛云郁兴,震雷俱发,诚可畏乎!若施于廊庙,则为骇矣。阎朝隐之文,则如丽色靓妆,衣之绮绣,燕歌赵舞,观者忘忧。然类之风雅,则为俳矣。'坚又曰:'今之后进,文词孰贤?'说曰:'韩休之文,有如太羹玄酒,虽雅有典则,而薄于滋味。许景先之文,有如丰肌腻体,虽秾华可爱,而乏风骨。张九龄之文,有如轻缣素练,虽济时适用,而窘于边幅。王翰之文,有如琼林玉斝,虽烂然可珍,而多有玷缺。若能箴其所阙,济其所长,亦一时之秀也。'"① 张说之评的立足点在朝,故偏重文学的功用、实用方面。前辈如李峤、崔融、薛稷、宋之问等皆为典型,而前辈中的富嘉谟、阎朝隐则优劣并存,后进中诸人亦良莠同在。这种二元法的评论,于文坛走向实在有重要指示作用。张说在评论中充分运用了"风雅""典则""滋味""秾华""风骨"等在当时诗坛流行的术语,体现出张说认真严肃又准确内行,又可见他的美学趣尚和文学鉴识能力。他对当代诗人的评论独具眼光,且具有引领文学潮流的意义。

张说以宰相之贵,手题士子诗于政事堂,其一,代表朝廷表达了

---

① 《大唐新语》卷八,第 130 页。

对士子的态度,抬举士子,调动天下士子对朝廷的信心和对文学的热情;其二,通过具体作品树立盛唐诗歌的范式,即要求诗歌表现盛世气象,呈现磅礴向上的风貌。政治干预的诱发力和驱动力是极其强大的,这种权威性的政策和示范性的楷式,能起到一种风向标的作用,《新唐书·张垍传》云:"开元文物彬彬,说力居多。"① 且张说确也达到了"引文儒之士,佐佑王化,当承平岁久,志在粉饰盛时"② 的目的。《唐音癸签·谈丛一》谓:"燕公铉业且未论如何,得士子一联,手题政事堂赏借,今宰相有此胜韵否?"③ 也只有张说这样既有杰出政治才能,又有敏锐的艺术眼光的宰相,才会有此举动。

　　张说诗学观中有一点应引起重视,即诗要和理政结合。张说《恩制赐食于丽正书院宴(赋得)林字》:"诵诗闻国政,讲易见天心。"④ "诵诗"之"诗"当指《诗经》。按《大唐新语》卷八云:"玄宗朝,张说为丽正殿学士,常献诗曰:'东壁图书府,西垣翰墨林。讽诗关国体,讲易见天心。'玄宗深佳赏之,优诏答曰:'得所进诗,甚为佳妙。风雅之道,斯焉可观。并据才能,略为赞述,具如别纸,宜各领之。'玄宗自于彩笺上八分书说赞曰:'德重和鼎,功逾济川。词林秀发,翰苑光鲜。'其徐坚已下,并有赞述,文多不尽载。"⑤《玉海》卷一六七引《集贤注记》:"(开元)十一年春,于大明宫光顺门外造丽正书院。夏,诏学士侯行果等侍讲《周易》《庄》《老》,频赐酒馔。学士等燕饮为乐,前后赋诗奏上,凡数百首,上每嘉赏。院中既有宰臣侍讲,屡承珍异之赐。燕公诗曰:'东壁图书府,西垣翰墨林。诵诗闻

---

① 《新唐书》卷一二五,第 4412 页。
② 《旧唐书》卷九七,第 3057 页。
③ 《唐音癸签》卷二五,第 264 页。
④ 《张说集校注》卷五,第 188 页。
⑤ 《大唐新语》卷八,第 129—130 页。

国政,讲易见天心.'前后令赵冬曦、张九龄、咸廙业、韦述等为诗序,学士等赋诗,编成卷轴以进."①

此诗诸书记载,文字稍异."诵诗闻国政"一作"讽诗关国体",讽诵诗歌可以"闻国政""关国体".在盛唐之初提出这样的观点是有现实意义的,至少让人们意识到诗歌的功能之一是和政治相联系的.因此,张说将"海日生残夜,江春入旧年"手题政事堂,应该不单单是诗歌写作的事,而是有着深刻的政治内涵.

联系到《河岳英灵集》将此诗作为最早的诗歌选入,且《河岳英灵集》最初以开元十四、十五年登科进士为基础,其意味深长.在精神层面上,《河岳英灵集》似乎在倡导积极向上的诗歌创作,倡导登科进士应以新的姿态参与诗歌创作.

"海日生残夜,江春入旧年"是从初唐诗向盛唐诗转捩的开始,它是艺术上的标志物,也是具有意识形态色彩的政治上的宣传物.《次北固山下》在诗学史上的意义,首先是通过张说赋予"海日生残夜,江春入旧年"的政治意义构建起来的.

（三）

殷璠的盛唐诗歌选本《河岳英灵集》以《江南意》的创作时间为选诗起点,赋予了《江南意》特殊而重要的位置,这是确立其诗在文学史上地位的关键.

殷璠《河岳英灵集》有三次定稿的过程,因而有三个版本系统.这三个版本系统在描述《河岳英灵集》编选起点时,均为"起甲寅",即开元二年.这个起点让人颇存疑惑.其一,极少选本会关注诗集编选的起点,现存唐人选唐诗十种,唯《河岳英灵集》在《叙》中标

---

① 《玉海》卷一六七,3063 页.

明了诗集编选的起点,证明殷璠编选诗集时对这个起点是经过精心考虑的。其二,作为一个选本,编选者选的不是纪元元年,或者说是"开元初期"这样一些具有初始意义的时间点,而是一个具体的年份"开元二年",应是此年有特殊的人或事,使甲寅年成为具有特殊意义的年份。据拙文《论〈河岳英灵集〉初选及其诗史意义》考证,《河岳英灵集》的初编时间在开元末,那么"甲寅"应该是《河岳英灵集》所选入的最早一篇作品的时间,而这篇作品正是王湾的《江南意》。"江春入旧年"正是指春天在旧岁十二月"改元开元"时已经来临,这种特殊意思的表达也可视为《次北固山下》写于开元二年的一个旁证。

因此,在论述王湾《次北固山下》的意义时,有一个不能逾越的问题,即《河岳英灵集叙》云"起甲寅"。起于甲寅,应有几方面可能:一是与诗人关联,关联诗人生平的重要时刻,如生卒年、重要生平转折点等;二是与事件关联,关联某一重大文化事件或政治事件,如文化政策的修改、用人制度的新变、文人整体命运的变化等;三是与重要作品关联,如某一类作品出现的时间、作品具有划时代意义、作品与政治相联系而获得极大反响等;四是与政治关联,如朝代更替、帝王更替、政治性重大事件发生等。因为《河岳英灵集》中的甲寅是指开元二年,如果《叙》作"开元二年",可能会被认为是"开元元年"之误写,而开元元年之"癸丑"不会被误写为开元二年之"甲寅",这意味着要解释"起甲寅"是一大难题。同样的难题还有《叙》中的"开元十五年后,声律风骨始备"的表述,如果作"开元十五年前后",因其表达的模糊性还有阐释的可能和方便。对此也有两种解释,一是"开元十五年后"可能是"开元十四年后"的误写。因为开元十四年和开元十五年知贡举都是严挺之,而且这两年中登进士第者进入《河岳英灵集》的比例较大,应是《河岳英灵集》初选的主要诗人；二是"开元十五年后"并非书写之误，而是有特殊原因。事实上，正因为"起甲寅"和"开元十五年后"没有直接资料可资佐证并能得到说明，故《河岳英灵集》研究者一般持谨慎的态度，将此问题搁置。但是，基于《河岳英灵集》在诗歌史和批评史上的重要性，对此又不应回避。毫不夸张地说，"起甲寅"和"开元十五年后"是真正了解编撰者用意、用心的一把钥匙，甚至可以说是研究的逻辑起点。对此问题的探讨不管结论如何，即使提供一种思路、一种方法，提出一些疑问，都会有利于学术的展开。拙文《论〈河岳英灵集〉的成书过程》对"开元十五年后"早有较为详细的论述。

对于"开元十五年后"的理解，不能仅限于《河岳英灵集》，而要联系署名编者殷璠的其他两部选集，即《丹阳集》《荆杨挺秀集》。通过《丹阳集》可以准确判断殷璠和储光羲都是丹阳人，是小老乡；通过《丹阳集》所收诗人的综合考察，可以准确判断储光羲与《丹阳集》诗人的交往、相知；通过《荆杨挺秀集》《丹阳集》《河岳英灵集》的联系，可以判断殷璠对储光羲的推崇，因为三集中皆选入储光羲作品，而《丹阳集》《荆杨挺秀集》中除储光羲之外的人皆未入选《河岳英灵集》。如果可以将同乡或同一小区域在某一时段的文化活动视为一种文化共同体的行为或群体行为，那么殷璠和储光羲的关系就不能被忽视。至少说，殷璠和储光羲是实际生活中的关系人。设想，在古代人口密度相对于今天而言是很低的人际关系中，文化人又相对很少，小区域或同乡没有关系，储光羲和殷璠没有关系，那是不能成立的。否则，如何去解释储光羲和《丹阳集》诗人的交往？况且储与他们的诗歌交往在资料上是唯一性的，除个别诗人外，再没有材料证明《丹阳集》诗人和储光羲以外诗人的交往。在"殷璠—储光羲—《丹阳集》"的结构中，储光羲是主角。因此，可以围绕主角进一步寻找"开元十五年后"含义的线索。我们认为，《河岳英灵集》的初编是在储光羲开元末辞官归隐丹阳之时，收录诗人基本是开元十四、十五年登科进士。而"开元十五年后"只是策略性的表述，实际指开元十四、十五年后①。"起甲寅"是指《河岳英灵集》收入的最早作品《江南意》，被张说题于政事堂的"海日生残夜，江春入旧年"，不仅符合"开元十五后，声律风骨始备"的标准，而且是《河岳英灵集》作品中兼具"声律风骨"的起始点。

"起甲寅"大概是入选《河岳英灵集》作品的上限②。首先是《唐五代文学编年史》将《江南意》系于开元二年③。其次，在分析"起甲寅"的诸多可能性时，将《江南意》的创作时间和《河岳英灵集》联系起来。和"起甲寅"对应的"终癸巳"或"终乙酉"也应是就作品创作时间而言的④。至此，大致上解释了"起甲寅"的确切含义⑤。

殷璠选诗起点为"甲寅"，以《江南意》的创作时间为依据，其原因应该从以下两方面考虑。

第一，"海日生残夜，江春入旧年"正好契合殷璠"赞圣朝之美"

---

① 戴伟华：《储光羲与〈河岳英灵集〉》，《唐代文学研究》2012 年第 1 期；《论〈河岳英灵集〉初选及其诗史意义》，《文学评论》2011 年第 2 期。

② 戴伟华：《论〈河岳英灵集〉的成书过程》，《文学遗产》2013 年第 4 期。

③ 《唐五代文学编年史（初盛唐卷）》，第 511 页。

④ 戴伟华：《储光羲与〈河岳英灵集〉》，《唐代文学研究》2012 年第 1 期；《论〈河岳英灵集〉初选及其诗史意义》，《文学评论》2011 年第 2 期；《论〈河岳英灵集〉的成书过程》，《文学遗产》2013 年第 4 期；《杜甫：一个被边缘化的当代诗人——从〈河岳英灵集〉失收杜诗说起》，《文艺争鸣》2013 年第 8 期。

⑤ 许铭全认为"甲寅"是指《江南意》诗的写作时间，但未出注。参见许铭全：《〈河岳英灵集〉的版本流传与编纂动因重探》，《汉学研究》第 35 卷第 1 期（2017 年 3 月）。

的选诗目的。《河岳英灵集叙》中道："自萧氏以还,尤增矫饰。武德初,微波尚在。贞观末,标格渐高。景云中,颇通远调。开元十五年后,声律风骨始备矣。实由主上恶华好朴,去伪从真,使海内词场,翕然尊古,南风周雅,再称今日。璠不揆,窃尝好事,常删略群才,赞圣朝之美,爰因退迹,得遂宿心。"①可见,殷璠选诗考虑"主上"号召,"赞圣朝之美"成为选诗的重要标准之一,这也在他所选的诗人与诗作中得到充分体现。当然,随着编选的阶段性修改,客观上也对最初的选诗标准做了修正。首先,殷璠充分考虑了作者的身份,他是以开元十四、十五年的进士为基础的,在入选的二十四人中,除王季友不可考,孟浩然、李白未中进士,其余二十一位诗人皆进士出身。进士代表了知识分子中最优秀的,且与朝廷、政治联系最密切的群体,他们特殊的身份本身就是"圣朝之美"的充分体现。在这些进士中,王湾于玄宗先天年间(712)进士及第,是最早的一个进士。当然,进士出身并非殷璠考量入选诗人的唯一标准,诗歌质量与审美倾向也是重要因素,如孟浩然、李白没有进士及第,却在入选之列;李华、萧颖士与李颀同年进士及第,且当时在文坛的名气也颇大,却没有入选,这正是因为三人以文闻名,非以诗闻名,体现出殷璠坚持其选诗标准。其次,从入选诗歌考虑,《河岳英灵集》以山水诗为主,所选山水诗超过总数的三分之二,而山水诗是"圣朝之美"最好的体现。在这些山水诗中,王湾《江南意》确可算得上是最能概括"圣朝"气象的诗句,且此诗"海日生残夜,江春入旧年"一联还得到了张说"手题政事堂,每示能文,令为楷式"的至高无上的褒奖。

第二,从王湾《江南意》描写对象来看,其所写北固山正是在殷璠的家乡润州(丹阳)。殷璠热爱乡土文化,曾编《丹阳集》专收丹

---

① 《河岳英灵集》前记,《唐人选唐诗新编(增订本)》,第156页。

阳诗人的作品。王湾诗描写殷璠家乡风景，其中一联还被张说手题于政事堂，出于对家乡的骄傲，殷璠以湾诗为起点，也是合理的原因之一。

或许这里还有一个疑问，殷璠说王湾诗"所称最者，不过一二"，那么在殷璠眼里，王湾并不是一个最优秀的诗人，却又以王湾诗为选诗的起点，这是否会有矛盾？事实上，在讲求诗歌写作技巧的唐代，人们对一个诗人的评价标准并不是那么苛刻，仅凭一句诗就声名大震的亦有人在。盛唐时期，钟嵘式的"摘句褒贬"的批评方式得到发扬，此期许多诗歌编选者都采用摘句的方式表达审美观念。综观殷璠对诗人的品藻，多是摘句式的评论，并常对诗人某一联、一句表现出激赏的态度，如评常建云："至如'松际露微月，清光犹为君'，又'山光悦鸟性，潭影空人心'，此例十数句，并可称警策。然一篇尽善者，'战余落日黄，军败鼓声死'，'今与山鬼邻，残兵哭辽水'属思既苦，词亦警绝。"[1] 可见，如果并非一篇尽善，仅有一两好句，亦值得称赞。又如评高适："且余所爱者：'未知肝胆向谁是，令人却忆平原君。'"[2] 评薛据："至如'寒风吹长林，白日原上没'，又'孟冬时暮短，日尽西南天'，可谓旷代之佳句也。"[3] 评綦毋潜："至如'松覆山殿冷'，不可多得。"[4] 更是只需半句出色，便可得到赞赏，可见人们对诗中佳句妙语的兴趣。《河岳英灵集》中的品藻大抵如此。所以殷璠虽说王湾诗"所称最者，不过一二"，却又推赏王湾"海日生残夜，江春入旧年"，并谓"诗人已来，少有此句"[5] 就不足为怪了。

① 《河岳英灵集》卷上，《唐人选唐诗新编（增订本）》，第 165 页。
② 《河岳英灵集》卷上，《唐人选唐诗新编（增订本）》，第 209 页。
③ 《河岳英灵集》卷下，《唐人选唐诗新编（增订本）》，第 225 页。
④ 《河岳英灵集》卷下，《唐人选唐诗新编（增订本）》，第 230 页。
⑤ 《河岳英灵集》卷下，《唐人选唐诗新编（增订本）》，第 257 页。

综上，殷璠以王湾《江南意》的创作时间作为选诗起点就不可能只是偶然和巧合，而是具有合理性。殷璠通过这样的方式，推崇王湾此诗，不仅标示自己的诗学观，而且以张说欣赏的诗为选诗时间起点，也提升了《河岳英灵集》的品位和地位。

（四）

最优秀的编选者殷璠通过最能体现盛唐艺术境界的选本《河岳英灵集》，确立此诗在文学史上的地位，使兴象风骨兼备的盛唐之音明朗化，也标志着诗歌的盛唐时代的到来。正是由于张说的激赏、殷璠的推崇，确立了"海日生残夜，江春入旧年"这一句诗以及《次北固山下》在诗学史上的地位，它代表了一个新时代的政治理想，也体现了新时代所呼唤的诗学实践。无论从政治家的立场，还是从诗人的立场看"海日生残夜，江春入旧年"，都恰当地表达了张说的内心呼唤。也许盛唐诗作中还有更为震撼的佳句，如其后孟浩然《望洞庭湖赠张丞相》"气蒸云梦泽，波撼岳阳城"、杜甫《登岳阳楼》"吴楚东南坼，乾坤日夜浮"。孟、杜的诗句历来被人推崇，气象阔大，笔力千钧。但和"海日生残夜，江春入旧年"不同，孟、杜的诗句只是着眼于空间描写，缺少时间叙述。而王湾句既具有震撼力又具时序性，契合时代的召唤和发展的进程。再说，如果仅从气势一端考虑，王湾此首颈联"潮平两岸失，风正数帆悬"[①] 亦与孟、杜之句不相上下，而张说所题却是"海日生残夜，江春入旧年"，用意甚明。张说题于政事堂这一重要事件，因《河岳英灵集》唯一载录而流传后世。循此而入，那些被遮蔽的盛唐诗歌进程也许会得到进一步的呈现。

张说书"海日生残夜"句于政事堂，并没有在意作者身份和诗坛

---

① 又作"潮平两岸阔，风正一帆悬"。

地位,而是发现了诗句的政治内涵,使描写自然现象的诗句成为符合自己政治理想的表白。《河岳英灵集》编撰者正好利用了张说地位、身份及其影响力,将《江南春》置于所选作品的时间起点,编撰者的用心应不难理解。

从政治与文学的关系重新审视"海日生残夜,江春入旧年",至少可以提出其与自然现象的关联、与政治现象的关联。张说将此句书之于政事堂,这在唐代历史上都是值得关注的一件事,其深刻含义应予以揭示,无论自然说,或者是政治说,或者是自然和政治混合说,都表达了一位政治家的思考和情怀。因此,所谓"每示能文,令为楷式",不能理解为形式上的字词组合,如果是对写诗者提出的形式要求,王湾"海日生残夜,江春入旧年"以外,应有大量五言对句可供选择以为参考模仿;实际上,这一典型的确立,应从政治诉求来索解,张说是从内容健康向上、讴歌时代风貌方面提出诗歌写作的时代要求,"令为楷式"者其用意正在于此。

甚至可以说,盛唐气象始于张说的倡导。从创作实践看,"海日生残夜,江春入旧年"启发人们去抒写一个新时代,而胡应麟《诗薮》则撷取此联代表盛唐诗歌的风貌[1],可谓气息相通,眼光独到。张说题联、胡应麟选择,其本质是一致的,"海日"联无愧于盛唐时代精神召唤、呈现和概括。

三、李白自述待诏翰林事之心态

关于李白何以入京供奉翰林,其间行为及其后果,以及何以出京等情况还有很多疑点。其实研究李白的翰林生活,最直接的材料都

---

[1]《诗薮》内编卷四,第 59 页。

出于其自述,至少在李白出京后到他临终前曾三次向人介绍过相关
情况,由于时代不同、对象不同、目的不同、场景不同,所叙述内容存
在较大差异,甚至分歧。这三次叙述分别为:天宝十三载(754)魏
颢"江东访白"时,李白对他的谈论;至德二载(757)请宋中丞推荐
的自述;宝应元年(762)十一月李白临终前对李阳冰的口述,分见于
魏颢《李翰林集序》、李白《为宋中丞自荐表》和李阳冰《草堂集序》。
研究这三次李白对待诏翰林情况的不同叙述,有助于人们探讨出京
后李白的思想、生存状态及其由此触及的时代迁变对士人存在方式
的影响。这里只是对这三次李白自述做一些考察、梳理和推断,进一
步论述李白以道教徒或道教徒兼文学的身份供奉翰林的观点①。

（一）天宝十三载魏颢"江东访白"时,对魏颢的谈论

魏颢《李翰林集序》云:"白久居峨眉,与丹丘因持盈法师达,白
亦因之入翰林,名动京师。《大鹏赋》时家藏一本。故宾客贺知章奇
公风骨,呼为谪仙子,由是朝廷作歌数百篇。上皇豫游,召白,白时为
贵门邀饮。比至,半醉,令制出师诏,不草而成。许中书舍人,以张垍
谗逐,游海岱间。年五十余,尚无禄位。"② 其中所言入翰林事当为魏
颢"江东访白"时,听到的李白自述,时间在天宝十三载③。我们可以

---

① 《唐代文学综论》,第123—127页。用"道教徒"而不用"道士"称李白,是
从实际考虑的,也是袭用李长之先生的用法。实质上李白为道教徒也不能以
天宝四年受道箓为界,李白天宝前究道理、炼丹药,齐州高天师授道箓只是给
他一个名分而已。至少开元后期李白与胡紫阳高谈混元,受玉诀金书,就炼丹
了。罗宗强先生认为李白早在少年时期曾行过入道仪式,且一生中不止一次。
参罗宗强:《李白的神仙道教信仰》,见《20世纪李白研究论文精选集》,太白
文艺出版社,2000年,第515—530页。
② 本文所引李白诗文及相关材料均据《李太白全集》。
③ 《唐五代文学编年史(初盛唐卷)》,第892页。

理解为李白在和追慕者魏颢相处的日子里断续向其泄密私情,这是彻底的"真",大致实处存真;但也不排除有狂饮后的大言,就又有了夸大或失实的"假",大致虚处生假。综合考察,魏文中有些内容可能是后来作《李翰林集序》时回忆的错误,如说"白久居峨眉"入京;有些内容是真实的,事隔十余年,李白更加迷恋道教,故不再忌讳入京身份了,直接说出能入京的原因:"与丹丘因持盈法师达,白亦因之入翰林,名动京师。《大鹏赋》时家藏一本。故宾客贺知章奇公风骨,呼为谪仙子,由是朝廷作歌数百篇。"贺知章在紫极宫见李白,呼李白为"谪仙人",见李白《对酒忆贺监序》,文云:"太子宾客贺公,于长安紫极宫一见余,呼余为谪仙人。"李白这两处的自述大致相同。《旧唐书》卷九载,天宝二年"三月壬子……改西京玄元庙为太清宫,东京为太微宫,天下诸郡为紫极宫"①。《封氏闻见记》卷一《道教》云:"玄宗开元二十一年亲注老子《道德经》,令学者习之,二十九年,两京及诸州各置玄元皇帝庙,京师号玄元宫,诸州号紫极宫。寻改西京玄元宫为太清宫。"②贺知章见李白的地方应该是太清宫,而不是紫极宫,因各州玄元皇帝庙皆称为紫极宫,李白一时随俗误称而已。但"朝廷作歌数百篇"一语,可能是夸大之词,既然有数百篇咏"谪仙子"的诗,且是在"朝廷"之上,何以无一首留存,实在使人生疑。"上皇豫游,召白,白时为贵门邀饮。比至,半醉,令制出师诏,不草而成。许中书舍人。"大致是妄语。

其中"贵门邀饮"有些夸大,李白在京所作诗中无此迹象。李白在翰林供奉期间,有何社交活动,并无明确记载。其诗歌中流露的信息表明,他和贵门的接触相当有限。主要人物有:1. 杨山人,《驾去

---

① 《旧唐书》卷九,第 216 页。
② 《封氏闻见记校注》卷一,第 2 页。

温泉宫后赠杨山人》云："少年落魄楚、汉间,风尘萧瑟多苦颜。自言管、葛竟谁许,长吁莫错还闭关。一朝君王垂拂拭,剖心输丹雪胸臆。忽蒙白日回景光,直上青云生羽翼。幸陪鸾辇出鸿都,身骑飞龙天马驹。王公大人借颜色,金章紫绶来相趋。当时结交何纷纷,片言道合惟有君。待吾尽节报明主,然后相携卧白云。"① 2. 故人,《温泉侍从归逢故人》云:"汉帝长杨苑,夸胡羽猎归。子云叨侍从,献赋有光辉。激赏摇天笔,承恩赐御衣。逢君奏明主,他日共翻飞。"② 3. 苏秀才,《金门答苏秀才》云:"君还石门日,朱火始改木。春草如有情,山中尚含绿。折芳愧遥忆,永路当日勖。远见故人心,平生以此足。巨海纳百川,麟阁多才贤。献书入金阙,酌醴奉琼筵。屡忝白云唱,恭闻黄竹篇。恩光照拙薄,云汉希腾迁。铭鼎倘云遂,扁舟方渺然。我留在金门,君去卧丹壑。未果三山期,遥欣一丘乐。玄珠寄象罔,赤水非寥廓。愿狎东海鸥,共营西山药。栖岩君寂灭,处世余龙蠖。良辰不同赏,永日应闲居。鸟吟檐间树,花落窗下书。缘溪见绿筱,隔岫窥红蕖。采薇行笑歌,眷我情何已。月出石镜间,松鸣风琴里。得心自虚妙,外物空颓靡。身世如两忘,从君老烟水。"③ 4. 卢郎中,《朝下过卢郎中叙旧游》云:"君登金华省,我入银台门。幸遇圣明主,俱承云雨恩。复此休浣时,闲为畴昔言。却话山海事,宛然林壑存。明湖思晓月,叠嶂忆清猿。何由返初服,田野醉芳樽。"④ 从"闲为畴昔言"一语看出,李白和卢郎中是老朋友,疑《温泉宫侍从归逢故人》之故人即为"卢郎中",所以和卢郎中的交往是特殊情况。

　　不仅和贵门交游不广,就连和在朝诗人的交往也不见有痕迹。

---

① 《李太白全集》卷九,第 485 页。
② 《李太白全集》卷九,第 486 页。
③ 《李太白全集》卷一九,第 882 页。
④ 《李太白全集》卷二〇,第 931 页。

李白在待诏翰林期间,应与在京任职或过往的诗人有唱和,比如王维、卢象、孙逖等,李白和王维有没有往来,颇多疑问。从王维的奉和应制诗看,他在京城确有大诗人的地位。他们有两点相同,一是诗,二是隐。后者的不同在于王维是佛徒之隐,富贵之隐,他得宋之问蓝田别墅,颇有经营;而李白是道士之隐,山野之隐。

另外,李白和玄宗的关系也值得认真思考。李白诗中屡言"侍从",如《侍从游宿温泉宫作》。就此也不能夸大和玄宗的关系,天子出行规模浩大,李白并非要臣和宠臣,只是以待诏翰林为随行中的一员,虽随行侍从,未必和玄宗有真正的接触。朝中文学近臣还数不到李白,故李白受"令制出师诏",恐有不实。天宝元年王维在左补阙任,有《三月三日曲江侍宴应制》《奉和圣制从蓬莱向兴庆阁道中留春雨中春望之作应制》,同时苗晋卿、李憕有应制和作。七月,裴旻献捷京师,玄宗置酒花萼楼,诏旻舞剑,乔潭作《裴将军剑舞赋》,颜真卿有诗赠旻。十月,孙逖扈从骊山,有《奉和登会昌山应制》。王维有和李林甫诗《和仆射晋公扈从温汤》。贺知章自秘书监迁太子宾客,孙逖行制。天宝二年,李林甫作山水画于中书省壁,孙逖作《奉和李右相中书壁画山水》。李白侍从游温泉宫而无应制诗,更无其他行制之文存世①。

同样,李白缺席送贺知章归四明的君臣唱和,也可窥见李白在供奉翰林期间的文学活动之一斑:

天宝三载正月五日,贺知章因病请度为道士,求归越,玄宗许之,御制诗及序送,又命百官饯送于长乐坡,皇太子以下咸就执别,各有诗作。《旧唐书·玄宗纪下》:天宝三载正月"庚子,遣左右相已下祖

①《唐代文学编年史(初盛唐卷)》,第 757、759、763—764、774 页。

别贺知章于长乐坡,上赋诗赠之"①。《全唐诗》卷三玄宗《送贺知章归四明序》云:"天宝三年,太子宾客贺知章,鉴止足之分,抗归老之疏,解组辞荣,志期入道。朕以其年在迟暮,用循挂冠之事,俾遂赤松之游。正月五日,将归会稽,遂饯东路,乃命六卿庶尹大夫,供帐青门,宠行迈也。……乃赋诗赠行。"②《会稽掇英总集》卷二载李适之、李林甫、褒信郡王璆、席豫、宋鼎、郭虚己、李岩、韦斌、李慎微、韦坚、齐澣、崔璲、梁涉、王浚、王瑀、康瑝、韩宗、郭慎微、于休烈、齐光乂、韦述、韩清、杜昆吾、张绰、陆善经、胡嘉鄢、魏盈、李彦和、张博望、辛替否等应制诗,与玄宗诗同为五言诗。又别载姚鹄、王铎、何千里、严都、严向七言律诗各一首,为晚唐人拟题限韵之作。《李太白全集》卷一七有七律《送贺监归四明应制》,与姚鹄、严都诗同以衣、机、归、微、飞为韵,当亦晚唐人作③。

　　李白出于对贺知章的感激自然十分想参加这次送行活动,但他没有机会,其后李白在昭应县阴盘驿作《送贺宾客归越》诗就是明证。李白并不像人们设想的那样,他不在文学中心。所谓制诏事,包括李白陪玄宗游宴,作《宫中行乐词》和《清平调》等都有待重新考察。而"许中书舍人"的话最多是李白酒醉之时,炫耀给魏颢的张大之词。

　　有关"以张垍谗逐"一事,近来经学者考证,认为与张垍生平历职不符。张垍为张说子,开元中为驸马都尉、卫尉卿,李肇《翰林志》云:"开元二十六年,刘光谨、张垍乃为学士,始别建学士院于翰林院之南。"④韦执谊《翰林院故事》云:"至二十六年,始以翰林供奉改称

<hr />

① 《旧唐书》卷九,第 217 页。
② 《全唐诗》卷三,第 31 页。
③ 《唐五代文学编年史(初盛唐卷)》,第 778—779 页。
④ 傅璇琮、施纯德:《翰学三书》卷一,辽宁教育出版社,2003 年,第 2 页。

学士，由是遂建学士，俾专内命，太常少卿张垍、起居舍人刘光谦等首居之，而集贤所掌于是罢息。"① 李《志》中"刘光谨"当即"刘光谦"之误，有关刘、张二人入院时间有不同理解，但魏《序》明言为"以张垍谗逐"，必亲耳接听于李白自述，其真实性较大。李白叙述中关于事情情节会有所渲染，但其中所言及人名当不会有误。值得提及的是，魏颢拜访李白在天宝十三载，本年张垍受到杨国忠的打击，三月被贬为卢溪郡司马。故李白无所顾忌，直接说出张垍其名。反观李白刚出长安和杜甫相遇时，还是心有余悸的，他并没有提到被谗之事，更不敢提到张垍之名。至魏颢作序时，情形又有了更大发展，张垍兄弟受安禄山伪命，张均做了中书令，张垍做了宰相，后受到严厉惩处。天宝初李林甫专权，"尤忌文学之士"。天宝元年八月他以吏部尚书兼右相加尚书左仆射，而在这一背景下，与其说李白以文学身份入京，还不如说李白以道教徒身份或以道士兼文学身份待诏翰林更合情理。

　　和魏颢面叙的前一年，即天宝十二载春夏间，李白自宋州赴曹南，独孤及作序送之。李白自曹南赴江南，有诗留别。此次李白和独孤及以及其后和曹南群官见面的时间可能较短。李白似乎没有和独孤及谈论很多，独孤及《送李白之曹南序》云："曩子之入秦也，上方览《子虚》之赋，喜相如同时，由是朝诣公车，夕挥宸翰。一旦幦被金马，蓬累而行，出入燕、宋，与白云为伍。"② 李白有《留别曹南群官之江南》云："我昔钓白龙，放龙溪水傍。道成本欲去，挥手凌苍苍。时来不关人，谈笑游轩皇。献纳少成事，归休辞建章。十年罢西笑，揽镜如秋霜。闭剑琉璃匣，炼丹紫翠房。身佩豁落图，腰垂虎鞶

---

① 《翰学三书》卷二，第 15 页。
② 《李太白全集》卷三二，第 1492 页。

囊。仙人借彩凤,志在穷遐荒。"① "凌苍苍"在李白诗中有得道后升天的含义,李白《酬殷明佐见赠五云裘歌》云:"为君持此凌苍苍,上朝三十六玉皇。"② "不关人"者,王琦注"犹云不由人也",李白诗意谓本已修道成功,但"时来不由人",出京后仍重操旧业,"炼丹紫翠房"。独孤及《序》谈到李白入京的原因并无新意,多为俗套和想象之语。和魏《序》相比,李白在留别曹南群官诗中没有说出入京的隐私和细节,但他已不回避以"道成"而入京,出京后仍专心于"炼丹"的事实,独孤及见到的李白是"仙药满囊,道书盈箧"。序和诗不是同时同地而作,其所述为人们对一年后魏颢所作《序》之内容真实性的判断增加了理由和信心。

(二)至德二载请宋中丞推荐的自述

至德二载李白在浔阳狱,得崔涣和宋若思之力,脱因出狱,后遂参谋宋幕,并请求宋若思的推荐。《为宋中丞自荐表》云:"臣伏见前翰林供奉李白,年五十有七。天宝初,五府交辟,不求闻达,亦由子真谷口,名动京师。上皇闻而悦之,召入禁掖。既润色于鸿业,或间草于王言,雍容揄扬,特见褒赏。为贱臣诈诡,遂放归山。"时在至德二载③。因急于功利,这是有选择的叙述,故粉饰之词较多。和魏《序》比较,最大的改动有四处:第一,提到李白入京供奉翰林的原因和魏颢《序》大不一样,魏序云"白久居峨眉,与丹丘因持盈法师达,白亦因之入翰林,名动京师"④,都是"名动京师",但原因不同,《表》中所述"名动京师"的原因是"五府交辟"而又"不求闻达","五府交辟"

---

① 《李太白全集》卷一五,第 708—709 页。
② 《李太白全集》卷八,第 452 页。
③ 《唐代文学编年史(中唐卷)》,第 30 页。
④ 《李太白全集》卷三一,第 1449 页。

正是对应了安史乱起各方招揽人才的大势；其中提到"亦由子真谷口"，由，同"犹"，如同也。《华阳国志》卷一〇下："郑子真，褒中人也。玄静守道，履至德之行。乃其人也，教曰：忠孝爱敬，天下之至行也；神中五征，帝王之要道也。成帝元舅大将军王凤备礼聘之，不应。家谷口，世号谷口子真。"① "玄静守道"也隐含了李白隐居学道的事实；第二，省去贺知章赏识之语；第三，将作《大鹏赋》和醉草制书的细节抽象化了，概括为"既润色于鸿业，或间草于王言，雍容揄扬，特见褒赏"；第四，将指名道姓的对手冤家虚化了，换成"贱臣诈诡"。这些改动隐含如下意思：第一点说明用人标准变了，玄宗崇道，用道教修炼功夫深厚又能故弄玄虚者；而现在国家动乱，正是用贤人君子之时，以收"献可替否，以光朝列，则四海豪俊，引领知归"之效。第二点和第一点有关联，贺知章其人嗜酒好道不适合现在的用人标准，而"谪仙人"的李白在玄宗时有魅力，在现在同样不受欢迎。第三点，魏《序》中的形象描述，难以取信于人，改为抽象概括反而合理。第四点，称玄宗朝有"贱臣诈诡"不影响当今皇上的录用。朝中关系复杂，如指名道姓就有可能牵扯上不知深浅的朝中关系而误了大事。应该说《为宋中丞自荐表》中的言辞颇讲策略，从审慎的态度中可以看出李白是字斟句酌过的。《为宋中丞自荐表》是正式公文，和随兴而谈的魏《序》载录必然有区别。《表》对了解李白待诏翰林事很重要，文本本身传达的信息，包括说出的和未说出的两个方面。说出部分是如何说出的，未说出部分为何不说出，值得深入思考。

（三）宝应元年十一月李白临终前对李阳冰的口述

李阳冰《草堂集序》云："天宝中，皇祖下诏，征就金马，降辇步

---

① （东晋）常璩：《华阳国志校注》卷一〇下，巴蜀书社，1984年，第791页。

迎,如见绮皓。以七宝床赐食,御手调羹以饭之,谓曰：'卿是布衣,名为朕知,非素蓄道义,何以及此。'置于金銮殿,出入翰林中,问以国政,潜草诏诰,人无知者。丑正同列,害能成谤,格言不入,帝用疏之。公及浪迹纵酒,以自昏秽。咏歌之际,屡称东山。又与贺知章、崔宗之等自为八仙之游,谓公谪仙人,朝列赋谪仙之歌凡数百首,多言公之不得意。天子知其不可留,乃赐金归之。"①时在宝应元年(762)十一月乙酉。这是李白临终前口述的人生经历,李《序》云："公遇不弃我,乘扁舟而相顾。临当挂冠,公又疾亟,草稿万卷,手集未修,枕上授简,俾余为序。"②李《序》所述比较严肃,和魏《序》及《为宋中丞自荐表》有些表述不同。其一,写到玄宗初见李白的兴趣,"降辇步迎,如见绮皓",而且"以七宝床赐食,御手调羹以饭之",这就不是迎接一位诗人的态度了,以殊礼相待。绮皓,绮里季,商山四皓之一,汉初隐士。这里用"如见绮皓"取代了魏《序》中"与丹丘因持盈法师达,白亦因之入翰林"。其二,写到玄宗的赞语,称赞李白"素蓄道义",这里的"道义"不是指儒学,也不可能指佛教,应指道教精义以及付诸实践的修道功夫。玄宗先已听到玉真公主的推荐之词,现在又看到面前的李白一副仙风道骨的神采,就如同魏颢见到李白,为其"眸子炯然,哆如饥虎,或时束带,风流酝籍"所折服一样,自然喜形于色。其三,简要叙述李白在京的杰出表现："问以国政,潜草诏诰",正因为和李白的实际情况有些不相符,叙述时就技术性地用了"人无知者"巧妙做了掩饰,禁中之事,谁能作证,玄宗皇帝也已经于宝应元年四月卒。"人无知者"不仅是本序的精彩之笔,也是对李白过去叙述此事的必要交代和完美补充,也有可能是在回应朝野多年来对李

①《李太白全集》卷三一,第 1445—1446 页。

②《李太白全集》卷三一,第 1446 页。

白受命草诏的质疑。《唐会要》卷五七兴元四年："陆贽奏曰：'学士私臣，元（玄）宗初待诏内廷，止于应和诗赋文章而已，诏诰所出本中书舍人之职。'"[1] 学士也不能草制诏诰，何况只是翰林供奉。其四，在受到谗毁到放逐之间加了一节作为过渡，即有了玄宗疏远一事。其中没有说到"张垍"，而是和《为宋中丞自荐表》表述相似，"丑正同列，害能成谤"，且定性有所改变而减轻。因为此处谗毁的结果只是让玄宗"疏之"而已；如直指张垍，其结果应是招致玄宗放逐。其五，保留了魏《序》中贺知章赏赞其为谪仙人和作歌数百篇一节，加了"多言公之不得意"的诗歌内容归纳，为李白体面出京张本。其六，添写了纵酒和酒中八仙之游一事。这是对魏《序》中"白时为贵门邀饮。比至，半醉，令制出师诏"[2] 的更为浪漫传奇的改写。其七，始言"还山"时有玄宗"赐金"的优待，和杜甫"乞归优诏许"相呼应。

总之，天宝十三载（754）魏颢"江东访白"时，李白对魏颢的谈论可信度最高，如果说李白初识杜甫时因刚离京城心存余悸不敢吐露真言，现在事隔十余年，远在江湖之上，和一个追慕者可敞开心扉畅所欲言。第一次道出进京供奉翰林完全是出于玉真公主的推荐，并且是和著名道士元丹丘同时入京[3]。而此后的相关自述中不断有了修饰，服从了"实用"的原则。至德二载（757）请宋中丞推荐的自述最为粉饰，文字推敲痕迹也最重。宝应元年（762）十一月李白临终前对李阳冰的口述，最为详尽，多重细节。"咏歌之际，屡称东

---

① 《唐会要》卷五七，第 979 页。

② 《李太白全集》卷三一，第 1449 页。

③ 关于李白和道教的关系、和元丹丘等"结神仙交"的情况，可参见李长之：《李白求仙学道的生活之轮廓》，收入《想象力的世界——二十世纪"道教与古代文学"论丛》，黑龙江人民出版社，2006 年，第 73—89 页。

山……天子知其不可留,乃赐金归之。"这是"赐金还山"的始出之处。除了以上三次自述外,李白还有两首诗自述在翰林供奉的情形,其一《翰林读书言怀呈集贤诸学士》云:"晨趋紫禁中,夕待金门诏。观书散遗帙,探古穷至妙。片言苟会心,掩卷忽而笑。青蝇易相点,《白雪》难同调。本是疏散人,屡贻褊促诮。云天属清朗,林壑忆游眺。或时清风来,闲倚栏下啸。严光桐庐溪,谢客临海峤。功成谢人间,从此一投钓。"① 其二《东武吟》②云:"好古笑流俗,素闻贤达风。方希佐明主,长揖辞成功。白日在高天,回光烛微躬。恭承凤凰诏,欻起云萝中。清切紫霄迥,优游丹禁通。君王赐颜色,声价凌烟虹。乘舆拥翠盖,扈从金城东。宝马丽绝景,锦衣入新丰。依岩望松雪,对酒鸣丝桐。因学扬子云,献赋甘泉宫。天书美片善,清芬播无穷。归来入咸阳,谈笑皆王公。一朝去金马,飘落成飞蓬。宾客日疏散,玉尊亦已空。才力犹可倚,不惭世上雄。闲作《东武吟》,曲尽情未终。书此谢知己,吾寻黄绮翁。"③ 这两首诗中所反映的李白在翰林的心情尚属正常,前首说到被人指责为"褊促",褊促者,心气不宽、性情急躁也。后首说到出金马门后受人冷落,"一朝去金马""宾客日疏散",也是常见的世态炎凉之意。这两首诗中并未夸大李白"被谤"的因素,和杜甫诗中所表达的意思相近。另外,诗中提到"黄、绮翁"和玄宗一见李白"如见绮皓"也相关联和呼应。

李白当以道士或道士兼文学身份入京待诏翰林,这一观点的提出对李白生平和思想研究有较为重要的意义。李白入翰林,正逢玄

---

① 《李太白全集》卷二四,第1112—1113页。
② 一作《出金门后书怀留别翰林诸公》。
③ 《李太白全集》卷五,第311—312页。

宗大崇道教之时，玄宗并非以文学之士征召李白。唐代帝王崇重道教，而天宝元年前后玄宗特重道教，并采取了一系列具体而有效的措施，提高其地位，始置崇玄学，令生员习四子。在玄宗重道教的背景之下，李白由玉真公主来推荐，无疑李白入京与道教密切相关[①]。李白《送于十八应四子举落第还嵩山》诗云："吾祖吹櫜籥，天人信森罗。归根复太素，群动熙元和。"[②] 显然，李白是认老子为自家祖宗的。因此，玄宗召李白入京在道教统绪上也会得到舆论的支持。道教神仙如此受宠，那么道士可否进入翰林院？傅璇琮先生《玄宗朝翰林学士传·尹愔》做了阐释："《新唐书·百官志》一，只说'乃选文学之士，号翰林供奉'，实际上唐代的翰林供奉，范围是相当广的。司马光《资治通鉴》卷二一七天宝十三载正月有记，谓：'上（指玄宗）即位，始置翰林院，密迩禁廷，延文章之士，下至僧、道、书、画、琴、棋、数术之工皆处之，谓之待诏。'清顾炎武《日知录》卷二四《翰林》条，据两《唐书》，记唐列朝工艺旧画之徒，及僧人、道士、医官、占星等，均入'待诏翰林'之列，而这些人又称之为翰林供奉。尹愔于开元中后期虽为道士，但也入翰林院为供奉，他之编注《五厨经气法》，可能也是受命而作的。《全唐文》卷九二七载丁政观《谢赐天师碑铭状》，中云：'敕内肃明观道士尹愔宣敕，内出御文，赐臣师主。臣跪奉天章，仰瞻宸翰，以惶以喜。'此也正可证尹愔虽为道士，实在宫中任居，即翰林供奉。"[③]

尹愔卒于开元二十八年（740）或稍前，他任翰林学士大约只二年[④]。疑尹愔卒后玄宗拟挑选一人充任尹愔这样的角色，正好有玉真

---

① 《唐代文学综论》，第 123—127 页。
② 《李太白全集》卷一七，第 812 页。
③ 《唐翰林学士传论》下编，第 193 页。
④ 《唐翰林学士传论》下编，第 195 页。

公主的推荐,李白天宝元年入京待诏翰林。事实上李白并未能承担
尹愔在玄宗前的相关责任,更不及尹愔"识洞微妙,心游淡泊,祗服
玄言,宏敷圣教。虽浑齐万物,独谙于清真;而博通九流,兼达于儒
墨" ① 的才能和修养。

　　只要结合时代氛围,可以看出李白在天宝元年以道士或道士兼
文学身份入京待诏翰林真是顺理成章。毫不夸张地说,天宝元年前
后由于玄宗的喜好和纵容,朝廷上下笼罩在浓厚的崇道求仙的气氛
之中,甚至出现荒诞的传奇。《资治通鉴》卷二一四开元二十二年:
"方士张果自言有神仙术,诳人云尧时为侍中,于今数千岁;多往来恒
山中,则天以来,屡征不至。恒州刺史韦济荐之,上遣中书舍人徐峤
赍玺书迎之。庚寅,至东都,肩舆入宫,恩礼甚厚。……张果固请归
恒山,制以为银青光禄大夫,号通玄先生,厚赐而遣之。后卒,好异者
奏以为尸解;上由是颇信神仙。" ② 胡注云:"明皇改集仙为集贤殿,
是其初心不信神仙也,至是则颇信矣,又至晚年则深信矣。" ③ 如果没
有宗教的迷妄,稍有常识者都不会相信张果已活数千岁,并且尸解。
《资治通鉴》卷二一五天宝元年:

　　　　甲寅,陈王府参军田同秀上言:"见玄元皇帝于丹凤门之空
　　中,告以'我藏灵符,在尹喜故宅'。"上遣使于故函谷关尹喜台
　　旁求得之。……壬辰,群臣上表,以"函谷宝符,潜应年号;先天
　　不违,请于尊号加天宝字"。从之……二月,辛卯,上享玄元皇帝
　　于新庙。……改桃林县曰灵宝。田同秀除朝散大夫。时人皆疑

---

① 孙逖:《授尹愔谏议大夫制》,《全唐文》卷三〇八,第3126页。
② 《资治通鉴》卷二一四,第6805—6808页。
③ 《资治通鉴》卷二一四,第6808页。

宝符同秀所为。间一岁,清河人崔以清复言:"见玄元皇帝于天津桥北,云藏符在武城紫微山。"敕使往掘,亦得之。东都留守王倕知其诈,按问,果首服。奏之。上亦不深罪,流之而已。[1]

投机者皆能明白可以借老子和道教升官牟利。明知其奸,而玄宗宁信其有不信其无。在"时人皆疑宝符同秀所为"的大判断下,地方官吏仍在哄骗皇上,以厌玄宗之欲。《资治通鉴》卷二一五天宝二年:"三月,壬子,追尊玄元皇帝父周上御大夫为先天太皇……江、淮南租庸等使韦坚引浐水抵苑东望春楼下为潭,以聚江、淮运船,役夫匠通漕渠,发人丘垄,自江、淮至京城,民间萧然愁怨,二年而成。丙寅,上幸望春楼观新潭。坚以新船数百艘,扁榜郡名,各陈郡中珍货于船背;陕尉崔成甫着锦半臂,铣胯绿衫而袒之,红袙首,居前船唱《得宝歌》,使美妇百人盛饰而和之,连樯数里;坚跪进诸郡轻货,仍上百牙盘食。上置宴,竟日而罢,观者山积。"[2] 所谓《得宝歌》,据胡注:"先是民间唱俚歌曰:'得体纥那邪。'其后得宝符于桃林,成甫乃更《纥体歌》为《得宝弘农野》,歌曰:'得宝弘农野,弘农得宝邪?潭里舟船闹,扬州铜器多。三郎当殿坐,听唱《得宝歌》。'其俚又甚焉。"

时风如此,李白是以真道士,还是沉溺道教的方外隐士,甚或是假道士入京供奉翰林,当年会有人去追问吗? 如以李白两入长安计,李白第一次煞费苦心想入朝,结果无功而返;天宝元年李白得玉真公主推荐能顺利入京待诏翰林:其遇与不遇,真可谓谋事在人,成事在天。

人们总是在回忆中叙述过去,通过回忆的叙述又往往是有目的

①《资治通鉴》卷二一五,第 6852—6853 页。
②《资治通鉴》卷二一五,第 6857—6858 页。

地选择过去而造成回忆缺陷,伯恩海姆云:"回忆录中每多注重于行为之动机,少叙述事实之处,亦有仅限于动机及感想之记述者。此外则回忆录之用意,在证明作者自身之政治活动或其所属党派之政治活动之合理者,亦屡见不鲜。即使无有此项用意参入于其间,但回忆录既由一己的经验出发,其闻见自有限,偏见处自不能免;且夸耀一己之长,忽于自己之短,此亦人之常情,即此一端,已足发生偏见矣。余如不完全或错误之记忆,亦可杂于其中,则尤为极常见之事。"① 从方法论意义上说,我们既是受伯恩海姆观点的启发,也是在印证伯恩海姆的观点。

四、杜甫乾元元年的创作

《早朝大明宫》是乾元元年(758)杜甫在长安左拾遗任上发生的一次重要唱和。地点:朝廷;人物:贾至、王维、岑参、杜甫;政治活动:早朝;文学活动:诗歌唱和;诗题:早朝大明宫。这次唱和的基调受到方回的质疑,为什么离安史之乱发生的 755 年未远,唐朝及帝京长安元气尚未得到恢复,而长安在诗人笔下还出现了如此热烈的盛世颂歌? 如杜甫"五夜漏声催晓箭,九重春色醉仙桃。旌旗日暖龙蛇动,宫殿风微燕雀高",王维以大手笔写下"九天阊阖开宫殿,万国衣冠拜冕旒"。四人所写的京城气象和现实应有相当的距离,诗中呈现的图景应是盛世的记忆和现世景象的叠合。而杜甫《饮中八仙歌》也正是昔日帝京风流的追忆和现实情景的慨叹,与其看作是杜甫困守长安时的诗歌,还不如放在乾元元年更为合理。《早朝大明宫》和《饮中八仙歌》分别代表了杜甫乾元元年公共空间和私人空间的写

---

① 杜维运:《史学方法论》,北京大学出版社,2006 年,第 112 页。

作,尽管杜甫乾元元年在长安只有春夏两季不到六个月时间,但在诗歌创作上却展示出超越现实怀想盛世的浪漫风流。

（一）早朝大明宫:盛世与现时的合奏

能参加早朝是文士的荣耀,早朝的仪式感最为神圣。贾至等人的早朝大明宫诗歌唱和,颇能反映在朝文人对皇权的赞颂。《唐诗纪事》贾至条载:"《早朝大明宫》云:'银烛朝天紫陌长,禁城春色晓苍苍。千条弱柳垂青琐,百啭流莺绕建章。剑佩声随玉墀步,衣冠身惹御炉香。共沐恩波凤池里,终朝默默侍君王。'王维、杜甫、岑参同和。"[1] 诗作于乾元元年(758)春,贾至和王维时为中书舍人,"维集中有《和贾舍人早朝大明宫之作》,贾舍人即贾至,时为中书舍人,尝赋《早朝大明宫呈两省僚友》,维此诗即其和章。又,岑参有《奉和中书贾至舍人早朝大明宫》,杜甫有《奉和贾至舍人早朝大明宫》,皆同和之作。……考当时同赋者除维之外,尚有岑、杜,二人是时各官补阙、拾遗,则为中书舍人者,自然非王维莫属了。维和诗曰:'朝罢须裁五色诏,佩声归向凤池头。''朝罢'句亦指为君王草诏,由此益可证维是时当官中书舍人,不当为给事中。又参和诗曰:'鸡鸣紫陌曙光寒,莺啭皇州春色阑。'知诗当作于本年春末,维迁中书舍人,即在是时。"[2] 杜甫时为左拾遗,岑参为右补阙。

王维《和贾舍人早朝大明宫之作》:"绛帻鸡人送晓筹,尚衣方进翠云裘。九天阊阖开宫殿,万国衣冠拜冕旒。日色才临仙掌动,香烟欲傍衮龙浮。朝罢须裁五色诏,佩声归向凤池头。"[3] 岑参《奉和中书贾至舍人早朝大明宫》:"鸡鸣紫陌曙光寒,莺啭皇州春色阑。金阙

---

① 《唐诗纪事校笺》卷二二,第 706 页。

② 《王维集校注》附录五,第 1367—1368 页。

③ 《王维集校注》卷六,第 488 页。

晓钟开万户,玉阶仙仗拥千官。花迎剑佩星初落,柳拂旌旗露未干。独有凤凰池上客,《阳春》一曲和皆难。"① 杜甫《奉和贾至舍人早朝大明宫》:"五夜漏声催晓箭,九重春色醉仙桃。旌旗日暖龙蛇动,宫殿风微燕雀高。朝罢香烟携满袖,诗成珠玉在挥毫。欲知世掌丝纶美,池上于今有凤毛。"《杜诗详注》引朱注云:"春色之称,桃红如醉,以在禁中,故曰仙桃,非用王母事也。"顾注云:"贾诗言凤池,公即用凤毛,贴贾氏父子,不可移赠他人,结语独胜。"仇注评云:"此诗比诸公所作,格法尤为谨严。""前人评此诗,谓其起语高华,三壮丽,四悠扬,无可议矣。颇嫌五六气弱而语俗,得结尾振救,便觉全体生动也。"②

仇注引诸家评论,其中朱瀚、黄生之评对四人有轩轾之意:

　　朱瀚曰:作诗须知宾主,前半撮略宾意,后半重发主意,始见精神。王岑宾太详,主太略,岑掉尾犹有力,王则迂缓不振矣,必如此诗,方见格律。

　　黄生曰:王元美嫌此诗后半意竭,不知自作诗与和人诗,体固不同。唐贤和诗,必见出和意。王岑二首,结并归美于贾,少陵后半特全注之,此正公律格深老处,可反以此为病哉。且王结美掌纶,岑结美倡咏,惟杜兼及之,又显其世职,写意周到,更非二子所及。又曰:合观四作,贾首倡,殊平平,三和俱有夺席之意。就三诗论之,杜老气无前,王岑秀色可揽,一则三春秾李,一则千尺乔松,结语用事,天然凑泊,故当推为擅场。③

---

① (唐)岑参撰,廖立笺注:《岑嘉州诗笺注》卷五,中华书局,2004年,第711页。
②《杜诗详注》卷五,第427—429页。
③《杜诗详注》卷五,第428—429页。

集体唱和，自身就含有竞争，并有了高低之分。谁高谁低，判断未必一致。四首七律早朝诗，无山林气，雍容壮观，格局整肃，正如杨仲弘所云："荣遇诗，如贾至诸公《早朝》篇，气格雄深，句意严整，宫商迭奏，音韵铿锵，真麟游灵囿，凤鸣朝阳也，熟之可洗寒俭。"① 胡苕溪《丛话》云："老杜《和早朝大明宫》诗，贾至为唱首，王维、岑参皆有和，四诗皆佳绝。今苏台、闽中《杜工部集》皆不附此三诗。惟钱塘旧本有之，今附于左。"②

如将四诗比较，各有优胜处，微有不同，这就可能有了高低之分。

谢榛《诗家直说》载："予客都门，雪夜同张茂参、刘成卿二计部酌酒谈诗。茂参曰：'贾舍人《早朝大明宫》诗及诸公和者，可能定其次第否？'予曰：'有美玉罗于前，其色赤黄白黑，烂然相辉，色虽异而温润则同，予非玉工，焉能品其次第哉。成卿世之宗匠，盍先定之？'成卿曰：'予僭评之，何异蠡测海尔。杜其一也，王其二也，岑其三也，贾其四也。'予曰：'子所论讵敢相反。颠之倒之，则伯仲叔季定矣。贾则气浑调古；岑则词丽格雄；王、杜二作，各有短长，其次第犹是一辈行。或有拟之者，难与为伦。'茂参曰：'使诸公有知，许谁为同调邪？'"③ 这一段评论富有现场感、立体感。刘成卿所评为"杜其一也，王其二也，岑其三也，贾其四也"，而谢榛则反之。

胡震亨称誉王维为第一，胡应麟则推重岑参精工。《唐音癸签》云："《早朝》四诗，名手汇此一题，觉右丞擅场，嘉州称亚，独老杜为滞钝无色。富贵题出语自关福相，于此可占诸人终身穷达，又不当以诗论者。胡元端云：岑作精工整密，字字天成。景联绚烂鲜明，蚤朝

---

① 《杜诗详注》卷五，第 431 页。
② 《诗林广记》前集卷二，第 16 页。
③ （明）谢榛著，朱其铠、王恒展、王少华点校：《谢榛全集》卷二三《诗家直说七十五条》，齐鲁书社，2000 年，第 767—768 页。

意宛然在目;独颔联虽绝壮丽,而气势迫促,遂致全篇音韵微乖。王起语意偏,不若岑之大体;结语思窘,不若岑之自然;景联甚活,终未若岑之骈切;独颔联高华博大,而冠冕和平,前后映带宽舒,遂令全首改色,称最当时。但服色太多,为病不小。而岑之重两春字,及曙光、晓钟之再见,不无微纇。信七律全璧之难。"① 持岑参第一的还有陆时雍、周容:"唐人早朝,惟岑参一首,最为正当,亦语语悉称,但格力稍平耳。老杜诗失'早'字意,只得起语见之;龙蛇燕雀,亦嫌矜拟太过。"② "《早朝》四诗,贾舍人自是率尔之作,故起结圆亮而次联强凑,少陵殊亦见窘。世皆谓王、岑二诗,宫商齐响。然唐人最重收韵,岑较王结更觉自然满畅。且岑是句句和早朝,王、杜未免扯及未朝、罢朝时矣。"③ 也有推首唱贾至第一的,"早朝倡和,舍人作沉婉秾丽,气象冲逸,自应推首;'衣冠身'三字微拙。右丞典重可讽,而冕服为病,结又失严。嘉州句语停匀华净,而体稍轻飏,又结句承上,神脉似断。工部音节过厉,'仙桃''珠玉'近俚,结使事亦粘带,自下骊耳。四诗互有轩轾,予必贾、王、岑、杜为次也"④。

其实,"四诗皆佳绝",为朝廷唱和诗典范。如以句摘批评,可试为一说。由于贾至首唱用了数字联"千条弱柳垂青琐,百啭流莺绕建章",其他三首都用了数字联,岑参"金阙晓钟开万户,玉阶仙仗拥千官",王维"九天阊阖开宫殿,万国衣冠拜冕旒",杜甫"五夜漏声催晓箭,九重春色醉仙桃",除杜甫数字联句放在首联外,其余二位都依贾至首唱格式,置于颔联。王维《终南山》等诗能写壮景,不能以淡雅目之,贺贻孙《诗筏》指出右丞诗中雄伟之句:"王右丞诗境虽极幽

①《唐音癸签》卷一〇,第95页。
②(明)陆时雍:《诗镜总论》,《唐诗论评类编(增订本)》上,第638页。
③(清)周容:《春酒堂诗话》,《唐诗论评类编(增订本)》上,第638页。
④(清)毛先舒:《诗辩坻》卷三,《唐诗论评类编(增订本)》上,第638页。

静,而气象每自雄伟。如'草枯鹰眼疾,雪尽马蹄轻','苜蓿随天马,葡萄逐汉臣','日落江湖白,潮来天地青','暮云空碛时驱马,秋日平原好射雕','云里帝城双凤阙,雨中春树万人家','归鞍竟带青丝笼,中使频倾赤玉盘'等语,其气象似在'九天阊阖开宫殿,万国衣冠拜冕旒'之上。如但以气象语求之,便失右丞远矣。"[1]贺贻孙认为王维许多称为雄伟的诗句其气象都在"九天阊阖"联之上,这正说明"九天阊阖"一联是在雄伟气象之列。但贺氏认为王维诗以"幽静"为胜,故不要以雄伟气象类去探求其诗。贺氏认为王维"九天阊阖"联不是最具雄伟气象的诗句,也是见仁见智而已,但"如但以气象语求之,便失右丞远矣"的看法也未必正确,王维诗中确有"幽静"外之"雄伟"一路,这正好说明王维是多面手,才华卓绝,在评论王维诗时,也应该重视。再说,面对"明月松间照,清泉石上流"和"日落江湖白,潮来天地青",只能从风格不同的角度评价,而不能强分高低。王维《和贾舍人早朝大明宫之作》"九天阊阖开宫殿,万国衣冠拜冕旒",其数字联最为今人称道。概括力强,有气势,有威力。王闿运云:"'九天阊阖开宫殿,万国衣冠拜冕旒。'大语不廓落。"[2]大语而不廓落,是说虽然是大话但不空泛。在四人唱和的数字联中,王维最有高度和广度,"九天阊阖开宫殿"写出帝王的尊严,"万国衣冠拜冕旒"写出唐帝国的声威。可见王维善写大景,精于提炼。但应注意到,这样的情景在开元、天宝年间属于平常,而在乾元元年就夸大了。以后,大历诗人唱和中出现《忆长安》,樊珣《忆长安》云:"忆长安,十月时,华清士马相驰。万国来朝汉阙,五陵共腊秦祠。昼夜歌钟不

---

① 张进、侯雅文、董就雄编:《王维资料汇编》卷六,中华书局,2014年,第885页。
② (清)王闿运撰:《湘绮楼说诗》卷一,马积高主编:《湘绮楼诗文集》,岳麓书社,2008年,第121页。

歇,山河四塞京师。"① "万国来朝汉阙"是忆长安,而王维"万国衣冠拜冕旒"何尝不是忆长安。

因此,乾元元年《早朝大明宫》四人唱和,无疑是昨日长安与今日长安的合奏。

此组唱和诗的写作(758)离安史之乱发生(755)未远,安史之乱前后长安城应有变化,但在诗中没有留下痕迹,而评论者亦少有涉及于此。元方回《瀛奎律髓》卷二岑参"鸡鸣紫陌"云:"四人早朝之作,俱伟丽可喜,不但东坡所赏子美'龙蛇''燕雀'一联也。然京师喋血之后,疮痍未复,四人尽夸美朝仪,不已泰乎?"②

方回目光敏锐,提出四人唱和诗与安史之乱的联系。因为乾元元年去安史之乱未远,为何在诗中没有痕迹?方回的意思很明白,四人诗作伟丽,夸美朝仪,但京师长安在乱后遭受过破坏应未修复,为何四人而无一点涉及,未免过分了吧?这里从客观和主观两个角度来回答方回之问。

一是客观情况,安史之乱中长安未受大的破坏。据《资治通鉴》载,玄宗离开长安时,"门既启,则宫人乱出,中外扰攘,不知上所之。于是王公、士民四出逃窜,山谷细民争入宫禁及王公第舍,盗取金宝,或乘驴上殿。又焚左藏大盈库。崔光远、边令诚帅人救火,又募人摄府、县官分守之,杀十余人,乃稍定"③。而安禄山无意西进长安,留在洛阳,进入长安的安禄山部下,以纵酒声色为事。"安禄山不意上遽西幸,遣使止崔干佑兵留潼关,凡十日,乃遣孙孝哲将兵入长安……然贼将皆粗猛无远略,既克长安,以为得志,日夜纵酒,专以声色宝贿

---

① 《唐诗纪事校笺》卷四七,第 1601 页。
② 《瀛奎律髓汇评》卷二,第 61 页。
③ 《资治通鉴》卷二一八,第 6971—6972 页。

为事,无复西出之意。"① 乱中细民乃焚大盈库,而乱军则焚太庙,"太庙为贼所焚,上素服向庙哭三日"②。

安史乱起到至德二年(757)才收复长安。长安城虽遭抢掠,但其基本建筑应未遭大的破坏,这和洛阳很不一样。洛阳遭受了严重破坏,《旧唐书·吐蕃传》载:"而安禄山已窃据洛阳,以河、陇兵募令哥舒翰为将,屯潼关……曩时军营边州无备预矣。乾元之后,吐蕃乘我间隙,日蹙边城,或为虏掠伤杀,或转死沟壑。数年之后,凤翔之西,邠州之北,尽蕃戎之境,湮没者数十州。"③《旧唐书》郭子仪论奏云:"夫以东周之地,久陷贼中,宫室焚烧,十不存一。百曹荒废,曾无尺椽,中间畿内,不满千户。井邑榛棘,豺狼所嗥,既乏军储,又鲜人力。"④ 刘晏《遗元载书》云:"所可疑者,函、陕凋残,东周尤甚。过宜阳、熊耳,至武牢、成皋,五百里中,编户千余而已。居无尺椽,人无烟爨,萧条凄惨,兽游鬼哭。"⑤ 洛阳在安史乱中和乱后,受到破坏,其状况正如郭子仪、刘晏所言。长安城被严重破坏则在广德元年(763)吐蕃入长安之时,也就是贾至等四人《早朝大明宫》写作之后。"戊寅,吐蕃入长安……吐蕃剽掠府库市里,焚闾舍,长安中萧然一空。"⑥ 除抢掠府库市里,还焚烧闾舍。

从颂扬京师的角度看,四诗写出京师长安建筑雄伟、风景祥和、人物雍容,应与实际相去不远。这四位诗人在安史乱前,都有长安生活经历,甚至有较长的时间,因此,可以说,诗中所写必定融入了盛世

---

① 《资治通鉴》卷二一八,第6979—6980页。
② 《资治通鉴》卷二二〇,第7042页。
③ 《旧唐书》卷一九六上,第5236页。
④ 《旧唐书》卷一二〇,第3457页。
⑤ 《旧唐书》卷一二三,第3513页。
⑥ 《资治通鉴》卷二二三,第7151—7152页。

图景,诗中景象叠合着过去的记忆和现在的感触。后世读这一组诗,感受到的是盛世风采,甚至在描绘盛唐之音时也会引用其中的诗句如"金阙晓钟开万户,玉阶仙仗拥千官"等以为例证。于此当慎重。

二是主观方面,方回之问对四人的唱和内容是有微词的。而四人唱和中没有一首触及刚刚发生的安史之乱及其给城市和文人心理造成的影响,这就是作者主观上的选择所致。

诗歌无警省与批判精神,甚至连"劝百讽一"之"讽"都不见踪影。而且杜甫和岑参其时都是谏官,分别为左拾遗、右补阙。"左补阙二员,从七品上。左拾遗二员。从八品上。古无此官名。天后垂拱元年二月二十九日敕:'记言书事,每切于旁求;补阙拾遗,未弘于注选。瞻言共理,必藉众才,寄以登贤,期之进善。宜置左右补阙各二员,从七品上,左右拾遗各二员,从八品上,掌供奉讽谏,行立次左右史之下。仍附于令。'天授二年二月,加置三员,通前五员。大历四年,补阙拾遗,各置内供奉两员。七年五月十一日敕,补阙拾遗,宜各置两员也。补阙、拾遗之职,掌供奉讽谏,扈从乘舆。凡发令举事,有不便于时,不合于道,大则廷议,小则上封。若贤良之遗滞于下,忠孝之不闻于上,则条其事状而荐言之。"① 补阙、拾遗设置的初衷就是"掌供奉讽谏",其地位重要,可随侍皇帝,直接陈言,以为讽谏,"凡发令举事,有不便于时,不合于道,大则廷议,小则上封"。换句话说,补阙、拾遗的职责就是专门寻找、研究朝廷决策和工作中的不足或缺点,并提供给朝廷参考,以减少失误的。

安史乱后,国家元气大伤,长安城阙依旧,但已失去往日的辉煌。政治运作难免艰窘,经不起风吹雨打,危机潜伏,随时都可能爆发。事实也是如此,乾元元年(758)唱和后的广德元年(763)吐蕃入长

---

① 《旧唐书》卷四三,第 1845 页。

安之时,致使"长安中萧然一空"。

至德二年(757)九月唐军收复长安,而乾元元年六月前贾至等四人《早朝大明宫》唱和距之不到一年时间。具体到个人,如杜甫至德二年十一月才到长安,他对苦难现实的反映,此前此后都在诗中有所呈现。刚过去的残酷现实,在四人唱和诗中失语了,而且如此干净。长安沦陷亦如昨日,诗中却不存任何痕迹,战乱的创伤如此被遗忘,实在令人费解。

还有一个原因,属于个人因素。王维被授伪职而得到肃宗的特赦,而杜甫则是在长安任左拾遗,上朝当值,一展平生抱负。他们在《早朝大明宫》中的歌颂实是发自内心的感恩。《旧唐书·王维传》载:"禄山陷两都,玄宗出幸,维扈从不及,为贼所得。维服药取痢,伪称喑病。禄山素怜之,遣人迎置洛阳,拘于普施寺,迫以伪署。禄山宴其徒于凝碧宫,其乐工皆梨园弟子、教坊工人。维闻之悲恻,潜为诗曰:'万户伤心生野烟,百官何日再朝天?秋槐花落空宫里,凝碧池头奏管弦。'贼平,陷贼官三等定罪。维以凝碧诗闻于行在,肃宗嘉之,会缙请削己刑部侍郎以赎兄罪,特宥之,责授太子中允。乾元中,迁太子中庶子、中书舍人,复拜给事中,转尚书右丞。"[1]王维受伪职而被用,心存感激,诗即写于任中书舍人时。杜甫在长安任左拾遗,算是一生中最好的时光,尽管有伤嗟之作,大多是因穷困和伤于白发。他在《端午日赐衣》诗中表达的情感是真实的:"宫衣亦有名,端午被恩荣。细葛含风软,香罗叠雪轻。自天题处湿,当暑著来清。意内称长短,终身荷圣情。"[2]此前和此后杜甫已少有这样的状态了。

---

①《旧唐书》卷一九〇下,第5052页。
②《杜诗详注》卷六,第478—479页。

从岑参和杜甫的诗歌赠答中也可见一班人之一时心态。杜甫《奉答岑参补阙见赠》:"窈窕清禁闼,罢朝归不同。君随丞相去,我往日华东。冉冉柳枝碧,娟娟花蕊红。故人得佳句,独赠白头翁。"①《杜诗详注》附岑参诗。岑参《寄左省杜拾遗》:"联步趋丹陛,分曹限紫微。晓随天仗入,暮惹御香归。白发悲花落,青云羡鸟飞。圣朝无阙事,自觉谏书稀。"② 二人皆有"白头""白发"之叹。

(二)饮中八仙:帝京风流的记忆

基于对《早朝大明宫》唱和诗的认识,亦当重新审视和认识杜甫《饮中八仙歌》。至德二年(757)九月,长安收复。十一月杜甫回到长安,仍任左拾遗,乾元元年(758)六月被贬为华州司功参军。其时杜甫心情与以往不同,于国长安失而复得;于己在长安做左拾遗,此前至德二年五月,是在凤翔被授予左拾遗的。动乱之后的暂时平静,以致使当局者误判了形势,过分乐观,岑参甚至说"圣朝无阙事,自觉谏书稀"。这段时间,他们工作努力,报答皇恩,杜甫《春宿左省》云"明朝有封事,数问夜如何"③。他们除了处理日常公务和参加上朝当值外,私人生活亦相当随兴,只是感叹白发增多,兴致未尽。忧伤来自"白头"感叹,杜甫云"自知白发非春事,且尽芳樽恋物华"④。

公元757、758年间,杜甫遇到毕曜这一邻里,私人生活更为愉悦。杜甫《偪侧行赠毕四曜》:"况我与子非壮年。街头酒价常苦贵,方外酒徒稀醉眠。速宜相就饮一斗,恰有三百青铜钱。"鹤注:"此当是乾元元年春在谏院作,故诗中有朝天语。因章首偪侧二字以为题,

---

① 《杜诗详注》卷六,第452—453页。
② 《杜诗详注》卷六,第453页。
③ 《杜诗详注》卷六,第438页。
④ 《杜诗详注》卷六,第445—446页。

非以偪侧贯全诗也。"① 杜甫与毕曜同居一巷，一在巷南，一在巷北，邻里之间。杜甫《偪侧行赠毕四曜》云："偪侧何偪侧，我居巷南子巷北。可怜邻里间，十日不一见颜色。"② 和邻里毕曜相交，其中一乐便是饮酒。

《饮中八仙歌》："黄鹤注：蔡兴宗《年谱》云天宝五载，而梁权道编在天宝十三载。按史：汝阳王天宝九载已薨，贺知章天宝三载、李适之天宝五载、苏晋开元二十二年，并已殁。此诗当是天宝间追忆旧事而赋之，未详何年。钱笺：《新书》云：白与贺知章、李适之、汝阳王琎、崔宗之、苏晋、张旭、焦遂，为酒中八仙人，此因杜诗附会耳。且既云天宝初供奉，又云与苏晋同游，何自相矛盾也。蔡梦弼曰：按范传正《李白新墓碑》：在长安时，时人以公及贺监、汝阳王、崔宗之、裴周南等八人为酒中八仙。公此篇无裴，岂范别有稽耶？"③ 可见诗歌创作时间为天宝五载、天宝十三载之说，都没有依据。

杜甫写这首诗是有激情的，也可以看出杜甫一时的狂放心态。乾元元年春杜甫写作《饮中八仙歌》最为可能。杜甫上朝、办公勤勉认真，但私下却饮酒狂纵。《曲江二首》："朝回日日典春衣，每日江头尽醉归。酒债寻常行处有，人生七十古来稀。"《杜诗解》云："承前一首，遂力疾行乐也。八句，通首是痛饮诗，却劈头强安'朝回'二字，妙。便是'浮名绊身'四字，一气说下语；而后首'懒朝'二字，亦全伏于此矣。'酒债'说是'寻常'，妙甚。须知穷人酒债，最不寻常。一日醉，一日债；一日无债，一日不醉。然则'日日典春衣'，一年那有三百六十春衣？　'每日尽醉归'，三百六十日又那可一日不醉

---

① 《杜诗详注》卷六，第 466—468 页。
② 《杜诗详注》卷六，第 466 页。
③ 《杜诗详注》卷二，第 81 页。

而归？如是而又毕竟以酒债为'寻常'者。细思人望七十大不寻常，然则酒债乃真是寻常，真惊心骇魄之论也！'日日''每日'，接口成文。"① 他常去曲江饮酒，故云"每日江头尽醉归"。又《曲江对酒》云："纵饮久判人共弃，懒朝真与世相违。"《杜诗详注》引《方言》云：楚人凡挥弃物谓之判 ②。仇注以为此处"判"是用楚方言，似有可议。楚方言"判"似与"人共弃"之"弃"同义。如"判"以"判定"解，也可通，即放肆饮酒早为人认定是可恶之事，而被人嫌弃的。无论哪一种解释，都说明杜甫对纵酒、醉归有所反思，放纵饮酒其害在于二，一是经济上不允许，如此典衣以偿酒债，虽说"寻常行处有"，事实上是不能持久的。他对邻里毕曜说过："街头酒价常苦贵。"二是身体健康不允许，难道真是"人生七十古来稀"，就惜时而去狂饮？同样他有时是控制不住饮酒欲望的，他也对毕曜说过"况我与子非壮年"，但还是要"速宜相就饮一斗，恰有三百青铜钱"。

"纵酒久判人共弃"，夫子自嘲如此。那位邻里毕曜也应是一位酒徒，所以二人如此"偪侧"，偪侧，仇注谓"所居密迩"，偪侧，一作偪仄，亦有"聚会之意"，张衡《西京赋》云"骈田偪仄"，薛综注云："骈田偪仄，聚会之意。"③ 往来如此频繁，以至于杜甫感叹"可怜邻里间，十日不一见颜色"，杜、毕二人十天不见，杜甫就十分思念，觉得太久了。

好不容易在动乱中安定下来，又在长安为官，早朝当值，尽管有许多不如人意之处，但客观说，这是杜甫一生中最优游的光阴，可惜

---

① （清）金圣叹著，陆林辑校整理：《唱经堂杜诗解》卷二《曲江二首》，凤凰出版社，2016 年，第 676 页。

② 《杜诗详注》卷六，第 449—450 页。

③ 高步瀛著，曹道衡、沈玉成点校：《文选李注义疏》卷二，中华书局，1985 年，第 387 页。

时间太短了。杜甫倍感珍惜。这一时期，每个人心里都有一情结，就是对逝去盛世的向往。正如在《早朝大明宫》中以现实和过去的交织来表达对盛世的怀念和对未来的期待，在饮酒的私事上，也有对逝去岁月的此地异时玩赏。在"速宜相就饮一斗"中，在"每日江头尽醉归"中，在"且尽芳樽恋物华"中，不免对此地异时发生的人和事产生丰富的联想。一次次推杯换盏，一次次搀扶醉归，那些开元、天宝间的饮宴风流，那些长安酒仙往事，都在他们之间一遍一遍地重复叙述，令人神往而叹息再三。而这些正促成了杜甫《饮中八仙歌》的诞生。每一个人，每一个故事，并非一天咏唱而成，缺少长安这一生活空间写不成《饮中八仙歌》，缺少心境狂放也写不了《饮中八仙歌》，缺少尽日醉的生存体验也写不了《饮中八仙歌》。《饮中八仙歌》深刻而灵动、简洁而饱满。每个酒仙的时代气息，在与共饮者的对话之间，在酒仙们曾经的痛饮之地，前辈们的风度面貌，一次次被强化，一次一次被提炼，在特定的时间、特定的空间、特定的模仿中完成了传世经典之作。

据岑参说"圣朝无阙事，自觉谏书稀"，杜甫和岑参工作性质相同。如此，杜甫会有充裕时间来完成《饮中八仙歌》。

饮中八仙之名及八仙具体所指有不同看法。钱大昕说："范传正撰《李太白墓碑》云：'时人以公及贺监、汝阳王、崔宗之、裴周南等八人为酒中八仙。'按子美《饮中八仙歌》无周南名，盖传闻异词。《唐书·李白传》载'酒八仙人'姓名，与杜诗同。"① 俞樾说："裴周南为饮中八仙之一，国朝钱大昕《养新录》云：范传正撰《李太白墓碑》云：'时人以公及贺监、汝阳王、崔宗之、裴周南等八人为酒中八

---

① （清）钱大昕著，陈文和主编：《十驾斋养新录》附《余录》卷一六《饮中八仙》，凤凰出版社，2016 年，第 428—429 页。

仙。'子美《饮中八仙歌》无周南名,盖传闻异词。按范碑止五人,余
三人不知尚有异同否?"① 如果杜甫诗即以"饮中八仙"名,则后来
范传正提到"酒中八仙"当牵附杜诗,而杜诗中应初有裴周南之名,
后以他人取而代之。所谓饮中八仙,实因杜诗而存,非谓杜诗写作时
已有"酒中八仙"传世。故杜诗后以他人入诗,而删裴周南之名,与
后世以"酒中八仙"命名无关。可见,范传正谓时人所传八仙有裴周
南,只是一种版本而已。裴周南,"思顺讽群胡割耳剺面请留,监察
御史裴周南奏之,制复留思顺"②,当即其人。此事发生在天宝十载
(751),"安西节度使高仙芝入朝,献所擒突骑施可汗、吐蕃酋长、石国
王、碣师王。加仙芝开府仪同三司。寻以仙芝为河西节度使,代安思
顺;思顺讽群胡割耳剺面请留己,制复留思顺于河西"③。

　　关于《饮中八仙歌》的艺术成就,颇多赞词,这里仅引《杜诗详
注》评论以为参考:

　　一贺知章。"知章骑马似乘船,眼花落井水底眠。"仇注:"此极
摹贺公狂态。骑马若船,言醉中自得。眼花落井,言醉后忘躯。吴人
善乘舟,故以比乘马。"

　　二汝阳王李琎。"汝阳三斗始朝天,道逢曲车口流涎,恨不移封
向酒泉。"仇注:"三斗朝天,醉后入朝也。见曲流涎、欲向酒泉,甚言
汝阳之好酒。"

　　三李适之。"左相日兴费万钱,饮如长鲸吸百川,衔杯乐圣称避
贤。"仇注:"费万钱,言其豪侈。吸百川,状其纵饮。乐圣避贤,即述
适之诗中语。"

---

① (清)俞樾撰,卓凡、顾馨、徐敏霞点校:《茶香室续钞》卷三,中华书局,1995
　　年,第560页。
② 《旧唐书》卷一○四,第3206页。
③ 《资治通鉴》卷二一六,第6904页。

四崔宗之。"宗之萧洒美少年,举觞白眼望青天,皎如玉树临风前。"仇注:"宗之萧洒,丰姿超逸。白眼望天,席前傲岸之状。玉树临风,醉后摇曳之态。"

五苏晋。"苏晋长斋绣佛前,醉中往往爱逃禅。"仇注:"持斋而仍好饮,晋非真禅,直逃禅耳。逃禅,犹云逃墨、逃杨,是逃而出,非逃而入。《杜臆》云:'醉酒而悖其教,故曰逃禅。后人以学佛者为逃禅,误矣。'"

六李白。"李白一斗诗百篇,长安市上酒家眠。天子呼来不上船,自称臣是酒中仙。"仇注:"斗酒百篇,言白之兴豪而才敏。吴论:当时沉香亭之召,正眠酒家,白莲池之召,扶以登舟,此两述其事。酒中仙,兼述其语。"

七张旭。"张旭三杯草圣传,脱帽露顶王公前,挥毫落纸如云烟。"仇注:"旭书为人传颂,故以草圣比之。脱帽露顶,醉时豪放之状。落纸云烟,得意疾书之兴。"

八焦遂。"焦遂五斗方卓然,高谈雄辩惊四筵。"仇注:"谈论惊筵,得于醉后,见遂之卓然特异,非沉湎于醉乡者。"

仇注总评云:"此诗参差多寡,句数不齐,但首尾中腰,各用两句,前后或三或四,间错成文,极变化而仍有条理。"①

《杜甫:一个被边缘化的当代诗人——从〈河岳英灵集〉失收杜诗说起》一文曾评论过作者与八仙的关系:"以前人解此诗,因诗题有'饮中八仙'字,而以'酒'解之。程千帆先生《一个醒的和八个醉的》文,区分了作者和所描写对象在存在状态上的差异,这启发我们在另一角度去区分作者和饮中八仙的差异,即其所处地位不同,《饮中八仙》是高贵者,或出身名门,或地位尊贵,或擅长一技,或以貌压

---

① 《杜诗详注》卷二,第81—85页。

众。而作者地位低下,他以欣赏的态度描写高贵者的神采,以仰慕的态度赞美成功者的风姿。饮中八仙各以其特有的风貌名震京师,可谓是'京城八杰',各显神通。他们都是长安的名人,是名人的代表。杜甫只是借酒为线索,写出对名人的崇拜。全诗的视角是仰视,不是平视,更不是俯视。也可以说这首诗表达了杜甫自己的悲观情绪和失落感。"① 这一说法可以补充修改,其一,作年并非是传统所言为杜甫困守长安十年中的天宝五、六载,也不是天宝十三载,而是乾元元年春天。

其二,作者与八仙的关系不是平视,而是仰视与崇拜,但这都还是和酒有关系。杜甫自叹没有八仙身处盛世的风流倜傥,也没有八仙在饮酒中的放荡无碍。更羡慕八仙豪饮而不必典衣偿债,有邻里毕曜过从对饮还算差强人意。另有《曲江陪郑八丈南史饮》,诗云:"自知白发非春事,且尽芳樽恋物华。"② 又借机表达了自己对饮酒的芳樽之恋。《饮中八仙歌》与其说是"一个醒的和八个醉的",不如说是"一个醉的"怀想"八个醉的"。

其三,杜甫此时已不是一位被边缘化的诗人了,他与中书舍人贾至、王维,补阙岑参同朝唱和。不过,杜甫和岑参此时有诗歌往还,但只言诗,不言酒,《奉答岑参补阙见赠》云"故人得佳句,独赠白头翁"③。岑参诗也只谈工作,不谈饮酒,《寄左省杜拾遗》云"晓随天仗入,暮惹御香归"④。同朝唱和的王维、贾至、岑参都是工作上的同僚,创作上的诗友,还真不是酒友,《早朝大明宫》唱和,固然有咏唱对象

---

① 戴伟华:《杜甫:一个被边缘化的当代诗人——从〈河岳英灵集〉失收杜诗说起》,《文艺争鸣》2013 年第 8 期。

② 《杜诗详注》卷六,第 445—446 页。

③ 《杜诗详注》卷六,第 453 页。

④ 《杜诗详注》卷六,第 453 页。

性质的关系,但诗中是"滴酒不沾"。这也可能是杜甫感到寂寞的地方,而去怀想曾叱咤风云的长安饮中八仙。也正在长安任职,可是无酒中知己。在杜甫即将离开长安时,仍然保持着对酒的豪情,其《酬孟云卿》诗,《杜诗详注》引鹤注云"当是乾元元年六月出为华州司功将行时作"。诗云"但恐天河落,宁辞酒盏空"①。真有豪情,可惜不能与昔时长安酒中八仙并列为饮中九仙。从酒的角度审视,不足一年的长安左拾遗任职期间,是杜甫最狂放的时段。以后杜甫写《闻官军收河南河北》:"却看妻子愁何在? 漫卷诗书喜欲狂。白首(日)放歌须纵酒,青春作伴好还乡。"②人生极乐时,仍以酒来助兴庆祝。

其四,杜甫写《饮中八仙歌》时,确有生不逢时之叹。八仙中的一些人,在他困守长安时见过或听说过,但因地位低微,奔走干谒,无缘预其列,无缘像他们那样醉酒轻狂;而现在位为拾遗,早朝暮值,八仙曾痛饮狂欢的地点、风物犹在,但没有如饮中八仙中的人物。关于八仙的传说,在杜甫与如毕曜等狂饮时,成为谈资,不断被修饰美化,不断被补充添加细节,也有可能不断增减人物。然后,杜甫在饮宴间不断举杯邀约那些仙人,将之写入长卷,呈现出传世《饮中八仙歌》风神。

对《饮中八仙歌》作意赋予太多政治意义,可能会离写作意图渐远,也会减损其艺术价值。《饮中八仙歌》本来就是写生活的样子,展现一群文士与饮酒相关的图景,于存在与想象中结撰。在纵酒方面,杜甫和八仙一样,谓之醉,或谓之醒,皆可。杜甫以酒为媒,创作《饮中八仙歌》,展现出对帝京的风流记忆和缅怀。

---

①《杜诗详注》卷六,第 479—480 页。
②《杜诗详注》卷一一,第 968 页。

第九章　题材论：岑参边塞诗

从文学传统角度看，边塞诗的写作历史悠久，经历了写实、想象的交替和融汇，在盛唐边塞诗中想象的传统大致占据主流地位，特别是岑参的西域边塞诗写实的方法，只是在一个极小范围内存在，并获得部分认同，有如他笔下的优钵罗花一样，"耻与众草之为伍，何亭亭而独芳！何不为人之所赏兮，深山穷谷委严霜"①。岑参诗写作的纪实性成了证明西域交通的重要材料，故史地学家严耕望将之与玄奘并列；从盛唐文人入边规模看，岑参等文人进入西域幕府是极少数的，属弱势群体，但其诗歌表现出鲜明的时代特征和独特性，超越了同期作家的创作水平和大众的阅读期待；从人缘看，岑参是坚持到最后一位的西域诗人，故送别成了岑参过大半西域边塞诗写作的出发点和主题；而从地缘看，岑参两度入塞，不仅有时间之先后，主帅之不同，也有安西和北庭分属天山南北麓的差异。

一、两个传统中的岑参边塞诗

边塞诗的创作传统悠久，一般认为边塞诗在先秦已有作品出现，如《诗经》中描写边地战争的诗篇。边塞诗的分类有多种方式，常见

①《岑参集校注》卷二，第179—180页。

的是以时代划分,如先秦边塞诗、魏晋南北朝边塞诗。一朝边塞诗又可分为若干时段,如初唐边塞诗、盛唐边塞诗、中晚唐边塞诗。如从地域划分,可分为西域边塞诗、东北疆边塞诗、西南边塞诗、河西边塞诗。每一种划分,本质上都是研究角度的切入。如尝试从创作情景和创作方法切入,则边塞诗创作大致可分为两种状态:一种是作者在边地,写作的边塞诗是周边环境的反映,可以说是写实的边塞诗;一种是作者不在边地,写作的边塞诗是想象的产物,是想象中的边地生活,可以说与写实不同,它是想象中的边塞诗。因此,边塞诗作者由于其生活的情况不同,便分别沿着写实和想象两个方向发展,也就形成了边塞诗写作的两个传统。而唐代边塞诗的风格、特点等文学形式可以在写实和想象的两大传统中得到较好的阐释。

　　因此,有必要回溯边塞诗写作的历史以证明两大传统的存在,亦可证明以两大传统知识结构去认识和分析边塞诗创作的可行性。《诗经》中和边塞诗相关联的征战、行役诗有四十余首。《诗经》作者基本无考,但从写作内容看,其征战、行役诗多为写实之作。如《采薇》云:"采薇采薇,薇亦作止。曰归曰归,岁亦莫止。靡室靡家,狎狁之故。不遑启居,狎狁之故。采薇采薇,薇亦柔止。曰归曰归,心亦忧止。忧心烈烈,载饥载渴。我戍未定,靡使归聘。采薇采薇,薇亦刚止。曰归曰归,岁亦阳止。王事靡盬,不遑启处。忧心孔疚,我行不来。彼尔维何,维常之华。彼路斯何?君子之车。戎车既驾,四牡业业。岂敢定居?一月三捷。驾彼四牡,四牡骙骙。君子所依,小人所腓。四牡翼翼,象弭鱼服。岂不日戒,狎狁孔棘。昔我往矣,杨柳依依。今我来思,雨雪霏霏。行道迟迟,载渴载饥。我心伤悲,莫知我哀。"[1]《诗序》云:"《采薇》,遣戍役也。文王之时,西有昆夷

---

[1] 周振甫:《诗经译注》卷四,中华书局,2002年,第241—244页。

之患,北有猃狁之难,以天子之命,命将率遣戌役,以守卫中国。故歌《采薇》以遣之,《出车》以劳还,《杕杜》以勤归也。"①《汉书·匈奴传》系此诗于周懿王时:"至穆王之孙懿王时,王室遂衰,戎狄交侵,暴虐中国。中国被其苦,诗人始作,疾而歌之,曰:'靡室靡家,猃允之故';'岂不日戒,猃允孔棘'。至懿王曾孙宣王,兴师命将以征伐之,诗人美大其功,曰:'薄伐猃允,至于太原';'出车彭彭','城彼朔方'。是时四夷宾服,称为中兴。""薄伐猃狁,至于太原"出于《小雅·六月》②。"出车彭彭,旂旐央央。天子命我,城彼朔方。"出于《小雅·出车》③。《采薇》以及《出车》《六月》等诗都是写征战的,其手法都具有写实性。《采薇》诗云:"昔我往矣,杨柳依依。今我来思,雨雪霏霏。行道迟迟,载渴载饥。我心伤悲,莫知我哀。"④以第一人称出现,增强其写实效果。方玉润《诗经原始》评曰:"真情实景,感时伤事。"⑤他已注意到此诗写实的艺术特色。

汉代边塞诗和平定四夷的战争相联系。如雄才大略的汉武帝进行了五十余年战争,有从军者"十五从军征,八十始得归"⑥,丰富的阅历和战争的经历,无疑给边塞诗写作提供了广阔的空间。事实上,重大的战事和边事并没有在诗中得到应有的反映。但和先秦诗歌比较,还是注入了新的内容。如《汉书·李广苏建传》载李陵送别苏武所作歌,表达了特殊情怀:"陵起舞,歌曰:'径万里兮度沙幕,为君将兮奋匈奴。路穷绝兮矢刃摧,士众灭兮名已聩。老母已死,虽欲报恩

---

① 《诗经译注》卷四,第 244 页。
② 《诗经译注》卷四,第 264 页。
③ 《诗经译注》卷四,第 245 页。
④ 《诗经译注》卷四,第 244 页。
⑤ (清)方玉润著,李先耕校点:《诗经原始》卷九,中华书局,1986 年,第 341 页。
⑥ 《乐府诗集》卷二五,第 365 页。

将安归！'陵泣下数行,因与武决。"① "径万里兮度沙幕"可视为特殊身份者所作的边塞诗。还有反映民族关系的诗歌,如《汉书·西域传》云:"昆莫年老,语言不通,公主悲愁,自为作歌曰:'吾家嫁我兮天一方,远托异国兮乌孙王。穹庐为室兮旃为墙,以肉为食兮酪为浆。居常土思兮心内伤,愿为黄鹄兮归故乡。'天子闻而怜之,间岁遣使者持帷帐锦绣给遗焉。"② 汉朝公主"和亲"乌孙,悲愁而歌,写出游牧民族的居处和饮食。"歌"或"歌诗"是西汉至东汉中期的主要诗歌形式③。蔡琰《悲愤诗》详尽写出身入匈奴的切肤之痛,与汉朝公主歌在主题上相呼应。

　　魏晋南北朝边塞诗有了明显变化,建安文学中边塞诗写作,写实以外有了想象,曹操《从军行》等就是以写实叙事为主,而曹丕的边塞诗兼具写实和想象两类,写实如《饮马长城窟行》,而《燕歌行》则是想象为主,它是和边塞关联的闺怨诗:"秋风萧瑟天气凉,草木摇落露为霜。群燕辞归雁南翔,念君客游多断肠。慊慊思归恋故乡,君何淹留寄他方?贱妾茕茕守空房,忧来思君不敢忘,不觉泪下沾衣裳。援琴鸣弦发清商,短歌微吟不能长。明月皎皎照我床,星汉西流夜未央。牵牛织女遥相望,尔独何辜限河梁?"④ 写闺中女性对征人的思念。

　　晋宋之间,边塞诗出现了新面貌,所谓拟代之作,其中鲍照《拟行路难》《代出自蓟北门行》等是其代表。《代出自蓟北门行》云:"羽檄起边亭,烽火入咸阳。征骑屯广武,分兵救朔方。严秋筋竿劲,虏阵精且强。天子按剑怒,使者遥相望。雁行缘石径,鱼贯度飞

---

① 《汉书》卷五四,第 2466 页。
② 《汉书》卷九六下,第 3903 页。
③ 戴伟华:《论五言诗的起源》,《中国社会科学》2005 年第 6 期;《论两汉的"歌诗"与"诗"》,《学术研究》2008 年第 2 期。
④ 魏宏灿:《曹丕集校注》,安徽大学出版社,2009 年,第 11 页。

梁。箫鼓流汉思，旌甲被胡霜。疾风冲塞起，沙砾自飘扬。马毛缩如猬，角弓不可张。时危见臣节，世乱识忠良。投躯报明主，身死为国殇。"[1] 鲍照是南朝著名诗人，南北之限，使他无法亲历和体验北方的边塞生活、目睹北方边地的景观，但诗中所写确为北方："咸阳""广武""朔方"。

鲍照边塞诗因为是想象虚构而来，意象逐渐稳定，词语的组合有程序化的倾向。这一点影响深远，唐代以想象为主的边塞诗创作，仍然在这些稳定的意象和程序化的词组中展开。诗中那些带边塞特征并得到抽象概括的语词会经常出现在以后的边塞诗中：羽檄、边亭、烽火、征骑、朔方、严秋、虏阵、雁行、鱼贯、箫鼓、胡霜、疾风、沙砾、马毛、角弓等，它们包含几个类别：时间、地点、空间、自然物和动作等。可以探讨一个语词从诗中开始使用，再到后人沿袭使用，最后固定下来，成为某一类题材诗歌的常用意象，甚至成了标志性意象，曹植《白马篇》"羽檄从北来"、左思《咏史》"羽檄飞京都"到鲍照"羽檄起边亭"，"羽檄"在边塞诗中就这样成了标志性语词。这些语词可以引导创作者去寻找组合新的意象或意象群，事实上也会引导阅读者去关注这些意象和意象群去理解作品。但结果却多少限制了某一类题材诗的发展，失去了诗歌应有的生活气息，在想象的传统中而限制了"想象"。

南朝诗人的写作以想象为主，如吴均《战城南》云："前有浊樽酒，忧思乱纷纷。小来重意气，学剑不学文。忽值胡关静，匈奴遂两分。天山已半出，龙城无片云。汉世平如此，何用李将军。"[2] 诗用乐府旧

---

① （南朝宋）鲍照著，钱仲联增补集说校：《鲍参军集注》卷六，上海古籍出版社，2005 年，第 165 页。

② 《先秦汉魏晋南北朝诗·梁诗》卷一〇，第 1719 页。

题,诗中"天山"和"龙城"都在北方,整首诗应是以想象而写成的。

王褒、庾信的边塞诗的主体是想象的,他们都有《燕歌行》,王褒诗云:"陇西将军号都护,楼兰校尉称嫖姚。自从昔别春燕分,经年一去不相闻。无复汉地关山月,唯有漠北蓟城云。淮南桂中明月影,流黄机上织成文。充国行军屡筑营,阳史讨虏陷平城。城下风多能却阵,沙中雪浅讵停兵。属国小妇犹年少,羽林轻骑数征行。"庾信诗:"晋阳山头无箭竹,疏勒城中乏水源。属国征戍久离居,阳关音信绝能疏。愿得鲁连飞一箭,持寄思归燕将书。渡辽本自有将军,寒风萧萧生水纹。妾惊甘泉足烽火,君讶渔阳少阵云。自从将军出细柳,荡子空床难独守。"① 《北史·文苑传》云:"褒曾作《燕歌》,妙尽塞北寒苦之状,元帝及诸文士并和之,而竞为凄切之辞。"② 庾信诗当为和作。二诗边塞和闺怨结合,但边塞内容不及闺怨丰富、凄切,正是当时文风的体现,王诗:"初春丽景莺欲娇,桃花流水没河桥。蔷薇花开百重叶,杨柳拂地数千条。……淮南桂中明月影,流黄机上织成文。……遥闻陌头采桑曲,犹胜边地胡笳声。胡笳向暮使人泣,长望闺中空伫立。桃花落地杏花舒,桐生井底寒叶疏。试为来看上林雁,应有遥寄陇头书。"③ 庾诗:"……持寄思归燕将书。渡辽本自有将军,寒风萧萧生水纹。妾惊甘泉足烽火,君讶渔阳少阵云。自从将军出细柳,荡子空床难独守。盘龙明镜饷秦嘉,辟恶生香寄韩寿。春分燕来能几日,二月蚕眠不复久。洛阳游丝百丈连,黄河春冰千片穿。桃花颜色好如马,榆荚新开巧似钱。"④ 这也是生活体验的深浅之别。

---

① (北周)庾信撰,(清)倪璠注,许逸民校点:《庾子山集注》卷五,中华书局,1980年,第407页。
② (唐)李延寿:《北史》卷八三,中华书局,1974年,第2792页。
③ 《先秦汉魏晋南北朝诗·北周诗》卷一,第2334页。
④ 《庾子山集注》卷五,第407页。

北朝民歌中反映边塞的作品，具有写实性，如《敕勒歌》云："敕勒川，阴山下，天似穹庐，笼盖四野。天苍苍，野茫茫，风吹草低见牛羊。"① 有鲜活的边塞气息。

隋代边塞诗中，虞世基的《出塞二首》为人所重："穷秋塞草腓，塞外胡尘飞。征兵广武至，候骑阴山归。庙堂千里策，将军百战威。辕门临玉帐，大旆指金微。摧朽无勍敌，应变有先机。衔枚压晓阵，卷甲解朝围。瀚海波澜静，王庭氛雾晞。鼓鼙严朔气，原野噎寒晖。勋庸震边服，歌吹入京畿。待拜长平坂，鸣驺入礼闱。""上将三略远，元戎九命尊。缅怀古人节，思酬明主恩。山西多勇气，塞北有游魂。扬桴度陇坂，勒骑上平原。誓将绝沙漠，悠然去玉门。轻赍不遑舍，惊策骛戎轩。懔懔边风急，萧萧征马烦。雪暗天山道，冰塞交河源。雾烽黯无色，霜旗冻不翻。耿介倚长剑，日落风尘昏。"② 写实与想象并存，而在想象虚构的概括能力和调用语汇的能力中见出功力，为边塞诗意象逐渐稳定推波助澜。

以上只能是粗线条的勾勒，或是以典型作品为主体的以点带面式的简述，但从唐以前边塞诗的诗体看，大多为乐府诗，其中使用得最多的是《从军行》《陇头水》《关山月》③，也说明唐前边塞诗的想象传统居于强势，经过一代代人的努力，边塞诗形成了文人抒情的一种诗式，尽管没有履边从军的经历，但在漠北边塞的背景中，融入文人对边塞的想象和边塞知识，表现出对时间和空间描述的灵活性。因为魏晋以来的写作传统最易对后起的唐代边塞诗发生作用，初盛唐边塞诗想象的写作传统仍然是强势文化的体现，而入边文人的边

---

① 《乐府诗集》卷八六，第1212—1213页。
② 《乐府诗集》卷二一，第319—320页。
③ 《唐代使府与文学研究（修订本）》，第167—170页。

塞诗创作部分消解了传统的优势。在某一区域内写实传统的复出，而成强势，但空间位移后，强势又不复存在了。

初唐四杰的边塞诗，从写作方法看，写实与想象同在，杨炯虽没有从军经历，但其边塞诗充满激情，如《从军行》"宁为百夫长，胜作一书生"①，表达了一个时代下层知识分子对边功的向往之情。卢照邻有出使西北的经历，但难以判断他的边塞诗是写实还是想象。值得一提的是骆宾王，他曾从军西域，存有晚度天山和夕次蒲类津的两首诗，《晚度天山有怀京邑》云："忽上天山望，依然想物华。云疑上苑叶，雪似御沟花。行叹戎麾远，坐怜衣带赊。交河浮绝塞，弱水浸流沙。旅思徒漂梗，归期未及瓜。宁知心断绝，夜夜泣胡笳。"②《夕次蒲类津》③："二庭归望断，万里客心愁。山路犹南属，河源自北流。晚风连朔气，新月照边秋。灶火通军壁，烽烟上戍楼。龙庭但苦战，燕颔会封侯。莫作兰山下，空令汉国羞。"④

骆宾王从军西域的时间不好确定，《旧唐书·高宗纪》永徽二年："秋七月丁未，贺鲁寇陷金岭城、蒲类县，遣武候大将军梁建方、右骁卫大将军契苾何力为弓月道总管以讨之。"⑤《资治通鉴》高宗永徽二年（651）："秋，七月，西突厥沙钵罗可汗寇庭州，攻陷金岭城及蒲类县，杀略数千人。诏左武候大将军梁建方、右骁卫大将军契苾何力为弓月道行军总管，右骁卫将军高德逸、右武候将军薛孤、吴仁为副，发秦、成、岐、雍府兵三万人及回纥五万骑以讨之。"⑥《读史方舆

---

① 《全唐诗》卷五〇，第 611 页。

② 《骆临海集笺注》卷四，第 120—121 页。

③ 一作《晚泊蒲类》。

④ 《骆临海集笺注》卷四，第 117—119 页。

⑤ 《旧唐书》卷四，第 69 页。

⑥ 《资治通鉴》卷一九九，第 6274—6275 页。

纪要》卷六五："弓月城，在焉耆西北。《唐志》'在庭州西千余里'。永徽二年以契苾何力为弓月道行军总管，讨西突厥，城盖西突厥别部所居也。"① 金岭城，金娑岭。始登天山，天山南道经柳谷，到蒲类。交河在天山南，在天山上望交河，犹如浮现。蒲类在天山北，故言山路犹南属；河水向北流淌，故言河源自北流。天山北水流一般是自南向北，《皇舆西域图志》卷九："木叠在济尔玛台东十里，负天山之阴，木叠布拉克出南山下北流。"《文苑英华》卷六〇八《安西请赐衣表》云："朝行雪山，暮宿冰涧，溪深路细，水粗② 大约一程，少亦百渡。"有渡则有津，天山南北水流应该不少。

《晚度天山有怀京邑》"雪似御沟花"，北庭八月即有大雪，岑参《白雪歌》云："北风卷地白草折，胡天八月即飞雪。忽然一夜春风来，千树万树梨花开。"③ 征战在八、九月间。骆宾王从军西域在永徽二年八、九月间。

骆宾王《军中行路难同辛常伯作》云："君不见玉关尘色暗边庭，铜鞮杂虏寇长城。天子按剑征余勇，将军受脤事横行。七德龙韬开玉帐，千里龟垒叠金钲。阴山苦雾埋高垒，交河孤月照连营。连营去去无穷极，拥旆遥遥过绝国。阵云朝结晦天山，寒沙夕涨迷疏勒。龙鳞水上开鱼贯，马首山前振雕翼。长驱万里詟祁连，分麾三命武功宣。"④ 从内容看，骆宾王和辛常伯同在西南军中，辛作咏西南战事，骆宾王回忆西域征战。

为了叙述想象写作的便利，这里引用沈佺期《出塞被试》，诗云：

---

①（清）顾祖禹著，贺次君、施和金点校：《读史方舆纪要》卷六五，中华书局，2005年，第3060页。

② 阙二字。

③《岑参集校注》卷二，第163页。

④《骆临海集笺注》卷四，第121—124页。

"十年通大漠,万里出长平。寒日生戈剑,阴云拂旆旌。饥乌啼旧垒,疲马恋空城。辛苦皋兰北,胡尘掩汉兵。"① 题目显示,创作的缘起来自"被试",其内容肯定是想象,即从概念出发,概括性强,特征明晰,言时间则"十年",言空间则"万里"。于此不难体会写实与想象的不同创作效果。

　　履边的诗人笔下出现的边塞诗,是从生活出发,而不是从概念出发,如王维写凉州的诗,都是写目见耳闻,别开生面,《凉州赛神》云:"凉州城外少行人,百尺峰头望虏尘。健儿击鼓吹羌笛,共赛城东越骑神。"诗题原注:"时为节度判官,在凉州作。"②《凉州郊外游望》云:"野老才三户,边村少四邻。婆娑依里社,箫鼓赛田神。洒酒浇刍狗,焚香拜木人。女巫纷屡舞,罗袜自生尘。"③ 同样是王维写送人赴边的诗就较为程序化,《送平淡然判官》云:"不识阳关路,新从定远侯。黄云断春色,画角起边愁。瀚海经年到,交河出塞流。须令外国使,知饮月支头。"④《送刘司直赴安西》云:"绝域阳关道,胡沙与塞尘。三春时有雁,万里少行人。苜宿随天马,蒲桃逐汉臣。当令外国惧,不敢觅和亲。"⑤ 这里的阳关、黄云、画角、瀚海、交河、胡沙、塞尘、苜宿、蒲桃等名物,都是概念中的语词,而非生活中的语词。

　　王昌龄的边塞诗,以想象为最有名,《从军行》云:"青海长云暗雪山,孤城遥望玉门关。黄沙百战穿金甲,不破楼兰终不还。""大漠风尘日色昏,红旗半卷出辕门。前军夜战洮河北,已报生擒吐谷

---

① 《沈佺期宋之问集校注》卷四,第 214 页。
② 《王维集校注》卷二,第 140 页。
③ 《王维集校注》卷二,第 139 页。
④ 《王维集校注》卷四,第 407 页。
⑤ 《王维集校注》卷四,第 405—406 页。

浑。"①《新唐书·地理志》云："汉楼兰国也,亦名鄯善,在蒲昌海南三百里,康艳典为镇使以通西域者。"②楼兰,汉西域国名。《旧唐书·吐谷浑传》云："吐谷浑自晋永嘉之末,始西渡洮水,建国于群羌之故地,至龙朔三年为吐蕃所灭,凡三百五十年。"③在高度概括的边塞诗中,"吐谷浑""楼兰"的出现已具有写意的符号功能。"秦时明月汉时关,万里长征人未还。但使龙城飞将在,不教胡马度阴山。"以汉写唐,更具有想象性和写意性。高适诗以写实为主,但名篇《燕歌行》却是和作,人不在边地,其想象自然大于写实。

　　岑参同时代的诗人创作边塞诗的热情很高,如将常建、王翰、王之涣等人的边塞诗与岑参相比,应该看到常建等人的边塞诗想象大于写实。值得一提的是李白的边塞诗,尽管多次写到天山,但他本人的足迹未过兰州,没有去过河西走廊。《战城南》云："洗兵条支海上波,放马天山雪中草。"④《关山月》云："明月出天山,苍茫云海间。长风几万里,吹度玉门关。"⑤《独不见》云："天山三丈雪,岂是远行时。"⑥《塞下曲》云："五月天山雪,无花只有寒。"⑦天山是概念中的名物。他也会以汉说唐,李白《塞下曲》云："汉皇按剑起,还召李将军。"⑧"功画麒麟阁,独有霍嫖姚。"⑨

① (唐)王昌龄著,李云逸注:《王昌龄诗注》卷四,上海古籍出版社,1984年,第127—128页。
②《新唐书》卷四三下,第1151页。
③《旧唐书》卷一九八,第5301页。
④《李太白全集》卷三,第177页。
⑤《李太白全集》卷四,第219页。
⑥《李太白全集》卷四,第262页。
⑦《李太白全集》卷五,第284页。
⑧《李太白全集》卷五,第288页。
⑨《李太白全集》卷五,第286页。

　　写实与想象之间的差别，也可以理解为是程序化和异程序化的消长。边塞诗写实和想象两个传统，只是相对的，一是因为既然是传统，在发生和形成过程中就会彼此吸收，相互影响；二是在实际写作中，写实与想象只不过是作者创作时所在空间的区别而导致的，事实上人们在写作中不会自觉到有两个传统在发生作用。因此，写作边塞诗时难免虚实互见、虚实相映。本来是写实的意象，会在想象的边塞诗中运用，而本来是想象的意象也会在写实诗中运用。

　　在唐诗研究中，陈寅恪《元白诗笺证稿》是诗史互证的重要著作。研究中常以"以诗证史"来解读杜甫"诗史"的价值。但"史"的内容是多方面的，《四库全书》中史部包括正史类、编年类、纪事本末类、别史类、杂史类、诏令奏议类、传记类、史钞类、载记类、时令类、地理类、职官类、政书类、目录类、史评类等十五个大类，地理为史部一类，又分总志、都会郡县、河渠、边防、山川、古迹、杂记、游记、外记九属。人们注意最多的当是诗中所反映的重大事件和时代特征，而较少注意到史部地理类的内容。有关地理类的材料在诸多杜集注本中非常丰富。

　　岑参边塞诗纪实性在初盛唐诗坛独树一帜，其重要价值之一在于以诗证史，侧重于西域舆地，而且对于今日新疆而言以诗证史是唯一性的。

　　岑参边塞诗的诗题和盛唐诗人有重要区别。（一）纪实和叙事功能。《初过陇山途中呈宇文判官》《经陇头分水》《西过渭州见渭水思秦州》《临洮客舍留别祁四》《发临洮将赴北庭留别》《临洮泛舟赵仙舟自北庭罢使还京》《题金城临河驿楼》《河西春暮忆秦中》《凉州馆中与诸判官夜集》《武威春暮闻宇文判官西使还已到高昌》《武威送刘单判官赴安西行营使呈高开府》《武威送刘判官赴碛西行军》《过燕支寄杜位》《酒泉太守席上醉后作》《过酒泉忆杜陵别业》

《玉关寄长安李主簿》《题苜蓿峰寄家人》《日没贺延碛作》《过碛》《碛中作》《敦煌太守后庭歌》《经火山》《火山云歌送别》《银山碛西馆》《早发焉耆怀终南别业》《题铁门关楼》《宿铁西关馆》《安西馆中思长安》。如删去书名号，就是纪行文：初过陇山途中呈宇文判官、经陇头分水、西过渭州见渭水思秦州、临洮客舍留别祁四、发临洮将赴北庭留别、临洮泛舟赵仙舟自北庭罢使还京、题金城临河驿楼、河西春暮忆秦中、凉州馆中与诸判官夜集、武威春暮闻宇文判官西使还已到高昌、武威送刘单判官赴安西行营使呈高开府、武威送刘判官赴碛西行军、过燕支寄杜位、酒泉太守席上醉后作、过酒泉忆杜陵别业、玉关寄长安李主簿、题苜蓿峰寄家人、日没贺延碛作、过碛、碛中作、敦煌太守后庭歌、经火山、火山云歌送别、银山碛西馆、早发焉耆怀终南别业、题铁门关楼、宿铁西关馆、安西馆中思长安。（二）地点明确且具有系统性。陇山、陇头分水—渭州—临洮—金城临河驿楼—河西、凉州馆中、武威—燕支—酒泉—玉关—苜蓿峰—贺延碛作—敦煌—火山—银山碛西馆—焉耆—铁门关楼、铁西关馆—安西馆，连成一条出陇山到安西的行走路线。

严耕望《唐代交通图考》第二卷《河陇碛西区》在考察陇州至安西馆驿路线时，引诗以证，多以岑参诗为据，足见岑参诗歌的价值。下面以岑诗在严《考》中的先后出现顺序疏列之 [1]：

（一）陇州至凉州。

1. 取秦州路者，经兰（今甘肃兰州）、临（今甘肃临洮）、渭（今甘肃陇西）、秦（今甘肃天水）、陇（今陕西陇县）五州及凤翔府（今陕西宝鸡凤翔区）至长安也。岑参《过陇山赴安西途中》诗云："一驿过

---

① 严耕望：《唐代交通图考》第二卷《河陇碛西区》，台湾"中研院"历史语言研究所专刊之八十三，1985年。

一驿,驿骑如流星。"此秦州道也 ①。

2. 通安西即中经凉州也,岑参《胡笳歌送颜真卿使河陇》诗乃唐代前期泾、原为西赴安西通道之明证。《胡笳歌送颜真卿使河陇》云:"凉秋八月萧关道,北风吹断天山草,昆仑山南月欲斜,胡人向月吹胡笳。"此萧关当指原州东南三十里之故萧关而言 ②。

3.《初过陇山途中呈宇文判官》诗及《赴北庭度陇思家》诗。必在大震关而作,故题云度陇,诗云月照关城楼也。参去安西,所遇西来者亦从安西度沙碛而至,具见关当西域进出之咽喉也 ③。

4.《经陇头分水》云:"陇水何年有,潺潺逼路傍。东西流不歇,会断几人肠。"大震关又西五十里至小陇山分水岭,有分水驿,盖此道最高处。参诗即作于此分水岭 ④。按,岑参有《赴北庭度陇思家》云:"西向轮台万里余,也知乡信日应疏。陇山鹦鹉能言语,为报家人数寄书。" ⑤ 又此诗收入《全唐诗》卷二七《杂曲歌辞》,文字稍异,云:"西去轮台万里余,故乡音耗日应疏。陇山鹦鹉能言语,为报闺人数寄书。" ⑥ 而《全唐诗》是根据《乐府诗集》卷七九近代曲辞收入的。此诗传唱入声诗时,将"家人"易为"闺人"更有针对性。"陇山鹦鹉能言语",是写实。《元和郡县图志》卷三九秦州清水县:"小陇山一名陇坻,又名分水岭……陇坂九回,不知高几里,每山东人西役,到此瞻望,莫不悲思。陇上有水东西分流,因号驿为分水驿。行人歌曰,陇头流水,鸣声幽咽,遥见秦川,肝肠断绝。东去大震关五十里,上多

---

①《唐代交通图考》第二卷《河陇碛西区》,第 344 页。
②《唐代交通图考》第二卷《河陇碛西区》,第 352 页。
③《唐代交通图考》第二卷《河陇碛西区》,第 362 页。
④《唐代交通图考》第二卷《河陇碛西区》,第 364 页。
⑤《岑参集校注》卷二,第 141 页。
⑥《全唐诗》卷二七,第 384 页。

鹦鹉。"① 严耕望谓,是分水岭驿在大震西五十里小陇山上。则诗中陇山,指小陇山,即陇坻。岑参赴安西、北庭皆经此道西行,又有《过陇山赴安西途中》诗。严考云:"'度汧陇无蚕桑,八月乃麦,五月乃冻解。'此十五字不知为《三秦记》原文,抑刘昭语。足见此山不但为民族界限,亦且为气候分野,无怪古人度陇辄兴悲感。"又云:"当唐盛时,西出陇右者亦取此道为多,故文士如岑参赴安西,王维赴张掖,高适赴武威,杜甫至秦州莫不由之。播为诗篇,以寄感兴,传诵至今也。"② 王、高、杜、岑诸人皆登陇而悲吟,仅岑参一人西行,越玉门关入安西、北庭,甚可叹也!

5. 又西北五十里至渭州治所襄武县(今陇西东五明里),在渭水西南岸。襄武为州治,及距陇西县里程,皆见《元和志》卷三九。地在渭水西南岸,见《渭水注》。渭州为大道所经。岑参《西过渭州见渭水思秦川》诗,即赴安西经此所作③。

6. 又西北一百里至临州、临洮军之治所狄道县(今临洮,旧狄道),在洮水东岸。临州为大道所经,明见前引《武经总要》;计算凉、兰至长安里数,此道亦当经临州,亦见前。县在洮水东岸,见《河水注》。岑参《发临洮将赴北庭留别》《临洮泛舟赵仙舟自北庭罢使还京》《临洮客舍留别祁四》《临洮龙兴寺玄上人院同咏青木香丛》诸诗,乃往来京师与安西、北庭间所作也④。

7. 兰州治所五泉县,一名金城县(今皋兰治),在黄河南二里,置金城镇、临河驿。岑参有《题金城临河驿楼》⑤。

---

① 《元和郡县图志》卷三九,第 982 页。
② 《唐代交通图考》第二卷《河陇碛西区》,第 368 页。
③ 《唐代交通图考》第二卷《河陇碛西区》,第 374 页。
④ 《唐代交通图考》第二卷《河陇碛西区》,第 375 页。
⑤ 《唐代交通图考》第二卷《河陇碛西区》,第 379 页。

（二）凉州西至瓜州玉门关。

1. 岑参《凉州馆中与诸判官夜集》云："凉州七里十万家，古人半解弹琵琶。""度其人口当近五十万。"①

2. 岑参《燕支寄杜位》云："燕支山西酒泉道，北风吹沙卷白草。"盖谓删丹县也。又西经汉日勒故城（今古城洼），凡二百里至删丹县（今山丹），在焉支山北五十里，弱水之北，置删丹镇②。

3. 又西北一百里至肃州治所酒泉县。《过酒泉忆杜陵别业》及《酒泉太守席上作》③。

4. 岑参《武威春暮闻宇文判官西使还已到晋昌》。唐初玉门关在州西北五十里，今疏勒河或窟窿河上，后迁至瓜州城近处。瓜州亦称晋昌郡。岑参有《玉关寄长安李主簿》云："玉关西望肠堪断。"则盛唐时代亦置。《题苜蓿峰寄家人》云："苜蓿峰边逢立春，葫芦河上泪沾巾。"④ 按，《吐鲁番出土文书》唐开元十九年唐荣买婢市券注："此件前与一残牒粘接……二三行所盖为'玉门关之印'三处。"⑤ 关有关印，"玉门关之印"实为珍贵。开元二十一年唐益谦、薛光泚、康大之请给过所案卷："右得唐益谦牒，将前件人马驴等往福州。路由玉门、金城、大震、乌兰、僮（潼）、蒲津等关。谨连来文如前，请给过所者。"⑥ 其中主要经历的重要关门有玉门关。

（三）玉门关至安西。

1. 伊州西至西州有南北两道，会于赤亭，故称道口，为要冲。岑

① 《唐代交通图考》第二卷《河陇碛西区》，第 343 页。
② 《唐代交通图考》第二卷《河陇碛西区》，第 428 页。
③ 《唐代交通图考》第二卷《河陇碛西区》，第 433 页。
④ 《唐代交通图考》第二卷《河陇碛西区》，第 436 页。
⑤ 唐长孺：《吐鲁番出土文书》，文物出版社，1990 年，第 26 页。
⑥ 《吐鲁番出土文书》，第 34 页。

参诗屡见其名。《武威送刘单判官赴安西行营便呈高开府》云："西到交河城，风土断人肠。塞驿远如点，边烽互相望。赤亭多飘风，鼓怒不可当。"《天山雪歌送萧沼归京》云："北风夜卷赤亭口，一夜天山雪更厚。"《火山云歌送别》云："火山突兀赤亭口，火山五月火云厚。"《送李副使赴碛西官军》云："火山六月应更热，赤亭道口行人绝。"[1]

2. 银山碛有碛西馆，《银山碛西馆》云："银山碛口风似箭，铁门关西月如练。"[2]

3. 铁门关峡道二三里，石壁悬崖，高数十丈，若如斧齐。岑参《交河郡献封大夫》云："铁门控天涯，万里何辽哉！"《题铁门关楼》云："铁关天西涯，极目少行客。关门一小吏，终日对石壁。桥跨千仞危，路盘两崖窄。"《天山雪歌送萧沼归京》云："北风夜卷赤亭口，一夜天山雪更厚。能兼汉月照银山，复逐胡风过铁关。"《银山碛西馆》云："银山碛口风似箭，铁门关西月如练。"《火山云歌送别》云："火山突兀赤亭口，火山五月火云厚……缭绕斜吞铁关树，氛氲半掩交河戍。"《宿铁关西馆》云："那知故国月，也到铁关西。"[3]

因为岑参诗中的地点明确，并可以有序排列，构成一个由陇州至安西的经行路线系统，这在唐诗中罕见。

在研究唐代地名时，由于时代不同，或地名所在地点有异，或地点相同而名称不同，易于混淆。严《考》举萧关一例予以论述："唐代新关虽去汉代旧址甚远，惟《汉书》为中古士大夫人人必读之书，汉武出萧关，匈奴入萧关，久成故实，是以唐人极易混为一谈，杜佑

---

[1]《唐代交通图考》第二卷《河陇碛西区》，第454页。
[2]《唐代交通图考》第二卷《河陇碛西区》，第467页。
[3]《唐代交通图考》第二卷《河陇碛西区》，第472页。

亦其一耳。"汉、唐皆置萧关,南北相去逾二百里,非一地。在原州东南三十里是汉代故关,唐之萧关县之萧关在原州通向灵州的道路上。也就是唐代萧关外移逾二百里①。一般情况下,赴河西而经过的是汉代萧关,如岑参《胡笳歌送颜真卿使赴河陇》云:"凉秋八月萧关道,北风吹断天山草。"②汉萧关已是交通意义上的关口,其例甚少,严《考》仅引岑参一诗为证。而唐萧关则是和边塞及战事相联系的关口,唐诗中的"萧关"更多的例子是指唐代新萧关,赴朔方或前行者所过关当指唐代萧关。如宋之问《送朔方何侍御》云:"闻道云中使,乘骢往复还。河兵守阳月,塞虏失阴山。拜职尝随骠,铭功不让班。旋闻受降日,歌舞入萧关。"③皇甫冉《送常大夫加散骑常侍赴朔方》云:"故垒烟尘后,新军河塞间。金貂宠汉将,玉节度萧关。澶漫沙中雪,依稀汉口山。人知窦车骑,计日勒铭还。"④顾非熊《出塞即事二首》云:"贺兰山便是戎疆,此去萧关路几荒。无限城池非汉界,几多人物在胡乡。"⑤此人在关外,言"此去萧关路几荒",则晚唐萧关通向朔方的路已近荒芜。而王维《使至塞上》云:"单车欲问边,属国过居延。征蓬出汉塞,归雁入胡天。大漠孤烟直,长河落日圆。萧关逢候骑,都护在燕然。"⑥其中"萧关"当混合二关而言,人在汉萧关,想到唐萧关外胡天大漠,故云。

因人的立足点不同,而对地名所赋予的空间感也不一样。以阳关为例,阳关一词经常出现在边塞诗中。王维有从军河西的经历,实

①《唐代交通图考》第二卷《河陇碛西区》,第410页。
②《岑参集校注》卷一,第66页。
③《沈佺期宋之问集校注》卷四,第601页。
④《全唐诗》卷二五〇,第2817页。
⑤《全唐诗》卷五〇九,第5790页。
⑥《王维集校注》卷二,第133页。

不足以体会西域的从军状态。《送刘司直赴安西》云："绝域阳关道，
胡沙与塞尘。"①《送平淡然判官》云："不识阳关路，新从定远侯。"②
另一首《奉和圣制送不蒙都护兼鸿胪卿归安西应制》云："鸣笳瀚海
曲，按节阳关外。"③ 阳关为通向西域的空间坐标点，其实阳关到安
西，尚有三千五六百里。而且赴安西一般不走阳关，伯五〇三四《沙
州图经》载，走阳关是有条件限制的，"春秋二时雪深，道闭不通"，
冬天更是道闭不通，只有夏季可通行。杜甫《送人从军》云："弱水
应无地，阳关已近天。"④ 阳关近天，和王维"绝域阳关道"意近。张
说则不同，他是高级领导，熟知唐朝疆域，在《送赵颐贞郎中赴安西》
云："绝镇功难立，悬军命匪轻。"⑤ 写出安西的战略位置和处境："绝
镇""悬军"，不以阳关为空间坐标点。岑参在安西从军，深知安西辽
远，有生活体验，他在《使交河郡郡在火山脚其地苦热无雨雪献封大
夫》诗中写道："昨者新破胡，安西兵马回。铁关控天涯，万里何辽
哉。"⑥ 人在交河，而知安西辽远。即使在北庭，距阳关亦远，岑参《优
钵罗花歌》云："吾窃悲阳关道路长，曾不得献于君王。"⑦ 岑诗中展
示了一个难得的视角，由安西、北庭，想象东方阳关的遥远。阳关，视
角不同，但遥远是共同的感受。也存在空间和时间距离，时间感"瀚
海经年到""今君渡沙碛，累月断人烟"，空间感"绝域阳关道，胡沙与
塞尘""万里少行人""弱水应无地，阳关已近天"。唐诗有"西出阳

①《王维集校注》卷四，第 405 页。

②《王维集校注》卷四，第 407 页。

③《王维集校注》卷三，第 247 页。

④《杜诗详注》卷八，第 626 页。

⑤《张说集校注》卷六，第 221 页。

⑥《岑参集校注》卷二，第 152 页。

⑦《岑参集校注》卷二，第 180 页。

关无故人"的想象,但真正经阳关西行的人不多,在诗歌中言自己过阳关的就更少了。

以此说明边塞诗写实与想象的差异。正如岑参《题苜蓿烽寄家人》所云"闺中只是空思想,不见沙场愁杀人"①。闺中人的"空想"和履边者的感受是不同的。

《北江诗话》卷五:"诗奇而入理,乃谓之奇。若奇而不入理,非奇也。卢玉川、李昌谷之诗,可云奇而不入理者矣。诗之奇而入理者,其惟岑嘉州乎! 如《游终南山》诗:'雷声傍太白,雨在八九峰。东望紫阁云,西入白阁松。'余尝以乙巳春夏之际,独游南山紫、白二阁,遇急雨,回憩草堂寺,时原空如沸,山势欲颓,急雨劈门,怒雷奔谷,而后知岑诗之奇矣。又尝以己未冬杪,谪戍出关,祁连雪山,日在马首,又昼夜行戈壁中,沙石吓人,没及髁膝,而后知岑诗'一川碎石大如斗,随风满地石乱走'之奇而实确也。大抵读古人之诗,又必身亲其地,身历其险,而后知心惊魄动者,实由于耳闻目见得之,非妄语也。"②

二、人缘、地缘中的安西、北庭边塞诗

岑参安西、北庭边塞诗在唐世未被关注。论唐代边塞诗必称高、岑。高、岑并称始于杜甫,但并不是指边塞诗的创作。杜甫《寄彭州高三十五使君适虢州岑二十七长史参三十韵》云:"高岑殊缓步,沈鲍得同行。意惬关飞动,篇终接混茫。"高适安史乱后官职频

---

① 《岑参集校注》卷二,第86页。
② (清)洪亮吉著,郭绍虞主编,陈迩冬校点:《北江诗话》卷五,人民文学出版社,1998年,第86页。

迁,故《旧唐书》本传云:"有唐已来,诗人之达者,唯适而已。"① 这
种地位和因之产生的影响是岑参不能比的。如果仅从边塞诗考察
高、岑在唐代文人眼中的位置,情形又该如何呢?《河岳英灵集》评
高适云:"适性拓落,不拘小节,耻预常科,隐迹博徒,才名自远。然
适诗多胸臆语,兼有气骨,故朝野通赏其文。至如《燕歌行》等篇,
甚有奇句,且余所最爱者,'未知肝胆向谁是,令人却忆平原君'。"②
这里特别提到《燕歌行》,涉及边塞作品的有《营州歌》《塞上闻笛》
以及与之有联系的《邯郸少年行》。其评岑参云:"参诗语奇体峻,意
亦造奇。至如'长风吹白茅,野火烧枯桑',可谓逸矣。又'山风吹空
林,飒飒如有人',宜称幽致也。"③《河岳英灵集》选录作品大致时限
是开元二年至天宝十二载之间,岑参天宝八载至十载入安西已创作
了不少边塞诗,《河岳英灵集》录岑参诗七首,无一首边塞诗。同卷
中录崔颢诗十一首,有涉及边塞的诗六首,《赠王威古》《古游侠呈
军中诸将》《送单于裴都护》《结定襄郡狱》《辽西》《雁门胡人歌》。
尽管岑参第一次入边幕创作不丰,然亦不乏优秀的边塞诗作,但在
《河岳英灵集》中却未见一首。殷璠的选诗标准并不能代表当时的
最高水平和普遍共识,至少可以反映一方面的审美意识,显然,岑参
的边塞诗并没有引起时人的注意。岑参天宝三载进士高第,据杜确
《岑嘉州诗集序》:"早岁孤贫,能自砥砺,遍览史籍,尤工缀文,属辞
尚清,用意尚切,其有所得,多入佳境,迥拔孤秀,出于常情。每一篇
绝笔,则人人传写,虽闾里士庶,戎夷蛮貊,莫不讽诵吟习焉。时议
拟公于吴均、何逊,亦可谓精当矣。"序中提到的人人传写的诗篇指

---

① 《旧唐书》卷一一一,第 3331 页。
② 《河岳英灵集》卷上,《唐人选唐诗新编(增订本)》,第 209 页。
③ 《河岳英灵集》卷上,《唐人选唐诗新编(增订本)》,第 215 页。

哪些？和吴均、何逊风格近似者，当指《河岳英灵集》所录的一些篇目。既然人人传写，收录天宝三载前作品的《国秀集》却未收岑诗一篇，此又令人深思。其实，《河岳英灵集》选录的一些诗篇有的就是天宝三载前的创作，因此可以说岑参诗名天宝初未彰，岑参一生并未以边塞诗显。

其后的一些唐诗选本也大致如此，韦庄《又玄集》选录唐一百四十二家诗二百九十七首，有高适一首《燕歌行》，岑参是《终南山》诗，对岑参诗的选评标准仍然是杜确《序》所云之吴均、何逊一路。终唐之世，高适、岑参的边塞诗并没有引起人们充分的注意。《才调集》卷七录岑诗四首，皆为七绝，其中《苜蓿峰寄家人》《玉关寄长安主簿》《逢入京使》是边塞诗。卷三录高适《燕歌行》，卷八录其《封丘作》《九月九日酬颜少府》。《才调集》为韦縠选编，自云"今纂诸家歌诗，总一千首，每一百首成卷，分之为十目"，此是有唐涵盖面极广的唐诗选本。高适、岑参诗被选入极有限，且边塞诗作品仅《燕歌行》而已。

《文苑英华》卷二九九"军旅一"有"讲阅三首""征伐十九首""边塞五十四首"。除"讲阅"沈约、庾信各一首，"征伐"祖孝征、裴让之、苏子卿、沈炯各一首及庾信二首外，余皆为唐人作品。"军旅二"有"边将六十四首"，除吴均四首外，余皆为唐人作品。"边塞"中收有岑参《发临洮赴北庭留别》《碛西头送李判官入京》《过碛》三首，"边将"中收有岑参《送人赴安西》一首。

唐世以至于北宋李昉编《文苑英华》，岑参《白雪歌》等亦未入选，而被选入的岑参安西、北庭诗，只有几首七言绝句，还有一首《碛西文送李判官入京》。

岑参安西、北庭之行，其行动本身就有重大价值。一是路程迥远。从长安出发，一路辛苦。路途遥远，行期漫长。依今日之航程言,约两千五百多公里,依古人的实际行程言,则更长,严耕望《唐代交通图考》谓凉州至长安取秦州道总计一千九百六十里,凉州至安西约五千里。是为唐代道路里程,共计约七千里。岑参由长安赴安西,耗费时日,无从得知。他在《碛中作》诗中说:"走马西来欲到天,辞家见月两回圆。"① 可证行程已逾一月。古人的行走速度,与脚力、工具、气象、路况等因素相关,故从文献记载中很难计算出真实的行走时间,但可为参照。

关于使骑急行所需之时间。《通鉴》卷一九七贞观十八年纪云:"九月……辛卯,上谓侍臣曰:(郭)孝恪近奏称八月十一日往击焉耆,二十日应至,必以二十二日破之,朕计其道里,使者今日至矣。言未毕,驿骑至。"② 严《考》云:"按下文书'冬十月辛丑朔',则此九月辛卯为九月十九日或二十日,若果以八月二十二日破焉耆,则使者在途约二十七八日。安西又在焉耆西八九百里,则安西至长安使骑急行,盖称逾三十日也。岑参《过陇山途中呈宇文判官》诗云:'西来谁家子,自道新封侯,前月发安西,路上无停留。'此亦安西至长安约需一月之旁证。当然此皆非最急之文书。"③ 按,此又不同于常行之时日。又岑参骑马速度一般,他在入北庭幕后,才自许"近来能走马,不弱并州儿"④。

严考,五代玉门关在肃州西二百里,去删丹约七百里。正当八日程。速度较慢,一日一百里左右⑤。

"龟兹本回鹘别种。其国主自称师子王,衣黄衣,宝冠,与宰相

---

① 《岑参集校注》卷二,第82页。
② 《资治通鉴》卷一九七,第6212页。
③ 《唐代交通图考》第二卷《河陇碛西区》,第489页。
④ 《岑参集校注》卷二《北庭西郊候封大夫受降回军献上》,第150页。
⑤ 《唐代交通图考》第二卷《河陇碛西区》,第430页。

九人同治国事。国城有市井而无钱货,以花蕊布博易。有米麦瓜果。西至大食国行六十日,东至夏州九十日。或称西州回鹘,或称西州龟兹,又称龟兹回鹘。"① 从龟兹到夏州九十日,从龟兹到长安也应有九十余日。夏州,在今陕西陕北靖边北。从平常的行走速度看,九十余日应是常数。

行人的路途停留,也在行程当中,岑参途中停留可在其诗中找到信息,如停留临洮:《临洮客舍留别祁四》《发临洮将赴北庭留别》《临洮泛舟赵仙舟自北庭罢使还京》,并有活动,"临洮泛舟"。停留河西节度治所凉州:《河西春暮忆秦中》《凉州馆中与诸判官夜集》《武威春暮闻宇文判官西使还已到高昌》《武威送刘单判官赴安西行营使呈高开府》《武威送刘判官赴碛西行军》,有"夜集"事。停留是因路途疲劳而必须得到休整。

岑参进出安西、北庭幕府,仅在途中往返就需要三四个月,甚至四五个月。

二是旅途辛苦。严耕望云:"道中情形,大抵自甘州以西始涉石碛,而玉门、伊州间之莫贺延碛,伊州间之大患鬼魅碛,情况最为恶劣,唐人屡屡言之,视为畏途。行旅者尤为水草而忧,驼马亦须特别装备。""岑参诸诗咏沙碛行旅者甚多,其《武威送刘单判官赴安西行营》诗云:'会到交河城,风土断人肠,……赤亭多飘风,鼓怒不可当,有时无人行,沙石乱飞扬,夜静天萧条,鬼哭夹道旁。'又《初过陇山呈宇文判官》云:'西来谁家子……前月发安西……七日过沙碛,终朝风不休,走马碎石山,四蹄皆血流。'此盖皆指伊州西州间之石碛而言,即大患鬼魅碛是也。"②

---

① (元)脱脱:《宋史》卷四九〇,中华书局,1977年,第14123页。
② 《唐代交通图考》第二卷《河陇碛西区》,第489页。

行走之艰，非能想见。《远行文》（伯二二三七）可以旁证："欲远行者，今为某事，欲涉长途。道路悬运（远），关山峻岨（阻）。欲其（祈）古道，仰托三尊；敬设清斋，澄之（证诸）心愿。然今此会焚香意者，为男远行之所施也。惟男积年军旅，为国从征，远涉边界，虔心用命。白云千里，望归路而朝清；青山万里（重），思古（故）乡而难见。虑恐身沉沙漠，[命]谢干戈。惟仗圣贤，仰恁三宝。从福智（至）福，永超生死之愿（原）；从明入明，速启菩提之路。然后上通有谛（顶），傍[括]十方。"① 此书第二部分所收乃吐蕃统治敦煌时期（786—848）之释门杂文。《远行文》是为参战之男祈祝的文章，文章并未言说战争的残酷，而重在讲从军之远和路程之艰："道路悬运（远），关山峻岨（阻）。"那么男儿往何地参战呢？他们的作战范围有多大？《行军转经文》（斯二一四六）："然今此会转经意者，则我东军国相论掣晡敬为西征将士保愿功德之建修也，伏惟相公天降英灵，地资秀气；岳山作镇，谋略坐筹。每见北虏兴师，频犯边境；抄劫人畜，暴耗（耗）田亩。使人色不安，蜂（烽）飙数举。我国相悖（勃）然忿起，怒发冲冠。遂择良才，主兵西讨。虽料谋指掌，百无一遗；然必赖福资，保其清古。是以远启三危之侣，遥祈八藏之文；冀仕（士）马平安，永宁家国。故使虔虔一志，讽诵《金刚》；济济僧尼，宣扬《般若》。想此殊胜，夫何以加？"② 文中"北虏"指汉军，"我"为吐蕃。"西讨"当从敦煌向西征讨。从空间距离看，敦煌向西肯定比不上从长安向安西、北庭之远了，但家人还是为出征远行的男儿如此忧心。由此可以想见岑参路途的感受："今夜不知何处宿，平沙万里绝人烟"③，"为言

① 杨富学、李吉和辑校：《敦煌汉文吐蕃史料辑校》，甘肃人民出版社，1999年，第212页。
② 《敦煌汉文吐蕃史料辑校》，第218页。
③ 《岑参集校注》卷二《碛中作》，第82页。

地尽天还尽,行到安西更向西"①。

(一)人缘:边塞诗核心内容展示

　　岑参两度出塞,一赴安西,一赴北庭。第二次创作最丰,这不仅需要边地风物给他的创作提供源源不断的新鲜素材,还需要一个有利于他创作的环境。在封常清幕中工作,岑参心情比较愉快,宾主关系融洽,交流的机会也多,和谐的人际关系有利于岑参的创作,而且也有充分的时间保证②。有关岑参和封常清的人际关系,多有成果。这里侧重论述岑参在北庭的同僚关系,会对人们理解岑参北庭之作有重要帮助。

　　岑参的幕中同僚很多,在诗中多有提及,但要注意到一个现象,多位同僚已先于他回京了,这不能不影响岑参的情绪。如1. 崔复。《千唐志斋藏志》九一一《大唐宣义郎行左卫骑曹参军摄监察御史赐绯鱼袋四镇节度判官崔君(复)墓志铭》云:"天宝中,边垂警急,职务填委……以左卫骑曹参军摄监察御史赐绯鱼袋四镇节度判官,□能也,乾元初,帑藏未殷。"崔为判官当天宝后期,疑即岑参《热海行送崔侍御还京》之崔侍御,崔某摄监察御史,正合。时间亦大略相合③。《吐鲁番出土文书》天宝十三载磑石馆具七至闰十一月帖马食历上郡长行坊状,七月二十四日:"郡坊帖马押官雍芝下帖天山馆马一匹,送崔复到腾过食麦一斗,付李罗汉。"④ 墓志与文书互证,可判断崔复天宝十三载已在封常清幕。崔复先于岑参离开,但据《吐鲁番出土文书》天宝十三载七月尚在天山南的磑石馆,崔或当年九月回

---

① 《岑参集校注》卷二《过碛》,第 83 页。
② 《唐代使府与文学研究(修订本)》,第 177—178 页。
③ 《唐方镇文职僚佐考(修订本)》,第 445 页。
④ 《吐鲁番出土文书》,第 96 页。

京,岑参《送崔子还京》云"送君九月交河北"。崔子即崔侍御。2.武
判官。天宝十三载礌石馆具七至闰十一月帖马料帐,七月七日"郡坊
帖马天山馆三匹,送武判官便腾过,食麦三斗,付天山马子李罗汉"。
九月"六日,郡坊马十六匹,内两匹刘总管乘迎武判官,食麦一石二
斗二升,付马子赵瓘。同日郡坊迎武判官四匹,食麦三斗四升,付健
儿□□"①。礌石馆在天山县与碛西馆之间,通向安西。九月武判官
尚往来安西,则其归京在次年八月,诗云："胡天八月即飞雪。"3.萧
沼。一作萧治。岑参有《天山歌送萧治归京》,《唐诗纪事》引此诗,
"萧治"作"萧沼","治""沼"形近致讹,萧沼有"生年一半在燕支"
诗②。4.薛侍御。岑参作《送四镇薛侍御东归》云："相送泪沾衣,天
涯独未归。"其名无考。5.王伯伦。《吐鲁番出土文书》天宝十三载
礌石馆具七至闰十一月帖马食历上郡长行坊状,廿九日"郡坊帖天
山馆马四匹,送使掌书记王伯伦到,内一匹腾向银山,食食麦二斗五
升。付李罗汉"。"卅日郡坊帖马八匹,送使王伯伦到,便留礌石充帖
馆马,共食麦五斗六升。付吕祖。"③可补《唐方镇文职僚佐考》。疑
屈突为安西掌书记,王伯伦为北庭掌书记。岑参有《送王伯伦应制授
正字归》云："当年最称意,数子不如君。战胜时偏许,名高人共闻。
半天城北雨,斜日灞西云。科斗皆成字,无令错古文。"④《四部丛刊》
景明正德本《岑嘉州诗》卷三"灞西"作"岭西"。疑此诗作于北庭,
因为诗是以回忆的语气起句,云"当年",而"当年"云云,似指"应制
授正字"事。题目似作《送王伯伦归》,"应制授正字"为题下注,指
往事。这样,"归"字方能落实。原题"应制授正字","送"往何方,

①《吐鲁番出土文书》,第94、103页。
②《敦煌诗集残卷辑考》卷中(法藏部分下),第315页。
③《吐鲁番出土文书》,第97页。
④《岑参集校注》卷二,第138页。

"归"在何处,既然应制授正字,为何要归,不能明白。王伯伦和岑参同在北庭幕,似先于岑归京,岑作诗相送。"科斗皆成字,无令错古文"两句,是善意调侃:要王伯伦不要把字认错,以使校刊有误。或有深意,不得而知。6. 李栖筠。岑参有呈李栖筠诗二首。《新唐书》李栖筠本传云:"常清被召,表摄监察御史,为行军司马。"[1] 李亦先于岑参回京。

另外,道别的有宗学士,他不是回京,而是出使北庭后又回龟兹。龟兹,安西节度使府所在。还有一位宇文判官,过去人们认为宇文判官当为高仙芝幕僚[2]。《岑参集校注》卷二《初过陇山途中呈宇文判官》注谓,据本篇及《武威春暮闻宇文判官西使还已到晋昌》《寄宇文判官》,知宇文氏时为安西四镇节度使高仙芝属下判官。今细析三诗,宇文似为河西节度使幕僚,而非安西僚佐。《初过陇山途中呈宇文判官》云:"一驿过一驿,驿骑如星流。平明发咸阳,暮及陇山头。陇水不可听,呜咽令人愁。沙尘扑马汗,雾露凝貂裘。西来谁家子,自道新封侯。前月发安西,路上无停留。都护犹未到,来时在西州。十日过沙碛,终朝风不休。马走碎石中,四蹄皆血流。万里奉王事,一身无所求。也知塞垣苦,岂为妻子谋。山口月欲出,光照关城楼。溪流与松风,静夜相飕飗。别家赖归梦,山塞多离忧。与子且携手,不愁前路修。"[3] 诗中"西来谁家子",皆以为是指"宇文",但与末句不合。"与子且携手,不愁前路修"是说与你携手同行,就不怕前面路途遥远了。也就是说岑参和宇文此后是同行,已过陇山向西方行走。从诗意可见,岑参和宇文的行走路线都是从东向西,只是到了陇山相

---

①《新唐书》卷一四六,第 4735 页。

②《唐方镇文职僚佐考(修订本)》,第 444 页。

③《岑参集校注》卷二,第 73 页。

见,才结伴同行,一赴安西,一赴河西。此后岑参有寄宇文诗。《寄宇文判官》云:"西行殊未已,东望何时还? 终日风与雪,连天沙复山。二年领公事,两度过阳关。相忆不可见,别来头已斑!"[①]此诗当作于阳关。"二年领公事,两度过阳关",当自谓两年内因公事,两次经过阳关。节度使幕僚因事会出使,或在节度使管辖范围内,或在相邻节镇之间。此次岑参过阳关非回长安途中,而是出使途中,故有"西行殊未已,东望何时还"句,意谓在安西做幕僚尚未结束,由阳关东望只是徒劳,何时能还尚未可知。阳关在今敦煌西南七十公里"古董滩"上,在唐代沙州境内,属河西节度使辖区,但距河西节度使治武威有一千七百余里路程,故言"相忆不可见,别来头已斑"。另,伯五〇三四《沙州图经》载石城镇往沙州城之南道:"一道南路,从镇东去沙州一千五百里,其路由古阳关向沙州,多缘险隘,泉有八所,皆有草,道险不得夜行。春秋二时雪深,道闭不通。"岑参天宝八载冬赴安西,应不走阳关道。故诗中"两度过阳关"似不指赴安西事。"别"当指岑参和宇文一路西行,于河西节度治所武威一别,宇文到达目的地,岑参继续西行。岑参《武威春暮闻宇文判官西使还已到晋昌》云:"片云过城头,黄鹂上戍楼。塞花飘客泪,边柳挂乡愁。白发悲明镜,青春换敝裘。君从万里使,闻已到瓜州。"[②]写于武威。武威,即凉州,河西节度使治所。本来岑参可和故友河西幕宇文判官相见,但宇文随主帅出使,武威向西有河西节度使管辖的甘州、肃州、瓜州、沙州。可能出使沙州已回,到达瓜州了。瓜州,即晋昌。此诗写作时间不好确定,大概是岑参由安西回长安经过武威所作。综合三首诗的信息,断宇文为河西幕僚较为合理。又王维《送宇文三赴河西充行军

---

① 《岑参集校注》卷二,第 86 页。
② 《岑参集校注》卷二,第 89 页。

司马》云："横吹杂繁笳，边风卷塞沙。还闻田司马，更逐李轻车。蒲类成秦地，莎车属汉家。当令犬戎国，朝聘学昆邪。"[①] 蒲类，蒲类海，即今新疆巴里坤湖，在天山北；莎车，在新疆西南，昆仑山北麓。二地皆不在河西节度使辖区，诗歌意谓比河西更遥远的天山南北皆为唐朝拥有，河西境周围的少数民族当归附臣服。王维诗题中"宇文三"或即岑诗中之"宇文判官"。《吐鲁番出土文书》中，岑参同幕僚佐基本都有行动记录，当然没有记录的也不能完全排斥。综合宇文判官的其他情况，《吐鲁番出土文书》无宇文，也算宇文判官不在安西幕的旁证。《凉州馆中与诸判官夜集》"河西幕中多故人"[②]，宇文当亦故人之一。凉州（武威）是河西重镇，而宇文判官则是岑参在安西和长安之间的重要人脉。岑初过陇山就想到宇文判官，急于写诗呈送，关系不同一般。从王维和岑参都有诗或呈或送宇文判官看，宇文应是当时一些赴边文人圈中的人。

　　从人缘角度可以准确把握岑参边塞诗的写作动因。主要有两类，一是和封常清及其将帅的关系；另一类是送人归京，主要是同僚关系。具有代表性的诗作，大致可以从这两类归纳。

　　王士禛《带经堂诗话》卷二九："高岑迥别，高悲壮而厚，岑奇逸而峭，钟伯敬谓高岑诗如出一手，大谬矣。"[③] 其说未必符合岑诗边塞诗风格。岑诗风格实际上结合了"悲壮而厚""奇逸而峭"两方面，可谓"悲壮奇峭"。廖立认为岑诗风格在于悲、壮、奇、丽四字[④]，但

---

① 《王维集校注》卷四，第 403 页。

② 《岑参集校注》卷二，第 144 页。

③ （清）王士禛著，（清）张宗柟纂集，郭绍虞主编，夏闳校点：《带经堂诗话》卷二九，人民文学出版社，1963 年，第 853 页。

④ 廖立：《岑参边塞诗的风格特色》，《岑参事迹著作考》，中州古籍出版社，1997 年，第 259 页。

此处有关"悲壮"的内容和原因的阐述则不相同。奇峭，论述成果较多，这里只就"悲壮"申论之。

岑诗之悲，有如下内容：

其一，功业难成。他进西域从军的真正原因是想建功立业。《发临洮将赴北庭留别（得飞字）》云："闻说轮台路，连年见雪飞。春风不曾到，汉使亦应稀。白草通疏勒，青山过武威。勤王敢道远，私向梦中归。"① 这首诗对剖析岑参第二次进西域从军的心路很重要。这是一次唱和，他得到"飞"字韵。这是他向诗友公开此行的意义，并妥善处理好勤王与恋亲的关系，勤王必然要付出努力和代价，"闻说"者，则说明此行轮台，和第一次去的安西不同，暗示和安西有对比；自然方面，春风不到，连年雪飞；人事方面，汉使应稀。诗中所写都在回应其他人的关心和慰问。"勤王敢道远，私向梦中归"意在回答别人"勤王道路远，家乡何时归"的关怀。而在边地，情况会发生变化。作者总是在追问：北庭绝域，又无战功，是否值得滞留？岑参还是智慧的，他在呈封常清的诗中，总是掩饰住功名无成的失望，但在送其他人的诗中常常真情流露出这一苦闷之情。其实他在赴北庭途中遇到赵仙舟，并同情赵仙舟功名无成："白发轮台使，边功竟不成。云沙万里地，孤负一书生。"② 岑参以"书生"自命，对"书生"赵仙舟赴边的结局难道会无动于衷？当日暮过贺延碛时，岑参竟说出"悔向万里来，功名是何物"③ 的话。

但在主帅作战凯旋时，岑参也表达了自己在军中的收获，体现出知识分子可贵的激情："何幸一书生，忽蒙国士知。侧身佐戎幕，敛衽事边陲。自逐定远侯,亦着短后衣。近来能走马,不弱并州儿。"① 但并未言及自己最关切的内容,那就是战功。《北庭作》是一首自我言说的独白诗,没有赠答背景②:"雁塞通盐泽,龙堆接醋沟。孤城天北畔,绝域海西头。秋雪春仍下,朝风夜不休。可知年四十,犹自未封侯。"③ "封侯"是岑参理藏在心底的理想,但在有关封常清的诗中从未说过类似的话。值得注意的是《北庭贻宗学士道别》④:

> 万事不可料,叹君在军中。读书破万卷,何事来从戎? 曾逐李轻车,西征出太蒙。荷戈月窟外,擐甲昆仑东。两度皆破胡,朝廷轻战功。十年只一命,万里如飘蓬。容鬓老胡尘,衣裳脆边风。忽来轮台下,相见披心胸。饮酒对春草,弹棋闻夜钟。今且还龟兹,臂上悬角弓。平沙向旅馆,匹马随飞鸿。孤城倚大碛,海气迎边空。四月犹自寒,天山雪濛濛。君有贤主将,何谓泣途穷? 时来整六翮,一举凌苍穹。

宗学士,身份不详。但在北庭岑参与宗学士之间的彻夜长谈,成了岑参总结北庭生活的重要材料。两个知识分子边地相遇,倾诉衷肠。"相见披心胸"的谈话才能让我们走进岑参的内心深处。归结起来有如下两点:一,书生立边功是不切实际的理想。自我否定了书生从戎的价值取向:"万事不可料,叹君在军中。读书破万卷,何事来从戎?"当年过贺延碛时"悔向万里来,功名是何物",还没有看到功名不可能获得,只是说太辛苦,不远万里为功名有些不值,而在和宗学

---

① 《岑参集校注》卷二《北庭西郊候封大夫受降回军献上》,第 150 页。
② 戴伟华:《独白:中国诗歌的一种表现形态》,《中国社会科学》2003 年第 3 期。
③ 《岑参集校注》卷二,第 155 页。
④ 《岑参集校注》卷二,第 157 页。

士的对话中，已是"两度皆破胡，朝廷轻战功。十年只一命，万里如飘蓬"的绝望。而结句的"君有贤主将，何谓泣途穷？时来整六翮，一举凌苍穹"，只是痛极之时的空洞安慰而已，不论是对宗学士，还是对岑参，都是如此；二，军中的辛苦非亲历者不知。"孤城倚大碛，海气迎边空。四月犹自寒，天山雪濛濛。""容鬓老胡尘，衣裘脆边风。"而宗学士在北庭（轮台）和安西（龟兹）之间往返一次，就有七八千里路程。他们之间的谈话，内容集中，心情沉重，态度诚实。其实，在岑参诗中有关书生难立功的话题是存在的，不过常以"无事"代之，换句话说，"无事"成了"无功"的委婉表述。"边城寂无事，抚剑空徘徊。"① "幕下人无事，军中政已成。"② "公府日无事，吾徒只是闲。"③ 岑参和李栖筠的关系比较特殊，表面上是客气，实际上只是同僚之间的应酬，使用"敬酬"，显然有些生分，唐人很少用这个词。"边头幸无事，醉舞荷吾君。"④ 北庭无事，于岑参是悲剧，在长安守着家人无事要远胜于在边地。他深深地叹息："轮台万里地，无事历三年。"⑤

其二，思家恋亲。在赴北庭途中，他写有《赴北庭度陇思家》云："西向轮台万里余，也知乡信日应疏。陇山鹦鹉能言语，为报家人数寄书。"⑥《临洮泛舟赵仙舟自北庭罢使还京》云："醉眠乡梦罢，东望羡归程。"⑦ 在北庭写有大量送别诗，而送同僚归京是主要部分。"相

---

① 《岑参集校注》卷二《登北庭北楼呈幕中诸公》，第 159 页。
② 《岑参集校注》卷二《奉陪封大夫宴》，第 161 页。
③ 《岑参集校注》卷二《敬酬李判官使院即事见呈》，第 162 页。
④ 《岑参集校注》卷二《奉陪封大夫九日登高》，第 164 页。
⑤ 《岑参集校注》卷二《首秋轮台》，第 182 页。
⑥ 《岑参集校注》卷二，第 141 页。
⑦ 《岑参集校注》卷二，第 143 页。

送泪沾衣,天涯独未归"①可以概括这类诗的主题。他的同僚先后都离开了安西、北庭,《白雪歌》送武判官归京,《天山雪》送萧治归京,《热海行》送崔侍御归京,另有送人东归、送别多首,送别成了岑参边塞诗的重要内容。《与独孤渐道别长句兼呈严八侍御》充分表达了回归的迫切希望:"怜君白面一书生,读书千卷未成名。"②言人亦言己;"奉使三年独未归,边头词客旧来稀。"③亦如《送四镇薛侍御东归》云"天涯独未归",应是实情,他已将同僚分别送归京师了。"台中严公于我厚,别后新诗满人口。自怜弃置天西头,因君为问相思否。"如果说在《白雪歌》中表达回归的想法还比较含蓄,这里已有了过分的请求,希望严八能设法将"弃置天西头"的自己援引回京。这首诗和《北庭贻宗学士道别》一样都有总结性的作用。

其三,怀才不遇而孤芳自赏。《优钵罗花歌》④正是寄托了这样的情感:

> 白山南,赤山北。其间有花人不识,绿茎碧叶好颜色。叶六瓣,花九房。夜掩朝开多异香,何不生彼中国兮生西方。移根在庭,媚我公堂。耻与众草之为伍,何亭亭而独芳。何不为人之所赏兮,深山穷谷委严霜。吾窃悲阳关道路长,曾不得献于君王。

一是寓己才独特而无人认识。"好颜色""多异香"而"人不识"。二是寓己高洁而孤芳自赏。"耻与众草之为伍,何亭亭而独芳。"三是寓

---

① 《岑参集校注》卷二《送四镇薛侍御东归》,第175页。
② 《岑参集校注》卷二,第176页。
③ 《岑参集校注》卷二,第176页。
④ 《岑参集校注》卷二,第179—180页。

己赴边而生非其所。"何不生彼中国兮生西方"，"深山穷谷委严霜"。四寓己托身绝域而不能报效君主。"吾窃悲阳关道路长，曾不得献于君王。"这和以上所论岑参之悲是一致的。岑参怀才不遇，似与主帅封常清有一定关系，这里存在一个误解，盛唐文人入幕建功立业是理想，但能成功者屈指可数。岑参有时会把时代因素与个人因素混杂在一起，客观上基于当事人的认识也很难区别，岑参认为个人的功业和主帅相关，在《送张都尉东归》还加一小注"时封大夫初得罪"，在《送四镇薛侍御东归》诗中说"将军初得罪，门客复何依"。诗中是有怨言的。岑参在给安西幕僚宗学士的诗中有一句话"君有贤主将，何谓泣途穷"，"贤主将"如指封常清，则不能说"君有"，因为安西和北庭主帅都是封常清。诗似乎在表达另一层意思：你有贤主将，为什么要为命运不好哭泣？贤主将应该不是安西节度封常清，而是指某一将领，其身份是都督。在出土文书"天宝十四载都中县具达匦馆私价和麦帐历上郡长行坊牒"末盖"交河郡都督府"朱印一处 ①，有可能"贤主将"是安西节度使属下的龟兹都督，类似交河郡都督职位的人。也可能是龟兹镇使，《唐六典》卷五载："凡镇皆有使一人，副使一人，万人已上置司马、仓曹、兵曹参军各一人，五千人已上减司马。" ② 诸军镇设有镇遏使，即镇使、镇主。岑参于此是安慰别人，也是自悲。

　　岑诗悲壮，"悲"在于诗中的情感体现，而"壮"主要在于作者活动背景的展示，如军中生活以及将帅出征。略举数例如下：

　　其一，军中生活图景。"将军角弓不得控，都护铁衣冷难着。瀚海阑干百丈冰，愁云惨淡万里凝。中军置酒饮归客，胡琴琵琶与羌

---

① 《吐鲁番出土文书》，第 88 页。
② 《唐六典》卷五，第 158 页。

笛。"① "五千甲兵胆力粗,军中无事但欢娱。暖屋绣帘红地炉,织成壁衣花氍毹。灯前侍婢泻玉壶,金铛乱点野酡酥。紫绂金章左右趋,问著只是苍头奴。美人一双闲且都,朱唇翠眉映明瞳。清歌一曲世所无,今日喜闻《风将雏》。"②

其二,将帅出征。"上将拥旄西出征,平明吹笛大军行。四边伐鼓雪海涌,三军大呼阴山动。虏塞兵气连云屯,战场白骨缠草根。剑河风急雪片阔,沙口石冻马蹄脱。亚相勤王甘苦辛,誓将报主静边尘。"③ "将军金甲夜不脱,半夜军行戈相拨,风头如刀面如割。马毛带雪汗气蒸,五花连钱旋作冰,幕中草檄砚水凝。虏骑闻之应胆慑,料知短兵不敢接,车师西门伫献捷。"④

其三,景物气候。"北风卷地白草折,胡天八月即飞雪。忽然一夜春风来,千树万树梨花开。"⑤ "北风夜卷赤亭口,一夜天山雪更厚。能兼汉月照银山,复逐胡风过铁关。交河城边鸟飞绝,轮台路上马蹄滑。晻霭寒氛万里凝,阑干阴崖千丈冰。"⑥ "火山突兀赤亭口,火山五月火云厚。火云满山凝未开,飞鸟千里不敢来。"⑦ "君不见走马川行雪海边,平沙莽莽黄入天! 轮台九月风夜吼,一川碎石大如斗,随风满地石乱走。"⑧ 当然,在写景中也表现出文士从军既悲且壮的双重情怀。

---

①《岑参集校注》卷二《白雪歌送武判官归京》,第 163 页。
②《岑参集校注》卷二《玉门关盖将军歌》,第 165 页。
③《岑参集校注》卷二《轮台歌奉送封大夫出师西征》,第 146 页。
④《岑参集校注》卷二《走马川行奉送出师西征》,第 148 页。
⑤《岑参集校注》卷二《白雪歌送武判官归京》,第 163 页。
⑥《岑参集校注》卷二《天山雪歌送萧治归京》,第 169 页。
⑦《岑参集校注》卷二《火山云歌送别》,第 171 页。
⑧《岑参集校注》卷二《走马川行奉送出师西征》,第 148 页。

（二）地缘：天山南北的差异

这在过去的研究中没有自觉意识到其意义。岑参两次入西域，时间有别，有先后关系；人缘有别，主帅不同，前为高仙芝，后为封常清；还有远近之别，安西更远。从西州经交河，上天山，由柳谷他地道到北庭。而去安西则过西州、天山县、礌石碛、银山碛、碛西馆、吕光馆、新城馆、焉耆、铁门关、榆林城、东夷僻城、西夷僻城、赤岸城，然后至安西（龟兹镇）。更有地缘之别，前在天山南，后在天山北。

从地理学角度看，天山南北差异较大。新疆境内有天山、昆仑山、阿尔泰山三大山系，天山山脉横贯东西，把新疆分为南北两部分。人们习惯上把天山以南称为南疆，把天山以北称为北疆。虽然只是一道天山相隔，但从气候、地貌和风光方面看，天山南北却是截然不同的两个世界。北疆受大西洋和北冰洋水汽影响，年降水量大于南坡，适合森林生长，且准噶尔盆地西部有缺口，便于水汽进入；南疆的戈壁沙漠较多，干燥少雨，属暖温带大陆性干旱气候，植被较为稀少，昼夜温差大，日照时间长。

就自然条件而言，北疆比较优越，属强势文化生态区；而南疆相对较差，应属弱势文化生态区。《新唐书·吐蕃传下》云："轮台、伊吾屯田，禾菽弥望。"[1]《皇舆西域图志》卷九："木叠在济尔玛台东十里，负天山之阴，地广，饶水草，宜耕牧，东扼巴尔库勒，西通乌鲁木齐，旧为声援要地……木叠布拉克出南山下北流，过旧城西，又经新城东环堡左右，其东北境有木垒塘，有屯田。""镇西府治在巴尔库勒东南，距哈密三百三十里，南界天山，西隐平冈，西北有巴尔库勒尔，周一百二十余里，缘山北麓，原泉竞发，分为三河，汇入大泽，水气浸润，庶草繁庞，地宜畜牧。"天山之阴、北麓均指天山之北，有良好的

---

[1]《新唐书》卷二一六下，第6107页。

生态。

　　有迹象表明,岑参在北庭,有往来天山南北的经历。第一,他第二次赴北庭,当由交河翻越天山。《鸣沙石室佚书》本《西州图经》记西州四达之谷道:"乌骨道,右道出高昌县界北乌骨山,向庭州四百里,足水草,峻嶮石粗,唯通人径,马行多损。""他地道,右道出交河县界,至西北,向柳谷,通庭州四百五十里,足水草,唯通人马。"

　　岑参由庭州出使交河当走两道中之一道。乌骨道因峻嶮石粗,马行多损,应备非常之用,而他地道应为常道。此为岑参出使交河之道。据严耕望考:"他地道由交河堕县(今吐鲁番西二十里逊尔)北行八十里至龙泉馆(今桃花园子稍北);又北入谷,盖金岭口也(今Ishak 山口?),宝货所出;又北经漠冢砦、柳谷渡(今番家地、三岔口?),共凡一百三十里至金沙(婆)岭。柳谷置镇,属西州;吐鲁番文书有柳谷馆驿者,盖亦此地欤? 金沙岭即金岭,在天山正干博克达山脉上(清名金岭,约今 Yoghan Terek 山口),有龙堂,盛夏积云,刻石记云小雪山。有金岭城,为戍守重地,盖在此处。按今道逾天山正脉处,近峰亦逾 4000 公尺,故有雪山之名也。踰岭亦名柳谷,循谷北下经石会漠戍,凡一百六十里至庭州。州南五十里神仙镇(今水西沟?)当西州路路,盖亦在此道上。《新志》记此道全程三百七十里,盖实四百里有余。此道足水草,通人马,屡见唐宋旧籍,盖西、庭两州交通之主道也。"[1]

　　柳谷在金娑岭下,金娑岭,《吐鲁番出土文书》云:"郡坊官驴陆头,金娑岭驮帐幕。""郡坊帖马七匹,向金娑领头迎大夫。"[2]一作金沙岭,《新唐书·地理志》西州交河县:"交河,中下。自县北八十

---

① 《唐代交通图考》第二卷《河陇碛西区》,第 592、594 页。
② 《吐鲁番出土文书》,第 68、167 页。

里有龙泉馆，又北入谷百三十里，经柳谷，渡金沙岭，百六十里，经石会汉戍，至北庭都护府城。"① 因"娑""沙"音近而省为"沙"，严考谓"沙"一作"娑"，《元和郡县图志》卷四〇西州目："北至金娑岭，至北庭都护府五百里。"②《元和郡县图志》作"金娑岭"，误。这也是北庭和西州间的正常通道。封常清和他的僚佐们常经此道在安西、北庭之间往返。"封常清自天宝十三载四月末，由长安西归途中，到达交河郡治所后，迅即北上，赶赴北庭，在北庭停留至八月末，始南下交河郡治所，再西行返回安西四镇治所。其后，在九月末，曾一度由安西东去北庭，但未成行，直到十一月初，又见有北庭之行，至十一月十八日，又西返安西任所。中间经过闰十一月，到十二月又见封常清一行，经交河郡治所，复又去北庭任所。"③

　　第二，岑参曾由北庭出使至交河。岑诗云："奉使按胡俗，平明发轮台。暮投交河城，火山赤崔巍。"④ 天亮出发，傍晚到达。交河与庭州之间四百里有余，但并非坦途，朝发夕至十分辛苦。《宋史》卷四九〇《高昌传》云："高昌即西州也。其地南距于阗，西南距大食、波斯，西距西天步路涉、雪山、葱岭，皆数千里。地无雨雪而极热，每盛暑，居人皆穿地为穴以处。飞鸟群萃河滨，或起飞，即为日气所烁，坠而伤翼。屋室覆以白垩，雨及五寸，即庐舍多坏。有水，源出金岭，导之周围国城，以溉田园，作水碾。地产五谷，惟无荞麦。贵人食马，余食羊及凫雁。乐多琵琶、箜篌。出貂鼠、白氎、绣文花蕊布。俗好

①《新唐书》卷四〇，第1046—1047页。

②《元和郡县图志》卷四〇，第1031页。

③ 朱雷：《吐鲁番出土天宝年间马料文卷中所见封常清之碛西北庭行》，《敦煌吐鲁番文书论丛》，甘肃人民出版社，2000年，第270页。引用文献见《吐鲁番出土文书》，文物出版社，1991年。

④《岑参集校注》卷二，第152页。

骑射。妇人戴油帽,谓之苏幕遮。用开元七年历,以三月九日为寒食,余二社、冬至亦然。……好游赏,行者必抱乐器。佛寺五十余区,皆唐朝所赐额,寺中有《大藏经》《唐韵》《玉篇》《经音》等,居民春月多群聚邀乐于其间。游者马上持弓矢射诸物,谓之禳灾。有敕书楼,藏唐太宗、明皇御札诏敕,缄锁甚谨。复有摩尼寺,波斯僧各持其法,佛经所谓外道者也。所统有南突厥、北突厥、大众慰、小众慰、样磨、割禄、黠戛司、末蛮、格哆族、预龙族之名甚众。国中无贫民,绝食者共赈之。人多寿考,率百余岁,绝无夭死。……师子王邀延德至其北廷。历交河州,凡六日,至金岭口,宝货所出。又两日,至汉家砦。又五日,上金岭。过岭即多雨雪,岭上有龙堂,刻石记云,小雪山也。岭上有积雪,行人皆服毛罽。度岭一日至北廷,憩高台寺。其王烹羊马以具膳,尤丰洁。"① 从交河到金岭口,六日。到汉家砦,两日。到金岭,五日。到北庭,一日。从交河到北庭,计用十四日。而严耕望引 H. Maspéro 著之所录文书云:"柳谷镇状上州(第一行)……西州长行回马壹匹(第二行)。右检案内(以另行),得马子高怀辞称,先从西州领得前件马,送使往至北庭。今月廿八日都〔却〕回至柳谷镇,停经二日,绥渐发白酸来,其马行至镇南五里忽卸黄致死。"② 可见,从北庭回西州,过柳谷镇停经二日。廖立在研究岑参时,运用了《吐鲁番出土文书》,给我们以启发③。天宝十四载交河郡某馆具上载帖马料帐八月二十四日:"郡坊帖马陆匹,迎岑判官,八月廿四日食麦四斗五胜,付马子张仟仟。"天宝十四载某馆申十三载七至十二月马料帐,十一月:"坊帖岑判官马柒匹,共食青麦三斗伍胜,付健儿陈

① 《宋史》卷四九〇,第 14111—14112 页。
② 《唐代交通图考》第二卷《河陇碛西区》,第 595 页。
③ 廖立:《吐鲁番出土文书与岑参》,《岑参事迹著作考》,第 87—96 页。

金。"① 应指此次出使交河郡。岑参不止一次由北庭到天山南，《送崔子还京》"送君九月交河北"②，应是另一次。

第三，岑参诗中有关于天山南北联系的材料。《优钵罗花歌并序》云："交河小吏有献此花者，云得之于天山之南。"③ 交河在天山之南，小吏从交河到北庭献优钵罗花。《北庭贻宗学士道别》云："忽来轮台下，相见披心胸。饮酒对春草，弹棋闻夜钟。今且还龟兹，臂上悬角弓。"④ 龟兹，安西节度使府所在地。宗学士从龟兹来轮台，现在还龟兹，故作诗送别。

于此，可以说，其一，安西和北庭之间有通道，岑参有出使交河的一首诗，但并不能说出使交河只有一次，至少他由长安赴北庭时就由交河翻越天山至任所。其二，因为有出使的经历，岑参在第二次入北庭幕就有了北庭和安西风土、气候等方面的了解和对比，北庭自然环境明显优于安西，也就会珍惜北庭环境。其三，岑参有了穿越天山博克多山脉的经历。这是第一次入安西幕没有的经历。

安西、北庭，地处天山南北，两地都在迥远的西域，自然环境恶劣，风俗、饮食、生活习惯异于中土。但将天山南北做比较，则北疆自然环境又优于南疆。这在岑参诗中有反映。岑参《使交河郡郡在火山脚其地苦热无雨雪献封大夫》云："奉使按胡俗，平明发轮台。暮投交河城，火山赤崔巍。九月尚流汗，炎风吹沙埃。何事阴阳工，不遣雨雪来。吾君方忧边，分阃资大才。昨者新破胡，安西兵马回。铁关控天涯，万里何辽哉。烟尘不敢飞，白草空皑皑。军中日无事，醉

---

① 《吐鲁番出土文书》，第 179 页。
② 《岑参集校注》卷二，第 171 页。
③ 《岑参集校注》卷二，第 179 页。
④ 《岑参集校注》卷二，第 157 页。

舞倾金罍。汉代李将军,微功合可哈。"① 他是从天山北的轮台出使到天山南的交河,必须翻越天山(博克多山脉),感受到交河和轮台的气候差异。交河"苦热无雨雪","九月尚流汗"。循诗之意,轮台气候应不同于交河,否则他就没有理由批评交河的炎热天气。其实交河早在岑参诗中有过更清晰的描写:"曾到交河城,风土断人肠。寒驿远如点,边烽互相望。赤亭多飘风,鼓怒不可当。有时无人行,沙石乱飘扬。夜静天萧条,鬼哭夹道旁。地上多髑髅,皆是古战场。"②

而九月轮台的气候不同于天山南的交河。"轮台九月风夜吼,一川碎石大如斗……马毛带雪汗气蒸,五花连钱旋作冰。"③ 轮台东门送武判官归京:"北风卷地白草折,胡天八月即飞雪。忽如一夜春风来,千树万树梨花开。"④

天山北麓的优势生态在岑参诗中基本没有展示,但天山南北的生态不同是客观存在的。

岑集中写安西的诗很少,第一次赴安西,可确定写在安西节度使府的诗只有一首,即《安西馆中思长安》,诗的主题在题目中已明示:"家在日出处,朝来起东风。风从帝乡来,不异家信通。绝域地欲尽,孤城天遂穷。弥年但走马,终日随飘蓬。寂寞不得意,辛勤方在公。胡尘净古塞,兵气屯边空。乡路眇天外,归期如梦中。遥凭长房术,为缩天山东。"⑤ 安西、长安相隔万里,当然相思无助,归梦难期了。其余的诗都写在赴安西途中。北庭时期,岑参创作激情充沛,诗作数量多,质量高。《白雪歌》《走马川行》《轮台歌》《火山云歌》《热海

---

① 《岑参集校注》卷二,第 152 页。
② 《岑参集校注》卷二《武威送刘单判官赴安西行营便呈高开府》,第 91 页。
③ 《岑参集校注》卷二《走马川行奉送出师西征》,第 148 页。
④ 《岑参集校注》卷二《白雪歌送武判官归京》,第 163 页。
⑤ 《岑参集校注》卷二,第 84 页。

行》等名篇都创作于此时。

北庭自然生态优于安西，且书生建功立业的理想难以实现，"无事"的状态使岑参有时间和精力去写作。《优钵罗花歌序》为人们了解岑参北庭生活的精神世界留下珍贵的记录："自公多暇，乃于府庭内栽树种药，为山凿池，婆娑乎其间，足以寄傲。"① 这一小环境虽然与西域风情、西部战事不太和谐，但毕竟能让诗人在山池树药中得到安慰，以满足一时的精神享受。顺着这条线索，在其他诗作中也就能找到类似"寄傲"的情绪，他在《使院中新栽柏树子呈李十五栖筠》解释为何种柏树："爱尔青青色，移根此地来……不须愁岁晚，霜露岂能摧。"② 松柏的品质在于：岁寒而后凋。"霜露岂能摧"应有深意，在表明自己不屈的情操。《天山雪歌送萧沼归京》结句云"雪中何以赠君别，惟有青青松树枝"。松柏都贵在"青青色"。一般解释赠以青青松枝是在表达友谊长青，还不如说是在传达"寄傲"情怀。其实《优钵罗花歌序》中已经讲得很清楚了："因赏而叹曰：'尔不生于中土，僻在遐裔，使牡丹价重，芙蓉誉高，惜哉！'""适此花之遭小吏，终委诸山谷，亦何异怀才之士，未会明主，摈于林薮耶？"③《序》之感情在《歌》中得到强化，也可以说是重复强调。如果《序》失传了，或者连这首《歌》也失传了，人们也许就找不到，也体会不了岑参在西域的悲伤情结，怀才不遇和孤芳自赏。忽视了岑参的这一段情感经历，也就不能认识完整的西域岑参形象。

岑参诗的写实，在创作边塞诗方法上处于弱势，但他的诗歌在证史（舆地）的价值上又表现出强势；岑参入西域幕府，在当时是弱

---

① 《岑参集校注》卷二，第 179 页。
② 《岑参集校注》卷二，第 162 页。
③ 《岑参集校注》卷二，第 180 页。

势,"奉使三年独未归,边头词客旧来稀",但写作的边塞诗独特而有个性,这在边塞诗中非常珍贵,就是强势;岑参没有和其他同僚一样及时归京,属于弱势,但由于他的坚持,完整展现了一位盛唐文人西域生活的心灵史,这在诗歌认识价值上就有了优势。天山南北的自然生态的差异,使他进一步把握北庭及天山南北景观特点,将之写入诗中,可视为强弱势文化摩擦的结果。应该看到,事物在运行中体现出矛盾统一的法则,事物性质可以转化,在甲方面是弱势,在乙方面却成了强势。所谓强、弱势文化视野,与其用之于考察研究对象的性质,还不如用之于考察对象的方法。其方法的提示作用是,对任何事物属性的分析,不是一元,而是多元,常常呈现两种相对的关系,所谓强和弱的关系,即有关事物的多与少、优和劣、高与低、悲与喜、成和败的关系,而我们就在这一对对关系中去把握事物的本质,在二元对立中去寻找矛盾的对立统一。

岑参是一位伟大的诗人。严耕望将其与玄奘相提并论,充分肯定了岑参西域纪行诗的价值。随着岑参进入和退出西域,而盛唐西域边塞诗也随之产生和消失,这样的现象在唐代尚未有人能与之相比。一位具唯一性而没有人真正能替代的诗人,其诗坛地位及其诗歌价值理应予以高度重视。当我们在有限的材料面前,去追求再现古代文人的心灵历程时,会感到力不从心;当我们在诗人作品的字里行间望闻问切时,似乎找到作品中每一句每一字的深意,发现作品与背景、作品与作品间的情感联系及其表达方式。陈寅恪在《冯友兰中国哲学史上册审查报告》中说:"吾人今日可依据之材料,仅为当时所遗存最小之一部,欲藉此残余断片,以窥测其全部结构,必须备艺术家欣赏古代绘画雕刻之眼光及精神,然后古人立说之用意与对象,始可以真了解。所谓真了解者,必神游冥思,与立说之古人,处于同一境界,而对于其持论所以不得不如是之苦心孤诣,表一种之同情,始能批评其学说之是非得失,而无隔阂肤廓之论。"① 面对着"残余断片",对岑参的研究虽追求"无隔阂肤廓之论",但亦恐"流于穿凿傅会之恶习"。

----

① 陈寅恪:《金明馆丛稿二编》,上海古籍出版社,1980 年,第 247 页。

第十章　余论

在文化生态与唐代诗歌研究的框架下,可以让自己自由地去寻找新的角度,也不断调整论文的中心、重心和结构。在研究过程中常常为一点发现、发明激动得废寝忘食,并和学生分享。

长安和江南的思考,正和当前文化热相呼应,如时下我熟悉的江南文化、岭南文化研究颇有声势。我对文化的兴趣在于对具体事物的关注,而非理论阐释。在研究长安时,我关注到安史之乱发生后的乾元元年,这一年杜甫与其他几位诗人大明宫唱和,一般研究者会在四人唱和中分析其高下优劣,希望在写作技巧上揭示四位诗人的各自家数,这一点非常重要。我更多是从文化生态着眼,考虑文人生存的环境以及与时代的关联。本来放入地域性章节探讨的问题,最后侧重在时代性,放入"作品论"一章,成为其一部分。研究重心也做了调整,放在回答方回之问了。此组唱和诗的写作(758)离安史之乱发生(755)未远,安史之乱前后长安城应有变化,但在诗中没有留下痕迹,而评论者亦少有涉及于此。元方回《瀛奎律髓》卷二岑参"鸡鸣紫陌"云:"四人早朝之作,俱伟丽可喜,不但东坡所赏子美'龙蛇''燕雀'一联也。然京师喋血之后,疮痍未复,四人尽夸美朝仪,不已泰乎?"① 说实话,方回是有眼光的,他的怀疑虽不确定,但确实

---

① 《瀛奎律髓汇评》卷二,第61页。

是一个问题。

自己的研究习惯是，较多人关注的事件就暂且不议，而去发现新的意义和文献价值，故有时也会做出误判，其实这和我进入职业生涯时所持态度相关。我以为社会科学研究，应有宽容性，有如自然科学研究一样，不试探、不试错，怎么能深入下去。因此，我们总是感叹学术研究的重复太多太多，这是因为学术环境不利于探索，重复或改头换面表述没有风险，不必付出太多劳动。创新，事实上是与风险同在的，有时会付出很大代价。当然，探索与创新必需保持清醒头脑，不是为了猎奇，而是一种推进学术发展的担当。

安史之乱中长安建筑未受大的破坏。安史乱起到至德二年（757）才收复长安。长安城虽遭抢掠，但其基本建筑应未遭大的破坏，这和洛阳很不一样。洛阳遭受了严重破坏，从颂扬京师的角度看，四诗写出京师长安建筑雄伟、风景祥和、人物雍容，应与实际相去不远。这四位诗人在安史乱前，都有长安生活经历，甚至有较长的时间，因此，可以说，诗中所写必定融入了盛世图景，诗中景象叠合着过去的记忆和现在的感触。后世读这一组诗，感受到的是盛世风采，甚至在描绘盛唐之音时也会引用其中诗句如"金阙晓钟开万户，玉阶仙仗拥千官"等以为例证。于此当慎重。而四人唱和中没有一首触及刚刚发生的安史之乱及其给城市和文人心理造成的影响，这就是作者主观上的选择所致。诗歌无警省与批判精神，甚至连"劝百讽一"之"讽"都见不着踪影。安史乱后，国家元气大伤，长安城阙依旧，但已失去往日的辉煌。政治运作难免艰窘，经不起风吹雨打，危机潜伏，随时都可能爆发。事实也是如此，乾元元年（758）唱和后的广德元年（763）吐蕃入长安之时，致使"长安中萧然一空"。至德二年九月收复长安，而乾元元年六月前贾至等四人《早朝大明宫》唱和距之不到一年时间。实际上，这四人的《早朝大明宫》唱和是把四人在盛唐长安所见融入当下的写作中,是盛世想象和眼前见闻的叠合,是往昔与今日的复调。因此,杜甫名作《饮中八仙歌》也在此做了新的解释,通常所谓《饮中八仙歌》作年被系于天宝前期或后期,在文献中并没有依据,而这里将此诗系于乾元元年,是在和以往系年的比较中确定的,是在诸说中取其最合理的一种。承接《早朝大明宫》的想象与现实结合的构思方式,《饮中八仙歌》具有同样的情感结构,此时的杜甫自叹没有八仙身处盛世的风流倜傥,也没有八仙在饮酒中的放荡无碍。更羡慕八仙豪饮而不必典衣偿债,有邻里毕曜过从对饮还算差强人意。关于八仙的传说,在杜甫与如毕曜等狂饮时,成为谈资,不断被修饰美化,不断被补充添加细节,也有可能不断增减人物。然后,杜甫在饮宴间不断举杯邀约那些仙人,将之写入长卷,呈现出传世《饮中八仙歌》风神。对《饮中八仙歌》作意赋予太多政治意义,可能会离写作意图渐远,也会减损其艺术价值。《饮中八仙歌》本来就是写生活的样子,展现一群文士与饮酒相关的图景,于存在与想象中结撰。在纵酒方面,杜甫和八仙一样,谓之醉,或谓之醒,皆可。杜甫以酒为媒,创作《饮中八仙歌》,展现出对帝京的风流记忆和缅怀。杜甫乾元元年与贾至、王维、岑参四人的《早朝大明宫》唱和,艺术精湛、身份得体,在诗歌史上产生了一定影响。但此唱和在安史之乱发生后三四年间,故诗中歌颂长安的雄壮气势受到方回的质疑,而这一点确实为论者所忽视。四人所写的京城气象和现实应有相当的距离,诗中呈现的图景应是盛世的记忆和现世景象的叠合。缘此,杜甫《饮中八仙歌》也正是昔日帝京风流的追忆和现实情景的慨叹,与其看作是杜甫困守长安时的诗歌,还不如放在乾元元年更为合理,时与邻里毕曜相交,其中一乐便是饮酒。《早朝大明宫》和《饮中八仙歌》分别代表了杜甫乾元元年公共空间和私人空间的写作。研究是一种接近真理和事实的过程,因此这里的考述只是想比较真实地反映杜甫《饮中八仙歌》的创作实际,希望成为一个可资参用的观点。

概念的确立在研究中关系极大,在做长安与江南时,首先遇到"江南",在过往的研究中,界定江南时,总拖着一个尾巴,即杜牧诗中的"江南""扬州"关系。扬州在长江以北,而杜牧《寄扬州韩绰判官》和《遣怀》两首诗让人误判杜牧认为扬州属于"江南"。实际上,杜牧对"江南""江北"界定清晰,从未混淆。杜牧《遣怀》诗中应为"落魄江湖"而非"落魄江南",这是版本问题导致人们认为杜牧此处将扬州归属江南;而《寄扬州韩绰判官》诗是因对创作地点理解有误,导致人们误解扬州地属江南。杜牧及唐人诗歌中的"江南"并不包括"扬州"。

从概念出发会收到意想不到的效果。刘禹锡和白居易《忆江南》,白词三首,而刘词二首,陶敏等学者认为刘词似遗佚一首,但刘禹锡词题显示"和乐天春词","春词"就是一个概念,和"秋词"有了区别。刘禹锡依"曲拍"所和白居易"春词"《忆江南》当为一首,而"山寺月中寻桂子"是"秋词"内容,本不在刘禹锡和诗范围之内,故不应怀疑刘诗有遗逸。"曲拍"指依词式填词,而非依曲填词。刘禹锡和白居易《忆江南》词,与其《同乐天和微之深春二十首》一样存在"江南缺席"现象。白词忆江南风物,而刘词不守白词首唱"忆江南"的要求,所写内容与应写内容偏离;所写地点与词调应写地点偏离。另外,情感也有了偏离,白居易词基本情感是"忆",是对过去江南生活的眷念,而刘禹锡《忆江南》是与春天作别。

同样,《状江南》也遇到一个概念,即诗题中的"状",一般会将"状"理解为描绘、描写,《状江南》之"状"是"比"的意思,"状江南"就是用比喻描写江南,又因"每句须一物形状"的写作规则,造成一月一诗中以比喻手法呈现三物形状,这种写作方法突破了以往咏物诗一首咏一物的模式,在咏物诗史上自成一格,富有创新性。其以

"状"法直观生动而全面地展现了江南风物,在江南诗歌写作中占有重要地位。大历浙东唱和有规模有持续时间,鲍防作为节度使行军司马参与了文人群体诗歌活动,并发挥了领导和组织作用,在诗体和诗境上多有开拓。《状江南》以"状"("比")法,在"每句须一物形状"的限定下,开创了月令诗比喻体叙事的新途径。敦煌《咏廿四气诗》是配合《开元大衍历》推广普及的民间创作,产生于开元、天宝间。李峤《十二月奉教作》比较贵族化,侧重描写上层人士的游赏和在游赏中的体验;敦煌《咏廿四气诗》比较民间化,有农事诗的色彩,侧重描写农人生活和农事安排;《状江南》则处于二者之间,兼文人化和民间化,在内容上专写江南风物、物象,全时段、全方位展示江南风采。孟浩然诗的地气与《咏廿四气诗》风格、用语以及人物类型的偶合,为探索盛唐文人创作与民间创作的相互影响提供了可行性案例。

《状江南》在两方面有诗史意义,一是在咏物诗体写作上的创新;一是在月令诗写作中突破李峤诗和敦煌诗的格局,另辟新境。

王湾《次北固山下》的研究则是一种探索,结合政治与律历,试图揭示其深刻的内涵。张说将"海日生残夜,江春入旧年"手书后展示于政事堂,其实不是一件简单的事,今人习惯引用这首诗的"潮平两岸阔,风正一帆悬"形容壮阔的场景和气势,比较直观,而"海日生残夜,江春入旧年"是有深文大义的,其展示的是变革之局,是说一个旧时代已经过去,一个新时代已经来临:在夜未尽时,海上已经日出;旧年还未过去,江上的春天已经到来。海日、江春都是新时代的隐喻,残夜、旧年则是旧时代的隐喻。海日在残夜中生起,江春在旧年中已经进入,这是何等气派、何等自信,又有多少期待。以为楷式者,与其说是为诗歌创作提供楷式,不如说借此表达政治理想与改革决心,这使王湾诗成为盛唐之始诗风的标杆和政治旗帜。《河岳英灵集》有意将《江南意》的创作时间"甲寅"作为选诗起点,以标举"赞圣朝之美"及"声律风骨"兼备的诗学观。张说题诗于政事堂一事,因《河岳英灵集》的唯一载录而流传后世,客观上《江南意》也就成了《河岳英灵集》诗学实践的范式,从而确立了此诗在盛唐诗学史中的重要地位。

历史上隐藏在文献资料背后的事件已逐渐浮出水面,还有一些有待揭示。明明白居易《忆江南》写有三首,而刘禹锡却以"和乐天春词依忆江南曲拍为句"和其词。多了两个重要说明,一是"和乐天春词",一是"依忆江南曲拍为句"。前者说明,只和白居易"春词",而不和其"秋词";后者则说明,只依忆江南曲拍,而不必以"忆江南"为内容。刘词没有写江南,而是写洛阳。为什么如此,诗词《和乐天春词依忆江南曲拍为句》讲得很清楚,但通常为人们所忽视。元稹、白居易、刘禹锡《春深》唱和诗,每人二十首,元诗遗佚。大和二年刘、白唱和只有时间"春深"之限而无地域南北之限,此前二人都有江南生活经历,刘禹锡则在少年时居住在江南,但白居易诗中有江南描写,刘禹锡无一首咏及江南。白、刘《春深》唱和诗仍以长安咏唱为主,四十首唱和诗中的长安风俗人物展现,内容丰富,层次丰富,人物丰富,合起来就是一部《长安春深风物录》。而"戎装拜春设,左握宝刀斜"礼俗、"青衣传毡褥,锦绣一条斜"婚俗等的考订,亦可补史载、史解之阙。白、刘二人对江南书写或缺席,反映了诗人对江南认知和江南体验的差异。《忆江南》唱和、《春深》唱和,是有未为人知的内涵的,至少在诗学史的角度还其本来面貌,而为何如此,这里也只是提出一种认识,还需要大家一起来探讨。

在研究过程中,深感越是深入,问题也越多,发现问题固然很难,要想解决问题更加困难。文化生态与诗歌关系面广量大,可能不是一个课题能解决的,甚至可以说,能发现一两个问题,并尝试去解决,已越出课题设计之初的期待。

从使府文人研究开始，自己比较关注时空坐标中的文学生成和演进，而又侧重地域文化与诗歌创作关系的思考。本书有过半内容仍然关注地域文化的文化生态的构成，只是将过去全局性的透视改为二元式分析，这并非将多元式文化区分简单化，而是集中解决贯穿唐代的南北差异、融合及其产生的影响。四、五、六章，就是这一探讨的最新成果，由于对过去全局性研究的收缩，确实有了新的开拓和重要发现，不断发现问题的快乐和解决问题的艰辛，伴随在撰写过程之中。

长安与江南是唐代两个并列的主文化圈，"长安"的文化概念和地域内涵相对"江南"而言十分明晰，"江南"这一概念容易让人产生误解的是扬州和江南的关系。杜牧《寄扬州韩绰判官》和《遣怀》两首诗的重读与重解，让江南概念进一步明确。文人在诗歌中对于长安与江南的描写是不断变化的，初唐文人描写长安以表现其恢宏繁华，其中具有代表性的是唐太宗的《帝京篇》以及收录于《珠英集》中的《帝京篇》，但《春江花月夜》的出现是继东晋南朝民歌后，第一次以长篇推介江南的清丽变幻，可以视为江南文化的初盛唐发声。大历年间对长安的集体追忆，再加上文化中心的南移，文人们身处江南创作出组诗《忆长安》和《状江南》，《状江南》则是文士群体弘扬江南文化的自觉行为和艺术实践，对江南十二个月风物的描写，具准确性、直观性、鲜活性、丰富性、系统性、地方性的特色。中唐文人对长安与江南的歌咏最具代表性的是刘禹锡和白居易的《春深》唱和以及《忆江南》唱和。长安与江南两种不同的地域文化在唐代不同时期有着不同的文化意义。初唐和盛唐，对长安宏伟博大的描写成为一股潮流，长安是文人心中的圣地，此时随着江南文人的进入，江南文化也进入文人圈子。安史之乱后，大历年间随着文化中心的南移，文人群体集中于江南，江南风物成为诗人群体唱和热衷表现的对象，文人诗中的江南丰富多彩，长安则成为文人们集体的追忆。中唐以后，感受过温润江南的文人们再次回到长安，江南则成为他们追忆的对象，而诗中的长安不再恢宏繁华，诗人们用细腻笔触记录长安风俗。诗歌中主流地域文化的变化记录了江南成为主文化圈的过程，反映出文人的地域分布与诗歌创作之间的关系，以及不同的地域文化对诗歌创作的影响。

　　本书以文化生态为切入点，第一章，阐释了文化生态的概念以及有可能和诗歌创作发生的联系；第二章选取了有代表性的时运、群体、传播几个角度，说明文化生态中诗歌写作的时代性、集群性和传播状态；第三章力图从政治才性和文学才性的差异解释文人的命运；第四章大致上研究了初盛唐文化生态中诗歌和京师、江南的联系，也可以视为是两种文化的交流和碰撞，特别是作为弱势文化的江南文化在诗坛上的呼唤，以提醒人们不能忘记江南风情；第五章以唐代的特殊时期大历年间为突破口，重新发现特定时期的江南文化生态构成的意义及《状江南》等集体唱和在江南文化中的杰出贡献；第六章以《忆江南》《春深》为例，解析文化生态中的江南文化消长，长安虽经安史动乱冲击而临时短暂退场后，很快又进入文化中心，有唐一代未有迁都，长安必然是诗人歌咏的主旋律；第七章作家论试图从文化生态中析出个体，科举制度对个体影响在李白身上仍然在，而储光羲在诗坛秀出与润州文化生态密切相关；第八章选集论在原有研究基础上结合文化生态，阐述一部高质量诗歌选本的产生背景及其过程；第九章作品论提出王湾"海日生残夜，江春入旧年"的节令关联和政治意义，指出其标示着一个旧时代的结束和一个新时代的来临；而杜甫《早朝大明宫》《饮中八仙歌》二首写作于乾元元年，是盛世记忆和当前情景的复奏。

　　文化生态是一具开放、包容性质的概念，涉及面广，可阐释其与诗歌关系的角度多。举凡文人生存状态、诗人写作背景等都可纳入其中，如选举、交通、衣食、居住环境等与诗歌有着密切联系，而有关知识层面的宗教、信仰、天文、律历以及教育制度、阅读方式、书写方法等和诗歌创作也有紧密联系。在这些方面有探索和尝试，但毕竟和自己原有知识结构、思维方式存在一定距离，不成熟的产品，还是先搁置留待以后再加工。本书可能留有这些方面思考的痕迹，那也是在某一专题下稍有涉及，不代表对某种知识的总体把握。

　　本书基本上体现自己一贯的研究习惯，从经典入手，关注文献，关心细节，在具体现象的论述中试图见到一般性知识结构和理论体系。研究未必有很大成效，但过程是辛苦的，好在这几年有书法练习相伴，也有了饮茶的乐趣，在烦躁不安的时刻，"矮纸斜行闲作草，晴窗细乳戏分茶"，书写和饮茶确实给自己带来平静和快乐。

后　记

　　窗外异木棉亦如往年。先开的那棵大树，以鲜红明亮，引领了季秋的风光，接着是一片一片地开放；而同是母本的那棵白异木棉，本可以依着水池与红树同时开放的。先前就是这样的：一红一白，花树饱满，在广州城也是无与伦比的风景。几年前，生科院用砖石砌成方形的养鱼池取代原先的自然状的池塘，动了根系，伤了元气。红的离池塘稍远，虽有点伤害，但还是顽强开放，依然灿烂。白的确实有了内伤，花期整整晚了红的约一个月，原约定彼此相守同时开放的蜜月，现在只能次第而开。世间本来有许多美好，一经人手，就觉得遗憾，多了凄凉与感伤。

　　我和她们相望相守已二十二年，读书、撰文、写字，时不时会看看窗外的两棵异木棉，无论是春夏深绿枝叶，还是秋冬花团锦簇。她们的些小变化我都能察觉，红树除花期稍许推迟，花貌也不及当年。现在远望，白的还是繁花盈树，但近看已非盛时容颜。

　　往年花开时节，呼朋唤友，在树下逐日赏花、留影欢歌；疫情以来，向时热闹，已成记忆，何日再聚？近写《忆秦娥·怀人》一首：

　　　　天朦胧。隔江相望几时逢。几时逢。云端又约，有影无踪。　　三年不见旧形容。雨中异木棉花红。棉花红。吹开吹落，一任西风。

人们容易忽视当下,一旦失去,倍觉珍贵。

三年里,校对了在中华书局出的两本书,这一本和《地域文化与唐诗之路》。看到花开花落,生出许多感慨。

想想大学读书和刚留校任教的青春年华,遇到了好的学习氛围和好的老师,一路辛苦,一路收获。《女婆非屈母》(1982)是我发表的一篇像样的论文,是一篇商榷文字。1982年1月留校任教,备课时遇到的问题较多。《离骚》中有些争议点,"女婆"为谁,就是一例。上课要讲给学生听,自己必须先理清楚。现在又有"屈母"之说,觉得新奇,故在写入教案时,又查了一些材料。材料一梳理,发现"屈母"说还可以再讨论。听说商榷文容易发表,就花了些力气给材料做了分类。果然,刊物很快就用了,大概刊物也是想利用年青学者的争鸣去扩大影响。发表后我也反思过,龚先生是楚辞研究专家,把对女婆角色的思考写出来,提出新说,至少给研究者提供了新的思路,是件好事。自己可以在课上讲讲,何必写论文去商榷呢?但《楚辞》还是有不少神秘难解之处,舍不得放下,1992年发表《试论〈离骚〉的创作契机与艺术构思》,完全是教学过程中的思考。后来又发表《楚辞音乐性文体特征及其相关问题》(2014)、《〈离骚〉"女婆"为星宿名的文化诠释》(2015)、《楚辞体音乐性特征新探——音乐符号"兮"的确立》(2017)等文。即使研究唐代文学也会联系楚辞,如《屈赋与唐诗——对唐诗"文""质"之变的理论考察》(1990)、《柳宗元贬谪期创作的"骚怨"精神——兼论南贬作家的创作倾向及其特点》(1994)、《放情咏〈离骚〉——柳宗元永州创作心态试论》(1994)。"屈平辞赋悬日月,楚王台榭空山丘",念念在兹,何日忘之!

写柳宗元永州创作心态时,已开始关注文士的日常生活。知识分子在参与政治遭遇失败后,开始转场,由公共空间叙事转向私人空间叙事。政治与文学的关系,这是传统话题,我们能否跳出,多关心文士的私生活。甚至我把"政治上失败的人往往把精力转移到自身生活、家庭、子女教育上,这算是一种补偿"视为"一种常见的现象",也是呼吁学界从关注政治与文学中,分出一部分精力去关注知识分子的日常以及其私生活,"远贬之时,柳宗元更多在思考柳氏家族的历史和荣誉,思考自己在家族延续上所应承担的责任"。《新唐书》载柳宗元欲替刘禹锡往播州一事,常为刘、柳友谊一证,但更深一层意义在于:"柳宗元这样做是由于自己的经历和切身体验所决定的,他自己'不孝'已无法挽回,可不能让朋友蹈自己的覆辙。""绝嗣之忧"是柳宗元之大痛所在,"老母的死使他不能自拔地沉溺于深刻的自责之中,身体的众疾交加,同样使他感到一种忽忽如亡的威胁,因而产生对生命的渴望、对生子续嗣的企求"。进入文士内心世界,应对文献资料做细致的分析和阐释。《文化的顺应与冲突——以李白待诏翰林前的生活和思想为例》(2006)讨论过李白的婚姻,也是在关注文士的私人空间。

　　进入文学研究,大致有两条路可走,一是文理分析,一是文献整理。无所谓选择,如种子发芽、生长、开花、结果一样。人们以为考据是枯燥无味的,其实考据也是要才性的,一样可以抒情、浪漫。通常文理分析与文献整理融为一体,方可有趣味地进行。

　　本科论文《许浑研究》,侧重许浑诗歌内容和艺术形式分析。现在找不到文稿了,但还记得上面有赵继武先生的许多批注。赵先生蝇头小楷隽秀,有功力,流溢出一股文人气息。硕士论文是《中唐边塞诗研究》,其中的创新之处在于两点,一是将敦煌伯二五五五卷视为中唐边塞诗的一部分而加以阐释;二是将文士入幕视为中唐边塞诗繁荣的重要原因。这一研究可向两个方向发展,文人入幕成了我十多年用力所在,出版了《唐代幕府与文学》(1990)、《唐方镇文

职僚佐考》(1994)、《唐代使府与文学研究》(1998)。这也是我从
1982年1月留校任教至2000年调入广州工作近二十年集中精力完
成的研究课题。而关于敦煌文献的研究,虽然兴趣较浓,但无成果。
因为任中敏先生在扬州师院建成新时期第一批博士点,图书馆购置
了《敦煌宝藏》。从做硕士论文起,喜欢去图书馆翻看这套书。徐俊
先生《敦煌诗集残卷辑考》甫一出版,认真拜读后,写了《十年一剑的
佳作》书评,发表在《中华读书报》(2000年12月20日)上。收入
本书的《〈状江南〉月令组诗叙事喻物特征——兼论敦煌〈咏廿四气
诗〉的性质与写作时间》(2020)一文,也是利用敦煌文献来审视《状
江南》月令组诗的文化价值。敦煌文献中有无可替代的历史资料,
经常去抚摸《敦煌宝藏》,看看唐人的手迹,让人心驰神往。别人以为
你坐在窗下,呆呆地看着远方,其实是在一页一页和古人交谈、对话,
共享跨时空的喜怒哀乐。敦煌文献不再是枯燥的物质存在形式,而
是文化遗产的活态,有鲜活的生命、温度。

　　由于对敦煌文献的入迷,甚至迷恋上旧物。好在自己知道安身
立命所在,没有玩物丧志。曾有一段时间,我会走到扬州老巷中去寻
找唐代扬州繁华的遗迹,其实唐代的扬州城在北郊。有一次看到一
块唐代墓志被砌在墙中,只露出残缺的一面,抚摸辨识,从中午到黄
昏,夕阳由古巷一端照进来,余晖打在布满苔点的青砖墙壁上,巷子
尽头一位少女撑着伞渐渐走近,不由想起杜牧诗,"娉娉袅袅十三余,
豆蔻梢头二月初。春风十里扬州路,卷上珠帘总不如"。多少年过
去了,那块被嵌入高墙中的墓志还在吗? 唐代墓志有许多可用的材
料,在做《唐方镇文职僚佐考》时,利用很多。写过《出土墓志与唐代
文学研究》(1998),而《从贞元元和墓志谈韩愈研究中的三个问题》
(2002)一文是利用中唐墓志讨论了文士的知识传授及《师说》"耻
学于师"的背景等问题。

　　《千唐志斋藏志》是手头常用之书,那是文物出版社 1984 年 1 月出版的,定价一百六十元,大约是当年大学毕业生的三个月工资,现在网上售价三四千元,这是我书柜中的精品,很多图书馆并未购置。我去过两次千唐志斋,第一次是参加由中国唐史学会和千唐志斋博物馆联合主办的"千唐志斋建斋 80 周年国际学术研讨会"(洛阳,1999 年 11 月 6—8 日),会议组织考察,经过汉函谷关时还捡到两块瓦当残片以为纪念。有了这次考察,对函谷关有了立体认识,函谷关有古和新之分,敦煌诗卷中题名杨齐悊的《晓过古函谷关》,比《初学记》《全唐诗》等所载诗题《过函谷关》的地理位置更明确,作者经过的是古关,而"圣德令无外"句,"令"一作"今",从诗题名中"古函谷关"可知,作"今"合情合理。参观千唐志斋也大有收获,终于见到墓志实物。印象最深的是北京大学荣新江先生带着学生用手电筒照着千唐志斋原石,核对拓片,反复勘对,甚至俯伏在潮湿的地上抚摸原石,仔细推敲模糊残缺的文字,如此敬业,由衷佩服。这对我也有很大影响,纸质书得之容易,摊卷夜读也是愉快的,真不能错过书中一字一词所传达出的含义,应像荣先生一样,摸着志石一字一字排查过去。研究中利用墓志,可以从不同方面做出很多文章,我早期指导一位硕士生写过《论中唐文士的价值观——以〈唐代墓志汇编〉为研究中心》学位论文(96 级)。记得李廷先老师把我拉到墙角,善意地责备道:"怎么选这个题目让研究生做? 这是历史学专业的题目。"李先生写过《唐代扬州史考》,其中亦有文学内容,想不到李老师也觉得选题不妥。学校不大,想必也不是李老师的个人意见,只是他出于爱护而提醒我。我在文、史、艺之间没有明显的学科界限,以学术意义、问题意识为重。近十多年我指导硕士生做过《龙朔墓志校注》《圣历墓志校注》《大历洛阳墓志校注》《贞元女性墓志校注》《元和墓志校注与研究》《会昌墓志校注》等,每篇论文篇幅较大,大概在四十至六十万字之间,成了一个系列,不断总结经验,不断提高。好在学生没有选题的烦恼,入门稍做时段或类型选择,接下来就开始踏踏实实做,基本成功,好像没有遇到是文是史的争论。现在风气有变,也比较重视并提倡学科交叉中解决问题。

我的工作经历,可概括为"两地三校",两地即扬州、广州;三校即扬州大学、华南师范大学和广州大学。三校两地,皆我所爱,素心执念,或诉诸谈吐,或见诸文字。通过扬州和广州生活对比,才知道广州冬日犹暖,读书的时间有了延长。冬日的扬州,差不多和淮北一样寒冷,并无暖气,冷入骨髓,那是用体温和严寒搏斗,再顽强的人晚上也读不了书,起码读不好书,真是在"熬"过寒冬,盼望着湖边柳枝抽出新芽,由黄转绿。当然,在长江下游长大,有剪不断的情丝、忘不了的乡恋。"能不忆江南"系列论文正是这种情感催成的:《杜牧诗中"扬州"非"江南"考述》(2019)、《王湾〈次北固山下〉诗学史意义确立——兼论"海日生残夜,江春入旧年"政治寓意》(2020)、《白居易、刘禹锡"春深"唱和诗中的江南与长安》(2020)、《〈状江南〉月令组诗叙事喻物特征——兼论敦煌〈咏廿四气诗〉的性质与写作时间》(2020)、《〈状江南〉唱和诗核心人物及其咏物创新形式》(2021),这几篇都已收入此书。还有讨论文人词产生的《中日文献互证的理路和方法——张志和止作〈渔歌〉一首考》《文人词发生期唱和史实及其意义——以刘禹锡〈忆江南〉及其"曲拍为句"释读为中心》二文,都与江南相关,张志和等人的《渔歌》唱和地点在湖州,而白居易和刘禹锡《忆江南》唱和,主题就是江南。

关于《渔歌》《忆江南》的写作,也是夙愿所驱使。任中敏先生作唐艺发微,昆吾师在音乐文献学研究方面享有盛誉。私愿想做点与音乐相关联的工作,《音乐与文学研究的深层拓展》(1997)是为昆吾师《隋唐五代燕乐杂言歌辞研究》写的书评,是汇报学习后的收获。《论五言诗的起源——从"诗言志""诗缘情"的差异说起》（2005）、《论两汉的"歌诗"与"诗"》（2008）二文撰写也因对音乐与文学的思考而成。《唐宋词曲关系新探——曲调、曲辞、词谱阶段性区分的意义》（2013）应是音乐史的研究，而《佛教转读与四声发现献疑》（2013）、《四声与南北音》（2013）二文也因音乐而生。当然，我从音乐角度思考《楚辞》形制，也属同类成果。

2018年3月14日，我写过一首名为《牵手》的诗："当我文思与诗情／枯竭如一口老井／请你／在雨水的季节／月光照影的子夜／丢一粒有温度的种子／明年春天就可以发芽／只要你耐心等待／她会很快绿蔓井面／静静地／去牵你的手／吻你青葱的红腮／听你的低吟。"本是一时情动，形成文字。现在读来，真是一首写给广州大学的诗，贴切的隐喻。广州大学让我在学术上又有了新的要求，有关"江南"的论文正是写在进入广州大学以后。谢谢广州大学的厚爱和包容、帮助和支持！

做学术研究与其说是兴趣所在，不如说是行当使然。近十年我们基本不看电视，更不会去追连续剧。好在有诗书相随，人生有了更多情趣！看书撰文累了，写诗习字，发发朋友圈，也是一乐！云端常日见，转发寄深情，无线传声远，悬空对语惊。你的远方是我，我的远方是你，窗外浮现的白云，书前飘落的红叶，可能就有我的问候，"此时相望不相闻，愿逐月华流照君""我寄愁心与明月，随风直到夜郎西"，切身的体验，让我们对古人托物虚会、怀远遥想有了更多的同情理解。有朋友圈在，就有朋友在，你我的名字都在。

书编成后，已没有兴趣写序了，想想应对自己的工作有所交代，交稿之前，仿效杜工部戏为六绝句，并书写于书前以代序。

天有阴晴，月有圆缺，感触良多，多出了这一篇后记。谢谢硕士生罗瑾怡、梁夏萌、卢杰以及程诗淇诸位的认真校对，学生永远是你可信赖的朋友。

　　时间过得真快,这一年又要过去了。依农历算,癸卯春节后十三天才立春,春天来得有点晚了。

　　　　壬寅大雪后三日,戴伟华于平斋西窗,天很蓝,阳光正好